宋如珊　主編
現當代華文文學研究叢書

中國大陸當代文學史

於可訓　著

秀威資訊・台北

目次

中編　一九七六～一九八九年間的文學

下編　一九八九～二〇〇〇年間的文學

總論

一、中國新文學的整體性與當代文學

相對於中國古典文學而言，當代文學無疑屬於現代中國新文學的歷史範疇。二十世紀八〇年代，有些學者提出「二十世紀中國文學」和「中國新文學整體觀」[1]之類的概念和觀點，即是注意到了當代文學與現代中國新文學的這種整體的歷史聯繫。這種整體的中國新文學觀不僅僅是文學史研究的觀念和方法，同時也反映了現代中國新文學發生和發展的歷史實際。

具有悠久歷史傳統的中國古典文學，到了十九世紀中葉，因為外部時勢的變化和文學自身代有新變的要求，像中國文學史上已經發生過的歷代詩文革新運動一樣，也在醞釀一場革新變化。鴉片戰爭前後，龔自珍、魏源等人首開風氣，主「變」敢「逆」，他們的思想和作品，對古典文學長期以來所依附的道統和文統，形成了極大的衝擊，同時也對十九世紀末期資產階級維新派所發動的文學改良運動產生了直接的影響。基於這樣的影響，加上

[1] 參見黃子平、陳平原、錢理群，《論二十世紀中國文學》，《文學評論》一九八五年第五期；陳思和，《中國新文學整體觀》（上海文藝出版社，一九八七年）。陳氏的這個觀點，最早見於一九八五年五月出版的《復旦大學學報》（社科版）《中國新文學史研究的整體觀》一文。

甲午戰爭後日益加深的內憂外患的刺激，維新派提出的「詩界革命」、「文界革命」等等文學改良的主張顯得更加明確、更加激烈，也更進一步動搖了古典文學的傳統根基，孕育了中國文學從古典向現代轉變的契機。經由十九世紀後半期這些文學革新浪潮的劇烈衝擊，有著兩千多年歷史的中國古典文學到了二十世紀初期，已經走到一個歷史轉變的最後關頭了。

二十世紀在人類歷史上是一個嶄新的世紀。民族解放和民主運動的勃興，馬克思主義的傳播，尤其是一九一七年俄國十月社會主義革命的勝利，從根本上改變了世界歷史的格局。此後，在近四分之三個世紀的漫長的歷史過程中，世界被劃分為社會主義和資本主義兩大陣營，各自走著不同的發展道路。在這兩個陣營之間，從社會制度到意識形態，從經濟體制到民情風習，都有極嚴格的區別，並且長期處於一種敵對的狀態和鬥爭之中。這種新的世界歷史格局的形成，對現代中國新文學的發生和發展，產生了極為重要的作用。一方面，它使二十世紀初發生的文學革命在很短的時間內便跳出了古典詩文革新的窠臼，掙脫了近代文學改良主義的束縛，在完成從古典向現代的最後轉變之際，即成為二十世紀初爆發的「五四」新文化運動的重要組成部分。另一方面，則使二十世紀以來的中國新文學始終置身於這樣的一個新的世界歷史格局之中，在它的影響和制約之下參與改造中國和改變自身的歷史活動，在這個過程中，因其接受了馬克思主義的影響和無產階級的領導而獲得了新的文化品格和本質規定，形成了獨特的藝術形態和精神傳統。雖然在中國新文學發生和發展的歷史上，也存在各種不同的文學派別的分裂與鬥爭和各種不同的文學潮流的消長與更迭，但就其貫串始終的主導傾向和主要潮流而言，卻是在這種新的世界歷史格局中，伴隨著無產階級領導的中國革命的發生和發展而形成的新民主主義和社會主義性質的新文學。

學術界習慣將一九四九年新中國成立以前的新文學主流稱為「無產階級領導的人民大眾的反帝反封建的文學」，即新民主主義性質的文學，而將一九四九年新中國成立以後的文學稱為社會主義性質的文學，正是從文學作為一種社會意識形態的屬性方面，說明了當代文學與現代中國新文學在本質上的一致性。按照毛澤東對現代中國社會和中國革命的性質所做的階段性劃分，「中國革命的歷史特點是分為民主主義和社會主義兩個步驟」[2]。故此，無論是新民主主義性質的文學還是社會主義性質的文學，都是整體的中國新文學主流即革命文學的重要組成部分和不同發展階段。正如中國革命的這「兩個步驟」具有一種先後承接和轉換遞進的關係一樣，當代文學無疑也是前此階段的中國新文學主流的一種歷史的發展和延續。

當代文學與中國新文學主流的這種整體性關係的形成，經歷了一個漫長的發展過程。中國新文學在發軔之初，由於接受了馬克思主義的影響，本來就具有社會主義、共產主義的思想因素，到了二〇年代中後期，更進一步發展成為對於無產階級革命文學的一種自覺的提倡。在這個基礎上形成的三〇年代的左翼文學，則是在中國共產黨領導下的一種有組織的革命文學運動，是中國共產黨領導的革命戰爭的有力的一翼。這個文學運動經過十年的艱難發展，逐漸在中國新文學史上佔據了主流的地位，形成了中國新文學的獨特的革命傳統。四〇年代，在中國共產黨領導的抗日根據地和解放區出現的新的人民文藝，是中國革命文學傳統的發展和延續。尤其是一九四二年毛澤東發表了《在延安文藝座談會上的講話》（亦簡稱《講話》），用馬克思列寧主義的思想觀點，系統地總結了現代中國的新文學尤其是作為主流的革命文學運動的經驗和教訓，提出了一系列具有創造性的見解和看法，為中國新文學尤其是主流的革命文學的進一步發展奠定了理論基礎，指出了前進的方向。以《講話》為代表的毛澤東的文藝思想，在新中國成立以後，則成了當代文學的理論綱領和指導方針，在《講話》的直接指導和理論影響下，四〇年代解放區貫徹「工農兵方向」的文藝創作和國統區革命的進步的文學作品，是新中國成立以後當代文學的奠基之作。尤其是在四〇年代後期的解放戰爭期間創作的大批優秀的革命文藝作品，在新中國成立以後產

---

2 毛澤東，《新民主主義論》，《毛澤東選集》第二卷（人民出版社，一九九一年），頁六六六。

生了重要的影響，為當代文學贏得了巨大的聲譽，更是當代文學的直接源頭[3]。

當代文學與中國新文學的整體的歷史聯繫，是一個複雜的過程，除了上述作為中國新文學主流的革命文學的歷史與當代文學的一脈相承的關係外，還有其他各種表現形式。這些表現形式，歸納起來，主要有以下幾個方面：

其一，中國文學自二十世紀初的文學革命完成了從古典向現代的轉變之後，從內容到形式的現代化一直是新文學追求的主要目標。在追求這個現代化的目標的過程中，新文學的創造者們一方面「採用外國的良規」，從外國文學尤其是歐美文學中廣泛吸取滋養；另一方面則努力運用已經獲得的現代意識，「擇取中國的遺產，融合新機」[4]，促使中國文學傳統發生創造性的轉化。雖然在這個過程中，也出現了種種極端化的偏向，但就其整體而言，正是在克服這些極端化偏向的同時，推動了新文學的現代化進程朝著積極健康的方向發展。而且，由於現代中國特殊的社會歷史原因，中國新文學的現代化進程，又總是與它的民族化和大眾化的要求相伴相生的。因此，中國新文學的現代化絕不是全盤「西化」或全盤「歐化」，而是要使它具有民族特色，以適應現代大眾的審美需要，亦即是要使中國新文學的現代化具有「為中國老百姓所喜聞樂見的中國作風和中國氣派」[5]。當代文學是中國新文學這個統一的現代化進程的一個重要發展階段。雖然它在五〇、六〇年代步履維艱，在文革中甚至處於一種完全中止的狀態，但經過文革後的「撥亂反正」，八〇年代以來，它又復歸於正常發展軌道，而且表現出更加

3 一九四九年新中國成立以後出版的《中國人民文藝叢書》包括戲劇、小說、通訊報告、詩歌和說書詞等，共計五十三種，全部是解放區的優秀文藝作品。其中丁玲的《太陽照在桑乾河上》（一九四八年）、周立波的《暴風驟雨》（一九四八年）於一九五二年分獲史達林獎金二、三等獎，同獲二等獎的還有歌劇《白毛女》。又如創作於一九四八年的話劇《紅旗歌》、《戰鬥裏成長》等，在新中國成立以後產生了「轟動」性的影響。此外，還應當包括在新中國成立前就開始構思醞釀或先期創作，在當代文學中才最後完成或改寫定型的作品在內。

4 魯迅，《〈木刻紀程〉小引》，《魯迅全集》第六卷（人民文學出版社，一九八一年），頁四八。

5 毛澤東，《中國共產黨在民族戰爭中的地位》，《毛澤東選集》第二卷（人民出版社，一九九一年），頁五三四。

開放的態度，也進一步加快了前進的步伐。當代文學正以前所未有的速度走向世界，它必將實現中國新文學所確立的具有民族特色的現代化的歷史目標。

其二，中國文學自古以來就存在著一個現實主義和浪漫主義並行的藝術傳統，現代中國新文學也是如此。雖然它的直接來源是西方近代文學，但是因為注入了新的歷史內容，經過豐富和發展，逐漸成了中國新文學的一種新的藝術傳統。這個傳統在中國新文學史上雖然迭經變化，現實主義和浪漫主義之間也互有消長，並且常常要與此外的現代主義派別發生種種的齟齬和鬥爭，但是，從總的趨勢上說，中國新文學仍然是以現實主義和浪漫主義為其精神的主導，現實主義和浪漫主義仍然是中國新文學的藝術主潮。正是基於這樣的精神傳統，二十世紀以來，無論處於何種歷史階段上，中國新文學始終都在密切關注著民族整體的生存與發展，以及民族個體的命運與境況，並且從中寄寓了民族振興的理想和改善人性的期望。正因為如此，所以中國新文學又是充滿時代氣息和富於理想主義色彩的。當代文學直接承續了中國新文學的這一藝術傳統，並且以其獨特的理解和追求，構成了這一傳統的一個新的發展階段和表現形態。雖然它在五〇、六〇年代向這個傳統中灌注了過多的政治內容，也曾經出現過社會主義現實主義一元獨尊的偏向和並不十分成功的「兩結合」的嘗試[6]，甚至在文革中將這一傳統變成了一種僵硬的政治模式。但是，文革結束以後的新時期文學卻在一個開放的社會環境和文化環境中，再一次使這一傳統得到豐富和發展，並且在不斷地融合異質藝術因素的過程中，使這一傳統更加發揚光大。需要特別指出的是，八〇年代以來，各種創作方法和文學派別多元並存，現實主義和浪漫主義雖然不一定見諸明確的提倡，但其內在精神和基本手法仍然貫穿於迭起的文學潮流之中，仍然在一個多元的文學時代維持著中國新文學的一以貫之的藝術傳統。

[6] 「兩結合」即革命的現實主義和革命的浪漫主義相結合，一九五八年提出這樣的主張，受「大躍進」的時代氣氛影響很深，在理論和創作上都存在很多偏頗。參見本書有關章節。

其三，中國新文學的歷史，是由一代又一代新文學作家的文學活動構成的一個連續性的文學鏈條。這些作家無論屬於何種文學派別，持有何種藝術主張，他們之間，不但存在上下傳承和相互影響的關係，而且，其創作成就和藝術經驗，也因為這種傳承和影響的關係，經緯交織，構成了一部完整的文學家族的譜系。當代文學就是這個新文學的家族譜系的一脈薪傳。其中不僅有從五四運動時期到四〇年代，不同時期的諸多「跨代」作家，通過他們在當代新的文學活動，把中國新文學的藝術傳統直接帶入當代文學，同時還有眾多新的當代作家，在這種傳統的影響下開始新的藝術創造，並在自己的創作中，使之發揚光大。雖然這個傳統在文革期間遭到了嚴重的摧殘，但是從五〇、六〇年代到八〇年代，舉凡在當代文學中取得了重要成就的作家和產生了重要影響的文學派別，無一不與這種傳統本身和這種傳統的影響緊密相連。即使是新時期以來迭起的文學新潮，也不難從這個傳統中的某些文學派別，找到它的歷史端倪。

二、中國新文學的階段性與當代文學

相對於整體的中國新文學史而言，當代文學只能是它的一個發展階段。依照歷史學分期慣例，當代文學無疑屬於中國新文學「通史」的「斷代史」範疇。一部文學「通史」固然有它的整體的性質和特徵，一部文學「斷代史」同樣也有它作為一個相對獨立的發展階段的特殊性。

以上，在論及當代文學與中國新文學的整體的歷史聯繫的過程中，實際上已經涉及到當代文學作為整體的中國新文學的一個發展階段的階段性特徵問題。這種階段性特徵的形成，最根本的原因，是以一九四九年中華人民共和國的成立為標誌，中國社會所發生的巨大歷史轉折。中國共產黨獨立領導的人民革命，自二〇年代中期以後，經過長期的艱難曲折，浴血苦鬥，終於取得了最後的勝利，奪取了全國政權，完成了從新民主主義革命向社會主義革命的轉變，開始在中國實行社會主義制度。與此同時，同樣是從二〇年代中期以後開始形成和發展起來的無產階級革命文學，也由長期以來處於被壓迫的和只能在局部的有限的區域才能得到發展的狀態，一變而為佔據統治地位的國家意識形態的一個重要組成部分，成為對整個社會生活和民族精神都發生重要影響的主流的文化形態。魯迅在三〇年代曾說：「惟有左翼文藝現在在和無產者一同受難（Passion），將來當然也將和無產者一同起來。」[7]他所預言的正是一九四九年發生的這種文學和革命一起轉變的歷史情況。這種轉變的結果也使當代文學從五〇年代初期到七〇年代中期打上了極深的政治烙印，成了中國新文學史上極具政治性的一種文學形態。

正因為如此，中國當代文學同時又是一種高度組織化的文學。一九四九年七月在全國第一次文代會[8]期間成立的全國性的文藝組織——中華全國文學藝術界聯合會[9]，標誌著這種高度組織化的文藝體制的確立。此後，黨和政府即通過這個全國性的文藝組織及其分支機搆和其他地方性的文藝團體，對文學藝術活動實行統一的領導和管理。當代文學開始被納入當代中國的社會主義革命和社會主義建設的總體事業之內，成為為這個事業服務和這個事業本身的一個重要組成部分。這種高度組織化的文藝體制的確立，不但保證了作家隊伍和文學作品在政治傾向上的高度統一，而且也有利於推行統一的藝術主張和創作原則，從而使當代文學在藝術精神上也保持其內在的一致性。從這個意義上說，當代文學又是中國新文學中最具統一性的一種文學形態。而且，當代文學的生產和消費，又不能不依賴於統一的計劃經濟的運行體制，亦即是作為一種精神產品的生產活動，也需要像物質產品的生產那樣「有計劃、按比例」地發展，也要接受這種統一的計劃經濟體制的影響和制約，這無疑也是當代文學的統一性的又一種特殊的表現形式。

---

7 魯迅，《黑暗中國的文藝界的現狀》，《魯迅全集》第四卷（人民文學出版社，一九八一年），頁二八八。

8 全稱是中華全國文學藝術工作者代表大會，一九四九年七月二日至十九日在北平（今北京）召開。

9 一九五三年九月更名為中國文學藝術界聯合會（簡稱中國文聯）。

當代文學的歷史性轉換和新的文學體制的確立，對當代文學的階段性特徵的形成，有著決定性的影響作用。一切被我們認為是當代文學所特有的東西，都可以從這種歷史的和體制的因素中找到它的發生和發展的客觀依據。但是，也應當看到，當代社會在經歷了文革動亂和在新時期實行改革開放之後，隨著又一次新的歷史性轉折的發生以及改革開放所帶來的整個社會結構和文學體制的變化，當代文學的階段性特徵，也出現了一些新的變化的跡象，有些方面甚至發生了一些根本性的改變。正因為如此，對當代文學的階段性特徵的理解，就不能局限於某一個特定的時期而不顧及其他，而是要從一個整體的動態過程中考察它的形成、發展和變化。

就當代文學的一些基本問題而言，其階段性特徵主要表現在如下幾個方面：

（一）在文學與政治的關係問題上，由強調政治功利到注重更為廣泛的社會功利性。文學與政治的關係問題，長期以來，是困擾當代文學的一個重大的理論問題，也是給當代文學造成了許多失誤和教訓的一個複雜的實踐問題。這個問題的提出，在馬克思主義文藝理論和世界無產階級革命文學運動史上，有一個漫長的發展過程。在中國的革命文學運動中，自從一九四二年毛澤東《在延安文藝座談會上的講話》確立了「文藝是從屬於政治的」、「文藝服從於政治」[10]的理論原則之後，「為政治服務」就成了革命文學運動的指導方針。尤其是在當代文學中，更是一種帶有根本性質的最高的原則信條。在這一理論原則的指導下，新中國成立以後，當代文學為配合完成各項政治運動，為從思想上宣傳和教育廣大人民群眾，確實付出了極大的努力，做出了極重要的成績，對鞏固和完善社會主義制度，推動社會主義事業的發展進程，起了極為重要的作用。

但是，也應當看到，在這個過程中，當代文學也逐漸喪失了它的諸多藝術的功能，以至於常常用藝術形象去圖解一些政治理論或政策條文，由「為政治服務」變成為具體的方針政策服務，成了政治的簡單的「傳聲筒」。

10 毛澤東，《在延安文藝座談會上的講話》，《毛澤東論文藝》（增訂本）（人民文學出版社，一九九二年八月），頁五四、五五。

更有甚者，是有時候還要充當政治運動和階級鬥爭的工具，文革中更墮落成為「四人幫」玩弄政治權術的一種「陰謀」手段。這無疑也給社會主義事業造成了極大的危害，同時也危害了當代文學自身的正常發展。

文革結束以後的新時期放棄了文學「為政治服務」的口號，糾正了當代文學長期以來比較狹隘的政治功利觀的偏頗，而以一個更為全面也更為完善的「為人民服務，為社會主義服務」的口號取而代之。後一個口號雖然仍然帶有很強的政治性，但是，因為人民對於文學的需要是多方面的，社會主義事業的範圍也是十分廣泛的，故而文學在「為人民服務，為社會主義服務」的過程中，也就能夠充分地發揮它的多樣化的功能，顯示它的更加廣泛的社會功利性。事實證明，新時期文學在堅持社會主義的政治方向的同時，確實又滿足了人民群眾多樣化的審美需求。它在擺正了與政治的關係之後，將會為社會主義精神文明的建設起到更加積極的推動作用。

（二）在文學與生活的關係問題上，由強調文學對生活的直接反映到注重文學與生活的更為複雜的反映形式。如同文學與政治的關係一樣，文學與生活的關係，也是當代文學一個重大的理論問題和實踐問題。新中國成立以後，伴隨著中國社會所發生的歷史性轉變，當代文學也開始轉換自己的題材和主題。社會主義時代新的生活內容、新的人物形象和新的思想感情，開始成為當代文學集中反映的主要對象。從新中國成立後所進行的社會主義革命和社會主義建設，到新時期的改革開放，建設四個現代化，當代文學始終追隨當代社會的歷史進程，把當代中國在各個不同時期所發生的巨大而又深刻的歷史變化，以及當代中國人民豐富多彩的精神風貌和艱難曲折的心路歷程，都寫進了一部形象的歷史，在中國新文學史上，為當代中國留下了一部形象的實錄。這對於鼓舞當代中國人民建設新生活的熱情，堅定他們實現新的生活理想的信念，從而更加有力地推動當代歷史發展進程，無疑起了極為重要的現實作用。當代文學在這方面的歷史功績是不可磨滅的。

但是，在這個過程中，由於長期以來存在的某種理論上的偏頗和「為政治服務」所造成的極端傾向，當代文學在處理與生活的關係問題上，也出現了許多偏離藝術軌道的反常現象。其主要表現有二：一是要求文學隨時隨地地紀錄生活的變化，把文學等同於新聞文體，變成被動地機械地報導生活的工具；二是要求文學配合「中心」工作，把文學變成了一種實際的工作方法，直接為具體的生活過程服務。因為存在這種偏離藝術軌道的反常現象，就造成了當代文學在一個時期內既不可能在精神上超越生活，也不可能在題材上有所擴大。更有甚者，長期以來形成的一種「題材決定論」，對當代文學反映生活的豐富性、複雜性和多樣性，危害極大。例如六〇年代初有一種「寫十三年」的理論[11]，就完全排斥當代生活以外的文學題材，把文學限制在一個狹小的時空之內，既損害了文學創作的自由，又束縛了藝術想像的天地。這些偏向的存在，無疑影響了當代文學反映生活的深廣程度，同時也影響了當代文學自身發展的速度和規模。

文革結束以後的新時期文學，在從理論上糾正上述偏向的同時，又在創作中強化了主體對生活的介入作用，豐富了文學反映生活的方法和技巧，文學由對生活的直接的切近的反映到呈現出更為複雜多樣的反映形式。在新時期文學中，不但人民群眾從事「改革開放」和「四化建設」的現實的歷史活動始終是文學觀照的主要對象，而且文學也把它的無所不至的筆觸伸向更為廣闊的生活領域和更加豐富複雜的內心世界，描摹人情風俗的變遷，揭示心理活動的奧秘。在關注現實社會人生的同時，又把目光投向民族的歷史文化的深處，讓文思飛升到對人類問題的終極關懷的境界。當代文學在調整了文學與生活的關係之後，無疑已經大大地擴展了文學反映生活的領域，獲得了更大的藝術表現的自由度。當代生活從來沒有像今天這樣在當代文學中得到如此豐富多樣、如此廣泛深入的藝術反映，當代文學也從來沒有像今天這樣能夠如此豐富多樣、如此廣泛深入地反映當代生活。

11 指一九六三年元月四日由柯慶施在上海文藝界元旦聯歡會上提出的一個理論主張，認為文藝只能以當代十三年的生活作為題材。因為只有「寫十三年」的「現代生活」，才能「幫助人民樹立社會主義思想」；張春橋和姚文元則進一步發揮說，只有「寫十三年」，才是社會主義文藝。

（三）在文學創作方法問題上，由社會主義現實主義（包括「兩結合」）一元獨尊，到不同的文學創作方法多元並存。文學創作方法本來是從文學史上某種文學傳統或文學潮流和文學派別的創作活動中，提煉和概括出來的一種文學創作的原則和精神（例如現實主義和浪漫主義）。前蘇聯理論界最早提出這個文學理論概念和範疇的時候，就賦予了它如同哲學的思想方法（例如唯物主義和唯心主義）一樣的內涵和意義，這就使得這個關於文學傳統或文學潮流和文學派別的理論問題，成了對文學創作活動具有決定性的或根本性的影響作用的理論命題。三〇年代，被蘇聯文學界奉為理論圭臬的社會主義現實主義的創作方法[12]傳入中國時，因為其中包含有「要求藝術家從現實的革命發展中真實地、歷史地和具體地去描寫現實」和「藝術描寫的真實性和歷史具體性必須與用社會主義精神從思想上改造和教育勞動人民的任務結合起來」的內容，因此就十分強調作家的世界觀和思想傾向在社會主義現實主義的創作方法中所起的主導作用。

新中國成立後的當代文學，如同三〇年代的左翼文學和四〇年代的解放區文學一樣，也是以社會主義現實主義為理論的圭臬。新中國建立初期，文藝界就開始普遍深入地學習社會主義現實主義的創作方法，並以之作為「中國人民的文學」的「旗幟」、「中國文學前進的道路」[13]。雖然在五〇年代後期曾經以「兩結合」的創作方法取代了社會主義現實主義的提法，但二者之間的內在精神卻是基本一致的。這一創作方法在引導作家學習馬克思主義、毛澤東思想，轉變立場、觀點和思想方法，樹立科學的世界觀和革命的人生觀，以及引導作家在正確的思想指導下深入生活、觀察生活和反映生活等方面，確實收到了很大的成效，對改善作家隊伍的結構，提高創

---

12 社會主義現實主義的創作方法是一九三四年九月第一次蘇聯作家代表大會通過的《蘇聯作家協會章程》中正式提出的：「社會主義的現實主義，作為蘇聯文學與蘇聯文學批評的基本方法，要求藝術家從現實的革命發展中真實地、歷史地和具體地去描寫現實。同時，藝術描寫的真實性和歷史具體性必須與用社會主義精神從思想上改造和教育勞動人民的任務結合起來。」

13 周揚，《社會主義現實主義——中國文學前進的道路》，《人民日報》，一九五三年一月十一日。

作主體的素質，也有不可否定的作用。而且，在當代作家中，也確有一批作家在自覺地實踐這種創作方法，有些實踐的成果（作品）也開始接近或基本上達到了這種創作方法的原則要求。在理論上，有關社會主義現實主義和「兩結合」的創作方法的討論和探索，也豐富了現實主義的理論寶庫，對文學基本理論的建構，都有不可忽視的作用。所有這一切都說明，社會主義現實主義作為一種客觀存在，是有其歷史功績的，它對於當代文學所起的歷史作用，也是不應輕易抹殺的。

但是，由於社會主義現實主義的創作方法本身存在的難以克服的理論局限，加之取代它的「兩結合」的創作方法所受特定時代的社會政治因素的影響，在當代文學歷史上，貫徹和實踐這一創作方法，也出現了許多重大的偏頗和失誤。這種偏頗和失誤主要表現在以下兩個方面：其一，由於在理論上過分強調世界觀對創作方法的決定作用，在實踐中也就免不了要用前者取代後者，造成思想和藝術二元分裂的傾斜局面。在這種局面下，作家為求政治思想的正確、保險而不惜犧牲藝術的實驗和探索，或以政治思想上的深刻、敏銳代替藝術上的創新和追求。結果自然要造就許多重思想、輕藝術或思想先進、藝術平庸之作。在一個時期內，當代文學的總體質量下降，不能不說是與這種創作方法上的引導的偏頗和失誤極有關係。其二，因為社會主義現實主義的創作方法是以政治的名義確定的當代文學前進的道路和方向，「兩結合」的創作方法的提出更帶有鮮明的政治色彩和背景，故而除浪漫主義（指革命的浪漫主義）本身就是社會主義現實主義的題中已有之義（社會主義現實主義包含革命的浪漫主義）而外，在新中國建立後直至文革時期的當代文學中，其他的創作方法都是受到排斥的。特別是二十世紀以來西方形形色色的現代主義的創作方法，更被當做是資產階級腐朽、沒落的創作思想加以抵制和批判。這無疑也限制了當代文學的藝術視野，影響了當代文學對世界各國藝術經驗的借鑑和吸收。在一個時期內，當代文學除前蘇聯等少數國家外，對世界其他國家特別是歐美各國的文學缺乏起碼的瞭解，甚至處於一種完全的隔絕狀態，也不能不說是與創作方法上的唯社會主義現實主義一元獨尊大有關係。

文革後的新時期文學雖然並未明確放棄社會主義現實主義和「兩結合」的創作方法，但卻在理論和實踐上糾正了它曾經出現過的諸多偏頗和失誤，使之回到現實主義創作方法的歷史傳統的正常軌道。與此同時，它又廣泛吸收和借鑑其他各種創作方法的藝術經驗，特別是在引進二十世紀以來西方現代主義各流派的創作方法方面，進行了大膽的實驗和探索，也取得了重要的成績和經驗。這些吸收和借鑑、實驗和探索雖然不能代替社會主義現實主義（包括「兩結合」）的創作方法的自身的發展和完善，同樣也不能以前者否定後者存在的必要和可能，但因為吸收和引進了這些不同的創作方法，畢竟已經打破了在創作方法上一元獨尊的不利局面。當代文學開始出現了前所未有的不同的創作方法多元並存的藝術態勢，它對於多元化的當代文學格局的形成，無疑有著極為重要的影響作用。

（四）在文學形式問題上，由強調民族化到注重民族形式的現代化。如前所述，中國新文學從一開始就十分注重民族化的形式，在主流的革命文學中，更成為一種自覺的追求。新中國成立以後的當代文學同樣是以民族化的形式為追求的方向，並且在這個方向上取得了重大的成就和收穫，出現了一批真正具有民族風格的作家、作品，造就了中國新文學的民族形式的新形態，把中國新文學的民族化追求推向了一個新階段。當代文學對民族化的追求，主要有以下兩個方面的特點：其一是注重精神而不徒在形式。中國新文學對民族形式的追求，在相當長的時間內主要是著眼於「舊形式」即傳統的民族和民間形式的利用，雖然在這方面也取得了重要的成就，但因為過於拘泥於「舊形式」本身，畢竟仍覺有所不足。當代文學由於吸取了歷史的經驗，加上置身於新的文化環境，面對新的讀者群眾，故而在民族化的追求方面，也就不僅僅在於利用傳統的民族形式，而是吸取其內在的精神，把其中沉澱的民族的審美習慣和審美趣味的元素提取出來，使之灌注於新的創作，以便鑄造一種新的民族形式，適應新的時代和新的群眾的審美需要。當代文學的眾多作家作品雖然不一定採用或完全不採用傳統的民族形式，但卻具有「中國作風和中國氣派」，為當代的人民大眾所「喜聞樂見」，其原因正在如此。其二是融合新機而不拘執傳統。當代文學的民族化追求，一方面注意吸取傳統的精神，另一方面同時也十分注意融合藝術的新機，特別是「五四」以來的新文學所積累的新的經驗，所創造的新的形式。其中當然也包括前蘇聯等國文學中的某些新的藝術經驗和形式。因為融合了這些新的藝術因素，故而當代文學所追求的民族化就顯得更加豐富多樣。

但是，也正是在上述方面，由於某種歷史的慣性和諸多現實的因素的影響，當代文學一方面在吸取傳統精神的過程中，並未能做到使民族的文學傳統真正發生「創造性的轉化」，有時仍不免拘泥於已有的形式甚至以之作為當代文學的民族化的道路和方向。另一方面則在融合新機的過程中，又長期處於一種「偏食」前蘇聯文學的狀態，包括對五四新文學的「擇取」，也存在很多極端的「偏好」。這勢必也要使當代文學的民族化追求受到影響。在二十世紀中後期的一個開放的呈現一體化趨勢的世界文化環境中，中國當代文學的民族化追求卻長期處於一種封閉的和與外界隔絕的狀態，未能像拉美文學那樣儘快完成民族文學的現代化進程，造就一種既是民族的又是世界的現代的民族文學。

文革後的新時期文學雖然不一定以民族化為統一的理論標幟，但卻沒有放棄民族化的目標和方向。針對前此時期當代文學在民族化問題上的某些極端偏向，它對新的追求的路徑和取向，也做出了相應的調整。在民族化的方向上，新時期文學所做的新的追求的努力主要表現在以下兩個方面：其一是以更加寬容的態度接受民族的文學遺產，包括「五四」以來的新的文學傳統。新時期文學不但依然重視繼承長期以來居於正統地位的民間的大眾的和新文學的主流傳統，而且也注意從那些曾經在不同程度上被歷史冷落甚至遭到廢棄的古代文學和新文學史上非主流的作家、作品中，開發於創造新的民族形式有用的藝術資料。這樣，新時期文學所得民族文學傳統的沾溉就更顯豐沛，民族形式的根基也更加深厚。其二是以更加開放的眼光吸納世界文學新潮，特別是二十世紀以來西方現代主義的文學潮流。新時期文學在繼續不斷地向西方近代文學吸取藝術滋養的同時，又在短短的十幾年間，差不多移植了二十世紀以來西方現代主義各流派的藝術形式和技巧。雖然這種移植未免失之匆匆和顯得根基不牢，但畢竟打破了長期以來與世界當代文學的隔絕狀態，同時也加快了中國文學的現代化步伐。中國文學終究要以一種新的現代的民族特色自立於世界文學之林，這是一種追求的目標，也是一種歷史的趨勢。

三、當代文學的歷史分期

文學史的分期，多以時代為限。分期首先是一個時間的概念，必然要與時代發生聯繫。但是，一個時代對文學發生重大的或決定性影響的因素又是多種多樣的。有時是政治的，有時是經濟的，有時是宗教的，有時又是諸如戰爭等其他更具體的因素，或者有時甚至就是文學自身的革新和變化所顯示出來的階段性，如此等等，故而文學史的分期又常常在大的時代概念之下，依上述影響文學或文學自身變化的因素來劃分更小的時期。對中國當代文學來說，影響其發展的無疑是政治和經濟這兩大決定性的因素。因此學術界習慣於從當代中國的政治和經濟的發展變化去劃分文學的時期，是符合當代文學的歷史實際的。本書把中國當代文學分為三個相對完整的發展時期，同樣也是基於這樣的歷史實際。因此，討論這三個時期的文學的歷史發展，就不能離開對這三個時期的政治和經濟狀況所做的分析。當然，這種分析又必須以對文學發生影響為度，同時還要兼及文學自身發展變化的形式和規律。

從一九四九年到一九七六年，是當代文學重要的奠基時期和開拓時期，也是當代文學充滿曲折和艱難發展的時期。這個時期的文學，在五〇年代中期以前，基本上是在致力於完成從新民主主義革命時期的文學到社會主義革命時期的文學的轉型變化。故而在各個方面都帶有比較明顯的社會轉型期的文學特徵。由於這個時期國家的政治、經濟都處於一個穩步發展和持續上升的時期，雖然在學術文化和文學領域也開展過某些過火的批判甚至錯誤地處理過一批優秀的作家，但在總體上卻未對文學的發展產生決定性的影響。這期間的文學雖然處於轉型變化之中，未能取得重大的藝術成就，但文學的局面卻是「生動活潑」的，文學的發展也是基本正常的。其中許多新的萌芽，對當代文學有重要的意義，為當代文學的進一步發展奠定了最初的基礎。從五〇年代中期到六〇年代中期，在近十年的時間內，當代文學一直處於一個激烈動盪的國際國內環境之中。這期間的當代文學，主要是致力於不斷發展和完善它的社會主義文學的政治性質。為此，它一方面運用政治的手段和政治運動的方式，發動了一系列文學批判運動，以便使作家的世界觀和文學的指導思想得到根本的改變。這些文學批判運動對這期間文學的發展大都造成了不利的影響，甚至很大的傷害。這期間文學道路的曲折和發展的艱難，也主要是由這些文學批判運動甚至直接就是政治運動造成的。但是，另一方面，這期間的文學在為社會主義事業服務的過程中，由於遵循了深人生活、反映生活的正確的藝術規律，並以現實主義文學所要求的真實性和典型性不斷地抵制那些文學批判和政治運動的干擾，在艱難曲折的發展中也取得了重要的藝術成就。特別是在某些文學門類，出現了當代文學創作的高峰，產生了迄今為止仍難以企及的藝術精品。與此同時，在這期間，一批「跨代」作家在完成了藝術轉變之後又取得了新的創作成就；與當代文學一起成長的新進作家也形成了自己的創作風格，在走向最後的成熟。此外，當代文學基本理論的建構，當代文學批評活動的開展，也在這期間形成了自己的特色和取得了重要的成就。無論從哪方面說，這都是當代文學的一個成熟時期和收穫時期。從六〇年代中期到七〇年代中期，當代文學進入了一個政治的「非常」時期。十年文革動亂，不但破壞了文學發展的環境，也中止了文學自身的發展。當代文學已經形成的正確理論原則遭到嚴厲的批判，已經取得的重要藝術成就受到徹底的否定，已經產生了重大影響的作家受到嚴重的摧殘。而在這種批判和否定的基礎上以政治的強力推行的理論原則和「樣板」作品，既是政治陰謀的產物，又有悖於藝術的規律。這無疑是當代文學業已建立起來的社會主義性質受到歪曲和走向失落的時期，也是社會主義的文學事業遭受重大挫折和中止發展前進的時期。這期間的文學值得重視的是少數作家在逆境中堅持「地下」的或「半地下」狀態的創作，以及在數百萬「上山下鄉」的「知識青年」中產生的新的文學創作的萌芽。這些創作或創作的萌芽對文革結束後的新時期文學產生了重要的影響，從而也表明這期間的文學在遭受重大挫折的同時也在醞釀新的轉機。

從一九七六年結束文革以來的新時期文學，即是以對文革期間的當代文學的「非常」狀態的「撥亂反正」為開端的。這種「撥亂反正」首先是從政治上「平反」「冤、假、錯」案，把文學的生產力從政治的高壓下解放出來，使當代文學恢復正常的發展狀態。其次是解放思想，從理論上正本清源，恢復當代文學正確的理論原則和對新文學的歷史（包括當代文學）的正確評價。與此同時，文革的空前浩劫所造成的靈肉創傷和長期的心理鬱積，也在解除政治的禁錮之後，醞釀了氣次空前的文學「爆炸」。從七〇年代中期到八〇年代中期，當代文學經歷了一系列的「轟動效應」，創造了文學與社會、文學與群眾緊密結合的歷史的奇蹟。這期間的文學是當代文學恢復和重建其社會主義特質的時期，也是當代文學在經歷了一個「否定之否定」的歷史行程之後，獲得了一個新的飛躍的時期。從八〇年代中期以來，隨著改革開放的深入發展，當代文學在觀照傳統的同時也以更加開放的態度走向世界。各種文學理論觀念和文學批評模式的引進，各種文學創作方法和文學表現形式的實驗，成了這期間文學活動的「熱」點。雖然這些「引進」和「實驗」也存在某些生搬硬套和脫離讀者的弊端，但從總體上說，卻為這期間的文學造就了一個多元並存的局面。這標誌著當代文學在保持其社會主義的主體性質和主導傾向的同時，也在建構一個多元互補的內在格局。

進人九〇年代以後，由於「冷戰」結束後的新的國際環境的影響和改革開放的深入發展、建設社會主義市場經濟的初步實踐，當代文學在一個新的意義上又發生了新的一輪轉型變化。這一轉型變化，對當代文學的管理體制、當代文學的藝術生產、作家的思想觀念與文學活動的方式，都產生了深遠的影響，這種影響見之於這期間的文學思潮和文學創作，就出現了從九〇年代初對市場經濟這一新的生存環境的倉卒應對，到九〇年代中期以後逐步走向自覺回應的發展變化的過程。在這個過程中，各體文學都留下了自己豐富的創作實績，尤其是長篇小說，更取得了前所未有的發展和進步。整個九〇年代文學不僅是新時期以來的中國當代文學的一個自然的歷史延續，同時也以它萌生的新質為當代文學在新世紀的未來發展奠定了一個全新的基礎。二〇〇〇年以來的「新世紀文學」，就是在這個基礎上得到了新的發展，取得了歷史性的進步的。

上編

一九四九～一九七六年間的文學

第一章　社會文化背景

一九四九年，中華人民共和國的成立在中國歷史上是一件劃時代的大事。從此，中國人民結束了被帝國主義、封建主義和官僚資本主義「三座大山」壓迫和剝削的歷史，開始了一個建設社會主義的新時代。這不但是近代以來中國人民前赴後繼的革命鬥爭的偉大勝利，也是有著數千年古老文明的歷史的中華民族的一個新世紀的開始。新中國的成立使社會生活的各個方面都發生了巨大的歷史轉折，本期文學即生存在這個巨大的歷史轉折的背景之下。

要瞭解這個巨大的歷史轉折對本期文學所發生的影響，就不能不考慮到如下幾個方面的背景因素：

一、經濟基礎與社會生活

新中國成立以後，人民政權在沒收官僚資本、進行土地改革和統一財政經濟制度的同時，即著手醫治戰爭的創傷，在舊中國所留下的殘破的廢墟上，恢復和重建已是百孔千瘡的國民經濟。經過三年艱苦的努力，國民經濟迅速得到了恢復和發展。隨後，即在此基礎上著手實現國家的社會主義工業化和對農業、手工業及資本主義工商業的社會主義改造，開始了有計劃地、大規模地建設和發展國民經濟。「三大改造」的任務在一九五六年即宣告完成。這意味著中國共產黨領導的中國革命已經由新民主主義過渡到社會主義階段。中國的社會主義制度已經基本上建立起來了。此後，國內的主要矛盾是「人民對於經濟文化迅速發展的需要同當前經濟文化不能滿足人民需要的狀況之間的矛盾；全國人民的主要任務是集中力量發展社會生產力，實現國家工業化，逐步滿足人民日益增長的物質和文化需要」[1]。為了完成這一偉大的歷史任務，國家在社會主義改造完成之後，即開始轉入全面的大規模的社會主義建設。從一九五六年到文化大革命開始的一九六六年，在短短十年的時間內，雖然遭受過例如一九五八年的「大躍進」和一九五九年到一九六一年的自然災害等嚴重的挫折，但國民經濟在各個方面仍然得到了飛速的發展，取得了令舉世為之矚目的巨大成就。在這個「開始全面建設社會主義的十年」中，中國在經濟上已經擺脫了解放前的貧窮、落後和遭受帝國主義的剝削、壓迫的狀況，開始建成了一個獨立自主的和比較完整的國民經濟的體系，走上了一條「有計劃、按比例、高速度」地發展的健康軌道。一個人口眾多的古老的農業國度，在這十年中，開始奠定了自己的工業化的堅實基礎，成為一個向現代化強國的目標邁進的初步繁榮昌盛的社會主義國家[2]。從一九六六年到一九七六年的十年文化大革命，中斷了中國經濟走向現代化的歷史進程。文化大革命使國民經濟的各個方面都遭到了極大的破壞，蒙受了巨大的損失，乃至瀕臨崩潰的邊緣。但是，在文革前的兩個時期所奠定的國民經濟的基礎仍然在發揮巨大的作用，在農業和一些重要的工業部門，特別是在交通和某些最新的和尖端的科技領域，還取得了一些重要的進展和突破。經歷了文化大革命的歷史劫難，從新中國成立以來開始逐步確立的社會主義的經濟基礎仍然在煥發生機和活力，中國經濟的現代化仍然存在著可以期待的前景和希望。

1 《中國共產黨中央委員會關於建國以來黨的若干歷史問題的決議》，《三中全會以來重要文獻選編》（下）（人民出版社，一九八二年），頁八〇二。

2 「要努力把我國逐步建設成為一個具有現代農業、現代工業、現代國防和現代科學技術的社會主義強國」即「四個現代化」的目標是一九六四年底到一九六五年初召開的第三屆全國人民代表大會宣布的。

國民經濟的恢復、重建和高速發展，給社會生活的各個方面都帶來了極大的變化。土地制度的改革，使無地和少地的農民得到了足夠的土地，實現了他們世世代代夢寐以求的「耕者有其田」的理想。隨後，又依據他們自己的願望，在農業的社會主義改造運動中，走上了合作化的道路。農業合作化不但避免了在土地制度改革之後可能出現的新的貧富分化的現象，而且也從根本上改變了傳統農業分散的、個體的經營方式，增強了抵禦自然災害和從事農業基本建設的能力，從而極大地提高了農業的勞動生產力，使廣大農民走上了一條共同富裕的道路。儘管合作化運動在以後的發展中，產生了許多諸如生產和分配方面的弊端，但就當時的歷史條件和生產力狀況而言，仍然不失為中國傳統農業走向現代的一個明智的選擇。而且這種選擇事實上也使中國農民特別是廣大貧苦農民擺脫了世世代代缺吃少穿的貧困生活，給他們帶來了衣食溫飽和安居樂業的保障。中國農村由長期以來的貧窮、凋敝一變而為繁榮、興旺，出現了前所未有的生機和希望。與此同時，城市在恢復工業生產、把沒收的官僚資本轉變為社會主義的國營企業和對手工業及資本主義工商業的社會主義改造過程中，也逐步擺脫了解放前所遺留下來的城市人口的沉重的失業負擔。城市就業率的提高和消滅失業現象，不但穩定了市民的生活，而且也帶來了消費水平的提高，促進了商業的發展和市場的繁榮，城市生活同樣也出現了一派生機勃勃、蒸蒸日上的發達景象。

城鄉經濟的繁榮和人民群眾生活水平的提高，同時也引發了精神文化生活方面的需要。新中國成立後，人民政府在發展經濟的同時，也大力發展文化教育事業，著手對舊中國的文化環境進行徹底的改造。經過艱苦的努力，在很短的時間內，便消滅了對城鄉人民毒害極大的諸如吸毒、賣淫、賭博等社會醜惡現象，遏制了各種封建的和資本主義的文化惡流的氾濫，淨化了文化環境。與此同時，人民政府也對舊有的文化和演出團體進行了卓有成效的改造，同時在各級各地建立新的文化組織，使新舊文化工作者團結合作，共同為新時代的人民群眾服務，提供更多更好的精神文化產品，滿足人民群眾日益增長的對於精神文化生活的迫切需要。隨著教育的普及和人民群眾的文化水平的日漸提高，以及新的文化環境的形成和新的文化精神產品的廣泛傳播，這期間人民群眾的精神文化生活，也得到了從未有過的豐富和滿足。

新的社會制度和經濟基礎的建立，新的社會生活環境的形成，以及由此而引起的對於精神文化生活的新的需要的出現，是本期文學生存和發展的重要條件。早在中華人民共和國正式宣告成立之前，即將誕生的人民政府就十分重視新中國的文藝事業的繁榮和發展。一九四九年七月二日至十九日在北平（今北京）召開的中華全國文學藝術工作者第一次代表大會，團結了新老文藝工作者和來自解放區與國統區的兩支文藝隊伍，組成了一個新的統一的文藝陣營，奠定了新中國文藝事業的基礎。此後，從經濟恢復時期到社會主義改造和社會主義建設時期，人民政府都在為文藝事業的發展不斷地創造條件、提供保證，中國文學從來也沒有像在新中國成立以後這樣獲得如此強有力的物質保障，中國的作家也從來沒有像在新中國成立以後這樣獲得如此安定的從事藝術創造的良好環境。雖然這個環境和保障在文化大革命中遭到了極大的破壞，但從根本上說，在新的經濟基礎上誕生的、適應人民群眾需要的新的人民文藝，始終是新中國的社會主義事業和人民群眾的精神文化生活的一個不可分割的重要組成部分。考察本期文學的社會文化背景，不能不首先注意這個重要的前提因素。

二、意識形態與時代風尚

中國共產黨作為馬克思列寧主義的政黨，在取得革命勝利、建立人民政權之後，理所當然地也要以馬克思列寧主義作為「指導我們思想的理論基礎」。因此，馬克思列寧主義及其與中國革命的具體實踐相結合的產物——毛澤東思想，無疑是社會主義中國佔統治地位的國家意識形態。與歷史上其他形態的國家政權不同，社會主義國家是人民的國家，人民是社會主義國家的主人。作為國家的主人，廣大人民群眾無疑應當接受馬克思列寧主義、毛澤東思想的教育，努力學習和掌握馬克思列寧主義、毛澤東思想，使之成為抵制各種封建主義、資本主義和其他消極、腐朽的思想侵蝕的有力武器，成為認識世界、改造世界、鞏固政權、建設國家的強大的精神力量。為此，新中國成立以後，中國共產黨即著手在廣大人民群眾，尤其是廣大黨員、幹部和知識份子中間，通過各種不同的形式，有組織地開展馬克思列寧主義的學習教育運動（包括學校教育中的「德育」），同時也通過學習貫徹國家的各項政策法令，向人民群眾灌輸馬克思列寧主義的立場、觀點和方法。特別是在六〇年代以後逐步開展起來的學習毛澤東思想的群眾運動，更使馬克思列寧主義的思想教育深入人心。這種經常性的學習教育活動又常常與各種各樣的政治運動和知識份子的思想改造結合起來，尤其是與國際共產主義運動中的思想鬥爭結合起來，這樣，就進一步增加了它的嚴肅性和重要性。與此同時，馬克思列寧主義、毛澤東思想的立場、觀點和方法，還通過這種學習教育運動，深入地影響到學術文化領域，使哲學、歷史、經濟和其他社會、人文科學都從根本上得到了革命的改造，成為以馬克思列寧主義、毛澤東思想為指導和核心的社會主義的國家意識形態的一個重要組成部分。雖然從五〇年代中期以後，在政治上出現的某些「左」的錯誤和偏頗，尤其是文化大革命開始前後，林彪集團利用毛澤東思想的權威進行政治陰謀活動，給這種群眾性的學習教育運動蒙上了陰影，但是，從整體上看，馬克思列寧主義、毛澤東思想畢竟得到了空前廣泛的普及，廣大人民群眾尤其是黨員、幹部和知識份子自覺地學習、掌握馬克思列寧主義、毛澤東思想，運用馬克思列寧主義、毛澤東思想分析問題、解決問題，在改造社會、改造自然和改造自身的過程中確實產生了巨大的物質力量。中國人民真正用馬克思列寧主義、毛澤東思想武裝起來了。國家意識形態如此廣泛深入地為普通人民所掌握，並且在社會實踐中發揮如此巨大的作用，這是本期政治生活中的一件帶根本性的大事，考察本期文學的生存和發展，不能不注意這種意識形態的力量對文學所產生的巨大影響。

馬克思列寧主義、毛澤東思想廣泛深入的普及，各種社會改造和思想教育運動收穫的巨大成效，以及在新的經濟基礎上建立的新的社會關係和思想觀念，從根本上改變了這期間的社會風氣，形成了五〇、六〇年代特有的一種團結、和諧、熱情、樂觀和積極、進取的時代風尚。這種新的時代風尚主要表現在如下幾個方面：其一是主人翁的態度。中華人民共和國的成立不但在國際國內造成了巨大的政治影響，而且也給中國人民注入了巨大的心理能量。無論是相對於近代中國受帝國主義侵略、蹂躪的屈辱的歷史，還是對照在國民黨統治下的受壓迫、受剝削的痛苦生活，中國人民都有一種站起來了翻身得解放的感覺。這種感覺不僅是屬於一個階級，同時也是屬於全民族的每一個成員。而且在新政權中，人民成了國家的主人，故而主人翁的態度也就成了全體人民所共有的一種普遍的心理狀態了。這種心理狀態作為一種內在感受是民族自立和人民當家的自豪感與榮耀感，見之於日常實際的工作和生活，則是對人民自己的事業的無私的奉獻和高度的責任。這期間在全體社會成員中形成的一種良好的工作作風，即來源於這種主人翁的態度或受著它的激勵和影響，它在實際工作和日常生活中所產生的作用是十分巨大的。其二是集體主義的精神。社會主義改造的完成，公有制的確立，同時也改變了建立在私有制的基礎上的社會關係和思想觀念。公共的、集體的觀念開始取代私有的、個人的觀念，逐漸在人們的頭腦中形成一種全新的道德原則和價值標準。人們運用這種新的道德原則和價值標準要求自己，也衡量他人，於是，在實踐中便形成了一種可以稱之為「為公」的普遍的行為規範。這種行為規範的出現不但改變了數千年來為私有制所培植的天經地義的人生信條，而且也協調了人與人的關係，使社會成員在「為公」的前提下，形成了一種團結友愛、互相協作、共同前進的新的社會風尚。這種新的社會風尚的形成反過來又對這期間的經濟基礎和社會生活發生了巨大的作用和影響，是這期間的經濟基礎和社會生活賴以生長發展的精神的氣候和土壤。其三是理想主義的激情。社會主義制度的建立本身便是一種革命的理想的實現；社會主義作為共產主義的低級形態，又是在向著共產主義的最高理想前進，因此，在整個社會主義改造和社會主義建設期間，理想主義都是引導人民群眾進行革命和建設的精神的火把。這種理想主義不但體現在國家對於發展前景的藍圖和規劃，而且也見之於個人的信仰和對人生目標的選擇與追求。理想主義作為一種巨大的精神動力，在這期間的社會生活中激起了極大的生活熱情，孕育了一種積極樂觀的思想情緒，為這期間的社會生活塗上了一層熱烈明朗的精神色調。

以上，我們分別從社會主體、社會關係和社會發展的角度，扼要地闡述了在本期社會生活中形成的一種新的時代風尚的主要表現。除此而外但又與此相連的，還有諸如愛國主義、勞動觀念和平等原則等等，都是這期間在人民群眾中普遍生長著的新的精神因素。這些新的精神因素，有些是與民族的精神傳統一脈相承的，有些則是在新的社會制度和經濟基礎上萌生的新的思想觀念，這些新的精神因素和思想觀念，加上上述各個方面，從整體上構成了一種新的時代精神，造就了一種新的時代風尚。它不但體現在少數英雄模範人物身上（他們是人民群眾學習的楷模），而且也沉澱在普通人的道德觀念和價值標準之中，影響到人們的情感態度、心理行為和對事物的態度與評價。文學藝術作為一種社會接受和社會評價的對象，當然也要受到這種時代風尚的影響和制約。法國文學史家丹納曾經把「時代精神和風俗習慣」看做是一定時代文學生長的「精神的土壤和氣候」，是決定這一時代的文學的「基本原因」[3]。可見，時代風尚對本期文學的影響是很重要的。

由於這期間政治上出現的某些失誤和意識形態領域裏存在的某些理論偏頗的影響，在人們的思想觀念和心理行為方面，也出現了許多與時代的要求和歷史的趨勢不甚合拍乃至有悖時勢的偏頗和局限。例如在上述主人翁的態度中摻雜的某些妄自尊大的盲目情緒；在集體主義的精神中隱含的某些忽視乃至否定個性和個人利益的極端偏向；在理想主義的激情中氾濫的某些不切實際的空想和急躁冒進的心理，以及其他諸如封閉、保守、狹隘、固執等等封建主義和小農意識的殘餘，所有這一切，都是對這期間的時代風尚產生不利影響的消極因素。它不但助長了這期間政治上的某些失誤和意識形態領域的某些偏頗，而且也影響了這期間的文學對生活的判斷和評價。考察這期間的時代風尚對文學的影響，也不能不注意到這些並非局部的或偶然出現的消極因素的作用。

[3] 參見丹納，《藝術哲學》「第一編 藝術品的本質及其產生」（人民文學出版社，一九六三年）。

三、文化傳統與外來影響

中國文學自古以來就是生活在一個有著深厚文化傳統的土壤之上的，當代文學自然也不例外。在五四新文化運動中孕育產生的新文學，雖然從一開始就是以對傳統文化的批判為特徵的，但是，對其中的精華和合理的部分，仍然有所繼承和吸收。特別是經過了現代歷史的實踐和檢驗，逐步形成了以毛澤東為代表的對待文化傳統的正確的方法和態度，使得傳統的精華和合理的部分，得到了進一步的發揚和光大。新中國成立以後，根據毛澤東確立的思想原則，對既往的文化傳統，在各個領域，都進行了批判性的清理。通過這種清理，剔除了封建的糟粕，重塑了傳統的形象，重建了傳統的體系，使古老的文化傳統以一種全新的意義，成為當代群眾聯繫歷史的新的精神的紐帶和通道。本期文學即是生存在這個重新建構的文化傳統之下。就其對本期文學影響最為直接的文學的傳統而言，以封建的「載道」的正統詩文為正宗的文學傳統，開始為具有民主性、人民性的文學傳統和被正統詩文淹沒已久的民間的、民眾的傳統所取代。在這個新的文學傳統中，本期文學更多地是從那些具有反抗精神的、追求人生自由（主要是婚姻、愛情）的和同情勞動人民的以及勞動人民自已創造的文學作品，或其他積極健康、通俗普及的文學作品中吸取藝術的滋養。這種經過「提純」和「淨化」處理的文化傳統的滋養，無疑強化了本期文學的人民性和大眾化的方向，對本期文學的思想內容尤其是風格形式，都產生了極為重要的影響。

但是，由於在新中國成立以後對封建文化的批判中產生的某些過於簡單化的弊端，加上長期形成的某些衡量傳統的過於單一的政治尺度的影響，也使得這期間在對文化傳統的繼承問題上，出現了一些極端化的偏向。在哲學、歷史和其他人文、社會科學領域，歷史上許多重要的文化思想和文化人物，往往被一些簡單的政治標籤所封閉。更有甚者是以當代的階級和政治的標準去區分歷史人物和傳統文化的階級性與政治傾向，以至於發展到文化大革命期間，把歷史人物和傳統文化也納入到當代政治鬥爭的範疇，演出了一幕幕陰謀影射的政治鬧劇。這種簡單化地和實用主義地對待文化傳統，無疑使傳統的精神遭到了極大的破壞，它在當代文化中造成的傳統斷裂對本期文學的影響是十分有害的。在文學傳統的繼承方面，這種簡單化的和實用主義的態度，除了上述種種表現外，就是輕視乃至否定傳統文學尤其是正統詩文的形式和藝術對當代文學的作用和意義，有些在形式上創新的、藝術成就很高的作品，常常被斥之為形式主義、為藝術而藝術乃至頹廢沒落的情調而被棄之不顧，這無疑也造成了本期文學在吸收傳統的藝術滋養方面所出現的長期以來的偏食症，它對本期文學所造成的影響同樣也是十分有害的。

與此同時，本期文學在對外來影響的吸收方面，也出現了類似的偏向。外國文學和文化的影響對「五四」新文學的孕育形成曾經起過決定性的作用。在新文學史上，不斷地吸收外國文學和文化的滋養，也是新文學發展壯大的一個重要的條件。新中國成立以後，本期文學並沒有停止對外國文學和文化的借鑑與吸收，但卻因為社會歷史的變動而確立了新的原則標準，產生了新的現實需要。本期文學所受外來影響，主要有以下兩個方面：其一是歐洲從文藝復興到十九世紀的近代文學，尤其是十九世紀歐洲的批判現實主義文學和俄國的革命民主主義的文學；其二是「十月革命」以後的前蘇聯文學和其他（主要是東歐）社會主義國家的文學。

在這些外來影響中，前蘇聯文學的影響又是舉足輕重的；在五〇年代中前期，甚至是帶根本性的。舉凡前蘇聯文學的理論原則和作家作品，乃至方針政策和文學活動，在這期間都被及時地詳盡地介紹進來，作為文學界直接學習和仿效的對象。本期許多文學理論方面的討論和文學批評方面的活動（包括非文學的批判），都是在前蘇聯文學界的直接影響下開展起來的。本期作家的文學創作，尤其是青年作家的創作所受前蘇聯文學的影響，更是一個普遍存在的文學現象。有些青年作家的處女作或成名作甚至直接就是在某位前蘇聯作家或某部前蘇聯文學作品的影響下創做出來的。所有這些外來影響，對本期文學的發展都是十分重要的。它不但在極為有限的條件下開拓了本期文學的視野，保持了本期文學與世界文學的歷史聯繫，而且也滋養了本期的作家，尤其是在理論和創作方面，確實收穫了許多重要的成果。否認本期文學存在外來影響，是一種不尊重歷史的表現；無視本期文學的外來影響的積極方面，同樣是對歷史的一種偏見。

當然，本期文學在吸收外來影響方面，過於拘泥階級的和政治的選擇尺度，以及由此而導致的藝術胸襟的狹隘和藝術趣味的狹窄，也不免將更大範圍內人類所創造的藝術財富，尤其是二十世紀以來人類所創造的最新的藝術成果，拒之於國門之外。特別是在五〇年代後期乃至文化大革命期間，中、蘇兩黨和兩國關係破裂之後，逐漸割斷了本期文學與前蘇聯和東歐其他社會主義國家的文學之間的聯繫，使得本期文學的後半部完全處於一種封閉和與世隔絕的異常狀態。本期文學給人們留下的封閉、保守的印象，也主要是因為這種褊狹的乃至極端的態度所造成的消極的結果。

一定時期的文學所受的文化傳統和外來影響的作用，雖然常常表現為一種顯在的文化行為和文學行為，但是，它的更深刻的也是更長遠的作用，卻是傳統和外來的因素對文學的潛移默化的浸潤和薰陶。無論本期文學在繼承傳統和吸收外來影響方面取何種態度，傳統和外來影響作為作家的一種文化修養和文學修養，總是要以這樣或那樣的方式對文學的創造發生或隱或顯的作用。而且，傳統和外來影響一旦融入心理層面，成為一種集體的意識和時代的風尚，也會對文學發生無形的作用。這都是人力即使是政治的強力也不能移易的。考察本期文學的文化傳統和外來影響的作用，也不能不注意到這個重要的因素。

第二章　文學思想潮流

第一節　本期文學思潮發展概況

一定時期的文學思潮，是一定時期的文學觀念和文學主張的集中表現，同時也反映了這一時期文學的發展趨勢和要求。各民族文學在各個不同歷史時代的文學思潮的表現形式是各不相同的。中國當代文學在本期的文學思潮最突出的表現便是與政治運動和政治鬥爭的密不可分。文學思潮往往被視為某個階級的政治思想的具體表現，或者被認為是反映了某個階級在政治上的願望和要求。因此，本期在文學思想上的爭論和鬥爭往往很快便被轉入政治運動和政治鬥爭的軌道，或者是作為發動政治運動、開展政治鬥爭的前奏。有些以文學思想鬥爭的名義進行的討論或爭論，實質上就是一場政治性質的運動和鬥爭。正因為如此，本期文學思潮幾乎不存在一種完全獨立的運動形式，它基本上是附著在政治運動和政治鬥爭的軌道上運行的，它的某些理論主張和思想觀點也大都被淹沒在政治思想和政治理論之中，或者摻雜了過多的政治思想和政治理論的因素。研究本期文學思潮，首先必須把本期文學思潮從本期的政治運動和政治鬥爭中相對「剝離」出來，然後才能從中清理出一個相對完整的發展線索。

本期文學思潮的發生和發展，大致經歷了如下三個階段：

一、第一個階段：從一九四九年到一九五七年

這個階段的文學思潮，有兩個交叉並進的運行軌跡：其一是以第一、第二次全國「文代會」的召開和貫徹「雙百」方針[1]，以及因此而開展的文學討論和文學批評活動為標誌的，確立新的文學方向和理論原則的運行軌跡；其二是以討論電影《武訓傳》，批判俞平伯的《紅樓夢》研究，批判胡風的文藝思想，文藝界的「反右」鬥爭[2]，以及因此而開展的其他的文學批判和文學思想鬥爭為標誌的，反對與新的文學方向和理論原則相抵牾的文學傾向和學術思想的運行軌跡。

這兩條運行軌跡在時間上雖然有諸多交叉之處，但在實際運動中卻遵循著各自的邏輯和規律。新中國成立以後，需要確立新的文藝方向和理論原則，同時也要根據變化了的情況制定新的文藝方針和文藝政策，前一條運行軌跡即是遵循這樣的歷史邏輯，在這期間，確立了以《講話》為代表的毛澤東文藝思想為新中國文藝的指導思想，以《講話》提出的文藝為人民大眾首先是為工農兵服務為新中國文藝的發展方向，以社會主義現實主義為新中國文藝創作和批評的最高準則，以「百花齊放，百家爭鳴」為繁榮新中國文藝的基本方針。與此同時，圍繞這些問題，文藝界還開展了許多理論討論和文學批評活動，特別是在「雙百」方針提出後文藝界出現的理論「爭鳴」，也為新的文藝方向和理論原則的確立增添了新的內容。雖然在這個過程中也存在一些理論上的不足和偏

1 第二次「文代會」是一九五三年九月二十三日至十月六日在北京召開的。「雙百」方針即「百花齊放，百家爭鳴」的方針，是毛澤東一九五六年五月二日在最高國務會議第七次會議上正式提出的。

2 討論電影《武訓傳》在一九五一年，批判俞平伯的《紅樓夢》研究在一九五四年，批判胡風的文藝思想集中在一九五五年，文藝界的「反右」鬥爭在一九五七年。

頗，但從總體上說，這些極具建設性的工作，在很短的時間內便奠定了新中國文藝的理論基礎，開拓了當代文學思潮發生和發展的歷史源頭，對本階段的文學創作也產生了積極的作用和影響。

本階段文學思潮的另一條軌跡基本上是在政治鬥爭的軌道上運行的。新中國成立以後，一方面要進行鞏固和保衛新生政權的政治鬥爭和軍事鬥爭，同時還要在意識形態領域肅清封建主義、資產階級和小資產階級的思想影響。尤其是因為在新民主主義革命取得勝利之後，確定了無產階級和資產階級的矛盾是「過渡時期」國家政治生活中的主要矛盾，故而在思想文化和意識形態領域進行反對資產階級的鬥爭，就成了這一階段文藝運動和文藝思想鬥爭的主要內容。這一階段在文藝界發動的歷次運動，雖然鬥爭的側重點各有不同，但一以貫之的主題就是反對資產階級的思想體系，包括資產階級的世界觀和方法論，及其在文學藝術和學術文化領域的各種表現，亦即資產階級的文藝思想和學術思想。而且這種鬥爭還常常越出文學藝術和學術文化的範疇，成為一個純粹的政治問題。有時甚至還要聯繫到黨內的思想傾向和政治分歧，為此後的黨內鬥爭埋下了伏筆。這一階段在文藝界發動的歷次文藝運動和文藝思想鬥爭，就積極的方面而言，對知識份子的思想改造和確立馬克思列寧主義的世界觀和方法論在文學藝術和學術文化領域的指導地位，對澄清文藝問題和學術文化問題上的一些重大的理論是非，乃至對新的文藝理論和學術思想體系的建立，都曾起過巨大的歷史作用。但是，也應當看到，這些文藝運動和文藝思想鬥爭也開了以政治的方式解決文藝問題和學術文化問題的先例，尤其是「反胡風」鬥爭和「反右」鬥爭及其所做的擴大化的錯誤的處理，留下了巨大的歷史隱患，對此後的文藝思潮乃至文學創作的發展都產生了極為不利的影響。

二、第二個階段：從一九五八年到一九六五年

與上一階段不同，這個階段的文學思潮不存在兩條明顯的交叉並進的運行軌跡，而是隨著國家的經濟生活和國際國內的政治鬥爭形勢的變化，在總體上呈現出一種波瀾起伏的發展態勢。

一九五七年的「反右」鬥爭以後，階級鬥爭的擴大化不僅沒有得到及時的糾正，同時還因為蘇共「二十大」和「匈牙利事件」後國際形勢的變化的影響，使得階級鬥爭的理論在國家的政治生活中反而得到了進一步的發展和強化。無產階級同資產階級的鬥爭已經不限於「過渡時期」國內的階級矛盾，而是與整個國際範圍內的階級鬥爭和共產主義運動內部反對修正主義的鬥爭緊密聯繫在一起。這樣一來，反對資產階級和修正主義文藝思潮的鬥爭也就成了本階段文藝思潮發展的一個核心主題。從一九五八年「反右」鬥爭的尾聲進行的對資產階級、修正主義文藝思想的批判和再批判，到一九五九年「反右傾」以後又一次批判資產階級、修正主義的文藝思想，直至一九六二年八屆十中全會，尤其是毛澤東的兩個批示[3]後持續到文化大革命前的不間斷的批判資產階級、修正

[3] 一九六三年十二月十二日毛澤東對文藝問題的第一個批示是：「各種文藝形式——戲劇、曲藝、音樂、美術、舞蹈、電影、詩和文學等等，問題不少，人數很多，社會主義改造在許多部門中，至今收效甚微。許多部門至今還是『死人』統治著。不能低估電影、新詩、民歌、美術、小說的成績，但其中的問題也不少。至於戲劇等部門，問題就更大了。社會經濟基礎已經改變了，為這個基礎服務的上層建築之一的藝術部門，至今還是大問題。這需要從調查研究著手，認真地抓起來。許多共產黨人熱心提倡封建主義和資本主義的藝術，卻不熱心提倡社會主義的藝術，豈非咄咄怪事。」一九六四年六月二十七日，毛澤東對文藝問題的第二個批示是：「這些協會和他們所掌握的刊物的大多數（據說有少數幾個好的），十五年來，基本上（不是一切人）不執行黨的政策，做官當老爺，不去接近工農兵，不去反映社會主義的革命和建設。最近幾年，竟然跌到了修正主義的邊緣。如不認真改造，勢必在將來的某一天，要變成像匈牙利裴多菲俱樂部那樣的團體。」

主義的文藝思想，這種批判和鬥爭的趨勢一直在不斷發展和逐步升級，結果便在本階段形成了一種在政治上極端左傾的文藝思潮。這種極左的文藝思潮不但斷送了「雙百」方針和六〇年代初期文藝政策調整之後出現的大好局面，而且也助長了文藝理論的謬誤。更有甚者，是它直接成了文化大革命中對文藝進行「革命大批判」的政治的預演和先聲。正因為如此，一九六五年對新編歷史劇《海瑞罷官》的批判，也就順理成章地成了引發持續十年的文化大革命的直接的政治導火線。

在進行政治批判的同時，一九五八年的「大躍進」又將本階段的文藝思潮捲入了一場空前的經濟狂熱之中。「大躍進」的初衷是為了貫徹總路線[4]精神，加速經濟建設，使我國儘快擺脫「一窮二白」的落後面貌。人民群眾在「大躍進」中爆發出來的高度熱情和沖天幹勁，對本階段的文學發展是一個有力的推動，他們用文學的方式表達自己的心聲，也為本階段的文學增添了新的內容。從這個意義上說，在「大躍進」運動中興起的「新民歌」是有其歷史的合理性的，也是合乎中國文學的歷史傳統（包括新文學的傳統）的。在「新民歌」運動的背景下開展的關於新詩發展問題的討論，以及根據毛澤東談新詩的意見提出的「兩結合」的創作方法，對豐富和發展新詩理論和現實主義的創作方法，都有極為重要的理論和實踐的意義。但是，由於在「反右」鬥爭以後，片面誇大了在鬥爭中激發出來的精神力量和過於急切地把這種精神的力量轉化成物質的成果，加上缺少經濟建設的經驗，不能很好地掌握客觀規律，和某些盲目的驕傲自滿的情緒從中作祟，致使這一場全民的經濟建設的熱潮，很快便被一種急躁冒進的情緒所左右，出現了一種完全由主觀意志支配的不講實際條件和客觀規律的空想與浮誇。這種情緒和風氣影響到這期間的文學，一方面是盲目地制定不可思議的高指標和大計畫，放文藝「衛星」，同時又提出

4　一九五八年五月，中國共產黨在八屆二中全會上提出了「鼓足幹勁，力爭上游，多快好省地建設社會主義」的總路線。

了諸如「演中心，畫中心，唱中心」和「三結合」[5]等有悖於藝術規律的創作主張。另一方面，無論是群眾性的創作，還是專業作家的作品，都出現了以浮誇和空想代替浪漫主義，又以這種扭曲的浪漫主義取代現實主義的生活基礎的創作傾向。與此同時，理論上對「兩結合」的創作方法所做的政治化的闡釋，以及對諸如理想、熱情、想像等主觀因素和浪漫主義的片面強調，也助長了這種創作傾向的蔓延。一九五八年的「大躍進」雖然是十分短暫的，但它卻給本階段的文學思潮留下了持久而深遠的影響。

六〇年代初，對「反右」和「大躍進」以後文藝界出現的「左」的傾向，從方針政策和理論思想上進行調整、「糾偏」，是本階段的文藝思潮在向「左」的極端發展的過程中出現的一個短暫的起伏和波瀾。「反撥」、「大躍進」中出現的違反藝術規律的極端偏向在一九五九年就已經開始，周恩來為此做了極大努力[6]。但是，不久即被突然而起的「反右傾」鬥爭所中斷。這一次文藝政策調整的最直接的動因，則是在「大躍進」、「反右傾」和連續的自然災害給國民經濟造成巨大損失之後，國家開始實行扭轉經濟形勢的「八字方針」[7]。與之相適應，文藝政策也開始調整。從一九六一年到一九六二年，文藝政策調整的重大舉措主要見於在北京和廣州召開的幾次重要會議和周恩來、陳毅在這幾次會議上發表的重要講話，以及會議討論、審議的有關文藝問題的重要文件[8]。這些會議、講話和文件精神，集中體現在如下兩個方面：其一是從知識份子政策和對文藝隊伍的估計問

5 「三結合」即「領導出思想，群眾出生活，作家出技巧」三者結合的創作方法，與「演中心，畫中心，唱中心」同為「大躍進」期間提出的違背藝術規律的創作主張。

6 一九五九年五月三日，周恩來在京邀請文藝界人士召開座談會，在會上發表了《關於文化藝術工作兩條腿走路的問題》的重要講話，開始糾正「大躍進」中文化藝術工作的極端化偏向。

7 即「調整、鞏固、充實、提高」的方針。它的正式提出並見諸實施是在一九六〇年底。

8 一九六一年六月一日至二十八日，中共中央宣傳部在北京召開文藝工作座談會，文化部同時召開故事片創作會議，因為會址都在北京新僑飯店，故通稱「新僑會議」；一九六二年三月，文化部、中國戲劇家協會在廣州召開全國話劇、歌劇、兒童劇創作座談會，

題、「雙百」方針和藝術民主問題、組織領導和制度措施問題入手，糾正錯誤偏向，調動文藝界的積極性，解放文藝的生產力。其二是從尊重藝術規律入手，澄清一些重大文藝理論問題上的思想混亂，解除束縛，解放思想，活躍文藝理論和創作氛圍。其中特別是宣布摘掉知識份子的「資產階級」的帽子，認為他們現在已經是「為無產階級服務的腦力勞動者」，以及提倡「破除迷信，解放思想」，發揚藝術民主、尊重藝術規律等，皆切中「反右」鬥爭和「大躍進」以後文藝界「左」的思潮的要害。其他關於一些重大文藝理論的辨析，也對這期間種種極端的傾向進行了一次全面的「反撥」。在這個形勢下，邵荃麟在「大連會議」上提出的「現實主義深化」和「寫中間人物」的主張[9]，以及後來在文藝界開展的關於題材問題，美學問題，文學上的「共鳴」現象和山水詩問題，戲劇衝突和悲劇、喜劇、歷史劇問題，以及《金沙洲》、《達吉和她的父親》等一些具體作品的討論和爭鳴，都成了文藝政策調整後本階段的文藝思潮開始活躍回升的重要跡象和鮮明標誌。只是這種「好景不長」，八屆十中全會以後掀起的新的「反修」鬥爭的浪潮，很快便淹沒了這個短暫的調整、「糾偏」所取得的成果，本階段的文藝思潮重新滑入「左」的軌道，直至文化大革命全面爆發。

通稱「廣州會議」。周恩來在前兩個會議上發表了《在文藝工作座談會和故事片創作會議上的講話》，在後一個會議的預備會和正式會議上分別發表了《對在京的話劇、歌劇、兒童劇作家的講話》和《關於知識份子問題的報告》。陳毅在「廣州會議」上發表了《在全國話劇、歌劇、兒童劇創作座談會上的講話》。文藝工作座談會討論了《關於當前文學藝術工作若干問題的意見》（共有十條內容，正式執行時改為八條，簡稱「文藝八條」），故事片創作會議審議了《關於當前電影工作的意見》（二十三條），都是體現這些會議精神的重要文件。

9 中國作家協會於一九六二年八月二日至八月十六日在大連召開了農村題材短篇小說創作座談會，簡稱「大連會議」。邵荃麟在會上的發言提到了「現實主義深化」和「寫中間人物」問題，後來被編造為「現實主義深化」論和「寫中間人物」論，遭到無理批判。

三、第三個階段：從一九六六年到一九七六年

這是本期文學思潮發展的一個十分特殊的階段。嚴格說來，這一階段並不存在一種真正意義上的文學思潮。所謂文學思潮，只是盜用文學的名義，實質上卻是一種普遍氾濫的極左的政治潮流。這種潮流如果要冠以文學思潮的名稱的話，就可以叫做「政治文學」的思潮。

這種「政治文學」的思潮，集中表現在如下兩個方面：其一是以《紀要》[10]為代表的對既往的文學傳統和文學成就的全面批判和全盤否定。《紀要》不但重複了在前此階段的批判鬥爭中對建國後「十七年」的文藝所做的許多錯誤的估計和評價，而且還在此基礎上變本加厲地炮製了一條「黑線專政論」，認為建國後的文藝界是「被一條與毛主席思想相對立的反黨反社會主義的黑線專了我們的政」。而這條文藝「黑線」，就是「資產階級的文藝思想、現代修正主義的文藝思想和所謂三〇年代文藝的結合」。它還將歷次被錯誤地批判的文藝觀點，用深文周納、羅織編造的方法，拼湊成所謂「黑八論」[11]，作為「文藝黑線」的「代表性論點」。以此為依據，《紀要》不但一筆抹殺了建國以來的文藝成就，而且全盤否定了「五四」以後，尤其是三〇年代以後革命文學的傳統乃至國際無產階級文藝運動的歷史。與此同時，他們還給中、外文學遺產加上種種封建主義和資本主義的惡謚，肆意踐踏人類在歷史上創造的優秀文化成果。以《紀要》為代表的這股文化虛無主義的潮流，在文化大革命十年

10　一九六六年二月二日至二十日，林彪委託江青在上海召開了部隊文藝工作座談會，會後由陳伯達、張春橋、姚文元加工、整理成《林彪同志委託江青同志召開的部隊文藝工作座談會紀要》，簡稱《紀要》。一九六六年四月十日作為中共中央文件下達。

11　即「寫真實」論、「現實主義——廣闊的道路」論、「現實主義深化」論、「反『題材決定』」論、「寫中間人物」論、「反『火藥味』」論、「時代精神匯合」論、「離經叛道」論等。

中，對文學進行了全面的批判和掃蕩，其結果不但使當代作家的人身受到了極大的傷害，而且也在當代文學中造成了一段難以填補的文學的「空白」和「斷層」的歷史。

其二是以「樣板戲」[12]的創作經驗為代表的違反藝術規律的理論戒條。所謂「革命樣板戲」，本來是在六〇年代初的京劇現代戲創作、演出活動中湧現出來的優秀成果，它的淵源甚至可以追溯到從四〇年代的解放區到新中國成立後所進行的戲劇改革。江青插手後不但按照當時的政治需要肆意改動戲劇情節，而且把她「欽定」的表演程式乃至藝術細節，都奉為神聖不可侵犯的圭臬，並且利用手中的政治權力，向全國「推廣」、「普及」，以此來填補批判、掃蕩後出現的文藝「空白」，「開創」他們認定的「無產階級文藝的新紀元」。在此基礎上，他們又進一步將「樣板戲」的「創作經驗」總結歸納為一系列理論戒條，企圖拼湊一個新的理論體系，作為普遍遵循的創作原則和規律。這些理論戒條的核心就是「三突出」[13]的理論及其一系列派生物。「三突出」是文化大革命中唯一可以稱得上是帶有某種「建設」性的理論成果，但這個理論本身卻是根據階級鬥爭的需要和某種政治理論的模式創造出來的，既違反藝術的規律，也脫離創作的實際。在文化大革命期間，根據這種理論創作的文藝作品，不是對幫派人物露骨地吹捧，就是別有用心地鼓吹「與走資派做鬥爭」，除了作為新的文化專制和政治陰謀的手段外，它是不可能促進真正的文藝創作的發展和繁榮的。

---

12 指現代京劇《智取威虎山》、《紅燈記》、《沙家浜》、《海港》、《奇襲白虎團》，舞劇《紅色娘子軍》、《白毛女》，交響音樂《沙家浜》。一九六七年五月三十一日《人民日報》社論《革命文藝的優秀樣板》把這八個劇目稱之為「革命樣板戲」。

13 即「在所有人物中突出正面人物；在正面人物中突出英雄人物；在英雄人物中突出主要英雄人物」。一九六八年五月二十三日，于會泳在上海《文匯報》發表《讓文藝舞臺永遠成為宣傳毛澤東思想的陣地》，第一次公開提出並闡述了「三突出」的口號，原文略有出入，後經姚文元修改為現在的表述。

文化大革命中對上述「政治文學」的思潮的抵制的力量是極為微弱的。除了出自毛澤東或周恩來對某些作家作品的政策性的保護和支持外，所有文藝界自發的抵制和抗爭都不可能有一個光明的結果。在這樣嚴峻的情勢下，唯一存活下來並對後來的文藝發生過深遠影響的，是一股處於「地下」或「半地下」狀態的文學潮流。這股文學潮流主要不是見於理論主張，而是見於實際創作。除了少數在逆境中堅持創作的老作家和中年作者外，它的基幹隊伍主要是一批從狂熱的政治中心退居邊緣的「知識青年」。由於特殊的人生經歷和現實境遇的關係，這種「地下」的或「半地下」狀態的「知青文學」，不但表達了與當時的政治時尚極不相同的思想感情和生活內容，而且也採用了與當時的「樣板」創作毫無共通之處的藝術形式。無論從哪方面說，這股潛在的「知青文學」的思潮，都是對上述「政治文學」潮流的一種挑戰和反動。在這種挑戰和反動中，也孕育了新時期文學思潮的濫觴和萌芽。當然，一個真正的文學的歷史新時期的開始，必得有一個重大的歷史轉折發生才有可能。一九七六年四月五日在天安門廣場爆發的詩歌運動，就是這個歷史的大轉折即將發生的最初信號。以對文藝的批判開始的文化大革命，在經歷了十年的災難性的歲月之後，終於又被文藝推上了歷史的審判臺，這是本階段的文藝思潮所得到的一個最後的光明的結果。

第二節　本期文學思潮理論焦點

本期文學思潮在艱難曲折的行程中，涉及到眾多方面的理論問題。這些理論問題，一部分屬於基本理論範疇，一部分是創作實踐中提出的新的課題。這些問題散見於本期的文藝運動和文藝思想鬥爭、本期關於文藝問題或與文藝有關的學術問題的討論，以及本期的某些作家作品的評論之中，有些展開得比較充分，有些還來不及完全展開，有些甚至只是提出了問題，解決問題的時機要留待來日。由於本期文學思潮發展的複雜性和曲折性，同一理論問題有時會在不同的階段以不同的方式反覆出現。有些問題在某一階段可能是當時的熱點，但從長遠的角度來看，並無多少理論意義，特別是本期的文藝批判和文藝思想鬥爭，往往在政治上把問題提到嚇人的高度，在理論上卻無多少實質性的內容，有些問題的性質則可能是屬於其他學術範疇，並不一定都是文藝問題。相反，有些在當時被忽略了的或被當做無關緊要的問題，卻有著極為重要的理論意義。鑑於這種情況，為了學習的方便，我們從本期繁複的文藝思潮中，梳理出了兩條主要的理論線索，作為本期文學思潮的理論焦點。以下，我們將集中討論這兩條主要的理論線索及與之相關的理論問題。

一、文學的性質、功能及與之相關的理論問題

由於本期文學與政治之間的特殊密切的關係，以及「文學從屬於政治」、「文學為政治服務」的理論原則的確立，使得文學的性質和功能問題，成了本期文學思潮的一個核心的理論問題。本期的許多文藝運動和文藝思想鬥爭以及文藝理論方面的討論和爭論，大都或直接或間接地涉及到這個問題。但是，由於這一理論原則也是毛澤東文藝思想的一個理論核心，關係到新中國文藝的性質和方向，加上歷史條件的限制和認識上的局限，本期關於這個問題的討論和爭論，一般來說，並不存在一種公開反對「文學從屬於政治」和「為政治服務」的理論主張，而是更多地表現為對這個理論原則的修正和補充，或從創作方面提出某些在貫徹這一理論原則的過程中出現的實際問題。這是本期關於文學的性質和功能問題的討論的一個主要方面。另一方面，因為文學的性質和功能除了它在與政治的關係中表現出來的社會意識形態方面的特徵外，還有它自身的一些特殊的規律和表現形式，即文學與政治及其他社會意識形態相區別的特殊性質，這也是屬於文學的性質和功能問題的一個重要方面。關於這方面的

討論，在本期主要見於形象思維和創作規律及美學問題的探討。因為與政治保持了相對的理論距離，各種意見都可以充分表達，因而相對於前一方面而言，就顯得更有學術性，也更為活躍。

關於文學作為一種社會意識形態的性質和功能問題的討論，在五〇年代中期以前主要是圍繞貫徹和確立毛澤東《在延安文藝座談會上的講話》的理論原則和新的文藝方向問題展開的。討論的中心是如何正確理解和處理文藝與政治的關係及在創作實踐中出現的各種偏向問題。其中特別是文藝與宣傳黨的政策和配合政治任務的關係問題，是這一討論的集中體現，與創作的關係也最為密切。在這個問題上，因為當時文藝界的領導人的正面闡釋，存在著把文藝為政治服務縮小到為具體的政策服務，和為了配合完成政治任務而不惜犧牲藝術性的偏向，故而這場討論的結果最終不是「反撥」文藝為政策服務和「趕」政治任務這個不科學的理論命題，而是在肯定這個命題的前提下，討論文藝如何更好地（包括反對簡單化地圖解政策和兼顧藝術性）為政策服務和配合完成政治任務。與此同時，在創作中，一方面批評了認為政策服務和配合政治任務必然導致公式化和概念化的觀點，另一方面也批評了例如楊紹萱在神話劇、歷史劇創作中把為政治服務簡單化和庸俗化的反歷史主義傾向[14]。由此可見，這個時期關於這個問題的討論只在確立一個既有的理論命題和防止在這個過程中出現的極端偏向，並未觸及這個理論命題中的一些實質性的問題。雖然這期間也有圍繞阿壟的《論傾向性》開展的政治和藝術的「一元論」的討論[15]，但因為這場討論的主導傾向是對阿壟的反駁和批評，結果並未能對這種總體的趨勢發生多大的作用和影響。

14 一九五一年，在戲曲改革工作中，楊紹萱在他所改編的神話劇、歷史劇《新白兔記》、《新天河配》、《新大名府》中，用歷史事件和神話傳說比附、影射今天的現實，讓古人和神話中的人、物用今人的語言表達今人的思想，甚至把當時正在進行的各項生產、學習運動直接編織進戲劇情節，表現出了一種極端簡單化和庸俗化的反歷史主義傾向，受到文藝界一致的抵制和批評。

15 一九五〇年初，阿壟在《文藝學習》第一期上發表了《論傾向性》一文，主張藝術與政治的「一元論」，認為藝術與政治的關係，「不是『兩種不同的元素』而是一個同一的東西；不是『結合』的，而是統一的；不是藝術加政治，而是藝術即政治」。由此引起真正從基本理論和創作實踐的角度觸及這個問題的一些實質性的方面的，是「雙百」方針提出後，文藝界關於「文學是人學」和文學與人性、人道主義問題的討論。巴人（王任叔）、錢谷融、王淑明等在這方面率先進行了有益的探討[16]。他們的觀點和論述的側重點雖然也有一些細小的差別，但作為一種整體的傾向，其共同的出發點都在於反對文學創作中的公式化、概念化和文學批評中的教條主義傾向。針對創作中出現的圖解政治（包括政策和某些關於生活本質的理論或概念）的傾向，他們認為，文藝不是一般地以形象反映社會生活（因為「圖解」也有「圖」，即形象），而是要以它的特殊的描寫對象——人為中心，即「文學是人學」。同時，文藝作品中所描寫的人，又不能是一種毫無靈性的反映「整體現實」和「生活本質」的工具，而是活生生的，有血有肉的，有真情實感的。只有寫出了這樣的人，才算。「抓住了生活，抓住了社會現實」。因此，文藝要達到「教育人、改善人」和「反映生活、揭示現實本質」的目的，就「必須從人出發，必須以人為注意中心」。基於這樣的理解，他們批評「有些作者，為要使作品為階級鬥爭服務，表現出無產階級的『道理』，就是不想通過普通人的『人情』。或者，竟至於認為作品中太多人情味，也就失掉了階級立場了」。因此這些作品的「政治氣味太濃，人情味太少」，「不能打動人」。在此基礎上，他們進一步涉及到人性和人道主義的歷史和現實諸多方面的理論問題。這些理論問題的探討雖然因為「反右」鬥爭未能繼續深入下去，在六〇年代初又作為「反修」鬥爭的對象遭

了一場文藝與政治的關係問題的討論。

16 巴人在《新港》一九五七年一月號上發表的《論人情》、四月號上發表的《給〈新港〉編輯部的信》、在《北京文藝》五月號上發表的《以簡代文》，錢谷融在《文藝月報》一九五七年五月號上發表的《論「文學是入學」》，王淑明在《新港》一九五七年七月號上發表的《論人情與人性》、在《文學評論》一九六〇年第三期發表的《關於人性問題的筆記》（寫於一九五七年冬至一九五八年初），是闡述他們觀點的主要論文。

到進一步的批判[17]，但在這次討論中提出的「文學是人學」的命題，以及廣泛涉及的文學的性質、功能、特徵等文學的基本理論問題和對於創作與批評中的公式化、概念化及教條主義的傾向所做的批評，都是對「文學為政治服務」這一理論原則本身以及在貫徹這一理論原則的過程中出現的極端偏向的一個極為重要的修正、補充和「反撥」。此後，在這方面的理論探討即被持續不斷的批判所取代，但在具體作品的討論和評論中卻時有涉及。六〇年代初，有關文學中的「共鳴」現象和山水詩問題的討論，實際上也與這個問題密切相關。可見，它的影響並未完全中斷。真正恢復文學的「人學」命題的合法地位並將文學中的人情、人性和人道主義問題推到歷史的前臺，是在文化大革命結束後的新時期文學，由此，也便使這方面的理論與實踐，開始進入到一個新階段。

關於文學自身的特殊性質和規律，即形象思維和創作規律問題的討論，在五〇年代初就有所涉及，具體到形象思維問題上，最早是在對胡風文藝思想的討論中涉及到的胡風對文藝創作中的形象思維問題的論述。形象思維本來是古今中外的文藝創作中客觀存在的一種思維規律，它不同於科學的抽象思維，而「是對於真理的直感的觀察，或者說是用形象來思維」[18]。從四〇年代到五〇年代，胡風也多次談到形象思維問題。以作家的這種特殊的「認識作用」作為反對文學創作中的「客觀主義」和「主觀公式主義」的理論武器。但五〇年代初對他的批評卻認為他過於強調藝術認識和文學創作的感性特徵，貶低乃至抹殺了創作過程中的理性作用。但是，與此同時，當時的文藝領導為要克服創作中的公式化、概念化傾向，提高文學的思想性和藝術性，也強調要在創作中運用形象思維和注意文藝的規律。可見，形象思維問題的提出，是與當代文學的創作實踐密切相關的。五〇年代中期，在「雙百」方針的鼓舞下，同時也受到前蘇聯學術界討論形象思維問題的影響，文藝界對形象思維問題進行了熱烈

17 這次批判是以姚文元在《文藝報》一九六〇年第二期上發表的《批判巴人的「人性論」》一文發難。《文學評論》本年也發表了一系列批判巴人和王淑明的文章。

18 別林斯基，《藝術的觀念》，《外國理論家作家論形象思維》（中國社會科學出版社，一九五八年），頁五九。

的討論。這次討論同樣也是由創作實踐中的問題引起的，具體而言，即是文學創作如何正確把握「藝術特徵」，運用形象思維，創造典型形象。但是，當討論展開之後，爭論的焦點大多集中在「什麼是形象思維」、「形象思維的過程」、「形象思維與抽象思維的關係」等一些比較純粹的理論問題上，離創作的實際愈來愈遠。後來又因為在「反右」鬥爭中，形象思維的觀點也不可避免地受到了政治的批判。這種批判在文化大革命前夕竟上升到「現代修正主義文藝思潮」和「反黨、反馬克思主義」的高度，[19]致使這個重要的文學理論問題長期被擱置起來。直到七〇年代後期結束文革之後，公開發表了毛澤東給陳毅談詩的一封信，涉及到形象思維問題[20]，形象思維才重新引起人們的重視，只是這個問題的討論後來未能繼續深入下去，在理論上也沒有達到應有的深度。

在這期間開展的關於美學問題的討論，與形象思維問題的討論所經歷的變化極為相似。問題的提出也是源於一個文學批評實踐中的問題，即在文學批評實踐中如何正確處理政治標準第一和藝術標準第二的關係問題。有的讀者根據朱光潛在《文藝心理學》中提出的「距離說」（即在審美狀態下主體要與對象的實用目的保持一定的心理距離）和「移情說」（即在審美過程中主體將情感移注於對象而達到物我同一的狀態），認為對文學藝術作品的鑑賞（包括批評）可以超出現實的功利關係之外，從而對文學批評的「政治標準第一」和「藝術標準第二」的次序問題提出了疑問。[21]蔡儀在回答這個問題時，批評了朱光潛的「距離說」和「移情說」，認為美感是源於社會生活的，審美活動不可能脫離社會功利性，重申了文學批評的「藝術標準服從政治標準」的原則，於是引發了一場關於美學問題的討論。但是，在討論開始以後，爭論的焦點很快便轉向美學的基本理論問題，並且從五〇年代中期到六〇年代初期，就「美的本質」、「美感」和「自然美」等一系列美學問題進行了集中的討論。討論的

19 鄭季翹，《文藝領域必須堅持馬克思主義認識論》，《紅旗》一九六六年第五期。
20 見一九七八年一月《詩刊》。
21 參見《文藝報》一九四九年十月二十五日一卷三期「文藝信箱」中丁進的來信。

結果是初步奠定了美學這門新興的學科在我國學術界的地位和理論基礎，出現了後來對我國的美學發展影響深遠的不同學派的思想萌芽。美學問題的討論雖然沒有像形象思維問題那樣遭受到政治的批判，但討論中的某些政治因素的影響，也限制了不同學派的發展，直到文化大革命結束後的新時期，作為一個獨立的學科，美學的發展才真正進入到一個廣闊的新天地。

形象思維和美學問題的討論雖然經歷了許多曲折，又過於局限於純粹理論的範疇，離創作和批評的實際較遠，但對正確認識文學的特徵和創作的規律，卻有著極為重要的參照作用。尤其是對本期文學中出現的某些極端政治化的和教條主義、公式化、概念化的傾向，這些討論無疑也起到了一種重要的緩衝作用。無論是作為文學理論的基本建設還是作為相關學科的學術成果，這些討論如同上述對文學的「人學」特徵的諸多問題的討論一樣，是本期文學理論思潮在探討文學的性質和功能問題上所取得的重要收穫。

二、文學的創作方法及與之相關的理論問題

文學的創作方法因為涉及到作家的世界觀和思想方法，所以長期以來，在新文學的歷史上，一直受到人們的高度重視。又因為創作方法問題往往與新文學的歷史傳統和創作實踐密切相聯，所以長期以來，它又是一個文學理論建設和學術探討的重點。在當代文學史上，則由於上述原因，它便成了一個與當代文學的性質和特徵密切相關的理論問題，故而這個問題也就吸引了更多的理論注意，成了本期文學理論討論和爭論的焦點。由於現實主義的創作方法較早在新文學史上確立了它的歷史地位，在迭經變化之後，成了新文學的主要潮流和基本傳統，故而本期關於文學創作方法的討論和爭論又主要是圍繞現實主義問題展開的。這是本期文學思潮關於創作方法問題的理論探討的一個重要方面。另一方面，則因為現實主義方法的核心在創作實踐中主要是見之於人物形象尤其是典

型人物的藝術塑造，故而關於人物形象尤其是典型問題的討論，就成了本期文學思潮關於創作方法問題的理論探討的一個重要組成部分。其他與創作方法相關的理論問題可能還有諸多方面，但大都不外乎是這兩個方面的問題的延伸和發展。

關於現實主義問題的討論和爭論，在本期文學思潮中，最早的、最為集中的、程度最為激烈的、牽涉到的歷史問題和理論問題最為複雜的，是五〇年代中前期對胡風文藝思想的批評和批判。胡風從三〇年代起就從事左翼文學運動，他在文學創作、翻譯、評論和理論研究等方面，都為革命文學的發展做出了重要貢獻。他的文藝思想是一個十分複雜的體系，但「追求的中心問題是現實主義（社會主義現實主義）的原則、實踐道路和發展過程」[22]。因此，胡風的文藝思想可以說就是現實主義的文藝思想。在長期的理論研究和評論工作中，他用現實主義的眼光去觀察文學史現象，研究新文學的發生和發展，也用現實主義的尺度去衡量民族形式，探討民族形式的源泉和表現，同時，還把現實主義的原則貫徹於文學批評的實踐，評價作家、作品，總結創作的規律和經驗。在這些方面，他都發表了許多獨特的見解，也因此而引起了許多分歧和對立的意見。從四〇年代初期胡風參與民族形式問題的討論以後，他與眾多論者的分歧和對立的意見，大都集中在現實主義及與之相關的問題上。因為這些分歧和對立有很深的歷史淵源，加上在長期的討論和爭論的過程中，胡風把他的現實主義的文藝思想逐漸發展成了一個比較完整的理論體系，這個獨特的理論體系與從前蘇聯傳入的社會主義現實主義的流行理論比較，反映了現實主義的理論原則在中國新文學史上不同的價值取向，因而成了從四〇年代一直延伸到本期的文學思潮的一個重要的理論現象。

22 《胡風評論集・後記》，《胡風評論集》（下）（人民文學出版社，一九八五年），頁四〇七。

胡風並不一般地反對社會主義現實主義，恰恰相反，他始終不渝地堅持社會主義現實主義的理論原則，並為它的科學性和純潔性而鬥爭。他所不贊同的只是有關社會主義現實主義理論（主要是它的定義）從前蘇聯傳入時與生俱來的某些天然的理論缺陷，以及中國的傳播者們所做的許多擴大和加深這種理論缺陷的褊狹的理解和闡釋。正因為如此，胡風與眾多論者在這個問題上的理論分歧和對立，就必然要集中到作為社會主義現實主義理論（定義）的核心問題，即這個理論（定義）中「從現實的革命發展中真實地、歷史地、具體地描寫現實」和「以社會主義精神從思想上教育和改造勞動人民的任務」這「兩個本質的因素」是否需要「結合」起來和如何「結合」的問題。按照定義本身的邏輯和流行的理解，這兩者是應當而且能夠「結合」的，「結合」的方式是作家首先要獲得無產階級的世界觀，然後才能在創作中「真實地、歷史地、具體地描寫現實」和以自己的作品中的「社會主義精神」完成「從思想上教育和改造勞動人民的任務」。一般論者都認為這是社會主義現實主義與過去時代的現實主義特別是批判現實主義的根本區別，並且因此而十分強調世界觀對現實主義創作方法的決定作用，在實踐中則把它看做是文學的黨性原則和階級性的集中表現，是貫徹毛澤東的文藝思想的可靠保證。胡風的看法與上述種種有諸多不同。首先，他認為現實主義作為一種文學傳統，它的原則精神是一以貫之的。他並不特別強調社會主義現實主義與過去時代的現實主義（包括批判現實主義）的本質區別，而是認為社會主義現實主義不過是現實主義的原則精神在社會主義時代的具體體現，即他所說的：「是在社會主義思想所領導的革命鬥爭時期和蘇聯的歷史現實中的現實主義。」現實主義的這個一以貫之的原則精神，在他看來，即是「寫真實」這個「現實主義發展底寶貴傳統」和「通過文藝底特殊機能」去反映現實這個「最高原則性的概念」。因此，強調「寫真實」和文藝的特殊規律，也就成了他的現實主義理論的基本內容。他甚至認為，社會主義現實主義「本質的意義」，就包含在「寫真實」的原則之中，至於「用社會主義精神從思想上教育和改造勞動人民」，不過是對「寫真實」的原則的一個「補充的說明」。因為「社會主義精神」就存在於社會主義的現實之中，一個現實主義作家只要遵照文藝的規律進行艱苦的創作實踐，「通過實踐鬥爭底勝利（現實主義底勝利）」，就能獲得「社會主義精神」，就能「達到馬克思主義」[23]。其次，與眾多論者強調世界觀對現實主義創作方法的決定性作用不同，胡風特別強調作家的「主觀戰鬥精神」的作用。「主觀戰鬥精神」是胡風的現實主義文藝思想的一個核心命題。這個命題的提出最初是針對抗日戰爭相持階段文藝界出現的戰鬥意志衰退的現象，要求作家強化「人格力量」、「戰鬥要求」，高揚「主觀戰鬥精神」，完成抗戰文藝的歷史使命。在這裏，「主觀戰鬥精神」是在特定的歷史階段上對作家的現實精神的具體要求。經過了四〇年代中後期圍繞這個問題的一系列理論論爭[24]，到了五〇年代初期，胡風把抗戰時期對作家的這個具體的要求，逐漸發展為現實主義文學「創作實踐的基本規律」，成了他的獨特的現實主義文學理論的核心命題。關於「主觀戰鬥精神」，胡風的闡釋用語十分複雜，前前後後也有一些發展和變化，但其主要涵義不外乎是作家介入現實的強烈願望和藝術創造的飽滿情緒。這在一般意義上說本沒有什麼特別之處，但當他把「主觀戰鬥精神」貫徹於創作過程，用於處理創作過程中的主、客觀關係，就顯出不同一般的特色來了。這個不同一般的特色就是在創作過程中作家和創作對象之間的「相生相剋」的理論。胡風認為文學創作過程是「從對於客觀對象的感受出發，作家得憑著他的戰鬥要求突進客觀對象，和客觀對象經過相生相剋的搏鬥，體驗到客觀對象底活的本質的內容，這樣才能夠『把客觀對象變成自己的東西』而表現出來」（他關於創

23 參見《胡風對文藝問題的意見》，《文藝報》一九五五年第一、二期附發，頁一四～一六。

24 最主要的幾次是從一九四四年由舒蕪的《論主觀》引起的論爭；一九四八年在《大眾文藝叢刊》（香港）上開展的對胡風文藝思想的批評和胡風的反批評；一九五二年由舒蕪的《從頭學習〈在延安文藝座談會上的講話〉》引起的對胡風文藝思想的再批評和胡風的回答。其中關於這一理論命題的重要理論論著是胡風的《關於創作發展的二三感想》（一九四二年）、《置身在為民主的鬥爭裏面》（一九四四年）、《論現實主義的路》（一九四八年）、《胡風對文藝問題的意見》（一九五四年）和舒蕪的《論主觀》等。

作主體和創作對象的許多複雜的理論觀點，都是從這個基本的認識派生出來的）[25]。他認為這個過程也是作家的「自我鬥爭」和通過「自我鬥爭」「自我擴張」的過程，他把這個過程視作「藝術創造底源泉」。他甚至認為這個過程「能夠補足作家底生活經驗上的不足和世界觀上的缺陷」[26]。胡風就是以這個「主觀戰鬥精神」的理論為武器，參與抗戰時期和建國初期文學領域裏的思想鬥爭，反對他所認定的浮在現實表面的「客觀主義」和演繹政治觀念的「主觀公式主義」的（他認為這兩種傾向都「歪曲了現實」）。此外，胡風在現實主義文學反映生活的多樣性和題材的廣泛性問題上，也有許多獨到的見解（他的這方面的觀點後來被歸納為「到處有生活」和反「題材決定」論）。這些理論見解綜合起來，就構成了胡風的現實主義文藝理論的獨特的思想形態。

胡風的現實主義文藝思想是一個十分複雜的理論體系，其中有許多創造性的見解，也有一些不夠科學以至於是十分偏激的看法。但是，如果把它放在特定的歷史階段上來考察，又不能不說，他的這些理論觀點，對於糾正長期以來存在的關於現實主義問題的某些褊狹的理解和在創作實踐中存在的某些極端的傾向，確實起到了極為重要的警醒作用。本期對胡風的文藝思想的批評和批判中涉及到的現實主義問題，雖然是歷史地形成的，大部分都是歷史問題，但卻有極強的現實針對性，也是極為重要的現實問題。雖然這次批評和批判造成了一個悲劇性的結果，使胡風的文藝思想長期淹沒無聞或處於一種被扭曲的狀態，但它的潛在的影響卻是十分深遠的，在創作實踐中事實上也在起著一種無聲的作用，因而理所當然地應當看做是本期文學思潮在現實主義文學理論方面的一個重要收穫。

25 《論現實主義的路》，《胡風評論集》（下），頁三一九。
26 《密雲期風習小紀》，《胡風評論集》（上），頁三九二。

在批評和批判胡風的文藝思想之後，本期關於現實主義問題的理論探討仍然是集中在如下兩個方面的問題上：其一是從理論上辨析「社會主義現實主義」的定義的缺陷和由此所造成的闡釋與理解的混亂（例如秦兆陽的《現實主義——廣闊的道路》）。因為前蘇聯文藝界已經糾正了這個定義中的某些不科學的提法，放棄了其中「藝術描寫的真實性和歷史具體性必須與用社會主義精神從思想上改造和教育勞動人民的任務結合起來」的表述[27]，故而在理論上得以重提胡風的社會主義現實主義是「在社會主義思想所領導的革命鬥爭時期和蘇聯的歷史現實中的現實主義」的觀點（秦兆陽等的表述是「現實主義在社會主義時代的發展」或「社會主義時代的現實主義」），同時胡風所堅持的「寫真實」原則也重新受到了應有的肯定，而且再一次強調「現實主義文學的思想性和傾向性，是生存於它的真實性和藝術性的血肉之中」。這當然只是問題的一個方面。問題的另一方面是，一九五八年在「大躍進」的浪潮中提出的「兩結合」的創作方法，雖然最終取代了「社會主義現實主義」在中國文學中的歷史地位，但因為向其中灌注了過多的政治因素和偏重於缺乏現實基礎的「革命浪漫主義」，結果不是彌補了而是進一步擴大和加深了「社會主義現實主義」在理論上的固有缺陷和實踐中的極端偏向。雖然作為一個新的理論命題，「兩結合」的創作方法仍然有極為重要的理論意義和實踐意義，但由於各種複雜因素的影響，終究未能對本期文學的發展產生多少積極的促進作用。其二是在實踐中反對創作的公式化、概念化和理論批評中的教條主義傾向。秦兆陽等人在五〇年代中期探討現實主義問題，其出發點本來就是針對文學為政治服務的過程中出現的各種簡單化和庸俗化的弊端的。針對這些弊端，他們特別強調現實主義的要求和文學藝術的特點，認為「現實生活有多麼廣闊，它所提供的源泉有多麼豐富，人們認識現實的能力和藝術描寫的能力能夠達到什麼樣的程度，現實主義文學的視野、道路、內容、風格，就可能達到多麼廣闊，多麼豐富」（《現實主義——廣闊的道

27 這個修改的決定是一九五四年第二次蘇聯作家代表大會做出的。

路》）。但是，在這些正確的意見遭到無理的批判之後，創作中的弊端不但沒有得到解決，相反，卻在五〇年代後期的「大躍進」中發展到更為嚴重的地步，以至於到了六〇年代初期又不得不重新提出這個問題。邵荃麟的「現實主義深化」的觀點雖然是針對「大躍進」中脫離現實的浪漫主義而發的，要求在「現實主義深化」的基礎上產生強大的革命浪漫主義，在這裏尋求兩者結合的道路，但核心的問題仍然是胡風當年所反對的浮在表面的「客觀主義」和演繹政治觀念的「主觀公式主義」。可見，本期關於現實主義問題的理論探討存在著一以貫之的內在聯繫。本期關於現實主義的諸多理論問題，直到文化大革命結束後的新時期，才得到正確的評價，社會主義現實主義也在一個新的意義上，重新成為新時期最初一個階段文學發展的理論方向。

在本期文學思潮中，典型問題是與現實主義問題密切相關的另一個理論探討的焦點問題。這一方面是因為在馬克思主義關於現實主義的經典定義中，典型問題是現實主義的一個重要的理論內容[28]，故而討論現實主義就不能不涉及到典型問題（胡風、秦兆陽、周勃等人在討論現實主義時都論及典型問題）。另一方面則是因為，典型問題常常是與創作實踐中人物形象的塑造問題緊密聯繫在一起，故而典型問題的討論又常常是圍繞文學作品中人物形象的塑造問題展開的。在這個意義上，典型問題的討論從建國初期討論「小資產階級的人物可不可以作為文藝作品的主角」[29]、「關於創造新英雄人物問題」[30]，以及對「蕭也牧的創作傾向」和對《關連長》（朱定）、《我們的力量是無敵的》（碧野）、《戰鬥到明天》（白刃）等作品的批評就已經開始。此後，在學習社會主義現實主義理論，討論「文藝作品如何反映人民內部矛盾」，批評「中間人物」論和對《創業史》、《青春之歌》、《金沙洲》、《達吉和她的父親》等作品的人物評論中，也多有涉及。尤其是「創造新英雄人物」的討

28 恩格斯在《致瑪・哈克奈斯》的信中說：「現實主義的意思是，除細節的真實外，還要真實地再現典型環境中的典型人物。」

29 參見《文匯報》一九四九年八月至十一月「磁力」副刊。

30 參見《文藝報》一九五二年五月第六十二期至十二月第七十六期。

論，從五〇年代到六〇年代，一直是一個十分活躍的理論話題。在這個問題上，雖然有許多分歧和對立的意見，但總的理論傾向卻逐漸趨向如下幾個方面：英雄人物應當以工、農、兵為主角；應當儘量避免描寫英雄人物的「品質缺陷」和內心衝突；英雄人物體現了特定階級和時代的本質；塑造英雄人物是文學為無產階級政治服務的重要表現，等等。與此同時，大量「中間」狀態的或處於「轉變」之中的人物形象，特別是那些「複雜」的和「反面」的人物形象，卻受到無原則的輕視，甚至把他們等同於生活中的人物，完全否定這些人物形象作為藝術典型的意義和價值。這種傾向發展的結果必然要走到文化大革命中用「三突出」的原則創造「高、大、全」式的英雄人物的地步。文學意義上的典型形象被政治意義上的「無產階級工農兵典型形象」所取代，創造這樣的「典型形象」，成了為「四人幫」的陰謀政治服務的「創作的根本任務」。

本期關於人物形象塑造特別是英雄人物形象塑造問題的討論，以及對諸多作家創作、諸多文學作品的批評，從一個側面也反映了本期關於典型問題討論的理論趨向。本期比較集中的關於典型問題的理論討論，是在五〇年代中期「雙百」方針提出之後。討論的重點是對「典型」和「典型性」的理解。這些眾說紛紜的理論觀點歸納起來，主要有以下兩個方面：其一是把「典型」看做是「一定社會力量的本質」，一定「時代和階級的代表」。其二是把「典型」看做是「共性和個性的統一」。在這裏，「共性」是指社會的、歷史的、時代的或階級的、階層的和社會集團的「共同性」，尤其是共同擁有的「本質特徵」。「個性」則是指表現「共性」的個別事物和人物形象的具體各別的性格特徵。這都是從內涵的角度對「典型」和「典型性」所做的定性分析，雖然二者都不排斥「個別性」（包括前一種看法也認為「代表既然是人物，那就有屬於他自己個人的東西，即個人的命運與個性」[31]）。但強調的重點卻是他的「普遍性」，尤其是這種「普遍性」中政治的或階級的本質的內容。這與上述

[31] 巴人，《典型問題隨感》，《文藝報》一九五六年第九號。

關於人物形象尤其是英雄人物形象的塑造問題上所表現出來的理論傾向是完全一致的。此外，也有從其他角度對「典型」和「典型性」問題發表的不同見解（例如何其芳從文學接受的角度談到「典型」是「人們用來稱呼某些人的共名」的「共名說」就比較有代表性[32]）。這些理論見解集中顯示了本期關於典型問題的理論探討所取得的重要收穫。雖然典型理論本身在文化大革命結束後的新時期受到了新的創作實踐的檢驗和挑戰，並且因此而得到了更新和發展，但在本期文學思潮中卻是現實主義理論不可或缺的一個重要方面。

32 參見何其芳，《論阿Q》，《人民日報》一九五六年十月十六日。

第三章　各體文學創作

第一節　本期詩歌創作

一、本期詩歌創作概況

作為中國當代詩歌的歷史起點，本期詩歌創作是以對於新中國的成立這一劃時代的偉大歷史事件的歌頌為發端的。郭沫若的《新華頌》、何其芳的《我們最偉大的節日》和胡風的長詩《時間開始了》是這一歷史性的頌歌的開篇之作。這同時也標誌著一個頌歌時代的開始，在此後的一個相當長的時期內，對於重大的政治歷史事件的歌頌，也便成了本期詩歌一個普遍的藝術風氣。新中國的成立也在詩人面前展開了一片全新的生活天地，詩人們急於用自己的筆紀錄所見、所聞，用自己的詩描述新人、新事，用自己的歌唱反映時代的變化，這就使得這期間的詩歌同時也滋長了一種寫實的風氣。尤其是誕生在這個新舊轉折關頭的以阮章競的《漳河水》為代表的一些敘事詩作品，直接把四〇年代解放區的詩歌經驗和藝術方向帶入當代詩歌，對本期詩歌現實主義詩風的形成，產生了重要的作用和影響。無論是詩的情感傾向還是詩的表現形態，本期詩歌後來發展的諸多因素，都可以從這一歷史的起點找到它的濫觴和端倪。但是，新的歷史的起點對於每一個當代詩人來說，在藝術上並不意味著都是一個良好的開始。一批在四〇年代的解放區從事詩歌創作的詩人，進入本期以後，因為能夠很快地適應新的社會環境和時代要求，創作的轉換較為順利，在經過了一個短暫的適應過程之後，便開始進入了正常的創作狀態。與此相反，其他詩人則因為這個適應的過程所經歷的時間較長，或者經過了較長的時間仍然不能完全適應或完全不能適應新的時代的要求，故而創作的轉換就較為緩慢。尤其是一些具有浪漫主義的「唯美」或現代主義傾向的詩人，有的甚至放棄了詩歌創作而去從事其他的文學工作。這種複雜的創作轉換情況，一方面使得本期詩歌在最初一個階段的創作顯得較為沉寂或不夠活躍，另一方面同時也意味著本期詩歌從一開始便偏重解放區詩歌的藝術經驗而偏離中國新詩更為廣泛的藝術傳統。本期詩歌此後向著比較單一的藝術軌道發展，也與轉換期的社會環境和時代要求對詩人的這種藝術的選擇極有關係。

經過了一個短暫的轉換階段，本期詩歌進入五〇年代中前期以後，開始日漸活躍起來。一些跨越新舊兩個時代的著名詩人，例如馮至、艾青、臧克家等，這時大都完成了自己的藝術轉換。雖然在這個轉換的過程中大多失去了自己原有的藝術優勢和創作特長，但畢竟在新的時代找到了適合於自己的創作題材和藝術表達的方式，開始寫出了一些能夠適應新的時代要求的詩歌作品。特別是在四〇年代的解放區主要以敘事詩的成就顯示了一種新的創作方向的李季、田間、阮章競、張志民等，這時都進入了特定的題材領域，從各個不同的側面反映了新中國成立後經濟建設和人民生活所發生的巨大變化。他們的創作集中顯示了解放區的現實主義詩歌與本期詩歌的歷史聯繫，奠定了本期詩歌寫實風格的藝術基調。與他們的創作形成對照，同樣是作為四〇年代的解放區詩人，並在創作中取得了一定成績的賀敬之、郭小川等，則在他們的創作中，把四〇年代解放區的朗誦詩和早期革命詩歌的「政治抒情」傳統帶入了本期詩歌，在本期詩歌中開拓了一個「政治抒情詩」的藝術潮流。除了上述這些「跨代」詩人之外，一批在新中國的土壤上成長起來的青年詩人，也為本期詩歌增添了重要的新生力量。這批青年詩人雖然有極少數人在四〇年代後期就有過文學創作或詩歌創作的嘗試，但作為一個新的詩人群體崛起於詩壇，卻是在新中國成立之後。他們在藝術上雖然同樣是受著四〇年代解放區詩歌的影響，但因為他們的生活積累和情感體驗是來自於一個全新時代全新的社會生活，尤其是他們中的絕大多數人都有過軍旅生活的經驗，故而他們的作品也就透露了一種與過去時代的詩歌完全不同的明朗、清新、熱烈、高亢的藝術格調。這種藝術格調同時也是本期詩歌所特有的一種時代風格和藝術特色。雖然五〇年代中期的「反右」鬥爭對這個新的青年詩人群體造成了一種毀滅性的打擊，但是這個群體中的一部分優秀詩人如聞捷、李瑛、嚴陣、顧工、雁翼、梁上泉、傅仇、未央、張永枚等卻逐漸成長為本期詩歌創作的中堅力量，另一部分遭受厄運的詩人如公劉、邵燕祥、白樺、流沙河等則在中年復出之後，將這一群體的藝術精神帶入新時期詩歌，使之繼續發揚光大，除了上述「跨代」詩人的轉換和新詩人的成長之外，影響本期詩歌發展另一個重要問題，是在四〇年代的詩壇十分活躍的「七月派」[1]和具有獨特風格的「九葉派」[2]詩人在「胡風反革命集團」事件和「反右」鬥爭前後相繼退出詩壇。這兩批詩人在本階段詩壇相繼「隱退」，無疑影響了本期詩歌在藝術上對中國新詩多樣化傳統的繼承和對外國現代詩歌藝術的借鑑與吸收。由於本階段詩人隊伍這種異常的變動，加上社會政治因素的影響，本期詩歌此後在「縱的繼承」方面獨尊解放

---

1 指抗日戰爭期間在胡風主編的《七月》、《希望》雜誌上發表詩作或「七月詩叢」中出版詩集的一批詩人。這批詩人大都受胡風文藝思想的影響，其中有些人後來被打成「胡風反革命集團」骨幹份子。

2 指在四〇年代後期創辦了《詩創造》和《中國新詩》雜誌並以之為陣地從事詩歌創作的一批青年詩人，他們的詩風傾向於西方現代主義。一九八一年江蘇人民出版社，出版了其中的代表人物辛笛、陳敬容、杜運燮、杭約赫（曹辛之）、鄭敏、唐祈、唐湜、袁可嘉、穆旦九人的合集《九葉集》，故稱「九葉派」。又因其主要陣地是《中國新詩》雜誌，故又稱「中國新詩」派。他們中的一部分人後來成為「右派」份子，另一部分人因為詩風與時代不合而中止詩歌創作。

區詩歌傳統，在「橫的移植」方面獨重前蘇聯詩歌經驗，逐漸走上了一條十分獨特的但卻不免褊狹的發展道路。

從五〇年代後期到六〇年代中期文化大革命發生以前，本期詩歌一方面由於受持續不斷的階級鬥爭和政治運動的影響，日益將情感的抒發專注於國內外階級鬥爭和政治事件的重大主題。其結果不但使「政治抒情詩」的創作日趨發達，而且也使一般「生活抒情詩」的創作染上了濃厚的「政治抒情」的色彩。隨之而來的是，詩的議論和說理的傾向也日趨嚴重，許多詩作甚至完全背離了「詩言志」的文體精神和抒情傳統，成了某些政治理論押韻的宣傳品和時代精神的簡單的傳聲筒。另一方面，則由於受「新民歌運動」[3]的衝擊和詩歌發展道路問題的理論討論[4]的影響，在藝術上進一步放棄了對外國（包括前蘇聯）詩歌的「橫的移植」的努力，更加專注於從「民歌」和中國「古典」詩歌的基礎上去尋找當代詩歌的發展道路。結果雖然在吸收古典詩歌意境創造的藝術經驗和融合新舊民歌藝術風格的神韻方面也取得了一定的成績，但從總體上說，創作的道路卻愈走愈窄，以至於許多詩的藝術表現手法日漸走向程式化，詩體本身也缺少創造和變化。這一階段的詩歌雖然後來逐漸摒棄了「大躍進」期間虛浮的「浪漫主義」和「新民歌」的過於單調的民間形式，但浪漫主義的直抒胸臆和「新民歌」的豪放的詩風，卻成了這一階段佔主導地位的「政治抒情詩」和帶有「政治抒情」傾向的詩作的主要的藝術格調。儘管存在上述偏向，這一階段的詩歌創作仍然取得了一些重要的收穫，除了在敘事詩領域出現了如李季的《楊高傳》、聞

3 一九五八年「大躍進」期間，人民群眾自發地用詩歌的形式歌唱自己的勞動，表達自己的理想，出現了「新民歌」創作的熱潮。後來經過有組織的蒐集、整理，加以提倡和推動，形成了聲勢浩大的「新民歌運動」。「新民歌運動」既有人民群眾的真實心聲的體現，也存在政治上的「冒進」和經濟上的「浮誇」的影響。一九五九年，人民文學出版社，出版了郭沫若、周揚主持編選的「新民歌」的權威選本《紅旗歌謠》。

4 在「新民歌運動」的推動下，一九五八年下半年，文學界開展了關於詩歌發展道路問題的討論。一九五九年三月，毛澤東在成都召開的中共中央工作會議上發表的關於詩歌發展道路問題的意見，即「中國詩的出路，第一條是民歌，第二條是古典，在這個基礎上產生出新詩來」，「形式是民歌，內容應是現實主義和浪漫主義對立的統一」，對這次討論產生了決定性的影響作用。

捷的《復仇的火焰》和郭小川的《將軍三部曲》等優秀作品以外，就是有眾多詩人如賀敬之、郭小川、李瑛等在抒情詩的創作方面都在走向藝術上的最後成熟，他們的一些重要的抒情詩作品都產生在這一階段，是這一階段的抒情詩創作為本期詩歌提供的為數不多的藝術精品。

本期詩歌從思想到藝術都是帶著嚴重的危機進入文化大革命的非常時期的。整個十年文化大革命，詩除了同文學家族的其他成員一起飽受摧殘和踩躪之外，就是日漸淪為政治時尚的點綴和階級鬥爭的工具，成了分行排列的標語口號和合轍押韻的政治檄文。但是，與此同時，文化大革命也孕育了當代詩歌的轉機和藝術革新的萌芽。一部分因為文化大革命的衝擊而失去創作權利和在前此階段的政治運動中先後從詩壇「隱退」的詩人，雖然身處逆境，卻寫出了一批表現了他們的獨立思考和獨特風格的作品。[5]他們的創作同時也使中國新詩的優秀傳統在文化大革命的非常時期得以保存下來，不致完全中斷，因而在文化大革命結束後理所當然地成了新時期詩歌復歸傳統的橋樑和紐帶。另一部分則是剛剛從文化大革命的政治漩渦中心退居邊緣、在六〇年代後期的「上山下鄉」運動中湧現出來的「知青」詩人，他們的創作大膽地「反叛」時尚的思想和藝術，表現了這期間的詩歌掙脫政治束縛、呼喚藝術革新的強烈要求，是文化大革命結束後的新時期「新潮詩歌」的濫觴和源頭。[6]這兩批詩人的創作雖然暫時都處於「地下」狀態，但對文化大革命結束後的新時期詩歌卻產生了極為重要的作用和影響。本期詩

5　各派詩人都有所做，後來成為名篇名作的有郭小川的《團泊窪的秋天》、《秋歌》，曾卓的《懸崖邊的樹》和綠原、牛漢、唐湜、蔡其矯、流沙河以及畫家黃永玉等人的有關作品。

6　新時期「新潮詩歌」（即所謂「朦朧詩」）的代表人物北島、舒婷、顧城、江河、楊煉等都是在這期間先後開始他們的詩歌創作的。對這些詩人的創作產生重要影響的更早一些從事詩歌創作的「知青」詩人還有食指（郭路生）等人。這期間還形成了被後來的論者稱舉的「知青」詩人的群體「白洋淀詩派」（以芒克等為首），奠定了「文化大革命」結束後另一個「知青」詩人的群體「《今天》詩派」（以北島為首）的創作基礎。

歌是以一場政治性的「天安門詩歌運動」[7]為其歷史的終結的。「天安門詩歌運動」顯示了人民群眾的覺醒和力量，孕育了新時期思想解放和藝術革新的萌芽，它同時也是一個偉大的歷史轉折和新的文學時代開始的標誌。

二、本期抒情詩創作

抒情詩在中國新詩史的不同階段上曾有過不同的表現形態。本期抒情詩的基本表現形態主要有兩種：其一是比較特殊的「政治抒情詩」；其二是與之相對的一般抒情詩或稱之為「生活抒情詩」。這兩種形態的抒情詩在本期抒情詩創作中都取得了重要的成就，出現了一些在當代詩歌和新詩史上具有重要影響的詩人和詩歌作品。因為這兩種形態的抒情詩在本期詩歌創作中有各自發生和發展的特殊性，故以下擬從兩個方面分別加以描述和討論。

就歷史淵源而論，「政治抒情詩」的濫觴應當是早期革命詩歌。早期革命詩人例如蔣光慈、殷夫等的詩歌創作，往往注重選取國內外重大的政治事件和歷史場景作題材，表達他們的體驗、感受或歌頌、讚美之情。而且作為抒情主體，他們所表達的也不純粹是個人的情感，而是聯繫著一個階級或階層，是站在一個政治群體的立場上說話的。這些有別於一般抒情詩的特殊的抒情要素，經過了抗戰期間的朗誦詩運動的發展，又與朗誦詩所要求的直抒胸臆、朗朗上口和富於鼓動性等諸多特徵結合起來，在這期間，基本上奠定了「政治抒情詩」的最初的藝術基調。本期「政治抒情詩」即是在這個基礎上發展形成的一種特殊的抒情詩的藝術形態。

---

7 一九七六年四月五日（農曆丙辰年清明節）前後，人民群眾在北京天安門廣場以詩歌的形式悼念年初去世的國務院總理周恩來，表達對江青、張春橋、姚文元等人的不滿和憤怒，被當做「反革命事件」遭到鎮壓。一九七八年十二月召開的中國共產黨十一屆三中全會撤銷了關於「天安門事件」的錯誤檔，為「天安門事件」平反。

本期「政治抒情詩」創作在五〇年代初主要是以新中國的成立這一劃時代的歷史事件為題材，表達詩人對這一偉大歷史轉折的經驗和感受。代表作主要是上述郭沫若、何其芳和胡風等人的作品。郭沫若的《新華頌》擬四言古體，顯得莊嚴典雅。胡風的《時間開始了》分五個「樂篇」[8]，長達四千五百行，氣象十分恢弘。何其芳的《我們最偉大的節日》在保持他的一貫的清新流暢的抒情風格的基礎上，又增添了幾分雄放的氣勢。這些詩作以歡慶和讚頌的情感為基調，類似於古代的「頌」體和某些「大賦」，是一種讚頌型的「政治抒情詩」，故又被人稱做「頌歌」。「頌歌」開創了本期「政治抒情詩」的藝術風氣，對此後的創作產生了深遠的影響。但是，這時的「頌歌」也因為來不及進行情感的沉澱而不免流於浮泛，因為缺乏深入的思考而顯得內容空疏，在藝術上也只限於直抒胸臆而無多少新的創造。除「頌歌」以外，這時的「政治抒情詩」值得注意的還有石方禹的《和平的最強音》，表現作者對於「戰爭與和平」的歷史和現實的獨特思考，是一篇不可多得的有氣魄有深度的「政治抒情詩」作品。五〇年代中期是「政治抒情詩」在藝術上的創造期。賀敬之的《放聲歌唱》繼續了讚頌型的「政治抒情詩」（「頌歌」）的創作。郭小川的《致青年公民》組詩則創造了一種鼓動型的「政治抒情詩」。他們的創作融合外來影響和古典傳統，將「政治抒情詩」的各基本抒情要素發展成比較成熟的抒情模式，使「政治抒情詩」成了一種引人注目的獨特的抒情詩的詩體形態。郭小川和賀敬之也因此而成了本期「政治抒情詩」創作的優秀代表。從五〇年代後期到六〇年代，「政治抒情詩」的創作日益繁榮，郭小川進一步把上述抒情模式轉換成一種新的「辭賦」體，賀敬之則繼續以上述抒情模式創作出了新的更有力度的作品。一些從未涉筆「政治抒情詩」創作或「政治抒情詩」創作非其所長的詩人，如李季、阮章競、張志民、聞捷、李瑛、張萬舒等，這時也創作了一些或長或短的「政治抒情詩」作品，有些在當時還產生了一定的影響。「政治抒情詩」創作一時間竟成了一種流行

8　其中第三個「樂篇」《青春曲》當時未能寫成發表，是作者復出後於八〇年代初補足重刊的。

的抒情風氣。但這時的「政治抒情詩」已染上了較重的理念成分，屬於一種政論型的「政治抒情詩」。而且這時的政治理念本身又存在著太多的極端偏向，加上在這種流行的創作風氣中，「政治抒情詩」原有的抒情模式已日益僵化，在藝術上未有更新的探索。這種趨勢，必然要導致「政治抒情詩」在文化大革命中不可避免地走向最後的瓦解和衰落。

由於本期在國家政治生活中存在著持續不斷的政治運動和政治鬥爭，社會生活的「政治化」程度極高，各個領域、各個方面都滲透了極強的政治因素，故而用「政治抒情詩」的形式敏銳及時地直接反映現實生活中的政治變動，就成了詩歌「為政治服務」的重要標誌。這是本期「政治抒情詩」繁榮興盛的主要原因。與此同時，又因為本期在進行社會主義革命和社會主義建設的過程中，不斷地開展反對資產階級、小資產階級個人主義的思想鬥爭和進行共產主義、集體主義的道德教育，影響到詩歌尤其是「政治抒情詩」的創作，往往把作為抒情主體的個體等同於作為一般社會主體的個人，把抒情主體的個人情感和個性表現等同於政治和道德上的個人主義。在這種社會思潮和文藝觀點的影響下，本期「政治抒情詩」創作很少能夠見到具有獨特的個人感受的作品，大多數作品所抒發的一般是為群體所共有的普遍的社會情感。抒情主體由「小我」變為「大我」，主體的情感表達由群體通過個體的「代言式」，變為直接以群體的名義取代個體的「群言式」。這是本期「政治抒情詩」在藝術上所發生的一個重要變化，也是「政治抒情詩」作為一種成熟的形態，在本期逐漸形成的一些主要的藝術特徵。由於上述原因，本期「政治抒情詩」創作議論和說理的風氣十分濃厚，除了極少數優秀作品，一般詩作的情感化和形象化的程度不高，詩思政論有餘而哲理不足，詩興激揚過甚而缺乏調節，詩風偏於直瀉而不夠委婉曲折，文化大革命中甚至發展到直接演繹政治理論和標語口號式的直白呼號的程度。這些無疑都影響了本期「政治抒情詩」的創作質量和「政治抒情詩」本身的藝術生命。「政治抒情詩」在文化大革命結束後的七〇年代末雖然還有過短暫的復甦，但很快便趨於消失，在新的詩歌潮流中結束了自己短暫的藝術歷史。

郭小川和賀敬之是本期「政治抒情詩」最有代表性的也是成就最高的詩人。他們在藝術上的主要貢獻是共同完成了「樓梯式」的「政治抒情詩」體的「中國化」（民族化）。「樓梯式」的抒情詩體最早是前蘇聯革命詩人馬雅可夫斯基的獨特創造，傳入中國以後，對新詩史上的眾多詩人都產生過重要影響。郭小川和賀敬之在田間等解放區詩人已取得的創作成就的基礎上，進一步融合了中國古典詩歌和民歌的形式與韻律，將這種外來的抒情詩體最終改造成了當代「政治抒情詩」的主要藝術形態。在運用「樓梯式」的詩體進行創作方面，郭小川的《致青年公民》組詩（一共七首）較早做出了成功的試驗。特別是其中的《投入火熱的鬥爭》、《向困難進軍》等，以跳躍的句式和鼓點般的節奏，表現了高昂的意志和飽滿的熱情，在青年讀者中產生了很強的鼓動性和號召力。「樓梯式」』的「政治抒情詩」體也因此而引起了人們的討論和注意。但是，真正表現了「樓梯式」的「政治抒情詩」體的成熟形態和鮮明特徵的，是嗣後出現的賀敬之的《放聲歌唱》和他以這種詩體創作的一系列其他作品。《放聲歌唱》在藝術上的最大特點是以馬雅可夫斯基式的梯式排列的詩行結構駕馭中國古典詩歌和民歌的韻律形式，使自由詩的散文的句式與古典詩歌和民歌的韻律得到了完美的結合。其中特別是排比和對偶的廣泛運用，以及吸取中國古典詩詞的意境創造和民歌的反覆詠唱手法等，都使「樓梯式」這種外來的抒情詩體「得到了創造性的發展」，「達成了民族化的初步成就」。[9]賀敬之此後的「政治抒情詩」作品，特別是長篇「政治抒情詩」作，主要是採用這種形式。他的作品雖然數量不多，但大都產生了廣泛而持久的社會影響。除《放聲歌唱》外，其他如《十年頌歌》、《雷鋒之歌》、《西去列車的窗口》等，都是本期「樓梯式」的「政治抒情詩」創作的重要收穫。在這些長篇的「政治抒情詩」外，賀敬之還創作了《回延安》、《三門峽歌》、《桂林山水歌》等

---

[9] 茅盾，《反映社會主義躍進的時代，推動社會主義時代的躍進》，《爭取社會主義文學的更大繁榮》（作家出版社，一九六〇年），頁二一。

膾炙人口的抒情短章，這些詩作雖然大多是採用民歌體或擬古體歌行的形式，但其內在的氣韻與他的長篇「政治抒情詩」仍有諸多共通之處，是他的「政治抒情詩」創作的一種藝術的變奏。

與賀敬之專心致志於「樓梯式」的「政治抒情詩」創作不同，郭小川在作了短暫的創作嘗試之後，即轉向其他方面的詩歌創作。但是，到了六〇年代，他又回到了「政治抒情詩」的創作上來，並且把他曾經嘗試過的「樓梯式」的詩體加以藝術的還原和改造，創造了一種被人稱之為「新辭賦體」的「政治抒情詩」體。這種詩體將「樓梯式」的成梯形排列的詩行「還原」成散文式的長句[10]，在外形上追求「節的勻稱」和「句的均齊」（即每一節的行數相等，每一行的字數相等），尤其注重節與節之間、行與行之間的排比與對稱，使詩體在外形上顯得規範整飭，類似於二〇年代的新格律詩。但是，它的內在的散文的長句卻是自由靈動、活潑多變的。這種外形整飭、內裏靈活的詩體廣泛地吸取了中國古典詩歌尤其是辭賦體的藝術營養，是對中國古代辭賦所做的一種創造性的藝術轉化。用這種像古代辭賦一樣鋪張揚厲、汪洋恣肆的現代辭賦體創作「政治抒情詩」，較之採用已經基本定型的「樓梯式」的詩體，在藝術上就顯出了一個重要的革新變化，也為「政治抒情詩」「創造了一種雄渾有力的詩體」[11]。這是郭小川在六〇年代對「政治抒情詩」藝術做出的一個新的貢獻。他的這種「新辭賦體」的代表作如《甘蔗林——青紗帳》、《廈門風姿》、《鄉村大道》等，雖然規模體制不及「樓梯式」的詩體那樣宏大，但卻更有文采，更具形象性和音樂的流動的美感。除「新辭賦體」外，郭小川這期間還吸收民歌和古典詩詞的語言特色，創作了句式比較短促、結構比較自由靈便的《林區三唱》等直抒胸臆的詩篇，這些詩篇具有「新辭賦體」一樣的氣勢和力度，是郭小川為詩體藝術做出的又一個成功的試驗。

10 因為「樓梯式」本來是馬雅可夫斯基為適應朗誦的需要，將散文式的長句切割成梯式排列而成，被稱為「剁碎了的散文」。郭小川嘗試「樓梯式」也有此意，故恢復其散文式的長句是一種藝術的「還原」。

11 馮牧，《郭小川詩選・序》（人民文學出版社，一九七九年），頁一一。

所謂一般抒情詩在本期抒情詩創作中有兩個主要涵義：其一是指純粹個人的抽象的情感抒發，即不假於外物，表現為一種個體獨白的形式。因為純粹個人的情感在本期往往被視為資產階級或小資產階級情調，是很難得到充分表達的，故而在本期抒情詩中，這類純粹個體獨白式的抒情詩的創作是不夠發達的。即使偶有所做，也容易招致批評和冷落。與此相對的是，本期一般抒情詩的另一個涵義，是指借助於一定的生活場景、人物或故事抒發個人的情感，亦即即景生情、緣事而發。這也就是所謂「生活抒情詩」的涵義。這類抒情詩因為符合本期提倡的「反映生活」的文學觀念的要求，又受解放區詩歌的現實主義傳統和前蘇聯當代詩人的寫實風格的影響，故而在本期抒情詩創作中十分發達。本期一般抒情詩創作也主要是指這種形式的「生活抒情詩」。

本期抒情詩創作緊接著五〇年代初期的「頌歌」之後便是五〇年代中期興起的一個「生活抒情詩」的創作潮流。由於大規模的社會主義經濟建設的興起和社會生活所發生的翻天覆地的變化，許多詩人接受時代的感召與呼喚，深入到經濟建設和社會生活的各個領域，把那兒作為他們相對固定的創作源泉和基地。於是，在這個時期的「生活抒情詩」領域，就出現了一批以特定的經濟建設和社會生活題材為對象的抒情詩作，集中表現了本期詩人對於各行各業的建設成就和新人新事的讚美與歌頌。其中比較有代表性的例如李季以玉門油礦為基地的詩歌創作，阮章競深入包頭鋼鐵基地的詩歌創作，傅仇以林區建設者的生活為題材的詩歌創作，邵燕祥、戈壁舟、顧工、雁翼、梁上泉等歌頌電力和鐵路、公路交通建設成就的詩歌創作，以及張志民、嚴陣等反映農村生活，田間、聞捷等反映邊疆生活，以及公劉、白樺、李瑛等反映軍旅生活，包括稍早一些時候的未央、張永枚等反映抗美援朝戰爭的詩歌創作等等。這些抒情詩作在藝術上的共同特點，是注重客觀對象的描寫，在對客觀對象的描寫中表達作者的情感態度，顯示生活的理性涵義，是一種將抒情主體的情志寄寓於客觀對象的具有極強的寫實傾向的抒情形態。這種抒情形態集中顯示了本期「生活抒情詩」創作的藝術特色，奠定了本期「生活抒情詩」創作的風格基調。

從五〇年代後期到六〇年代，「生活抒情詩」因為受時代潮流和政治氣候的影響，題材和主題愈來愈窄，詩風也隨之發生了很大的變化。詩人原來所熱衷的自然山水、田園風光、民族風情、邊疆風貌，以及甜蜜的愛情、愉快的勞動、崇高的理想、美好的青春、幸福的生活，逐漸為國際國內的階級矛盾和階級鬥爭所取代，詩人的情感由熱烈而趨於嚴峻，詩的主題由輕鬆而趨於嚴肅。與此同時，在藝術上也由注重客觀對象的描寫，一變而為依據主觀的需要把客觀對象抽象為某種隱喻或象徵的藝術符號；由通過客觀對象的描寫表達主體的情志，一變而為人為地賦予客觀對象以某種確定的情感內容和理性涵義。抒情的方式日趨程式化，詩的語言日趨理念化和規範化。這些跡象表明，這一階段的「生活抒情詩」正在日漸向「政治抒情詩」靠攏，乃至到文化大革命中完全與「政治抒情詩」合流，為「政治抒情詩」的潮流所吞沒。「政治抒情詩」最終成了本期「生活抒情詩」的一個無法逃遁的歷史歸宿。從五〇年代後期到六〇年代，由於個體的創作的發展和當代詩歌整體的藝術追求的結果，也出現了一批成熟的詩人和詩歌作品。這些詩人和詩歌作品在這期間走向成熟，是本期「生活抒情詩」結出的最後一批藝術成果。

聞捷和李瑛是本期「生活抒情詩」創作的優秀代表。他們的作品分別代表了本期「生活抒情詩」在上述兩個階段上的創作特色和藝術成就。聞捷的「生活抒情詩」的創作成績主要見於他在五〇年代中期以前似新疆各族人民的生活和勞動為題材的詩歌創作。詩集《天山牧歌》集中了這方面的全部代表作。這些詩作記載了新疆各族人民的生活變遷和勞動的歡樂，具有極為濃厚的西部邊疆的地域特色。其中特別值得注意的是，詩人創造性地把邊疆少數民族民間文學中古老的愛情題材和主題，與新時代新的生活和勞動以及對新人新事的歌頌與讚美結合起來，使之發生了一次藝術的化合，從而創造了一種充滿了愛的勞動和通過勞動去實現愛的追求的具有新的時代特色的「情歌」模式。與此同時，聞捷也創造了一種融少數民族民歌清新、明快的藝術風格與現代新詩真切、細膩的描寫手法為一體的新的「田園牧歌」的抒情格調，在總體上體現了當代新詩熔鑄民間詩歌所取得的最新藝術成就。聞捷後來的創作轉向敘事詩和「政治抒情詩」，除了長篇敘事詩《復仇的火焰》以外，其他作品均未能超過他在五〇年代中期以前的「生活抒情詩」的創作成就。

與聞捷在五〇年代中期以前嶄露頭角便引人注目不同，李瑛的詩歌創作雖然起步較早，但卻是經過了一個較長的發展過程之後，在五〇年代後期到六〇年代才走向最後成熟的。在這個發展過程中，李瑛既保持了五〇年代中期以前由公劉、白樺等一批年輕的軍旅詩人所開創的清新剛健的詩風，又感染了五〇年代中期以後新詩向古典詩歌學習的藝術風氣，開始把古典詩歌的表現手法運用於現代新詩的創作，在融合古今詩藝方面，取得了重要的藝術成就。六〇年代初結集出版的《紅柳集》是他在這方面的創作成就的主要代表。他的這些詩作主要取材於邊疆和軍旅生活，在藝術上最大的特點是善於從普通的生活細節和自然景物中提煉出詩情哲理，創造一種氣氛濃烈、色彩感極強的藝術畫面，形成一種類似於古典詩詞的意境創造中常見的藝術境界。與之相適應的是，他的這些詩作的語言都十分凝練，篇幅也比較短小，是本期「生活抒情詩」中的一種現代「絕句」。在五〇年代後期到六〇年代的「生活抒情詩」日漸政治化，開始與「政治抒情詩」合流的總體情勢下，李瑛的詩作仍能保持「生活抒情詩」的藝術本色，並且在藝術上有所創造和發展，在本期詩歌創作中，是有特殊重要的意義的。當然，李瑛此後的創作也受了這種政治化的趨勢的嚴重影響，直到文化大革命結束後的新時期，他的詩歌創作才重新站到一個新的藝術起跑線上。

三、本期敘事詩創作

本期敘事詩創作是以四〇年代解放區的敘事詩創作的自然延續為發端的。阮章競的《漳河水》從創作到發表跨越了兩個歷史年代，直接把解放區敘事詩創作的藝術經驗帶入到當代敘事詩的創作中來，成為當代敘事詩的開山之作。以此為發端，在五〇年代初期，出現了一個短暫的敘事詩創作的熱潮。由於詩人比較熟悉過去時代的生活，又處在一個新舊轉變的歷史時期，故而這些數量不大的敘事詩作品，大多取材於過去時代苦難的生活遭遇和為爭取翻身解放所進行的反抗鬥爭。前者以馮至的《韓波砍柴》為代表，後者以喬林的《白蘭花》最為出色。《漳河水》則兼有二者的因素，但卻著眼於人物的命運在新舊時代所發生的戲劇性變化。這些敘事詩作品不但題材和主題與四〇年代解放區的敘事詩沒有多大差別，而且除極個別作品外，在藝術上也大多採用民歌體或擬民歌體的形式。無論從哪方面說，這時的敘事詩創作尚處在四〇年代解放區敘事詩的巨大影響之下，未能獲得自己所應有的「當代」品格。

本期詩歌在五〇年代中期出現了一個「政治抒情詩」和「生活抒情詩」的創作熱潮，相對而言，敘事詩的創作就比較沉寂。但在這個過程中，也不乏一些成功的收穫。特別是一些年輕詩人根據少數民族民間傳說創作或整理的敘事詩作品如韋其麟的《百鳥衣》、白樺的《孔雀》和公劉參與整理的《阿詩瑪》，以及郭小川的一些以革命歷史為題材創作的自由體的敘事詩作品《白雪的讚歌》、《深深的山谷》、《一個和八個》[12]等，格外引人注目。這些敘事詩作品一方面說明當代敘事詩創作仍然十分重視民間傳統和民歌形式，另一方面也表明當代詩人在繼承傳統的基礎上也在探討敘事詩的新的表現方法和技巧。五〇年代中期對當代敘事詩而言，從內容到形式，都處在一個重要的藝術轉換期。

經過了這個藝術的轉換期之後，當代敘事詩在五〇年代後期迎來了第一個也是唯一的一個創作的高潮。這個創作的高潮不但以作品的數量眾多為標誌，而且就其主要的代表作而言，從規模體制到表現技巧，都表明當代敘

12 郭小川的這三部敘事詩都是在一九五七年創作的，《一個和八個》未及發表即在內部遭到批判，一九七九年才由香港《文匯報》和武漢的《長江》叢刊先後刊出該詩全文。

事詩在繼承傳統的基礎上進一步把敘事詩藝術推向了一個新階段。李季的《楊高傳》、聞捷的《復仇的火焰》和郭小川的《將軍三部曲》等，是這個創作高潮中敘事詩的主要藝術收穫。在這個創作的高潮過去之後，當代敘事詩就因為詩歌創作中日益強化的「政治抒情」的趨勢而一蹶不振。直到文化大革命結束以後的新時期，仍然未見有全面復甦的跡象。敘事詩的衰落同時也表明一個注重寫實的詩歌時代的結束。

由於歷史的原因和現實的影響，當代敘事詩在藝術上有兩個主要的發展趨向：其一是從四〇年代解放區的敘事詩中衍生出來的民歌體的或擬民歌體的藝術趨向；其二是在更深遠的新詩傳統的影響下形成的自由體或半自由體的藝術趨向。前者在藝術上以阮章競的《漳河水》和李季的《楊高傳》為代表，後者以聞捷的《復仇的火焰》和郭小川的《將軍三部曲》為代表。這些詩作集中表現了當代敘事詩在藝術上所做的新的探索，同時也表現了這些詩人在敘事詩創作上的藝術特色。

《漳河水》作為當代敘事詩的開山之作，雖然沒有完全脫出四〇年代解放區敘事詩的藝術影響，仍然是以民歌體為其藝術的依託，但與四〇年代的《王貴與李香香》等民歌體的敘事詩不同，它不再沿用某種單一的民歌曲調，而是雜取種種民間歌謠，進行綜合的藝術創造。這表明當代敘事詩向民歌學習正在走出「套用」現成形式的階段，注重吸取各種形式民間歌謠的藝術精華，使之發揮一種整體的藝術功用。《漳河水》因而在向民歌學習方面，也開闢了一條新的路徑。與《漳河水》不同，李季的《楊高傳》完全放棄了他所熟悉和熱衷的民歌形式，改向綜合的民間說唱藝術——鼓書去吸取藝術的滋養。鼓書能說能唱，帶說帶唱，本身就是一種以敘事為主的民間藝術，用於敘事詩創作，自然要比以抒情為主要功能的民間曲調更為切合。而且李季的《楊高傳》的鼓書唱詞，事實上只是對鼓書這種說唱藝術的一種「擬」用，是一種「擬」體，而不是這種形式本身。它的基本形態已經脫出了民間形式，更接近李季所慣用的章節句式都比較規範的自由體或半自由體（也可稱半格律體）的新詩。從《漳河水》到《楊高傳》，雖然並不一定完全是自覺的追求，但當代民歌體的敘事詩正在掙脫民歌體的固有局限，努力使民歌體的敘事風格向現代新詩轉化，卻是有跡可循的。

自由體的敘事詩在中國新詩史上比民歌體的敘事詩有著更為深遠的傳統，但具有《復仇的火焰》這樣大的規模和氣魄的敘事詩作品[13]，尚未曾得見。從這個意義上說，這部作品應當是本期敘事詩為中國新詩歷史做出的一個重要貢獻。與中國新詩史上的自由體敘事詩大多要受同一時期的自由體的抒情詩的詩風影響一樣，《復仇的火焰》從章節到句式都接近這期間已日漸規範的自由體的抒情詩，因而就詩體而言，嚴格說來，它只能屬於半自由體（或半格律體）的範疇。這是《復仇的火焰》在藝術上的一個重要的特點。其次是它雖然是自由體或半自由體的新詩，但卻是以一個行吟詩人的口吻在講述一段驚心動魄的人生故事，故而又帶有明顯的民間說唱藝術的特點。而且在這部長詩中，詩人也確實融進了很多少數民族民間歌謠，更增加了這部敘事長詩的民間色調。《復仇的火焰》在藝術上的這些特點，說明自由體的敘事詩也在進行一種藝術的融合。作為這種融合的另一個重要收穫，《將軍三部曲》的某些藝術上的特徵可能更帶典型性。這部敘事長詩就其基本的藝術表現形態而言，無疑是屬於自由體的新詩範疇。但是，它的短促的句式、跳蕩的音節、明白如話的語言、靈活多變的韻律等等，又明顯地吸取了元明散曲的精華，是一種被人稱之為「散曲式」的自由詩體。通過融合這種起於民間的古代「散曲」，《將軍三部曲》在藝術上也走上了一條「在古典和民歌的基礎上發展」的道路。

綜上所述，我們不難看出，既要掙脫民歌體固有的局限，又要向「古典和民歌」學習，這是本期敘事詩在創作上所面臨的兩難選擇。本期敘事詩在藝術上所取得的重要成就雖然都來源於在這兩者之間所進行的成功的融合，但是這種兩難的選擇最終也限制了本期敘事詩向新的更廣大的領域做藝術的掘進和開拓。

13 《復仇的火焰》計畫寫三部，第一部《動盪的年代》、第二部《叛亂的草原》分別於一九五九年、一九六二年出版，第三部《覺醒的人們》只發表了部分章節，餘稿散失。

第二節　本期小說創作（上）：中短篇小說

一、本期中短篇小說創作概況

如同敘事詩創作一樣，當代小說創作雖然是植根於新文學的深厚的藝術傳統，但它的最直接的起點，卻是解放區作家的小說創作。在中短篇方面，曾經作為解放區的文藝方向的代表的趙樹理繼續了他在四〇年代小說創作的題材和主題，在這期間寫出了可以看做是《小二黑結婚》的姊妹篇的短篇小說《登記》，仍然把他的目光投向中國農村正在進行的反封建鬥爭，關注尚未完全結束的民主革命遺留的歷史任務。與趙樹理的創作方向接近的一批熟悉農村生活的作家，尤其是在四〇年代的解放區就已經取得了一定的創作成就的山西作家，在這期間的短篇創作也都在繼續開拓這個解放區小說未盡的題材和主題。谷峪的《新事新辦》，馬烽的《結婚》、《一架彈花機》等是這方面的代表作。這些作品對當代小說的意義，不僅僅是把解放區小說的藝術傳統帶入當代創作，同時也在當代小說中開闢了一個對本期和後來的小說影響深遠的農村題材的創作領域，奠定了這個領域的小說創作的藝術取向和風格基調。

五〇年代中前期，隨著農村合作化運動的興起和農業社會主義改造運動的深入發展，這個領域的中短篇小說創作也得到了長足的進步。農業合作化運動較之土地改革，對中國農民來說，是一場更深刻的革命，其中牽涉到很多更深層次的觀念和風俗習慣的變革問題，因此，反映農業合作化運動中新舊思想的矛盾和衝突，就成了這期間農村題材中短篇創作的重要主題。與此同時，作家也熱情歌頌新人的成長和新事物的萌芽，描寫合作化運動給中國農村帶來的新的面貌和巨大變化。前者以馬烽等山西作家的短篇創作為代表，後者以秦兆陽的《農村散記》等短篇作品最為出色。這同時也是這期間農村題材的中短篇小說創作兩種最基本的風格基調，即以反映新舊矛盾為主的喜劇風格和以歌頌農村新貌為主的牧歌風格。此外，則是劉澍德的《橋》和孫犁的《鐵木前傳》等中篇作品，將筆觸深入到人物的內心世界和歷史的縱深，在合作化運動的背景下，揭示了中國農民在歷史的轉折關口，對不同的人生信條和生活道路所做的選擇與追求，因而成為這期間反映農業合作化運動的不可多得的生活和思想都比較厚重的中篇作品。李凖則以其敏感的政治觸角和大膽的干預精神，在他的成名作短篇小說《不能走那條路》中尖銳地提出了土地改革後農村出現的兩極分化問題，最早接觸到兩條道路的鬥爭這個貫串本期農村題材的小說創作始終的核心主題。李凖因而成了這期間農村題材的中短篇創作思想最為新銳的年輕作家。

五〇年代中前期，中短篇小說創作的另一個重要的題材領域是反映戰爭和革命歷史。劉白羽的中篇《火光在前》以紀實的筆觸，及時地描繪了人民解放戰爭渡江戰役的歷史性場面，先聲奪人，成為這個領域最早的幾篇有成就的作品之一。隨後便是當時正在進行的抗美援朝戰爭，也成了中短篇小說創作的重要題材。「七月派」作家路翎在這方面的創作有獨特的成就。特別是他的一個引起爭議的短篇《窪地上的「戰役」》，展示了志願軍戰士豐富的情感世界和崇高的獻身精神，將人性描寫與國際主義主題結合起來，在這個領域率先取得了重要的藝術突破。與此同時，一些作家的中短篇創作開始從已經成為歷史的過去年代的革命鬥爭中取材，開創了當代革命歷史題材中短篇創作的藝術先河。以寫自己親身經歷過的冀中抗日根據地的鬥爭著稱的孫犁繼四〇年代的名篇《荷花淀》之後，又寫出了同樣樸素清新的《山地回憶》等短篇新作。峻青的短篇《黎明的河邊》、王願堅的短篇《黨費》等，則分別展現了解放戰爭和第二次國內革命戰爭時期艱苦卓絕的鬥爭生活，是這個領域開始在藝術上走向成熟的短篇作品。峻青和王願堅也因此而成為繼孫犁之後，在這個領域的中短篇創作中最有代表性的中青年作家。與農村題材的中短篇創作相較，這個題材領域的作品大都帶有一種崇高的悲劇的氣氛。此後，這種崇高的悲劇的風格與孫犁在四〇年代開創的詩意的浪漫的風格就成為本期反映戰爭和革命歷史題材的中短篇創作兩種最主要的藝術基調。

除上述兩大題材領域外，其他題材領域如工業題材和日常生活題材的中短篇創作雖然不夠發達或受到人為的抑制，但有些作品如杜鵬程的以寶成鐵路建設者的生活為素材的中篇《在和平的日子裏》、蕭也牧的作為「小資產階級創作傾向」受到批判的短篇《我們夫婦之間》等，或以詩情和哲理的結合見長，或以生活細節的描寫取勝，都是這期間的中短篇創作中不可多得的重要收穫。

五〇年代中前期是本期中短篇創作的奠基階段。本期中短篇小說的一些重要作家，在這期間都開始了他們的創作活動，或寫出了自己的代表作。有的還產生了較大的影響，奠定了自己的風格雛形。從思想到藝術，從方法到技巧，這期間的中短篇創作都為本期中短篇小說的發展打下了堅實的基礎。

如果不是隨之而來的波瀾陡起，本期中短篇創作乃至全部當代小說的發展將可能是另一種完全不同的景象。一九五六年「雙百」方針的提出，刺激了「干預生活」[14]的小說創作的勃興。在很短的時間內，中短篇小說創做出現了前所未有的活躍局面。主要是一批在本期開始小說創作的年輕作家，大膽揭露生活中的矛盾和「陰暗面」，勇敢觸及愛情和人性的禁區，前者如劉賓雁的《在橋樑工地上》、王蒙的《組織部來了個年輕人》，後者如鄧友梅的《在懸崖上》、陸文夫的《小巷深處》等，表現了作家積極介入生活的獨立自覺的主體性和藝術上不拘格套勇於探求的創新精神。這些作品和它們的作者在旋即到來的「反右」鬥爭中，雖然很快便遭到了嚴厲的批

14　一九五六年在中國作家協會第二次理事擴大會議上形成的創作主張，指作家對生活應當採取「積極參預的態度」，「不能採取迴避或旁觀的態度」。在創作中的具體表現是敢於暴露生活矛盾，觸及藝術的禁區。這種創作主張後來雖然遭到批判，但對當代文學產生了重要影響。

判和不公正的處理，但對後來的小說創作尤其是文化大革命結束後的「傷痕小說」卻產生了深遠的歷史影響。

經過了五〇年代中前期的藝術積累和五〇年代中期政治風雨的洗禮，本期中短篇小說創作從五〇年代後期到六〇年代初開始走向藝術上的全面成熟。成熟的表現除了產生了一批在本期乃至當代小說史上佔有重要地位的優秀中短篇作品，例如趙樹理的《鍛鍊鍛鍊》、茹志鵑的《百合花》、王汶石的《新結識的夥伴》、李準的《李雙雙小傳》之外，就是本期的一些優秀的中青年作家的中短篇創作大都是在這期間形成了自己的獨特的藝術風格，比較有代表性的如李準、王汶石、茹志鵑等。一些在前此階段的中短篇創作中已經取得了重要的藝術成就或奠定了自己的風格基調的作家如孫犁、趙樹理和峻青、王願堅等，則在他們的創作中進一步完善了各自的風格特色或使之得到豐富和發展。在這期間，本期中短篇小說也開始形成了一些基本的創作定勢，逐漸失去了前此階段的創作的藝術活力和探索精神，包括某些大致相近的藝術風格的形成，同時也意味著更為多樣的創作風格的失落。尤其是「反右」鬥爭和「大躍進」運動，在這期間的中短篇創作中又設置了許多新的禁區，誘發了一種反現實主義的浪漫「浮誇」的創作傾向，從總體上影響了這期間中短篇小說的藝術質量。

六〇年代初的文藝政策調整，給本期中短篇小說創作造成了一個短暫回升的勢頭。趙樹理等作家在這期間的短篇創作塑造了一系列具有「實幹」精神和各式各樣的處於中間狀態的人物形象，被作為一種「深化」現實主義的創作方向受到高度的肯定和推崇，從而使這期間的短篇創作開始掙脫「大躍進」的影響，逐漸回復正常的藝術軌道。文藝政策的調整也使得作家有可能在現實題材之外去尋找新的表現領域，於是，在「調整」現實題材的創作的同時，這期間的短篇創作中，也出現了一個歷史題材的短篇創作的短暫熱潮。陳翔鶴的《陶淵明寫〈輓歌〉》、黃秋耘的《杜子美還家》等，皆曲折地表達了作家對於現實問題的複雜感受，是這期間短篇創作現實主義「深化」的特殊收穫。但是，由文藝政策的調整帶來的這個短暫的創作回升的勢頭很快便遭到政治的遏制和批判。此後，直到文化大革命爆發之前，本期中短篇創作就全面跌入藝術的低谷。雖然一些部隊作家以「大比武」

為題材的短篇創作多少還保持了一點微弱的藝術勢頭，但畢竟是強弩之末，終於無法挽救本期中短篇創作走向最後的衰落。

文化大革命期間的中短篇創作在初期的「革命大批判」中遭到毀滅性的摧殘之後，七〇年代開始被「四人幫」集團所利用。這期間在「四人幫」集團操縱下的一些中短篇創作不但直接充當了政治鬥爭的工具，而且也是他們的幫派文藝理論在文學創作中拙劣的實踐和表演。整個文化大革命期間，只有在七〇年代中期短暫的經濟「整頓」的形勢下，個別作家的中短篇創作，如蔣子龍的中篇《機電局長的一天》和以「手抄本」的形式在「地下」流傳的「知青」作者的中短篇作品等，才顯露了一點新的藝術轉機的萌芽。但這點萌芽也只有到文化大革命結束後的新時期的中短篇創作中，才有可能結出新的藝術革新的果實來。

二、本期農村題材中短篇小說諸代表作家

在中國新文學史上，廣義的農村題材的中短篇小說創作從二〇年代就已經開始，並且取得了重要的藝術成就，出現了以魯迅為代表的重要作家和以「鄉土小說」為標誌的重要創作流派。三〇年代左翼作家的中短篇創作、四〇年代解放區作家的中短篇創作，也大都是以農民的反抗鬥爭和農村的民主改革為題材。新中國成立以後，農村的發展和農民問題仍然是革命和建設的根本問題，因而理所當然地吸引了更多作家的藝術關注。加上當代作家大半起於農村或與農村有千絲萬縷的聯繫，有的在四〇年代的中短篇創作就對農村題材有豐富的藝術積累，故而本期農村題材的中短篇創作就顯得十分發達，在小說家族中幾乎佔據了主導的位置。本期中短篇小說有代表性的作品和在創作方面取得了重要成就或形成了自己獨特風格的作家，也大半集中在這一創作領域。從某種意義上說，本期中短篇小說的創作成就，也主要是農村題材的中短篇小說的創作成就。鑑於這種情況，討論本期

中短篇小說創作，就不能不首先注意這一題材領域的代表作家和他們的代表作。

本期農村題材中短篇小說的代表作家主要有兩種類型：一種是以趙樹理和山西作家群為代表的「跨代」作家；一種是以李準和王汶石等為代表的新進作家。前者包括了在本期從事農村題材的中短篇創作的跨越新文學史不同時期的「老」作家，例如沙汀、艾蕪、駱賓基、歐陽山、劉澍德、孫犁、周立波、康濯、秦兆陽等，有的在本期的創作還取得了重要的進展，成了本期中短篇創作最新藝術成就的顯著標誌。但是，在這些「跨代」作家的中短篇創作中，作為一個群體顯示出獨特的藝術特色，因而格外引人注意的仍然是以趙樹理為代表的山西作家群。這個群體曾經被人稱做「山藥蛋派」。不管這個流派的名目是否能夠成立，通過這個作家群體瞭解本期農村題材的中短篇創作，無疑是具有典型意義的。後者所涉及的範圍更廣，包括本期在農村題材這個特定的創作領域開始中短篇小說創作的所有新進作家。雖然其中有些作家的中短篇創作在不同階段上還產生過一些重要影響，例如劉紹棠、浩然等，但後來卻因為政治的原因終止了小說創作，或小說創作的主要成就在長篇而不在中短篇方面。相對而言，李準和王汶石在這個領域的中短篇創作始終保持了一種藝術的連續性，並且逐漸形成了比較穩定的風格特點。因而比較能夠代表這些新進作家在本期農村題材的中短篇創作中所取得的藝術成就。此外，還有在其他重要題材領域的創作十分活躍或在長篇創作中取得了重要成就的作家，也涉足農村題材的中短篇創作，我們將在有關章節討論這些作家其他方面的創作時，也論及他們在農村題材的中短篇創作中的一些重要作品。

以趙樹理為代表的山西作家群是一個比較特殊的創作群體。除趙樹理外，還包括馬烽、西戎、孫謙、束為等山西籍或主要在山西從事文學創作活動的作家。他們大都在抗日戰爭期間開始文學創作，是毛澤東《在延安文藝座談會上的講話》提出的文藝的「工農兵方向」的積極實踐者，並以他們所取得的最初的創作成就開闢了中國現代小說民族化和大眾化的新的藝術方向。新中國成立以後，他們的創作始終沒有脫離農村題材這一創作領域，而且在本期一些主要的創作階段上，都以其嚴謹的現實主義的創作態度和具有獨特的地方特色的藝術風格贏得了廣泛的好評，成為本期農村題材的中短篇創作的一個重要的藝術家族。這個特殊的作家群體在本期農村題材的中短篇創作中，比較活躍的主要有以下兩個階段：第一個階段是五〇年代初期到五〇年代中期，以趙樹理和馬烽的創作為代表，主要針對土地改革和合作化運動中出現的新舊思想的矛盾和衝突，批評各種封建主義和個人主義的思想殘餘，歌頌新生事物和新人的成長，反映了從新民主主義革命到社會主義革命的歷史轉變時期社會生活所發生的深刻變化，是屬於以「歌頌光明」為主的「問題小說」。這一階段的主要代表作有趙樹理的《登記》，馬烽的《結婚》、《一架彈花機》、《三年早知道》等。藝術上基本上是四〇年代創作的歷史延續或在此基礎上開始的新的探索，故而未能取得新的突破，有的還停留在作品所反映的社會「問題」本身或滿足於對新人新事的歌頌，未能對這些「問題」和現象做更深的挖掘，人物形象也比較單薄，情節的巧合太多，藝術上顯得不夠成熟和比較表面化。

第二個階段是五〇年代後期到六〇年代初期，趙樹理、馬烽、西戎的作品成為文學界關注的焦點。這一階段的創作主要是針對一九五八年「大躍進」中出現的「浮誇」和「冒進」的風氣，提倡求實的態度和實幹的精神，同時還通過描寫一些處於「中間狀態」的人物形象，探索文學如何反映人民內部矛盾問題，是屬於一種以「糾正偏向」為主的「問題小說」。這一階段的代表作主要有趙樹理的《鍛鍊鍛鍊》、《套不住的手》、《實幹家潘永福》，馬烽的《我的第一個上級》，西戎的《賴大嫂》等。相對於前一個階段而言，這些作品雖然同屬「問題小說」，但因為觸及的是當時社會生活中比較敏感的政治問題和普遍流行的藝術風氣，故而具有極為重要的現實意義。而且這些作品在藝術上都比較成熟，是通過成功的人物塑造和嚴格的現實主義描寫表現作者對社會「問題」的傾向和態度，故而留下了很多在當代文學史上膾炙人口的人物形象，在敘事和描寫的技巧上也達到了一個新的高度。這個作家群體在六〇年代初因為受批判「中間人物」論的影響，大都沒有更多新的創作，作為一個特殊的創作群體，在本期的藝術使命亦宣告結束。

作為山西作家群的主要代表，趙樹理是一位受民間文化和民間文學浸潤很深的作家。從四〇年代起，他的小說創作就以民間說唱藝術為藍本，經過加工改造，創造了一種具有民族化大眾化特色的新的藝術形式。他在本期的短篇創作一如既往地保持了他在四〇年代的藝術特色，在有些作品中還有所發展和創造，技巧更加嫻熟，藝術的成就更高，在短篇創作方面，是當代屈指可數的幾位大師級作家之一。一般說來，趙樹理的短篇小說比較重視故事情節的連貫性和完整性；情節的結構比較單純，線索清晰，脈絡分明；注意事件發展過程和起承轉合的敘述與交代；善於運用懸念和戲劇手法加強敘事效果；塑造人物多用白描手法；語言糅合日常口語、俗語和民間說唱藝術的風格，既通俗易懂，幽默風趣，又樸質明快，合轍上口。除此而外，趙樹理的短篇尤其以塑造人物見長，他在本期的一些重要短篇作品，大都塑造了一些成功的人物形象，如小飛蛾（《登記》）、「吃不飽」、「小腿痛」（《鍛鍊鍛鍊》）、陳秉正（《套不住的手》）、潘永福（《實幹家潘永福》）等，有的還達到了相當的典型高度。這些人物形象豐富了本期中短篇小說的人物畫廊，為當代文學做出了重要的藝術貢獻。馬烽、西戎等其他山西作家與趙樹理的創作風格大致相似，有的本身就是接受趙樹理的創作影響，在趙樹理開闢的創作方向上成長起來的。但就本期其他山西作家的一些有代表性的作品而言，馬烽不完全採用趙樹理式的第三人稱「全知全能」的敘事，往往比較注重選取一個特殊的敘事角度（例如第一人稱）；西戎則在趙樹理式的純粹白描之外，也適當借用了西洋小說注重心理描寫的手法，等等。這些，都說明山西作家群本期的中短篇創作在藝術上也有新的發展和變化。但是，山西作家群在本期的中短篇創作有的也受當時的政治思潮和藝術風氣的影響，沒有達到應有的現實主義深度。藝術上雖有新變，但因為總體變化的幅度不大，也限制了自身進一步的發展和提高。

與山西作家群的創作從歷史中走來不同，以李凖和王汶石為代表的新進作家在本期的中短篇創作，因為從一開始便切入農業合作化運動這一正處於激變之中的農村現實生活，是中國農村社會這一巨大歷史變革的直接參與者和積極推動者，故而他們對新事物的反映就非常敏感，提出的問題往往也十分尖銳，而且富於理想主義的激情和青春的浪漫色彩。他們在本期的中短篇創作也大致經歷了如下兩個階段：第一個階段是五〇年代中前期，是他們的創作的起步階段。在這個階段上的作品，一類以李準的短篇《不能走那條路》為代表，富於思想的鋒芒。這篇作品所提出的土地改革之後農村出現的兩極分化和土地買賣問題甚至具有一種政策的超前性和預見性，李準也因此而在本期農村題材的中短篇創作中，以善於敏銳地發現生活中的問題和敢於大膽地觸及生活中的矛盾著稱，這也是李準在這一階段的中短篇創作的主要特點。此後，這批新進作家的這一創作特點在五〇年代中期的「雙百」方針提出之後，又以李準的《灰色的帆篷》和劉紹棠的《田野落霞》等作品為代表，再次表現了他們在本期的中短篇創作大膽「干預生活」的識見和勇氣。他們在這個階段上的另一類作品，以王汶石的短篇《風雪之夜》為代表，飽含生活的激情。這篇作品以濃筆重彩的塗抹渲染所傳達出來的時代氣氛，表現了作者對於生活的堅定理想和熱烈信念，此後也便成了作者的創作「帶著微笑看生活」的最初的藝術特徵。與王汶石的理想和激情相近的還有如劉紹棠的《青枝綠葉》等，對新的農村生活的描寫充滿了青春的詩意的浪漫氣息，也是本期新進作家農村題材的中短篇創作的一個重要的藝術特徵。但是，這些新進作家在這個階段上的中短篇創作，從總體上說，大都不善於塑造有血有肉的人物形象，不善於通過嚴格的現實主義描寫表達自己的理想和激情，思想和情感過於外露，敘事和描寫比較稚嫩，從總體上看，都只是他們的創作的準備和演習階段。

第二個階段是五〇年代後期到六〇年代，是這些新進作家在藝術上的成熟期和各自的個人風格的形成階段。這些作家在這個階段上的作品有一個共同的傾向，是熱情歌頌農村出現的新生事物，努力塑造農村湧現的新人形象。相對而言，前一階段作品的思想的鋒芒和詩意的色彩大為減弱，形象的實感和喜劇的色彩大為增強。這些作品也可以分為兩種主要的類型：一類是以李準的短篇《李雙雙小傳》和《耕雲記》為代表，繼續完成趙樹理等作家率先開拓的農村新舊思想鬥爭的題材和主題，同時也進一步發展了趙樹理等作家的早期作品所開創的帶有喜劇色彩的藝術風氣。不同的只是李準這期間的作品著眼於歌頌農村出現的新人新事，而不是像趙樹理的早期作品那樣著眼於對舊事物的暴露和諷刺。較之趙樹理的早期作品，舊的思想和習慣在李準的這些作品中，已退居極為次要的地位，失去了與新事物抗衡的勇氣和力量，故而這些作品中的新舊思想鬥爭就是一種輕鬆的喜劇，或可稱之為「輕喜劇」。它讓人們帶著微笑向舊的生活形式告別，以新的狀態和面貌建設新生活。這是作為這些新進作家的代表的李準在他的短篇藝術的成熟期最主要的創作特色。李準這期間的短篇創作以善於在新舊思想的矛盾衝突中塑造新人形象著稱，尤其是善於運用獨特的藝術細節和富於個性化的人物語言刻畫人物性格，因此他筆下的人物如李雙雙、孫喜旺（《李雙雙小傳》）和蕭淑英（《耕雲記》）等，都有很強的生活實感，躍然紙上，呼之欲出，在藝術上的典型化程度很高。如同趙樹理一樣，李準的短篇藝術也很注意向民間藝術尤其是民間說唱藝術學習，因此他的小說的結構、語言、手法、技巧與趙樹理也有諸多相似之處。

這個階段的另一類作品是以王汶石的短篇《新結識的夥伴》為代表，發展了五〇年代初期農村題材的中短篇創作以歌頌農村新貌為主的牧歌風格和這些新進作家在前一個階段的創作中的理想主義和浪漫激情，傾盡全力在新的人民公社化的農村背景上努力塑造符合時代需要的農村新人形象。這同樣也是王汶石在他的短篇藝術的成熟期的一個重要的創作特點。王汶石這期間的短篇創作也以塑造人物著稱。與李準善於在新舊矛盾中塑造人物相較，王汶石更善於在新與新的對比中刻畫新人。他筆下的張臘月和吳淑蘭（《新結識的夥伴》）雖然都是農村新人，但卻各有各的性格特徵，不會相互混淆，也不能互相替代。王汶石筆下的人物同樣有很強的生活實感，這種生活實感的取得除了像李準一樣善於運用細節和人物語言之外，就是同時也發揮了他在《風雪之夜》等作品中的特長，比較注意環境、氣氛的渲染和人物肖像的刻畫，並不完全依靠白描的手法。因為忽視了新人成長過程中的矛盾和鬥爭，較之李準，王汶石筆下的人物就不免給人以單薄和表面之感，同時也過於詩意化和理想化。六〇年代初，由於日益強化的階級鬥爭對浪漫的詩意和輕鬆的喜劇風格的否定，王汶石在創作了他的最後一個有代表性的短篇《沙灘上》之後，未能提供更多新的力作。李準則把他的創作轉向了電影和長篇小說。這兩位有代表性的作家的創作的衰歇和轉向，同時也意味著起於五〇年代初的這個農村題材中短篇創作的新進力量從整體上開始走向全面的藝術滑坡。

三、本期反映戰爭和革命歷史題材中短篇小說諸代表作家

相對於農村題材的中短篇創作在中國新文學史上有一個漫長的形成和發展過程而言，反映戰爭和革命歷史就是本期中短篇創作開闢的一個全新的題材領域。這個領域的中短篇創作在五〇年代初剛剛結束的人民解放戰爭和當時正在進行的抗美援朝戰爭的背景下並以之為題材，曾經出現了一個短暫繁榮的局面，表現了本期中短篇創作對這個題材領域最初的關注和興趣。此後，隨著這兩場戰爭逐漸進入歷史的範疇，這個領域的中短篇創作也開始進入了一個平穩的發展時期。由於這個領域的創作不但受現實政治的干擾較少，而且現實政治活動還常常需要借助戰爭年代和革命歷史作為參照，進行傳統教育，故而在有意無意之間就得到了一種有力的呵護。從五〇年代到六〇年代，這個領域的中短篇創作始終沒有出現如現實題材的中短篇創作那樣的諸多波折的局面，也沒有一個明顯的創作的階段性，雖然作家的人數不多，但幾位從事這方面的創作的作家，卻大都取得了重要的成就，成了這個領域的中短篇創作的優秀代表。這幾位有代表性的作家在這個領域的中短篇創作大致可以分為兩種風格類型：一種是孫犁、茹志鵑的詩意的浪漫風格；一種是峻青、王願堅的崇高的悲劇風格。這兩種風格在這個領域的中短篇創作中互相映襯，互相補充，共同呈現了本期反映戰爭和革命歷史題材的中短篇創作的總體特色和藝術風貌。

孫犁作為一位在四〇年代的解放區就以反映當時正在進行的抗日戰爭的中短篇小說著稱的作家，實際上是這個領域的中短篇創作最早的藝術開拓者。雖然他筆下的戰爭當時還是「現實」題材，但以他的短篇《荷花淀》為代表的一批作品的獨特的藝術風格，卻對此後反映戰爭和革命歷史題材的中短篇創作產生了深遠的影響，造就

了本期這個領域的中短篇創作的一種十分特殊的風格類型。孫犁本期在這個領域的短篇創作保持了他一貫的風格特色，《山地回憶》是他在這期間的代表作，也是本期這個領域的短篇創作的重要收穫。孫犁的作品雖然以戰爭和革命歷史為題材，但卻不去寫具體的戰役和戰鬥場面，也一般不涉筆犧牲和渲染苦難，而是喜歡選取日常生活場景，通過日常生活情感，表現抗日軍民的愛國熱誠和獻身精神以及他們美好的心靈和豐富的內心世界。正因為如此，孫犁的作品又常常喜歡借助富有地方特色的日常景物渲染人物活動環境，通過典型的日常生活細節和高度個性化的日常生活語言刻畫人物性格，故而他的作品雖寫戰爭卻不見戰爭的硝煙，雖寫時代風雲卻充滿了日常生活情趣。因為注重這種藝術表現的日常性，所以孫犁的作品也不在結構上刻意經營，只用一種散文的筆致進行藝術描寫，從這種描寫中自然而然地展現革命年代的人情和戰爭的詩意，讓人物形象從字裏行間不知不覺地凸顯出來。與之相適應，孫犁的小說語言樸實清新，簡潔流暢，不但摹情狀物，恰到好處，有很強的藝術表現力，而且含蓄雋永，內蘊深厚，耐得住咀嚼和回味。所有這些特徵，集中起來，就使得孫犁的小說在樸素的現實主義描寫中隱隱透出一股浪漫主義的氣息，是一種別具一格的「戰地浪漫曲」。

作為這個領域短篇創作的後起之秀，茹志鵑的小說從一開始便具有與孫犁大致相近的藝術格調。她的成名作《百合花》雖然出現在五〇年代中後期，但因為當時所提倡的時代風格已是以熱烈、高昂為主調，故而她的與孫犁相近的「清新、俊逸」也就格外引人注目。茹志鵑在這個領域的短篇創作也像孫犁一樣注重以「詩」和「散文」的方式處理戰爭題材，尤其是注重人物的心靈和情感的「詩化」，賦予人物的思想行為以一種獨特的詩意。但與孫犁相比，她不是以樸素的白描見長，而是善於經營一些富於詩意的畫面，讓她的人物置身其中，從各個不同的側面描摹人物的音容笑貌，展現人物的內心世界。因此她筆下的人物雖然出入於戰火硝煙之中，但心靈卻不染一點戰爭的灰塵，始終如山野的「百合花」一樣聖潔、純樸，透著自然的情韻。茹志鵑的短篇也以散文的結構見長，但比較注意總體的經營調度。藝術描寫善用細節，人物刻畫情態逼真。語言活潑清麗，筆端常帶感情。與孫犁的藝術風格大半源於作者的沖淡的性情不同，從茹志鵑的創作中，隱隱可見一種女性作家的細膩和柔美。

孫犁同期的中長篇和茹志鵑此後的現實題材的短篇創作，都有類似特色。以他們為代表的這種詩意的浪漫風格，對本期小說創作打破刻板寫實的局面和實現風格的多樣化，都有重要的意義。但他們的這種追求在藝術上也不免顯得柔弱和過於理想化，缺少這個領域的作品應有的氣勢和力度。

從某種意義上說，峻青和王願堅的創作恰好彌補了孫犁和茹志鵑的不足。一般說來，崇高的悲劇風格是反映戰爭和革命歷史題材的文學作品的正格，峻青和王願堅在這個領域的短篇創作則是這一正格的兩種不同的藝術變奏。這兩位作家的創作大都取材於艱苦的革命鬥爭年代在生死存亡的重要關頭流血犧牲的悲劇故事；悲劇的主角都是為革命獻身的英雄人物，都是屬於崇高的美學範疇的藝術形象。不同的只在於二者的藝術表現方法：一般說來，峻青比較注重通過曲折的故事和傳奇的情節塑造英雄人物，因而他筆下的英雄都有一些非凡的表現和驚人的舉動，場面比較壯烈，有一種震撼人心的力量。王願堅則比較注重通過一些平常的生活場景和細節表現英雄性格，因而他筆下的英雄雖無驚人之舉，表面看似平常，卻有一種內在的氣勢和力度，同樣感人肺腑。正因為如此，峻青的作品比較講究結構的完整，注意情節的起承轉合，落筆大刀闊斧，藝術的氣勢較足。王願堅則大多採用斷面結構的方法，在具體細節場面上用力，手法精雕細刻，藝術的感染力較強。峻青的作品語言色彩濃烈，尤其擅長描寫景物和渲染氣氛，強化了作品的悲劇效果。王願堅則用平實的語言講述英雄的故事，不事形容和誇飾，悲劇的效果同樣強烈。

以上基本上是依據峻青的《黎明的河邊》和王願堅的《黨費》等短篇作品，也是他們在這個領域的創作中最有代表性的作品所做的比較分析。這些特徵同樣也適用於這兩位作家的其他創作。峻青反映戰爭和革命歷史的短篇創作主要集中在五〇年代中前期，此後，他的創作逐漸轉向現實題材和散文寫作。但他的現實題材的作品又常常是以革命歷史和戰爭年代為參照，故而仍未脫離對戰爭和革命歷史的回顧與抒寫，同樣保持了他寫戰爭和革命歷史作品的藝術特色，甚至他的散文的濃墨重染、磅礡大氣也有他的小說風格的神韻包蘊在內。王願堅在這個領域的短篇創作則貫串了他的全部創作歷程的始終。他的主要作品大都集中在五〇年代中後期，除《黨費》外，他後來的有些作品把戰爭和革命歷史帶入現實生活，表明他的創作如峻青一樣，取材的角度發生了新的變化，藝術的視野也更為擴大。有些作品如《七根火柴》等，則在藝術上更顯凝練，更加精粹，都是他在本期創作所取得的重要收穫。峻青和王願堅的作品一般都缺乏更深更新的主題開掘。峻青的有些作品有時流於空廓，王願堅的有些作品則略嫌生活的實感不足。這兩位作家在文化大革命結束後的新時期雖然還創作了一批反映戰爭和革命歷史的小說新作，但大都未能達到和超過他們在本期所取得的藝術成就。

第三節　本期小說創作（下）：長篇小說

一、本期長篇小說創作概況

作為文學家族的重鎮，長篇小說在中國新文學史上的發展一直比較緩慢，雖然各個年代都出現了一些重要的作家作品，但終究未能形成一個集中繁榮的創作局面。只有在本期長篇創作中，才迎來了這樣的創作局面，因此，本期長篇創作是中國新文學史上長篇小說發展的重要階段。

新中國成立之初，雖然四〇年代後期解放區的一批長篇小說，如丁玲的《太陽照在桑乾河上》和周立波的《暴風驟雨》等，是作為新中國的「人民文藝」叢書印行，但是，真正屬於新中國的長篇創作畢竟還有待一個全新的開始。差不多是與人民共和國同時誕生的，孔厥、袁靜的《新兒女英雄傳》以頗帶傳奇色彩的筆法，描寫了抗日戰爭期間一群新時代的英雄兒女為民族解放而投身抗戰的動人事蹟，是本期反映戰爭和革命歷史的最早的長篇小說，同時也為這個此後十分發達的長篇創作領域開了先路。五〇年代初，本期長篇小說的主要收穫都集中在這一領域。其中比較突出的有柳青的反映解放戰爭的長篇《銅牆鐵壁》、楊朔的反映抗美援朝戰爭的長篇《三千里江山》和孫犁的反映抗日戰爭的長篇《風雲初記》[15]等。這些作品涉及到自八年抗戰以來中國人民所進行的幾次重大的民族解放、人民革命和反對國際帝國主義的戰爭，表明本期反映戰爭和革命歷史題材的長篇創作的基本格局已經形成。特別是孫犁的長篇《風雲初記》，雖然當時還未及窺見全豹，但就已發表和出版的部分看，這部作品取材的獨特和結構的別具一格，以及將詩的抒情和散文的寫意融於小說的敘事所取得的成績，都使它不失為這期間的長篇創作的一個特殊的收穫。五〇年代中期長篇創作的另一個重要收穫是杜鵬程的《保衛延安》和趙樹理的《三里灣》。前者以略近史詩的規模和氣魄以及富於哲理和抒情的筆觸，真實地再現了在人民解放戰爭的偉大歷史背景上展開的延安保衛戰的歷史過程，是本期長篇創作中第一部全景式地描寫戰爭的重要作品。後者則以富於喜劇性的幽默風趣的藝術描寫，深刻地揭示了在農業合作化運動中中國農民的思想觀念和風俗習慣所發生的歷史性變化，是本期反映現實題材最早獲得成功的長篇作品。這兩部作品同時也意味著本期長篇創作將在歷史和現實、戰爭年代和和平時期這兩個主要的生活層面上逆向展開，它們各自所顯示的一種有代表性的藝術類型，對此後的長篇創作也有重要的開啟意義。除了這些重要的長篇作品之外，這期間還有一大批如《新兒女英雄傳》那

---

15 《風雲初記》共分三集：一、二集於一九五〇年、一九五一年在《天津日報》連載，一九五三年和一九五六年該報又發表第三集部分章節。此外，《人民文學》在一九五五年、《新港》在一九五六年和一九六二年也發表了第三集的片斷和部分章節。一九五一年人民文學出版社出版第一集初版，一九五三年人民文學出版社出版第二集初版。一九五五年人民文學出版社出版一、二集合集。一九六三年作家出版社出版一、二、三集合集。

樣在藝術上帶有傳奇色彩和通俗文學特徵的長篇作品，例如徐光耀的《平原烈火》、知俠的《鐵道游擊隊》等，也為本期此後數量眾多的革命英雄傳奇一類的長篇創作開闢了一條藝術的河道。無論從哪方面說，五〇年代中前期的長篇創作雖然在題材、主題和藝術的表現方面還處在一個拓荒時期，但它所取得的重要收穫和一些具有開創性的藝術成果，卻為此後的長篇創作打下了一個寬闊的基礎。

從五〇年代後期到六〇年代初期，由於本期長篇作家大都經過了較長時間的生活積累和藝術積累，加上擁有一個穩定的創作環境和受著時代精神的激勵，他們從新中國成立前後開始的長篇創作，到這時已經進入了一個集中的收穫期。這個收穫期中的長篇作品不但數量眾多，而且從一九五七年到一九六一年，在短短的五年時間內，中國當代一些重要的長篇小說，例如反映戰爭和革命歷史題材的梁斌的《紅旗譜》、吳強的《紅日》、楊沫的《青春之歌》、歐陽山的《三家巷》、羅廣斌和楊益言的《紅岩》，反映現實題材的周立波的《山鄉巨變》、周而復的《上海的早晨》（第一部）、柳青的《創業史》（第一部）等，都先後問世。加上在讀者中影響極大的革命英雄傳奇一類的長篇創作，例如高雲覽的《小城春秋》、曲波的《林海雪原》、馮德英的《苦菜花》、馮志的《敵後武工隊》、劉流的《烈火金剛》、李英儒的《野火春風鬥古城》和李六如的歷史題材的長篇小說《六十年的變遷》等，就使得這個收穫期中的長篇小說，不但數量上如此集中，在中國新文學史上實屬前所未見，而且它在藝術上所達到的總體高度，也為後來的長篇作品所未能企及。

這個收穫期中的長篇創作，主要有如下幾個方面的特點：第一是它的題材覆蓋面的廣闊。就反映戰爭和革命歷史題材的作品而言，這期間的長篇創作幾乎覆蓋了從辛亥革命到中華人民共和國成立，大半個世紀的中國革命從舊民主主義到新民主主義的不同歷史階段和全部歷史行程。其中有些作品的時間跨度甚至縱貫這部漫長的中國近現代革命歷史的始終，儼然是一部中國近現代革命的歷史演義。就反映現實題材的作品而言，從新中國成立以後的經濟恢復、土地改革、抗美援朝到農業、手工業和資本主義工商業的社會主義改造以及隨後開展的大規模的社會主義經濟建設，舉凡這期間所進行的重大社會歷史活動，也無一不被納入長篇創作的題材範圍。把反映這些重大社會歷史活動的長篇作品連綴起來，同樣也覆蓋了年輕的共和國成立以後的一段並不太長的歷史行程。其中有些多卷體的作品雖未及完全出版，但計畫中的時間跨度同樣也貫串了這個歷史行程的始終。如果進一步將這兩部分作品連綴起來，則這期間的長篇創作題材就構成了一部完整的中國近現代社會的形象的發展史。以一個短暫時間內的長篇創作如此完整地反映了中國近現代革命的歷史，確實是文學史上一種罕見的創作現象。第二是它的人物形象塑造的成功。這期間的長篇創作，特別是那些比較優秀的作品，往往都塑造了一些比較成功的和具有典型意義的人物形象，或者這些人物形象已經達到了一個「典型人物」的藝術高度。這些成功的人物形象如同這些作品的題材一樣，也覆蓋了比較廣泛的社會階級和階層，特別是作為近現代中國革命的主體和對象所屬階級和階層的人物形象。這些人物形象集中起來，同樣也構成了一幅中國近現代歷史眾生百態的人物圖畫。第三是它的藝術表現方法的多樣。這期間的長篇創作雖然從總體上說是屬於現實主義的創作方法的範疇，但並不排斥它們各自選擇的具體的敘事方式和角度。這種選擇也就構成了這期間的長篇小說在總的現實主義創作原則支配之下的不同的藝術表現形態。就這期間（個別作品稍早或稍後一些）優秀的長篇代表作而言，這些各不相同的藝術表現形態主要有如下幾種類型：一是以《創業史》和《上海的早晨》等作品為代表的以社會運動為主體敘事的類型；二是以《紅旗譜》和《青春之歌》等作品為代表的以人生歷程為主體敘事的類型；三是以《三里灣》和《山鄉巨變》等作品為代表的以風俗變遷為主體敘事的類型；四是以《紅岩》和《林海雪原》等作品為代表的以英雄傳奇為主體敘事的類型。除了這些主要的類型之外，還有以《紅日》和《保衛延安》等作品為代表的以戰史斷面為主體敘事的類型，以《六十年的變遷》和《三家巷》、《苦鬥》等作品為代表的以人生歷程串連歷史事件為主體敘事的類型，等等。這些眾多的敘事類型也是這期間的長篇創作為當代長篇小說提供的一些基本定型的敘事模式。本期及此後的長篇創作大都要受這種敘事模式的影響。這也是這期間的長篇小說為當代長篇創作做出的一個重要的藝術貢獻。

這個收穫期的長篇創作因為選擇的歷史題材較多，相對於現實題材而言，給人以不夠平衡之感。無論是現實題材還是歷史題材，作品的主題又大多局限在既定的社會政治結論之內，缺少更深更新的發掘和開拓。人物形象的塑造也偏重階級的「共性」而忽視獨特的「個性」，尤其是不敢涉及正面人物和英雄人物的複雜性格和行為的個人動機，一定程度上削弱了人物形象的真實性程度和藝術感染力。在藝術上偏重繼承中國古代話本傳統和學習民間通俗小說的經驗而缺少更新的創造意識和實踐，也影響了這期間的長篇創作的整體的藝術質量。

在這個長篇創作的高潮和收穫期中，六〇年代初就因為日益擴大和強化的階級鬥爭形勢而出現了藝術的危機，尤其是長篇小說《劉志丹》事件，[16]對本期長篇創作形成了直接的衝擊。此後，本期長篇創作即開始出現全面滑坡。從一九六二年到文化大革命爆發之前，長篇小說創作不但數量銳減，而且整體的藝術質量也大為下降。尤其是作品的主題開始大幅度地向階級鬥爭或路線鬥爭傾斜，人物形象的塑造也愈來愈追求過於理想化的高大完美。這期間值得注意的作品除姚雪垠的歷史題材的長篇小說《李自成》（第一卷）之外，其他如陳登科和浩然的反映農業合作化運動中農村兩個階級、兩條道路鬥爭的長篇小說《風雷》和《豔陽天》，金敬邁的歌頌捨己救人的英雄戰士歐陽海的長篇小說《歐陽海之歌》等，也都沾染了這樣的藝術風氣。這些長篇作品雖然在藝術上也取得了一定的成就，特別是浩然的《豔陽天》以高度濃縮的結構和富於生活氣息的描寫，展現了京郊農村合作化運動的艱難歷程，在本期同類題材的長篇中不失為一部藝術上比較成熟的作品。金敬邁的《歐陽海之歌》以豐富生動的細節和飽蘸激情的筆觸塑造了英雄戰士歐陽海的感人形象，在廣大讀者特別是青年讀者中產生了強烈的反響，但終究因為上述原因而未能挽救這期間的長篇創作的整體滑坡的趨勢。這些作品對階級鬥爭、路線鬥爭的擴

16 一九六二年黨的八屆十中全會期間，康生誣衊長篇小說《劉志丹》的作者李建彤「利用寫小說搞反黨活動」，並追查所謂幕後策劃者和參與者，株連萬人，造成了一場歷史的大冤案。

大化描寫和人物形象塑造過於理想化的傾向，實際上已經是即將到來的文化大革命中某種極端政治化的創作模式的一個預演的信號。

文化大革命十年中，本期長篇創作在經受了最初的衝擊之後，從七〇年代起又開始陸續有作品出版。這些作品無論是取材於歷史還是現實，其主題大都與階級鬥爭和路線鬥爭有關，其中還有一部分是直接迎合當時的政治需要或受當時的政治勢力的操縱，為它們正在進行的奪權鬥爭和政治陰謀服務的。只有極少數作品在不觸犯政治禁令和以寫工農兵英雄人物為主的情況下，才在藝術上多少掙脫了一點清規戒律的禁錮和束縛，表現了有限的一點生活實感和藝術個性。這期間另外值得注意的一個長篇創作現象，是一些處於逆境中的作家的長篇創作，例如姚雪垠的《李自成》（第二卷）、莫應豐的《將軍吟》等，都是在這期間最後完稿或動筆寫作的。這兩部長篇作品雖然是出版在文化大革命結束後的新時期，並且同時獲得首屆「茅盾文學獎」，但卻是本期長篇創作在這期間孕育的最後一批寶貴果實。

二、本期幾種主要敘事類型的長篇代表作

如上所述，本期長篇創作在五〇年代後期到六〇年代初期，逐漸形成了幾種主要的敘事類型。這些敘事類型不但在本期長篇創作中有著比較普遍的代表性，而且作為這些敘事類型的代表作品也是本期長篇創作在藝術上走向成熟的重要標誌。以這些有代表性的作品為主，分析這幾種主要敘事類型的長篇小說的藝術成就和特徵，即可把握對本期長篇創作的總體評價。以下我們僅就這幾種主要敘事類型的長篇代表作展開一點具體分析。

（一）以《創業史》和《上海的早晨》為代表的以社會運動為主體敘事的長篇作品。本期反映現實題材的長篇創作，大都取材於五〇年代開始的幾次重大的社會改造和社會革新運動。尤其是對農業、手工業和資本主義工

商業的社會主義改造（即「三大改造」），更是本期現實題材的長篇創作關注的主要對象。取材於這場社會主義改造運動的作品佔據了本期長篇創作的絕大多數，其中又以反映農業的社會主義改造（即農業合作化運動）的長篇作品所佔的比例更大。這種取材方式反映了本期長篇創作迫近現實的強烈要求和通過重大社會政治運動揭示社會生活的本質的現實主義藝術特色。

《創業史》和《上海的早晨》是本期這種類型的長篇小說的代表作。這兩部長篇的共同之處首先就在於，它們的題材和主題與它們所反映的社會運動的過程和性質之間，存在著一種完全的同構和同質關係。就題材而言，《創業史》反映的是中國農村在土地改革之後從成立互助組到建立農業生產合作社，即農業的社會主義改造的全部歷史過程[17]；《上海的早晨》反映的也是新中國成立之後從「三反」、「五反」到「公私合營」，無產階級對資產階級進行社會主義改造的全部歷史過程[18]。這兩部作品基本上是按照一種嚴格的編年史的方式，把五〇年代在中國城鄉所進行的社會主義改造運動完整地展現在人們面前。就主題而言，從總的方面說，這兩部作品的主題都是屬於表現社會主義革命的主題範疇，只不過《創業史》側重於表現農民階級走社會主義道路的必然要求和必由之路；而《上海的早晨》則側重於表現資產階級接受社會主義改造的艱難曲折和鬥爭過程，都是五〇年代在中國城鄉進行的社會主義改造的本質內容。正因為如此，這兩部作品的另外一點共同之處，就是它們所塑造的人物形象、所確立的人物關係、所創造的藝術典型的本質涵義，與它們所反映的這兩個領域的社會主義改造過程中現實的人物關係及其所屬各階級、各階層的政治傾向之間，也存在著一種完全的同構和同質關係。它們是嚴格按照

17 《創業史》原計劃寫四部，從互助組、農業社寫到人民公社，結果只完成前兩部。本期只出版第一部，這兒的討論主要以這一部為依據，同時也考慮到作者的整體構思和第二部的有關內容。

18 《上海的早晨》共分四部，本期只出版前兩部，後兩部出版在八〇年代。這兒的討論是把這四部作為一個藝術的整體，但重點是在前兩部。

現實的階級關係編制作品中的人物譜系的。因而這兩部作品中的人物，特別是主要人物，是作為現實生活中各個階級、階層的不同社會成員的代表的身份出現的，其中的典型形象也是屬於一個特定階級的或階層的典型人物。這兩部作品的第三點共同之處，是都企圖從全景的角度全方位地展現五〇年代中國進行社會主義革命和社會主義建設的整體面貌。雖然《創業史》涉筆城市工業化和《上海的早晨》涉筆農村土地改革都非其所長，但整體的藝術框架都勾勒了一幅中國社會的宏觀圖畫。

基於這兩部作品與它們所反映的社會運動之間的這種同構同質關係，它們無疑正確揭示了五〇年代在中國城鄉進行的社會主義改造運動的本質內容，和這期間的社會主義革命的性質與特點。兩部作品在人物形象塑造方面所取得的成績，也進一步擴大了作品反映社會生活的深廣程度。其中又以《創業史》在藝術典型的創造方面取得了更大的成功。作為農業合作化運動的帶頭人，在梁生寶身上體現出來的社會主義新人的特質和他的純樸、善良、勤奮、謙虛以及充滿理想和熱情的個性的魅力，都使他成為本期長篇創作中一個不可多得的藝術典型。梁三老漢則作為一個帶著沉重的歷史負擔走進社會主義的傳統農民的典型形象，他的性格中諸多複雜的矛盾因素，更具普遍意義，因而在當時引起了更多的關注。兩部作品在藝術上縱橫展開的態勢，具有一種「史詩」的氣魄和規模，尤其是《創業史》，還把藝術的筆觸伸向歷史的縱深，揭示了農民階級艱難創業的漫長歷程，更具「史詩」的力度。作為小說中的長篇巨製，兩部作品都十分注重故事情節的鋪敘和生活場景、生活細節的描寫與刻畫，都比較準確地傳達了特定時代的時代氣氛和生活氛圍。《創業史》因為獨到的風俗描寫而具有濃郁的地方特色，它的融哲理的議論和激情的抒發於一體的敘事，也使作品的整體風格顯得更加凝重、渾厚。

像《創業史》和《上海的早晨》這樣以社會運動為主體敘事的長篇小說，其根本局限在於作家對他所反映的社會運動的認識和評價，不可能也不允許超越這些社會運動本身的政治性質，因而作品的主題也就難免要局限在這些社會運動的理論政策範圍之內，很難有更深更新的挖掘和開拓。完全按照社會運動的歷史進程來結構作品，在藝術上也顯得刻板、拘泥，創造力不足。

（二）以《三里灣》和《山鄉巨變》為代表的以風俗變遷為主體敘事的長篇作品。《三里灣》和《山鄉巨變》都是取材於農業合作化運動的，也基本上涉及到這個運動的全過程或其中的一個重要階段，嚴格說來，也應當屬於以社會運動為主體敘事的長篇範疇。但是，與上述一類作品不同的是，這兩部作品敘事的側重點不是或不完全是農業合作化運動的歷史進程本身，即不是著眼於揭示這個運動發生發展的客觀規律和必然趨勢，而是把這一運動看做是激發生活變革的歷史動因，著重點在於反映由它引起的風俗習慣和世態人心的轉換與變化。因此農業合作化運動的過程和某些階段，在這兩部作品中就只是作為一種結構的線索和框架，其細部的描寫卻專注於從私有制向公有制轉變過程中，農村社會各種關係的變動和農民群眾新舊思想的矛盾與衝突。其中尤其是對於一些處於中間狀態或轉變之中的農民形象的刻畫，比較深入地揭示了農業合作化運動在中國傳統農民身上所引起的革命性變化，以及他們告別私有觀念走向社會主義的艱難曲折，達到了相當的藝術深度。同時也為本期長篇創作的人物畫廊留下了如馬多壽（《三里灣》）、盛佑亭、陳先晉（《山鄉巨變》）等眾多具有典型意義的人物形象。因為著眼於反映農業合作化運動所引起的風俗變遷，故而這兩部作品都善於在眾多的家庭及其成員之間設置矛盾衝突，尤其是善於通過複雜的婚姻、愛情關係表現新舊思想的對立和鬥爭。這也使得這兩部作品都充滿了濃厚的喜劇色彩。而且，這兩部長篇的作者也都發揮了他們在小說藝術方面的創作特長：《三里灣》純用工筆白描，卻不乏趙樹理式的幽默風趣；《山鄉巨變》有周立波式的詩情畫意，卻不乏傳神的細節刻畫。在本期反映農業合作化運動的長篇中，這兩部作品都堪稱是在藝術上別具一格的優秀之作。

《三里灣》和《山鄉巨變》也存在如同上述以社會運動為主體敘事的長篇類似的局限，雖然在切入生活的角度和藝術結構方面有所突破，但矛盾衝突的設置和人物關係的處理仍不免要受制於一定的理論政策和階級本質的限定，以至於兩部作品如果以對於合作化運動的態度劃分，其人物類型基本相近。這無疑也影響了兩部作品反映生活的深廣程度和藝術創造力的有效發揮。

（三）以《紅旗譜》和《青春之歌》為代表的以人生歷程為主體敘事的長篇作品。在中外文學史上，以一個或幾個主要人物的人生歷程作為文學作品的情節線索，是一種常見的敘事模式。這種模式在長篇小說中尤為多見。其主要表現形態有如下兩種：一是以作家自己的人生經歷為主，即通稱自傳體或包含了作家的經歷的原型的文學作品；二是以作家的原型之外的作品的主人公的人生經歷為主，即一般以塑造人物為中心的文學作品。這兩種形態的以主要人物的人生歷程為主體敘事的文學作品，在本期長篇創作中佔有很重要的比重，出現了例如《紅旗譜》和《青春之歌》這樣的優秀代表。《青春之歌》屬於前一種形態[19]，《紅旗譜》則屬於後者。

這兩部作品都是取材於革命歷史，屬於革命歷史題材的長篇創作。中國共產黨領導的人民革命在漫長的歷史過程中，不僅改造了社會，同時也改造了人。尤其是作為革命隊伍的成員，來自不同階級和階層的個人，在艱苦的革命鬥爭年代都經受了鍛鍊，得到了成長，由兩個普通人成長為一個自覺的革命戰士。這種改變人和造就人的革命，無疑會激發作家極大的藝術創造的熱情。而且通過塑造這樣的人物形象，展現他們的人生歷程，也可以集中反映他們所屬階級或階層的其他成員走上革命道路的共同規律，折射他們投身革命的那個年代的時代風雲。這對於長篇作家來說，同樣也是極具吸引力的。

《紅旗譜》和《青春之歌》分別選取了佔中國革命的基本隊伍的絕大多數的農民和知識份子形象作為作品的主人公，而且兩部作品的主人公的主要活動和人生歷程都集中於一個重要的歷史年代：前者是從大革命失敗後中國共產黨獨立領導的工農武裝鬥爭到抗日戰爭開始的年代；[20]後者是從「九一八」事變到「一二・九」運動中國

19　參見楊沫，《談談〈青春之歌〉裏的人物和創作過程》，《文學青年》一九五九年第一期。

20　《紅旗譜》共分三部，第三部《烽煙圖》寫到抗日戰爭初期，出版在一九八三年。這兒的討論以本期出版的第一部《紅旗譜》和第二部《播火記》為主，同時也考慮到作者的整體構思。

共產黨領導的愛國學生運動熱潮高漲的年代。這兩個重要的歷史年代對中國農民階級和知識份子走上革命道路，曾經起過決定性的作用。選擇這樣的歷史年代表現作品的主人公走上革命道路的人生歷程，無疑具有極為重要的典型意義。在這樣的歷史背景上，兩部作品都表現了主人公從自發的反抗到自覺的鬥爭的發展和轉變過程，而且都描寫了在這個過程中，黨的教育和實際鬥爭的鍛鍊所起的重要作用。因而都比較深刻地揭示了農民階級和知識份子完成革命的人生歷程的必由之路和必然趨勢。兩部作品以主要人物為主，分別塑造了一個農民階級和知識份子的群體形象。這兩個群體形象以眾多成員各自不同的人生經歷，分別從不同的層次、不同的側面和不同的意義上，豐富和深化了作品的中心題旨，同時也折射了上述兩個重要年代階級鬥爭和民族戰爭的風雲，是反映這兩個年代的社會生活的歷史長卷。

《紅旗譜》因為比較完整地展現了中國農民由個人自發的反抗到在黨的領導下組織起來進行階級鬥爭的歷史過程，同時也展現了這些反抗的農民由古典的英雄到現代的革命戰士的成長和轉變過程，因而具有很強的歷史意識和較大的思想深度，在藝術上也具有一種「史詩」的氣魄和規模。與這樣的藝術題旨和表現對象相適應，《紅旗譜》十分重視作品的民族風格和地方特色，尤其重視把反映「中國特色」的革命和藝術上的民族化追求結合起來，通過作品的地方特色顯示作品的民族風格。因而《紅旗譜》在藝術上所表現出來的民族風格，首先就是它的藝術描寫中透露出來的中國革命的「歷史特點和民族特點」，其次則是它對冀中平原的人民生活和民俗風情所做的精湛的描寫和刻畫。此外，《紅旗譜》也比較重視繼承中國古代小說傳統的表現方法和技巧，在這個基礎上又吸收了西洋小說的藝術經驗，創造了一種比西洋小說「略粗一些」，但比中國古典小說「要細一些」的寫法，使作品所追求的民族風格顯示出了一種新的時代特色。與此同時，作品在融會書面語言和日常口語以及在追求人物語言的個性化方面所取得的成功，也進一步強化了作品的民族風格和地方特色。相對而言，《青春之歌》雖然在藝術上也取得了許多重要的成就，尤其是在人物形象的塑造方面，善於運用對比的方法和典型的生活細節揭示人物心理、刻畫人物性格，使作品中的眾多人物尤其是知識份子形象得到了較之一般作品更為細膩真切的描寫，造成了強烈的感人效果。但因為缺乏比較自覺的藝術追求，因而在整體上的特色不及《紅旗譜》那樣突出。

作為以人生歷程為主體敘事的長篇小說，《紅旗譜》和《青春之歌》都不能不遵循它們各自的主人公走上革命道路的必經過程和必然規律，但是，《紅旗譜》在描寫朱老忠入黨之後，思想性格沒有更大的發展變化，加上這個人物的某些固有的「類型化」特徵，都影響了作品主題的深化和人物形象的典型化程度。《青春之歌》因為始終讓林道靜帶著她自身的弱點和缺陷，處於一種成長過程的發展變化之中，人物性格顯得更有藝術的活力。但《青春之歌》後來遷就某些極端的意見，增寫作者所不熟悉的與農民運動結合的情節，造成了藝術上的一個不應有的缺憾。

在本期比較優秀的長篇小說中，李六如的《六十年的變遷》和歐陽山的《三家巷》、《苦鬥》，也應當屬於以人生歷程為主體敘事的比較有代表性的長篇作品之列。這兩個長篇系列雖然在人物形象的塑造尤其是在主要人物形象的塑造方面未能達到如《紅旗譜》和《青春之歌》那樣的典型高度，但這兩部作品以主人公的人生歷程縱橫串連的社會歷史的時空跨度，卻堪稱此類作品中的翹楚[21]。《六十年的變遷》以史家的胸懷，「演義」的筆法寫作小說，在藝術上別開生面；《三家巷》、《苦鬥》以細膩的風俗描寫、繁複的生活畫面展開情節，在風格上

21 《六十年的變遷》計畫寫三卷：第一卷從清末變法維新前後寫到辛亥革命失敗，於一九五七年出版；第二卷從北洋軍閥統治寫到大革命失敗，於一九六一年出版；第三卷從十年內戰寫到新中國成立，未及完稿，遺稿於一九八二年出版。以主人公季交恕六十年的人生經歷，串連了整個近代中國社會和中國革命從舊民主主義到新民主主義的漫長歷史。《三家巷》、《苦鬥》是五卷體長篇小說《一代風流》的第一卷和第二卷，先後出版於一九五九年和一九六二年。以後各卷《柳暗花明》、《聖地》、《萬年春》依次出版於一九八一年、一九八三年、一九八五年。同樣是以主人公周炳的「半生經歷」，串連了從一九一九年到一九四九年中國共產黨領導的新民主主義革命的全部歷史。這兒的討論均以這兩個長篇系列在本期出版的第一、二卷為主，同時也考慮到作者的整體構思。

獨標一格。《六十年的變遷》失之於「實」，《三家巷》、《苦鬥》失之於「細」，都是這兩個重要的長篇系列在藝術上的一些主要的長處和不足。

（四）以《林海雪原》和《紅岩》為代表的以革命英雄傳奇為主體敘事的長篇作品。中國小說尤其是長篇小說素來有傳奇的傳統，新中國成立之後，為革命英雄樹碑立傳，傳誦他們不同尋常的英雄事蹟，是當代文學題中應有之義。加上傳奇的文學樣式通俗易懂，引人入勝，一向擁有廣泛的讀者群眾。本期長篇創作中，革命英雄傳奇的興盛繁榮，主要是因為這些因素的影響和作用。

本期革命英雄傳奇主要有兩種類型，《林海雪原》和《紅岩》分別是這兩種類型的突出代表。以《林海雪原》為代表的一類革命英雄傳奇，在藝術上傾向於中國古代的通俗小說，主要靠傳奇的人物和傳奇的情節取勝，敘事和描寫多用傳統手法，尤其是話本小說的藝術技巧。《林海雪原》以楊子榮、少劍波為中心，塑造了一個帶有傳奇色彩的英雄群體的形象，這些傳奇英雄穿越莽莽林海、茫茫雪原，與頑匪周旋角逐、鬥勇鬥智，從奇襲乳頭山、智破威虎山到調虎離山搗匪巢，創造了一個又一個驚心動魄的英雄故事。這些大大小小的戰鬥故事環環相套，層層包裹，險象環生，奇境迭出，始終將英雄人物置於一種劍拔弩張的情勢之中。在這種險惡的情勢中，通過英雄人物克敵制勝，轉危為安，（也有流血犧牲，捐軀殞命）完成英雄性格的塑造和英雄主義的主題。這類革命英雄傳奇往往有意突出英雄性格，敘事描寫多用誇張筆法，故而帶有很強的浪漫主義色彩。

以《紅岩》為代表的一類革命英雄傳奇則與此不同，這類革命英雄傳奇雖然也塑造英雄性格，表現英雄主義的主題，但在藝術上卻傾向於近代以來的現實主義小說的觀念和技巧，即以真實地本質地反映社會歷史和塑造具有典型意義的人物形象為主，並不特別追求故事情節和人物性格的傳奇性。《紅岩》的某些故事情節和人物性格雖然也帶有一定的傳奇色彩，但從總體上說，卻是中國革命在取得最後勝利的歷史關頭，光明與黑暗的殊死鬥爭的真實紀錄。這部作品不但描寫了解放前夕重慶「中美合作所」集中營內共產黨人和被關押的革命志士與國民黨反動派所進行的獄中鬥爭，而且也通過監獄內外的關係，把對城市的學生運動和地下鬥爭以及農村根據地的武裝鬥爭的描寫結合起來，從而比較全面地反映了全國解放前夕敵我鬥爭的總體態勢和歷史發展的必然趨向。它的眾多英雄人物身上所表現出來的大無畏的犧牲精神和堅如磐石的理想與信念，也全是因為在這最後的歷史瞬間由光明和黑暗的殊死搏鬥所激發出來的精神的光焰，而不是運用某種傳奇手法進行藝術誇張和神化描寫的結果。從這個意義上說，這一類革命英雄傳奇是有著深刻的現實主義基礎的。

在本期長篇創作中，與以革命英雄傳奇為主體敘事比較接近的另一種長篇類型，是以戰史斷面為主體敘事的長篇作品。這類作品比較突出的代表是被稱做「戰爭史詩」的《保衛延安》和《紅日》。這兩部作品無疑都帶有很強的紀實性，即它們基本上是它們所反映的解放戰爭的兩個重要戰略階段上的戰爭史實的真實紀錄。只是在這個真實的歷史框架中，作者依據真實地歷史地反映這場戰爭的需要塑造出來的戰爭英雄，才具有一定的傳奇色彩。這些帶有傳奇色彩的戰爭英雄體現了戰爭的性質、威力和必勝的趨勢，通過他們的傳奇故事，作品寫出了解放戰爭的艱苦複雜，也寫出了解放戰爭的雄偉氣勢和「史詩」的規模。從這個意義上說，這兩部作品中的戰爭英雄的傳奇色彩，是戰爭的歷史本身賦予的，是為戰爭的歷史所規定的。在真實的戰史和虛構的英雄之間達成一種藝術的平衡，創造一種藝術的張力，是這類以戰史斷面為主體敘事的長篇作品的主要藝術特色。《保衛延安》和《紅日》儘管存在著許多表現的差異，也有各自的缺陷和不足，但在這類長篇作品中，卻是具有典型意義的。

第四節　本期散文創作

一、本期散文創作概況

中國散文有著悠久的歷史傳統。「五四」文學革命，「散文小品的成功」，又「幾乎在小說戲曲和詩歌之上」[22]。在中國新文學史的不同時期，散文創作都取得了重要的成績，出現了許多著名的作家、作品，逐漸形成了一個新的藝術傳統。本期散文正是在這一傳統的浸潤之下，在新的歷史時期開拓的一個新的發展階段。

本期散文包含記人、敘事、抒情、議論、回憶、書信、隨筆、小品、傳記、雜文、山水遊記和報告文學等諸多形式和類型。這些形式和類型因為各種不同的原因，在本期各個不同階段上的發展雖然並不完全一致：有時紀實性的散文比較發達，有時文藝性的散文比較發達，有時政論性的雜文比較發達。但在總體上卻使本期散文呈現出一種為此後的一個相當長的時期所未曾有過的繁榮興盛的景象。

從五〇年代初期到五〇年代中期前後，是紀實性的散文興盛的時期。這個時期社會生活中出現了許多重大事件和新生事物，吸引了散文創作的高度注意。從抗日戰爭到解放戰爭期間一直十分活躍的文藝通訊和報告文學創作，仍舊保持了以往的勢頭。有些作家如劉白羽、華山等在解放戰爭期間的文藝通訊和報告文學創作，直接開啟

22 魯迅，《南腔北調集・小品文的危機》，《魯迅全集》第四卷（人民文學出版社，一九八一年），頁五七六。

了本期紀實性散文創作的歷史源頭，對本期紀實性散文創作產生了重要的影響。由於社會歷史的變化，不少已有成就的散文作家開始把筆觸轉向新的對象，以戰爭年代的敏感和熱情報導新時代的社會生活中出現的重大事件，反映新人新事的萌芽和成長。與此同時，大批新的作家開始湧現出來，為紀實性的散文創作增添了新的力量。由於有組織的徵集和提倡，群眾性的寫作熱情也日益高漲。這些來自生活最前沿的作者的創作，以他們的耳聞目見、身歷心受，增強了紀實性散文的親歷性和反映社會生活的廣泛性程度，是這期間紀實性散文創作不可忽視的一支重要力量。這期間紀實性散文的主要形式是文藝通訊和報告文學，也有一部分人物傳記和個人自傳性質的作品。文藝通訊和報告文學創作的主要成績集中在兩個重要的題材領域：其一是當時正在進行的抗美援朝戰爭；其二是恢復時期和第一個五年計劃期間的經濟建設。前者主要有專業作家的作品集，如魏巍的《誰是最可愛的人》、巴金的《生活在英雄們中間》、劉白羽的《朝鮮在戰火中前進》和華山、靳以、菡子等人的作品集，以及專業和業餘作者的合集《朝鮮通訊報告選》（一、二、三輯）、《志願軍一日》和《志願軍英雄傳》等。其中特別是魏巍的文藝通訊《誰是最可愛的人》，以精練的選材和精心的結構，以及飽含熱愛之情的議論和富於人生哲理的抒情，把志願軍戰士的英雄事蹟和崇高的愛國主義、國際主義精神，以及志願軍戰士和朝鮮人民之間的血肉情誼，表現得淋漓盡致，感人肺腑，在讀者中贏得了巨大的影響和聲譽，是這期間紀實性散文的一篇出類拔萃的優秀作品。後者雖然沒有出現如前者那樣影響巨大的作品，但所涉及的生活範圍的廣闊、所報導的生活內容的豐富、所反映的生活主題的多樣，都是本期及此後的紀實性散文創作所無法比擬的。這些主要以文藝通訊和報告文學的形式寫出的紀實性散文作品，從各個不同角度全方位地反映了新中國成立以後在經濟恢復和第一個五年計劃期間，各行各業所取得的建設成就以及新人新事的萌芽與成長，展現了新的社會制度的優越性和社會生活、人民群眾的精神面貌所發生的歷史性變化。這個領域的紀實性散文創作同樣既有專業作家也有業餘作者，其中特別是一些著名小說家例如柳青、秦兆陽、沙汀等的人物特寫和吳運鐸、高玉寶等的文學自傳，格外引人注目。他們在這方面所取得的藝術成就，同時也表明了這期間的紀實性散文注重人物形象塑造的鮮明特色。在這期間的紀實性散文中，特別值得提出的是五〇年代中期出現的一批揭露生活矛盾和陰暗面的文藝特寫與報告文學，這些作品雖然很快就遭到批判和打擊，但卻與當時同類性質的小說創作一起，構成了一股「干預生活」的重要文學潮流。除紀實性散文外，這期間其他樣式的散文創作也比較活躍，尤其是遊記和雜文，前者記述作家在國內外參觀訪問所得的見聞、感受，後者議論新舊時代轉變時期的各種社會問題，雖然成就不及紀實性散文，但卻活躍了散文創作的空氣，為此後的散文創作打下了重要基礎。

五〇年代中後期的「反右」鬥爭和「大躍進」運動，對本期散文創作形成了極大的衝擊。在「反右」鬥爭中，因為批判了「干預生活」的紀實性作品和針砭時弊的政論性雜文，使此後的散文創作漸漸遠離生活矛盾和社會問題，開始轉向歷史題材或集中於對英雄事蹟、建設成就和革命精神的正面宣傳與歌頌。與此同時，雜文等具有諷刺鋒芒和其他「獨抒性靈」的生活隨筆、小品等散文文體也因此而開始全面萎縮。在「大躍進」運動期間，因為政治上的狂熱和經濟上的浮誇，使散文創作也沾染了華而不實的風氣。五〇年代中後期，在歷史題材的散文創作方面，由於「中國人民解放軍三十年」徵文活動[23]和「大躍進」期間群眾性的文學創作熱潮的推動，革命回憶錄和「三史」（公社史、工廠史、部隊史）的寫作，在這期間取得了重要的收穫。特別是其中的一些優秀的革命回憶錄，例如陶承的《我的一家》、陳昌奉的《跟隨毛主席長征》、繆敏的《方志敏戰鬥的一生》、鄧洪的《潘虎》、羅廣斌等的《在烈火中永生》、楊植霖等的《王若飛在獄中》等，產生了廣泛的社會影響，同時也對本期革命歷史題材的小說創作產生了重要的推動作用。與此同時，以及時地反映現實生活為主的報告文學，也因

23 這個徵文活動是一九五六年八月由中國人民解放軍總政治部發起的，主要徵文作品刊登於戰士出版社編輯出版的《星火燎原》叢刊。該刊從一九五八年創刊，到一九六三年停刊，共出十集，第五、第八集因故未能發行，與一九五七年中國青年出版社編輯出版的《紅旗飄飄》叢刊一起，共同推動了革命回憶錄的寫作熱潮。

為現實的需要和理論的引導與提倡[24]而得到了長足的發展，繼五〇年代初期之後又出現了一個創作的熱潮。較之前一階段，這期間的報告文學創作不但數量眾多，而且在藝術上也大多突破了新聞通訊的文體局限，比較注重材料的選擇和主題的提煉，以及精心的結構和人物形象的塑造，因而文學性大為加強。其中的優秀作品例如王石、房樹民的《為了六十一個階級兄弟》、徐遲的《祁連山下》、黃宗英的《小丫扛大旗》等，都較好地處理了報告文學的真實性與文學性的關係，在真人真事的基礎上，通過藝術的加工處理，使作品達到了類似於虛構的作品那樣的藝術效果，因而都具有較高的藝術成就。這期間報告文學理論的自覺和創作的成就，標誌著本期報告文學開始脫離新聞文體，逐漸走上了獨立追求的藝術道路，為當代報告文學此後的發展和繁榮打下堅實的基礎。

除了革命回憶錄和「三史」等歷史題材的散文和報告文學創作的興盛之外，從五〇年代後期到六〇年代初期文藝性散文創作的繁榮，在本期散文中是一個十分引人注目的創作現象。文藝性散文兼有記人、敘事、抒情、議論等多種藝術因素，是中國古代散文的一個重要傳統，在新文學史上也取得了重要的成就。本期文藝性散文在五〇年代中前期已有一定的創作基礎，甚至在個別年頭（例如一九五六年）曾經出現過短暫的創作高潮。但是，從總體上說，這期間的文藝性散文雖然有真情實感，也不乏少數精品佳構，但卻普遍缺乏藝術的錘鍊，在技巧上顯得不夠十分圓熟。六〇年代初，在倡導報告文學創作的同時，對文藝性散文也展開了廣泛深入的理論探討。特別是一九六一年上半年《人民日報》開闢的「筆談散文」專欄，對散文的文體特點、創作規律和歷史傳統等重要理論問題以及古今散文的一些名篇佳作，進行了熱烈的討論和評析，使散文作家開始有了藝術追求的自覺和學習

24 這期間幾次重要的倡導和研討報告文學的理論活動有一九五八年《文藝報》發表的專論《大搞報告文學》，一九六〇年和一九六四年《文藝報》又就報告文學創作問題發表文章和專論進行理論探討，一九六三年《人民日報》編輯部和中國作家協會聯合召開報告文學創作座談會，討論報告文學問題，這是建國以後第一次召開關於報告文學的專門會議。這些理論倡導和研討活動，對本期報告文學創作起了重要的推動作用，在短時間內形成了一個報告文學創作的高潮。

借鑑的對象，在創作中更加重視構思和傳達的技巧，使文藝性散文的創作在藝術上得到了極大的提高。以經歷了「大躍進」的挫折和連續三年自然災害之後，面對國際國內的複雜形勢，需要發揚自力更生、發憤圖強的精神，用愛國主義和革命傳統激勵人民群眾，團結一致，艱苦奮鬥，克服暫時困難，爭取光明前途，也需要文藝性的散文這種自由靈活、感染力強的形式發揮宣傳教育作用。這也是這期間文藝性散文繁榮興盛的一個重要因素。加上六〇年代初文藝政策的調整所帶來的短暫的「百花齊放」的局面，也給文藝性散文的創作提供了一個良好的藝術環境，使文藝性散文在很短的時間內能夠得到長足的發展，出現了當代散文史上第一個文藝性散文創作的高潮。這個高潮中的文藝性散文包含了記人、敘事、抒情、議論各種因素，但以抒情性的因素所佔比重較大。這種偏重於抒情的散文不但數量眾多，而且藝術的成就最高。在這個創作的高潮中走向藝術上的成熟，形成了獨特的藝術風格的本期幾位重要散文作家如楊朔、劉白羽、秦牧等，更是本期文藝性散文在藝術上的突出代表。他們以及其他散文大家如冰心、巴金、曹靖華、碧野、吳伯簫，與數量眾多的專業和業餘散文作家的創作，共同構成了本期文藝性散文創作的洋洋大觀，把當代散文創作推向了一個藝術上的高峰狀態，對本期和此後的散文創作產生了重要的影響作用。

在文藝性散文走向創作高潮的同時，六〇年代初期，政論性的雜文創作也出現了一個短暫活躍的局面。在中國新文學史上，魯迅所開創的雜文文體和創作風格，一直影響著現代雜文創作的發展。新中國成立以後，由於社會政治情況的變化，雜文創作的批判和諷刺的鋒芒連同這種文體本身，都在開始減弱和走向萎縮。雖然在五〇年代中期因為「雙百」方針的感召而出現了短暫的復甦，但很快便遭受到更嚴厲的批判和打擊。六〇年代初期，隨著文藝政策的調整，雜文創作也開始重新活躍起來。以《燕山夜話》、《三家村劄記》和《長短錄》[25]為代表

[25] 一九六一年三月至一九六二年九月，鄧拓以「馬南邨」的筆名在《北京晚報》上開設雜文專欄《燕山夜話》。一九六一年十月至一九六四年七月，鄧拓、吳晗、廖沫沙以「吳南星」的筆名在《前線》雜誌開設雜文專欄《三家村劄記》。「吳南星」的筆名係吳晗的姓和鄧拓的筆名「馬南邨」、廖沫沙的筆名「繁星」中各取一字組合而成。一九六二年五月至十二月，《人民日報》副刊開設

的雜文創作，用「以古論今」的方式，通過介紹歷史知識，針對現實問題發表議論，將知識性、趣味性和思想性熔為一爐，創造了一種「知識性雜文」體裁，推動了雜文創作的發展。雖然這種體裁的雜文也缺少批判和諷刺的鋒芒，但因為能給人以知識和教益，且議論評說皆切中時弊，故而在讀者中產生了廣泛的社會影響。本期雜文創作也正是因為這種影響而在文化大革命到來之際，遭受了空前的劫難。《三家村箚記》的作者竟被推上了歷史的祭壇，成了「反革命修正主義份子」。[26]雜文的劫難同時也是本期散文創作所遭受的全面浩劫的開始，整個文化大革命十年期間，除了幾篇報導英雄模範人物的先進事蹟的文藝通訊、報告文學和數量極少的一些文藝性散文，多少還保留了一點真實性的特徵和藝術個性之外，其餘多為一些趨時應景的表面文章和為政治鬥爭服務的粗濫之作。本期散文也因陷入一場政治的劫難而暫告一個歷史的段落。

二、本期散文重要作家作品

如上所述，本期散文在六〇年代初期出現了一個創作的高峰。這個創作高峰中的作品雖然包括各種體裁和諸多形式，但以文藝性散文特別是抒情性散文的成就最大。其主要代表作家楊朔、劉白羽、秦牧，更是本期散文最

雜文專欄《長短錄》，主要作者為夏衍（筆名「黃似」，下同）、吳晗（章自）、廖沫沙（文益謙）、孟超（陳波）、唐弢（方一羽）和張畢來。

26 一九六六年四月十六日，《北京日報》刊發《關於〈三家村〉和〈燕山夜話〉的批判材料》及《前線》和《北京日報》的「編者按」。一九六六年五月十日，《文匯報》、《解放軍報》發表姚文元的文章《評「三家村」——〈燕山夜話〉、〈三家村箚記〉的反動本質》。此後，批判鬥爭逐步升級，並殃及全國各地。鄧拓、吳晗被迫害致死。一九七九年二月，中共北京市委為《三家村箚記》及其作者平反。同年，《三家村箚記》由人民文學出版社結集出版。《燕山夜話》也由北京出版社在一九六三年初版的基礎上增補再版。

高成就的標誌。他們的散文代表了當代散文的一種重要的藝術形態，對後來的創作產生了重要的藝術影響。

作為本期散文最有成就的作家之一，楊朔的散文是以追求詩化的抒情為特徵的。這位作家的創作經歷了一個由寫實到抒情的發展過程，最後則趨向於拿散文「當詩一樣寫」，在散文中「尋求詩的意境」[27]。他的這個創作特徵雖然在五〇年代中期即初露端倪，並開始寫出了在藝術上比較成熟的作品如《香山紅葉》等。但真正體現他的成熟期的藝術風格和創作特徵的作品，大都是創作。於六〇年代初期。其中的《荔枝蜜》、《茶花賦》、《雪浪花》等，更是當代散文的藝術精品。

楊朔的散文追求詩化的抒情，主要表現在以下幾個方面：其一是依據情感的變化謀篇佈局、組織結構，使散文的抒情也具有詩一樣的韻律。情感的變化所形成的起伏波折，本來是詩的韻律的內在依據。詩人依據情感的變化結構詩篇，詩便有了一種抑揚頓挫的旋律。楊朔的散文也擅長將作品的結構作這種詩化的處理，他的許多作品，例如《荔枝蜜》、《茶花賦》等，都是依據作者的情感發展線索結構起來的。因此他的這些作品不但能夠把讀者帶入一種濃郁的情感氛圍之中，而且還能夠讓讀者通過這種情感的波動感受到一種節奏和韻律。其二是在散文中營造詩的意境，使散文也具有詩一樣的藝術境界。作為一位散文作家，楊朔有比較深厚的古典文學特別是古典詩詞方面的藝術修養，對藝術的意境又有比較自覺的追求，因此他的散文中的情感的抒發總是伴隨著或者寄託於相應的景物人事，通過這些景物人事，構造一個個含蘊無窮的藝術畫面，讓讀者從這些藝術畫面中產生豐富的聯想，把讀者的思緒帶入一種無比深遠的藝術境界。而且作者又往往喜歡把這些「含不盡之意」的藝術畫面設置在文章的結尾之處，使其發生一種深化主題和引人回味的藝術功用。例如《荔枝蜜》的結尾處作者望見農民在田間勞動的畫面，《茶花賦》中孩子的小臉和童子面茶花交相輝映的畫面，《雪浪花》中老泰山推車走進霞光中去

---

[27] 楊朔，《東風第一枝・小跋》（作家出版社，一九六一年）。

的畫面等，都是這些作品的情感和主題凝聚的焦點，也是這些作品最能發人深思、引入聯想之處。這些精心構造的藝術意境不但使楊朔的散文有一種詩的美感，而且在總體上也有一種象徵的意味。其三是注重字句的錘鍊，使散文的語言也具有詩一樣的蘊含。中國古典詩歌是很注重字句錘鍊的，特別是在「詩眼」處的用字，所下的功夫更大。楊朔的散文語言雖然從總體上說是一種經過提煉了的日常口語，有口語的明白暢達、簡潔樸素，但因為經過了藝術的提煉和加工，故而同時又顯得含蓄雋永、精練醇厚。尤其是在寫景、記事、摹人、狀物和議論、抒情的關鍵處，遣詞造句都十分講究。有時僅僅用一個字、一句話，就準確鮮明地傳達了對象的特徵，或深入概括地揭示了作品的題旨。比較典型的例如《雪浪花》中老泰山所說的那個「咬」字，以浪花年復一年、日復一日地在礁石上「咬」出許多坑坑坎坎，來比喻勞動人民改天換地的偉大力量，既寫出了自然事物的特徵，又含有深刻的思想寓意，確實起到了一種「文眼」的作用。楊朔的散文的詩化，是與它的語言的這種精練含蓄的特徵分不開的。

楊朔的散文主要得益於中國古代詩詞藝術，是這期間的文學重視繼承民族傳統所結的果實。他以詩與散文的結合，把中國新文學史上主要受西方影響的現代散文的發展，向前推進了一步，造就了一種新的民族化的散文形態。這種新的形態的散文對本期和後來的散文創作產生了重要的影響，以至於在一個時期內，成了散文創作競相仿效的藝術模式。與此同時，楊朔的散文創作自身也因為這種「模式化」而逐漸失去了藝術創造的活力，加上作者在文化大革命中含冤去世，他的全部創作亦告中止。

與楊朔將情感詩化不同，劉白羽的散文更注重情感的哲理化，因而他的散文是以富於哲理的抒情著稱於世的。這位作家的散文創作在本期同樣經歷了一個從紀實性的文藝通訊、報告文學到文藝性的抒情散文的發展變化過程。寫於五〇年代後期的《日出》是他的散文創作發生轉變的重要標誌。此後，直到六〇年代初，他的抒情散文創作進入了藝術的成熟期。這期間的一些重要作品如《紅瑪瑙》、《長江三日》以及抒情小品《平明小箚》和《冬日草》等，都是傳誦一時的藝術佳構。

如果說楊朔的散文藝術得益於作者的古典文學修養的話，那麼，劉白羽的散文風格的形成，則與他的個人經歷和他的前期創作密切相關。這位作家有過較長時間的記者生涯，尤其是在解放戰爭和抗美援朝戰爭期間，曾經寫下過許多氣魄宏大、評析精當的文藝通訊和報告文學，在讀者中產生了廣泛的影響。這樣的個人經歷和寫作歷史，逐漸使他的散文創作慣於用「全景」取材、從大處著筆，因而具有一種宏闊的規模和氣勢。而且他的長於評析新聞事件的能力，也使他對事物的把握具有一種邏輯的和理性的穿透力量，故而又能給人以深刻的思想啟迪。當他把這樣的創作個性和藝術才能轉向抒情散文的寫作，必然會給他的作品帶來一種獨特的表達方式和全新的藝術面貌。

劉白羽的散文的哲理化抒情具有以下幾個方面的突出特徵：其一是他的情感空間的廣闊。楊朔的散文是從生活的海洋中擷取一朵情感的浪花，通過這朵浪花去折射海洋的豐富遼闊。劉白羽的散文則通過組合個人的閱歷和感受，盡可能地把生活的海洋的豐富和遼闊展現在讀者面前，因而他的散文的情感空間就顯得十分廣闊。劉白羽對事物的感受一般不拘泥於一人一事、一景一物，而是由眼前的景物人事推及四面八方、過去未來。例如他寫日出，就不僅僅是眼前的日出景象，而是在世界各地和個人的經歷中看到的或遺憾未能看到的種種日出。又如他寫長江三峽，也不僅僅是寫三峽的風光和氣勢，而是與三峽有關的諸多山川名勝、歷史人物、都市景觀、民間傳說，乃至與三峽並無直接關係的世界革命歷史人物，等等。正是通過這種由此及彼的藝術聯想，作者把他對於現實與歷史的豐富的經驗和感受組合成一個整體的藝術空間，向讀者展示了一幅幅無比壯闊的生活畫面。其二是他的哲理思索的深邃。正因為作者在作品中營造了一個廣闊的情感空間，因而從這個情感的空間中生發出來的哲理的思索，就不可能僅僅是一些日常生活的小智慧，而是關乎社會人生、歷史發展的一些根本性的大問題。例如面對日出景象，他思索的是國家民族的新生。由延安牆頭的小詩開始，他思索的是革命和人生的道理。尤其是通過穿越長江三峽的航行，他深入地思考了有關人生道路、革命發展和歷史前進的客觀規律。甚至在一些抒情小品例如《平明小箚》中，他思考的仍然是革命的歷史和現實問題。因為主要涉及的是革命的主題，故而劉白羽的散文中的哲理可以稱之為革命的哲理或革命者的人生哲學。又因為他的這種思索總要聯繫比較深遠的背景和涉及比較豐富的人生閱歷與書本知識，故而又有比較厚重的歷史感和比較普遍的啟示意義。其三是他的整體的象徵和豪放的風格。與楊朔在散文中營造詩的意境不同，劉白羽的散文構造的是一個個具有整體象徵意義的藝術意象。上述「日出」、「紅瑪瑙」和「穿越長江三峽的航行」等等，都是這樣的藝術意象。通過這樣的藝術意象，作者把他的情感的經驗和哲理的思索，凝聚成一個藝術的整體，使其顯示一種超出具體物象之外的更高層次的價值和意義。因為這些意象的象徵涵義涉及到一些重大的社會人生命題，故而在藝術上也就具有一種不同尋常的氣勢與力度。這是決定劉白羽的散文傾向於一種豪放的抒情風格的重要的內在因素。此外，影響他的抒情風格的另一個重要因素，便是他的散文語言的色彩和氣勢。劉白羽的散文語言有很強的色彩感，這種語言的色彩是與他的情感的基調和意象的內涵相適應的，因而是凝重的、渾厚的。與此同時，他的直抒胸臆的表達方式又賦予他的語言以一種一瀉千里的氣勢。這種注重誇飾形容（色彩）和鋪敘排比（氣勢）的語言風格，使劉白羽的散文十分接近中國古代的抒情散文——賦體的形式，在當代散文中是彌足珍貴的。

劉白羽的散文因為從大處著筆，有時也難免流於空廓，行文常常缺少必要的節制與含蓄。有些作品理念的成分過重，說教的成分太強，削弱了形象的感染力量。這位作家在文化大革命後的新時期轉向革命回憶錄的寫作和小說創作，也產生了較大影響。長篇小說《第二個太陽》榮獲第三屆茅盾文學獎。

在本期散文作家中，秦牧的散文是以知識性、趣味性和哲理性的結合為特徵的。這位作家在青少年時代有過一段海外生活的經歷，各種自然知識和生活見聞較廣，加上早期從事過雜文寫作，故而逐漸養成了他的散文的一種「漫談」式的寫作風格。這種寫作風格以議論為主，但也夾雜有敘事和抒情，故而秦牧的散文與楊朔和劉白羽不同，並非一種嚴格意義上的抒情散文，而是帶有抒情色彩的夾敘夾議的文藝隨筆和小品。在眾多散文作家中，他的創作最為豐富，畢其一生，不輟於茲。但其中最有代表性的作品，除個別篇章如《社稷壇抒情》寫於五〇年代中期外，其餘各篇如《古戰場春曉》、《土地》、《花城》、《潮汐和船》等，皆寫於六〇年代初，可見這期間同樣也是秦牧的散文創作在藝術上走向成熟的年代。

秦牧的散文的上述特徵主要表現在如下幾個方面：其一是對知識的「綜合」。秦牧的散文取材十分廣泛，題材問題對他來說，幾乎不存在任何局限。正因為如此，所以他的散文所涉及的各種知識十分豐富。這些知識有些有一定的聯繫，有些卻毫無關聯。

但不論何種情況，秦牧都能將它們有效地組織在一起，使之建立起一種內在的聯繫，構成一個有機的藝術整體。因此他的散文雖然材料繁多，知識豐富，卻無零碎雜亂之感。例如《土地》中所涉及到的知識從古代到現代，從中國到外國，從貴族到平民，從農夫到士兵，從禮儀到習俗，從耕耘到收穫，從裂土封疆到殖民掠奪，從農民戰爭到土地改革，等等，這些隔著遙遠時空的人事和互不相關的知識，經過作者的精心組織，從總體上顯示了土地——這個人類生存之母所經歷的歷史滄桑和時代變化。其他如《古戰場春曉》的說古論今、《社稷壇抒情》的談天說地、《花城》的說花、《潮汐和船》的談船，等等，都表現了這種對知識的高度「綜合」的特徵。對知識的「綜合」運用，使秦牧的散文顯得內容充實，肌體豐滿，也具有一種引人入勝的閱讀效果。其二是對材料的「點化」。秦牧曾說寫散文要善於「點出新意」，「畫龍點睛」[28]。他的散文豐富的材料正是依靠這種「點化」的本領，現出時代的「新意」，透出哲理的精神的。例如《土地》，作者通過大量的材料，從不同的角度，歷述大地母親的種種滄桑浮沉和歷史遭際，只是因為需要回答作者在作品中點明的一個中心問題：在人民做了土地的主人的時代，應當如何保衛和建設每一寸土地，使之發揮更大的潛力，變得更加美好，這些材料才具有一種現實的意義。又如《潮汐和船》，由「船和潮水的搏鬥」，作者聯想到人類憑藉船隻征服潮水的歷史，歷述船的

[28] 參見秦牧，《園林・扇面・散文》，《花城》（作家出版社，一九六一年）。

歷史沿革和航海者的命運變化，也只是因為作者從中寄寓了對文明的讚美，對往事的憑弔，對創造的謳歌，對勇敢智慧和毅力的傾慕等等富於哲理的意蘊，這些材料才顯出了思想的光彩。其他如《社稷壇抒情》由古代思想家的探索想到民族子孫的責任，《古戰場春曉》由反抗外敵的鬥志想到建設祖國的精神，《花城》由花城花市想到如花的生活和創造花一樣的生活的人民，等等，都是作者以思想和情感「點化」材料的途徑和方式。秦牧的散文的豐富的知識之所以能給人以感染和啟迪，也主要是得益於他對材料的這種「點化」的功夫。其三是對文體的講究。秦牧的散文創作是有比較自覺的文體意識的。他曾把散文比作蘇州園林，「小是小了，然而卻境界深邃，天地開闊，看起來花樣滿多」。又說散文像「扇面小幅，尺素之間，竟有煙波雲海，幽谷峻崖，象牙雕、橄欖雕之類，小小一片一粒之間竟有許多的人物形象，使我們目注神馳」[29]。可見，秦牧所理解的散文是外形精巧，內裏充實，在方寸之間容大幹世界，於咫尺之地盡騰挪變化。正因為如此，所以他的散文雖然知識豐富，材料繁多，但結構佈局卻極有條理，而且動靜張弛、直曲收放，都煞費經營，調度得當。語言的運用，也十分注意文白雅俗、濃淡粗細的搭配。所有這一切，都使人讀秦牧的散文有名山探勝，峰迴路轉，曲徑通幽之感。

秦牧的散文因其用材極多，故而有時也不免遮蔽了情感，壅塞了思想。有些篇章也稍嫌臃腫拖遝，不夠十分精練。這位作家在文化大革命後的新時期的散文創作仍然多產，但因為整體的藝術風格已經發生了變化，故而其影響不及本期這樣深廣。

本期其他重要散文作家的創作也各有特色，例如巴金的無盡感情的傾吐；冰心的赤子之心的袒露；曹靖華的音韻宛曲的情致；碧野的滿目蔥籠的景物；吳伯簫的樸實無華的憶念；以及葉聖陶的老成；孫犁的清新和袁鷹的詩意；魏鋼焰的氣勢，等等，都是本期散文尤其是抒情性的文藝散文在藝術上的重要收穫。

29 參見秦牧，《園林・扇面・散文》，《花城》（作家出版社，一九六一年）。

第五節　本期話劇創作

一、本期話劇創作概況

話劇是從西方「舶來」的藝術樣式。近代以來，經過了曲折的發展演變，這種外來的藝術不但為中國的觀眾所接受，而且逐漸匯入了中國新文學的現實主義主流，成為為現實生活服務的重要形式。四〇年代後期，在人民解放戰爭的炮火聲中，解放區作家的話劇創作就開始反映獲得解放的中國人民在新政權下的勞動熱情，以及為爭取解放而進行的革命鬥爭。前者以描寫工廠勞動競賽的劇本《紅旗歌》（劉滄浪、陳懷皚、陳淼等集體創作，魯煤執筆）為代表，後者以描寫革命軍人幾代人的鬥爭經歷的劇本《戰鬥裏成長》（胡可、胡朋等編劇）為代表。這兩部劇本的創作時間雖然都在解放前夕，但真正產生重大影響卻是在新中國成立之後，因而理所當然地成了本期話劇也是當代話劇的開山之作。五〇年代初期，隨著全國解放的形勢的到來，工作的重點逐漸由農村向城市轉移，反映城市生活的話劇創作也日漸增多，特別是在《紅旗歌》的影響下，出現了一大批反映工廠生活的話劇劇作，因而工業題材的話劇在這一階段就顯得格外引人注目。其中如《不是蟬》（魏連珍編劇）、《在新事物的面前》（杜印、劉相如、胡零編劇）等，都產生了重要影響，是這期間話劇創作的重要收穫。這期間話劇創作最重要的作品是老舍的新作《龍鬚溝》。這部作品以高度的藝術概括，以小見大，集中反映了新中國成立以後，社會生活所發生的翻天覆地的變化，表現了這期間的話劇創作謳歌新生活的熱情和為現實生活服務的強烈願望，在藝術上，也是建國初期話劇創作成就的最高標誌。

從五〇年代初期到五〇年代中期，本期話劇創做出現了一個陡起的高潮。這期間的話劇創作在繼續密切關注現實生活的變動，及時反映工廠、農村和各個領域所發生的新的變化，熱情歌頌新生事物的成長的同時，也把關注的目光投向當時正在進行的抗美援朝戰爭和革命鬥爭的歷史。尤其是在前一個方面，由於這期間開始的國家的社會主義工業化進程和對農業的社會主義改造，都是在這個古老的農業國度發生的前所未有的歷史變化，這個歷史的巨變所引起的矛盾衝突本身就極具戲劇性，因而為這期間的話劇創作提供了豐富的藝術材料。其中在工業題材方面，夏衍的《考驗》，繼《紅旗歌》和《在新事物的面前》等話劇之後，把這個領域的話劇創作從主題的開掘到藝術的表現都向前推進了一步，是這期間工業題材的話劇創作的一個重要的藝術收穫。與工業題材的話劇創作相較，反映農業合作化運動中農村生活的變化的話劇創作顯得更為活躍，在藝術上所取得的成就更大，因而在這期間的話劇創作中更為引人注目。其中特別是安波編劇的《春風吹到諾敏河》，及時地反映了農業合作社中勞動與分配的「大鍋飯」問題；海默編劇的《洞簫橫吹》，大膽地揭露了領導幹部的思想作風問題；楊履方編劇的《布穀鳥又叫了》，尖銳地提出了關心人和個人對幸福的正當要求問題，等等，都觸及到了農業合作化運動中的一些帶普遍性的社會問題，有的甚至具有一種認識超前的意義，因而產生了強烈的社會反響，是這期間農村題材的話劇有代表性的作品。這些作品也表明了這期間的話劇對急劇變動的社會生活的反映已經不滿足於一般性的描寫和歌頌，而是致力於發現和發掘生活中的矛盾與問題，從這些矛盾和問題中尋找和構造戲劇衝突，因而這些劇本都有比較深厚的現實基礎，生活氣息也比較濃厚，有的在藝術上還有一些新的嘗試，在總體上都達到了一個新的高度。這期間的話劇創作在反映抗美援朝戰爭和革命歷史題材方面，也有一些劇作產生了重要影響。其中特別是陳其通編劇的《萬水千山》，以話劇的形式再現了紅軍長征的偉大歷程，雖然在將長征的歷史「戲劇化」方面還存在諸多不足和缺陷，但在整體上卻具有一種史詩的氣魄和規模，是這期間的話劇創作，一個不可多得的藝術收穫。這個高潮期中的話劇創作特別值得一提的是一批涉及人們的「家庭生活、個人生活、感情生活」的劇作。這些劇作以岳野編劇的多幕劇《同甘共苦》為代表，表現了新舊交替時期在愛情、婚姻、家庭等等個人生活領域發生的許多複雜的情感糾葛，被人稱做是表現工、農、兵生活之外的「第四種劇本」[30]。其中特別是一些獨幕劇作，例如孫芋編劇的《婦女代表》、崔德志編劇的《劉蓮英》、田心上編劇的《妯娌之間》等，在歌頌新人新的精神品質成長的同時，也描寫了她們個人生活中的矛盾和與舊的思想觀念及封建殘餘的衝突與鬥爭，有的劇作如魯彥周編劇的《歸來》、趙尋編劇的《人約黃昏後》和何求編劇的《新局長到來之前》等，則對某些喜新厭舊、愛好虛榮、阿諛奉迎的不良品質和惡劣作風痛下針砭，有極強的諷刺的鋒芒和濃厚的喜劇的色彩，是這個高潮期的話劇創作在藝術上的一個特殊的收穫。

由於如何運用話劇形式反映新的時代和新的人物，在建國初期還缺乏經驗的積累，加上這期間從事現實題材話劇創作的主要是一些新的作者，因而這個高潮期的話劇創作雖然十分活躍，但真正在藝術上比較成熟的劇本，畢竟數量不多。而且，由於某些題材決定論和階級本質論的影響，話劇創作未能突破工、農、兵三種題材的局限，戲劇衝突未能擺脫敵與我、新與舊、先進與落後、革新與保守之類的階級矛盾和思想鬥爭的模式，畢竟也是一個普遍存在的事實。由於上述原因，這期間的話劇創作在藝術上也缺乏自覺的探索與追求，因而從表現手法到藝術風格，都顯得不夠豐富多樣。從這個意義上說，這個高潮期的話劇創作仍然是本期話劇創作的一個藝術的準

---

30 「第四種劇本」是一九五七年六月十一日《南京日報》發表的一篇署名黎弘（劉川）的評論話劇《布穀鳥又叫了》的文章的標題。該文認為這種劇本首先考慮的不是人物的社會身份，而是生活本身的「獨特形態」。即從生活出發，按照生活本來的樣子去描寫生活，而不是從人物的社會身份出發，依照人物的階級屬性去編排生活。後來又有人將《同甘共苦》等反映「家庭生活、個人生活、感情生活」的劇作，都歸入「第四種劇本」的範圍。這種概括有利於話劇題材的開拓和突破創作的公式化與概念化，後來在「反右」和「批修」鬥爭中卻遭到了無理的批判。

備和積累階段。

在這個高潮期的尾聲，一九五七年，老舍的話劇名作《茶館》的發表，是本期話劇也是當代話劇的一個里程碑的標誌。這部劇作以別具一格的藝術結構、富於個性的人物語言和接近生活本色的戲劇衝突，以及深厚的歷史感、獨特的東方文化韻味和巨大的藝術概括力量，把中國話劇藝術推向了一個新的高峰，創造了一種具有「中國作風和中國氣派」的現代話劇，在中國乃至在世界範圍內都產生了重要的藝術影響。

在老舍的《茶館》之後，這個高潮期的現實題材的話劇創作由於一九五七年的「反右」鬥爭，一九五八年的「大躍進」運動和一九五九年的「批判修正主義文藝思想」的影響而跌入低谷。此後，從五〇年代後期到六〇年代初期的話劇創作，一部分作品因為批判了「干預生活」的主張和人性論，就刻意迴避生活矛盾，滿足於選擇輕鬆題材、反映生活現象、製造杯水風波，或屈從於流行的階級鬥爭模式，以階級矛盾和階級鬥爭代替戲劇矛盾和戲劇衝突。

另一部分作品則因為受了政治的「冒進」、經濟的「浮誇」和文藝的虛假的「浪漫主義」風氣的影響，而陷入了在舞臺上說假話、大話、空話的泥淖，一味「緊跟形勢」、「配合中心」、「為政治服務」，完全背離了現實主義戲劇和戲劇藝術本身的基本原則。這期間的現實題材的話劇雖然也有極少數作品多少保持了自己的一點藝術追求，也取得了一定的藝術成就，但卻無法擺脫這種風氣的影響，更無法改變現實題材的話劇在藝術上走向滑坡的總體趨勢。

在五〇年代後期到六〇年代初期這個現實題材的話劇低谷中，歷史題材的話劇創作卻在當代話劇史上隆起了一座少見的峰巒。這期間歷史題材的話劇創作的繁榮，一方面是因為現實題材的話劇受到上述因素的障礙，不能得到順利的發展，作家既不願趨附時尚，就轉而向古代和現代歷史去尋找創作的題材。另一方面則是因為這期間從事歷史題材的話劇創作的作家，大部分是中國現代話劇史上成就卓著的文學大家，例如郭沫若、田漢、曹禺等，故而在藝術上就有一個很高的起點。尤其是取材於古代歷史的話劇作品，例如田漢的《關漢卿》，郭沫若的《蔡文姬》、《武則天》和曹禺等的《膽劍篇》等，在藝術上都取得了重要的成就，是本期話劇中獨樹一幟的重要作品。與此同時，由這些作品引發的關於歷史劇問題的討論，也促進了歷史劇創作的自覺，為當代話劇理論做出了重要的貢獻。

從六〇年代初的文藝政策調整直到文化大革命發生前，本期話劇又出現了一個短暫的創作高潮。對文藝政策調整起著重要作用的「廣州會議」（全國話劇、歌劇、兒童劇創作座談會），本來就主要是圍繞話劇創作問題展開討論的。會議除了在理論上澄清了是非，端正了認識；扭轉了偏向，並就創作實踐中的問題進行了總結和探討之外，還對前此階段受到不公正的批評和批判的《同甘共苦》、《洞簫橫吹》和《布穀鳥又叫了》等劇本，重新做出了正確的肯定和評價。在這樣的形勢下，話劇創作尤其是現實題材的話劇創作很快便得到回升，短短三四年時間內，就產生了一大批優秀的或比較優秀的話劇作品。較之前一個高潮期的話劇創作，這個高潮期的話劇創作在如下一些方面取得了一定的藝術進展。其一是大都比較注重人物形象的塑造，有些作品的人物還達到了一定的典型高度。其二是大都比較注重表現重大社會政治主題，因而大都具有較強的現實感。其三是藝術表現的技巧也有所提高，有些作品的情節和戲劇衝突還產生了巨大的社會反響。其中特別是沈西蒙、漠雁、呂興臣編劇的反映人民解放軍接管上海南京路的話劇《霓虹燈下的哨兵》，陳耘、章力揮、徐景賢編劇的反映青年一代的教育問題的話劇《年青的一代》，以及叢深編劇的同類題材的話劇《祝你健康》（又名《千萬不要忘記》）等，所產生的社會影響更大。《霓虹燈下的哨兵》通過人民解放軍的一個連隊，在解放初期的上海南京路上與資產階級的腐蝕和反動勢力的殘餘的鬥爭，表現了一個「拒腐防變」的重要主題。《年青的一代》通過一群年輕的大學畢業生對待革命工作和人生道路不同的態度和選擇，提出了一個如何繼承革命傳統，當好革命事業的接班人的問題。《祝你健康》則通過一個工人家庭內部發生的抵制資產階級思想影響的鬥爭，反映了在爭奪革命接班人的問題上所表現出來的兩個階級的激烈鬥爭。這三部話劇集中體現了這個高潮期的話劇創作在題材、主題和藝術表現方法上的一些主要取向，是這個高潮期的話劇創作的突出代表。這個高潮期的話劇創作雖然取得了上述進展，但同時也有一些明顯的不足和缺陷。其主要表現，一是題材又回到了為「第四種劇本」所突破了的工、農、兵三種劇本的題材範圍，而且更加專注於選擇和表現這些領域的社會生活中的「重大題材」。二是主題更加集中於表現兩個階級、兩條道路的矛盾和鬥爭，特別是「反修」、「防修」鬥爭，更加注重為現實政治服務，即使是反映革命歷史題材的作品也不例外。有些作品甚至因此而「修正」和「拔高」作品的主題，人為地在作品中突出和強化階級鬥爭和「反修」、「防修」的內容。三是藝術風格和表現手法比較單一，大都偏向於嚴肅的正劇風格和表現尖銳複雜的矛盾衝突，輕鬆的喜劇風格和辛辣的諷刺手法消失殆盡。有些作品在藝術上又出現了一種新的公式化和概念化的傾向。凡此種種，這些方面的不足和缺陷，都表明這個高潮期的話劇已經顯露了文化大革命期間戲劇創作的某些「左」的跡象。

文化大革命期間，話劇也像其他文學樣式一樣遭到空前的浩劫。加上「四人幫」對戲劇領域的直接控制，話劇的劫難就更為深重。整個十年期間，除了「四人幫」炮製的為其奪權鬥爭服務的如《盛大的節日》等政治活報劇外，正常的話劇創作幾乎是一片空白。話劇的復興同樣有待於一個歷史和文學的新時期的到來。

二、老舍的話劇創作

老舍在中國新文學史上是以小說創作的成就著稱於世的。雖然他在抗戰期間就開始了話劇創作，但真正產生重大影響並走向藝術上的成熟，卻是在新中國成立之後。這位擅長各種藝術形式的「人民藝術家」[31]的後半生主要從事話劇創作，直至文化大革命初含冤離世，在本期總共創作了十餘部重要話劇作品，為當代話劇藝術做出了

[31] 一九五一年十二月北京市人民政府授予老舍「人民藝術家」的光榮稱號。

不可磨滅的歷史貢獻。

《龍鬚溝》和《茶館》是老舍在本期的話劇代表作。《龍鬚溝》以北京市人民政府整修一條臭水溝為中心情節，通過住在溝沿上的一座大雜院裏的四戶居民在新舊社會不同的生活遭際，表達了作者對新生的人民政權的歌頌之情和「人民政府愛人民，人民政府人民愛」的中心題旨。《茶館》則以一座茶館為活動舞臺，通過三個特定時代（清末的戊戌變法、民初的軍閥混戰和抗戰勝利後的國民黨統治）眾多茶客的生活變遷，表現了作者所確立的「葬送（這）三個時代」[32]的主題。同時也通過與這三個時代的對比，表達了作者對於新的社會制度的理想和信念。這兩部劇作集中體現了老舍的話劇最基本的一些藝術特徵。這些藝術特徵是：其一，人物形象的個性化。老舍的小說曾經塑造了許多富有個性的人物形象，在這方面積累了豐富的藝術經驗。他把這些經驗也用於他的話劇創作，就使得他的話劇作品也像他的小說一樣，將具有獨特個性的人物形象的塑造作為藝術創造的中心課題。他曾說：「一個小說作者，在改行寫戲劇的時候，有這個方便，儘管他不大懂舞臺技巧，可是他會三筆兩筆劃出個人來。」[33]他曾說：「假若《龍鬚溝》劇本也有可取之處，那就必是因為它創造出了幾個人物——每個人有每個人的性格、模樣、思想、生活，和他（或她）與龍鬚溝的關係。這個劇本裏沒有任何組織過的故事，沒有精巧的穿插，而專憑幾個人物支持著全劇。沒有那幾個人就沒有那齣戲。」[34]這其實也是老舍的《茶館》和他的全部劇作的一個共同的特點。其二是戲劇衝突的生活化。沒有衝突就沒有戲劇。一般話劇作品組織戲劇衝突主要是著眼於人物之間的思想、性格、心理、行為之間的對立和矛盾，從這種對立和矛盾的衝突中去尋找作品的戲劇性。老舍的劇作一般沒有貫穿始終的故事情節和逐步推向高潮的戲劇衝突，他只為他的人物設置一些富有時代

---

32 老舍，《答覆有關〈茶館〉的幾個問題》，《劇本》一九五八年第五期。
33 老舍，《〈龍鬚溝〉的人物》，《文藝報》一九五一年第三卷第九期。
34 老舍，《〈龍鬚溝〉的人物》，《文藝報》一九五一年第三卷第九期。

特徵的活動舞臺和生活環境，然後把他們集中起來，「設法使每個角色都說他們自己的事」，而且是「各說各的」，彼此並不一定發生直接的矛盾和衝突。這樣的處理，就使得老舍筆下的戲劇情節如同生活本身那樣樸實自然，「廚子就像廚子，說書的就像說書的」[35]，但因為這些人物都與他們生活和活動著的時代與社會相聯繫，故而他們的思想性格、生活遭遇和命運變遷又是充滿戲劇性的。曾經有人認為老舍的《茶館》「故事性不強」，建議老舍「用康順子的遭遇和康大力的參加革命為主，去發展劇情」，這樣「可能更像戲劇」。老舍沒有接受這樣的建議。他認為：「抱住一件事去發展，恐怕茶館不等被人霸佔就已垮臺了。」[36]這其中其實就包含有老舍的話劇在處理戲劇衝突問題上的這種追求「生活化」的「新的嘗試」。其三是人物語言的性格化。老舍是文學語言的大師。話劇又主要是通過人物語言來塑造形象、傳達劇情、表現劇作者的思想感情的，因此，較之老舍的小說，他的話劇的人物語言顯得更加精練生動、活潑傳神。周揚曾說：「老舍先生寫出了真正生動的、經過提煉的、性格化的、有思想的語言。」[37]老舍話劇中的人物語言是以他所熟悉的北京方言為基礎的。但是，又經過了他的精心的提煉、加工和改造，賦予這些日常的生活語言以特定的思想和情感的內涵，使之成為一種既是人物「自己的」臺詞，又是作者「我」賦予它的思想，即經過提煉和加工過的人物臺詞，既是「他們自己的」，「又是我的」[38]。這種「經過提煉的、性格化的、有思想的語言」，是老舍的話劇語言的基本特色。此外，因為老舍的劇作中的人物大多是一些普通市民和生活中的「小人物」，故而他的劇作的語言又幽默風趣，有一種世俗的市井語言獨特的韻味和色彩。

35 老舍，《答覆有關〈茶館〉的幾個問題》，《劇本》一九五八年第五期。
36 老舍，《答覆有關〈茶館〉的幾個問題》，《劇本》一九五八年第五期。
37 周揚，《從〈龍鬚溝〉學習什麼》，《新華月報》一九五一年第三卷第五期。
38 老舍，《答覆有關〈茶館〉的幾個問題》，《劇本》一九五八年第五期。

除了上述屬於老舍的全部劇作的那些基本的藝術特徵之外，《龍鬚溝》和《茶館》更為重要的特點，是對於社會生活和歷史變遷的巨大的藝術概括力。《龍鬚溝》處理的題材是新舊社會的對比，空間範圍十分廣闊；《茶館》處理的題材是近代中國歷史的變遷，時間長達半個世紀。要在話劇有限的時空內對這樣豐富複雜的社會生活和歷史內容做出藝術的概括，確有很大的難度。這兩部劇作採用中國傳統藝術「縮龍成寸」的結構方式，以精心選取的一些社會景觀和生活畫面，以小見大，以少勝多，有效地解決了這個藝術概括上的難題。其具體表現是：將劇中人物個人的生活經歷和具體的活動環境社會歷史化，通過一條溝、一家茶館和眾多人物的命運，概括一個社會、一段歷史，反映時代的推移和變化。老舍在談到《龍鬚溝》的創作時說：「假如我能寫出幾個人物來，他們都與溝有關係，像溝的一些小支流，我不就可以由人物的口中與行動中把溝烘托出來了麼？」[39]在談到《茶館》的創作時，他又說：「茶館是三教九流會面之處，可以多容納各色人物。一個大茶館就是一個小社會」，「我要是把他們集合到一個茶館裏，用他們生活上的變遷反映社會的變遷，不就側面地透露出一些政治消息麼？」[40]可見，老舍是把《龍鬚溝》中的那座只有四戶居民的大雜院和《茶館》中的那座老字型大小的老裕泰茶館，都看做是中國社會和中國歷史的縮影，其中眾多人物的活動和經歷，無疑也超出了他們個人的意義，而被賦予了更為深廣的社會歷史內涵。正是通過這種藝術的「縮微」，容大千世界於方寸之間，《龍鬚溝》和《茶館》集中地反映了勞動人民的命運在新舊社會所發生的深刻變化，以及新的社會制度必將取代舊的歷史時代的必然趨勢。同時也在中國話劇史上創造了一種對於社會歷史的獨特的藝術概括方式，是老舍用東方的藝術表達方式改造西方傳來的話劇樣式所取得的重要的藝術成就，對於話劇的民族化，具有重要的意義和價值。

---

39 老舍，《〈龍鬚溝〉寫作經過》，《人民日報》一九五一年二月四日。

40 老舍，《答覆有關〈茶館〉的幾個問題》，《劇本》一九五八年第五期。

老舍在本期的其他有代表性的劇作例如《方珍珠》、《紅大院》、《女店員》、《全家福》等，對於社會生活的藝術概括，也具有類似的特點，基本上都是在空間上通過一點（一座大院、一家店鋪、一戶人家）來概括一個社會，或在時間上通過一個人的經歷來概括一段歷史。可見這是老舍的話劇對於社會生活進行藝術概括的主要形式。除此而外，老舍也有一些劇作是有中心情節的，但這些劇作的成就一般都不如上述作品。老舍也有少數劇作是配合政治任務的「急就章」，有的甚至也沾染了特定年代的「浮誇」習氣。但這都不影響老舍的話劇在整體上的藝術成就。無論從哪方面說，他都是當代話劇最優秀的藝術大家。

三、本期歷史劇諸代表作家

郭沫若、田漢和曹禺作為本期歷史題材的話劇創作最有代表性的作家，其藝術成就的表現是各不相同的。

郭沫若在本期重要的歷史劇作《蔡文姬》和《武則天》，都是屬於為歷史人物「翻案」的作品。這位在新文學史上享有盛譽的一代文學宗師，同時又是一位在歷史研究方面造詣極深的學術大家。早在二〇年代，郭沫若就開始了歷史劇的創作。抗日戰爭期間，他創作的《屈原》等歷史題材的話劇，在中國新文學史上產生了更加深遠的影響。同時也標誌著他的歷史劇的風格的形成和走向藝術上的成熟。新中國成立以後，郭沫若繼續把他在歷史學領域所進行的科學研究和歷史劇的創作結合起來，尤其是一些有重要分歧的歷史人物，更成了他的歷史研究和歷史劇創作的重點對象。《蔡文姬》中寫到的曹操和《武則天》中寫到的武則天，就是他在這方面的研究和創作的主要成果。郭沫若曾經明確表示：「我寫《蔡文姬》的主要目的就是要替曹操翻案。」[41]這部歷史劇作以曹

41 郭沫若，《蔡文姬・序》（文物出版社，一九五九年）。

操迎文姬歸漢為中心情節，在戲劇舞臺上第一次塑造了曹操作為歷史上的一位偉大的政治家、軍事家和文學家的正面形象，把曹操的文治武功，尤其是他的愛惜人才、重視文化建設的領袖才具，以及通情達理、富於人情味的個性氣質，都淋漓盡致地展現在人們面前，從而一改曹操在人們心目中的「奸雄」形象，恢復了這位在封建時代「對我們民族的發展、文化的發展，確實是有過貢獻的」，「了不起的歷史人物」[42]的真實面目。與此同時，作者也將自己在抗日戰爭爆發後從日本歸國時「別婦拋雛」、「投筆請纓」的個人經歷融進蔡文姬的形象，通過描寫蔡文姬歷盡坎坷終歸漢室，用自己的才華為國家民族做出貢獻，進一步反襯曹操在政治和文化上的遠見卓識。因整個劇本不但表現了作者作為一位歷史學家的高度的「史識」，而且也表現了作者作為一位詩人的浪漫氣質。因有「史識」，故而這部作品才有一種撥雲見日的聲勢和氣魄；因有詩質，故而這部作品才有一種烘雲托月的雄奇和瑰麗。總之，讓史家的識見與詩人的氣質達成完美的結合，是這部作品也是郭沫若在本期的歷史劇創作的一個基本的藝術特色。他在本期的另一部歷史劇作《武則天》的創作也是如此。如果說《蔡文姬》為曹操「翻案」是從曹操重視太平盛世的文化建設入手，那麼，《武則天》的為武則天「翻案」就是從武則天平息豪門貴族的武裝叛亂開始。這部作品以唐初統治階級內部尖銳複雜的政治鬥爭為背景，以徐敬業的叛變為中心情節，將武則天置於一個由各種矛盾構成的衝突的漩渦中心，著力表現她運籌帷幄的謀略、縱横捭闔的才具、力挽狂瀾的氣勢、開明的政治主張、開闊的政治胸懷、「不愛身而愛百姓」的政治品質，以及「以德化天下」、相信「人定勝天」的政治理想和信念等，一改武則天長期以來在一個男性中心的社會裏被嚴重地歪曲和醜化了的「淫邪」形象，恢復了這位中國歷史上傑出的女政治家，對唐代歷史的發展做出過卓越的貢獻的一代女皇的真實面目。較之《蔡文姬》，這部作品雖然同樣表現了作者對歷史事件和歷史人物的不同尋常的「史識」，但因為主要人物的身份（蔡

42 郭沫若，《蔡文姬・序》（文物出版社，一九五九年）。

文姬是詩人、武則天是政治家）和戲劇情節（文姬歸漢是別夫拋雛、武則天平叛是運籌帷幄）的差別，前者感情的成分顯得更重，後者理智的色彩顯得更濃。故而前者偏重於盪氣迴腸的抒情，後者偏重於劍拔弩張的議論。二者都是一種詩思的表現，都屬於一種詩化的戲劇的範疇。「翻案何妨傅粉多」[43]，《蔡文姬》和《武則天》的主要缺陷是對曹操和武則天的描寫過於理想化，作者的初衷雖在矯枉過正，但卻影響了對這兩個歷史人物的正確認識和評價。兩部作品的創作都是一氣呵成，雖有一瀉千里的氣勢，卻缺乏精心的錘鍊，也影響了整體的藝術質量。

如果說郭沫若在本期的歷史劇創作是以對歷史人物不同尋常的「史識」著稱，那麼，田漢在本期創作的優秀的歷史劇作《關漢卿》就是以高超的藝術虛構的技藝取勝。關漢卿是我國元代偉大的戲劇家、世界文化名人，但有關他的生平資料流傳下來的卻極為稀少。要為這樣的一位藝術家樹碑立傳，寫出他的思想性格和真實形象，對於對「歷史的真實」要求極高的歷史劇創作來說，確有很大的難度。正是在攻克這個藝術難關的過程中，田漢表現出了一位成熟的劇作家高超的藝術虛構的技藝，在關漢卿等主要人物形象的塑造和整體的戲劇情節的構思和設計等等方面，《關漢卿》的創作都取得了重要的成績，為當代歷史劇創作提供了新鮮的經驗，在當代話劇史上有著重要的意義。作者的藝術虛構主要有以下三個方面的依據：其一是元代的社會環境。元代是異族人主中原，統治者不但在政治上對漢族施行血腥的高壓，而且在文化上也實行野蠻的禁錮。尤其是廣大知識份子，在廢除科舉以後，失去進身之階，社會地位日益低下。他們中的許多人淪落民間，轉而用戲劇的方式表達自己的不滿和反抗，同時也申訴普通下層民眾的痛苦和不幸。關漢卿即是其中的一位傑出的代表人物。其二是關漢卿的戲劇作品。關漢卿一生創作了數十種雜劇，但流傳下來的只有十餘種。這十餘種劇作，有的寫俠妓「急人之難」（如《救風塵》）；有的寫寡婦「機智勇敢」（如《望江亭》）；有的同情風塵女子「可憐的遭遇」（如《金線

[43] 郭沫若，《在昆明看演話劇〈武則天〉》，《東風集》（作家出版社，一九六三年）。

池》）；有的感歎亂世佳人命運的飄零（如《拜月亭》）；有的讚美先人的英雄豪氣（如《單刀會》）；有的歌頌清官的為民申冤（如《蝴蝶夢》）；有的為受害者討公道（如《哭存孝》）；有的為蒙冤者鳴不平《如《竇娥冤》），等等，都從不同的側面集中反映了關漢卿作為一位平民的戲劇家的思想性格和個性特徵，是作者塑造關漢卿的藝術形象的重要依據。作者曾說關漢卿所處的歷史背景和關漢卿的性格是「可靠的」[44]。可見作者對上述兩個方面是下了一番深入的研究功夫的，故而充滿了高度的自信。其三是作者的個人經歷。田漢是中國話劇運動的奠基人，也是一位革命的進步的戲劇藝術家，他的人生經歷和戲劇活動，與關漢卿有許多相似或共通之處，這是他塑造關漢卿的藝術形象的一個重要的主體依據。郭沫若曾說：「蔡文姬就是我！——是照著我寫的。」[45]田漢創作《關漢卿》也融進了他的個人經歷和感情，他也是照著自己來寫關漢卿的，關漢卿也是他自己。有了上述三個方面的依據，田漢所創作的《關漢卿》雖然缺少足夠的文字資料，但卻在一個更高的本質的層次上達到了歷史劇所要求的「歷史的真實」。作品在藝術上採取「戲中戲」的同心圓結構，通過關漢卿和朱簾秀等雜劇藝人在創作和演出雜劇《竇娥冤》的過程中，與權臣阿合馬所進行的不屈不撓的鬥爭，刻畫了關漢卿的「蒸不爛、煮不熟、捶不扁、炒不爆、響噹噹一粒銅豌豆」的性格特徵，表現了關漢卿作為一個人民的戲劇家與人民群眾休戚相關、命運與共的高貴品質和不畏權勢、寧折不彎的鬥爭精神，以及他的嚴肅的創作態度、高超的表現技藝、巨大的社會影響，他與創作集體和普通觀眾生死與共的戰鬥情誼，等等。通過這些方面的描寫與刻畫，作品確實讓關漢卿這位七百年前的偉大的戲劇家的形象栩栩如生地挺立在觀眾面前，達到了藝術的真實和歷史的真實的高度統一。如同郭沫若的歷史劇一樣，田漢的《關漢卿》也存在對歷史人物的描寫和評價過於「理想化」和「現代化」

[44] 參見韋啟玄，《田漢同志創作〈關漢卿〉散記》，《劇本》一九五八年第五期。

[45] 郭沫若，《蔡文姬．序》（文物出版社，一九五九年）。

的問題。除《關漢卿》之外，田漢在本期還創作了其他幾部歷史題材和現實題材的話劇，改編或新編戲曲作品多部，其中特別是《文成公主》（話劇）和《謝瑤環》（京劇），產生了較大的影響。這些劇作與《關漢卿》一起，集中反映了田漢在戲劇創作上的多方面的才能和成就。

與郭沫若、田漢的歷史劇創作不同，曹禺在本期執筆創作的歷史劇《膽劍篇》（與梅阡、于是之合作）是以其所表現的現實精神為特點的。這位在中國現代話劇史上享有盛名的作家，在六〇年代初期，有感於當時國際國內的政治情勢，也把創作的方向轉向歷史題材，希望從歷史事件和歷史人物中吸取對於現實有益的借鑑和啟示。六〇年代初期，由於各種複雜的原因，國家的經濟生活正處於一個困難時期，在國際政治鬥爭中，也面臨著一個強力和真理誰勝誰負的問題。在這種情勢之下，「發憤圖強」就成了這個時代的一個突出的社會主題。圍繞這個重大社會主題，這期間各個劇種創作了數十個以二千四百多年前春秋吳越之戰中越王勾踐「臥薪嚐膽」的故事為題材的戲劇作品。《膽劍篇》在這些作品所表現的「發憤圖強」的主題之外，進一步發掘這個歷史故事的思想內涵，從中發現和提煉出了一個對當時的政治鬥爭極有意義的新的主題。這個主題把吳國的一時戰勝歸結為強力的作用，而把越國最終的勝利歸結為真理（即事物發展的規律）的原因。也即是作品的臺詞所說的：「一時強弱在於力，千古勝負在於理。」對這個古老的歷史題材的這個新的理解和發現，無疑是這部作品在貫徹歷史劇的「古為今用」原則方面所取得的重要成就，也是這部作品有別於同期其他的歷史劇作而具有更為強烈的現實精神的集中表現。圍繞這兩個層次的主題，作品在越國戰敗、越王被俘、生民塗炭、宗廟蒙羞的悲劇氛圍中，描寫了越國人民「十年生聚，十年教訓」的慘痛經歷和他們自強不息、百折不撓、同仇敵愾、雪恥興國的鬥爭精神，塑造了越王勾踐、大夫范蠡和苦成老人等一系列越國君臣和普通百姓的不屈形象。全劇情節跌宕起伏，矛盾衝突扣人心弦，特別是劇中主要人物的內心獨白，既飽含深沉的哲理，又富於詩的激情。這些藝術上的主要特色，都使得這部具有強烈的現實精神的歷史劇作，在藝術上也產生了強大的現實的感染力。《膽劍篇》在注重歷史劇的「古為今用」的同時，也存在某些「影射」現實的偏頗。尤其是在對人民群眾的歷史作用的認識問題上存在的「新的迷信」，「束縛」了作者的藝術創造力，在一定程度上也影響了作品的藝術質量。除《膽劍篇》外，曹禺在七〇年代末期還完成了他在六〇年代初即開始構思的歷史劇作《王昭君》。這部新的歷史劇作是這位戲劇家晚年的一部重要作品。曹禺在本期還創作了現實題材的話劇《明朗的天》，在五〇年代初期也產生了重要的影響。

中編

一九七六～一九八九年間的文學

第四章　社會文化背景

一九七六年是中國當代歷史發生重要轉折的一年。這年年初在北京天安門廣場爆發的「四五」運動，集中體現了中國人民的意志和願望，為粉碎「四人幫」，結束文化大革命「奠定了偉大的群眾基礎」[1]。九月，毛澤東主席去世。十月，「四人幫」即遭粉碎，文化大革命宣告結束。從一九七六年十月開始，中國當代歷史進入了一個新時期。以這個新的歷史的起點為標誌，中國當代文學的新時期亦宣告開始。從一九七六年到一九八九年，是新時期文學發展的重要階段，在這個階段上，中國社會所發生的一系列重大歷史變動，以及由此所帶來的政治、經濟、文化和社會生活等方面的巨大變化，無一不對這期間的文學的發生、發展產生重要影響，新時期文學就是在這些因素的作用和影響下，走完了這一段艱難的然而卻是有聲有色的發展里程的。

1 《中國共產黨中央委員會關於建國以來黨的若干歷史問題的決議》，《三中全會以來重要文獻彙編》（下）（人民出版社，一九八二年），頁八一四。

一、撥亂反正與解放思想

文化大革命結束之後，從七〇年代末期到八〇年代初期，中國所面臨的嚴重的問題，是肅清文化大革命的遺害和幫派餘毒，把被文化大革命搞亂了的一切都恢復到正常的狀態。為此，在舉國上下揭批「四人幫」的同時，即著手進行各個方面的撥亂反正的工作。這種撥亂反正的工作首要的任務就是要落實人的政策。文化大革命中，數以千萬計的幹部群眾遭到無理的批判和鬥爭，有的甚至受到了錯誤的組織處理和刑事判決，其中又以文化大革命的主要鬥爭對象——革命老幹部和知識份子受害最深。各級組織部門對文化大革命所造成的大量冤假錯案進行了分析辨別，推翻了強加在革命幹部和知識份子身上的一切不實之詞，為他們恢復名譽、平反昭雪，對他們的生活和工作做出妥善的安排，使他們能夠投入正常的學習和工作。在此基礎上，為了進一步解決歷史遺留問題，又改正了五〇年代中期被錯劃的數十萬「右派份子」，摘掉了已經改造好了的地主、富農的政治帽子。通過這些落實政策的工作，廣大群眾特別是革命幹部和知識份子的身心獲得了解放，社會的階級關係也得到了調整，整個國家的社會生活開始恢復生機，逐步形成了一個「心情舒暢，生動活潑」的政治局面。其次便是恢復經濟建設、整頓生產秩序。文化大革命使工農業生產、國防、科技建設和各項工作都受到極大破壞，有的甚至長期處於停頓狀態，國民經濟幾乎瀕臨崩潰的邊緣。在結束文化大革命的動亂之後，各級黨政部門開始對生產秩序進行整頓，通過健全領導班子，恢復行之有效的規章制度和調動群眾的生產積極性等系列措施，很快便使生產建設和各項工作都走上了正常的軌道，國民經濟開始迅速回升，各行各業都取得了新的成就。在此基礎上，為了儘快實施四屆人大提出的「四個現代化」的宏偉藍圖，又決定把工作的重點轉移到經濟建設上來，確立以發展生產力為主要目標的努力方向，著手調整經濟結構，制定經濟改革的措施和辦法，為國民經濟迅速騰飛打下了堅實的基礎。此外，在諸如社會治安及其他關係國計民生的重要領域，也開始了全面的撥亂反正的工作。通過撥亂反正，舉國上下安定團結，百廢俱興，社會生活的各個方面都出現一派欣欣向榮、生機勃勃的繁榮景象。

對文化大革命的作為進行撥亂反正，本身就是一次思想解放的重大舉措。要進一步徹底肅清文化大革命的殘餘影響和思想流毒，尤其是要總結文化大革命的慘痛教訓，避免重新上演這樣的歷史悲劇，更需要大膽解放思想，衝破諸如「兩個凡是」[2]之類的思想束縛，思想解放同時也是此後實行改革開放政策，加速現代化建設的重要前提和思想基礎。一九七六年爆發的「四五」運動，反映了廣大群眾思想解放的自發要求，是思想解放運動的一次偉大的嘗試。在「四五」運動的影響下，文化大革命結束後，為了進一步掙脫極左思潮的束縛，確立新時期各項工作的指導思想和理論基礎，在全國範圍內又掀起了一個轟轟烈烈的思想解放運動的熱潮。這次思想解放運動的核心是恢復黨的實事求是的優良傳統和思想作風，確立「實踐是檢驗真理的唯一標準」。並就真理的標準等一系列重大理論問題，在全國範圍內開展了一場熱烈而深入的理論討論。通過討論，統一了思想認識，端正了思想路線，恢復了被林彪、「四人幫」集團竄改和閹割了的馬克思列寧主義、毛澤東思想的本來面目，使之在國家的政治生活中，繼續發揮作為「指導我們思想的理論基礎」的意識形態的核心地位和作用。在解放思想的過程中，為了糾正一些錯誤的和有害的思想傾向，又確立了「四項基本原則」[3]，作為在新的形勢下全黨和全國人民必須共同遵循的思想政治綱領，並同那些違反「四項基本原則」的思想行為進行了不斷的鬥爭，使思想解放運動

2 指二月七日《人民日報》、《紅旗》雜誌、《解放軍報》社論《學好文件抓住綱》中提出的「凡是毛主席做出的決策，我們都堅決維護，凡是毛主席的指示，我們都始終不渝地遵循」。鄧小平明確指出：「『兩個凡是』不符合馬克思主義。」

3 一九七九年三月三十日鄧小平在黨的理論工作務虛會上的講話《堅持四項基本原則》中提出「必須在思想政治上堅持」的「四項基本原則」是：「第一，必須堅持社會主義道路；第二，必須堅持無產階級專政；第三，必須堅持共產黨的領導；第四，必須堅持馬列主義、毛澤東思想。」

能夠沿著正確的軌道發展前進，對鞏固和發展社會主義制度發揮更加有力的作用。思想解放運動還呼籲加強民主和法制觀念，強調用民主和法制的力量保證國家的政治生活能夠得到健康正常的發展。在認真總結歷史的經驗教訓的基礎上，這場運動還對新中國成立以來一些重大歷史事件和重要歷史人物的功過是非做出了實事求是的分析和評價，深化了對於歷史的認識與反思。與此同時，在衝破文化大革命極左的政治束縛的過程中，思想解放運動也注重廣泛地借鑑和吸收古今中外一切有益的思想營養，包括現代資本主義發展的最新思想，以擴大視野，更新觀念，跟上世界前進的最新步伐。一九七八年十二月，中國共產黨召開了具有重要意義的十一屆三中全會，全會高度評價了以「實踐是檢驗真理的唯一標準問題的討論」為標誌的思想解放運動，認為它「對於促進全黨同志和全國人民解放思想，端正思想路線，具有深遠的歷史意義」[4]。同撥亂反正一樣，思想解放運動也是文化大革命結束後國家政治生活中的一件大事，它對於新時期的政治經濟、文化教育和社會生活都產生了重大而深遠的歷史影響。

作為本期國家政治生活中的大事，撥亂反正和思想解放運動對文化大革命結束後的新時期文學的影響是多方面的。首先是平反冤假錯案和落實幹部與知識份子政策，解放了文學的生產力，使一大批在文化大革命中遭受迫害和摧殘的作家、評論家能夠進行正常的文學創作和文學評論活動。與此同時，一大批在五〇年代以來的歷次政治運動中受到不公正的處理的作家、評論家也恢復了文學創作和文學評論的自由與權利。創作和評論又開始活躍起來，很快便獲得了長足的發展和繁榮。其次是文藝理論、路線與方針政策的撥亂反正、正本清源，推翻了「四人幫」的「文藝黑線專政論」，破除了「四人幫」的文化專制主義和各種極左的思想禁錮，恢復了「五四」新文

4 《中國共產黨第十一屆中央委員會第三次全體會議公報》，《三中全會以來重要文獻選編》（上）（人民出版社，一九八二年），頁一二。

學尤其是三〇年代以來革命文學的優良傳統，端正了文學理論思想，促進了文學研究的發展。同時也使一大批在文化大革命中乃至在文化大革命前遭到不公正的批判的文學作品和文學理論主張，得以恢復它們應有的歷史地位，重新對文學的發展和廣大讀者產生積極的作用和影響。再次是由於撥亂反正和思想解放所提供的對於歷史的回顧和反思的生活題材，豐富了文學作品的內容，推動了文學創作的潮流，使當代文學的發展又開始回復到現實主義的藝術軌道。

二、經濟改革與對外開放

經濟改革和對外開放的思想，在七〇年代後期就開始萌芽。黨的十一屆三中全會前，鄧小平就指出：「如果現在再不實行改革，我們的現代化事業和社會主義事業就會被葬送。」[5]要「實行開放政策，學習世界先進科學技術」[6]。黨的十一屆三中全會在決定把工作的著重點轉移到經濟建設上來的同時，進一步明確了改革開放的方針。在完成政治思想上的撥亂反正和調整國民經濟的任務之後，八〇年代中期，即開始了有系統地對經濟體制進行全面的改革，同時擴大對外開放。改革開放進一步向縱深發展，從農村的聯產承包責任制到城市企業管理體制的改革，從經濟體制的改革到科學技術體制、教育體制的改革，等等。改革開放搞活了城鄉經濟，加快了經濟建設的步伐，使社會生活的各個領域、各個方面都出現了蓬勃的生機和活力，為加速四個現代化的進程，建設有中國特色的社會主義打下了堅實的基礎。

---

5 鄧小平，《解放思想，實事求是，團結一致向前看》，《鄧小平文選》第二卷（人民出版社，一九九四年），頁一五〇。

6 鄧小平，《解放思想，實事求是，團結一致向前看》，《鄧小平文選》第二卷（人民出版社，一九九四年），頁一三二。

經濟改革在七〇年代末、八〇年代初所面臨的主要問題是人民生活問題，尤其是廣大農民群眾的溫飽，更是一個十分緊迫的課題。文化大革命和長期以來「左」的農村政策的干擾，加上體制上的一些弊端，使農業生產長期處於一種低水平、低效率的落後狀態。農民群眾不能很快富裕起來，有些地區甚至仍舊處於貧困之中，尚未完全解決溫飽問題。在農村實行聯產承包責任制，對農村經濟進行大膽的改革，不但調動了農民群眾的生產積極性，提高了農業的勞動生產率，使廣大農民很快解決了溫飽，擺脫了貧困，走上了富裕的道路，而且也搞活了流通，促進了城鄉經濟的交流和繁榮。農村經濟改革所帶來的農村面貌的變化和農業生產的飛速發展，積累了成功的經驗，產生了強烈的示範效應，由此推廣到城市經濟的改革，便進一步深入觸及到計劃經濟體制本身的一些根本性的問題，其中尤其是如何看待近代以來在世界範圍內已經發展得十分充分的、在世界經濟中佔有舉足輕重的地位的市場經濟及與之相關的商品和價值規律問題。經濟改革在城市進一步向縱深發展，就是在改革企業管理體制，擴大企業自主權，增強企業活力的同時，又大膽地借鑑和吸收市場經濟的管理經驗，自覺運用價值規律，發展社會主義商品經濟，以改革和改善計劃經濟體制，建立一個「充滿生機的社會主義經濟體制」。在這個基礎上，經過城市經濟改革的實踐和改革在各個方面的深入發展，從八〇年代後期到九〇年代初期，又逐步明確了建設社會主義市場經濟的目標和方向。中國的經濟改革經過了一個艱難曲折的過程之後，終於取得了令舉世為之矚目的偉大成功。改革從根本上改變了中國當代歷史的進程，是推動生產力的發展和社會進步的巨大力量。

在進行經濟改革、建設物質文明的同時，與經濟改革相適應的政治體制的改革和精神文明的建設，也受到了高度的重視。政治體制的改革改善了黨對經濟工作的領導，協調了政府和企業的關係，健全了民主和法制，精簡了政府機構，改革了幹部人事制度，改變了黨政機關工作人員的工作作風。精神文明建設在清除各種有害影響和社會醜惡現象、淨化社會環境、改變社會風氣、造就良好的社會道德風尚的同時，也致力於發展文化教育事業，普及科學文化知識，弘揚民族文化傳統，進行愛國主義和社會主義思想教育，提高國民素質，造就一代新人。這些工作，都極大地促進了經濟改革的發展，在收穫物質文明的成果的同時，也獲得了精神文明的豐碩收穫。

對外開放作為經濟改革的動力，同時也是經濟改革的迫切需要。長期以來，我們在一個封閉的環境中從事經濟建設，對外部世界缺乏起碼的瞭解。尤其是對二十世紀中期以來世界最新科學技術革命所取得的進展和成就，更缺乏系統深入的認識和把握。文化大革命中發展到一種完全閉關鎖國的狀態，更使國家的經濟建設遠離世界最新科學技術的發展，與發達國家的經濟拉開了兩個很大的距離。要縮短這個距離，改變落後狀況，趕上世界經濟發展的步伐，就不但要改革舊的經濟體制和思想觀念，而且在對內改革的同時，還要對外吸收和引進當代世界先進的管理經驗和科技成就。對外開放同時也是進行技術革命，實現科技進步，建設現代化強國的必由之路。為此，從七○年代末期開始，在逐步擴大和深化改革的過程中，也逐步加快了對外開放的步伐。對外開放在促進經濟發展和科技進步的同時，不但加強了與外部世界的聯繫，擴大了人們的視野，改變了人們的思想，帶來了觀念的更新和解放，而且也使人們的物質生活與精神生活方式發生了很大的變化。通過對外開放，中國社會在各個方面都結束了長期以來的封閉狀態，開始走向世界，加人世界歷史發展的進程，成為決定當代世界事務、影響人類前途和命運的一支重要力量。

經濟改革和對外開放為文化和文學的發展創造了良好的前提和條件。首先是改革開放帶來的物質產品的豐富和人民生活的富裕，是本期文學發展的重要基礎。從七○年代末期以來，隨著人民群眾物質生活水平的不斷提高，對精神文化和文學藝術的需求也日益強烈。這種需求不僅表現為量的增加，同時也有質的提高和對文學的品種、樣式的多樣化的要求。在滿足這種需求的過程中，本期文學獲得了長足的發展，出現了在當代文學史上極為罕見的繁榮景象。其次是改革開放改善了文藝管理，造就了文化市場，為本期文學的發展提供了良好的社會保障。在實行改革開放政策以來，文藝體制也在不斷進行改革。改革改變了長期存在的文藝管理的行政方式和計畫方式，尊重藝術的規律和文學自身的特性，使文學創作獲得了更多的自主權和更大的自由度，文學的生產力得到了進一步的解放和提高。尤其是在建設社會主義市場經濟的過程中，逐漸形成了一個遍佈城鄉的文化市場，從根本上改變了文學作品的傳播方式，同時也引起了文學的生產和消費的極大變化。與此同時，現代大眾傳媒的發達，也為文學的生產和消費提供了一種重要的傳播手段。所有這些，都是改革開放為本期文學的生存和發展創造的環境與條件，有這樣的環境與條件的保障，本期文學才能獲得極大的繁榮和發展。再次是改革開放造成了社會生活的深刻變動和人們的思想觀念的巨大變化，為本期文學提供了豐富的生活資源和思想資料。本期文學在反映社會生活方面所表現出來的前所未有的多樣性，和對生活思考的難能可貴的深刻性，大都是以改革開放所引起的這種現實的變動為基礎。

三、文化碰撞與文化融合

在本期社會生活中，改革開放所帶來的直接變化除了經濟的發展與科技的進步之外，就是由此所引起的中外文化的碰撞與融合。中國當代文化的發展長期以來處在一個封閉的環境之中，除了在社會制度和意識形態方面完全同質的前蘇聯等社會主義國家的文化之外，與當代世界其他各民族的文化基本上處於一種隔絕狀態。對當代西方資本主義各國的文化甚至採取一種排斥和敵視的態度。這種封閉的文化環境和極端的文化態度，極大地限制了當代中國文化與世界各國文化之間的溝通與交流，影響了各民族之間文化的相互借鑑與吸收，使當代中國文化長期以來處於一種單向度的發展之中，缺少中國文化傳統所固有的相容並包、吞吐吸納的胸懷和氣度。尤其是在新的科技革命所帶來的當今世界的一體化的趨勢之下，這種文化策略和文化態度，無疑更進一步加深了當代中國文化與世界各國文化之間的隔膜，使中國文化的現代化進程受到了極大的影響和阻礙。

從七〇年代末結束了文化大革命的文化閉關主義和文化禁錮政策以後，在逐步深入、擴大改革開放的同時，也逐步擴大和加深了引進和吸收外來文化的範圍與程度。很短時間內，世界各國尤其是西方各國的物質文化產品和精神文化產品紛至遝來，人們對世界各國尤其是西方資本主義國家的政治制度、經濟發展、社會狀況以及思想觀念、民情風習，開始有了比較客觀真實的認識和瞭解，同時也開始吸收和利用這些外來的文化成果，從這些外來的文化成果中分享人類創造的成功和收穫，使社會生活的各個方面都發生了一個新的變化。這個客觀地真實地認識、瞭解外部世界，以及吸收和利用外來文化的過程，改變了長期以來由於政治的原因所造成的諸多成見，開闊了人們認識外部世界、瞭解外部世界的眼界與胸懷，擴大了人們與外部世界進行交流、對話的範圍。在這個基礎上，人們才開始逐漸正視長期以來受到排斥和敵視的西方資本主義國家的各種文化思想和意識形態。尤其是對二十世紀以來西方政治、經濟、哲學、文藝以及社會人文科學其他領域的新的學派和學說，更產生了濃厚的興趣。這些學派和學說的思想觀點，隨之便得到了系統的翻譯和介紹，有的還形成了研究的熱點，出現了持續迭起的高潮。在八〇年代中期前後，這些外來的文化思想（其中主要是西方二十世紀以來的文化思想）成了中國思想文化界的一股不可遏止的理論新潮。而且這股理論新潮的進一步發展，又涉及到近代以來西學東漸的歷史經驗和教訓，以及在當今中國吸納和融合的前景與可能性等諸多問題，使這些文化思想的引進直接聯繫到中國現代化的歷史與現實進程，對本期的文化思想和意識形態產生了極大的作用和影響。

由於文化傳統、歷史情況和現實情境的不同與差異，對外來文化的引進與吸收，必然要在本土文化與外來文化之間，引起激烈的矛盾與衝突。這種矛盾與衝突的主要表現有如下幾個方面：首先是作為社會主義國家的意識形態的核心的馬克思主義與各種資本主義文化思想的矛盾與對立。其次是具有深厚的理性和道德根基的中國傳統文化與西方二十世紀以來各種非理性主義的文化思想之間的矛盾與對立。再次則是在生活觀念、心理習慣和行為方式等等方面表現出來的中外文化的矛盾與對立。如此等等，這些矛盾與對立在本期文化思想和意識形態領域形成了幾次重大的思想交鋒與文化衝突，是本期引進和吸收外來文化的艱難曲折的過程和歷史的複雜性的重要表現。但是，由於新的日趨緩和的國際關係和當今世界和平發展的總體趨勢的影響，也由於中國的改革開放造就了新的現實的可能與需要，上述這些方面的矛盾與對立、交鋒與衝突，終究沒有造成新的冷戰的局面和類似於以往的階級鬥爭那樣你死我活的敵對態勢，而是在堅持社會主義的意識形態的原則立場，在保持中國文化固有的民族精神和民族特性的基礎上，通過中外文化的相互衝突與碰撞，與外來文化達成相互的理解與對話，並在這個相互理解和對話的過程中，對外來文化進行有選擇的吸納與融合。這種文化碰撞和文化融合的結果，便造成了本期文化思想的一種多極多元的複合狀態：一方面是世界範圍內各種不同的文化思想在同一空間中共時地存在，另一方面是每一種文化思想中都表現出了不同的文化思想的相互滲透和融合。本期文化思想因而呈現出了一種前所未有的紛紜繁複的局面和態勢。

本期文學的發展從理論思潮到創作實踐，無一不受這種多極多元的複合的文化環境的作用和影響。首先是作家從這種文化思潮中取得了理解生活、觀照生活的新的思想參照，從而影響到作品的主題出現了許多新的變化。其中尤其是存在主義的哲學思想、精神分析學的理論思潮和尼采、叔本華的人生哲學等，對本期新的文學主題影響更大。這些外來的文化思想因為與文化大革命造成的精神創傷，改革開放時代新的價值觀念、人生信條以及人的自我意識的覺醒和自身潛能的發揮的要求等等有許多暗合之處，因而或直接或間接地為作家所利用，在文學作品的主題方面取得了許多新的突破和開拓。本期文學新的主題類型的出現，大都是這些外來文化思想影響的結果。雖然其中也難免有生搬硬套之嫌，但從總體上說，對豐富本期文學作品的主題，深化作家對生活的認識和理解，卻是有著積極的啟發意義的。其次是推動了本期波瀾迭起的文學新潮，對本期文學的革新創造起了重要的促進作用。本期文學的發展出現了許多遞相迭起的文學新潮，這些文學新潮又大都有一定的外來文化或文學的背景。特別是西方二十世紀以來現代主義的文化潮流和文學潮流，更是這些文學新潮興起的直接動因。本期作家特別是一些新進的青年作家，或從這些文化潮流和文學潮流中獲得藝術創新的借鑑和啟示，或直接學習和摹仿這些潮流中某些派別的文學創作方法和技巧，總之是由於這些外來的文化潮流和文學潮流的影響作用，本期文學的創新意識才愈顯強烈，愈加迫切。雖然也出現了許多極端的偏向，但這種創新意識對本期文學的藝術發展，仍然起了重要的推動作用。再次是活躍了本期文學理論和文學批評，使文學理論研究和文學批評出現了生氣勃勃的繁榮局面。本期文學理論的更新和文學批評的活躍，大都有賴於外來的文化理論和文學理論思潮的影響，特別是二十世紀以來西方文學理論和文學批評各學派的理論觀念和思想方法，對本期文學理論和文學批評的影響更大。本期在八〇年代中期前後出現的文學理論批評的熱潮，大都是以引進和嘗試應用這些外來的文學理論批評的觀念和方法為特徵的。其結果無疑推動了本期文學理論批評的發展，造就了本期文學理論批評空前的活躍和繁榮。此外，則是這種多元複合的文化環境，為本期文學造就了廣闊的發展空間和多種多樣的可能性。本期文學不僅使中國新文學的現實主義和浪漫主義傳統得到了繼承和發揚，同時也對二十世紀以來在世界範圍內蓬勃發展的現代主義進行了有益的實踐和嘗試。中國當代文學從來沒有像本期這樣表現出創作方法和藝術風格以及體裁、樣式、手法、技巧等方面的多重性和多樣化，這種多重性和多樣化的文學格局的出現，同時也是本期文學繁榮興盛的重要標誌。

第五章　文學思想潮流

一、本期文學思潮發展概況

與上一個時期相較，本期文學思潮有如下一些特點值得注意：其一是文學思潮與政治思潮的相對剝離。具體而言，則是文學思潮的發生、發展不再是通過政治運動或政治鬥爭的形式表現出來，文學思潮也不再作為政治運動或政治鬥爭的傳聲筒或導火線。其二是文學思潮的多樣化表現。本期文學思潮的表現形式除了一定的理論思想和批評實踐之外，更多地是通過具體的文學創作活動表現出來的，本期一些重要的文學創作現象和文學創作潮流，都是一定的文學思潮的具體表現，因此，本期文學思潮的表現形式也就顯得比較多樣。其三是文學思想的分散和龐雜。本期文學思想因為表現形式的多樣，不是集中見於一些「運動」或「鬥爭」，因而就顯得比較分散，加上本期文學思想所受外來影響較多，因而也顯得比較龐雜。鑑於這種情況，本章所論，主要是本期文學思潮在理論批評中的一些表現，雖然也要涉及一些創作現象和創作潮流，但其中所包含或體現出來的文學思想，將在有關本期文學創作的章節中去具體討論。

本期文學思潮的發生和發展大致可分為如下三個階段：第一個階段從七〇年代末到八〇年代初，是本期文學思潮的撥亂反正期。文化大革命結束後，在政治上開展撥亂反正的同時，也開始了文學領域的撥亂反正。文學領域的撥亂反正，除了落實幹部和知識份子政策，平反冤假錯案，解放作家作品之外，最主要的工作便是從理論思想上推翻「四人幫」的理論體系，肅清「四人幫」的思想流毒，恢復對文學歷史和一些重大的文學理論問題的正確評價，澄清理論是非，端正思想認識，使文學理論思想儘快回到科學的馬克思主義的發展軌道。從七〇年代末到八〇年代初，文藝界在理論思想上的撥亂反正主要是圍繞以下幾個方面的問題展開的。其一是從批判「四人幫」炮製的「文藝黑線專政論」開始，到對「四人幫」拼湊的「黑八論」進行正本清源，恢復這些理論觀點的真實面目和正確評價，逐步肅清「四人幫」的文藝理論思想體系的綱領性——《林彪同志委託江青同志召開的部隊文藝工作座談會紀要》（以下簡稱《紀要》）的核心觀點的流毒，到最後集中開展對於《紀要》的全面、系統、深入的揭發和批判。通過這些揭發和批判，基本上推翻了「四人幫」的幫派文藝體系的思想理論基礎，恢復了歷史本來面目，解決了歷史遺留問題，使文藝思想得到了極大的解放。其二是由揭批「四人幫」，的文藝理論思想體系開始，逐步進入到文藝基礎理論領域，對諸如文藝與政治的關係、現實主義理論、文學中的人性與人道主義等一系列重大基礎理論問題，進行了深入的討論和辨析。其中特別是關於文藝與政治的關係及與之相關的「文藝是階級鬥爭的工具」[1]的討論，涉及到新中國成立以來乃至中外革命文學歷史上的一些重大問題，產生的影響更大。作為這些討論的一個重要結果，也是本期文藝理論思想的一個重大調整和重要轉折，在七〇年代末八〇年代初，開始正式放棄在歷史上沿用已久的「文藝從屬於政治」的口號，並用「文藝為人民服務，為社會主義服務」取代長期流行的「文藝為政治服務」的理論命題[2]。與此同時，關於現實主義和文學中的人性與人道主義問題的

1 一九七九年四月，《上海文學》發表了評論員文章《為文藝正名——駁「文藝是階級鬥爭的工具」說》，引發了一場關於文藝與政治的關係問題的討論。此前，較早提出這個問題的重要文章還有一九七九年一月《戲劇藝術》上發表的陳恭敏的《工具論還是反映論——關於文藝與政治的關係》一文。

2 參見鄧小平，《目前的形勢和任務》，《鄧小平文選》第二卷（人民出版社，一九九四年），頁二五五。一九八〇年一月二十六日

討論，也糾正了長期以來的許多理論偏頗，深化了對這些理論問題的認識，為當時以「傷痕文學」為主潮的文學創作提供了重要的理論依據。這些基礎理論方面撥亂反正、正本清源的工作，不但深化了對「四人幫」的揭發和批判，對進一步肅清文化大革命的思想流毒有著極為重要的意義，而且也促進了文藝基礎理論的建設，對本期文藝理論的發展和文學創作都產生了重要的影響。其三是圍繞這期間的文學創作中出現的傾向和問題展開的討論和爭鳴，其中主要有對「傷痕文學」的總體認識與評價；對「歌頌與暴露」、「『歌德』與『缺德』」問題的爭論與看法[3]；對文藝「向前看」與「向後看」問題的討論與辨析[4]，以及對與之相關的諸多作家作品的評價，等等。這些創作問題的討論與爭鳴，所涉及的問題實質上仍然是上述文藝與政治的關係及與之相關的諸多文藝的基本理論問題。但因為結合了創作的實際，故而產生的作用更大，也更有現實意義。從七〇年代末期到八〇年代初期，文藝界在理論方面所進行的撥亂反正、正本清源的工作，完成了從文化大革命期間的文藝到新時期文藝的思想轉變，為本期文學思想的進一步發展打下了堅實的基礎。

在七〇年代末八〇年代初文藝界的撥亂反正運動中，一九七九年十月三十日到十一月六日在北京召開的中國文學藝術工作者第四次代表大會（簡稱第四次文代會），是一次重要的歷史轉折，具有一種里程碑的意義。這次文代會如同新中國成立初的第一次文代會一樣，是文藝界的一次勝利會師的大會，來自海內外不同年齡層次的作家、藝術家在經歷了文革的浩劫之後，重新聚集一堂，慶祝中國文學的新生，共商發展文藝的大計。鄧小平同志

3 《人民日報》社論：《文藝為人民服務，為社會主義服務》。一九七九年六月《河北文藝》發表了李劍的《「歌德」與「缺德」》的文章，認為文藝應當以歌頌光明為主，即「歌德」，而把當時暴露「文革」陰暗面的作品稱之為「缺德」文學。由此引起了一場激烈的爭論。

4 一九七九年四月五日《廣州日報》發表了黃安思的《向前看呵！文藝》的文章，認為當時揭批「四人幫」造成的罪惡、暴露「文革」傷痕的作品，是「向後看」的文藝，不值得提倡。他「提出了文藝向前看的口號，提倡向前看的文藝」。由此引發了一場激烈的爭論。

代表中共中央向大會致《祝詞》。《祝詞》總結了新中國成立以來文藝工作的經驗教訓，肯定了廣大文藝工作者在文革期間同「四人幫」所做的鬥爭和文革結束後在文藝界的撥亂反正和文藝創作中所取得的成績，推翻了「四人幫」強加在廣大文藝工作者頭上的種種不實之詞，恢復了對於革命文藝的歷史和當代文學的正確評價，同時也闡明了新時期文藝工作的方針和政策，對廣大文藝工作者和各級文藝領導提出了新的要求和希望，為新時期文藝的發展指明了前進的道路和方向。《祝詞》是鄧小平同志的文藝思想的光輝結晶，是一篇馬克思主義的重要文獻，同時也是新時期文藝工作的行動綱領，對中國當代文藝的發展具有極為重要的指導意義。

第二個階段從八〇年代初到八〇年代中，是本期文學思潮的觀念變革期。這期間有關文藝與政治的關係、現實主義理論，以及文學中的人性和人道主義問題等的討論和爭鳴仍在持續進行，但已不僅僅是停留在對這些理論思想的撥亂反正、正本清源的層面上，而是更加深入一步，根據變化了的情況對這些理論思想做出新的證明和解釋，向這些理論思想中灌注新的內容，使之更能適應變化了的文學現實的需要。與此同時，由於這期間的文學創作中開始出現了一些新的藝術因素，這些新的藝術因素又主要是與既往的現實主義和浪漫主義異質的西方二十世紀以來的現代主義的藝術方法和技巧；借鑑和吸收、學習和實驗這些現代主義的藝術方法和技巧，必然要在理論上提出許多極待做出新的回答的新問題，因而文學思想觀念的更新也就成了一個不可避免的歷史趨勢。由於上述原因，這期間文學思想觀念的更新的主要表現就是如何看待西方現代主義，以及學習、借鑑現代主義的方法和技巧所引起的文學創作與文學理論的革新與變化。在這個文學思想觀念更新的敏感問題上，這期間各種觀點的爭論是十分激烈的。爭論主要集中在如下幾個問題上：其一是從八〇年代初到八〇年代中期，由詩歌創作中的「朦朧詩」[5]問題及其理論主張所引起的爭論；其二是八〇年代初由王蒙等人借鑑現代派技巧的小說創作實驗和高行健

[5] 「朦朧詩」的名稱來源於章明在一九八〇年第八期《詩刊》上的一篇評詩的文章：《令人氣悶的「朦朧」》。作者稱有些難懂的詩

談現代派小說理論的「小冊子」《現代小說技巧初探》[6]所引起的爭論；其三是八〇年代初由徐遲談現代派的理論文章《現代化與現代派》[7]所引起的爭論，等等。這些爭論在八〇年代初的中國文學界集中形成了一種奇特的理論思想景觀，反映了觀念變革時期新舊思想的矛盾和衝突以及觀念更新的複雜與艱難，同時也表明這期間的文學理論思想是本期最為活躍、最有創見的一個重要發展階段。爭論的過程和結果，不僅活躍了這期間的文藝理論思想，促進了創作的健康發展，同時也革新了以現實主義為支柱的舊的文藝理論思想體系，開始重視和接納現代主義及其他異質的藝術因素，文藝理論思想觀念由此逐步開放，發生了一個重要的轉折和變化。

第三個階段從八〇年代中期到八〇年代後期，是本期文學思潮的理論探索期。文學觀念的變革必然要引發對於文學理論研究和文學批評新方法的探求。文學研究和文學批評方法的更新，也是新的理論建構的條件和前提。八〇年代中期前後，文學理論思想的一個重要發展，就是對文藝學方法論的高度重視，尤其是二十世紀以來西方各種新的文學理論批評方法和模式，乃至與之相關的其他社會人文科學和自然科學的新方法論，更備受青睞，一時間，竟形成了一股引進和研討文藝學方法論的熱潮。這股「方法熱」的潮頭所向，不但西方二十世紀以來新的文學研究和批評方法，如俄國形式主義、英美新批評、結構主義批評、精神分析批評、神話——原型批評、闡釋學、接受美學、讀者反應批評、女權主義批評、新歷史主義批評和文藝美學、文藝社會學、文藝心理學、比較文學等等，都得到了比較系統全面的翻譯和介紹，而且，系統論、資訊理論、控制論等現代自然科學的方法論也被引進文藝學領域，成為文學研究和文學批評新的方法和手段。甚至對上述方法論開始出現的一種激烈的「反撥」傾向，或由西方現代科學的最新發展所提供的最新方法論觀念等，也開始引進到文藝學的研究和文學批評中來，

為「朦朧體」。後普遍用於指稱當時一些青年詩人接受現代派影響的詩歌創作。

6 花城出版社一九八一年出版。

7 發表於《外國文學研究》一九八二年第一期。

在新方法內部又引起了新的革新和變化。八〇年代中期前後文學研究和批評領域的這股「方法熱」，雖然也難免有浮光掠影、生吞活剝之嫌，但對拓展文學研究的思維空間，促進新的文學理論批評的建構，卻是有著極為重要的意義的。這股文學理論批評的「方法熱」，使本期文學理論批評出現了「由外到內」、「由一到多」、「由微觀分析到宏觀綜合」、「由封閉體系到開放體系」的發展變化的總體趨勢。尤其是在這期間及其後出現的以「二十世紀中國文學」為代表的文學史研究的宏觀方法和「文學的主體性」、「性格二重組合」理論，以及文藝美學、文藝心理學、比較文學和文學批評學理論及文學批評實踐等等，都取得了許多建設性的成就，為豐富和發展本期文學理論批評做出了重要貢獻。除上述方面之外，由於八〇年代中期前後興起的通俗文學潮流的影響，這一階段，通俗文學理論研究和批評，也得到了長足的發展，出現了當代文學史上少見的通俗文學理論研究和評論的熱潮，為本期通俗文學的發展和文學理論建設同樣做出了重要貢獻。

從七〇年代末到八〇年代末，本期文學思潮經歷了一個艱難曲折的發展過程，顯示了本期文學在衝破文化大革命的禁錮之後，理論思想上的日漸自覺。一個文學思想自覺的時代最終必將結出豐碩的理論成果，雖然這種理論成果目前尚未形成一個完整的體系，且在吸納和融合各種外來理論思潮的過程中，尚未真正形成自己的民族特色，但這些理論成果的萌芽既然在本期各個階段上已經露出端倪，則它們在未來的廣闊發展前景，是完全可以預期的。

二、本期文學思潮理論焦點

如上所述，本期文學思潮所涉及的問題十分廣泛。這些問題，既有對以往的理論觀點的重新認識和評價，也有本期所接觸和面對的全新的文學理論思想。但不論何種情況，因為這些理論觀點和文學思想都關係到中國當代文學發展的一些根本性的問題，尤其是在這些根本性的問題上，出現了如文化大革命及其前階段的許多歷史的曲折，故而在經歷了這些歷史的曲折之後，本期的文學理論思想又不得不重新回到這些關係中國當代文學發展的根本性的問題上來。因為存在這種複雜的歷史情況，本期文學思潮雖然涉及十分廣泛的理論問題，但從文學基本理論的角度來看，仍然是在上一個時期的文學思潮所涉及的理論問題的基本範疇之內。為了清晰地顯示中國當代文學思潮的這種歷史的聯繫和變化，也為了學習的方便，我們仍然如上一個時期那樣，把本期文學思潮集中涉及的理論焦點問題，歸納為以下兩個基本方面，這兩個方面的基本理論問題是：

（一）文學的性質、功能及與之相關的理論問題。這個方面的問題在上一個時期，包含有兩個方面的內容和涵義：其一是文學作為一種社會意識形態的屬性問題，具體表現主要是文學與政治的關係及其相關問題；其二是文學作為一種特殊的意識形態，與政治等意識形態相區別的特殊的性質和功能問題，具體表現主要是文學作為「人學」的特徵和文學創造的特殊規律即形象思維問題及與之相關的美學問題。與上一個時期相較，本期對上述問題關注和探討的側重點稍有不同。形象思維和美學問題在上一個時期曾經有過較長時間的熱烈討論，並取得了許多重要成果，產生了重要影響。但在本期除了在七〇年代末因發表毛澤東《和陳毅同志談詩的一封信》[8]引發的一場關於形象思維問題的重新討論外，此後就再也沒有集中的理論探討發生。而且，七〇年代末對形象思維問題的這次重新討論的結果，最終也只是起到一個在理論上撥亂反正、正本清源的作用，即推翻六〇年代中期對形象思維理論的政治批判，還其在中外文學理論中的本來面目。雖然對當時的文學創作尤其是詩歌創作也產生了一定的影響，但在理論上卻無重大的進展，基本上還停留在五〇年代那場討論的水平線上。美學問題的討論在上一個時期就存在一種純理論和專業化的傾向，與文學創作實踐缺少緊密的聯繫。本期從七〇年代末開始，關於美學問題的討論和美學作為一門獨立學科的建設就十分活躍，其結果是奠定了美學作為一門獨立學科的理論基礎，開

[8] 見《詩刊》一九七八年一月號。

創了中國當代美學發展的新局面。雖然對文學界的撥亂反正和文學理論建設與文學創作也產生了積極的影響和作用，但畢竟因為學科的局限太大，終究未能成為本期文學理論關注的焦點。

本期文學理論在文學的性質、功能及與之相關的理論方面，集中關注的焦點是文學與政治的關係和文學作為「人學」的特徵及文學中的人性與人道主義問題。七〇年代末、八〇年代初，關於文學與政治的關係問題的討論，因為其出發點和著重點是政治上的撥亂反正，故而較之上一個時期對這個問題的討論，是在對「文學從屬於政治」、「文學為政治服務」等理論命題持肯定態度的前提下進行的不同，本期關於這個問題的討論，對這些長期以來影響很大的理論命題，基本上是持一種否定的態度。雖然在討論的過程中，也有個別意見仍然堅持「從屬論」、「服務論」，甚至「工具論」的觀點，但在下列問題上，討論的結果，卻基本上達成了一種理論的共識：第一，文學與政治同屬上層建築的意識形態，都被經濟基礎所決定，並反作用於一定的經濟基礎。文學與政治的關係是不同性質的意識形態之間的關係，如同文學與哲學、宗教、道德、法律等意識形態的關係一樣，它們之間的影響和作用是相互的。雖然政治對文學的影響和作用有時要強烈一些，但二者之間不存在主從關係或隸屬關係。第二，文學的反映對象是社會生活，社會生活雖然包括政治生活的內容，但比政治生活要廣泛得多，深刻得多。文學要反映各種各樣的社會生活，不能僅僅反映政治生活的內容，而且要從生活實際出發，以客觀實際生活為源泉，而不能從政治觀念出發，把觀念也當做文學的源泉。第三，文學社會功用是多種多樣的。滿足一定階級的政治功利目的，只是文學的社會功用的一個方面，除此而外，文學還要滿足人民群眾更廣泛的精神需求，發揮它的教育、認識、審美和娛樂等多方面的綜合功用。把文學的功能僅僅局限於為滿足一定的政治功利目的服務，實際上是取消了文學特殊的社會功用。尤其是以「政治第一」或「政治唯一」的標準來進行文學批評，同時也要取消文學批評的特殊性和科學性，甚至把文學批評變成「政治批判」，或政策的傳聲筒。第四，從文學為政治服務的歷史來看，革命文學雖然曾經對革命的政治發揮過巨大的作用，但在當代文學史上也造成了許多重大的失誤和偏頗。尤其是當政治路線出現曲折和錯誤的情況下，文學為錯誤的政治服務會進一步擴大和加深政治錯誤的惡果。如此等等，這些方面的理論共識，為最終放棄「文學從屬於政治」、「文學為政治服務」的口號，糾正「文學是階級鬥爭的工具」的理論偏頗，奠定了重要的認識基礎，是本期在文學的性質、功能等重大理論問題的探討上所取得的重要收穫。

本期關於文學中的人性和人道主義問題的討論，最初是從七〇年代末、八〇年代初評價「傷痕文學」的作品的不同意見開始的。雖然是針對新的對象，但爭論雙方的基本觀點並未超出五〇、六〇年代對這個問題的討論範圍，因此在理論上未能取得重要的進展。真正把這場討論引向深入，並取得重大理論突破的，是這期間開始的思想解放運動和「真理的標準問題」的討論。由於文化大革命的歷史教訓，有一個帶根本性的問題，是對人的摧殘和對人性的蹂躪，因而在撥亂反正的過程中反思歷史，就必然要普遍深入地涉及到人的問題。尤其是在當代社會生活、文化思想和文學藝術中逐漸成為禁區的人性和人道主義問題，更是這期間思想理論界熱切關注的主要目標。與上一個時期的討論對普遍人性和人道主義持基本否定的立場不同，本期的討論對這些問題基本上是持肯定態度。雖然在討論的過程中，也存在理解的差異和分歧，但在下列問題上，同樣也達成了一種基本的理論共識：第一，關於人性問題，爭論的焦點主要集中在人的自然屬性和社會屬性的關係，以及如何理解人的階級屬性和有無共同的人性等問題上。討論的結果是基本上承認人性包括人的自然屬性和社會屬性「雙重因素」，其中又以社會屬性佔據主導地位；人的階級屬性屬於人的社會屬性的範疇，在階級社會中則是人的社會屬性的主要表現。除了階級性的差異之外，也有共同的人性存在。共同人性既以人的自然屬性為基礎，也包括社會性和階級性的因素。第二，關於人道主義問題，爭論的焦點主要集中在對人道主義的理解及人道主義與馬克思主義的關係問題上。關於人道主義的內涵，在討論中存在著狹義和廣義兩種理解。「狹義的人道主義指的是歐洲文藝復興時期新興資產階級反封建、反宗教神學的一種思想和文化運動；廣義的人道主義則泛指一般主張維護人的尊嚴、權利和自由，重視人的價值，要求人能得到充分的自由發展等等的思想和觀點。」[9]也有的在這種廣義和狹義的理解之外，另對人道主義做了「作為世界觀和歷史觀」的人道主義與「作為倫理原則和道德規範」的人道主義的區分，並且主張接受後一種理解，而反對把人道主義作為一種世界觀和歷史觀來看待[10]。這些關於人道主義的不同理解，雖然未能達成一致的意見，但卻豐富了人道主義的理論內涵，同時也突破了上一個時期對人道主義的理解的局限，把人道主義理論向前推進了一步。關於人道主義與馬克思主義的關係，涉及到更為複雜的歷史和理論背景，在討論過程中，雖然存在反對長期以來把馬克思主義與人道主義對立起來的觀點，但也有同樣反對把馬克思主義與人道主義混為一談的看法。這些理解和看法雖然各不相同，但有一種比較辯證的理解卻是能為大多數論者所接受的，即：「不能把馬克思主義全部歸結為人道主義，但是馬克思主義是包含了人道主義的。」[11]與上述問題相關的，是這期間關於人性和人道主義問題的討論因為涉及到對文化大革命的某些「非人」化現象的歷史反思，故而又提出了一個社會主義社會是否存在「異化」的問題。所謂「異化」，從語義上講，「就是異己化」[12]，也就是自己所創造的東西成了控制和支配自己的對象。這個概念來源於黑格爾的哲學體系。馬克思用它來分析資本主義社會普遍存在的「勞動的異化」現象，深刻地揭示了資本主義制度剝削的罪惡。在消滅了私有制和剝削的社會主義社會，還會不會有異化現象發生呢？這個問題涉及到對文化大革命期間一系列違反人性和人道的反常現象的歷史反思，因而是這期間關於人性和人道主義問題討論的一個理論焦點。在討論中，雖然有的論者在努力對不同性質的異化現象做出理論的區分，認為「對異化概念，要區別兩種情況。一種是把異化作為基本

9　汝信，《人道主義就是修正主義嗎？》，《人性、人道主義問題討論集》（人民出版社，一九八三年），頁二一。
10　參見胡喬木，《關於人道主義和異化問題》（人民出版社，一九八四年）有關內容。
11　王若水，《為人道主義辯護》，《為人道主義辯護》（三聯書店，一九八六年），頁二三二。
12　王若水，《為人道主義辯護》，《為人道主義辯護》（三聯書店，一九八六年），頁一八七。

範疇和基本規律，作為理論和方法，一種是把異化作為表述特定的歷史時期中某些特定現象（包括某些規律性現象）的概念」，而且認為「馬克思主義拒絕前一種異化概念，而只在後一種意義上使用這一概念，並且把它嚴格限制在階級對抗的社會，特別是資本主義社會」[13]。但是，也還是有人堅持認為社會主義社會也存在有異化現象。有的更進一步明確指出社會主義社會「不僅有思想上的異化，而且有政治上的異化，甚至經濟上的異化」[14]。

鄧小平同志在黨的十二屆二中全會上的講話指出：「人道主義和異化論，是當前思想界比較突出的問題。」「人道主義有各式各樣，我們應當進行馬克思主義的分析，宣傳和實行社會主義的人道主義（在革命年代我們叫革命人道主義），批評資產階級的人道主義。」他反對「抽象地講人的價值和人道主義」，認為離開了「具體情況和具體任務而談人」，「就不是談現實的人而是談抽象的人，就不是馬克思主義的態度」。他批評有些同志在談論異化問題時「超出資本主義的範圍，甚至也不只是針對資本主義勞動異化的殘餘及其後果，而是說社會主義存在異化，經濟領域、政治領域、思想領域都存在異化」，他認為這樣講「不但不可能幫助人們正確地認識和解決當前社會主義社會中出現的種種問題，也不可能幫助人們正確地認識和進行在社會主義社會中為技術進步、社會進步而需要不斷進行的改革」[15]。小平同志的講話澄清了人道主義和異化問題討論中的錯誤認識和糊塗觀念，為這場討論做出了科學的總結和評價。

本期關於人性和人道主義理論探討的深入發展，是八〇年代中期圍繞劉再復的「文學的主體性」理論所展開的討論。「文學的主體性」理論的產生，一方面是對文化大革命的反思所帶來的人的主體意識的覺醒和現實的變革對發揮人的積極能動的主體性的要求，另一方面則是文學長期以來對「人學」理想的獨特追求的結果和文學

13 胡喬木，《關於人道主義和異化問題》（人民出版社，一九八四年），頁五五～五六。

14 王若水，《談談異化問題》，《為人道主義辯護》（三聯書店，一九八六年），頁一八九。

15 鄧小平，《黨在組織戰線和思想戰線上的迫切任務》、《鄧小平文選》第三卷（人民出版社，一九九三年），頁四一～四二。

在新的形勢下回歸它自身的特殊本質的表現。劉再復的「文學的主體性」理論，主要有以下三個層次的內容：第一個層次是作為理論基礎的人的主體性問題。人的主體性包括實踐主體與精神主體兩個方面，前者「指的是人在實踐過程中，與實踐對象建立主客體的關係，人作為主體而存在，是按照自己的方式去行動的」。後者「指的是人在認識過程中與認識對象建立主客體關係，人作為主體而存在，是按照自己的方式去思考，去認識的」[16]。第二個層次是關於人在文學中的地位和作用問題。強調文學的主體性，就是要「把人放到歷史運動中的實踐主體的地位上，即把實踐的人看作歷史運動的軸心，把人看作人」。尤其是「要特別注意人的精神主體性，注意人的精神世界的能動性、自主性和創造性」[17]。也「就是要在文學領域中把人從被動存在物的地位轉變到主動存在物的地位，克服只從客體和直觀的形式去理解現實和理解文學的機械決定論」[18]。第三個層次是文學的主體性問題。「文學的主體包括作為對象主體的人物形象，作為創造主體的作家和作為接受主體的讀者和批評家。」[19]劉再復的主體性理論最初是從提出「人物性格的二重組合原理」開始的[20]，「文學的主體性」理論是他對文學中的人的問題的研究的深入和繼續。爾後，他又用人道主義來概括新時期十年文學的主潮[21]。他的這一系列工作，構築了一個「以人為思維中心的文學理論與文學史研究系統」。雖然有許多論者對他的系列理論觀點存在不同意見，有的還提出了尖銳的批評，引發了激烈的論爭，他的理論觀點本身也確有許多缺陷和不夠成熟之處，但從總體上

16 劉再復，《論文學的主體性》，《文學評論》一九八五年第六期、一九八六年第一期。
17 劉再復，《論文學的主體性》，《文學評論》一九八五年第六期、一九八六年第一期。
18 劉再復，《文學研究應以人為思維中心》，《文匯報》一九八五年七月八日。
19 劉再復，《論文學的主體性》，《文學評論》一九八五年第六期、一九八六年第一期。
20 具體觀點參見劉再復《性格組合論》一書（上海文藝出版社，一九八六年）。
21 參見劉再復，《新時期文學的主潮》，《文匯報》一九八六年九月八日。

看，卻不能不說，他的這一系列理論對糾正長期形成的「政治工具論」（「文學是階級鬥爭的工具」）和「機械反映論」的偏頗，也有一定的參考作用。

（二）文學的創作方法及與之相關的理論問題。這個問題在上一個時期主要集中在現實主義，尤其是社會主義現實主義、「兩結合」的創作方法及與之相關的典型問題的理論探討上。本期除繼續對這些重要的理論問題進行深入的理論探討之外，同時還涉及到現實主義創作方法以外的現代主義問題。而且隨著創作中的現代主義實驗的因素不斷增長，關於現代主義問題的討論和爭論也日益深入，逐漸成為本期關於文學創作方法問題探討的理論焦點。

本期關於現實主義及與之相關的典型問題的理論探討，主要集中在七〇年代後期恢復現實主義傳統的理論討論之中，其主要表現有如下幾個方面：其一是圍繞對社會主義現實主義和「兩結合」的創作方法的再認識展開的關於現實主義理論的討論。在討論中，雖然還有繼續肯定和堅持社會主義現實主義與「兩結合」的創作方法的意見，但也有論者從強調現實主義的一般特性出發，認為古今中外的現實主義沒有什麼本質的不同，因而對現實主義加以「革命」或「社會主義」的限定是沒有意義的。這些意見與上一個時期胡風、秦兆陽等人的看法基本一致，是對上一個時期受到批評或批判的現實主義的理論觀點的一個歷史的肯定。有些論者在辨析了現實主義與浪漫主義的關係和歷史演變，對「兩結合」的創作方法表示了不同的意見和看法之後，又著重指出「兩結合」的創作方法的提出，缺乏歷史的依據和現實的基礎，在創作實踐中也沒有起到積極的建設性的作用。此外，在這期間及其後，還有人提出過諸如將現實主義理解為超出創作方法之上的更高層次的概念——「文學的現實主義精神」，從而將現實主義看作是能包羅反映生活的各種不同創作方法的一種「體系」的看法和諸如「社會主義的批判現實主義」及「現代現實主義」之類的概念，但因為大都缺乏足夠的理論根據和創作基礎，對本期的現實主義理論均未能產生多大影響。其二是以「寫真實」的問題為中心展開的關於「寫真實」與「寫本質」、「生活的真實」與「藝術的真實」的關係以及與之相關的理論問題的討論。關於「寫真實」與「寫本質」的問題，絕大多數論者鑑於歷史的經驗和教訓，特別是文化大革命中幫派文藝的假、大、空傾向，從肯定新時期文學「寫真實」的作用和意義出發，突破了自批判胡風的文藝思想以來在這個問題上所設置的理論禁區，從不同的角度論證了「真實性」在現實主義文學中的核心地位，「真實性」成了這期間的文學創作和文學批評的一個基本的甚至是最高的評判標準。但是，也有的論者認為僅僅強調「寫真實」是遠遠不夠的，「寫真實」不是現實主義的主要特徵，而且認為這個口號很容易與自然主義相混淆，必須把「寫真實」與「寫本質」結合起來，才能正確地反映社會主義時代的現實生活。關於「寫本質」的理解，在討論中，也有的論者注意到了「本質」不僅僅體現在生活的光明面和它的發展主流之中，有時也可以通過生活的陰暗面和某些支流反映出來。因此，必須用一種整體的發展的和辯證的觀點去看待「寫真實」與「寫本質」的關係，從真實性出發，深刻地反映生活的本質和發展趨勢。關於「寫真實」與「寫本質」的關係的討論，同時還涉及到文學的真實性與傾向性的關係問題。在這個問題上，雖然有的論者認為只要講真實性就夠了，不必額外再講傾向性。但多數論者還是認為，真實性必須與傾向性統一起來。既講真實地反映生活，又講正確的思想傾向，只有這樣，才能更好地發揮文學對於社會生活的積極作用。關於「生活的真實」與「藝術的真實」的關係問題，這期間的討論在正確地肯定了「生活的真實」對於「藝術的真實」所起的基礎的作用和決定的作用的前提下，著重強調「藝術的真實」不是「生活的真實」的機械的再現和刻板的摹寫，而是經由作家的人格、理想和思想、情感等主觀因素的作用所發生的一種創造性轉化的結果，有論者把這個結果稱為「第二自然」或「第二現實」。這些理解著重強調文學創作中的主觀作用，與胡風對文學創作過程的論述有諸多一致之處，在一定程度上也突破了創作論的某些禁區，為此後的文藝心理學和文學創作論的研究開了先路。其三是對典型問題的再認識和再探討。典型問題是現實主義創作方法的一個核心的理論問題，圍繞典型及與之相關的人物形象尤其是英雄人物形象的塑造問題，上一個時期曾經有過持續不斷的討論，並且形成了許多有代表性的理論觀點，在當代文學史上產生了重要影響。本期因為對現實主義發生了許多認識上的變化，特別是因為在創作實踐中對「典型化」問題有了許多新的理解，因而對典型理論也就有了重新認識和重新探討的必要。這些新的認識和探討，主要集中在如下兩個方面：其一是對恩格斯關於典型的經典理論的質疑所引起的關於典型人物與典型環境問題的討論。恩格斯在《致瑪・哈克奈斯》的信中曾說：「現實主義的意思是，除細節的真實外，還要真實地再現典型環境中的典型人物。」[22]有論者認為長期以來在典型環境問題上流行的，只有體現了一定時代社會生活的主流和本質力量的環境才是典型環境的「主流論」或「本質論」，與恩格斯的這個定義有關[23]。大多數論者不同意這種看法，但卻否定了長期以來事實上存在著的，「把文學作品中的典型環境，與整個社會環境混為一談，用整個社會環境，社會面貌去代替個別形態的看法」和「一個時代一種典型環境」的觀點[24]，認為「典型環境應該看做是總的社會歷史環境和具體人物生活在其中的具體環境的統一」[25]。文學作品中的「具體人物生活在其中的具體環境」既然是多種多樣的，則典型環境也就有了多樣性的體現，不會只有一種表現形態了。而且環境的典型化也有程度之分，最終要反映出總體的時代精神和社會發展的必然趨勢。其二是關於典型的個性與共性問題。這個問題在上一個時期的討論中基本上達成了認識上的一致：即典型是個性與共性的統一。本期的討論雖然有論者對這個流行的典型理論提出質疑，但多數論者還是肯定了這種理解的合理性和正確性。有些論者認為典型的共性除了階級性之外，還應當包含其他更為豐富的共同性因素，而且典型的個性與共性的統一關係是辯證的，其表現應當是多種多樣的，並非「一個階級一個典型」，也並非只有英雄人物才是典型形象。除了這些討論

---

22 恩格斯，《致瑪・哈克奈斯》，《馬克思恩格斯選集》第四卷（人民出版社，一九七二年），頁四六二。

23 參見徐俊西，《一個值得重新探討的定義——關於典型環境和典型人物關係的疑義》，《上海文學》一九八一年第一期。

24 參見孔周，《關於典型環境的討論》，《文藝報》一九八一年第七期。

25 陳湧，《現實主義問題》，《文藝報》一九八二年第十二期。

之外，劉再復的「人物性格二重組合原理」，從人物性格的複雜構造出發，為典型問題的新的理解，也提供了新的理論依據。

西方現代主義的文學派別和創作方法，是本期文學所面對的一個全新的理論問題和創作實踐問題。對於這個問題的爭論和探討，主要集中在如下幾個方面：其一是對西方現代派文藝的評價問題。在這個問題上，因為存在著長期以來對西方現代派文藝的全面批判和全盤否定的思想影響，在本期討論中，仍然有論者堅持現代派文藝是資產階級腐朽、沒落的意識形態，是與以馬克思主義為指導的社會主義文藝根本不同的思想體系的觀點。對西方現代派文藝繼續持全盤否定的態度。但多數論者都能比較客觀地承認現代派文藝也是「來源於社會的物質生活，而且是反映了這種物質生活關係的總和的內在精神的」[26]。因而對西方現代派文藝的分析評價也就有了一個比較客觀公正的態度。這些論者大都注意到了二十世紀西方社會的物質生產和精神生活，尤其是兩次世界大戰對現代派文藝的形成和發展所產生的影響，以及西方文化和文藝發展自身的一些必然性的規律和要求。在此基礎上，他們進一步分析了西方現代派文藝的哲學背景、思想傾向、題材類別、主題性質，以及藝術表現的方法和技巧上的一些特徵，既肯定了它們比較真實深刻地反映了西方社會的現實，又指出它們把西方社會的危機誇大為人類普遍危機的偏頗；既承認它們對西方現代社會有所揭露和批判，又指出這種揭露和批判因為缺乏正確的思想指導而顯得空虛和無力；既看到它們在藝術上大膽革新創造的作用和意義，又指出這種革新創造因為背離傳統和現實而出現的一些極端傾向。凡此種種，在這些問題上，這期間的討論對西方現代派的認識，較之上一個時期，都大大向前推進了一步。其二是現代派與我國文學的發展方向問題。這期間有一種比較極端的觀點，認為既然我們要建設社會主義的現代化，就必然會出現具有「現代派思想感情的文學藝術」，甚至將其命名為「建立在革命的現實主

[26] 徐遲，《現代化與現代派》，《外國文學研究》一九八二年第一期。

義和革命的浪漫主義的兩結合基礎上的現代派文藝」[27]，把現代派視為我國文藝發展的方向。雖然這些論者也強調要建設不同於西方現代派文藝的「中國的現代派」[28]，但有些論者還是認為現代派「不適應我國社會主義制度和政治思想」[29]，而且文學的現代化也並非一定要發展現代派文藝。有的甚至斷言中國不可能產生現代派文學。其三是對現代派藝術的學習和借鑑的問題。鑑於西方現代派文學在藝術上所取得的舉世公認的成就和在世界範圍內所產生的巨大影響，一般論者都認為在藝術上學習和借鑑西方現代派是完全必要的。但是，對在學習和借鑑的過程中出現的下列兩個方面的問題，卻產生了重大的分歧和爭論。這些問題是：其一是過於誇大形式創新的作用，認為「當前文學創新的焦點是形式問題」[30]。尤其是對在藝術形式上學習和借鑑西方現代派所帶來的某些晦澀難懂的傾向，不同意見的爭論更為激烈。其二是由此所導致的文學的「向內轉」（即轉向內心）和「表現自我」的傾向，尤其是對這種傾向所代表的一種「新的美學原則」[31]，爭論雙方意見的分歧更大。此外，這期間的討論還涉及到學習借鑑西方現代派藝術與創造民族形式的關係和刻意仿效西方現代派作品的「偽現代派」等諸多問題。這些問題的討論和爭論，有的一直延續到八〇年代後期，對深化認識新時期文學的發展方向和道路，有極為重要的現實意義。

27 徐遲，《現代化與現代派》，《外國文學研究》一九八二年第一期。
28 參見馮驥才，《中國文學需要「現代派」！》，《上海文學》一九八二年第八期。
29 劉錫誠，《關於我國文學發展方向問題的辯難》，《當代文藝思潮》一九八三年第一期。
30 李陀，《「現代小說」不等於「現代派」》，《上海文學》一九八二年第八期。
31 參見孫紹振，《新的美學原則在崛起》，《詩刊》一九八一年第三期；謝冕，《在新的崛起面前》，《光明日報》一九八〇年五月七日；徐敬亞，《崛起的詩群》，《當代文藝思潮》一九八三年第一期。

第六章　各體文學創作

第一節　本期詩歌創作

一、本期詩歌創作概況

本期詩歌創作的前奏曲是一九七六年年初爆發的「四五」運動期間的詩歌創作。在「四五」運動期間，天安門廣場上以大字報和傳單的形式張貼、散發了數以萬計的詩歌作品。所有參加這場政治性集會的中國人都成了詩人，或具備詩人所獨有的敏於感受、易於衝動的抒情氣質。中國人民在經歷了連續十年的文化大革命的動亂之後，已從自己的切身體會、瀕臨崩潰邊緣的經濟和反覆無常的政治變動中，逐步看清了江青、張春橋等人的政治野心和文化大革命給國家民族帶來的災害。他們把希望寄託在已故總理周恩來一年前在四屆人大會議上宣布的建設現代化強國的宏偉藍圖上，對這位品德高尚、為國家民族做出過巨大貢獻的革命領袖和政府領導人表示了極大的崇敬和深切的懷念，也對江青、張春橋等人迫害周總理、操縱政治權柄、倒行逆施、為所欲為的罪惡行徑，表示了極大的義憤。這是中國人民在十年動亂之後的一次新的覺醒，本期詩歌的藝術蛻變和新的藝術精神的形成，就孕育在這一次覺醒之中。天安門詩歌的內容十分豐富。其基本方面是對周總理的悼念和對江青、張春橋等政治野心家的聲討。有些作品也涉及到對歷史的反思和對現代化理想的嚮往。在悼念周總理的詩作中，人民群眾不但表達了對這位領導人的哀思和懷念，而且也把他作為真、善、美的化身來歌頌。同樣，在聲討江青、張春橋等政治野心家的同時，人民群眾也把他們看做是假、醜、惡的代表。這表明這些詩歌作品不僅僅是人民群眾用文學的形式同江青、張春橋等野心家所做的政治鬥爭，同時也是他們表現自己的人格理想、維護公理和正義的重要手段。天安門詩歌集中表達了人民群眾的意志和願望，顯示了人民群眾的決心和力量。它既是最後結束文化大革命的一次政治的預演，同時又是一個歷史和文學的新時期開始的信號。

天安門詩歌是「憤怒的詩」，出自廣大無名作者之手，在藝術上是急就章，因而難免簡單、粗糙，有的甚至缺乏詩之為詩的起碼要求。但是，正是這些看似簡單、粗糙的詩作，一反「陰謀文藝」的幫腔、幫調、幫規、幫套和文革詩歌的空廓、浮泛、阿諛、矯情的風氣，敢抒真情，敢講真話，表達了人民群眾真實的心聲，顯示了「真」的文學強大的生命力量。同時，天安門詩歌也是一次藝術形式的徹底的解放。就其所採用的形式看，幾乎囊括了中國詩歌從古典到現代、從文人創造的到民間流傳的，以及與詩鄰近的其他抒情文學所有的體裁和樣式。在藝術表現的手法和技巧方面，也不拘格套、多種多樣。舉凡古今詩歌所具備的表現手段，皆為其所用。尤其是在採用民歌、童謠常見的諧音、隱語等表現手法，曲折地表達對江青、張春橋等人的詛咒和痛恨之情方面，收到了極強的藝術效果。天安門詩歌以其自由多樣的形式、手法為本期詩歌的藝術解放開了先路。它在一個短暫的隱遁之後的再度複現，推動了本期詩歌創作最初的藝術潮頭。

本期詩歌在七〇年代末結束文化大革命後的創作，直接承續了天安門詩歌的精神餘緒。這期間的詩歌雖然不再是人民群眾自發的創作，但基本內容除了歡慶粉碎「四人幫」的勝利之外，其主要方面如懷念和歌頌周總理

（包括毛澤東、朱德等其他已故領導人）、控訴與聲討「四人幫」等，與天安門詩歌是完全一致的。正因為如此，本期詩歌創作從一開始就復興了由天安門詩歌肇其端的說真話、抒真情的現實主義傳統。而且在藝術上也突破了「四人幫」的清規戒律，真正實現了形式和表達上的完全自由。所有這一切，都表明這期間的詩歌創作正在開始一個藝術的覺醒期。由於這期間的詩歌主要是專業詩人自覺的創造，因而在藝術上也就具有較高的成就。其中如賀敬之的歡慶粉碎「四人幫」的勝利的政治抒情長詩《中國的十月》和李瑛的《一月的哀思》、柯岩的《周總理，你在哪裏？》、石祥的《周總理辦公室的燈光》等懷念和歌頌周總理的詩篇，都產生了較大的影響，是這期間詩歌創作在藝術上的重要收穫。這期間的詩歌創作也因為詩人的感情壓抑太久，宣洩的要求過於急切，往往直抒胸臆，一覽無餘，缺少必要的精練和含蓄。也有些詩人尚未完全擺脫文革詩風的影響，在思想感情和藝術表達上都留有文革詩歌的殘餘和痕跡。這同時也表明這期間的詩歌創作在覺醒之後仍然處在一個新舊轉換和蛻變的藝術過渡時期。

七○年代末的詩歌作為對天安門詩歌的直接的歷史回應，其創作的餘波是一九七八年底為「天安門事件」平反以及此後一系列「平反昭雪」活動所激起的詩歌浪潮。這個浪潮中的詩歌創作雖然仍以「傷悼」逝者（已不僅是逝世的領袖人物，還擴大到普通的文革受害者）和揭批「四人幫」為主，包括歌頌在天安門事件中與「四人幫」做鬥爭的英雄人物，如艾青復出後的抒情力作《在浪尖上——給韓志雄和他同一代的青年朋友》等，但在「傷悼」逝者和揭批「四人幫」的同時，還伴隨有對歷史的深入思考。尤其是一九七九年新聞媒介披露與「四人幫」做鬥爭的女共產黨員張志新烈士慘遭殺害的事件[1]之後，更把這種反思歷史的詩歌創作推向了一個高潮。這

1 張志新是遼寧的一位普通的女共產黨員，因發表對林彪、江青和文化大革命的不滿言論而被逮捕，一九七五年慘遭殺害；一九七九年平反。

類詩作最有代表性的和在群眾中廣為流傳的有雷抒雁的《小草在歌唱》和韓翰的《重量》等。前者藉張志新遇害事件思考了文化大革命的慘痛教訓，呼籲健全民主和法制，表達了人民群眾在總結這段悲劇性的歷史時所達到的一種思想的共識。後者則以英雄與「苟活者」的對比，顯示了為真理而鬥爭的勇士的生命的「重量」和價值。這類詩作有影響的還有北島的悼念如張志新一樣因同「四人幫」做鬥爭而慘遭殺害的青年遇羅克[2]的詩作：《宣告——獻給遇羅克》和《結局或開始——獻給遇羅克》等。此外，則是一批悼念「渤海二號」沉船事件[3]死難烈士的詩作，也表達了對於人的價值的歷史的思考。其中如舒婷的《風暴過去之後》等，也產生了較大的影響。上述詩作以及其他一些詩人類似的作品在這期間的持續出現，構成了一個「傷悼」逝者的詩歌潮流。這股「傷悼」詩潮的絕大部分題材是取自文革慘痛的歷史，但也有少數（如「渤海二號」沉船事件等）是來自當時的現實生活。無論是取自歷史還是來自現實，都與這期間的思想解放運動密切相關，表明這股「傷悼」詩潮的共同特點是對歷史和人的有關問題的深入思考。七〇年代末的這股「傷悼」詩潮是本期「傷痕文學」和「反思文學」潮流的一個重要組成部分，其揭露「傷痕」、「反思」歷史的特徵，除了集中見於取材於上述幾次引人注目的「傷痕」事件的詩作外，更多的是體現在這期間的詩歌創作的整體傾向之中。尤其是一些劫後餘生的中老年詩人，這種創作的傾向更為顯明。這期間的詩歌在揭露「傷痕」、「反思」歷史的同時，也開始接觸到社會變革的主題。關於這個主題向度上的詩歌創作一直持續到八〇年代初期，其中特別是一些青年詩人的作品，如駱耕野的《不滿》、張學夢的《現代化和我們自己》和江河的《讓我們一起奔騰吧》等，都產生了較大影響，是這期間的詩歌走出歷史的夢魘，追尋光明的未來的一股全新的藝術潮流。

---

2 遇羅克是一位北京青年，因寫作《出身論》，反對文化大革命宣傳的「血統論」而被逮捕，一九七〇年遭殺害；一九八〇年平反。

3 「渤海二號」是一艘石油鑽井船，因事故沉沒，死七十二人。時人歸咎於「官僚主義」的責任，成為詩歌創作的題材。

七〇年代末引發上述「傷悼」詩潮的「平反昭雪」和落實政策活動，同時也使一批自五〇年代以來在歷次政治運動中受到錯誤處理的詩人回到詩壇，重新開始了他們中斷已久的詩歌創作。他們的創作被稱之為「歸來的歌」，是七〇年代末到八〇年代初的詩壇一股重要的創作力量。這批詩人的創作基本上代表了成熟於三〇年代，在四〇年代以後又有了新的發展的現實主義詩風。他們的重返詩壇，標誌著中國新詩的現實主義傳統在本期又開始全面復甦。他們在這期間的創作，較之他們的前期，大都有所發展和前進，有的還明顯地表現出了藝術風格的最後形成和成熟，因而是這期間的詩歌重要的藝術收穫。這期間崛起於詩壇的另一股重要的創作力量，是在文化大革命期間成長起來的一批「知青」詩人。他們的創作因受文化大革命特殊的社會環境的作用和接受了比較複雜的文化影響，在思想情感和藝術的感受與表達方式上都顯得不那麼明朗，甚至有些晦澀朦朧，故被人以「朦朧詩」相稱。或因為他們是以異軍突起的方式崛起於本期詩壇，又有人稱他們為「崛起的一代」或「崛起的詩群」。這批青年詩人崛起於本期詩壇，標誌著本期詩歌從觀念到藝術都在發生一個革命性的變化，因而圍繞他們的創作和理論主張，在本期詩壇就爆發了較長時間的討論和爭論。這場討論和爭論對本期詩歌創作和詩歌理論，乃至對整體的文學潮流和文化潮流都有重要的意義，其結果雖然沒有也不可能形成一個統一的意見，但因為這批青年詩人的存在和事實上對詩壇所產生的巨大影響，從八〇年代起，本期詩歌就開始比較廣泛地借鑑和吸收西方現代主義詩歌的藝術經驗，尤其是從上一個世紀中期直到本世紀以來，在世界範圍內產生了重大影響的象徵主義和意象主義等現代主義詩歌流派的表現方法和技巧，因而使這期間的詩壇整體的藝術風氣都發生了一個巨大的轉變，卻是一個不爭的事實。這個轉變同時也表明本期詩歌開始打破當代詩歌長期以來現實主義一統的局面，出現了與現實主義並存的兼有現代主義等多種藝術因素的多元的藝術格局。這個變化對本期詩歌發展乃至當代詩歌的未來，其意義無疑都是極為重要的。

八〇年代中期，由於社會生活的變化，詩歌創作的題材也發生了新的轉移，加上「朦朧詩」的討論和新潮詩歌長時間地吸引了人們的注意，一些「歸來」詩人的創作漸趨沉寂。與此同時，推動新潮詩歌的一批青年詩人的後期創作，也更加熱衷於藝術實驗，迷戀抽象觀念，因而也愈來愈遠離現實生活和讀者的感性經驗。加上其中的一些骨幹力量先後脫離國內詩壇，或轉向其他體裁的文學寫作，「朦朧詩」的創作和討論的浪潮也開始消歇。在這期間，從新潮詩歌內部孕育生成的一股新的更年輕的創作力量，開始登上詩壇。他們被稱之為「新生代」詩人。或依中國新詩史上詩人的世代遞嬗稱之為「第三代」（從五〇、六〇年代算起）或「第五代」（從二〇年代算起）詩人。與「朦朧詩」的隊伍主要是由文化大革命中的「知青」詩人構成不同，「新生代」詩人大都是文革後成長起來的一代青年。而且他們的詩歌創作又大都是開始於大學校園，與「知青」詩人的文化背景和人生經歷也完全不同。正因為存在這些差別，故而「新生代」詩人從一開始就是以「反撥」「朦朧詩」的面目出現的。但是，這種「反撥」不是著眼於糾正「朦朧詩」在藝術實驗的過程中出現的種種偏頗，恰恰相反，其結果不但拋棄了「朦朧詩」對於美學上的「崇高」和創造藝術意象的合理的追求（所謂「反崇高」、「反意象」），而且，在另一個極端的方向上，進一步發展了「朦朧詩」的某些創作的積弊。「新生代」是一個十分龐雜的詩歌群體，不但派別眾多，山頭林立，而且聚散無常，主張無定，帶有很大的隨意性。其中由一些比較穩定的團體所代表的藝術追求的傾向，主要有如下兩個方面的特點：其一是對宇宙和生命的原生狀態的追求。他們所理解的宇宙和生命的原生狀態，是一種未曾經過文明和教化的作用的「狀態」，亦即是人類社會的「史前狀態」和個體生命的「本能狀態」。因此，「新生代」詩人大都帶有不同程度的「反文明」、「反文化」和「反理性」的傾向。其二是把詩看作是宇宙和生命的原生狀態的存在方式，要求詩直接呈現宇宙和生命的這種原生狀態。他們把人的感覺、意識和語言在長期的文明進化過程中所形成的文化沉澱和理性規範看作是呈現原生狀態的障礙，因而要「摒除」這種障礙，對感覺、意識和語言進行「創造性的還原」。在這一方面，他們又表現出一種「反語言」和「反藝術」的傾向。由此可見，「新生代」詩人主要是受了西方二十世紀的生命哲學、直覺主義和其他各種非理性主義，乃至六〇年代興起的「反傳統」的文化思潮的影響。他們把這些外來的文化思想和本國傳統中的某些思想資料（例如《周易》和道家哲學等）糅合起來，又摻雜進自己的一些不成熟的理解，便成了他們所主張和提倡的各種理論觀點。雖然這些理論觀點也並非全無合理之處，但從總體上說是缺乏科學性和準確性的。正因為如此，這些理論觀點也就不可能完全貫徹到創作中去，故而「新生代」詩人的創作與理論脫節的現象就十分嚴重，理論宣言大於創作實踐是一個普遍現象。雖然少數詩人也寫過一些比較成功的作品，但從總體上說，畢竟未能為本期詩壇提供更多的收穫，因而在藝術上也就未能為本期詩壇做出應有的貢獻。

「新生代」詩歌作為繼「朦朧詩」之後在八〇年代中期崛起的一股詩歌浪潮，存在的時間是十分短暫的。在這股浪潮過去之後，本期詩歌即趨向平穩發展。由於商品經濟的興起，本期詩歌在八〇年代後期正在醞釀一個重要的藝術轉換，這個藝術的轉換同時也預告了本期詩歌的創作發展，暫告一個歷史的段落。

二、「歸來者」諸代表詩人

「歸來者」是一個十分特殊的詩人群體。其中有在中國新詩史上享有盛譽的老詩人艾青，也有在四〇年代的詩壇上十分活躍的「七月派」詩人和部分「九葉振」詩人，以及崛起於五〇年代詩壇的一批青年詩人的中堅力量。一九八〇年，沉默了二十個春秋的艾青把他復出後的第一個詩集定名為《歸來的歌》。從此，「歸來的歌」就成了這一派詩人的新創作的共名。

在所有的「歸來」詩人中，艾青是一位縱貫中國新詩數個世代的資深詩人。他的詩歌創作始於三〇年代，是三〇、四〇年代中國詩壇成就卓著的重要詩人。艾青的前期創作以深切地關注人民的疾苦和民族的歷史命運著稱，尤其是謳歌光明和為爭取光明而鬥爭的詩篇，為人民革命和民族解放做出了重要貢獻。在藝術上，則以現實主義為基調，又融合了象徵主義等表現手段，是中國新詩走向成熟的重要標誌。五〇年代，當艾青的詩歌創作正為適應新的時代的需要而發生藝術的轉換的時候，突然被迫中斷。直到二十年後，他才重返詩壇，開始新的創作，成為本期詩壇「歸來者」群體中一位有代表性的重要詩人。

艾青「歸來」後的詩歌創作成就主要表現在如下兩個方面：其一是長篇抒情詩。除前述歌頌在天安門事件中反對「四人幫」的英雄韓志雄的長詩《在浪尖上》之外，他在本期最有代表性的長篇詩作是《光的讚歌》和《古羅馬的大鬥技場》。《光的讚歌》繼承了艾青的前期創作謳歌光明的詩歌主題，把這一主題由具體的歷史事件昇華到普遍的哲理的高度。全詩以廓大的時空、恢宏的氣度和深邃的思考，集中概括了人類在文明進化的過程中前赴後繼地追求光明的歷史和光的世界給人類帶來的巨大的文明、幸福和進步，以及光明必然戰勝黑暗、人類將向更大的光明進軍的歷史趨勢。在謳歌光明的同時，詩人也鞭撻了諸如野蠻、愚昧、迷信、專制等企圖禁錮和消滅光明的黑暗勢力，表達了自己獻身光明、同黑暗勢力鬥爭的決心和信念。《古羅馬的大鬥技場》則通過憑弔歐洲歷史上的一處古代遺址，以夾敘夾議的方式，藝術地再現了古羅馬大鬥技場奴隸格鬥的慘烈景象，控訴了奴隸制度的罪惡和奴隸主的殘忍暴虐，也給今天的人們以深刻的警醒和思考。這兩首詩作一者歌頌光明和進步，一者鞭撻野蠻和黑暗，基本上代表了艾青在這期間的長篇詩作藝術思考的兩個相互聯繫的主要方面。這些詩作雖然是以某些抽象的事物和歷史為題材，但都有很強的現實針對性，其中既包含有詩人對文化大革命的慘痛歷史的深刻反思，也表達了詩人對光明的未來的深切呼喚。是本期反思歷史、呼喚改革的長篇力作。其二是短篇抒情詩。除了這些抒情長詩之外，艾青復出之後，也把他對於社會人生的坎坷經歷和複雜體驗，凝聚成一些抒情短章，代表作有《魚化石》、《盆景》、《鏡子》等。這些詩作的題材雖然是一些日常的生活景物，卻都聯繫著諸如歷史浩劫、人性扭曲和反思自省等重大社會人生主題，是作者在長詩中對社會人生的歷史反思的一個重要側面和藝術的補充。艾青復出後的詩歌創作還涉及到其他方面的題材和主題，如同詩人在前此各個時期的創作一樣，他在本期的創作同樣是十分豐富的。

艾青復出後的詩歌創作保持了他的前期詩作基本的藝術特徵。但與前期詩作相較，他在本期的創作無論長篇、短篇，哲理性都普遍有所加強，因此哲理化也就成了艾青本期詩作的一個新的藝術特色。這些詩篇中的哲理一方面深化了作者對社會人生的思考，使之超越了個人經歷和一般政治性的層面，而達到了一個普遍的哲學高度，因而具有較大的思想深度。詩的境界也隨之更顯深邃和廓大。但另一方面，也因為詩的理念的成分太重，而缺少前期詩作所有的豐富鮮活的意象，同時也削弱了詩的形象感和感染力量。八〇年代中期以後，艾青因為年齡和身體的原因，創作日見減少，但他在復出後短短幾年間的創作，卻為本期詩歌做出了不可磨滅的歷史貢獻。

在「歸來」詩人中，綠原等「七月派」詩人從三〇年代到四〇年代中期以後，一直環繞在胡風先後創辦的文藝雜誌《七月》和《希望》周圍，是這些雜誌的主要撰稿人和受胡風思想影響的一批青年詩人。他們處在抗日戰爭和爭取民主制度的時代風潮之中，用詩作武器，動員民眾，投入抗日的洪流和同種種黑暗、醜惡的社會勢力做鬥爭。他們的詩用全身心擁抱現實，與現實共存亡，鋒芒凌厲，激情高漲，有很強的主觀性和進攻力量。他們在生活中也有一種團體精神和比較強烈的個性色彩。他們是在四〇年代的歷史舞臺上用詩為國家民族奮鬥，追求光明和進步的一群青年知識份子。五〇年代中期，正當他們用詩歡呼民族的新生和革命的勝利的時候，卻因為「胡風反革命集團」案的牽連而失去了寫詩的權利。直到一九八〇年「平反」歸來，才開始了新的創作生涯。

由於特殊的人生遭遇的原因，從五〇年代中期起，綠原等「七月派」詩人就長期在生活的底層掙扎苦鬥，支撐著他們的，唯有矢志不渝的信仰和堅定不移的人格力量，以及極為難得的同志、朋友和親人的友誼、愛護與鼓勵。正因為如此，他們的詩作雖然也像其他「歸來者」那樣，飽含苦澀的淚水和痛苦的思索，如綠原的《重讀〈聖經〉》等。但是，在他們的創作中，更多的和那些影響更為深遠的詩作，卻是對於「雖九死其猶未悔」的信仰和堅定不移的人格力量的讚頌，以及對於患難之中的友愛、親情的眷戀與懷念。綠原和曾卓把他們復出後的第一個詩集分別定名為《人之詩》和《懸崖邊的樹》，即含有這樣的意思。尤其是曾卓的傳頌一時的名篇《懸崖邊的樹》，以一棵即將「跌進深谷」卻又像是要「展翅飛翔」的「懸崖邊的樹」，紀錄了詩人和整個民族在歷史的曲折中被一股「奇異的風」所「彎曲」了的，但卻在倔強地抗爭著、深切地期望著的動人形象，如鐫刻在天幕上的浮雕，有一種撼人心魄的藝術力量。其他如綠原的《信仰》、牛漢的《悼念一棵楓樹》等詩作中也都有類似的「樹」的形象。這些砍不倒、折不彎、「直挺挺的」、「與大地相連」的「樹」的形象，無疑是詩人的信仰和人格的象徵，它們的集中出現，表現了「七月派」詩人這期間的創作的一種共同的藝術取向。與「樹」的形象相類似，在表現「七月派」詩人的信仰和人格的詩作中，「虎」的形象和「鷹」的形象也較有代表性。尤其是牛漢的《華南虎》和他的具有前後關聯的兩篇寫「鷹」的作品《鷹的誕生》和《鷹的歸宿》等，藉「被囚禁的虎」和「高飛的鷹」，寫遭受困厄的詩人不屈的意志和通過「涅槃」獲得再生的主題，集中表現了一代知識人艱難困苦的人生歷程和在痛苦的磨難中獲得人格的完美與成熟的過程，具有極為重要的人生啟迪意義。其他如綠原的《又一名哥倫布》、曾卓的《老水手的歌》中的「水手」的形象，也包含有類似的意義。這些詩作既是「七月派」詩人痛苦的人生體驗的結晶，同時也使中國詩歌中自屈原的《離騷》之後表現人格理想的主題，在當代詩歌中得到了發揚光大。在「七月派」詩人中，表現苦難中的友愛和親情的作品，以曾卓的《有贈》等最有代表性，也最為動人。這些詩作或寫患難中的相濡以沫，或寫浩劫後的相聚重逢，或寫忠貞不貳的愛情，或寫刻骨銘心的友誼，集中展示了這一派詩人歷盡磨難的精神生活和豐富複雜的感情世界。

「七月派」詩人復出後的詩歌創作同樣保持了他們的前期創作基本的藝術特色。這派詩人因受胡風的文藝思想和詩歌美學的影響，在創作實踐中所表現出來的「主觀精神」都十分強烈，有的甚至帶有一種極端的情緒化傾向。在抒情的方式上則表現為一種直接的情感宣洩或內心獨白。多採用與之相適應的散文化的自由體形式，作品的感情色彩濃烈，有很強的藝術感染力量。在經歷過坎坷的人生遭遇之後，這派詩人的創作因為個體的體驗和思索更加複雜深入，詩中的感情也隨之變得更為凝重深沉。在保持直接的抒情方式的同時，有時也不免要借助某些相應的意象來曲折地表達人生感受，詩風因而也有隱晦含蓄之處。因為這派詩人從總體上偏重於直接抒情，因而某些詩作也不免失於直白淺露。在所有復出後的「七月派」詩人中，本期創作以綠原、曾卓、牛漢的成績和影響最大，其他如魯藜、羅洛、冀訪等，在本期的創作也比較豐富。在八〇年代中期之後，由於社會生活和文化環境的變化，這一派詩人逐漸失去了作為一個「歸來」詩人群體的特殊意義，他們的創作開始彙人一個整體的文學潮流之中並無一例外地出現了一種個體的藝術分化。

與「七月派」詩人不同的是，一批在「反右」鬥爭中受到不公正處理的、五〇年代詩壇崛起的青年詩人的中堅份子，如公劉、白樺、邵燕祥、流沙河等「歸來」之後的詩歌創作的主題主要是指向以下兩個方面：其一是對於釀成文化大革命和其他政治悲劇的社會基礎與思想根源的抉發和審視；其二是對於民主與法制、文明與富足的現代化社會的渴望與期待。簡言之，就是反思歷史、呼喚改革。他們在五〇年代的詩歌創作是以歌頌革命、歌唱建設著稱，他們在這期間的創作同樣也是反思歷史、呼喚改革的詩歌創作潮流的中堅力量。

早在一九七六年初，這批「歸來」詩人尚未完全從逆境中解脫，其中的一些主要成員，就已經敏銳地感覺到了中國社會所出現的微妙變化，並在這期間及其後所發生的「四五」運動期間，寫下了許多對江青、張春橋等人表示憤怒、不滿和悼念周總理的詩篇，如公劉的《誓》、《咬住嘴唇……》、《大地以紅心為盾》和白樺的《風暴般的悲歌》等，表明他們即使是身處逆境，仍不敢忘懷國家民族的前途和命運。粉碎「四人幫」以後，當他們重新獲得了歌唱的權利，他們的歌聲也就格外響亮，在同期詩人中也顯得格外超群出眾。一九七八年底，白樺的長篇政治抒情詩《陽光，誰也不能壟斷》在北京的「為真理而鬥爭」詩歌朗誦會上與艾青的《在浪尖上》等詩作同臺朗誦後，即廣為傳誦，成為衝破阻力、追求思想解放的極富感染力的熱情呼號。此後，在撥亂反正、思想解放運動中，他們的創作更加密切關注這期間所有重大的社會政治主題。公劉有一首名為《沉思》的詩說：「既然歷史在這兒沉思，我怎能不沉思這段歷史」，最能代表這批「歸來」詩人這期間的創作傾向。他們以詩的形式所表達的對於社會歷史的「沉思」，與處在歷史轉折關頭整個民族和全體人民的思考是完全一致的。鑑於「有些人以真理的主人自居」，把真理變成個人的「私產」，白樺說：「不！真理是人民的共同財富，就像太陽，誰也不能壟斷。」（《陽光，誰也不能壟斷》）他把掌握了真理的人民的覺醒比作「珍珠」，希望「把被我們隨意拋撒掉的珍珠拾起來」，那樣，「我們將是世界上最富有的人民」（《珍珠》）。他歌頌自由的空氣——風，說「宇宙間如果沒有風」，「世界將會多麼呆板，空氣將會多麼沉悶」（《風》）。他堅信人民的力量，說：「中國的上空沒有上帝，只有八億雙睜著的眼睛。他們沒有上帝威嚴，卻遠遠比上帝精明。」（《眼睛》）公劉則把真理比作「無花果」或「毛栗子」，說它們「靜悄悄，萌生於樹葉之間」，「和樹葉一樣是綠的，並不紅得耀眼」，說它們「把果仁藏得很嚴」，「有一層又厚又硬的殼」，「像刺蝟似的不招人喜歡」。他祈求人們尊重「無花果」，雖然「它沒有那股招蜂惹蝶的甜」；他希望人們理解「毛栗子」，因為「它告誡採集者：艱難」（《關於真理》）。正因為如此，公劉不但以滿懷悲憤的心情歌頌像張志新那樣為真理而獻身的英雄，向人們發出大聲的呼喊：「中國！你果真是無聲的嗎？」而且，他也冒著明槍暗箭，對真理做勇敢的探求。他在《關於〈摩西十戒〉》和《十二月二十六日》等篇章中，大膽地抨擊了「四人幫」之流製造的「個人迷信」和「造神運動」，指責這場「造神運動」把「敬愛蛻變為迷信，天真嫁接成愚蠢」，「把每一間屋子都改造為廟宇。我們已經是教徒，不再是人」。他希望「地球母親」：「快停止你的造山運動吧，我們的九百六十萬平方公里的版圖，豈能容如許林立的山嶽！」邵燕祥則以《不要廢墟》等一批氣魄宏大的長詩，向人們發出沉重的呼喊：「讓每一寸國土，不再出現歷史的廢墟；讓每一寸心靈，不再出現精神的廢墟。」在反思歷史的同時，他們的一些呼喚改革的詩篇如白樺的《春潮在望》和邵燕祥的《中國的汽車呼喚著高速公路》等，也產生了較大影響。

從上述詩作中，我們不難看出，這批五〇年代的青年歌手，雖然歷盡磨難，但當他們的生活「重新開頭」，重新獲得了歌唱的權利的時候，他們的詩依舊如五〇年代那樣，是「真誠的歌哭，激情的吶喊」，他們依舊「要唱那永遠唱不完的歌」，「該歡呼的歡呼，該詛咒的詛咒！」（邵燕祥：《中國又有了詩歌》、《假如生活重新開頭》）這種真誠、熱烈的風格同時也是他們「歸來」後的詩歌創作的一個基本的藝術特色。這種特色保留了他們在五〇年代的詩歌創作的藝術基調，雖然仍然存在他們的前期創作有欠精練、含蓄的弊端，但在思想情感和藝術表達方面，都明顯地表現出了走向最後成熟的跡象。在這批「歸來」詩人中，流沙河的創作稍有例外。這位在五〇年代曾因寫作散文詩《草木篇》而遭厄運的詩人，復出之後，雖然也寫了許多關切時事、富於激情和哲理的思索的詩篇，但他的那些獨具一格的詩作，依然是沿著《草木篇》寄言「立身處世」的題旨，或感歎人生際遇，或歌詠友愛親情，與「七月派」詩人復出後的有些詩作十分接近。尤其是他的帶有自嘲和反諷色彩的《故園六詠》，化辛酸為笑謔，以苦澀為遊戲，在「歸來」詩人的創作中別開一種藝術的生面。類似的「歸來」詩人的詩作還有著名畫家黃永玉的作品，他的以文化大革命為對象的政治諷刺詩集《曾經有過那種時候》，在這期間也產生了重要的影響。八〇年代中期以後，這個「歸來」詩人的群體也開始逐漸分化，其中的主要成員直到八〇年代後期雖然仍有新的創作，而且有些作品還達到了新的藝術高度，但因為社會生活的變化和藝術風氣的轉換，皆未能引起足夠的重視和注意。

三、「朦朧詩」諸代表詩人

「朦朧詩」作為一個約定俗成的青年詩人群體的詩歌創作的共名，其所指的對象是十分複雜的。其中既包括早期「知青」詩人如食指、芒克、多多、北島等人的創作，也包括受其影響而在本期的創作中比較活躍並引起廣泛爭論和注意的舒婷、顧城、楊煉、江河，以及梁小斌、王小妮等人的作品。但是，為眾所公認的「朦朧詩」最有代表性的詩人卻主要是：北島、舒婷、顧城、楊煉、江河等五位青年詩人[4]。

在所有「朦朧詩」一代詩人中，北島處於一個十分獨特的位置。這個獨特性就在於，他不但是文革結束後一個重要的「知青」詩人群體「《今天》派」的創始人，因而理所當然地成了「朦朧詩」在早先一個時期的代表人物，並且對顧城、舒婷等人的創作產生過實實在在的影響，而且，他的詩作也因為率先追求現代主義的表現方法和接近現代主義的某些文學主題，而在「朦朧詩」的討論中引起了激烈的爭論，因而理所當然地成為詩壇內外關注的對象，並且他的創作也確實給當代詩歌提出了許多值得深入探討的重要問題。就國內發表和出版的作品看，北島的創作主要集中在八〇年代中前期。八〇年代中期以後，就很少見到他新創作的作品。正因為如此，他的作品絕大部分都是表現對於文革的惡夢般的感受。例如《觸電》一詩寫「我」與「無形」和「有形」的人「握手」，結果「被燙傷」和「留下了烙印」，即是以文革期間人與人的緊張關係為經驗背景的，是這個特定時期的社會生活在詩人心靈上烙下的傷痕。這些傷痕最終將詩人的創作導向對於現實的深重懷疑和幻滅的情緒。最能代表這種情緒的詩作，即是在「朦朧詩」的討論中被人們反覆徵引的寫於「四五」運動期間的詩作《回答》和稍後寫成的詩作《一切》。這兩首詩作以「我——不——相——信」和「一切都是命運一切都是煙雲」的極端態度，集中構成了北島在這期間的詩歌創作的情感基調和情緒的紐結。他在《峭壁上的窗戶》、《古寺》、《履歷》等其他詩作中所表現出來的種種陰森、冷漠、荒誕、孤獨和孤傲蔑世的情緒，幾乎都是這種懷疑和幻滅情緒的派生物。這些作品表明，北島的詩作是一個扭曲的時代的被扭曲的精神印記。它對於人們認識和理解那個特定年代的心路歷程，無疑具有一定的意義。但問題是，作者常常把這種對於一個扭曲的時代的感受推及全體，乃至今天的

4 一九八六年，作家出版社出版了這五位青年詩人的詩歌合集《五人詩選》，其他國內外各種關於「朦朧詩」的作品選和理論研究論著的討論對象，也主要是以這五位青年詩人的作品為主。

現實生活，故而在他的所有詩作中，又到處都烙有那個扭曲的年代的精神疤痕，這又使得北島的詩作有一種浸入肌骨的陰冷和難以療救的絕望。從這個意義上說，北島的大部分詩作都沒有走出那個惡夢般的年代。只是在一些表現對於殉道者的歌頌和幻滅後的追尋的詩作中，才多少顯示出了一點生活的亮色，表現出了一點現實的氣息。前者如上述《宣告》、《結局或開始》等，在歌頌殉道者為真理獻身的精神的同時，也表達了對於理想、自由和價值與尊嚴的呼喚。後者如《船票》、《迷途》等，在表現一代人的失落感的同時，也有對於新的生活和重建自我的渴望。

在所有「朦朧詩」一代青年詩人中，北島對詩藝的革新是較早有比較清醒的自覺意識的。他「試圖把電影蒙太奇的手法引入自己的詩中，造成意象的撞擊和迅速轉換，激發人們的想像力來填補大幅度跳躍留下的空白」。同時，他「還十分注重詩歌的容納量、潛意識和瞬間感受的捕捉」[5]。正因為如此，他的詩作的意象就顯得十分豐富，意象的組合也不拘一格，而且大多是採取非邏輯的組合方式，故而他的詩作既有蘊含豐富的一面，也有諸多晦澀難懂之處。除意象組合方面的特點外，北島的詩作還長於構造象徵，擅用反諷手法，在總體上也使得他的詩作帶有明顯的現代主義特色。與他的同輩詩人相比，北島在運用現代主義的詩歌手法和技巧方面，顯得更為嫺熟，且能比較深刻地領會現代主義藝術的哲學精義，故而在「朦朧詩」一代詩人中，北島無疑是一位最具現代主義傾向的青年詩人。

作為「朦朧詩」在南北詩壇最早引起爭論的兩位青年詩人——舒婷和顧城最初一個階段的創作有許多相似之處。他們這期間的作品大都帶有一種浪漫主義的色彩。追求人生理想和迷戀夢幻世界，是他們最主要的藝術特徵。就這兩方面而言，舒婷偏重於前者。她在這期間寫下了許多歌頌友誼、讚美愛情和眷戀親人的作品，表達了她對於人生的堅定信念和對於理想的熱切嚮往。尤其是一些表現苦難中的愛情和友誼的詩作，如《贈》、《春

5 參見《上海文學》一九八一年第五期「百家詩會」。

夜》、《秋夜送友》等，十分真切動人。這些詩作大都寫在文革之中，是詩人抵禦苦難、尋求精神超脫的重要方式。同樣是尋求對於文革的殘破的現實的精神「補償」，顧城在這期間的創作，卻以一片童心為自己營造了一個童話般的夢幻世界，以此來抵禦邪惡的攻擊和苦難的侵擾，讓心靈永遠沉浸於一種純真的境界，如《生命幻想曲》等，他因此而被舒婷稱之為「童話詩人」。正因為如此，這兩位詩人在經歷過文革的苦難之後，雖然有些詩作也表現了理想幻滅後的失落感，如舒婷的《船》和顧城的《我是一個任性的孩子》等。有的甚至還留下了很重的陰影，如顧城的《眨眼》等。但與此同時，他們也在以新的創作追求光明的理想，重建人生的信念，如顧城的《一代人》和舒婷的《這也是一切》等。特別是舒婷的創作，在這方面表現得尤為突出。她的成名作《致橡樹》、《雙桅船》等，以並肩站立的橡樹和木棉、朝夕相望的船和岸作喻，表達了一種以獨立的人格為基礎的新的愛情觀念，向愛情這個古老的詩歌題材中，灌注了一種新的人生理想，表現了一代青年重建失落的人生的執著信念。她的其他愛情詩作如《神女峰》等，在廣大讀者特別是青年讀者中也產生了廣泛的影響。顧城這期間的創作，雖然如上述有些作品也表現了一種尋求光明和重建人生的意向，但大多數作品特別是稍後一段時間的作品，卻傾向於表達一些抽象的觀念，而且這些觀念又大都是來源於純粹個人的生存感受，有些甚至是一些病態的、反常的心理經驗，因而逐漸失去了他的初期創作豐富鮮活的感性色彩，在讀者中的影響也愈來愈小。舒婷和顧城最初一個時期的作品，多採用直接抒情的手法，是比較典型的浪漫主義詩歌的抒情作風。舒婷在運用直接抒情手法時，詩的形式更趨向於散文化。尤其善於在優雅的敘事和描寫中，完成情感抒發的自然過程。她雖然很少嘗試現代主義的表現手法，但她的詩作的意象卻是十分豐富的。尤其是善於運用邏輯的方式進行意象的組合，如《祖國啊，我親愛的祖國》用對比的方式組合兩組異質的意象，表達作者對於祖國的歷史和現實的複雜「經驗」，不但有很強的藝術表現力，而且也明白易懂，不給人以晦澀艱深之感。舒婷在其他少數作品中所做的藝術實驗，如《路遇》、《往事二三》等，雖然運用了意識流等非邏輯的意象組合方式，但卻隱含有豐富的提示，同樣收到了較好的藝術效果。顧城則在他的一個短暫的浪漫主義的抒情階段之後，很快便轉向主要採用現代主義的抒情手法。雖然他的詩風後來愈來愈傾向於晦澀艱深，但也有一些作品，特別是一些篇幅短小的抒情小品，如《遠和近》、《感覺》、《弧線》等，將現代主義的一些藝術表現方法運用於小詩創作，使這些抒情小品在傳統詩歌創造意境的手法之外，又獲得了一種擴大詩歌藝術蘊含的新途徑，是顧城為當今詩藝革新做出的可貴的貢獻。

在所有「朦朧詩」詩人中，楊煉和江河是較早對民族傳統表現出認同傾向並立志要創做出新的民族史詩的青年詩人，因而他們的詩作在不同程度上都以自己的方式介入了民族的歷史文化傳統。楊煉的早期創作如同顧城一樣，也是把詩當做逃避苦難、尋求心靈慰藉的一種特殊方式，他這個時期創作的《海邊的孩子》等作品，如顧城一樣也充當了一個「幻想的主人」的角色，因而同樣也可以把他稱作是一位「童話詩人」。是七○年代末八○年代初的思想解放運動和新的文藝浪潮的震盪，使楊煉走出了浪漫主義的低吟淺唱和個人的感傷與憂鬱，開始接近民族的歷史和文化，他的詩也由此而發生了一個重大的藝術轉變。此後，楊煉即立志鑄造新的民族史詩，他在這期間創作的《大雁塔》、《烏蓬船》等詩作，藉詠歎名勝古蹟、山川風物，表達了作者對於民族歷史的一種全新的感受與闡釋。由這些詩篇，楊煉進一步深入到民族文化傳統的深處，開始致力於以現代文明的最新思想成果「反觀」民族的文化傳統，求得對於民族文化傳統的「重新發現」和「重新認識」。他這期間的創作因而帶有很重的文化「尋根」的色彩，代表作如《半坡》組詩、《敦煌》組詩、《諾日朗》等，都是通過重新闡釋民族文化傳統，企圖重塑民族文化的精神形象。楊煉在八○年代中期前後的創作追求更加抽象的觀念，知性的成分日益加重，如這期間創作的「以《易經》作結構的一部大型組詩」之第一部分《自在者說》、第二部分《與死亡對稱》等，以詩甚至是非詩的散文形式來演繹一些抽象的哲學觀念，形同哲學玄言和宗教讖詞，已經完全脫離了詩之為詩的基本要求。楊煉的詩因而也逐漸失去了在讀者中的影響而成為他純粹個人的精神寄託和冥想的世界。在「再造」民族的歷史文化方面，江河與楊煉有許多相似之處。他的代表作《太陽和它的反光》組詩，以一組古代神話傳說為藝術觀照的對象，同樣是通過對這組古代神話傳說的重新創造和重新闡釋，表達了作者對於民族歷史文化的再發現和再認識。與楊煉不同的是，江河不是從個人的經歷而是從對於現實問題的關注進入民族的歷史文化傳統的。早在七〇年代末，江河的《紀念碑》等詩作就是以思考文化大革命的歷史教訓而引人注目的。八〇年代初，他又寫下了如《讓我們一起奔騰吧》等呼喚改革的詩篇。在這些詩作中，江河始終把個人的命運與民族的整體，將民族的歷史與現實、過去與未來緊緊地聯繫在一起，因而具有比較厚重的歷史感和比較強烈的使命意識。江河的創作始終堅執他宣言過的創造新的民族史詩的諾言，只是他後來的創作日漸減少，未能在這方面收穫更多的藝術成果。

楊煉和江河雖然有著類似的創作追求，但楊煉在轉向創造新的民族史詩的時候，卻同時也加強了詩作的敘事和描寫的成分，即通過對於作者擬想中的特定情境的敘述和描寫，完成作者對於民族歷史文化的體認和闡釋。他的這種藝術旨趣的進一步發展，便是通過這種虛擬的敘事和描寫，在詩中營造一個糅合歷史、現實和文化的多重經驗的「智力的空間」。他認為這種「自足的」「智力的空間」體現了一種「東方的智慧」和東方的思維方式。[6]他的詩作後來轉向完全採用中國古代典籍（例如《易經》）的思維模式，也是基於這樣的詩歌觀念。與楊煉不同的是，江河始終保持了一個抒情詩人對於形象的直觀感受和激情的衝動，他的詩作很少有楊煉式的沉滯的敘述和冗長的描寫，因而意象大都比較單純和明朗。同時也很少有楊煉式的形而上的冥思和玄想，因而又大都有較強的形象實感和情感的衝擊力量。即使是一些帶有現代主義色彩的藝術實驗之作，江河也十分注重對於事物的感性經驗。正因為存在著上述差別，因而楊煉的後期創作本身就表現出了對於這一代「知青」詩人的整體藝術追求的「反叛」傾向。在所有這一代「知青」詩人都面臨著更年輕的「新生代」詩人的挑戰的時候，楊煉卻作為極少數的例外為他們所接納，正說明在「朦朧詩」的短暫的創作歷史中，新的藝術蛻變的過程已經開始。

[6] 參見楊煉，《智力的空間》，《青年論壇》一九八五年第一期。

第二節　本期小說創作（上）：中短篇小說（一）

在本期小說創作中，中短篇是一個十分活躍的領域。特別是七〇年代後期，中篇小說的崛起和持續繁榮，更進一步壯大了本期中短篇小說的創作聲勢。較之上一個時期，中短篇小說在本期小說創作中佔據了一個十分突出的地位。

本期中短篇小說創作概況

本期中短篇小說創作，大致經歷了如下兩個大的發展階段：

第一個階段，從七〇年代後期到八〇年代中期，是本期中短篇小說的現實主義回歸和新變階段。這個階段的中短篇創作的一個主要特點是開始恢復和繼續發揚現實主義的藝術傳統。它在具體的創作行程中，則表現為與這期間的社會生活完全同步發展，並以其所產生的強烈的社會效應（所謂「轟動效應」）積極作用於這期間的社會生活。與此同時，它也根據變化了的社會環境和讀者需求，不斷在藝術上做出更新和調整，以便使現實主義的藝術傳統在新的時期能夠得到新的豐富和發展。因為這期間的社會生活經歷了從揭批「四人幫」、清算文革錯誤，到撥亂反正、解放思想，進而到實行改革開放政策的發展過程，故而與之同步發展的中短篇創作也存在一個由揭露文革「傷痕」的「傷痕小說」，到反思造成這些「傷痕」的社會歷史原因的「反思小說」，進而再到為根治這些歷史的「傷痕」，建設一個文明富強的現代化國家而呼喚改革的「改革小說」的相對性區分[7]。這些相對區分的小說類型，同時也是這期間的中短篇小說的一些主要的創作潮流。從七〇年代後期到八〇年代中期的中短篇小說創作即是以這幾次主要的創作潮流為其藝術的標誌的。

文化大革命結束以後，中短篇小說創作在經歷了一個由寫與「走資派」做鬥爭，到寫與「四人幫」做鬥爭的短暫的題材和主題的轉換之後，很快便轉向了以揭露文革「傷痕」為主的「傷痕小說」的創作。一九七七年十一月，劉心武的短篇小說《班主任》的發表，是「傷痕小說」創作潮流興起的最初標誌。此後，以翌年八月發表的盧新華的短篇小說《傷痕》[8]等作品為代表的一大批中短篇小說，即集中揭露文化大革命給人們的精神與肉體所造成的「傷痕」，在七〇年代末造成了一股「傷痕小說」的創作潮流。這股中短篇小說創作潮流因為敢於觸及重大的社會政治問題，敢於暴露生活中的矛盾和陰暗面，敢講真話，敢吐真情，對特定時期的社會生活表現出了一種積極「干預」的態度和大膽批判的精神，因而在群眾中引起了廣泛而持久的「轟動效應」，成為這期間揭批「四人幫」、清算文革錯誤的有力的精神武器。正因為如此，這股中短篇小說創作潮流同時也是本期小說在藝術上開始恢復現實主義傳統的最初標誌。尤其是直接承繼了五〇年代中期興起的「干預生活」的小說的精神餘緒，成為這一被中斷已久的現實主義小說創作潮流的歷史的延續。在藝術上，這股中短篇小說創作潮流因為受文

7 一般論者所說的「傷痕文學」、「反思文學」和「改革文學」，雖然也應該包括小說以外的其他體裁的文學創作，而且在小說中也應該包括長篇小說，但真正集中體現了這些文學潮流的特徵並產生了即時性的「轟動效應」，因而可以稱作是這些文學潮流的突出標誌的，仍然是以小說尤其是中短篇小說創作為代表。故此處稱「傷痕小說」、「反思小說」、「改革小說」，特指以中短篇為主的小說創作潮流。而且這些小說創作潮流的興起也不存在一個為一般論者所習慣認定的那種嚴格的先後次序和遞嬗關係，屬於不同潮流的作品往往同時並存、交錯出現。本書只是為了論述的方便，才區別先後，並力求從社會生活的變化中找到這些小說創作潮流發生和發展的客觀依據，以及它們之間可能存在的某種內在聯繫。

8 「傷痕文學」和「傷痕小說」即由此得名。

化大革命所造成的特定歷史的影響而具有如下一些方面的鮮明特徵：其一是因為宣洩心理的鬱積而使大多數作品都帶有比較強烈的主觀色彩。其二是因為感歎失落的人生而使其中的一部分作品帶有一種感傷的傾向。其三是因為表現生活的苦難而使其中的一些作品具有某種悲劇性的因素。此外，則是一些作品在咀嚼苦難的同時，也滋生了一種喜好議論的傾向。這些方面的特徵一方面使得這期間的中短篇小說極大地滿足了人民群眾對於文學作品的閱讀期待，普遍都具有比較強烈的藝術感染力，但另一方面也表明，正在恢復中的中短篇創作還缺乏現實主義小說所應有的嚴謹的敘事作風，在藝術上還不夠十分完美和成熟。七〇年代後期的中短篇創作在揭露文革「傷痕」的同時，本來就包含有思考造成這些「傷痕」的社會歷史原因的成分。即在「傷痕小說」中本來就包含有「反思小說」的因子。此後的思想解放運動和對於建國以來的歷史問題的重新評價，進一步強化了中短篇創作「反思」歷史的因素，使得「反思」歷史在這期間的中短篇小說的題材和主題中，都佔據了一個突出的位置。有些中短篇作品例如王蒙的中篇《蝴蝶》和茹志鵑的短篇《剪輯錯了的故事》等，甚至主要是專注於對於歷史問題的深入「反思」，成為有別於「傷痕小說」的一種新的小說創作潮流的明顯標誌。本期中短篇創作由此開始了從以暴露「傷痕」為主到以「反思」歷史為主的藝術轉換。在「傷痕小說」的創作潮流之中逐漸造成了一股特殊的「反思小說」的創作潮流。這股以「反思」歷史為主的中短篇小說創作潮流，涉及的社會歷史問題十分廣泛，幾乎包括建國以來各個不同時期、各種不同領域的社會歷史問題（個別還涉及到革命戰爭年代的歷史）。有的甚至是一些長期以來被視為禁區的十分敏感的社會政治問題。部分作品對歷史的「反思」還由一般社會問題進一步深人到普遍人性的層面，達到了相當的思想深度。這股「反思」歷史的中短篇小說創作潮流，因為把對文革「傷痕」問題（包括其他諸多歷史失誤所造成的社會人生問題）的認識提到了一定的理性高度，因而深化了這期間中短篇創作的主題，也給讀者認識社會人生帶來了重要的啟發意義，同樣產生了強烈的社會效應。而且這些作品在藝術上較之以暴露「傷痕」為主的中短篇小說，主觀色彩也大為減弱，大都比較注重深入寫實，開始重建現實主義小說嚴謹的敘事傳統。少數作品還達到了相當的藝術高度，標誌著本期中短篇創作回歸現實主義的軌道取得了重要的藝術成就。與此同時，這股以「反思」歷史為主的中短篇創作潮流，為了滿足更為複雜的藝術表現的需要，又開始借鑑西方現代主義的小說技巧，以豐富和加強現實主義小說的藝術表現力，本期中短篇創作因而在回歸現實主義傳統的同時，又使現實主義的小說藝術得到了更新和發展。它對於本期小說藝術革新，有著重要的開啟意義。

七〇年代後期暴露「傷痕」和「反思」歷史的中短篇小說創作潮流，雖然集中湧起在文化大革命結束後的兩三年間，但其餘波卻持續延伸到八〇年代初期（少數作品甚至延伸到八〇年代中期）。八〇年代初，由於改革開放的時代浪潮的推動，由蔣子龍在一九七九年七月發表的短篇小說《喬廠長上任記》為濫觴的以反映社會改革為主的中短篇小說，逐漸形成了一股新的「改革小說」的創作潮流。這股以反映改革為主的中短篇小說創作潮流，其主要的題材領域是這期間正在進行的工廠和農村的經濟改革，同時也涉及到其他物質生活領域和人們的精神世界的複雜變化，因而大都有比較強烈的時代感和現實感。又因為作家所關注的現實問題與人民群眾的意志和願望是完全一致的，因而對現實的變革產生了極大的鼓舞和推動的力量。這期間以反映改革為主的中短篇創作，在藝術上大都富於浪漫主義的激情和理想主義的色彩，是這期間的中短篇小說回歸現實主義傳統的又一種重要的表現形態。這股小說創作潮流雖然從根本上改變了本期小說創作自七〇年代後期以來長期從文革歷史中取材的狀況，完成了一次迫近現實的題材和主題的重大轉移，但卻由於作家過於拘泥於現實問題本身和藝術表現上的不同程度的概念化，因而在八〇年代中期開始面臨著一個重大的藝術危機。本期中短篇小說創作由此又出現了一次重大的藝術轉換，開始進入到下一個重要的發展階段。

第二個階段，從八〇年代中期到八〇年代後期，是本期中短篇小說的現代主義藝術實驗和與現實主義的融合時期。這期間的中短篇創作的一個重要特點是在繼續堅持和發揚現實主義的藝術傳統的同時，又開始了種種現代主義藝術實驗的嘗試。如上所述，在前一個階段的中短篇創作中，本來就存在有借鑑和吸收西方現代主義小說的藝術因素，但因為這期間小說創作的主導趨向是回歸現實主義的藝術傳統，因而這種借鑑和吸收主要是對現實主義的創作方法起一種豐富和補充的作用，並未真正形成現代主義小說的藝術特色。從八〇年代中期開始，由於改革開放的深入發展所引起的社會生活和人們的思想感情的急劇變動，以及小說創作本身藝術革新的趨勢和要求，在這一階段的中短篇創作中，就出現了一些具有現代主義某些流派的藝術特色的小說作品。現代主義的藝術實驗也開始成了一種自覺的嘗試。其主要表現有如下兩個方面：其一是受西方某些現代主義小說作家作品直接影響的「擬現代派」小說[9]；其二是同樣接受了這種影響，但主要是由小說創作自身的革新要求推動的「尋根」小說[10]。這兩種類型的現代主義藝術實驗小說，同時也構成了本階段的中短篇小說成扇面展開的兩股主要的創作潮流。當這兩股創作潮流在八〇年代中期以後，各自都出現了一些極端的偏向的時候，以「新寫實」小說為標誌的與現實主義融合的趨向即告開始。本階段的中短篇小說即是以上述兩股創作潮流的發生、發展及其與現實主義的最後融合的歸宿為其基本的發展態勢的。

「尋根」小說是八〇年代中期由一部分青年作家有意識地發起和自覺推動的一股創作潮流[11]。其直接的動因是因為前一階段以反映改革為主的中短篇創作，由於在藝術上面臨著諸多難以處理的現實問題和改革本身的發展

---

9 「現代派」小說是論者對這一類小說的習慣性稱謂。其實，這一類小說只是接受了西方現代派小說的藝術影響，並未真正形成一個藝術流派，也不是西方現代派小說在中國的藝術分支。準確的稱謂應該是「擬現代派」小說。

10 「尋根」小說的創作方法歸宿未定。它在文化觀念上雖然有回歸傳統的趨向，但在藝術表現上卻主要是受西方現代派小說特別是拉美魔幻現實主義的影響，故仍屬現代主義藝術實驗的範疇之內。「現代派」小說和「尋根」小說不限於中短篇創作，但以中短篇創作表現最為突出。

11 最早提出「尋根」主張見諸正式發表的文字有韓少功的《文學的「根」》（《作家》一九八五年第四期）、李杭育的《理一理我們的根》（《作家》一九八五年第六期）、鄭萬隆的《我的根》（《上海文學》一九八五年第五期）、阿城的《文化制約著人類》（《文藝報》一九八五年七月六日）等。

艱難曲折、複雜多變，迫使作家由現實問題轉向民族的歷史和文化，希望在一個更深入的層次上尋找現實問題的答案、吸取現實變革的精神力量。在這個過程中，一些拉丁美洲作家以現代觀念審視民族歷史文化傳統的藝術觀照方式，也給這期間的作家以深刻的啟示。特別是他們因此而造就的魔幻現實主義文學的「爆炸」性影響，更成了「尋根」作家爭相仿效的藝術對象。本期以「尋根」為宗旨的中短篇創作，也因此而開始了一個對於民族的歷史文化的重新發現和重新鑄造的藝術追求過程。以「尋根」為宗旨的中短篇創作，從根本上改變了當代小說長期以來從社會政治的角度觀照現實的藝術視角，使追求小說更深層次的文化內涵，從此以後成了小說創作主要的藝術旨趣。這種追求同時也擴大了當代小說藝術表現的空間，對小說藝術革新具有極為重要的現實意義。

與「尋根」小說由現實問題轉向歷史文化不同，「擬現代派」小說所表現的一些思想觀念和情感狀態，直接就是急劇變動的現實生活的精神產品。八〇年代中期前後，改革開放的深入發展，使人們的思想情感經歷了一個前所未有的複雜變化，這種複雜變化有許多方面甚至與西方人對現代社會的複雜經驗有諸多相似之處。這種對於現實的超常經驗就使得一部分作家，尤其是那些敏於感受、長於思索的青年作家，開始以西方現代主義小說的手法和技巧作藝術表達的最初嘗試。與此相適應的是，另一部分青年作家則企圖使當代小說的敘事觀念同時也發生一個革命性的變化，故而這期間的另一批中短篇作家更多是熱衷於小說的敘事方式和敘事技巧的革新嘗試。這種革新的嘗試同樣也接受了西方現代主義小說的影響，是現代小說的形式革命在本期中短篇創作中的重要表現。本期具有「現代派」特色的中短篇創作，是本期小說藝術革新的重要收穫。它不但給當代小說帶來了一些全新的敘事方式，而且也改變了當代小說的藝術觀念，使當代小說在注重「寫什麼」的同時也注重「怎麼寫」的問題，使形式革命也成了當代小說的一個重要的藝術課題。

進入八〇年代後期，「尋根」小說和「擬現代派」小說都暴露了各自創作上的弊端，前者的主要表現是崇拜原始野性的生命力量、迷戀抽象玄奧的文化觀念，因而在藝術表現上或流為荒誕不經的編造，或失之概念的演繹和圖解，破壞了小說的敘事傳統。後者的主要表現是「預支」現代觀念，追求極端的形式化，因而在藝術表現上或給人牽強附會之感，或陷人玄奧艱深的迷途，背離了讀者的閱讀期待。作為一種創作潮流，現代主義藝術實驗無疑都難以為繼。

正是因為這樣的原因，本期小說創作的格局在八〇年代中期以後，才出現了一種新的變化。這種變化的表現之一，是在現代主義小說的藝術實驗逐漸走向衰落之際，通俗小說的創作潮流卻借助正在形成中的文化市場的力量，乘勢崛起。其結果不但奪走了純文學的小說的絕大多數讀者，使純文學的小說從此失去了「轟動效應」，而且也引起了理論批評的重視和注意，以至於在一個很短的時間內，就形成了一個通俗小說創作和理論研究與評論的熱潮。本期通俗小說從七〇年代後期起，經歷了一個從消除對過去時代（包括古代和近、現、當代）的通俗小說的藝術禁錮，到逐漸引起外國和港臺的通俗小說，再到發展當代通俗小說的新創作的曲折過程，到八〇年代中期以後，已蔚為大觀。其中的新創作雖然也有許多長篇作品，但因為傳播媒介（主要是通俗文學期刊）的原因，仍以中短篇創作為主。這股通俗小說的創作潮流從根本上改變了本期小說創作的發展態勢，使八〇年代中後期的小說創作繼近現代小說之後，再度出現了一個雅俗對峙的藝術格局。

與此同時，在純文學小說的內部，也因為現代主義小說的藝術實驗走向衰落，而產生了一種「反撥」前此種種極端偏向的藝術趨勢。這種趨勢的主要表現便是八〇年代後期以「新寫實」小說為代表的現代主義和現實主義的融合形態[12]。「新寫實」小說雖然就其創作方法的屬性而言，是屬於現實主義的，但它並沒有完全否定八〇年代中期以後小說創作中的現代主義藝術實驗，而是拋棄了其中的某些極端的偏向，卻將它的諸多合理的因素融入現實主義的創作方法，使之繼續得到生長和發展。正因為如此，「新寫實」小說就不是一種純粹的現實主義小說

12 「新寫實主義」最初是由《鍾山》雜誌從一九八九年第三期起開始倡導的一種文學主張，後被用來概括八〇年代後期的小說創作狀況。

或者傳統意義上的現實主義小說，也不僅僅是在藝術表現的手法和技巧上對現代主義有所吸收和借鑑的現實主義小說，而是從社會人生觀念到藝術表現方法都全面地融合了現代主義諸多因素的現實主義小說。這種融合了現代主義的新的現實主義小說形態，表明本期中短篇小說創作在經歷了一個曲折的藝術探索的行程之後，正在走向藝術上的完善和成熟。

「新寫實」小說在「反撥」現代主義藝術實驗出現的極端偏向的過程中，自身也暴露出了一些新的極端的偏向，這種偏向甚至使某些作品背離了現實主義的創作原則，走向了與現代主義相對的自然主義的極端狀態。這必然又要引起新的一輪創作的調整。這個調整屬於九〇年代的小說創作所面對的問題。本期中短篇創作至此即暫告一個歷史的段落。

第三節　本期小說創作（上）：中短篇小說（一）

一、「傷痕小說」中短篇諸家代表作

「傷痕小說」中短篇創作涉及作家人數眾多，題材的分佈十分廣泛。因為文化大革命的主要對象是革命幹部和知識份子，而農民作為長期以來極左的農村政策和文化大革命的受害者，所遭受的傷害同樣十分沉重。文化大革命中由紅衛兵運動的中堅而成為「上山下鄉」的對象的一代知識青年，同樣也是一個受傷的群體。因而「傷痕小說」的中短篇創作的題材就主要分佈在上述幾個方面。而這些方面的「傷痕」又集中表現為對於人性的扭曲和

戕害，因而這期間「傷痕小說」的中短篇創作又都不同程度地涉及到人性和人道主義問題。

劉心武作為「傷痕小說」開風氣的作家，是以這一創作潮流的開山之作《班主任》引人注目的。這篇作品雖旨在歌頌一位忠誠於黨的教育事業的班主任，卻因為其中塑造了兩個個人品質完全不同的青年謝惠敏和宋寶琦的形象，向人們展示了文化大革命的愚民政策給青年一代的靈魂所造成的不同形式的傷害，尤其是謝惠敏式的以革命的外衣包裹著的無知和愚昧，更令人震驚，因而向社會發出了「救救被『四人幫』坑害了的孩子」的呼聲，具有一種震聾發聵的藝術效果。《班主任》作為劉心武在這期間的中短篇創作的代表作，同時也集中表現了他這一階段的中短篇創作的基本特色。這些特色主要是：一是敏銳地提出問題，大膽地揭示問題。除了《班主任》等作品提出和揭示青年一代所受文化大革命的傷害問題（這方面的代表作另有《醒來吧，弟弟！》等）外，其他如《愛情的位置》提出愛情在生活中的位置問題，《我愛每一片綠葉》呼籲維護個性和尊重個人隱私問題，以及稍後的中篇小說《如意》歌頌純真的愛情、呼喚人性的回歸問題，等等。在一些長期被視為禁區的題材領域，劉心武在這期間的中短篇創作都敢於大膽突破，率先開路，因而在不同程度上都具有一種開風氣的意義。二是注重解剖靈魂，深人刻畫人性。劉心武在這期間的中短篇創作所揭示的主要是文化大革命給人們的精神所造成的創傷，因而他的筆觸就不是停留在一些表面的生活現象上，而是深入到人的靈魂深處，揭示出人們的靈魂所受的傷害和被扭曲的狀態。與此同時，也深入刻畫在這個過程中人性的掙扎和苦鬥，及其所表現出來的純真和善良的本色。總之是以揭示靈魂的病苦、呼喚人性的復歸為宗旨。劉心武在這期間的中短篇創、作因而就具有很重的人道主義色彩。三是敘述夾雜議論，筆端常帶感情。劉心武在這期間的中短篇創作大都比較注重情節的完整和人物性格的塑造，具有一般現實主義小說所要求的基本的藝術要素。但因為作者過於急切地表達積鬱已久的思想和情感，因而在敘述情節的同時，又常常夾雜著對於事件和人物的分析與評價，把作者的主觀的情感態度也帶入敘事的過程之中。這些非情節性的因素的滲入，一方面使劉心武在這期間的中短篇創作發揮了一種思想啟蒙的作用，另一方面也表明他的這些作品還缺乏現實主義小說所應有的嚴謹的敘事態度，在藝術上還沒有達到成熟的狀態。劉心武在八〇年代的創作開始轉向當代市民生活，在藝術上也開始排除了非情節性因素，敘事日趨細膩和嚴謹。中篇小說《立體交叉橋》是這種轉變的重要標誌。此後，他在紀實體的小說（代表作有《5・19長鏡頭》、《公共汽車詠歎調》等）和長篇小說（代表作有獲得第二屆茅盾文學獎的《鐘鼓樓》等）的創作方面，也取得了重要的成就，在本期小說中都佔有極為重要的地位。

「傷痕小說」的中短篇創作在前述幾個主要題材領域的發展和取得的成就是各不相同的。影響較大、創作成就比較突出的首先是一批反映革命幹部和知識份子在文化大革命期間遭受迫害的中短篇作品。以「大牆文學」[13]著稱的叢維熙的中篇小說《大牆下的紅玉蘭》描寫了一位公安戰線的老幹部在文革期間被關進監獄，被迫接受囚犯的管制和改造，最後慘遭槍殺的故事，真實地再現了一部人妖顛倒、是非混淆的悲劇歷史，是這個題材領域繼王亞平的短篇《神聖的使命》之後的又一篇重要作品。叢維熙在這期間及此後一個相當長的時間內的創作一直在延續這一題材，而且由革命幹部的遭受迫害延伸到知識份子和自身的遭遇，在這個特殊的題材領域取得了重要的創作成就。除了叢維熙的「大牆文學」系列作品之外，這期間如陳世旭的短篇《小鎮上的將軍》、陳國凱的短篇《我應該怎麼辦？》和馮驥才的中篇《啊！》、宗璞的中篇《三生石》等，都較有代表性。這些作品不但真實地反映了文化大革命期間革命幹部和知識份子所遭受的迫害與苦難，而且也描寫了他們不屈的抗爭和堅貞的節操。在藝術上因為大都帶有比較濃厚的悲劇色彩，故而都具有比較強烈的心靈震撼的力量。此外，方之的短篇《內奸》以一個特殊身份的主人公（愛國商人）在文革中所受的迫害及文革後平反所遇到的阻力，深入地揭示了極左的政治對世道人心的傷害，在這類作品中，別具一種藝術格調。

13 「大牆文學」是指反映文化大革命中因遭受迫害而被關押在監獄「大牆」之內人們遭遇的文學作品。

「傷痕小說」的中短篇創作在反映農村問題方面，這期間也有一些作品值得注意。例如韓少功的短篇《月蘭》和錦雲、王毅的短篇《笨人王老大》等，都描寫了極左的農村政策給農民所造成的痛苦和傷害。尤其是葉蔚林的中篇《在沒有航標的河流上》，以第一人稱的視角，講述了「我」跟隨一隻木排在一條「沒有航標的河流」上漂流的見聞，通過空間位置的不斷轉換，全方位地展現了中國農村在文化大革命中滿目瘡痍、傷痕累累的殘敗景象，深入地揭示了這場空前的歷史浩劫給中國農民所帶來的巨大痛苦和深重的災難。與此同時，作品也描寫了中國農民達觀的人生態度和強悍的生存力量，於一幅災難的圖畫中，顯示了生活的信心和希望。整個作品氣勢渾茫、格調流暢，是這期間中短篇創作中一篇不可多得的藝術佳作。從總體上說，「傷痕小說」的中短篇創作在反映農村問題方面，這期間還停留在生活的表象階段，更深入地反映農村問題的作品還有待更多的思考的成分的介入，因此，這一題材領域的更有成就的作品是在此後的「反思小說」的創作潮流之中。與這種情況相類似，這期間觸及一代知識青年身心「傷痕」的中短篇創作，同樣也比較表面化。雖然有如盧新華的短篇《傷痕》和孔捷生的短篇《在小河那邊》等，描寫文化大革命給個人和家庭所造成的沉重的創傷，也產生了強烈的社會反響，但一些比較厚重的作品的出現，仍然有待於對這一代人的命運深入思索的結果，故它在藝術上更重要的收穫同樣也在「反思小說」的潮流興起之後。

二、「反思小說」中短篇諸家代表作

在「反思小說」的創作潮流興起之後，所有上述幾個主要方面的中短篇創作都發生了一個重要的變化。這個變化的主要表現是，在「傷痕小說」的中短篇作品中，作為受難者描寫的革命幹部和知識份子（包括知識青年），在「反思小說」的中短篇作品中，同時又都成了思考著的主體。尤其是文化大革命和長期以來極左的政治錯誤所造成的各種社會關係和個人身份的「扭曲」，以及歷史的曲折和個人命運的坎坷所包含的深刻而又複雜的哲理的啟示，更是這些作品集中「反思」的一些主要的思想主題。在「反思小說」的中短篇作品中，農民雖然仍然是一群極左政策的受害者，但在描寫他們的苦難的同時，他們的生活遭際和命運變遷所顯示的社會歷史意義，同樣也受到了高度的重視。因而他們在作為受難者描寫的同時，也承擔了「反思」歷史的主體的角色。

在以革命幹部為「反思」主體的中短篇創作中，王蒙是一位有代表性的作家。這位作家在五〇年代的創作就以關注中國革命在取得勝利之後，在幹部的思想作風方面所體現出來的微妙變化、批評官僚主義而格外引人注目。在因此而經歷了半生磨難之後，他的創作仍不改初衷，繼續以極大的政治責任感和更加深入的哲學思考，關注革命幹部在經歷過文化大革命的政治動亂之後，在個人生活和思想感情等方面所發生的更加複雜也更加重大的歷史性變化，並由此而涉及到在較長的時間內，由於各種複雜的政治和社會歷史原因而導致的革命本質所發生的某些「異化」問題。他在這方面的代表作有短篇《最寶貴的》、《悠悠寸草心》和中篇《蝴蝶》等。其中又以中篇《蝴蝶》最具代表性。這篇作品借用「莊生夢蝶」不知蝴蝶是我抑或我是蝴蝶的典故，構造了一個關於主人公（老幹部張思遠）的身份、地位及其與群眾的關係的複雜變化的政治隱喻，表達了作者對革命幹部由於權力和地位的上升，由「人民的公僕」變為「人民的主人」這一在革命隊伍內部事實上存在著的「異化」現象的嚴肅思考。同時也通過作品的主人公在經歷過文化大革命之後的醒悟，到人民群眾中去尋找失落的根本，重申了共產黨人與人民群眾的血肉聯繫的主題，在這一階段的社會生活中具有極為重要的現實意義。這篇作品在藝術表現方法上借用了意識流手法，以人物的心理活動為主要線索，穿插組合人物經歷，現實和歷史的時空交錯疊印，具有較大的生活容量和藝術表現的自由度。這部中篇和《春之聲》等一系列短篇作品，同時也是本期中短篇小說開始借鑑現代主義表現手法，以及王蒙的個人創作風格由單一的現實主義轉向多樣雜呈的重要標誌。王蒙是一位創造力十分旺盛的作家，同時也是一位在藝術上敢於變化、善於變化的作家。他的小說創作除中短篇外，長篇如《活動變人形》等，也是本期小說的重要收穫。與王蒙這期間的中短篇創作「反思」的主題指向相類似的，另有李國文的短篇《月食》和張弦的短篇《記憶》等。這些作品都無一例外地以革命幹部為「反思」的主體，通過他們的反躬自省和對歷史的檢討，總結經驗教訓，認清前程來路，對正確把握社會生活的未來發展，具有深刻的啟示意義。

在以知識份子為「反思」主體的中短篇創作中，張賢亮的創作最有代表性。這位作家有過與王蒙類似的人生經歷，但他的帶有「反思」性質的創作卻主要地不在總結歷史的教訓，而是集中於對自我靈魂的嚴峻拷問。即從道德、歷史和哲學的高度審視自己既往的人生歷史，從充滿苦難的人生中體悟經過艱難的熬煉和痛苦的洗禮之後而獲得昇華的新的人生境界。他的最早產生重要影響的短篇小說《靈與肉》即帶有這種肉體受難而靈魂得救的悟道性質，隨後則以一組標明為「唯物論者的啟示錄」為總題的計畫寫作九部的中篇小說，來完成這一從苦難中昇華的「反思」主題。其中特別是八〇年代中期發表的兩部具有直接的情節關聯的中篇《綠化樹》和《男人的一半是女人》，以主人公章永璘的政治「落難」及其以後的一段人生經歷為線索，完整地展示了主人公在墜入生活的底層之後，從最卑微低下的本能需求，經過馬克思主義的理性啟悟和眾多勞動者特別是一些勞動婦女的人性的感召，而逐步昇華到一個超越自我的人生境界的蛻變過程，把這一「反思」主題發揮到了一個相當的哲理高度。張賢亮的這類中短篇作品因而在藝術上就具有極強的思辨色彩。這種思辨色彩一方面使他的作品普遍都具有相當的思想深度，但另一方面同時也不免因此而陷入說教和失之概念化。與張賢亮的這類作品類似的另有魯彥周的《天雲山傳奇》，這部中篇雖然旨在「反思」歷史教訓，但其中所描寫的男女主人公在患難之中相濡以沫的愛情，同樣具有一種讓苦難的人生得到昇華的力量，因而也能讓人從中領悟一種人生的哲理和意義，是這種「啟示錄」式的「反思」主題又一重要的表現形式。此外，另有葉文玲的短篇《心香》也表現了類似的題旨，一瓣「心香」，對苦難歲月的愛情的祭奠，同樣具有一種使人的靈魂得到淨化的力量。

與張賢亮的這種意在超越現實人生的「啟示錄」式的「反思」相得益彰的，是以諶容的中篇《人到中年》為代表的以現實人生問題為對象的「警世鐘」式的對知識份子問題的歷史「反思」。這部作品正面切人的是文化大革命後被耽誤了的一代中年知識份子的事業和生活問題，但由此追溯的卻是長期以來在知識份子政策問題上的偏頗和失誤所造成的歷史的積弊。與此同時，作品也描寫了這一代中年知識份子勇挑事業重擔，追求人生理想，堅忍不拔、百折不撓的忠誠品質和奮鬥精神，在種種困擾不清的人生問題中，表現了一種道德昇華的趨向和要求。與這部中篇類似的另有汪浙成、溫小鈺的中篇《土壤》。這部作品的主旨雖在道德判斷，但同樣涉及到一代中年知識份子的人生和事業問題，而且對作品中的人物的道德褒貶，事實上也是追求理想人生的一種重要表現。總之，這一類以知識份子為「反思」主體的中短篇作品大都有比較強的道德自律的傾向，與上述以革命幹部為「反思」主體的中短篇作品所具有的強烈的政治反省傾向一起，共同構成了這期間「反思小說」中短篇創作兩種主要的意識走向。

在以文化大革命中的一代知識青年為「反思」主體的中短篇創作中，梁曉聲、韓少功、張承志、史鐵生、王安憶、孔捷生等，都有各自的代表性。「知青」題材的中短篇創作在經歷了一個短暫的揭示「傷痕」的階段之後，很快便因為強化了思考的成分而發生了許多新的變化。「知青」題材的中短篇創作也完全是因為這種思考成分的介入而達到了一個新的高度，格外引人注目。在對於「知青」歲月的歷史「反思」中，梁曉聲的創作最早表現出了對於「上山下鄉」運動的歷史評價的一種辯證態度。他的有代表性的短篇《這是一片神奇的土地》和中篇《今夜有暴風雪》，以北大荒「知青」開墾荒原的進軍和大返城為背景，雖然也描寫了這場運動給一代「知青」帶來的痛苦和犧牲，但同時也十分珍惜他們為此而付出的熱情、理想和青春的代價，對這一代人在荒謬的歷史中所表現出來的開拓奮進的精神及其所收穫的精神果實，表示了極大的讚賞和崇敬。這些作品因而在悲壯的犧牲中同時也顯示了一種崇高的美學特徵，是這類作品中最具震撼力量的篇章。梁曉聲此後的創作特別是長篇《雪城》繼續了這一主題和審美追求，使這一創作的餘脈一直延伸到八〇年代中期以後。與梁曉聲的這一「反思」傾向相近的另有韓少功的短篇《西望茅草地》，這篇作品在描寫一個「知青」農場的悲劇故事的同時，對丟失在茅草地上的青春和愛情，同樣也表現了一種不無惋惜和眷戀的情懷。與梁曉聲和韓少功的這種「反思」傾向不同，張承志和史鐵生的創作重在通過「反思」「知青」歲月，從中尋找一代青年與人民群眾和民族歷史之間深刻的精神聯繫。張承志的創作從一開始就把「人民」作為哺育一代青年的精神母體，此後，又同時把這一母體的內涵擴大到「土地」和「民族」，他的最有力度的兩部中篇《黑駿馬》和《北方的河》，即是以草原、河流和民族的歷史文化作為一代青年的精神搖籃的。這些作品中的年輕的主人公，無論是生活上的進取和事業上的奮鬥，都是從這裏吸取勇氣、信心和力量。正因為如此，張承志的這些作品總能給人以精神的鼓舞，而且在藝術上也一改梁曉聲式的悲劇氣氛，顯得博大雄渾，具有深厚的歷史感和較大的文化含量。也因為如此，張承志的這些作品在這一階段事實上已經率先表現出了一種文化「尋根」的傾向。與張承志對待「人民」和「土地」所表現出來的親和傾向相同，但在審美態度上卻大相徑庭的是史鐵生的短篇《我的遙遠的清平灣》。這篇作品以平和的心境對「知青」歲月做審美的靜觀，淘盡苦難而留下對於黃土高原和高原人民的深情的回憶。這種回憶同樣也可以成為一代「知青」精神的源泉和動力。在所有「反思」「知青」歲月的中短篇作品中，王安憶的短篇《本次列車終點》和孔捷生的中篇《南方的岸》等，是較少表現出對「知青」生活的回歸傾向的作品。這些作品在經歷了對「知青」歲月的批判性審視之後，轉而發現，真正屬於這一代人的生活位置並非他們當初夢寐以求地要返回的城市，而是他們為之付出過血淚代價的農場或鄉村，因而這些作品中的已經回城的「知青」又返回了他們插隊的舊地，或表現出了強烈的回歸傾向。這類作品的意義當然不在於這種回歸傾向本身在事實上是否合理可行，而在於這種「反思」的取向進一步深化了「知青」題材的「反思小說」的主題，使這一主題中的辯證精神和歷史感都有所加強，因而是具有重要的啟發意義的。此外，是以陳建功的短篇《丹鳳眼》和《飄逝的花頭巾》等小說為代表的對當代青年的人生態度和生活道路問題的思考的作品，也涉及到「知青」歲月結束後一代青年的人生選擇與理想追求問題，是「知青」題材的「反思小說」的一種重要的延伸形式。

在以農民問題為「反思」對象的中短篇創作中，高曉聲是最有代表性的作家之一。這位從五〇年代中期起就因為「右派」問題而被遣回原籍農村，長期與農民休戚相關、苦樂與共的中年作家，復出之後，即傾注全部心力集中反映中國農民的生活和命運。他的最有代表性的作品——「陳奐生系列」小說雖然大都與此後的改革主題有關，但他復出後最初引起關注的短篇小說《李順大造屋》，卻是比較典型的帶有「反思」性質的作品。這篇作品把新中國成立以後三十年間中國農村的歷史曲折和中國農民的命運變幻，濃縮在一個普通農民李順大為造三間瓦屋而迭經起落的過程之中，通過李順大造屋的歷史「反思」中國農村的歷史和中國農民的命運變化，以小見大，具有極強的藝術概括力。與此同時，作者也把筆觸深入到中國農民的靈魂深處，深刻地揭示了當代中國農民在封建觀念的束縛和極左政策的扭曲等雙重外力作用下所造成的精神的愚昧和麻木，在「反思」歷史的同時，也繼承了魯迅挖掘國民性的根源的主題，因而具有較大的思想深度。高曉聲在此後的創作尤其是在「陳奐生系列」小說中，進一步發揮了這一解剖國民靈魂的創作特色，他因此而成為本期作家對於農民問題反映最為深切同時也是最有成就的一位作家。除高曉聲外，其他農村題材「反思小說」的中短篇作品有代表性的還有茹志鵑的短篇《剪輯錯了的故事》、張弦的短篇《被愛情遺忘的角落》和張一弓的中篇《犯人李銅鍾的故事》等。這三篇作品，前者以戰爭年代與和平建設時期的領導作風和黨群關係的對比，檢討「大躍進」時期農村政策的歷史失誤；中者以一個家庭母女兩代在婚姻愛情問題上的歷史輪迴，揭示極左政策所造成的貧困是如何阻礙婦女解放的歷史進程；後者則以一個特殊歷史情境下的特殊「犯人」——黨支部書記李銅鍾為解除群眾的饑餓之苦而以身試法的故事，反思農村政策的歷史失誤所造成的慘痛教訓以及共產黨人應當如何維護廣大人民群眾的根本利益等問題。這些作品從不同的側面、以不同的方式，深入觸及到建國以後各個不同時期的農村問題，是「反思小說」的中短篇創作中最為系統也最為完整地反映一個特定的題材領域的社會生活的系列作品。除上述作品以外，另如葉蔚林的短篇《藍藍的木蘭溪》和古華的短篇《爬滿青藤的木屋》等，也涉及到農村社會中的封建殘餘思想和現代專制勢力對生活的窒息和人性的戕害問題，是農村題材的「反思小說」的一個不可分割的重要方面。

「反思小說」的中短篇創作中，還有一些作品涉及到其他一些領域的社會生活和其他方面的一些社會人生問題。其中影響較大的有如下一些方面的作家作品值得注意：其一是以李存葆的中篇《高山下的花環》和《山中，那十九座墳塋》為代表的以部隊生活為題材的中短篇創作。這個領域帶有「反思」性質的作品最早產生重要影響的有徐懷中的短篇《西線軼事》。《西線軼事》不僅塑造了一位帶著文革「傷痕」的軍人形象，同時也賦予這位軍人以英雄的特質，通過這個複雜的軍人個體，表達了作者對於英雄主義和與之相關的社會歷史問題的深人思考。李存葆的這兩部中篇同樣塑造了一批帶著不同的心靈「傷痕」、承受著不同的生活重壓的軍人形象，而且這些軍人在危及國家民族的生死關頭，也都無一例外地成了捨生忘死的英雄。這些作品把軍人和英雄置於特定的歷史情境之下，真實地展現他們成長和活動的社會環境，深入地揭示他們豐富複雜的內心世界，不但衝擊了向來有關英雄和英雄主義的理想觀念，而且還藉此將筆觸伸向更為深廣的社會生活領域，「反思」更加深遠的社會歷史問題。正因為如此，它們的影響也就遠遠超出了部隊生活的範圍，在本期「反思」題材的中短篇創作中具有極為重要的價值和意義。其二是以鄧友梅的中篇《那五》、《煙壺》等為代表的以近現代歷史上的市井生活為題材的中短篇創作。從短篇《尋訪畫兒韓》開始，鄧友梅即注重把自己對於社會歷史和人生問題的思考，寄寓於對近現代歷史上一些特殊行業的社會生活或具有特殊身份的市井人物的評價和描寫之中。因為創作取材的這種特殊性，故而這些作品大都具有深厚的歷史文化蘊含和濃郁的地方風俗色彩，而且作品多採用方言口語，敘事特別注重工筆白描，故而又被人稱做文化風俗小說，是現代「京派」小說在當代的歷史延續。京中作家這期間的創作追求文化內蘊和民俗特色的，另有汪曾祺、林斤瀾、劉紹棠和陳建功等。汪曾祺以京派風格寫江南人事，別具一格。他的短篇《受戒》和《大淖記事》以描寫自然、健康的人性而名噪一時。紹棠則致力於「鄉土文學」創作，從鄉土民情中發掘民族傳統的精神美德。他的中篇《蒲柳人家》是這方面的代表作。林斤瀾在這期間寫「怪異」年代的

「怪異」世情，陳建功則以一組談天說地」系列作品寫京都市民的文化心理積澱，等等，都產生了不同程度的影響。與鄧友梅等京中作家的這種創作取向相近的是馮驥才的中篇《神鞭》等同樣具有文化風俗色彩的小說創作。較之鄧友梅的作品注重弘揚傳統文化，崇尚美德善行，馮驥才的作品則同時還多了一點對傳統的批判性審視，因而也就更具諷刺的鋒芒和更帶啟發性的意義。此外是陸文夫的中篇《美食家》，雖然不是取材於近現代歷史，但卻同樣是以一個異行奇人（吃客）的生平行狀，從一個特殊的視角表現了傳統文化在當代社會的歷史命運，以及作者對於當代社會某種異常的運行軌跡的深入思考。他另有短篇《小販世家》等，與《美食家》一起，組成了一個名之為「小巷人物誌」的作品系列，是這方面的一些代表作品。江南作家與陸文夫的這種創作取向相近的，這期間另有王安憶的中篇《流逝》，在展現主人公的命運變幻的同時，也勾勒了社會歷史和文化風習的滄桑變遷。陸文夫和王安憶的這些作品同樣具有濃郁的地方文化色彩，在表現江南市井生活方面，與上述京津作家，恰成犄角之勢。這期間南北兩地作家對歷史文化和民俗風情的熱情和興趣，是「反思小說」在藝術上日漸深化的重要表現。它同時也開啟了本期文化小說的創作源頭，是本期文化小說的藝術濫觴。「反思小說」因為突出了作者對於社會歷史和人生問題的諸多不同觀點和看法，因而往往容易引起不同意見的討論和爭論。例如由禮平的中篇《晚霞消失的時候》引起的關於宗教和歷史觀問題的討論；由張潔的短篇《愛，是不能忘記的》引起的關於道德和婚姻愛情觀念問題的討論；由張辛欣的中篇《在同一地平線上》引起的關於新的生存原則和人生信念問題的討論，等等。這些「有爭議」的作品具有豐富的思想內涵，是「反思小說」的中短篇創作的一個重要方面。

三、「改革小說」中短篇諸家代表作

「改革小說」的中短篇創作有直接反映改革和間接反映改革兩種類型。直接反映改革的中短篇作品往往直接切人現實生活中正在進行的改革活動，表現改革過程中的矛盾衝突，塑造改革者的正面形象。間接反映改革的作品往往把改革作為人物活動和事件發生的背景，主要描寫改革對社會生活各個方面的影響和滲透，表現改革所引起的思想觀念和心理行為等更深層次的波動和變化。

直接反映改革的中短篇創作以蔣子龍在這期間的作品最為著名，也最有代表性。這位工人出身的作家，早在七〇年代中期就曾以中篇小說《機電局長的一天》而引人注目。這篇作品描寫了一位工業部門的領導幹部在文革期間頂著政治風浪抓生產的故事，是這期間短暫的經濟整頓[14]活動的直接產物。文革結束後的中國經濟同樣是從整頓經濟秩序、恢復正常生產開始，因而在七〇年代後期發表的蔣子龍的一篇被稱之為「改革文學」的發軔之作的短篇小說《喬廠長上任記》，仍然主要是以工廠的整頓工作為題材，但因為改革和現代化已經提上了議事日程，故而這篇作品同時也就獲得了一種全新的本質和意義。《喬廠長上任記》因為滿足了廣大人民群眾恢復生產、發展經濟的現實要求和實現四化、振興中華的美好理想，而產生了強烈的社會反響，成為這期間的經濟改革和四化建設的一股重要的鼓舞和推動的力量。此後，蔣子龍的創作即密切關注改革發展的歷史進程，及時反映改革過程中出現的矛盾和問題，並以他的改革題材的小說創作影響和帶動了「改革文學」的發展，成為從七〇年代末到八〇年代初的「改革文學」潮流中最有影響力也是最有成就的小說作家。其主要代表作除《喬廠長上任記》外，另有短篇《一個工廠秘書的日記》、《拜年》，中篇《開拓者》、《赤橙黃綠青藍紫》、《鍋碗瓢盆交響曲》和《燕趙悲歌》等。蔣子龍在這期間改革題材的中短篇創作，主要有以下幾個方面的特點：其一是注重改革家形象的塑造。他這期間的中短篇創作大都是以一個領導和推動改革的人物為中心。這些中心人物往往充滿改革的理想和激情，具有開拓奮進的力量和精神。他們不畏艱難，不怕挫折，以各自的方式追求改革的理想和目標，

14 指一九七五年鄧小平主持中央工作期間實行的經濟整頓政策，很快便因「四人幫」的破壞而中途夭折。

在這個過程中，也顯示了各自不同的性格和特徵。塑造這樣的改革家形象，不但表現了作者的社會政治理想，而且也反映了人民群眾的意志和願望，是一種時代精神和歷史趨勢的重要體現。其二是敢於描寫改革中的矛盾和衝突。蔣子龍最初描寫改革的作品多以大刀闊斧地推進改革著稱，即表現了一種敢於面對矛盾衝突的現實主義創作精神。此後，雖然鑑於現實改革的艱難和複雜，在作品中表現出了某種策略思想和靈活變通的方式，但仍然不迴避描寫阻礙改革前進的各種保守觀念和社會勢力。他的這些作品因而都比較真實地反映了改革艱難曲折的歷史進程，在主題的開掘方面也達到了一定的深度。其三是具有理想主義的色彩和偏重豪放的藝術風格。蔣子龍的這些描寫改革的作品，一方面真實地反映了改革時代的現實生活，另一方面同時也是對改革的理想的嚮往和呼喚。他的作品因此也就不可避免地帶有極強的理想主義色彩，有的作品甚至還提出了某種理想的經濟模式和管理方式，直接參與了現實改革的謀劃和設計。與此同時，蔣子龍的作品在藝術上也偏向於這種以理想的方式描寫人物和敘述情節的豪放的藝術風格，即以大筆勾勒、濃墨重染的方式，凸顯人物性格的主要特徵和情節發展的基本脈絡，使人物性格和情節發展的主要輪廓都達到一種理想的要求，因而在總體上也就表現出一種粗獷豪放的藝術風格。這種藝術風格雖然也使得蔣子龍的作品常常失之於匆促和草率，但卻增加了它的氣勢和力度，在本期中短篇創作中實屬不可多得。與蔣子龍的這種創作傾向相近的，這期間還有柯雲路的短篇《三千萬》和水運憲的中篇《禍起蕭牆》等，也較有代表性。尤其是水運憲的《禍起蕭牆》，敢於大膽描寫改革者的悲劇，在揭示改革過程中的矛盾衝突方面，達到了相當的思想深度。

間接反映改革的中短篇作品又可分為以下幾種主要類型：其一是反映改革所引起的現實關係的變動和人的精神面貌的變化。在這方面最有代表性的作家是高曉聲和何士光。高曉聲繼《李順大造屋》之後，在這期間創作了以短篇《陳奐生上城》為代表的「陳奐生系列」短篇作品，深入地揭示了改革給中國農民的命運帶來的轉機和他們的心理性格所發生的變化。何士光則以他的短篇《鄉場上》和《種包穀的老人》等作品，表現了改革是如何使被饑餓扭曲了的靈魂得到伸展、使被貧窮抑制了的人生願望得到滿足。這兩位作家因而最早從改變人生和改善人性的意義上顯示了改革對於社會進步的作用和意義。此外，另如王潤滋的短篇《內當家》和趙本夫的短篇《賣驢》等反映政治經濟轉變期複雜的社會心理，張一弓的短篇《黑娃照相》等表現富裕後的農民對精神生活的追求，鄧剛的短篇《陣痛》等描寫主人公的命運在改革過程中的戲劇性變化，以及矯健的中篇《老人倉》、王兆軍的中篇《拂曉前的葬禮》等反映改革時期農村幹部隊伍的蛻變，等等。這一類作品都曾產生過不同程度的影響，是這期間值得引起重視的一些中短篇作品。其二是反映改革對傳統的生活方式和思想觀念的衝擊及其由此所引起的社會文化和民情風習的深刻變化。在這方面賈平凹的中短篇創作最有代表性。這位對地域文化向來懷有濃厚的興趣，曾經以類似於古代筆記體的小說《商州初錄》而引人注意的作家，在這期間繼續經營他的「商州系列」作品。這些作品集中營造了一片偏遠、閉塞、原始、古樸的商州山地，描寫這片山地居民在改革開放的時代浪潮的衝擊下，從思想觀念到生活習俗所發生的巨大變化，以及由此引起革新與守舊、文明與野蠻的劇烈的矛盾和衝突。其中尤其是中篇《臘月•正月》同時還觸及到阻礙現實變革的更深層次的文化根基問題，在這類作品中達到了一定的思想深度。作為本期中短篇創作一位重要作家，賈平凹的這些作品是他的創作轉變的一個重要標誌。此後，他的作品都十分注重從現實變革中挖掘歷史文化的沉澱，而且在藝術上也偏重於向中國古代筆記、小品和話本、傳奇吸取經驗，追求中國傳統文化的精神境界和風格神韻。雖然他這時尚無自覺的「尋根」意識，但無論從哪方面說，他在這期間的創作都是「尋根小說」的藝術先聲。這期間涉及到改革所引起的思想觀念的衝突的作品，較有影響同時也存在爭論的是王潤滋的中篇《魯班的子孫》。這篇作品無論是就其較早觸及到商品經濟的興起所引起的價值觀念和道德觀念的衝突問題，還是圍繞對這一衝突的歷史評價和道德評價展開的爭論問題，對改革題材的文學創作，都有重要的啟發意義。其三是表現改革所激起的新的生活嚮往和人生追求。在這方面，最有代表性的作品是鐵凝的短篇《哦，香雪》和路遙的中篇《人生》。前者以詩意的描寫表現了一位山村少女對山外的文明的熱切嚮往之情，後者則以寫實的筆法描寫了一位處在城鄉結合部的農村青年追求新的人生道路的曲折歷程。前者以藝術上的精練含蓄取勝，後者以主人公命運的坎坷和追求的執著動人，都是本期中短篇創作中不可多得的優秀作品。除上述方面以外，另如陸文夫的短篇《圍牆》通過整修一段圍牆針砭一種普遍存在的社會心理積弊，鄧剛的中篇《迷人的海》通過人與自然的關係表現積極進取的精神，航鷹的短篇《金鹿兒》通過一個姑娘的人生情趣表現當代青年豐富多彩的內心世界，等等，都在不同程度上反映了改革時代的時代精神和生活資訊，在這類間接反映改革的中短篇創作中，同樣具有一定的代表意義。

第四節　本期小說創作（上）：中短篇小說（三）

一、「尋根小說」中短篇諸家代表作

「尋根小說」因為作家的創作旨趣和藝術取向的不同，大致可分為如下幾種類型：其一是注重從民族歷史和個體生命的原始狀態中發掘民族精神的心理積澱；其二是注重從傳統文化和人文精神的思想資料中尋找現代社會的精神支撐；其三是注重從民間文化和風俗習慣的歷史遺傳中發現生存活動的文化秘密。

第一種類型的中短篇創作以韓少功的中篇《爸爸爸》最有代表性。作為率先倡導「尋根」的作家之一，韓少功對民族的歷史文化中深藏著的民族精神的心理積澱，懷著極為濃厚的探究的興趣。其目的在於通過這種探究，一方面對其中「保守落後的意識給予現實的影響，進行揭露和批判，另一方面則汲取精華，注入現實生活」，使

光大發揚，對當代人發揮一種「扶陽補氣，益精固本」的作用[15]。正是基於這樣的創作旨趣，作者把他的目光投向具有楚文化的深厚歷史沉澱的湘西地區，從那些帶有某種原始形態的生活形式和生命形式中，去發掘民族精神的某些心理積澱的因素。這篇作品所寫的雞頭寨山民，一方面有丙崽式的個體，從肉體到精神都表現出了一種永遠也長不大的種族侏儒的特徵，集中了民族根性中一切未曾進化完善的原始蒙昧的生理和心理的因素，另一方面也有雞頭寨山民的整體，為著尋找生存領地和延續種族生命而表現出來的從精神到肉體都無比強悍的生存力量，集中了民族根性中那些創造了燦爛的歷史文化和維持民族傳統歷久不衰的精神因素。正是通過對楚地先民的歷史文化源頭所做的這種批判性的審視，這篇作品確實較好地體現了作者的創作題旨，因而是這期間一篇比較典範的「尋根」作品。由於上述原因，這篇作品在藝術上就不是一般意義上的現實主義小說，而是帶有整體象徵意味的具有現代主義傾向的作品。作品中所有關於人物、情節和環境的描寫，都不是具體的所指，而是被作者抽象化了的一種象徵的符號，整個作品就是通過這個符號系統所構造的一個巨大的藝術意象，來表達整體的象徵意味的。韓少功在這期間的創作另有中篇《女女女》和短篇《藍蓋子》、《歸去來》等，也帶有類似的藝術特色。這些作品不但標誌著作者的創作開始由一般意義上的「知青」小說轉向一個新的階段，而且也使他在這個階段上很快便以他的理論倡導和創作的實績而成為一位極富代表性的「尋根」作家。

第二種類型的中短篇創作以阿城的中篇《棋王》和王安憶的中篇《小鮑莊》最有代表性。《棋王》以知識青年王一生將全部生命和生存的注意都專注於「吃飯」和「下棋」，來表現處身文革亂世的生存的艱難和在下棋中進入物我兩忘的境界對於抵禦亂世的精神力量。正是在後一種意義上，作品被眾多論者普遍認為是接受了中國傳統文化中以老莊為代表的道家哲學和佛教禪宗思想，把這些古老的人文思想資源通過作品中的人物轉化成了現

15 參見韓少功，《關於文學「尋根」的對話》，《文藝報》一九八六年四月二十六日。

代社會個人生存的一種精神支柱。在作品中，作者不但賦予王一生一種頗帶道禪色彩的隨遇而安、淡泊寧靜的生活態度，而且還通過他的迷戀棋藝，體現出道家哲學和禪宗思想超然出世、虛中靜內的人生境界。通過這個人物和他的棋道，作者從一種向來被認為是消極的人生哲學中，發掘出了一種對於特殊歷史情境下的社會環境具有一種積極的現實作用的思想精髓，從而使這些傳統的思想精華又煥發出了一種現代的意義，在現代社會得到了更新和復活。這篇作品對主人公的現實經歷的描寫，是完全真實的，但通過主人公的現實經歷所表達的文化蘊含，卻又帶有一種象徵的傾向。因而以真實的描寫表達象徵的涵義，就成了這篇作品的一個主要的藝術特色。與阿城的《棋王》偏好道禪不同，王安憶的《小鮑莊》更注重從正統的儒家文化中去尋找對於現代生活具有積極意義的精神因素。這篇作品同樣把它的人物置於文革的亂世之中，但卻不是像《棋王》那樣依靠個體的精神超越來顯示傳統的力量，而是借助群體的精神聯繫來表現傳統的深厚偉力。這篇作品在文革的整體背景上營造了一個幾乎是孤懸於亂世之外的寧靜、穩定的自然村落。除了自然人倫的力量，維繫這個村落的居民生存和繁衍的精神支柱，便是建立在這種自然人倫關係之上的儒家文化的核心觀念——「仁義」二字。依靠這種觀念的支撐，小鮑莊人雖置身亂世，卻安貧樂道，臨難不驚，表現出了一種罕見的平和和寧靜。正是通過小鮑莊人在亂世中的這種特殊表現，作品從中國傳統的農業文化和鄉村社會，以及在此基礎上產生的儒家思想的傳統中，發現了一種對於現代社會的穩定和發展極有意義的精神因素。作品借助小鮑莊人把這種具有現代活力的精神因素表現出來，同樣包含了一種復活與再造傳統的作用和意義。同《棋王》一樣，這篇作品也是通過寫實的手段表達象徵的涵義。但因為《小鮑莊》中的人物存在不同程度的符號化的傾向，因而較之《棋王》，其現實性有所削弱，象徵的意味更加顯豁。王安憶此後創作的探討性愛問題的中篇「三戀」（即《小城之戀》、《荒山之戀》、《錦繡谷之戀》）系列，是「尋根小說」的創作旨趣的自然延續，只是作者的藝術取向已由理性的層面轉向本能的欲望，由文化傳統轉向生命本源，故不在此類作品的討論之列。

第三種類型的中短篇創作以李杭育的「葛川江系列」短篇和鄭萬隆的「異鄉異聞」系列短篇最有代表性。這兩位作家雖然像大多數「尋根」派作家一樣，對地域文化懷有極為濃厚的興趣，但二者關注的側重點卻各有不同。鄭萬隆注重探討特殊地域中某種民間文化性格形成的特殊性，因此他的作品也就十分注重描寫具有特殊性格的人物和孕育這些人物的特殊的生存環境。在他的「異鄉異聞」系列短篇（以《老棒子酒館》等最有代表性）中，人物生存和活動的世界是一個漢族淘金者和鄂倫春族獵人雜居的「異鄉」。在這個邊遠、荒野的山村，人們為著生存和實現他們的全部做人的欲望，需要付出異乎常人的力量和代價，在這個過程中，同時也養成了他們異乎常人的性格，造就了他們異乎常人的思想觀念、情感方式和行事作為。通過這些「異人」、「異事」，作者向人們展示了這個特殊生存環境中人們「在創造物質的同時怎樣創造了他們自己」，從人與環境的關係中，深入揭示了人的本質力量和某種特殊地域的特殊的文化性格形成的全部奧秘。與鄭萬隆不同，李杭育注重探討特定歷史階段上某種生存方式和風俗習慣變遷的特殊涵義，因而他的作品也就十分注重描寫能夠體現這種生存方式和風俗習慣的具有特殊身份的民間人物，和足以引起這種變遷的特殊的歷史時刻。在他的「葛川江系列」短篇尤其是《最後一個漁佬兒》和《沙灶遺風》等作品中，人物的身份大多是代表某種即將告別歷史舞臺的舊的生存方式和風俗習慣的「最後一個」，或代表某種正在孕育形成之中的新的生存方式和風俗習慣的「最早一個」。這些人物在一個重大變革的歷史時刻到來之際，無一例外地都要經歷一次新舊蛻變的時代洗禮。通過他們不無惋惜地向舊的生活形式告別或倉卒之中撲向新生活的種種新舊雜糅的人生情態，作品淋漓盡致地展現了這些處於新舊交替時代的民間人物的命運所發生的喜劇性變化，從這種變化所激起的人格力量中，顯示了在一定的地域中由某種特定的生存方式和風俗習慣孕育形成的文化性格對於現代生活和歷史變革的特殊的價值和意義。這兩位作家的作品都十分注重風俗描寫，因而在藝術上都具有十分濃厚的地域色彩。

與上述不同類型的「尋根」作家的創作旨趣相近或受「尋根」思潮影響的中短篇創作，這期間或在此前後，尚有如下一些作家的作品值得引起特別注意。其一是在「尋根」思潮尚未興起之前，作品中就已經流露出了一種「尋根」趨向的，如張承志的中篇《黑駿馬》、《北方的河》，賈平凹的「商州系列」中短篇作品。這兩位作家的創作分別從當代青年與民間生活和民族歷史文化的精神聯繫，以及農村變革所引起的文化變遷的角度接近「尋根小說」的題旨，是「尋根小說」的藝術濫觴。其二是在「尋根」思潮興起之際或稍後的創作與「尋根小說」的題旨相近的，如鄭義的中篇《老井》（包括此前的另一個中篇《遠村》）、莫言的中篇《紅高粱》和扎西達娃的中篇《西藏：繫在皮繩扣上的魂》等。前者著力發掘西部地區高原人民特殊的文化性格和強悍的生存意志，中者著力張揚齊魯大地古樸粗獷的民風和原始野性的強力，後者著力追尋民族（藏族）文化之「魂」和人生信仰之謎等，都連接著一定的民族歷史和民族文化的根系，是「尋根小說」用藝術的方式審視和重鑄民族的精神文化傳統的一種重要表現形式。此外，則是朱曉平的中篇《桑樹坪紀事》和李銳的《厚土》系列短篇等，雖然在題材分類上屬於「知青文學」或以「知青」的眼光觀照民間生活的作品，但因為其著眼點已不在於早期「知青文學」的「傷痕」、「反思」和稍後一些的審美「靜觀」，而在於以「知青」生活的經歷與民間社會所建立的血肉聯繫，去發掘和發現民間生活永不枯竭的生命源泉和萬世不衰的生存奧秘。這無疑也與「尋根小說」的創作題旨十分接近，是「尋根小說」的中短篇創作在更廣泛的題材領域的一個自然的延伸。作為一種文化思潮，「尋根」也對這期間的小說文體發生了重要影響。除上述在藝術手法和技巧上的諸多表現外，還有一個重要的方面，是這期間以李慶西、林斤瀾等中青年作家和孫犁、汪曾祺等老作家為代表的「新筆記小說」創作。「新筆記小說」源於中國古代的一種「筆記」文體，因為主要是出自文人之手而不是像話本那樣起於民間，故長期以來不受重視。「尋根」思潮的興起，不但從這種古老的文體中發現了一種「獨抒性靈」的文人傳統，而且同時也發現了一種「不拘格套」的文體形式。上述作家以這種「新筆記小說」來描摹世態人情，往往十分注重其中的文化蘊含，因而是這期間的「尋根小說」在藝術上的一個特殊收穫。

二、「擬現代派小說」中短篇諸家代表作

「擬現代派小說」的中短篇創作因任作家對西方現代派文學的選擇和所受影響的性質與來源，及在創作中對這種影響的融合與轉化的不同而有不同的表現，就其影響較大和較有代表性的作品而言，主要有以下兩種類型：其一是借用現代派手法表達作家對於社會人生複雜的經驗和感受；其二是受現代派影響而熱衷於純粹形式的實驗和探索。

第一種類型的中短篇創作以劉索拉的中篇《你別無選擇》和殘雪的短篇《山上的小屋》等最有代表性。《你別無選擇》是所有這些「擬現代派小說」中為數不多的直接從現實生活中取材的作品。這篇作品以一群音樂學院的學生在急劇變動的當代校園所經歷的種種追求和失落、不安和躁動、焦慮和苦悶，表現了人的現實選擇的受動性。尤其是在一個新舊交替的時代，在舊的環境中選擇新的追求，種種束縛和矛盾，幾乎成了這群年輕人一種無法掙脫的「宿命」。作品沒有去表現對這種「宿命」的悲劇的抗爭，而是用一種調侃和戲謔的方式，通過「反諷」的手段，去消解這種「別無選擇」的「宿命」的力量。這篇作品不但因其在思想觀念上表現出來的某些「反傳統」和反主流文化的傾向，而且也因其在藝術表現上捨棄中心情節和對固有的文學修辭風格的顛覆與破壞而十分接近西方某些現代派作家的創作，以至於被人稱之為「真正的中國現代派的文學作品」[16]。由這篇作品開始的這種創作特徵，經由徐星的短篇《無主題變奏》和王朔的早期作品如中篇《一半是海水，一半是火焰》等的發展，逐漸成為一種引人注目的創作傾向。王朔的後期創作則進一步把這種創作傾向推向極端，在八〇年代末期掀起了一股消解正統文化和文人傳統的帶有現代大眾文化色彩的新的市民文學的藝術潮流。

---

[16] 李澤厚，《兩點祝願》，《文藝報》一九八五年七月二十七日。

如果說《你別無選擇》等作品是來自當代青年對於當代社會的複雜的心理經驗，那麼，《山上的小屋》等作品就是由作者刻意經營的一個超驗的世界。這篇作品同樣無一定的中心情節，通篇只由一些幻覺的碎片組成。作品中所寫到的一家人，不但相互之間處於一種懷疑、猜忌和仇視之中，而且每個成員的日常言行也都超出了常情、常理和常規、常態，顯得十分乖張、古怪，帶有一種精神分裂症患者的病態特徵。通過這樣的一些反常人物反常的舉止言動和行事作為，作品表現了對於存在的荒誕感受。這種感受的某些片斷可能具有一定的現實經驗的依據，但從總體上說，卻無疑是西方某些現代主義哲學和文學派別影響的結果。殘雪的創作大都具有這樣的特徵，她因此而被認為是這期間「擬現代派」的中短篇創作中，以極端的方式最為直接地逼近西方現代主義文學的作家。

此外，莫言在這期間的創作強調直覺經驗、追求感官效果，也帶有明顯的現代主義的藝術特色。他的中篇《透明的紅蘿蔔》通過一個孩子對一隻在火光照射下的「紅蘿蔔」的奇異的感覺，使一片帶有象徵意味的惡濁的生存環境透露出一線生命的亮色，在對於善和美的表現方面，確實給人們帶來了一種異乎尋常的驚喜。但莫言後來的創作也把這種追求推向了極端，用官能的刺激反應代替了審美的情感愉悅，破壞了整體的藝術效果。同樣是強調主觀感覺和內心經驗，何立偉在這期間的短篇小說創作卻不同於莫言的追求直覺和感官效果，而是發展了前此階段小說創作中例如鐵凝的《哦，香雪》那樣的「詩化」傾向，同時又運用了現代主義的某些象徵手段，創造了一種類似於他的短篇《白色鳥》那樣的以詩意的畫面表達象徵的意蘊的新的「詩化」小說的藝術模式。何立偉在這期間的短篇創作大都帶有這種傾向，但也有的作品流於纖巧造作，缺少一種「不著痕跡」的大家氣度。

第二種類型的中短篇創作以馬原的中篇《岡底斯的誘惑》和洪峰的中篇《極地之側》等最有代表性。這兩位作家在這期間的中短篇創作，除了在思想觀念上接受了西方現代主義的某些哲學（主要是現象學和結構主義）影響之外，最為引人注目的是他們同時也把這種影響貫注於在小說的敘事方式方面所做的革命性的嘗試中去。這些嘗試主要表現在：其一，注重敘述本身的意味，而不在所敘述的內容。這兩部作品與一般小說最大的不同，是它們都放棄了敘述一個具有統一性和完整性情節的中心故事，而是將一些缺乏邏輯關聯的、帶有極大的隨機性和偶然性的情節片斷隨意組合起來，形成一個被有些論者稱之為敘述的「迷宮」或「圈套」的結構。在這個「迷宮」或「圈套」之中，一方面，那些被講述的情節片斷，或者因為缺乏內在聯繫，難以顯示出整體的意義，或者因為相互替代，變得毫無意義。另一方面，這個敘述的「迷宮」或「圈套」結構本身，卻同時又表明了一種意義：即這個世界的不可知和無意味。這種關於世界的不可知和無意味當然也可以看做是作品的一種意義，但作品表達這種意義卻不是通過一般的情節或人物，而是通過敘述本身來完成的，因而相對於一般意義上的小說來說，就具有一種革新的意義。其二，不但敘述人在敘述，而且作品中的人物也參與敘述。因為注重敘述本身的意味，故而這兩位作家的小說在敘述的角色、人稱、角度和時態等等方面，都有許多複雜的變化。尤其是馬原的小說，作家不僅以敘述人的身份參與敘事，同時也是作品中的人物的敘述對象；同樣，作品中的人物不僅是作家的敘述對象，他自己同時也充當敘述者的角色。這種變化表明在馬原的小說中，敘事的主體與對象、真實與虛構的界限已混淆不清，在觀念上同樣反映了作家對於現象世界的真實感的失落和認識的困境。其三，不但敘述故事，同時也展現故事的敘述過程。因為要通過敘事的結構來顯示敘述本身的意味，故而這兩位作家的小說就十分注重展現故事的構思和寫作的自然過程，即作家是如何構思故事和某種敘事的結構是如何形成的。通過這個過程，不但突出了「怎麼寫」在小說創作中的特殊意義，而且，也打破了讀者對於「寫什麼」的閱讀定勢，破除了小說的虛構性的「神話」。馬原和洪峰的小說所做的這些純粹形式的實驗和探索，對這期間嶄露頭角的一批新進作家如蘇童、余華、格非和孫甘露等，產生了重要的影響，他們在這期間以更激進的方式進一步推動了小說形式的實驗和探索，成為「擬現代派小說」的中短篇創作在本期迭起的最後一次藝術浪潮。

三、「新寫實小說」中短篇諸家代表作

「新寫實小說」的中短篇創作在注重寫實性的同時，因為作家取材的方式和追求寫實的「新」質的藝術途徑的不同而有不同的表現，就影響較大和較有成就的作品而言，主要有以下兩種類型：其一是注重對生存欲望和生命本能的表現；其二是注重對生存狀態和生活本相的還原。

第一種類型的中短篇創作以劉恆的短篇《狗日的糧食》、中篇《伏羲伏羲》和方方的中篇《風景》等最有代表性。劉恆的兩篇作品涉筆的都是人的「原欲」問題，《狗日的糧食》表現生的欲望，《伏羲伏羲》表現性的本能，都是中國傳統文化思想所認定的人性的兩個最原始的也是最基本的表現方面，即所謂「食，色，性也」，亦即是民間所說的飲食男女問題。這位作家對這個問題的探究的興趣雖然與前此階段的某些「尋根派」作家有諸多相似之處，但卻不像前此階段的某些「尋根派」作家那樣一味張揚這種「原欲」的力量，而是同時也把藝術的注意力放在對於生存的意義和人性問題的探討方面。《狗日的糧食》通過一個普通的農村婦女一生缺糧的遭遇，表明在生存資料極端匱乏的情況下，全部生存的意義只在於滿足求生的欲望，人性和人的價值就必然會受到無情的扭曲。《伏羲伏羲》則通過一個通姦亂倫的性愛故事，表明人的原始本能與社會的理性規範之間的矛盾，是人所無法迴避的一種悲劇的宿命。這兩篇作品採用了一種冷峻的寫實的筆法，不動聲色，不事修飾，對人性的刻畫都達到了一種刻骨入髓的深度。同樣是冷峻的寫實，方方的《風景》則把她的筆觸深入到社會生活的最底層，揭示人的生存環境對於生存的意義和人性的狀態以及人的命運的決定作用，描寫人為著改變自身的命運和生存狀況、追求生存的意義和價值所做的掙扎和苦鬥，以及在這個過程中所激發出來的人性的光輝和欲望的力量。這篇作品無論是它在整體上對於一戶人口眾多的城市平民家庭的日常生活和自然生態的不加掩飾的描寫，還是它分別

對這個家庭的眾多成員特別是其中的「七哥」的思想性格所做的入木三分的刻畫，都表明它對於「寫實」的新質的追求達到了一種近乎「裸呈」的程度。尤其是在藝術表現手法上，通過這個家庭中的一個死孩子的眼光來觀照其他活著的家庭成員的生活，把一幅每一個細部的描寫都極為真實的生存圖景嵌進一個在總體上是荒誕不經的結構框架，更顯示了「新寫實小說」在融合現代主義之後所形成的新的藝術特色，因而被認為是這期間的「新寫實小說」最具典型意義的中篇作品。與劉恆的創作旨趣有某些近似之處，但更注重表現原始的欲望和本能的衝動對於顯示生命的力量的特殊意義的，在這期間另有楊爭光等人的中短篇創作。但楊爭光的作品有時又因為對於「原欲」和本能的過度放縱的描寫，而不免給人以展覽醜惡之感，是這類小說的主要的缺陷和不足。

第二種類型的中短篇創作以池莉的中篇《煩惱人生》、《不談愛情》、《太陽出世》等「人生三部曲」和劉震雲的兩部具有情節的相關性的中篇《單位》和《一地雞毛》等最有代表性。池莉的這些小說被認為是「新寫實小說」中最注重表現生活的原生狀態的作品。《煩惱人生》記述一個普通工人一天之中的生活細節和生活感受；《不談愛情》和《太陽出世》分別描寫戀愛結婚和嬰兒出世，初為人父、人母的人生經歷，都無大起大落的情節和大悲大喜的遭遇，不過是一些人皆身歷、人皆心受的瑣屑的日常生活和平凡的人生過程。作品用一種近乎自然主義的描寫和類似於「生活流」的結構，把這些瑣屑的日常生活和平凡的人生經歷呈現在人們面前，使之與生活的本來面貌達成一致，接近生活的本色狀態，因而具有很強的真實感。正是通過這種方式，作者把向來在文學作品中描寫的理想的生活和生活的理想「還原」成生活的本來樣子和本真色彩，讓人們從中品嘗甜酸苦辣具備的而不是僅有甘洌甜美的生活滋味，從中體驗喜怒哀樂兼有的而不是僅有喜悅歡欣的生活感受。也只有從這種真實的而不是虛幻的、實在的而不是想像的生活中體悟到的生活的意義才是最接近生存的本義的。池莉的這些作品在描寫這些平常人物的日常生活和平凡經歷的同時，也描寫了他們從中所獲得的人生感悟和人格的昇華，因而是具有很深切的啟示意義的。與池莉用類似於佛家的「平常心」對待這些平常人物的日常生活和平凡經歷，讓她筆下的人物細細地體味生活的滋味和人生的意義不同，劉震雲則感到這些平庸、瑣碎、冗長、繁雜的日常生活和人生經歷是他筆下的人物的一種沉重的負擔和無形的桎梏。他筆下的人物因而總是因為不堪這種生活的重負而顯得身心勞頓，因為無法掙脫這種無形的桎梏而顯得尷尬無奈。正因為如此，他在講述這些平常人物的日常生活和平凡經歷的時候，就不可能像池莉那樣知足能忍、心氣平和，而是在平常的瑣屑的話語中，往往隱含著一種憤懣和不平、不安和躁動。這種以平常的話語說出的憤懣和不平，以瑣屑的言詞表達的不安和躁動，也就使得劉震雲的敘事風格帶有很重的「反語譏諷」的色彩。他的《單位》和《一地雞毛》正是用這種「反諷」的方式去消解庸庸碌碌、周而復始的機關生活的沉重和無奈，在另一種意義上讓人們獲得一種人生的思索和啟示。在對於社會積習和生存環境及人性中的某些畸變因素的鞭韃和諷刺方面，李曉在這期間的中短篇創作與劉震雲有某些近似之處，是「新寫實小說」融合「黑色幽默」風格的重要表現。另有一些作家放棄前此階段激進的現代主義實驗後，也將關注社會的目光轉向普通人的日常生活，以及他們在曲折演進的歷史中的命運變化，表明這些作家對社會生活的理解，逐漸擺脫了在現代主義實驗階段演繹西方人生哲學的新的概念化，對普通人的人生表現了真切的人間關懷。這些作家發展了池莉的小說中的「忍者」的哲學，是這期間的「新寫實小說」中普遍存在的一種「日常主義」的創作傾向的重要表現。

上述兩種類型的「新寫實」作品，前者通過對生存欲望和生命本能的表現，顯示生存的意義、發掘人性的內涵；後者通過對生存狀態和生活本相的還原，體味人生的真義、揭示生存的困境，都是直接從現實生活中取材，所探討的也是當代人所面對的現實問題。「新寫實小說」在這期間的中短篇創作，另有一些作家把藝術觀照的眼光投向歷史，在對過去時代的社會生活的藝術描寫中，表現出了對「寫實」的新質的追求和新的創作旨趣。其中最有代表性的是以蘇童的中篇《妻妾成群》為代表的一批江蘇作家如葉兆言和范小青等人的創作。作為在前此階段的現代主義藝術實驗中表現激進的一位青年作家，蘇童的在這期間創作的《妻妾成群》除了在某些觀念方面多少還留有西方現代主義哲學例如佛洛伊德的學說的影響外，其餘則洗盡了現代主義的「鉛華」，表現出了一種沉著寫實的創作態度。這篇小說就其揭示畸形的家庭和兩性關係對人性的扭曲而言，接近《伏羲伏羲》的創作題旨，對人性的開掘也達到了相當的深度。其敘事風格的平實、瑣細，則與池莉等人的作品有諸多相似之處。從這些方面來看，以這篇小說為代表的一種被有些論者稱之為「新歷史小說」的創作傾向，顯然是這期間的「新寫實小說」的藝術追求的一種重要表現。但是，從另一方面來看，這篇小說及其所代表的「新歷史小說」的創作傾向，又顯然接受了三〇、四〇年代某些帶有通俗傾向的都市文學的創作影響，因而很快便與正在興起之中的以王朔的後期創作為代表的當代市民文學合流，並借助現代大眾傳媒和文化市場的手段迅速蔓延，成為九〇年代在新的市場經濟背景下的小說創作推湧出來的最初一個藝術潮頭。

第五節　本期小說創作（下）：長篇小說（一）

如同本期中短篇小說創作一樣，本期長篇小說創作在結束文化大革命之後，也發生了一個藝術的轉換，並且以這一轉換為標誌，開始了當代長篇小說藝術發展的新階段。

本期長篇小說創作概況

文化大革命結束後的七〇年代末期，長篇小說的出版較之處於文化大革命之中的七〇年代中前期，雖然在數量上有了較大的增長，但就作品的類型和性質而言，與文化大革命期間出版的長篇小說，仍然沒有根本性的改變。這期間的長篇創作因而一方面是文化大革命結束之後的政治歷史變動所引起的藝術上的轉換，另一方面是這種轉換因為文化大革命的影響尚未完全消除和長篇創作本身的某些原因（例如藝術準備的時間和生產週期長、生活容量大、題材和主題較有穩定性等等）而顯得比較緩慢。這種緩慢轉換的結果，便使得這期間的長篇創作在整個文學的歷史性轉變中出現了一種有別於其他文學體裁的異乎尋常的發展滯後的藝術態勢。

也就是在這種發展滯後的總體態勢下，從七〇年代末期到八〇年代初期，另有一些長篇作品，分別從不同的方面表現出了一種全新的藝術風貌和內在素質。這些作品同時也標誌著本期長篇創作在這種緩慢轉換的過程中，逐漸完成了藝術上的蛻變，並以其所獲得的新質、所表現出來的新的藝術風貌，在這期間的長篇創作中，集中形成了一個引人注目的藝術高潮。這個藝術高潮的表現主要有以下幾個方面：其一是以姚雪垠的《李自成》（第二卷）為代表的歷史題材的長篇創作的蓬勃發展。在中國新文學史上，歷史題材的長篇創作的發展一直都比較緩慢。進入當代以後，又因為對歷史人物和歷史事件的政治評價存在諸多敏感的禁區而較少有作家涉足其間，以至於在文革期間，歷史題材的長篇創作幾乎是一片空白。文化大革命結束以後，由於解除了極左的政治禁錮，加上歷史的盛衰興亡對現實有一種警醒和鑑戒的作用，一大批作家特別是像姚雪垠那樣的身處逆境的作家，長期以來懷著寄託「孤憤」的心情創作的歷史題材的長篇小說才得以先後出版，在這期間的長篇創作中形成了一個十分壯麗的藝術景觀。這些作品比較有代表性和藝術成就較高的除了《李自成》（第二卷）外，另有劉亞洲的《陳勝》、蔣和森的《風蕭蕭》、楊書案的《九月菊》、凌力的《星星草》[17]、鮑昌的《庚子風雲》、任光椿的《戊戌喋血記》以及徐興業的《金甌缺》的第一分冊和第二分冊[18]等。這些作品的題材雖然多數仍舊未能超出歷代農

17 凌力此後重要的歷史題材的長篇小說還有獲得第三屆茅盾文學獎的《少年天子》（北京十月文藝出版社，一九八七年）。她是本期取得重要創作成就的長篇歷史小說作家。

18 《金甌缺》分第一分冊、第二分冊分別於一九八〇年、一九八一年由福建人民出版社出版。第三分冊、第四分冊於一九八五年由海峽文藝出版社出版。獲第三屆茅盾文學獎榮譽獎。這兒主要指第一分冊和第二分冊。

民起義和農民戰爭，以及抗擊外敵人侵和抵禦外侮的範圍，因而主題同樣仍舊局限在表現階級鬥爭和愛國主義的具有一定的政治保險係數的範圍之內，但作者對作品所涉及的具體的歷史事件和歷史人物的理解與評價，卻不拘泥於已有的政治判斷所得出的現成的政治結論，而是深入到歷史事件的內部和歷史人物的內心世界，從中發掘歷史事件發生、發展的諸多複雜的驅動因素和表現形態，以及歷史人物的成長、活動的諸多複雜的個人動機和個性因素，從必然與偶然、主觀與客觀、行為與動機、個人與社會等等相對性的範疇及其複雜的構成形式中，去揭示歷史發展的規律性，去體悟歷史的興衰際遇所昭示的人生意味。隨著作者對歷史事件和歷史人物在理解和評價方面所發生的這種變化，這些作品在藝術上也就十分注重運用現實主義的藝術原則，從歷史事件和歷史人物本身出發，去對真實的歷史做藝術的「還原」，因而都達到了一定的現實主義深度，是這期間的長篇創作回歸現實主義傳統的一個重要的藝術標誌。其二是以莫應豐的《將軍吟》、李國文的《冬天裏的春天》、古華的《芙蓉鎮》和周克芹的《許茂和他的女兒們》等作品為代表的帶有暴露「傷痕」和「反思」歷史的傾向的長篇創作的異軍突起。這些作品產生的直接的歷史背景，便是剛剛結束的文化大革命和當時正在進行的撥亂反正與思想解放運動。寫於文化大革命結束前夕的《將軍吟》，以作者的耳聞目睹、身歷心受，秉筆直書文化大革命的慘烈歷史，是對文化大革命的直接的歷史實錄和即時的情感反應，同時也表達了作者對於文化大革命的歷史教訓的樸素的理性思考，在長篇創作中開啟了「傷痕小說」和「反思小說」的藝術先河。《冬天裏的春天》則以與王蒙的中篇《蝴蝶》和茹志鵑的短篇《剪輯錯了的故事》類似的結構方式和表現手法，通過一位老幹部文革後重返故里數日之內的活動和心路歷程，將歷史與現實、革命戰爭年代與和平建設時期的生活交錯疊印，深入地思考了人民與革命及與之有關的重大歷史主題，是這期間的長篇創作中一部比較典型的「反思」歷史的小說作品。與這兩部作品偏重於以革命幹部為「反思」主體相較，《芙蓉鎮》和《許茂和他的女兒們》則對知識份子與農民的命運投入了更多的思考與關注。這兩部作品前者通過一位小鎮婦女的坎坷命運和一位鄉村知識份子政治「落難」的遭遇，深入地揭示了當代中國頻繁的政治運動尤其是文化大革命對人性和人與人的關係扭曲的悲劇。後者以一個普通的農民家庭在文化大革命中所發生的變故，集中地展現了文革的政治劫難對農村社會和農民群眾所造成的嚴重摧殘的惡果。這兩部作品因為包含了分散在這期間的中短篇作品中有關知識份子和農民問題的歷史「反思」的所有主題片斷，因而較之這期間同類性質的「反思小說」的中短篇創作，就具有更為深廣的歷史內容和更為強烈的藝術震撼力，是這期間帶有「反思」傾向的長篇小說的扛鼎之作。

與上述以回歸現實主義傳統為特徵的歷史題材的長篇創作相較，這類作品在回歸現實主義傳統的同時，還對現實主義手法有所更新和創造，尤其是《冬天裏的春天》大膽借鑑和吸收現代主義的表現技巧，表明這期間的長篇創作如同中短篇創作一樣，也開始了對此後的長篇創作影響深遠的藝術革新的最初嘗試。無論從哪方面說，這類帶有「反思」傾向的長篇作品，都給七〇年代末、八〇年代初帶來了一種藝術的新質，同時也是這期間的長篇創作高潮的一個重要的藝術標誌。除上述兩個方面外，這期間的長篇創作高潮的表現還有以張潔的《沉重的翅膀》[19]為代表的直接反映當時正在進行的經濟改革的現實生活的作品、以李準的《黃河東流去》[20]為代表的描寫過去時代的人民生活的作品，以及以魏巍的《東方》為代表的反映戰爭和革命歷史的作品，等等。這些作品雖然在各自的題材領域都有一定的代表性，但由於各種各樣的原因，這些領域的長篇創作大面積的豐收和取得比較重要的突破，卻是在八〇年代中期前後，因而它們出現在這期間的主要意義，是為長篇創作在下一個階段的發展預告了一個重要的藝術信號。

19 《沉重的翅膀》一九八一年在《十月》雜誌上發表，同年由人民文學出版社出版。一九八四年人民文學出版社出版了該書的修訂本。這兒主要是指該書的初版本。

20 《黃河東流去》上卷一九七九年由北京出版社出版，下卷一九八四年由北京十月文藝出版社出版。這兒主要是指該書的上卷。

本期長篇創作經過了七〇年代末、八〇年代初集中爆發的高潮，在上述方面取得了重要成績之後，從八〇年代初期到八〇年代中期的幾年之間，開始進入了一個比較平穩的發展軌道。在這幾年的時間內，一方面是前一階段發展比較迅速的歷史題材的長篇小說雖然仍時有新作，但相對而言，藝術的勢頭卻有所減弱。另一方面則是前一階段才露端倪、尚未獲得充分發展的改革題材的長篇小說，這期間卻因為客觀情勢的推動而獲得了長足的發展，出現了以李國文的《花園街五號》、張賢亮的《男人的風格》、張鍥的《改革者》、焦祖堯的《跋涉者》、蘇叔陽的《故土》和柯雲路的《新星》等為代表的改革題材的長篇創作的藝術高潮。其中特別是《新星》及其續作，以敢於大膽地揭露改革過程中的矛盾、衝破阻礙改革前進的勢力而引起了強烈的社會反響，繼七〇年代末的短篇小說《喬廠長上任記》之後，在長篇創作領域再度造成了「改革文學」的「轟動效應」。與此同時，作為前一階段長篇創作高潮的主體部分的帶有「反思」傾向的長篇小說，在完成了對於特定時期的社會歷史的政治「反思」之後，開始向更深層次的文化的「反思」轉換。在前一階段長期徘徊於「五老峰」（老題材、老故事、老人物、老主題、老手法）前的革命歷史題材的長篇小說，也在醞釀新的突破。需要特別指出的是，這期間特別是進入八〇年代中期以後，當代小說的現代主義藝術實驗和文化「尋根」浪潮，無疑對長篇創作也產生了重要影響。這種影響的結果便使得八〇年代中期前後的長篇創作從總體上呈現出了一種有別於前此階段的長篇創作的全新的藝術追求和精神風貌。

八〇年代中期前後的長篇創作，是本期長篇小說也是當代長篇小說藝術發展的一個重要階段。在這個階段上，由於出版發行體制的改革，給長篇小說的出版發行帶來了諸多有利的條件，因而刺激了長篇小說的生產，使長篇小說的數量急劇增長，出現了前所未有的繁榮景象。與此同時，一批在七〇年代末八〇年代初的中短篇創作中十分活躍並取得了重要成就的中青年作家，這期間也開始把他們的創作重心轉向長篇小說。他們作為一支新生的創作力量加入長篇創作的隊伍，不僅給長篇創作帶來了生機和活力，同時也帶來了長篇小說觀念的更新和藝術表現手法的變化。就這期間一些有代表性的作品而言，這種變化的表現主要有以下幾個方面：其一是在主題的開掘方面，普遍重視文化的含量。長期以來，當代長篇小說的主題主要停留在社會政治的層面，即主要是從社會政治的角度去理解和反映生活（包括歷史和現實），未能在此之外有所發掘和開拓。七〇年代末八〇年代初的中短篇創作突破政治模式的要求，以及這期間的小說創作對民情風俗描寫的重視和民族精神傳統的追尋，使這期間的作家對社會生活中的文化蘊藏充滿了濃厚的興趣，加上學術界的「文化熱」和文學「尋根」思潮的推動，從文化的角度審視和表現社會生活，就成了這期間的長篇主題的一個共同的價值取向。比較有代表性的作品，較早的有李準的《黃河東流去》和劉心武的《鐘鼓樓》，通過表現民族的精神傳統和民間的生活風習來顯示作品的文化意味；隨後則有路遙的《平凡的世界》、賈平凹的《浮躁》和張煒的《古船》等，通過反映現實變革所引起的生活變動和社會結構的變化，來體現作品的文化蘊含。這些作品因為注重主題的文化含量，因而對長期流行的社會政治的主題模式，都有所超越，有的還因為在藝術上成功地運用了象徵的手段而獲得了一種較深層次的隱喻的意義。其二是在人物的刻畫方面，普遍注重人性的深度。長期以來，以人物形象尤其是典型人物的塑造見長的當代長篇小說，對人物性格的刻畫主要是注重其社會性中的階級的或政治的屬性，而對超越階級和政治的屬性之上的更複雜的人性問題諱莫如深。七〇年代末八〇年代初的中短篇創作突破了人性的禁區，影響到這期間及此後的長篇創作，也十分注重開掘人性的深度。在這方面，比較有成就的代表作，首推王蒙的《活動變人形》。這部作品在本世紀中西文化交匯碰撞的背景下，塑造了一個處於兩種文化的夾縫中生存的精神的畸形兒和社會的「零餘人」的形象，把時代轉換的艱難和文化更新的痛苦濃縮成人性和人格扭曲的悲劇，對人性的歷史文化內涵的開掘確實達到了相當的思想深度。此外則是張抗抗的《隱形伴侶》等作品，也把人物置於一種特定的歷史情境之中，對人性的變異及其本真，發出了嚴肅的詰問。這些作品因為大都涉及到人性的弱點和缺陷，因而對人性問題又具有一種批判性的審視的傾向。其三是在敘事的方式方面，普遍追求共時狀態。長期以來，當代長篇小說因為受史傳傳統和話本小說的影響，十分注重歷時性的敘事，在此基礎上，追求一種史詩或史的結構與規模。這種歷時性的敘事雖然易於與作品所反映的社會生活達成一種同構狀態，因而無疑加強了小說的真實性程度，但也影響了作品的藝術容量和情節的密度，缺少小說敘事所應有的多樣性和發展變化。七〇年代末八〇年代初的小說創作（包括某些長篇）開始採用多種第一人稱的板塊結構，或嘗試運用西方現代派小說的意識流手法，造成小說敘事的共時性效果，同樣也影響到八〇年代中期前後的長篇創作，使得這期間的長篇作品在藝術創新方面，普遍傾向於放棄線性情節結構，運用各種不同的手段，追求共時性的敘事。比較有代表性的作品，如上述《鐘鼓樓》以高度濃縮的時間敘述幾代人的生活故事，《活動變人形》和《隱形伴侶》等運用意識流手法剪輯歷史與現實，以及張承志的《金牧場》、黎汝清的《皖南事變》等採取平行推進或交叉組合的板塊結構，等等。這些長篇作品也因此而脫離了當代長篇小說長期以來所遵循的史傳模式，開始接受一種現代的時空觀念，從而使長篇小說的敘事方式發生了一個重大的革命性的變化。

進入八〇年代後期，長篇創作因受各種客觀情勢的影響，尤其是正在興起的商品經濟大潮的衝擊，從整體上開始失去了八〇年代中期前後的藝術勢頭。但也有一些作品繼續了上述方面的追求，取得了一些重要的藝術成就。比較有代表性的有：霍達的《穆斯林的葬禮》以一個穆斯林家庭幾代人的經歷和遭遇，表現了主人公對於真善美的人生境界的執著追求，具有深厚的文化意蘊和濃郁的宗教色彩。楊絳的《洗澡》以五〇年代知識份子的思想改造運動為背景，剖析了當代知識人的人格和靈魂，具有極強的諷刺的鋒芒和批判的力量。鐵凝的《玫瑰門》和殘雪的《突圍表演》則著眼於揭示人性的畸變和醜陋，也達到了一定的思想深度。這些作品在藝術上都有一些新的嘗試，同樣也表現出了一種追求共時性敘事的總體趨向。八〇年代後期的商品經濟大潮不但改變了長篇創作的發展態勢，而且也迫使長篇創作面對商品經濟條件下的新的生存環境，長篇創作於是又面臨著一個更大的也是更帶根本意義的轉折變化。這個轉折變化的跡象在八〇年代後期還只是初露端倪，到了九〇年代，才逐漸發展成一種呈現出複雜狀態的藝術潮流。

第六節　本期小說創作（下）：長篇小說（二）

本期幾種主要藝術取向的長篇代表作

與五〇、六〇年代的長篇創作因為某種尊於一統的思想觀念和文學觀念的影響而逐漸形成了一些比較穩定的敘事類型不同，本期長篇創作則因為思想觀念和文學觀念的解放而出現了各不相同的藝術取向。這些各不相同的藝術取向雖然完全取決於作家的個人選擇，但一定時期的社會生活和文化環境，又不能不對這些作家的個人選擇產生影響，故而這些不同藝術取向的長篇創作，有時又表現出了某些近似或一致之處。基於這種異中有同的複雜情況，為了學習的方便，以下我們同樣將本期長篇創作的不同藝術取向，就其有代表性的和在創作中取得了重要成就的，分別歸納為幾種主要類型，並對這幾種主要藝術取向上的長篇代表作展開一點具體的分析。

（一）以再現古代歷史為藝術取向的長篇代表作。如上所述，本期歷史題材的長篇創作，在七〇年代末八〇年代初曾經出現了一個突發的高潮，以這個高潮中出現的長篇作品為標誌，本期歷史題材的長篇創作，有兩種傾向格外引人注目：一種是以《李自成》為代表的嚴格遵循歷史事實，追求藝術的典型化和再現歷史的本質的長篇作品；一種是以《金甌缺》為代表的以歷史的真實為依據，注重對歷史的重新審視和重新發現的長篇作品。這兩種創作傾向雖然都不忽視歷史小說所必須具備的歷史的真實性，但二者在藝術創造中所追求的側重點卻各有不同。

《李自成》是一部嚴格意義上的現實主義小說，作者追求「歷史科學和小說藝術的有機結合」，主張歷史小說家既要「深入歷史」，充分地掌握歷史資料，又要「跳出歷史」，進行獨特的藝術創造[21]。這部作品以長達五卷的篇幅[22]，完整地展現了李自成所領導的明末農民義軍由小到大、由弱到強，直至取得推翻明王朝的勝利，又轉而從勝利的峰巔跌入低谷，盛極而衰，走向悲劇的結局的歷史過程，深入地揭示了中國古代農民起義和農民戰爭的歷史運動的本質與規律。與此同時，作品也通過這場農民戰爭，展現了明末清初錯綜複雜的階級矛盾和民族矛盾，以及從宮廷到民間、從都市到鄉村的紛紜繁複的生活畫面。作者把中國古代長篇小說的史傳傳統和白描藝術，與中國現代小說的現實主義的典型化原則結合起來，使這部卷帙浩繁的長篇作品，在對於明末農民戰爭的壯麗畫卷的歷史性的展示方面，既具有一種史詩的規模和氣度，在對於明末清初的社會生活的全景式的描繪方面，又具有一種「百科全書」式的豐贍和宏富。而這一切，又都是與作者所遵奉的一種現實主義創作原則相伴相生的，即真實地再現典型環境中的典型性格。正是在這樣的一個典型的歷史環境中，作品成功地塑造了以李自成為代表的中國古代農民英雄的群體形象，同時也使以崇禎皇帝為代表的封建統治階級的眾多人物形象的塑造，達到了相當的典型高度。整個作品因為是表現一場農民戰爭的歷史悲劇，因而具有一種極為悲壯的藝術氣氛，顯示了一種類似於古典悲劇的崇高的美學色彩。作品在結構上大開大合，大起大落，舉凡張弛動靜的調度，疏密繁簡的佈局，皆合乎古典小說的規範法度，又兼有現代小說的靈活變化，在長篇小說的文體方面，也取得了一種創造性的藝術收穫。《李自成》的主要缺陷和不足是李自成等農民領袖和農民英雄人物形象的塑造過於「現代化」，與此同時，整個作品也存在用現代的農民革命去比附古代的農民戰爭的問題，因而同樣也存在類似的藝術描寫的「現代化」的痕跡。

21　姚雪垠，《李自成》第一卷「前言」（中國青年出版社，一九七二年）。

22　《李自成》第一卷、第二卷、第三卷分別於一九六三、一九七七、一九八一年由青年出版社出版，第四卷、第五卷於一九九九年由中國青年出版社出版。

相對而言，《金甌缺》雖然同樣也屬於現實主義小說的藝術範疇，但作者的立意顯然不在於按照某種本於中國古代的民族關係和階級關係的既定理解去再現兩宋之交的民族衝突和階級衝突的本質內容或歷史演變的內在規律，而是偏重於借助這一段民族衝突和階級衝突錯綜複雜地交織的歷史，寄託作者關於天下興亡和世事滄桑的深重感慨，以及作者對於中國古代民族矛盾和王朝盛衰的歷史的全新的認識和理解。正因為如此，這部作品的意義也就不完全在於它的作者以史家的筆法真實地再現了北宋末年發生在漢、契丹和女真三個民族之間的政治衝突和軍事紛爭，塑造了在這個三國紛爭的複雜局面中際會風雲的眾多帝王將相和民間英雄的歷史形象，而是同時也在於它的作者真正是站在統一的中華民族的立場，以「多民族的統一體」的觀念來看待和描寫發生在北宋末年的這一場複雜的民族紛爭和塑造在這場紛爭中各個民族眾多不同性格的人物形象的。因為摒棄了向來的民族偏見和漢族正宗的陳腐觀念，這場複雜的民族紛爭在作者筆下也就超出了一般意義上的民族矛盾和民族戰爭的範疇，而是表現為一種歷史的合力，共同啟動了十二世紀中葉中國社會的這一段沉重的歷史。也正是在這個意義上，活動在這一階段的歷史舞臺上的各民族的英雄人物和尋常百姓，他們為著各自的民族利益而表現出來的崇高的精神品質，同樣也不局限於一般意義上的狹隘的民族範圍，而是作為一個統一的中華民族的精神傳統載人史冊的。尤其是在貫串全書的中心人物馬擴身上，更集中了作者關於愛國主義、民族氣節、道德情操和思想覺醒的理想與期望，因而這個人物事實上也就成了整個作品對於歷史的重新審視和重新發現的藝術表現的關鍵之所在。《金甌缺》有如《李自成》一樣恢弘的結構，卻無《李自成》的嚴謹的章法，尤其是前半部分的細膩和後半部分的粗疏，前半部分的緩慢和後半部分的匆促，顯得不夠協調。作品在敘事中夾雜議論，擬用宋元時代口語，也是得失互見，利弊參半，表明這部歷史題材的宏篇巨製，在藝術上還未臻完美和成熟。作為一部由學者創作的長篇歷史小說，《金甌缺》無疑具有一種特殊的藝術價值。

（二）以反思當代政治為藝術取向的長篇代表作。本期長篇創作對當代政治的反思，在文化大革命結束後的特定的歷史轉折時期，是一個比較集中的藝術取向。在這個取向上的長篇作品數量眾多，藝術成就參差不齊，所產生的社會效應也各不相同。以這些作品的代表性和實際所取得的藝術成就而言，《芙蓉鎮》和《許茂和他的女兒們》都堪稱其中翹楚。

在反思當代政治的文學作品中，《芙蓉鎮》是一部在藝術上十分獨特的長篇小說。這部作品以類似於老舍的《茶館》的戲劇結構，把中國當代歷史上的一個以階級鬥爭為綱的極端政治化的年代（包括它的開端、前奏和對它所做的歷史性反撥），即從六〇年代初期到七〇年代末期的社會生活，濃縮在國民經濟調整的一九六三年、「四清」運動高潮的一九六四年、文化大革命時期的一九六九年和結束文化大革命後的一九七九年四個特定的歷史時段。同時也如《茶館》一樣，把它的人物集中在一個偏僻的山鄉小鎮的生活舞臺上，通過它的人物的悲歡離合、命運變幻，來透視一個特定時代的社會政治和人民生活。亦即是作者所說的：「透過小社會來寫大社會，來寫整個走動著的大的時代。」[23]正因為如此，作品中所刻畫的眾多人物，無論善惡美醜；所描寫的社會生活，無論奇正巨細，都包含有極為豐富複雜的社會歷史內容，都與這一特定時代的社會政治密切相聯。除了用這種特殊的結構方式，「藉人物命運演鄉鎮生活變遷」的特點之外，《芙蓉鎮》另有一個與《茶館》同樣類似的重要特點是「寓政治風雲於風俗民情圖畫」[24]。作者對這座三省交界的湘南小鎮的風俗民情精細入微的描寫和刻畫，不但為作品塗抹了一層濃郁的地方色彩，而且也把作品對於當代政治的反思引入到一個更為深刻的歷史文化的層次，即通過世道人心和生活傳統的力量，來顯示一種即使是政治和階級鬥爭的強力也不可扭轉的歷史發展的必然趨勢。這是作品有別於同期其他長篇政治反思小說的獨特的藝術成就之所在，也是它在回歸現實主義藝術傳統的過

23 古華，《閒話〈芙蓉鎮〉》，《新時期作家談創作》（彭華生、錢光培編）（人民文學出版社，一九八三年），頁二二二。
24 古華，《閒話〈芙蓉鎮〉》，《新時期作家談創作》（彭華生、錢光培編）（人民文學出版社，一九八三年），頁二一七。

程中所顯示出來的一種獨特的藝術魅力。《芙蓉鎮》所取得的這些藝術成就同時也對新時期湖南作家群的創作產生了重要影響，是這個獨特的創作群體貢獻於新時期文學的一部長篇力作。古華此後因為長期留居國外，未見有新的長篇在國內問世。

與《芙蓉鎮》一樣，也是採取時空高度濃縮的方式來反思一個歷史時代，《許茂和他的女兒們》則把全部藝術描寫都集中在文化大革命後期的一九七五年冬極為短暫的一二十天時間之內。通過在這個短暫的時間內發生在一個普通農民家庭眾多的家庭成員身上的矛盾糾葛和他們的命運變幻、身世沉浮，來透視整個文化大革命乃至建國後當代農村社會的全部歷史。作品雖然也描寫了在文革亂世中政治投機份子的醜惡表演和真正的共產黨人所遭受的迫害及其堅貞不屈的氣節和操守，但它的最深刻的題旨卻不在於這場政治浩劫本身所造成的一些悲劇性事件，而在於與這場政治浩劫相聯繫的一系列極左的農村政策所造成的農村社會的歷史的倒退。作者將這種歷史的倒退集中濃縮於對作品的主人公許茂的性格描寫之中，通過這個在土改和合作化後「正在抖落著身上的歷史灰塵、解脫著因襲的重負的農民」，「又再次背起了那個沉重的負擔」的性格逆轉過程，深入地解剖了農村政策的失誤給農民的命運所造成的歷史悲劇，揭示了這種歷史的悲劇對農村社會的歷史進程所發生的巨大影響。作者說：「我解剖許茂老漢不是目的，我的目的是解剖歷史。」[25]與此同時，作品也令人信服地描寫了一九七五年冬天那場短暫的治理整頓給中國農民和農村社會所帶來的信心和希望，尤其是在四姑娘身上，這種信心和希望直接就是她的悲劇性命運發生轉折的歷史契機。四姑娘的悲劇終結，也是整個中國農村和中國農民的悲劇的歷史的終結。在這個人物身上，作者同樣是以「窺斑見豹」的方式，通過她的覺醒和鬥爭，顯示了人民的力量和歷史的趨

---

[25] 周克芹，《〈許茂和他的女兒們〉創作之初》，《新時期作家談創作》（彭華生、錢光培編）（人民文學出版社，一九八三年），頁一七二。

勢。《許茂和他的女兒們》在藝術上是一部比較嚴謹的現實主義小說，作品在真實地再現生活的本質、人物和環境的典型化，以及細節的運用和心理的刻畫等方面，都取得了獨到的成就。尤其是由它的獨特的自然環境和民情風俗所構造的田園詩般的藝術氛圍，不但有效地映襯了作品男女主人公善良美好的心靈，而且也與那些政治投機份子所製造的愁雲慘霧形成鮮明的對照。整個作品因而也具有如同《芙蓉鎮》一樣的「藉人物命運」演「生活變遷」，「寓政治風雲」於風俗圖畫的藝術特色，同樣是一部反思當代歷史的長篇力作。

（三）以反映現實變革為藝術取向的長篇代表作。在本期數量眾多的反映現實變革的長篇小說中，藝術成就較高也較有代表性的作品，主要集中在下述三個重要的藝術層面上：其一是以《沉重的翅膀》為代表的敏銳地提出改革中的問題，大膽地描寫改革過程中的矛盾，以思想的新銳著稱的長篇作品；其二是以《平凡的世界》和《浮躁》為代表的反映改革所激起的生活變動和人生追求，以對人的命運的關注和精神世界的揭示見長的長篇作品；其三是以《古船》為代表的由改革開放的時代切人當代歷史，表現對於當代歷史的批判性的審視，以厚重的歷史感和深邃的文化意蘊取勝的長篇作品。

作為在長篇創作領域率先及時地反映現實變革的作品，《沉重的翅膀》不但具有一種開風氣的意義，而且它的成功的藝術經驗也值得引起高度注意。這部作品雖然與其他眾多反映現實變革的長篇作品一樣，也設置了一個革新與守舊、改革與反改革的矛盾衝突的總體框架，擺開了一個兩大陣營的對峙與鬥爭的總體態勢，但卻引而不發，並不在某些具體的方案之爭上展開你死我活的廝殺，也不追求這種鬥爭的勝負輸贏的最後結果，而是在這個總的態勢下，把筆觸深入到人們的日常生活和日常工作的領域，通過一些具體的生活細節和工作場景，從一些日常行為中描寫人們的思想觀念、心理狀態和性格特徵的各種複雜的表現和變化。又進一步從這些日常行為為背後，挖掘這些思想觀念、心理狀態和性格特徵賴以形成的社會歷史和文化傳統的根源和基礎。作品因而令人信服地表明，改革不僅僅是要革除舊的經濟管理體制上的弊端，更重要的是要革除人們頭腦中各種舊的思想觀念的殘餘；

不僅僅是要改變落後於世界經濟發展的生產技術，更重要的是要改變與現代化的進程不相適應的人的精神素質。正是在這個意義上，作品表現了一種深刻的藝術題旨，即改革成敗進退的關鍵，是在於人的改變。基於這樣的藝術題旨，作品不但深入地解剖了以田守誠為代表的各種反對或阻礙改革的人物的卑劣的靈魂和醜惡的嘴臉，在他們身上顯示了改革所遭遇的「左」的政治思想殘餘和舊的習慣勢力的障礙，而且也真切地指出了以鄭子雲為代表的各種層次的改革者的心理弱點和性格缺陷，在他們身上表現了改革所難以掙脫的歷史的重負和時代的局限。作品要寫出中國工業帶著「沉重的翅膀」起飛的艱難和這個新舊過渡時代「蟬蛻」的痛苦，就包含有上述兩個方面的涵義。也正是在這個意義上，作品通過鄭子雲、陳詠明在部屬工廠推行改革的艱難實踐，把改革的出路和現代化的希望放在重視人的價值、激發人的精神和發揮人的作用上面，表現了一種以人為中心的改革思想。有的論者認為這種改革思想是受了西方行為主義的影響，但它同時卻又是以勞動者為主人翁的社會主義經濟活動的題中應有之義，因而它事實上也體現了中國的經濟改革向縱深發展的目標和方向。《沉重的翅膀》在藝術上也沒有像一般長篇小說那樣採取圍繞中心情節組織矛盾衝突的結構方式，而是通過人物的心理活動、借助人物之間的各種複雜關係，把不同層面的社會生活組織起來，形成一種十分「散文化」的結構形式，帶有很重的散文文體的特色。加上作者長於運用抒情的筆調敘事和穿插一些頗帶政論和哲理意味的議論，就使得整個作品不但具有較大的生活容量，而且也富於激情和思辨色彩。

與《沉重的翅膀》通過人們的日常行為表現改革的必要性和必然趨勢不同，《平凡的世界》和《浮躁》反映的是人們在這個總的趨勢下的人生選擇和追求，以及因此而引起的社會生活的躁動和變化。如果說《沉重的翅膀》在人的改變的問題上，還只是提出了問題，那麼，《平凡的世界》和《浮躁》就已經開始讓它們的主人公在改革的過程中現實地改變他自己。作為生活在封閉的中國西部內陸腹地的作家，《平凡的世界》和《浮躁》的作者都傾向於讓它們的主人公掙脫古老的農業文明傳統和鄉村社會的局限，以及他們個人身上所存留的舊式農民意識的殘餘和封建思想的影響，以便在改革開放的時代浪潮中能夠跟上社會發展的步伐，儘快地改變他們自己的生活和命運。從這個意義上說，這兩部作品無疑共同反映了變革時期的中國農村社會和中國農民命運變化的歷史趨勢。差別只在於，《平凡的世界》更多地是從積極的建設性的方面去描寫在新一代的中國農民身上正在生長著的新的精神品質和傳統的美德在他們身上所發生的創造性轉化。作品向我們展示的平凡的生活世界雖然也有思想的鬥爭、感情的衝突、人生的不幸和心靈的痛苦，但卻通過人與人之間的理解與同情、關懷與愛護、奉獻與犧牲，以及發自內心深處的美好的友誼和真摯的愛情，將這一切都化解在一種極富道德色彩的和諧與寧靜的日常生活的氛圍之中，作品因而從總體上顯示了中國農村社會的道德倫理傳統對於生活的歷史進程的巨大推動力量。尤其是作品集中筆力描寫的孫家兄弟（孫少安、孫少平）的人生追求，更為典型地表現了中國農民在改革開放的時代所獲得的思想的自覺和道德的昇華。他們的人生因而是中國農民的生活和命運的變化的一個理想的縮影。與《平凡的世界》不同，《浮躁》雖然也著力表現改革開放的時代中國農民的「主體精神的高揚」，描寫他們為改變自己的生活和命運所做的掙扎和奮鬥，但卻更多地是以批判性的審視的眼光去表現他們「落後的」文化素質和「低層次的」文明水平與這種高揚的主體精神之間所形成的矛盾與衝突，描寫他們在這種矛盾衝突中所表現出來的巨大的心靈躁動和痛苦的精神裂變。這部作品中的鄉村社會因而也就沒有《平凡的世界》中的那份生存的和諧與道德的寧靜，而是像作品中的那條「浮躁不安」的州河一樣充滿著生命的喧嘩和欲望的騷動。尤其是作品集中筆力描寫的金狗和雷大空以各自的方式與封建宗法勢力和舊的思想觀念的殘餘（包括他們自身的局限）所做的悲劇性的抗爭，更增添了這部作品批判性地審視傳統的農業文明和農民的文化心理的思想力度。由於存在著這些創作旨趣上的區別，這兩部作品在藝術上也表現了各不相同的風格特色。《平凡的世界》嚴守現實主義的創作方法，在人物形象的塑造、生活場面和細節的刻畫，以及風土人情的描寫和環境氣氛的渲染方面，尤見力度。作品有如黃土高原一樣深厚的文化底蘊和蒼涼高遠的藝術格調。雖然在結構和語言方面還存在某些不夠精練嚴整甚至駁雜瑣碎之類的缺陷和不足，但在總體上卻不失為一部深沉厚重的長篇力作。《浮躁》則在現實主義的藝術描寫的基礎上，又吸收了一些現代主義的表現方法，尤其是在整體象徵、心理分析和魔幻手法的運用方面，為作品塗抹了一層表現主義和神秘主義的藝術色彩。作品延續了「尋根小說」對文化問題的興趣，因而同樣具有比較深厚的文化蘊含，但同時也發展了「尋根小說」對原始性的偏好，因而又暴露了創作上的一種自然主義的傾向。

在所有反映現實變革的長篇作品中，《古船》是一部在思想和藝術方面都比較獨特的長篇小說。這部作品以改革開放所帶來的農村社會結構和經濟關係的變動為契機，由當下生活切入建國後四十年間的歷史變遷，集中筆力描寫了一座鄉村小鎮上以隋、趙、李三個家族為代表的三種社會力量的消長和變化。有的論者認為這三種社會力量亦即是活動在中國近、現代歷史舞臺上的「民族資本工商業勢力、農民勢力和科技知識力量」[26]。它們之間的消長和變化，事實上亦即是歷史的發展對它的方向和道路所做的選擇與追求的結果。在這個層面上，作品深入地反思了當代歷史上由於頻繁的政治運動和階級鬥爭，抑制乃至摧毀了對於經濟的發展和社會的進步具有積極意義的新的生產方式和技術與知識的因素，相反卻啟動了在當代生活中殘存的阻礙歷史前進的封建宗法勢力和專制思想的餘孽，因而導致了持續的悲劇發生的「苦難的」歷史。在反思這段歷史的過程中，雖然作者對上述三種社會力量的歷史評價存在著某些認識上的偏頗，但通過這種歷史的反思所表達出來的改革的趨勢和要求，卻是符合歷史發展的辯證行程，而且是具有極為重要的現實意義的。由這個反思歷史的層面出發，作品進一步把筆觸深入到人性和民族的歷史文化的深處，通過這座鄉村小鎮上眾多人物的「典型性格」和由他們所構成的「典型環境」，揭示了在民族個體身上所潛存的民族的歷史文化和心理意識的積澱對現實變革所產生的巨大影響。在這個層面上，作品不但寫出了國民的種種封閉、落後和愚昧、保守所造成的中國社會的長期停滯不前和現實變革的舉

26 陳美蘭，《中國當代長篇小說創作論》（上海文藝出版社，一九九一年），頁一八二。

步維艱，而且也寫出了人們惡劣的貪欲和權勢欲所帶來的當代歷史的長期動盪不安、流血爭鬥和對現實變革所造成的巨大破壞作用。尤其是作者筆下的趙炳，更是封建宗法制度、極左的政治潮流和人性中那些極端邪惡的因素所產生的一個文化的怪胎和畸形的集合體。作者對這個人物的靈魂和行為所做的淋漓盡致的描寫和刻畫，不但在批判性地審視封建傳統、農業文明和農民文化的歷史惰性方面，具有極為重要的意義，而且在對於人性的開掘方面，也達到了相當的深度。這個人物因而也就成了這部作品塑造得最為成功的一個具有複雜的文化蘊含的典型形象。與此同時，作品也以濃重的筆墨描寫了民族個體的思想自覺、精神解放和人格覺醒的漫長而又曲折的心路歷程。尤其是在作品精心塑造的理想人物隋抱朴身上，作者不但讓他承擔了階級的歷史的沉重負擔和巨大苦難，而且也讓他通過痛苦的懺悔、自省和反思，在馬克思主義的理性之光的引導和歷史巨變的感召下，從階級的歷史的重負、個人的痛苦與不幸和道德的自我完善的蝸居中掙脫出來，走入一個更加光明也更為廓大的人生境界。在隋抱樸身上，無疑寄寓了作者的人格理想和精神追求，凝聚了作者關於歷史和人生的哲學思考，雖然其中某些抽象的人道主義因素曾經為眾多的論者所詬病，但由這個人物所揭示的民族個體的精神蛻變和新生的歷程，卻是具有重要的啟示意義的。《古船》在藝術上受「尋根小說」的直接影響，不但主題的意向注重從民族的歷史文化的根源上去尋找現實問題的答案，而且在藝術的傳達方面也善於將凝聚了民族歷史文化積澱的古老事物與現實社會的複雜變動聯繫起來，通過「魔幻」手法，在二者之間尋找思想的暗示和精神的關聯，形成一個以局部的象徵支撐整體的象徵的意象系統。為這個龐大的意象系統所覆蓋，整個作品的藝術描寫因而都帶有一種象徵的意味。從這個意義上說，這個帶有象徵意味的意象系統，同時也使《古船》有別於一般意義上的現實主義小說，而帶有若干現代主義小說的藝術特色。

（四）以追尋民族精神為藝術取向的長篇代表作。本期長篇創作因為注重作品的歷史感和文化蘊含，大都在不同的程度上以不同的方式涉及到民族的精神文化傳統問題。但是，真正以表現民族精神、追溯民族精神的歷史文化淵源為中心題旨的長篇作品，並不多見。《黃河東流去》和《鐘鼓樓》堪稱這類為數不多的長篇作品的優秀代表。

根據作者的自述，《黃河東流去》是「為展示民族精神、展示對民族前途的信心而創作的」[27]。這部作品以一九三八年國民黨當局為阻擋日軍進攻，「以水代兵」，炸開黃河花園口大堤，造成豫、皖、蘇三省四十四縣人民家毀人亡、遷徙奔命的歷史悲劇為背景，以黃泛區的一個村莊七戶農民從一九三八年到一九四五年，在「八年離亂」期間所經歷的水、旱、蝗、湯的災難和顛沛流離的難民生活為線索，為我們勾勒了一幅觸目驚心的現代「流民」的生活圖畫，歷史地再現了發生在三〇、四〇年代之交的這場悲劇的劫難給中原人民的生活和命運所帶來的巨大影響。作者以藝術的形式再現這場悲劇的劫難，不僅僅是要對那個慘絕人寰的事件進行控訴，也不僅僅是要為那些失掉生命的農民唱一曲輓歌，而是要藉這場悲劇的劫難，把中國農民的倫理道德和精神品質，重新放到歷史的天平上「秤量一下」，通過他們在這場悲劇的劫難中的不尋常的表現，寫出我們這個民族的生命活力，它所賴以生存和發展的精神力量。為此，作者把一群普通的中州農民，放到一個極端險惡的環境之中，既寫他們在為生存所做的掙扎和苦鬥之中所表現出來的強烈的求生欲望、非凡的生存能力、達觀的人生態度、堅強的生活信念和高度的團結精神、真摯的鄉土情誼以及他們在家庭和日常生活中所表現出來的樸素的感情、善良的心地和純真的道德品性。也寫他們在生存條件發生變化之後的手足無措、無可奈何和改變舊的生存方式、適應新的生存條件的艱難，以及在這個過程中所暴露出來的封閉、保守、固執、狹隘的根性。在頌揚他們所遵奉的傳統的精神美德的同時，也批判他們身上所承擔的因襲的重負。作品因此集中表達了一個經過苦難的洗禮使民族精神得到昇華的主題。這種在苦難中昇華的民族精神，也就是作者所要追尋的「民族之魂」。圍繞這個「抒寫民族之魂」[28]

27 參見馮立三，《黃河風情畫卷的誕生——訪榮獲第二屆茅盾文學獎的作家李準》，《光明日報》一九八六年三月十四日。

28 參見李準，《抒寫民族之魂》，《文藝報》一九八五年十二月二十一日。

的創作題旨，作品塑造了一系列中州農民的藝術形象。這些人物形象在表現農民階級不同的精神品質方面，都具有一定的代表性，尤其是在主要人物李麥和徐秋齋身上，集中表現了作者對於民族精神的獨特理解，具有更為重要的典型意義。作品對這些人物形象的個性刻畫，尤其是在表現中州農民的典型性格（所謂「侉子性格」）方面，達到了相當的深度。以這些人物在這場悲劇的劫難中從鄉村到城市遷徙流轉的行蹤和他們的生存活動為經緯，作品勾勒了一幅《清明上河圖》式的「黃河風情畫卷」，表現了深厚的文化蘊含和濃郁的地方特色。與這種「風情畫卷」的描寫相適應，作品在結構上也採取了《清明上河圖》的「散點透視」的方式，以不同人物的活動為中心，組合不同空間的生活故事，形散神聚，似斷實連，在總體上構成了一幅完整的風俗長卷，表現了中國長篇小說所獨有的傳統的美學特色。

同樣被稱為《清明上河圖》式的風俗畫卷，《鐘鼓樓》沒有像《黃河東流去》那樣採用縱向編年的方式交錯編織眾多人物的生活歷史，而是採取一個由中心情節向周邊輻射的被作者稱之為「橘瓣式」的結構方式平行組合眾多人物的生活故事。這部作品以類似於歐洲古典主義戲劇所遵循的「三一律」的原則，在一天之中的十二個小時（一九八二年十二月十二日從早晨五點到下午五點）的時間內，以薛家的婚宴為中心情節，將當代北京眾多市民的生活組織在一座九戶人家合住的四合院的空間之中。通過這個高度集中的時空，透視當代北京市民生活的各個方面和這些方面的社會生活的歷史沿革與現實變化。同樣與《黃河東流去》不同的是，在《鐘鼓樓》中，這些「天子腳下」、「首善之區」的市民，雖然也免不了有各自命運的升降沉浮和人生的悲歡離合，但卻沒有遭遇如中州農民那樣的歷史劫難和生存的悲劇，因而作品展現在人們面前的也就不是在死亡線上掙扎著的一群中州農民的慘酷的生存圖景，而是一個由上自國家幹部下到市井小民的形形色色的日常生活組成的當代城市生活的尋常畫面。正因為如此，《鐘鼓樓》也就不像《黃河東流去》那樣，需要借助一場悲劇的劫難來顯示民族精神的深厚偉力和昇華蛻變，而是讓民族的精神文化從生活的自然流程和日常情態中不動聲色地顯示出來。通過這些市民的日常生活，作品不但從不同側面、不同層次全方位地立體地展現了當代城市生活的繁複聲響和斑駁色彩，顯示了當代城市生活的勃勃生機和活力，而且還由他們的過去和來路以及他們的思想觀念、心理狀態和行為方式中所包含的深厚的精神文化的積澱，把藝術描寫的筆觸伸向歷史的縱深，挖掘當代生活賴以延續和發展的歷史淵源，同時也通過過去時代的生活向今天的自然延伸和發展變化的趨勢，預示生活的未來形態。作者說《鐘鼓樓》「要表現生活自何而來，當今呈現何態，並將可能向何處而去」，而且力圖把他的這一創作意圖從一座小小的四合院的「點」擴展開去，使讀者從中「體味到一種深沉的歷史感和命運感」[29]。這種歷史感和命運感亦即是要讓人們從中體味一種淵源深厚的精神文化傳統是如何造就了一個民族的過去，又是如何影響和制約著一個民族的現在和未來，使得人們能夠更為深入地認識生活，更為自覺地推動歷史的進程。作者要把他的這部小說呈獻給「已經和即將產生歷史感的人們」，其深意即在於此。除了結構的特別，這部作品對北京的有關歷史掌故、風俗人情和生活風貌的描寫，尤見功力。特別是對眾多市民性格的刻畫，入木三分，具有重要的典型意義。雖然作品在結構方面還有欠嚴整細密，過多的議論和冗長的歷史掌故知識的介紹，也影響了藝術描寫的效果，但從總體上說，仍不失為本期長篇小說中的一部富有創新精神的藝術力作。

（五）以揭示人性病態為藝術取向的長篇代表作。如前所述，本期長篇創作因為注重人物形象的人性內涵，因而在人性的開掘方面都達到了一定的深度。尤其是對於人性的各種弱點和病態的揭示，更是部分長篇小說的一個集中的藝術取向。在這些作品中，《活動變人形》從思想到藝術都是一座突起的奇峰。

這部作品在本世紀中西文化交匯碰撞的歷史背景下，以一個出生在世紀初的知識份子倪吾誠的漫長的人生經歷為主要線索，深入地剖析了以倪吾誠為代表的在兩種文化的夾縫中生存著的一群中國人的扭曲的人性和病態

[29] 劉心武，《多層次地網絡式地去表現人——我寫〈鐘鼓樓〉》，《光明日報》一九八六年一月九日。

的靈魂。作品的全部思想意蘊都集中在對這些人物的思想性格所做的藝術解剖之中，尤其是對主要人物倪吾誠的畸形的文化心理的揭示，更具典型意義。作為二十世紀中西文化交合所產下的文化的混血兒，在倪吾誠身上既有西方的科學與民主給他帶來的思想覺醒、人性解放和人格獨立的願望與要求，也有他所出身的舊式地主家庭給他打上的軟弱、怯懦、委瑣、屈從的奴性的烙印。因為存在著這種矛盾，所以倪吾誠雖留學西方，接受了西方文明的薰陶，卻最終無法斬斷「自我封鎖、自我蹂躪、自我摧殘」的封建文化的劣根，甚至也無力衝破他所深惡痛絕的「積澱著幾千年的野蠻、殘酷、愚蠢和污垢的家」的重圍，以至於最後自暴自棄，自輕自賤，陷入了一種精神的分裂和崩潰的狀態之中。倪吾誠的悲劇就在於，在他身上，封建文化的影響既屬根深蒂固，他所接受的西方文明又十分皮相，前者既不能固守，後者又無法自救，在這兩者之外，找不到新的出路，就只能接受精神的自戕，成為一個文化的畸形兒和時代的「零餘人」。與此同時，作為環繞主要人物行動的環境的因素，作品也深入地剖析了倪吾誠的幾個主要家庭成員——妻子靜宜、妻姐靜珍和岳母姜趙氏的靈魂的病態。這三個女性尤其是靜宜姐妹，一方面是封建家庭的包辦婚姻和封建主義的貞節觀念的受害者，另一個方面又用她們在封建家庭和寡居守節的過程中所養成的暴虐自私和陰毒怪戾的個性去戕害他人。通過對倪吾誠和這三個女性扭曲的靈魂和病態的人性刻畫，作品深入地揭示了封建文化的病根，和西方資產階級文明在現代中國特殊的歷史情境中所遭遇的尷尬和困境，同時也暗示了一種歷史發展的趨勢，預告了時代轉換、文化更新和人性改造的歷史曲折與艱難。這部長篇作品繼續了作者在中、短篇創作中所進行的藝術實驗，以更大幅度的時空跳躍，更為細緻深入的心理刻畫和更加自由靈動的議論、抒情的穿插，構造了一個融現實主義的藝術描寫和現代主義的精神分析為一爐的、以展現人物畸形變態的心理意識活動為主的奇異的藝術世界。作品在藝術上雖然還存在諸如結構過於隨意和有些描寫議論失之瑣碎冗長之類的問題，但它的大膽創新所取得的實績給本期長篇創作所注入的藝術活力，對本期長篇創作的藝術發展，卻是具有極為重要的推動意義的。

（六）以表現人生追求為藝術取向的長篇代表作。七〇年代末八〇年代初的文學創作在追尋失落的人生的同時，也在重建新的人生理想。這類作品在「知青」作家群的中短篇創作中尤為突出。八〇年代中期以後，這類以表現人生追求為藝術取向的創作開始集中地出現在一些長篇作品之中，《金牧場》是這類作品的一個優秀代表。

這部作品以主人公赴日本當訪問學者、破譯中亞古文獻《黃金牧地》的經歷為主要線索，平行組接了主人公在內蒙古草原插隊落戶、紅衛兵運動期間沿紅軍長征路線徒步串連、大學畢業後在大陸北方的考古活動等三個片斷的人生經歷。這三個片斷的人生經歷從縱向連綴起來，就是主人公從一個狂熱的「紅衛兵小將」，經由「知青」生活的磨煉和接受專業教育的陶冶，最終成長為一位青年學者的人生歷程。通過主人公這短短二十年的人生歷程，作品不但向人們展示了經歷過文革動亂的一代青年從迷狂到成熟的成長過程，而且在上述不同的人生階段上，作品竭力向人們顯示的是這一代青年無論在何種情境下，都絕不放棄對於人生信仰和生活的理想的執著追求，以及在這個追求的過程中所顯示出來的青春和生命的力量。在這個層面上，這部長篇作品集中了作者在此前的眾多中短篇作品中反覆表現過的題材和主題，是作者表現人生追求的文學創作的一部容納了多聲部的合奏的宏大的精神樂章。與此同時，作品又通過與主人公的人生經歷相關的一些歷史的和現實的人生故事，把發生在不同年代、不同民族、不同信仰和不同身份的人們中間對於人生信仰和生活理想的不同追求，共時地展現在同一個藝術空間之中，使這些不同的人生追求，在總體上顯示了一種超越時代、種族、宗教信仰和社會身份之上的一種帶有終極意義的價值目標。這個帶有終極意義的價值目標也就是作品在它的結尾處所表達的一個中心意思：「生命就是希望。我崇拜的只有生命。真正高尚的生命簡直就是一個秘密。它飄蕩無定，自由自在，它使人類中總有一支血脈不甘於失敗，九死不悔地追尋著自己的金牧場。」從這個意義上說，這部作品也是一部禮讚生命、青春和理想的聖歌。在藝術上，這部作品不但完全打破了一般長篇小說的結構方式，用類似於電影蒙太奇的平行組接和穿插疊印的手法，使不同時空中發生的生活故事和瞬間的意識活動，能夠共時地顯示出來，呈現出一種複調狀態。而且還把一種詩化的抒情手段運用於作品的敘事，使作品的人物和故事始終沉浸在一種濃郁的詩意的氛圍之中。這部作品因而又被有些論者稱之為「詩化的小說」。也正是在這個意義上，這部作品同時又是本期長篇創作中最富「美文」色彩的一部長篇小說。

第七節　本期報告文學創作

一、本期報告文學創作概況

在上期散文創作一節，我們曾經從廣義散文的角度談到報告文學的創作情況。本期報告文學由於在七〇年代末開始異軍突起，並且持續不斷地以它的創作的實績，影響和推動著本期文學的發展，成為本期文學創作的一個重要構成方面。相對而言，一般意義上的散文創作在本期卻沒有像上期那樣得到足夠充分的發展，除了巴金的《隨想錄》等少數作品，在更普遍的意義上也沒有取得如上期那樣廣泛的藝術成就。故而本期將以報告文學取代一般意義上的散文，作為重點研究對象。

報告文學在中國新文學史上萌芽於二〇年代，進入三〇、四〇年代，尤其是在抗日戰爭期間得到了長足的發展。五〇、六〇年代，報告文學雖然有過兩度短暫的繁榮，但到了六〇、七〇年代的文化大革命當中，卻遭受到巨大的挫折，跌入創作的低谷。七〇年代末結束文化大革命後的報告文學創作即是在這樣的一個曲折發展的歷史背景下從低谷躍上峰頂，開始了一場持續不斷的藝術爆炸。

文化大革命結束後的最初幾年，報告文學創作雖然還缺乏一種真正意義上的藝術的自覺，但文革期間所遭遇的苦難、所積聚的情感、所耳聞目睹的悲劇，卻迫使許多專業的和非專業的作者禁不住要拿起筆來，寫下他們在這場歷史浩劫中真實的經歷和感受。尤其是在這期間所進行的政治上的撥亂反正和平反冤假錯案的活動，更刺激了一種追憶歷史和懷念逝者的報告文學創作的長足繁榮。其中特別是一些反映與林彪、「四人幫」集團進行殊死鬥爭的革命幹部和普通群眾的英勇事蹟的報告文學作品，格外引人注目。這些作品因為大都是一些歷史的實錄，因而都具有報告文學所要求的真實性的基本品質，同時也因為表達了作者的真情實感和對於文化大革命的歷史思考，因而又都具有較強的藝術感染力和思想的啟示作用。這種追憶歷史和懷念逝者的報告文學創作此後還有所發展和深化，伴隨著這期間整體的「傷痕文學」的潮流，一直持續到七〇年代末期。其中比較有代表性的作品，例如陶斯亮記述老一輩革命家陶鑄在文革期間的遭遇的《一封終於發出的信》等，在讀者中產生了強烈的「轟動效應」。此外則是反映一九七六年「天安門事件」的報告文學作品等，不但產生了巨大的社會影響，而且還具有重要的史料價值。總之，這期間的報告文學創作雖然還處在一個藝術的恢復時期，但它的敢吐真情、敢講真話、秉筆直書、敏於思考的特色，卻為本期報告文學的繁榮和發展奠定了一個良好的基礎。

與此同時，本期報告文學在七〇年代末期也在醞釀一個藝術上的崛起。這個崛起的顯著標誌便是一九七八年初徐遲的報告文學作品《哥德巴赫猜想》的發表。這篇記述數學家陳景潤攻克世界數學難題「哥德巴赫猜想」，尤其是陳景潤在文革期間的遭遇的報告文學作品，不但以其對主人公的深知深愛，引起了人們對於知識份子問題的密切關注，而且也以其獨特的表現方式和在藝術上所取得的重要成就，成為本期報告文學也是當代報告文學發展的一個里程碑。以這篇作品為標誌，本期報告文學從七〇年代末期到八〇年代中期，開始了一個全面的藝術突破的時期。本期報告文學重要作家作品的出現，它的獨特的藝術品格的形成，以及它對本期社會生活所發生的巨大影響作用，也大都集中在這個時期。這個時期因而是本期報告文學創作的一個重要的發展階段。

綜觀這期間的報告文學創作，有如下方面的一些重要特點值得格外引起注意：其一是追蹤時代前進的步伐，在與生活的同步發展中拓寬報告文學的題材領域。從七〇年代末期到八〇年代中期，在結束文化大革命以後，社會生活的各個方面都在發生急劇的變化。舉凡這些變化在不同階段上的各種表現和為廣大人民群眾所密切關注的人事，這期間的報告文學無不及時地予以報導和反映。首先是一九七八年初全國科學大會召開前後，湧現了一大批記述科學家的生平事蹟和科研經歷的報告文學作品。除了徐遲的一系列為科學家立傳的報告文學作品外，比較有代表性的還有黃鋼的記述地質學家李四光的生平事蹟的報告文學《亞洲大陸的新崛起》、黃宗英的報導女科學工作者秦官屬的坎坷遭遇的報告文學《大雁情》，和穆青等記述植棉能手吳吉昌的人生道路的報告文學《為了周總理的囑託》等。這些作品所涉及的對象從著名科學家到普通的科學工作者乃至從事科研活動的普通勞動者，集中表現了在科學的春天到來之際對知識和人才的高度重視。與此同時，一些藝術家、教育家和更大範圍內的知識份子的工作和生活也受到了這期間的報告文學作家的密切注意。這些報告文學作品從總體上構成了一個以知識份子為題材的報告文學創作熱潮，對當代報告文學長期以來輕視知識份子題材的局面形成了一個重大的突破。本期報告文學在這一題材領域所取得的重要成績，也是本期報告文學發展繁榮的一個重要標誌。其次是在八〇年代改革開放的背景下，湧現了一大批反映改革開放所帶來的社會生活的各方面的變化以及在改革開放的過程中出現的新人新事的報告文學作品。其中特別是一些報導各種不同層次的改革者的改革活動，和反映改革開放的過程中出現的一些新的矛盾和問題的報告文學作品，引起了更強烈的社會反響。比較有代表性的前者如程樹榛，描寫一家大型國營企業的廠長宮本言大刀闊斧地進行整頓改革的報告文學《勵精圖治》、袁厚春描寫河北省委書記高揚的改革實踐的報告文學《省委第一書記》等，後者如喬邁記述吉林農村某生產隊，在聯產承包過程中黨員受到冷落後重新奮起的報告文學《三門李軼聞》等。這些作品不但熱情地謳歌了改革者的革新進取精神，和他們為改革的事業所建立的豐功偉績，顯示了改革事業深厚的群眾基礎和必然的歷史趨勢，而且也尖銳地指出了改革所不可避免地要經歷的裂變和陣痛，預示了改革的歷史曲折和在前進的道路上可能遇到的荊棘泥濘、艱難險阻。與此同時，也有一些作品，如任斌武的《無聲的浩歌》描寫女青年范熊熊為制止某些幹部的不正之風不惜以身蹈海的事蹟，韓少華的《勇士：歷史的新時期需要你！》記述青年黨員陳愛武揭發商業部長利用職權搞不正之風的事蹟等，也表現了在改革開放的過程中黨和人民群眾與各種腐敗現象，和不正之風所進行的堅決鬥爭。除了上述方面的作品之外，這期間改革題材的報告文學還深入到更加廣泛的生活領域，報導改革開放所帶來的思想觀念、行為方式、社會風習和心理習慣等方面的複雜變化，顯示了改革題材的報告文學巨大的生活容量和多樣化的生活色彩。如同知識份子題材的報告文學一樣，改革題材的報告文學所取得的重要成就，也是本期報告文學繁榮發展的又一重要標誌。再次是以七〇年代末、八〇年代初的邊境戰爭和國際性的體育比賽活動為背景，湧現了一大批軍事題材和體育題材的報告文學作品。特別是後者，接續了當代報告文學在體育題材方面所做的藝術開拓，使體育題材的報告文學在本期逐漸形成了一股持續不斷的創作潮流。其中有代表性的作品如理由的報導中國擊劍女運動員欒菊傑的事蹟的報告文學《揚眉劍出鞘》、魯光報導中國女排運動員的訓練和比賽活動的報告文學《中國姑娘》等，都產生了強烈的社會影響。這些作品不但及時報導了體育健兒奮勇拚搏的感人事蹟，而且也集中表現了改革開放的時代精神和民族振興的崇高理想，是這期間的報告文學創作不可忽視的一個重要構成方面。除了上述一些主要題材領域的報告文學創作外，這期間的報告文學創作隨著改革開放的深入發展，還把筆觸伸向海外和臺、港、澳地區，報導在世界範圍內發生的重大事件和一些新聞人物的生平活動（比較有代表性的如劉亞洲的國際題材的報告文學等）。這些作品擴大了讀者的閱讀視野，開闊了讀者的思想眼界，表現了這期間的報告文學創作在題材方面的大膽開拓和全面開放的鮮明特色。

其二是充分發揮獨立思考的精神，通過加強作品的理性內涵深化報告文學的思想主題。本期報告文學受七〇年代末八〇年代初撥亂反正和思想解放運動的影響，從一開始就以思想的敏銳和思考的深入引人注目。這種長於思考的特色，此後就一直伴隨著本期報告文學創作的發展，成為本期報告文學主題深化的一個重要表現。本期報告文學因為發揮了這種獨立思考的精神，因而絕大多數作品的主題都達到了一定的理性深度。在七〇年代末到八〇年代中期，特別是對如下兩個方面的問題的思考，比較集中突出，所產生的社會影響也比較強烈。首先是七〇、八〇年代之交的一些作品對文化大革命的歷史教訓的沉痛反思。這種反思的主題主要集中在一些反映文革期間因堅持真理反對極左思潮而慘遭殺害的烈士的事蹟的報告文學作品中。比較有代表性的如張書紳的《正氣歌》寫遼寧女共產黨員張志新，王晨、張天來的《劃破夜幕的隕星》寫北京青年遇羅克等。這些作品通過記述這些「捍衛真理的勇士」、「思想解放的先驅」的生平事蹟和遭受迫害的經過，深入地思考了文化大革命所造成的人妖顛倒、是非混淆的歷史悲劇，同時也大膽地提出了反對現代迷信、加強法制建設和尊重人權、實行政治民主等一系列重大而又敏感的思想理論問題。這些問題因為觸及到這期間思想解放運動的一些核心內容，因而引起了強烈的社會反響，對思想解放運動起了重要的推動作用。與此同時，另有一批作品通過揭露現實生活中存在的某些腐敗現象和黨風及幹部作風問題，進一步強化了對民主與法制和黨的建設等諸多問題的理性思考。雖然這種思考在少數作品中也出現了一些極端化的偏頗，但從總體上說，無疑強化了這期間報告文學的理性內涵，使這期間的報告文學在對特定時期的社會歷史的思考方面，留下許多極為寶貴的思想資料。其次是從八〇年代初期到八〇年代中期的一些作品對中國正在進行的改革開放以及由此帶來的諸多社會問題的深入思考。這些作品一般都不滿足於純粹客觀地報導改革開放中的新人新事和各方面的巨大變化，而是同時也要表示作者對於改革開放諸多問題的意見和看法。有些作品甚至主要是為了表達這些意見和看法而去蒐集資料、深入採訪和著意創作的，這些作品因而都帶有很強的議論說理和抽象思辨的色彩。其中特別是陳祖芬的一組總題為「挑戰與機會」的報告文學作品，在對這些問題的思考方面比較系統深入，因而也具有比較廣泛的代表性。這組作品以其特有的「政論」特色，通過一些具體的人事或普遍存在的社會現象探討改革開放所提出的許多重大理論問題，視野開闊、思想新銳，具有極其重要的啟發意義。除了直接針對在經濟改革和對外開放的過程中提出的一些現實問題的思考外，這期間的報告文學作品還把思考的觸角指向民族心理和傳統文化的深層積澱，從中發掘那些阻礙現實變革的歷史因素。其中尤其是某些涉及愛情、婚姻、家庭和社會問題的報告文學作品對傳統的價值觀念、道德觀念、人生態度和行為方式等所做的批判性審視，更具思想的力度。在此基礎上，有些作品還通過別具一格的思考傳播了現代觀念。這期間的報告文學作品對上述問題的思考集中了改革開放的時代觀念變革和思想更新的基本內容，從總體上構造了一座改革開放時代的「思想庫」，表明這期間的報告文學在主題的開掘方面達到了相當的理性深度。

其三是廣泛吸收藝術的滋養，在融合異質因素的過程中尋找報告文學的藝術突破。長期以來，報告文學受新聞文體的局限，在注重真實性的同時，也顯出了藝術創造力的不足。本期報告文學在當代報告文學尤其是六〇年代的報告文學融合散文和小說的藝術因素所取得的成就的基礎上，進一步強化了融合異質因素的力度。從七〇年代末期到八〇年代中期，報告文學十分注重從詩歌、散文、小說、戲劇、電影和政論文章中吸取有益營養，在不損害真實性的同時，力求使報告文學在藝術上更有感染力，也更具多樣化的色彩。比較有代表性的如徐遲的報告文學把詩的激情和散文的修辭帶入報告文學創作，故而他的作品既具有一種抒情的韻致，又兼有一種文辭的華美，是一種散文詩式的報告文學的文體。柯岩、黃宗英在同樣注重詩意的抒情的基礎上，更明顯地傾向於把散文的筆法用之於報告文學創作，因而她們的作品更多地是表現為一種結構上的活潑靈動和行文中的自由不拘，是一種高度地散文化了的報告文學文體。這些作家同時都十分注意人物形象的塑造，因而又都在不同程度上吸收和運用了小說藝術的表現手法。在這一方面，理由和喬邁的報告文學除了注重人物形象的塑造之外，同時又十分重視將真人真事通過藝術的剪裁，編織成一個個頗帶戲劇性的故事情節，使之產生引人入勝的藝術效果，因而具有極強的可讀性。此外，則是陳祖芬等作家對電影蒙太奇手法的運用和將政論引入報告文學，祖慰等作家對意識流手法的借鑑等，在這期間的報告文學創作中都有一定的代表性。這些作家的報告文學創作因為融合了這些異質的因素而在報告文學的文學性方面形成了一些重大的藝術突破。這種突破同時也是這期間的報告文學走向文體的自覺的一個重要標誌。

八〇年代中期前後，報告文學創作因為生活的變化日趨複雜和作家的思考日漸深入，在藝術上隨之也發生了一些重要的變化。這種變化的主要表現集中凸顯在如下幾個方面：其一是報導對象的中心「泛化」。前此階段報告文學的報導對象大都是以某些中心人物為主，以對這些中心人物的描寫和刻畫為其基本內容。但出於某些特殊的創作題旨的需要，在這一階段，也有一些作家開始放棄中心人物和中心事件，著手在更大的範圍內對社會生活進行藝術「概括」。這種新的創作傾向的萌芽不再把報導的目標對準某些中心人物，而是以對眾多人物的綜合報導，集中表達一個統一的創作意圖。比較有代表性的作品較早的有李延國報導引灤入津工程的報告文學《在這片國土上》等。此後，這種中心「泛化」的創作傾向進一步使報告文學創作由對人物命運的關注轉向對社會問題的興趣，報告文學也由此而在八〇年代中期逐漸發展成為一種「淡化人物」的創作模式。比較有代表性的作品有理由報導球迷事件問題的報告文學《傾斜的足球場》、涵逸報導獨生子女問題的報告文學《中國的小皇帝》等。這些作品或從一個典型的個案入手，或著眼於普遍存在的社會現象，但最終都歸結為對一種社會問題，尤其是為全社會所關注的重大或「熱點」問題的分析和報導，是一種用形象的方式表達的社會學問題的調查報告。其二是觀照視野的走向「宏觀」。這期間的報告文學創作因為把關注的重點轉向社會「熱點」問題，因而就要求報告文學作家的眼光不能局限於一時一地、一人一事，而是要有一種宏觀的藝術視野，即要從廣闊的時空中求得對這一社會問題的歷史成因、現實表現和未來趨勢的比較全面系統的瞭解與看法。除了上述作品外，比較有代表性的另有李延國報導膠東農村改革形勢的報告文學《中國農民大趨勢》、麥天樞的報導西部移民計畫的報告文學《西部在移民》等。這些作品因為是從不同角度全方位地透視某一社會問題，因而又被有些論者稱之為「全景式」的報告文學。與這種「全景式」的報告文學相適應，報告文學在規模體制方面也較之前此階段有所擴大，尤其是中長篇報告文學獲得了長足的發展，逐漸在這期間的報告文學體裁中成為一種佔主導地位的藝術趨勢。其三是藝術建構的傾向學術化。八〇年代中期前後，報告文學在上述方面所發生的變化，也使得報告文學的藝術建構，由注重形象的鮮明性和藝術的感染力，到傾向於追求資訊的密集度和思辨的抽象化。比較有代表性的除了上述方面的作品外，另有如錢鋼報導唐山震災的報告文學《唐山大地震》，胡平、張勝友報導出國留學熱的報告文學《世界大串聯》等。這些作品不但紀錄了豐富的直接採訪材料，而且還引用了許多間接的書本知識。因為彙集了有關報導對象的歷史和現實的諸多資訊，因而往往能使讀者對報導對象有一個比較系統和全面的瞭解。與此同時，作者還調動了多學科的知識和方法論的手段，對這些直接的和間接的材料進行多側面、多層次的分析和透視，使讀者對所報導的問題能得到更加深入細緻的理解和認識。這種報告文學創作因而帶有很強的學術研究的性質，有些長篇作品甚至就是一部對於某一問題的別具一格的學術研究著作。

八〇年代中期前後報告文學所發生的這些重大變化，給本期報告文學的發展帶來了一種全新的氣象，也使報告文學在文體上獲得了進一步的獨立和自覺。但是，與此同時，報告文學的發展也愈來愈偏離藝術的軌道，其固有的文學性相對前此階段大為削弱。隨之而來的是，這期間的報告文學在選材方面也日益趨附時尚，甚至有意迎合讀者對於某些新奇怪異事物的庸俗興趣，在藝術格調上向流行的通俗文化讀物靠攏。有些報告文學作品因為選材不嚴、開掘不深而流於雜濫、浮泛。多數報告文學作品則因為競相追求篇幅的長度、缺乏必要的藝術提煉和概括，因而顯得冗長、拖遝，甚至散亂無章，難以卒讀。進入八〇年代後期，報告文學創作雖然在「中國潮報告文學徵文」[30]中曾再度出現過短暫的繁榮，產生過如上述《西部在移民》、《世界大串聯》和霍達的報導知識份子英年早逝問題的報告文學《國殤》，李存葆、王光明報導山東鄉鎮改革的報告文學《大王魂》以及謝德輝報導個

30 「中國潮報告文學徵文」從一九八七年十一月一日開始，到一九八八年九月三十日截止，由全國各地眾多報刊參與其事。後評出一等獎十篇、二等獎三十篇、三等獎六十篇。

體戶與金錢問題的報告文學《錢，瘋狂的困獸》等影響較大的作品，但從總體上說，只是前此階段的報告文學創作在藝術上的一個自然的延續，因而並未給本期報告文學創作的發展帶來突破性的貢獻。在此期間，報告文學的發展又不可避免地要受到正在興起的商品經濟的影響，以至於出現了一種極端商品化的創作傾向[31]，對八〇年代後期的報告文學的發展形成了極為有害的衝擊。報告文學適應新的市場經濟的環境，要有待九〇年代做出調整之後。但在新的生存環境中，它的更大的發展前景是完全可以預期的。

二、本期報告文學重要作家作品

本期報告文學作家根據上述分析可以相對區分為以下三種主要類型：一種是八〇年代中期以前在創作中恪守以人物為中心的報告文學傳統的作家，成就較高和較有代表性的主要有徐遲和黃宗英等；一種是在八〇年代中期以後逐漸放棄人物中心、追求綜合地報導社會問題的作家，成就較高和較有代表性的主要有錢鋼和李延國等；一種是介於兩者之間，並且在兩個方面的創作中都取得了一定的成績的報告文學作家，較有代表性的主要有理由和陳祖芬等。以下僅就他們在一些主要作品中所表現出來的創作特徵做一點具體的分析。

作為本期報告文學「開山」的作家，徐遲的報告文學創作是以關注科技界的知識份子的命運著稱於世的。這位在現代詩壇享有盛譽同時又擅長翻譯和散文創作的當代作家，從五〇、六〇年代起，即將創作的重點逐步轉向報告文學。在這期間先後創作發表了許多報告文學作品。其中特別是報導美術史家常書鴻獻身敦煌藝術研究的報告文學《祁連山下》和報導漢劇藝人的人生道路和藝術追求的報告文學《牡丹》等，產生了重要影響，是他在

31 指一種流行的「有償報告文學」或稱「廣告文學」，即由企業廠家或個人出資贊助撰寫和發表出版的報告文學。

這期間的報告文學創作的重要代表。從本期開始，徐遲出於對知識份子在文革期間所遭遇的打擊與迫害的憤懣與不平，同時也出於對科技發展和四化大業的重視與關心，開始把報導的對象集中專注於科技界的知識份子，尤其是那些對經濟建設和科技發展做出了重要貢獻的著名科學家。其代表作主要有報導地質學家李四光的事蹟的報告文學《地質之光》、報導數學家陳景潤的事蹟的報告文學《哥德巴赫猜想》、報導植物學家蔡希陶的事蹟的報告文學《生命之樹常綠》、報導流體力學家周培源的事蹟的報告文學《在湍流的渦漩中》以及報導人工合成牛胰島素結晶的科研集體的事蹟的報告文學《結晶》等。其中又以《哥德巴赫猜想》和《地質之光》影響最大，在徐遲這期間的報告文學創作中也最具代表性。徐遲的報告文學創作主要有以下一些方面的特點：其一是「知人論世」，為科學家立傳。徐遲的上述作品不是截取主人公的生平事蹟的某一片斷，或報導其人生和事業的那些閃光的瞬間，而是著眼於報導對象的「全人」和全部科研活動。尤其是注重把報導對象的人生經歷和科研活動放到特定的歷史環境之中，通過對比描寫，折射出時代的發展和變化。因此，他的這些作品既帶有很強的傳記性質，同時又是時代變遷的真實紀錄。正是通過這些報導對象的人生經歷和他們的科研活動所經歷的歷史性變化，徐遲不但寫出了他筆下的人物對科學事業的執著追求，而且也寫出了現代中國科技事業發展的曲折道路和歷史趨勢。與此同時，作者還突出地刻畫了他筆下的人物特立獨行的思想性格和忘我獻身的高貴品質，消除了對他們的種種成見與誤解和強加在他們身上的種種不實之詞，還他們以真實的面目。因此，他筆下的人物就不但具有豐富的理性內涵，而且也具有感人的藝術力量。其二是探幽入微，將科學「詩化」。徐遲是一位詩人，他善於以詩人的眼光從報導對象的科研活動中去發現屬於藝術的美和詩意。因此，在他筆下，無論是李四光的抽象的地質學理論，還是陳景潤的枯燥的數學運算，抑或是牛胰島素結晶的具體的科學實驗等，都流淌著一種詩的旋律和韻致，都呈現出一種美的形式和結構。這種美和詩意，不僅僅見於作者在藝術描寫中所運用的那些形象的比喻，更重要的是在於作者真正把握了科學與藝術在本質上的共通之處，即都是屬於人類顯示自身的本質力量的一種創造活動。正因為如此，作者就能夠透過一些表面現象，從這些科學家內在的思維和心智活動中，去發掘和發現科學的創造所表現出來的美和詩意的特色。從這個意義上說，徐遲的報告文學將科學「詩化」，亦即是最大限度地發掘和發現科學創造活動的美學特質，將科學也作為一種審美的對象，從而給讀者以一種有別於一般審美對象的獨特的審美感受。其三是精心構思，講究文辭的華美。徐遲的報告文學在構思和語言方面是十分講究的。他極善於從人物的生平活動和精神特質中提煉出一個核心的思想，抓住這個核心的思想組織材料、謀篇佈局。例如他把李四光的地質學理論所帶來的革命性的貢獻稱之為「地質之光」；把陳景潤的行事作為長期不被人理解以神秘的「猜想」二字來表達；把植物學家蔡希陶的工作稱之為常綠的「生命之樹」；把流體力學家周培源所經歷的歷史性轉折比喻處於一個「湍流的渦漩」之中，以及把一個科研集體的精神稱之為力量和智慧的「結晶」等等。這些被提煉出來的核心思想恰如一首詩中被精心提煉出來的詩意，由它統領全局，作品就能夠做到有條不紊、形散神聚，達到結構上的和諧與統一。與這種以凝練的「詩意」為核心的結構相適應，作者也十分講究文辭的典雅與華美。徐遲的報告文學語言的主體是經過提煉的現代口語，但它同時也吸取了古代文言和「歐化」的語言精華，尤其是古代駢文的排比對偶和「歐化」的長句的運用，使作品的語言在總體上顯示出一種「詩化」的散文語言的特色。這種圍繞一個中心在語言上的鋪敘排比的特色，極為接近中國古代大賦的文體特徵。從這個意義上說，徐遲的報告文學因此也可以稱之為一種現代的賦體。

在關注科技界的知識份子的命運方面，黃宗英的報告文學創作與徐遲有諸多相似之處。這位中國現代著名電影演員在轉入文學創作之後，即以散文和報告文學創作的成績格外引人注目。她在六〇年代發表的報導女知識青年侯雋的事蹟的報告文學《特別姑娘》，和報導農村姑娘張秀敏帶領下的一個鐵姑娘隊的事蹟的報告文學《小丫扛大旗》等，是她這期間的主要代表作。從本期開始，黃宗英把她的報告文學創作的重心逐漸轉向知識份子題材，特別是對科技界的知識份子的命運，傾注了更大的關注和同情。其中成就較高影響較大的作品，主要有報導女科學工作者秦官屬的事蹟的報告文學《大雁情》和報導另一位女科學工作者徐鳳翔的事蹟的報告文學《小木屋》等。與徐遲的同類題材的報告文學相較，黃宗英的報告文學創作主要有如下一些方面的特點：其一是獨具慧眼，為科技界的小人物張目。黃宗英自稱她的報告文學要寫「普通人」、寫「正在行進的人」，對他們「援之以手」，為他們「助一『呼』之力」。[32]這是她的報告文學在取材上的一大特點。她筆下的秦官屬、徐風翔和其他作品中的主人公，都是這樣的一些不見經傳，同時又長期遭受壓制和曲解卻在科學領域裏默默地做出奉獻的小人物。以這樣的小人物作為報導的對象，撥開政治的迷霧和歧視與成見的遮蔽，寫出她（他）們的高貴品質和感人事蹟，不但表現了作者披沙瀝金的識見和勇氣，而且也觸及到了文革結束後科技界的普通知識份子所面臨的一些共同性問題，因而具有極為重要的現實意義。其二是深入體驗，與作品中的主人公共命運。與一般報告文學作為新聞文體所要求的客觀性不同，黃宗英的報告文學不是純粹客觀地報導事件、描寫人物，而是充分發揮一個電影演員對角色的體驗的特長，深入到對象的生活和工作中去，全身心地體驗對象在人生中所經歷的種種悲歡離合和喜怒哀樂。這種體驗「角色」的特點在創作中的具體表現，便是作者常常用第一人稱的手法，將自己與對象的結識和理解的過程同時也寫進作品中去，使作者與對象始終處於同一情境之中，將對象與自我融為一體，憂喜與共，苦樂同當。通過自己的體驗把對象的命運感同身受地傳達出來，極為細緻真切，具有感人至深的藝術效果。其三是「獨抒性靈」，在藝術上不拘格套。黃宗英的報告文學是一種主觀色彩極強的報告文學。舉凡她的報導對象的生平事蹟、舉止言行乃至生存環境和生活細節，無一不是通過她的心靈的折光才得以表現出來。因此，她的報告文學與其說是客觀地記述她的報導對象的生平事蹟，不如說是通過她的報導對象的生平事蹟，表達作者對她的報導對象的認識和評價。而且這種認識和評價又往往帶有作者強烈的主觀感情色彩。尤其是作品中的一些詩意

32 黃宗英，《與人物共命運》，《文匯月刊》一九八二年第九期。

的描寫，更增添了這種主觀感情的色調。與此同時，她的報告文學還進一步發揮了她在六〇年代就引人注目的散文化的創作特色，把散文的多種體裁、多樣化的表達方式和可能容納的各種表現因素，都悉數調動起來，融入報告文學的寫作中去。因此，她的報告文學不但體裁樣式、謀篇佈局靈活多變，而且敘述、描寫、議論、抒情皆隨心所欲，真正做到了不拘格套，自由抒發。

作為本期報告文學創作從以人物為中心向以社會問題為中心過渡的有代表性的作家之一，理由的報告文學創作在八〇年代中期前後，經歷了一個重大的轉折和變化。在八〇年代中期以前，這位從新時期才開始報告文學創作的作家，在創作上的特點主要有以下幾個方面：其一是在題材領域的縱橫開拓。在本期報告文學作家中，理由的報告文學題材範圍是十分廣泛的。就縱向而言，從七〇年代末為「天安門事件」平反，到八〇年代的經濟改革，包括其間引起全社會密切關注的一些重大熱點問題，例如七〇、八〇年代之交的知識份子問題；這期間的邊境戰爭和重大體育賽事等，他的報告文學無不涉足其間，而且都取得了一些令人矚目的創作成就。就橫向而言，理由的報告文學幾乎涉及到本期報告文學創作的一些主要的題材領域，包括重大政治題材和一般生活題材、知識份子題材和工人生活題材、軍事題材和體育題材等等。其主要代表作有：報導女擊劍運動員欒菊傑的事蹟的報告文學《揚眉劍出鞘》、報導普通擋紗女工索桂清的事蹟的報告文學《中年頌》、報導北京東風電視機廠廠長黃宗漢的事蹟的報告文學《希望在人間》、報導廣州南方大廈經理鄧漢光的事蹟的報告文學《南方大廈》，以及報導數學家華羅庚的事蹟的報告文學《高山與平原》、報導農學家蔡旭的事蹟的報告文學《依傍田野的小屋》、報導婦產科專家林巧稚的事蹟的報告文學《她有多少孩子》和報導畫家袁運生的事蹟的報告文學《癡情》、報導歌唱家李谷一的報告文學《李谷一與〈鄉戀〉》等。這些作品通過眾多人物形象及時地反映了新時期的社會生活在各個領域所發生的深刻變化，為新時期最初十年的歷史進程留下了一份形象的實錄。其二是對人物性格的精心刻畫。在以人物為中心的報告文學作家中，理由是以對人物性格的精心刻畫著稱的。他筆下的人物不但因出身、經歷、職業、教養、性別、年齡等方面的不同而性格迥異，而且在這些人物的獨特個性中，作者又有意識地捕捉和突出地描寫那些最能體現人物的精神品質的主要方面。例如同是以女性為報導對象，在欒菊傑的性格中突出的是她的拚搏精神，在林巧稚的性格中突出的是她的博愛的胸懷，在索桂清的性格中突出的是她的任勞任怨的品格。同樣是寫科學家，華羅庚的性格中的倔強與率真和蔡旭的性格中的剛直與堅忍，也具有不同的意義。這些獨具個性又別有深意的人物形象，不但使理由的報告文學避免了一般以人物為中心的報告文學往往將人物作為新聞宣傳的道具或某些政治理念的載體的創作弊端，而且通過這些獨具個性的人物形象，也使他的報告文學從不同的側面顯示了歷史的新時期豐富多彩的精神風貌。其三是把小說寫法引進報告文學。理由認為，「報告文學具有小說的全部表現特徵」[33]。因此，他的報告文學完全採用小說的寫法，不但在上述人物形象的塑造方面，是嚴格依照現實主義小說的典型化原則，刻畫典型環境中的典型性格，而且，在對人物的經歷和事件所做的剪裁和處理方面，也在努力追求情節的豐富性和生動性。甚至那些具體的生活細節的運用，也都符合現實主義小說的典型化要求。特別是長篇報告文學《癡情》，集中了他的小說化的報告文學的全部藝術特徵。這部作品所描寫的主人公被打成「右派」後的遭遇及其與妻子相濡以沫的感情，與這期間同類題材的「傷痕小說」如《天雲山傳奇》和《靈與肉》等，有異曲同工之妙。這些作品雖然都是真人真事，但經過作者所做的小說化的藝術處理，就顯出了別具一格的藝術效果。在把小說寫法引進報告文學方面，理由是本期有著同樣追求的作家中，取得藝術成就最高的作家之一。八〇年代中期以後，理由的報告文學創作在觀念上發生了很大的變化。他開始擯棄在小說化的過程中不可避免的某些「杜撰式的描寫」和「矯揉的文筆」，「收住主觀隨意性的韁繩」，追求「以客觀而簡潔的行動敘述

33 理由，《話說「非小說」》，《鴨綠江》一九八一年第七期。

把密集的資訊呈現在人們面前」的「無技巧的更高明的技巧」的境界[34]。從報導「五・一九」球迷事件的《傾斜的足球場》到報導香港市民心態的《香港心態錄》等作品，是他的這種觀念轉變後的代表作。這些作品雖然以不同的方式實踐了作者的新的報告文學觀，但因為忽略了文學性的追求，因而藝術的感染力大為減弱。

與理由相較，陳祖芬的報告文學創作在藝術上轉變的幅度更大。這位從七〇年代末期才開始報告文學創作的作家，在發生藝術轉變的八〇年代中期以前的創作主要集中在知識份子題材領域，尤其是對科技、教育和文藝界的知識份子，投入了更多的熱情和關注。與上述作家對知識份子問題關注的側重點不同，陳祖芬的報告文學主要把筆力集中在她稱之為「中國牌的知識份子」崇高的愛國主義精神和高尚的人格操守方面。她在這期間的主要代表作品有：報導內燃機專家王運豐的事蹟的報告文學《祖國高於一切》、報導普通科技工作者程淵如的事蹟的報告文學《中國牌知識份子》、報導中科院數學所研究人員裘宗滬的事蹟的報告文學《朝聖者與富翁》、報導醫學教授黃家駟的事蹟的報告文學《黃家駟的道路》、報導醫學博士林俊卿的事蹟的報告文學《活力》，以及報導女導演陳頤的事蹟的報告文學《節奏》和報導歌唱家王昆的事蹟的報告文學《生命》等。八〇年代中期前後，陳祖芬的報告文學創作在題材方面開始集中轉向城市經濟改革領域，並且以一組總題為「挑戰與機會」的系列報告文學，顯示了她這期間的報告文學與眾不同的創作特色。這種特色主要是：其一，尋找焦點話題。城市經濟改革是一個牽涉面廣、影響全局的重大舉措，一開始就令舉世為之矚目。其中許多問題都是關係到現代化進程的一些根本性問題。陳祖芬的報告文學不但大膽地切入了這些問題，而且還在其中不斷地尋找引起全社會關注的焦點話題，以此來引起人們對這些問題的深入思考和探索。例如《挑戰與機會》談到的如何把握機會、迎接挑戰的問題；《全方位躍動》中談到的在社會的「全方位躍動」中，人們如何適應和駕馭急劇變化的環境問題；《選擇與

34 理由，《香港心態錄・後記》（作家出版社，一九八七年）。

被選擇》中談到的如何把握機會、創造條件，接受社會的選擇問題；《性格化與現代化》中談到的人的現代化問題以及《日本的啟示》中談到的要有危機感和競爭意識問題，等等。通過尋找和介入這些焦點話題，陳祖芬的報告文學從一開始便切入了城市經濟改革的核心部位，因而引起了文學界內外的高度注意。其二，著眼觀念變革。上述作品所涉及的焦點話題，從根本上說，都是城市經濟改革的過程中出現的一些觀念問題。因此，探討城市經濟改革過程中出現的觀念問題，也就成了陳祖芬這期間的報告文學創作的又一重要特色。尤其是在《論觀念之變革》和《理論狂人》等作品中，通過闡述主人公的經濟理論和改革思想，更為系統深入地探討了關係到改革開放全局的一些思想觀念問題。有些問題的探討（例如《理論狂人》中的主人公黨治國的經濟理論等）雖不無偏頗，卻具有重要的啟發意義（例如黨治國關於所有制改革和企業職工的主人公責任感問題的看法等）。因為著眼於觀念變革，故而陳祖芬這期間的報告文學就不是對改革的現象做泛泛的描寫，而是同時在理論思想上也達到了一定的深度。其三，縱橫議論評說。長於議論，是本期報告文學的一大特點。陳祖芬的報告文學尤其如此。她說：「我的確覺得議論能使我一吐為快，這是別的藝術手段所不能取代的。」[35]她的議論不僅表現為穿插於作品之中的對於人物和事件的片斷評說，更重要的是表現在她的許多作品尤其是「挑戰與機會」系列，本身就是一種形象的政論。這些作品的中心題旨既不是展示人物的命運，也不是表現事件的性質，而是論證某種理論或觀點。以這些理論或觀點為中心，作品將眾多的人物和事件組織起來，作為論證的材料和例證。整個作品就是依照這樣的一種形象的政論的方式構造起來的。例如上述作品，大多是通過眾多人物的「現身說法」和眾多事件的「舉例證明」來論證這些作品所確立的中心題旨的。在這些作品中，作者的分析、評價、啟發、議論，不但是一種展開「論證」的手段，而且也起著組織材料和結構篇章的作用。雖然這些議論評說也影響了作品的形象性和情感的力

35 陳祖芬，《一封沒有寫完的信》，《文匯月刊》一九八二年第十期。

度，卻豐富了作品的思想內涵，給作品帶來了一種獨特的雄辯的力量。

作為本期報告文學作家「新生代」的優秀代表，錢鋼和李延國的報告文學創作雖然在他們初試鋒芒的八〇年代初期，也有某些作品是以報導個別人物的事蹟為中心，而且一開始便取得了重要的成績，引起了人們的高度注意。例如錢鋼與江永紅合作的報導某部團參謀長王聚生的事蹟的報告文學《「藍軍司令」》和李延國報導某化工廠年輕的廠長周大江的事蹟的報告文學《廢墟上站起來的年輕人》等。但他們很快便轉向淡化中心人物的「綜合式」和「全景式」的宏觀報告文學創作，而且在這方面做出了開創性的貢獻，成了八〇年代中期前後報告文學創作最有實力的年輕作家。錢鋼在這方面的代表作主要是報導唐山震災的長篇報告文學《唐山大地震》。李延國的代表作則有報導引灤入津工程的報告文學《在這片國土上》、報導膠東農村改革的報告文學《中國農民大趨勢》和報導「二汽」建設事蹟的報告文學《走出神農架》等。綜觀錢鋼和李延國在這方面的報告文學創作，其共同之處是：都著眼於報導對象的「全景」和全部歷史；都注重對問題的深入思考和主觀感情的投入，因而都長於議論和抒情；都具有一種廓大的氣勢和豪放的風格。不同之處是：李延國的這類報告文學比較注重取材的現實性，因而具有比較鮮明的時代特點，表現了比較強烈的時代精神；錢鋼的《唐山大地震》則把關注的目光投向過去年代的重大事件，因而具有比較厚重的歷史感，表現了比較深刻的反省意識。李延國的這類報告文學雖然是著眼於報導對象的綜合景觀，但卻不忽視人物在其中的意義和作用。而且這些作品所報導的綜合景觀，表現在作品的主題方面，集中凸顯的仍然是人的意志、理想和精神，其意在人而不在事；錢鋼的《唐山大地震》雖然也寫到了在地震災害中人的各種表現，但其主題的指向卻是圍繞唐山震災對地震災害的歷史以及特定時代的社會政治和諸多人性問題所做的反思，其意在事（「史」）而不在人。正因為如此，李延國的這類報告文學在藝術上的主要成就仍然是表現在對人物形象的描寫和刻畫方面，尤其是對眾多人物形象進行素描和特寫式的勾勒，是李延國的這類作品塑造人物形象的特長；錢鋼的《唐山大地震》在藝術上的成就則主要是表現在對歷史的和現實的、直接的和間接的材料所做的綜合處理方面，尤其是通過這些材料的綜合運用，客觀地呈現歷史的情境和事件的性質，是作者獨特的匠心所在。此外，則是李延國的這類報告文學在結構和表現手法上頗多創造和變化，他的這類作品每一篇的寫法都有所不同，因而顯得搖曳多姿、豐富多彩；錢鋼在藝術上的創造性則主要表現在對於報告文學文體所做的革命性的改造方面，他把報告文學由即時的（現實的）敘事改為歷史的敘事，使報告文學的文體從新聞的時效性中徹底地解脫出來，進入到一個更為廣大的敘事時空之中，因而顯得更加自由無拘，也更顯涵蓋深廣。

第八節　本期話劇創作

一、本期話劇創作概況

如前所述，當代話劇創作在建國後的前十七年經歷了一個曲折的發展過程之後，於文化大革命中跌入到歷史的最低點。文革結束後的七〇年代末期，又奇蹟般地從低谷中躍起，並且率先突破禁區，以其所造成的強烈社會反響，成為文學新時期發端的一個重要藝術信號。此後，話劇創作雖然在本期的發展道路同樣不是十分平坦，也有大起大落，但它在艱難發展中所留下的創作實績，卻對新時期文學做出了重要貢獻，產生了重要影響，支撐和構造了新時期文學的一段不可磨滅的重要歷史。

本期話劇創作的發展，大致經歷了如下幾個階段：

第一個階段，從七〇年代後期到八〇年代初期，是本期話劇全面恢復當代話劇的現實主義傳統的時期。文化大革命結束後的話劇舞臺，在一個極為短暫的時間內，是以恢復上演文化大革命前的優秀劇本和文化大革命中受到「四人幫」的壓制的劇作為其活躍的標誌的。這其中即反映了話劇藝術撥亂反正、恢復傳統的願望和要求。一九七七年，王景愚、金振家編劇的《楓葉紅了的時候》和白樺編劇的《曙光》的發表，標誌著本期話劇真正從創作上開始全面恢復當代話劇的現實主義傳統。這兩部劇作，前者以喜劇的表現手法，對「四人幫」及其爪牙的無恥行徑進行了辛辣的諷刺。後者在悲劇的氛圍中，對王明路線的慘痛教訓進行了深刻的歷史反思。二者都包含了此後的話劇創作回歸現實主義傳統的一些主要的藝術因素。七〇年代後期的話劇創作即是沿著這兩部作品所開闢的揭批「四人幫」和反思歷史這兩大題材領域，從不同的方向上歷時地展開的。

就以揭批「四人幫」為題材的話劇創作而言，除《楓葉紅了的時候》之外，這期間成就較高和較有代表性的作品另有蘇叔陽編劇的《丹心譜》和宗福先編劇的《於無聲處》等。這兩部作品與《楓葉紅了的時候》一樣，在揭露「四人幫」及其爪牙的醜惡嘴臉和罪惡行徑的同時，也表現了人民群眾為堅持真理和正義對之所做的抵制與鬥爭。尤其是以「天安門事件」為題材的話劇《於無聲處》，雖然出自一位業餘作者之手，在藝術上尚嫌稚嫩，但因為反映了人民群眾的意志和願望，故而產生了極為強烈的「轟動效應」。這部作品發表和演出在「天安門事件」平反之前，同時也表現了本期話劇創作特有的藝術勇氣和現實主義藝術對於社會生活的強大作用力量。此後，正面揭批「四人幫」和表現與「四人幫」的鬥爭的話劇作品雖仍時有出現，但從總體上說，卻主要轉向表現肅清「四人幫」所留下的思想影響和醫治文革所留下的精神創傷方面。這同時也表明這一題材領域的話劇創作正在向藝術的縱深發展，其代表作品主要有：崔德志編劇的《報春花》和馬中駿、賈鴻源、瞿新華編劇的《屋外有熱流》等。尤其是《報春花》因為涉及到文化大革命中危害深廣的「血統論」問題，因而同樣產生了強烈的社會反響，是這期間在話劇領域揭批「四人幫」、撥亂反正的重要作品之一。與這類題材的話劇創作相聯繫的是，一部分觸及到現實生活中的種種矛盾和問題的話劇作品，也不能不追溯這些矛盾和問題的歷史成因，因而這些作品實際上仍然是把批判的矛頭指向文化大革命的各種思想流毒比較有代表性的，例如趙梓雄編劇的《未來在召喚》表現思想解放的要求與堅持「兩個凡是」的標準之間的衝突，邢益勳編劇的《權與法》表現濫用權力與維護法制之間的鬥爭，趙國慶編劇的《救救她》表現挽救被文革坑害的失足青年問題，等等。這些作品同時也表達了作者對文化大革命的歷史教訓的深入思考，是這期間由思想解放運動催生的「反思文學」潮流的一個重要組成部分。

但是，在話劇創作領域，屬於真正意義上的反思歷史的作品，在這期間，主要是表現在革命歷史題材方面。由於在文化大革命中，一大批革命幹部尤其是那些為革命建立了豐功偉績的領袖人物和老一輩無產階級革命家，都受到了打擊和迫害，與此同時，他們的形象連同他們所創造的革命歷史，也遭到了歪曲和竄改。在革命歷史題材的創作方面具有深厚基礎並取得了重要成就的當代話劇，一旦解除了極左的政治禁錮，就大膽地回歸革命歷史題材，努力按照現實主義的藝術原則，在創作中重塑革命者的真實形象，還革命歷史以本來面目。這類作品成就較高、影響較大的除《曙光》外，主要有：丁一三編劇的《陳毅出山》，邵沖飛等編劇的《報童》，程士榮等編劇的《西安事變》，所雲平、史超編劇的《東進！東進！》，以及沙葉新編劇的《陳毅市長》，王德英、靳洪編劇的《彭大將軍》等。這些作品以一個強大的藝術陣容，顯示了本期話劇創作在革命歷史題材方面所做的重要開拓。其中有些作品，不但在對於歷史真實的追求和對於歷史問題的思考方面達到了一定的深度，而且在藝術表現上也有所創新和突破。尤其是稍後出現的《陳毅市長》，因為進一步解除了思想和藝術的禁錮，在創作上所取得的突破更大。這部作品通過一些日常化的生活場景和工作場景，刻畫了一個平易近人、幽默風趣的陳毅市長形象，抹去了長期以來尤其是文革期間在領袖人物身上所塗抹的「神化」的靈光，將領袖人物由「神」還原成人，對此後同類題材的創作產生了重要影響。本期話劇創作在七〇年代末、八〇年代初如此短促的時間內如此集中地專注於革命歷史題材，在當代話劇史上是一個罕見的藝術現象，它同時也是本期話劇創作回歸現實主義傳統的一個重要藝術標誌。

在上述兩大題材領域的話劇創作蓬勃發展之際，這期間的話劇創作在八〇年代初期同時還把藝術的筆觸伸向正在急劇變動中的現實生活，反映改革過程中的矛盾衝突，塑造推動改革進程的新人形象。在這方面的代表作主要有宗福先、賀國甫編劇的《血，總是熱的》和梁秉坤編劇的《誰是強者》等。這兩部作品所寫的雖然都是一家普通工廠企業的經濟改革，但所觸及的卻是改革的過程中不可避免地要面對的一些帶有普遍性的矛盾衝突。而且兩劇的作者都把改革者置於這種矛盾衝突的漩渦之中，甚至為他們的結局塗抹了一層悲劇的色彩，顯示了改革進程的艱難曲折，同時也通過他們的改革活動在人民群眾中所激起的巨大的心靈迴響，表現了改革不可逆轉的歷史趨勢。在這期間同類題材的其他作品雖然不一定正面反映改革過程中的矛盾衝突，但卻把關注的目光投向新時期以來特別是由於改革開放所引起的思想觀念、心理習慣和行為方式等方面更為深入細緻的轉折和變化。尤其是在表現婚姻愛情觀念的變化方面，更加引人注意。除此之外，這期間歷史題材的話劇創作也比較活躍，曹禺編劇的《王昭君》、陳白塵編劇的《大風歌》和顏海平編劇的《秦王李世民》等，是這方面的主要代表作。這些作品或以現代意識重塑歷史人物和歷史事件，或借助歷史人物和歷史事件來總結現實社會的經驗教訓，都表現了一種「古為今用」的創作精神，同樣是這期間的話劇創作回歸現實主義傳統的一個重要表現。

第二個階段，從八〇年代初期到八〇年代中期，是本期話劇創作在深化現實主義的同時，大規模地進行藝術的革新和實驗的時期。從七〇年代末到八〇年代初期的話劇創作在全面恢復現實主義傳統的同時，因為表現更為複雜的現實生活和滿足更為多樣的審美趣味的需要，也開始尋找豐富和發展現實主義話劇的新的藝術途徑。有些話劇作家因而努力向中外話劇藝術學習、借鑑，同時也注意向兄弟藝術吸取創作經驗，在話劇創作中開始了藝術革新的最初嘗試。一九七九年發表的謝民編劇的《我為什麼死了》是這種嘗試的最早信號。此後，在藝術上比較成功並產生了廣泛影響的主要有《陳毅市長》、《屋外有熱流》和《血，總是熱的》等劇本。這些劇作有的在結構上大膽突破傳統模式，有的將西方現代派手法引入話劇創作，有的在舞臺演出中嘗試運用電影蒙太奇手段等，都給現實主義話劇帶來了一些新的藝術因素，同時也集中表現了這期間的話劇創作藝術革新的趨向和要求。

伴隨話劇創作這些新的嘗試，進入八〇年代以後，本期話劇也開始了理論上的自覺，並就話劇藝術創新和戲劇觀念等諸多問題，進行了一系列的理論討論。其中特別是關於戲劇觀念問題的討論，不但直接承續了六〇年代初關於這一問題的理論探討[36]，使許多重要的理論思想的萌芽（例如黃佐臨所提倡的「寫意」的戲劇觀等）都有所豐富和發展，而且從八〇年代初期到八〇年代中期，始終伴隨著話劇藝術革新的實踐，對本期話劇藝術的發展起了重要的推動作用。這些討論雖然最終沒有也不可能形成一個統一的意見，但在如下一些主要問題上卻達成了一個基本的共識，即肯定話劇藝術的創新是完全必要的，不創新就會「停步不前」（陳白塵語）；應當破除狹隘的戲劇觀，提倡戲劇觀念的多元化和不同戲劇觀念的相互融合；認為話劇的表現手法、風格、流派應當多樣化等。其中特別是關於「寫意」戲劇和多種戲劇觀念與表現手法的融合問題，因為與話劇創新的實踐密切相聯，因而在討論中引起了更多的注意。

有了上述理論上的自覺，本期話劇創作在最初的藝術革新的嘗試之後，從八〇年代初期到八〇年代中期，又進行了更大規模的藝術革新的實驗和探索。這種藝術革新的實驗和探索的主要傾向，是向西方現代主義的藝術表現手法的學習和借鑑。在這個過程中，湧現了以高行健為代表的一批帶有實驗探索傾向的年輕話劇作家和作品，如：高行健編劇的《絕對信號》（與劉會遠合作）、《車站》、《野人》，劉樹綱編劇的《一個死者對生者的訪問》，陶駿（執筆）、王哲東編劇的《魔方》，孫惠柱（執筆）、張馬力編劇的《掛在牆上的老B》，王培公、

36 一九六二年四月二十五日，著名話劇導演黃佐臨在《人民日報》上發表了一篇題為《漫談「戲劇觀」》的文章，以在世界範圍內有代表性的三種戲劇觀，即斯坦尼斯拉夫斯基、梅蘭芳和布萊希特為對象，探討三者之間的相互影響和相互借鑑，主張戲劇觀要「廣闊」，要放手嘗試多種多樣的戲劇手段，推動戲劇的多樣化和民族化，同時也批評了當時的戲劇界在戲劇觀問題上的一些狹隘的表現，因而引起了一場關於戲劇觀問題的討論。後由於形勢的變化，未能深入下去。

王貴編劇的《WM（我們）》，以及馬中駿、秦培春編劇的《紅房間　白房間　黑房間》等。這些作家作品在話劇藝術革新方面所做的實驗和探索，集中表現在如下幾個方面：其一，是在戲劇衝突方面，打破了統一的中心情節（即「動作一律」），傾向於將不同的情節因素組合成多方面、多層次的戲劇衝突，體現了這期間的話劇創作反映現實生活的多樣性和複雜性；其二，與之相適應的，是在戲劇結構方面打破了嚴格按照物理時空的次序組織戲劇衝突的結構模式，傾向於採用主觀色彩極強的心理結構，或將散文的「形散神聚」、小說的主體敘事和電影蒙太奇的結構形式等引進戲劇結構，體現了這期間的話劇結構的開放性和創造性；其三，是在藝術表現手法方面，打破了單一寫實的風格，傾向於將中國傳統戲劇的「寫意」和西方現代派的象徵、抽象、荒誕、變形以及超驗的意識流手法等進行高度的融合，甚至將音樂、舞蹈、歌唱和傳統戲曲與民間藝術的表現手法也融進話劇，體現了這期間的話劇藝術表現手法的綜合性和包容性；其四，是在作品的主題方面，打破了社會問題劇集中表現社會政治主題的單一向度，傾向於追求主題的深度模式和多種涵義，尤其是主題的哲學內涵和文化意蘊，受到了高度的重視，體現了這期間的話劇主題的豐富性和深刻性；其五，是在人物形象的塑造方面，打破了長期以來尊於一統的典型化規範和通過人物的外部行為（語言和動作）塑造人物形象的方法，傾向於向縱深開掘人物的內心世界。人物的心理活動、主觀情感、意識流動、瞬間思緒乃至幻覺和夢境等，都受到了高度的重視。與此同時，在這期間也出現了一種抽象化和符號化的類型人物，從總體上體現了這期間的話劇創作在人物形象的塑造方面的內傾性和主觀性。凡此種種，這期間的話劇創作所做的這些藝術的實驗和探索，表明在戲劇觀念上的一種多元競進的局面正在形成。這種局面的出現，是本期話劇創作在藝術上革新進取的一個重要表現。

由於環境因素的影響，也由於藝術準備的不足，這期間的話劇創作在藝術上的實驗和探索，也存在一些嚴重的缺陷。其主要表現是對西方現代派的學習和借鑑，未能做到完全消化理解，故而有生吞活剝和生搬硬套之嫌。尤其是在這種學習和借鑑的民族化方面所做的努力不夠，以至於最終脫離了觀眾的審美需求，未能獲得觀眾的普遍認同。與此相關的是，這期間的話劇創作在強調創新的同時，對傳統的繼承卻有所偏廢；在注重形式的同時，又把形式問題推向了極致。加上某些作品存在的新的理念化和說教傾向等等，都給八〇年代中期以後的話劇創作留下了很深的藝術隱患。

第三個階段，從八〇年代中期到八〇年代後期，是本期話劇創作在反撥現代主義的極端偏向和進行現實主義與現代主義的藝術融合的過程中，逐步走入創作低谷的時期。八〇年代中期前後的話劇創作在進行藝術的實驗和探索的同時，也在反撥這期間出現的上述方面的極端偏向。反撥的標誌就是較之八〇年代初，八〇年代中期以後的作品開始恢復摒棄已久的寫實因素，與此同時，也比較重視戲劇衝突、戲劇結構的整一性和人物形象的塑造。例如這期間及其後出現的錦雲編劇的《狗兒爺涅槃》、郝國忱編劇的《榆樹屯風情》、李傑編劇的《田野又是青紗帳》、蘇叔陽編劇的《太平湖》、楊利民編劇的《黑色的石頭》、何冀平編劇的《天下第一樓》以及陳子度、楊健、朱曉平編劇的《桑樹坪紀事》等。但是，這些劇作又不是簡單地重複傳統的現實主義話劇的藝術表現手法，而是在反撥了現代主義藝術實驗出現的極端偏向之後，同時又在現實主義的話劇藝術中融進了現代主義的合理因素。例如在這些以現實主義為主體的話劇作品中，就明顯地融合了一些諸如荒誕、魔幻、隱喻、象徵和心理情緒化及意識流等現代主義的藝術表現方法。尤其是《狗兒爺涅槃》和《太平湖》，在這方面的表現更為突出，因而也更有代表性。通過這種融合，八〇年代中期以後的話劇創作以其穩健的步伐開始把本期話劇推向一個更高的發展階段。

但是，與此同時，八〇年代中期以後的話劇創作也開始面臨著嚴峻的挑戰。這種挑戰的主要表現首先是隨著改革開放的深入發展，人們滿足精神文化生活的途徑日益豐富多樣，話劇在完成了七〇年代末八〇年代初的撥亂反正和思想解放的歷史使命之後，因為長期以來在為政治服務的過程中逐漸喪失了它的趣味性和娛樂性的功能，因而很難滿足新時期的觀眾對它的新的期待和要求。但是，八〇年代電影、電視等現代傳媒的興起和蓬勃發展，卻彌補了話劇在趣味性和娛樂性等方面的功能的不足，並以其無所不在的覆蓋率，奪走了話劇的觀眾，佔領了話劇的領地，逐漸取代了話劇在觀眾心目中的地位，因而不可避免地導致了話劇創作逐漸出現衰落的趨勢。其次是話劇自身的歷史和在新時期的發展，本來就存在著許多潛在的隱患和危機。話劇從二十世紀初進入中國以後，雖然經歷了近一個世紀的漫長發展過程，但它的「中國化」的進程卻異常緩慢，因而並未像傳統戲曲那樣真正在中國觀眾中扎下穩固的藝術根基。加上在它的發展過程中先後出現過極端政治化和上述實驗探索中的某些偏頗，就使得話劇作為一種「舶來品」所固有的隱患和危機更其加重。再次則是在八〇年代後期正在興起的商品經濟的大潮中，話劇為挽救自身的危機，盲目順應和迎合「商品化」的潮流，在創作中一味「媚俗」，以至於某些作品又開始重蹈二十世紀初「文明劇」在走向衰落的過程中所出現的「商業劇」的覆轍，也敗壞了話劇的聲譽，加速了話劇創作在八〇年代後期向低谷的滑落。

本期話劇創作雖然是以一個低谷狀態標示它的一個相對完整的發展段落，但卻並不意味著話劇藝術的生命就此宣告結束。話劇在九〇年代註定會有新的發展。但如何在商品經濟的背景下發展話劇藝術，卻是九〇年代的文學極待解決的一個重要課題。

二、本期話劇重要作家作品

由於歷史的原因，當代話劇藝術的發展相對集中在東北、華北、華東和中南等幾個主要區域的都會之中，尤其是北京和上海，更是當代話劇藝術的重鎮。本期話劇創作也主要是以這些區域的作家為主，其中藝術陣容最強、成就最高、影響最大因而最具代表性的仍然是京、滬兩地的話劇作家。相對而言，這兩地作家在本期的話劇創作又有各自的特點：一般來說，北京的劇作家比較注重劇作的地方特色和文化蘊含；上海劇作家的劇作則具有比較強烈的創新精神和現代氣息。在北京的劇作家中，高行健又以其獨樹一幟的藝術實驗和探索，在本期話劇創作中佔有一席獨特的地位。故以下分別以京、滬兩地有代表性的劇作家和高行健的話劇創作為主，對本期話劇重要作家作品進行一點具體的討論。

（一）蘇叔陽等北京劇作家的話劇創作。在北京劇作家中，蘇叔陽是本期較早產生重要影響的一位話劇作家。這位作家的文學寫作涉及話劇、電影、小說、散文、詩歌、劇評等諸多方面，以話劇創作的影響最大。他的話劇創作開始於七〇年代後期，成名作也是最有影響力的作品是一九七七年發表的話劇《丹心譜》。此後，他創作的重要話劇作品還有《左鄰右舍》、《家庭大事》和《太平湖》等。這些作品從縱向貫串起來，不但比較集中地表現了蘇叔陽的話劇創作的基本特色，而且也比較清晰地反映了他的創作在藝術上的發展過程。一般說來，蘇叔陽話劇創作經歷了一個從早期的注重戲劇衝突，到中期的注重生活化和後期的注重藝術創新的發展過程。作為他的早期創作的主要代表，《丹心譜》是以通過集中的戲劇衝突塑造人物性格為特徵的。這部作品以文化大革命後期的複雜形勢為背景，圍繞一家醫院為完成周總理交付的研製〇三新藥的任務，在廣大醫務工作者和一小撮「四人幫」爪牙之間所展開的鬥爭，集中塑造了堅持政治節操、人格高尚又各具個性的老中醫方凌軒、丁文中和政治「風派」人物莊濟生的典型形象，不但深入地反映了文革後期政治鬥爭的尖銳複雜，而且也顯示了人心的向背和不可阻擋的歷史趨勢。作品採用嚴格的寫實手法，是這期間的話劇創作恢復現實主義傳統的重要表現。同樣是以寫實為特徵，作為蘇叔陽的中期創作的代表作品，《左鄰右舍》和《家庭大事》卻不去著意構造集中的和尖銳複雜的戲劇衝突，而是將作者筆下的人物置於日常的生活場景之中，通過富於民俗色彩和地方風情的生活畫面，以及各具個性的人物言行和心理活動，透視社會歷史，折射時代的變化。這些作品十分接近老舍的劇作的藝術風格，因而也最能體現蘇叔陽的話劇創作的獨特的地方特色。如果說蘇叔陽在上述兩個階段上的創作是以寫實為特徵的話，那麼，在以《太平湖》為代表的他的後期創作中，卻在保持寫實風格的同時，又融合了現代主義的表現手法。這部作品是為紀念老舍逝世二十周年而作。作品通過老舍在文化大革命中投太平湖自盡前的所思所想和虛擬的老舍死後老舍的亡靈與人與鬼的種種對話，不但成功地塑造了老舍作為一位「人民藝術家」的真實形象，而且也表達了對老舍之死的深刻的歷史思考。作品在藝術上將嚴格的寫實與超現實的荒誕結合起來，將老舍的人生與老舍的作品融為一體。在結構上打破了情節的整一性，通過回憶和幻覺的閃回穿插，在現實與非現實之間造成了大幅度的時空跳躍。這部作品不但表現了蘇叔陽的後期創作在藝術上的大膽革新精神，而且也是他的話劇創作取得新的藝術成就的一個重要標誌。

在北京劇作家中，本期創作比較活躍且較有代表性的另有李龍雲的話劇創作。這位作家同樣是在七〇年代後期開始話劇創作的。他的處女作《有這樣一個小院》因為是以「天安門事件」為題材，公演後曾引起爭議。其代表作主要有以表現「京華風情」為特色的話劇《小井胡同》。這部作品以小井胡同的五戶居民為主，選取了從北京解放前夕到黨的十一屆三中全會以後三十多年間的社會生活的五個歷史片斷，通過這五戶人家數十個成員的思想性格和人生歷程，集中反映了中國當代歷史的曲折變化和發展趨勢。作品在藝術上取法老舍的《茶館》又有所創造和發展，與蘇叔陽的《左鄰右舍》和《家庭大事》等作品一起，共同體現了在老舍影響下的北京劇作家的話劇創作的主要藝術特色。李龍雲此後的創作也有新的發展和變化，他的《荒野與人》等作品，同樣表現了融合現代主義的創作傾向。

如果說蘇叔陽和李龍雲的作品集中表現了在老舍的話劇藝術影響下的北京劇作家的話劇創作的主要特色的話，那麼，錦雲的話劇創作則對這種「京派」話劇的模式有所更新和突破。這位作家在小說和話劇創作方面均有成就。《狗兒爺涅槃》是他的話劇創作的主要代表作。這部作品把老舍式的通過人物經歷反映社會變遷和莎士比亞式的戲劇獨白與現代主義的象徵、荒誕及意識流手法結合起來，表現了一個普通農民在近半個世紀的社會變動中所經歷的人生變化和他的思想意識深處所負載的沉重的文化積澱。作品既不乏「京派」話劇的特點，又具有極強的創新意識，在藝術上把由老舍開創的話劇傳統推向了一個新的發展階段。

（二）沙葉新等上海劇作家的話劇創作。在上海劇作家中，沙葉新是一位極富創新精神的話劇作家。這位劇作家的話劇創作開始於六〇年代初期，但以新時期的話劇創作最為活躍，所取得的成就和產生的影響最大。其主要代表作有：《陳毅市長》、《馬克思秘史》、《尋找男子漢》，以及與李守咸、姚明德合作的《假如我是真的》（又名《騙子》）和《大幕已經拉開》等。綜觀沙葉新在本期的話劇創作，其主要特點有如下幾個方面：其一是致力於將領袖人物由「神」還原成「人」，追求現實主義的藝術深化。如前所述，沙葉新在這方面最有影響力的作品是八〇年代初期創作的話劇《陳毅市長》。此後，這類涉及領袖人物的話劇作品比較著名的還有《馬克思秘史》。這部作品是為紀念馬克思逝世一百周年而作。如同《陳毅市長》一樣，作者也避開了馬克思所從事的重大革命活動，卻著意從馬克思的日常寫作和日常生活中取材，尤其是那些瑣碎的生活細節和隱秘的私生活場景，更是作者所攝取的主要表現對象。通過這些生活「秘史」，作品不僅寫出了馬克思作為世界無產階級精神導師的崇高與偉大，同時也寫出了馬克思作為一個普通人的豐富和複雜。而且也正是因為寫出了馬克思作為一個普通人的豐富和複雜，他的崇高和偉大才真實可信。沙葉新的這些作品從根本上抹去了長期以來在文學創作中有意無意地給領袖人物繞上的一圈「神化」的靈光，使作品在人物形象的塑造方面達到了相當的現實主義深度。其二是將喜劇因素引入正劇創作，實現不同戲劇範疇的藝術融合。沙葉新的話劇作品一般都是表現一個嚴肅的正劇主題，例如《陳毅市長》和《馬克思秘史》歌頌革命領袖，《尋找男子漢》追尋時代精神等等，但作者在展開這些正劇主題的過程中，卻有意識地引入了一些喜劇因素，例如《陳毅市長》和《馬克思秘史》著重開發人物性格中的喜劇因素，《尋找男子漢》著重構造帶有喜劇性的故事情節，甚至在《假如我是真的》這類以暴露社會問題為主的劇作中，也不乏一些極富喜劇色彩的戲劇衝突（諸如行騙和受騙等等）。這些喜劇因素的加入，不但化解了一般正劇人物和正劇情節過於嚴肅滯重的痼疾，使人物性格和戲劇衝突更富彈性和張力，而且也增強了劇作的趣味性，使之更具藝術的感染力。其三是用生活化的戲劇場景取代集中整一的戲劇衝突，縮短劇作與觀眾之間的審美距離。沙葉新的話劇作品一般不刻意構造集中整一的戲劇衝突，而是傾向於採用「散文化」的手法，將眾多分散的日常生活場景串連起來，從不同的側面、不同的角度展現人物性格，表達作品的主題。他的作品最常見的結構是一種在《陳毅市長》和《尋找男子漢》中得到了成功的應用的類似於「冰糖葫蘆」式的串連形式，通過這種形式，作品不但充分地展示了對象的豐富性和複雜性，而且也給觀眾造成了一種接近生活的自然形態的觀賞「幻覺」，縮短了觀眾與劇作之間的審美距離，使觀眾更易於與劇中的人、事融為一體，增強了劇作的藝術接受效果。作者有時甚至把這種高度生活化的戲劇場景直接向觀眾開放，讓觀眾也參與戲劇的創作，例如《陳毅市長》的開頭和結尾等，都把觀眾納入劇情之中，使觀眾也擔當了劇中人的角色。沙葉新在本期與李守成、姚明德合作的劇本，都有很強的現實性，除上述《騙子》和《大幕已經拉開》之外，另如《論煙草之有用》（與李守成合作）和《「風波亭」的風波》（與姚明德合作）等，都是「干預生活」之作。這些劇作具有沙葉新的劇作的一些基本的創作特色，是沙葉新在本期話劇創作的一個重要組成部分。

在上海劇作家中，宗福先、馬中駿和賈鴻源等，雖然都是工人業餘作者，但他們在本期的話劇創作卻異常活躍，也取得了較大的成績，產生了重要的影響。宗福先的話劇創作始於七〇年代末，他的成名作《於無聲處》，以異常的政治敏感、集中的戲劇衝突和嚴謹的戲劇結構，一開始便引起人們的高度注意，是本期劇壇最具「轟動效應」的一部話劇力作。此後，宗福先與賀國甫合作創作的反映現實變革的話劇《血，總是熱的》，同樣產生了強烈的社會反響。這部以揭露改革過程中尖銳複雜的矛盾衝突著稱的話劇作品，不但以其強烈的現實性和悲壯的美學風格震撼人心，而且在藝術上也進行了大膽的改革和創新。作品採用前蘇聯先鋒派戲劇家梅耶荷德曾經試驗過的戲劇「電影化」的手法，將全劇的主要情節切割成十七個故事的段落或單元，用舞臺燈光的明暗進行組接和轉換，在每一個故事的段落或單元之中，也用燈光劃分不同的表演區域並進行同樣的組接與轉換。整個作品因而打破了傳統話劇依照時空的次序分場分幕的結構，形成了一種類似於電影蒙太奇的跳躍流動的視覺畫面，收到了十分獨特的藝術效果。

在戲劇「電影化」方面，馬中駿、賈鴻源的話劇創作也做了類似的實驗和探索。他們共同創作的獨幕話劇《屋外有熱流》（與瞿新華合作）和多幕劇《路》、《街上流行紅裙子》以及《紅房間 白房間 黑房間》（馬中駿與秦培春合作）等，都不滿足於傳統的話劇結構，而傾向於採用上述電影蒙太奇的結構手法。這些劇作因而都有比較豐富的生活內涵和較大的藝術表現的自由度，對這期間的話劇藝術革新，也產生了較大的影響。與宗福先的劇作的「電影化」實驗基本上是以寫實為主不同，馬中駿和賈鴻源的「電影化」實驗卻帶有極強的主觀表現色彩。他們的劇作更多的是依照人物的主觀情感和意識的活動「剪輯」和組合生活畫面，尤其是表現人物的下意識活動、夢境、幻覺的畫面「剪輯」與組合，更是他們的劇作比較常見的主觀性結構。與此同時，他們又廣泛採用西方現代派文學的象徵和荒誕的手法，在具體的戲劇情節中追求抽象的哲理意蘊，為現實的戲劇衝突尋找「陌生化」的表現方法，雖然有些劇作也難免生硬晦澀之嫌，但從總體上說，卻能給觀眾帶來比較豐富的思想啟迪和比較複雜新奇的藝術感受。

（三）高行健的實驗探索性話劇創作。在本期話劇藝術的實驗、探索中，高行健是用力較專、取得的成績較大而且也較富於理論自覺的一位話劇作家。這位作家的文學寫作涉及戲劇、小說、散文、報告文學和文學評論等諸多方面，以戲劇創作和對現代小說技巧的研究最為引人注目。從七〇年代後期開始，他即致力於話劇藝術的革新實驗，除做了許多專門的理論探討，著有《現代戲劇手段初探》等論著之外，還在創作中進行了廣泛的實驗和探索。他的實驗探索性劇作以《絕對信號》（與劉會遠合作）、《車站》和《野人》等最具代表性，影響最大。這三部劇作集中反映了高行健的實驗探索性話劇在藝術上的三種主要表現形態。這三種主要形態是：其一，心理劇，以《絕對信號》為代表。這部劇作採用小劇場演出的形式，將劇中人物集中於一列正在行駛著的貨物列車的守車中，通過人物的內心活動和心理衝突，完成人物形象的塑造和戲劇情節的轉換。這部劇作雖然也表現人物的現實活動，但這種現實活動除了在一般意義上展示情節的發展進程之外，在這部劇作中特殊的藝術功用主要是激發人物的回憶與想像，因而這些現實活動實際上也納入了人物的心理活動機制。與此同時，作者又努力「把人物內心世界外化為舞臺場面」[37]，使劇中的回憶和想像也成為人物的現實活動，成為可視可聽的動作和對話，從而把觀眾也引入了人物的內心世界。通過演出場所和人物內心向觀眾的雙重開放，《絕對信號》成功地打破了傳統話劇封閉的藝術空間，在藝術革新方面走出了重要的一步。其二，象徵劇，以《車站》為代表。這部劇作明顯受著法國荒誕派戲劇尤其是貝克特的《等待戈多》的影響。劇本以一群乘客在一座車站等待來車為現實情節，但卻意在表達一種象徵的涵義。這種涵義雖然如《等待戈多》一樣，也在表明一種「等待」的無奈。但《等待戈多》是從根本上把人生理解為一場無意義的等待，帶有嚴重的悲觀主義和宿命論的色彩。《車站》卻把「等待」看做是人生旅途中可能遇到的一種選擇的困境。作者在作品中以「沉默的人」由「坐等」到「起行」，為掙脫這種困境做出了另一種積極的選擇，表達了一種完全有別於《等待戈多》的積極的象徵涵義。雖然劇本在處理具象和抽象的關係方面還存在諸如隱喻性不足之類的問題，但把象徵手法引進話劇創作，無疑擴大了話劇作品的藝術容量，對話劇藝術的發展同樣具有一種革新的意義。其三，複調劇，以《野人》為代表。《車站》作為一部「無場次多聲部生活抒情喜劇」，在「多聲部」中，本來就包含有「複調的成分」。但真正體現了作者所追求的「複調」藝術，把複調手法在話劇創作中運用得比較純熟，且產生了重要影響的，是他在八〇年代中期創作的話劇《野人》。這部劇作以上下數千年，縱橫數萬里的時空為背景，從古代到現代，從城市到鄉村，在一個歷史和現實相交錯的宏大舞臺上展開戲劇情節和人物的活動。劇本的主要情節線索是一位生態學家從現代都市到原始森林來考察自然界的生態平衡問題，但這位生態學家與妻子的感情危機及其後與山區姑娘麼妹子的愛情糾葛，卻使他的心態無法平衡，與此同時，生態學家也發現了自然生態所遭受的種種人為的破壞，使整個社會和人類文明的生

37　《探索戲劇集》，（上海文藝出版社，一九八六年），頁三七。

態都失去了平衡。劇本將上述有關自然生態、社會生態和人的心態等具有多重涵義的主題編織在一起，「構成一種複調」，使之在不同的層面上全方位地展現了現代人複雜的生存圖景。通過這幅複雜的生存圖景，作品呼籲人與自然的友愛與親近。同時也告誡人們，在尋找原始意義上的野人的同時，防止自己也變成現代的野人！為了表達這種複調主題，作者不但更為徹底地開放藝術的空間，使古今中外的人事和心內身外的衝突，都共現於同一舞臺，而且也更加廣泛地運用象徵的手法，使整體的情節和局部的衝突，都帶有一種隱喻的意味。與此同時，作者還極大限度地調動戲劇藝術的綜合手段和多種功能，將古典戲曲、現代默劇、魔術雜技、人體造型以及音樂、舞蹈、雕塑、繪畫、說唱、朗誦乃至民俗風情、宗教儀式等等，都融入舞臺表演，使劇作在藝術上也呈現出一種多元複合的狀態。無論從哪方面說，《野人》都是高行健的話劇創作在藝術上的一部集大成的作品，它的出現，無疑給當代話劇藝術帶來了一場重要的革新變化。

下編

一九八九～二〇〇〇年間的文學

第七章　社會文化背景

一、深入改革與經濟轉型

九〇年代是結束文革以後的歷史新時期中國文學發展的一個重要的歷史年代，這個年代的文學對中國當代乃至整個二十世紀中國文學的意義，雖然目前尚未完全被人們所認識，但它展示在人們面前的巨大變化，以及這一變化所顯示的一個新的發展趨勢，卻是一個有目共睹的事實。

引起這一變化的原因是多種多樣的。就影響文學發展的社會文化環境的因素而言，從七〇年代末到八〇年代在中國實行的改革開放政策，到了九〇年代，已經進入了一個全面深入發展的新階段。十年的改革開放，不但從根本上改變了社會經濟結構，結束了計劃經濟長期一統天下的局面，發展了多種經濟成分，搞活了流通，活躍了市場，改善了人民生活，發展了科技、教育、文化，提高了人民的物質文化生活水平，而且也增強了綜合國力，提高了國際地位，擴大了對外交往，增進了與國際社會的聯繫，改變了中國在國際事務中的形象。與此同時，政治體制也在逐步進行改革，國家和政府的職能在發生相應的改變，經濟活動、公共事務和私人活動的自主權和自由度在逐步擴大，社會人際關係得到了極大的改善，社會的多元化程度在日益加深，人們的思想觀念和生活方式也發生了極大的變化。十年的改革開放所取得的這些成就，都為九〇年代最終把改革開放的目標確定為建設社會主義市場經濟，打下了堅實的基礎。

從八〇年代末到九〇年代初，是世界局勢發生急劇變動的時候，東歐劇變、蘇聯解體，結束了戰後東、西方世界兩大陣營長期對峙的冷戰局面，世界開始進入一個以和平、發展為主題的新時代。但是，與此同時，這一歷史性的巨變，也給中國的改革開放帶來了極大的衝擊，在經歷了「八九政治風波」以後，中國共產黨仍然堅持走中國特色的社會主義道路，並且不失時機地把建設社會主義市場經濟的目標，提到了進一步深化和擴大改革開放的議事日程上來。自七〇年代末期到整個八〇年代，鄧小平在提出改革開放的系列舉措、總結改革開放的經驗和推動改革開放的發展過程中，圍繞發展生產力、建設社會主義的目標，多次談到市場經濟的問題，為改革開放的進一步深入發展指出了一個明確的思路，奠定了思想理論基礎。尤其是一九九二年他在視察南方各地發表的談話中，明確指出：「計劃經濟不等於社會主義，資本主義也有計劃；市場經濟不等於資本主義，社會主義也有市場。」[1]從根本上解除了長期以來對市場經濟的恐懼心理，澄清了認識上的混亂，解放了人們的思想，明確了前進的方向，為確立建設社會主義市場經濟的目標鋪平了道路。在嗣後召開的黨的第十四次代表大會上，建設社會主義市場經濟就被確定為進一步深入擴大改革開放、建設社會主義現代化的努力目標和方向。在七〇年代末和整個八〇年代實行改革開放的過程中，雖然建設社會主義市場經濟沒有作為一個明確的目標和方向，但在改革傳統的計劃經濟體制的同時，發展商品生產、搞活流通、活躍市場，事實上已經在為建設社會主義市場經濟掃清障礙、摸索經驗、創造條件，在一步一步地接近這個目標和方向，從這個意義上說，黨的十四大提出建設社會主義市場經濟，也是近十年來改革開放的必然趨勢和歸宿。

---

1 轉引自中共中央宣傳部，《鄧小平同志建設有中國特色社會主義理論學習綱要》（學習出版社，一九九五年），頁五二。

建設社會主義市場經濟的目標和方向的確立，不但對進一步深入擴大改革開放起到了極大的促進作用，而且在社會生活和思想文化各方面也引起了極大的變化。長期以來，在計畫體制下發展著的中國經濟，雖然在特定時期，也為中國的社會主義革命和建設起到了特定的歷史作用，但由於計劃經濟高度統一的運行機制，需要一個高度嚴密的社會組織和指揮系統作保證，而這種社會組織和指揮系統又因為比較適應剛剛結束的戰時狀態，以及物質資源、社會產品比較貧乏時期的資源配置和社會分配方式，因而得以在一個相當長的時期內主導了中國經濟的發展，成為這期間中國經濟發展佔據絕對統治地位的也是唯一的一種運行模式。

這種經濟運行模式同時又通過國家政權和政治體制的作用，影響到社會生活和思想文化的其他方面，不但把人們的物質生產活動和一般社會行為納入一個統一的規範，而且也規範和制約著人們的心理意識和思想觀念，使人們的心理意識、思想觀念和行為方式，都打上了計劃經濟的深刻烙印。在這種以生產資料的絕對公有（國家或集體）為基礎的高度統一的計劃經濟體制下，一切生產資料的個人佔有行為和與之相伴隨的個體生產方式，都是受到排斥的，私有觀念和對私有財產的欲望，是不符合社會主義的公共道德的，都必須加以抑制或通過改造納入到公有制的範疇和「大公無私」的集體主義軌道。這樣的經濟體制和運行模式，雖然憑藉國家政權和政治體制的作用，特別是各種社會組織和思想政治工作的精神激勵，也顯示了它特有的效力，但隨著社會的進步、生產力的發展和人民的物質文化生活需求的日益提高，也逐漸暴露出了它的一些先天的局限和弊端。從七〇年代末開始到整個八〇年代所進行的經濟改革和對外開放，雖然在逐步突破這些局限、革除這些弊端，因而帶來了經濟的長足發展和社會生活的巨大變化，但卻因為在思想理論上長期拘泥於一種絕對二元對立的冷戰思維和意識形態領域的階級鬥爭的影響，在諸如計畫與市場、社會主義與資本主義等一系列重大理論問題上，還存在著一些思想混亂，加之整個改革開放都處在一種實驗探索階段，並未明確地把建設社會主義市場經濟確定為改革開放的目標和方向，進入九〇年代以後，已不能適應冷戰結束之後的和平、發展和科學技術的日新月異所帶來的全球化趨勢的需要。

冷戰結束以後的九〇年代，不但是一個和平、發展的年代也是一個全球化進程日益加劇的年代。自十四世紀至十六世紀文藝復興以後，以資產階級的政治革命和工業革命為標誌，在西方首先發生的人類文明的現代化進程，從十九世紀末到二十世紀以來，對中國這個東方國家，形成了兩次巨大的衝擊：一次是十九世紀末，西方列強憑藉強大的經濟實力，用堅船利炮轟開了古老中國的大門，以對外擴張的殖民化方式，迫使中國接受了現代化這一文明形式。但是中國在從古代社會轉向現代社會以後，即遭遇了帝國主義列強的這種蠶食鯨吞，未及建成一個獨立自主的現代民族國家，現代化的主體尚未發育形成。因此，這種被迫接受的現代化不過是西方國家的現代化在海外的一種擴張形式。中國仍處在殖民地和半殖民地狀態之下。從十九世紀末的資產階級政治改良開始，經過二十世紀初的資產階級革命和嗣後由中國共產黨人所領導的長期的革命鬥爭，終於取得了民族獨立，建立了一個獨立自主的現代民族國家。在這個前提下，中國才有可能以一種平等的身份加入世界範圍內正在加速發展的現代化進程，也才有可能開始真正屬於自己的現代化追求、建設真正屬於自己的現代化。雖然在文革及其以前的二十多年間，由於冷戰狀態下極端政治化的意識形態領域的階級鬥爭的影響，我們曾經企圖在一種封閉的狀態下發展民族經濟，實現民族經濟的現代化，使得中國經濟一度遠離了世界經濟發展的整體性軌道，大大落後於戰後在世界範圍內加速發展的現代化的歷史步伐，因此當中國社會和經濟再度向世界開放之後，戰後世界新的一輪科技革命的浪潮（「第三次浪潮」）以及因此而引起的社會結構、生產方式和生活方式的革命性變化，就對中國社會和經濟形成了新的一輪巨大衝擊。這是繼十九世紀末中國被迫接受西方的現代化浪潮的衝擊以來，第一次以一個獨立的民族主體的身份，以一種主動的姿態迎接新的一輪現代化浪潮的衝擊。從二十世紀七〇年代末開始到整個八〇年代中國的社會經濟改革，就是以一種奮起直追、接受挑戰的姿態，面向世界尋找加速發展現代化的歷史機遇。走向世界，與國際經濟接軌，加入世界範圍內的現代化的歷史進程，因而也就成了近二十年來中國社會經濟發展的一個必然趨勢。在這一趨勢下，提出建設社會主義市場經濟，正是順應了這一時代潮流，是中國社會和經濟加入世界範圍內的現代化進程、走向現代化的必經之路。

二、市場經濟與文學發展

在經歷了冷戰結束後世界範圍內的歷史巨變和國內的政治風波之後，九〇年代提出建設社會主義市場經濟，對這期間的文學發展產生了重要的影響作用。首先是市場經濟建設進一步擴大了社會生活領域、開放了社會生活形式、拓展了社會生活內容，給文學創造了更為廣闊自由的表現天地，豐富了文學的題材和主題，尤其是作為市場經濟競爭主體的個體自由發展所帶來的私人生活空間的開放，和市場經濟的發展所帶來的物質消費欲望的增強，給這期間的文學開闢了一片前所未有的表現領域，對這期間的文學深化人性描寫、凸顯感性色彩，起到了極大的促進作用；與此同時，也促進了以市場為依託的通俗文化和感官文化（消費文化）向文學的介入和滲透，使文學的表現形態也隨之發生了諸多變化。其次是市場經濟建設進一步活躍和開放了文化市場，文化市場的進一步活躍和開放，不但促進了文學產品的傳播和流通，擴大了文學產品的社會覆蓋面，滿足了人民群眾對文學的多樣化需求和選擇，而且也加速了文學體制的改革，促使作家自覺地面對市場的需求和選擇，更好地在市場經濟的生存環境和生存條件下，選擇自己藝術追求的道路和方向。與此同時，文學的管理體制也必然要進一步發生相應的變革，在八〇年代進行的文學體制改革的基礎上，各級作家組織進一步打破了對文學和作家統一的「計畫」管理方式，自由撰稿人和「個人化寫作」已成為這期間新興作家的一種普遍流行的職業身份和寫作方式。文學體制和作家的職業身份、寫作方式的這些變化，使這期間的文學出現了遠比八〇年代更加生動活潑、更為多姿多彩的局面。再次是市場經濟建設進一步促進和擴大了對外開放。進入九〇年代以來，隨著全球化進程的加速和網路技術的興起，世界各國之間已逐步消泯了各自固守的經濟文化畛域，市場和網路的無所不包、無遠弗屆，使得世界各國的科學技術、物質文化產品，能夠及時地得到溝通和傳播，因而相互之間的影響也在不斷地加深和擴大。在這種情勢下，這期間的文學所接受的外來影響，無疑要比八〇年代深入廣泛得多，也複雜微妙得多。這種深入廣泛、複雜多變的外來影響，就使得這期間的文學呈現出了更為複雜多樣的文化色彩，也孕育形成了一些新的文學樣式和表現技巧。尤其是「網路文學」的興起，不但改變了傳統的紙質文學的書寫和傳播方式，而且也改變了人們的文學閱讀和文學接受方式。網路技術通過全球化的市場把一種全新的文學樣式帶入了古老的文學殿堂，使文學家族的成分和結構、性質和功能，都在悄悄地發生一種頗具革命性的新變化。

由於中國傳統「重農抑商」的文化觀念和根深蒂固的農業生產方式的影響，也由於近代以來中國經濟的市場化和商品化的整體性程度不高，尤其是新中國成立以後的一個相當長的歷史時期對市場經濟和商品化的持續不斷的政治批判，以及長期對外封閉的計劃經濟環境的影響，使得市場經濟和商品化問題自改革開放以來一直是社會經濟發展的一個敏感問題，也是思想理論上的一個十分混亂的問題。雖然七〇年代末以來的改革開放，為市場經濟建設積累了一定的經驗，奠定了一定的基礎，也做了一定的思想理論準備，但當建設社會主義市場經濟問題真正提上議事日程、付諸改革實踐時，仍然免不了要出現一些應對無措、行止失端的偏向。其主要表現有以下幾個方面：首先是把市場經濟的運行體制，簡單地套用於文學的管理體制，不加分析地把文學活動全方位地推向市場，結果導致了這期間在文學體制改革上，出現了盲目的市場化偏向。其次是把商品生產的價值原則和價值標準簡單地套用於文學產品的生產和消費，無視文學產品所特有的精神文化價值和社會效應，結果導致了這期間的文學活動出現了嚴重的商品化偏向。再次是把依託市場的通俗文化和消費文化觀念，簡單地套用於創造性的文學活動，無視真正的文學創造所應當追求的獨創性和思想、藝術深度，結果導致了這期間的文學創作在不同程度上也出現了一種時尚化的偏向。尤其是當這種偏向經由一種同樣是依託市場、傳媒和大眾文化生長起來的「後現代」理論的文化闡釋，更以二種「合理化」的文化潮流的姿態和與之相適應的文學創作，對改革開放以來的文學發展乃至「五四」文學傳統，形成了一種內在的衝擊。對這種衝擊乃至對整個市場經濟對文學的衝擊的文化回應，以及由此而激發的一種新的創作傾向，也因此而成了這期間的文學理論思想和文學創作實踐的一個眾所矚目的熱點問題。

無論如何，九○年代提出建設社會主義市場經濟，畢竟是在社會主義條件下對市場經濟建設的一個初步的嘗試，如同整個中國社會目前尚處在社會主義初級階段一樣，社會主義市場經濟的成熟發展也不可能一蹴而就，因此，文學適應社會主義市場經濟的生存環境，接受社會主義市場經濟積極健康的影響，也會有一個發展過程。但是，儘管如此；九○年代提出建設社會主義市場經濟，對這期間的文學的影響畢竟是決定性的，它不但從根本上動搖了長期以來以計劃經濟為基礎的文學體制的根基，而且也改變了作家的思想觀念和文學活動的方式，它影響到未來文學發展的一些新質雖然目前尚處在萌芽狀態，但這些新質一旦發展成熟，將會改變整個文學時代。從這個意義上說，二十世紀九○年代如同十九世紀九○年代一樣，將成為中國現代文學史上一個新的承前啟後的文學年代。

第八章　文學發展概況

一、本期文學的階段性特徵

九〇年代文學的發展，以其中期為界，大體上可以分為前後兩個階段。前一個階段的文學明顯地帶有一種轉換時期的文學特徵。八〇年代末，新時期文學在經歷了「新寫實」的最後一次輝煌以後，即遭遇了一場巨大的政治風波，這場政治風波使中國作家經受了一次前所未有的震撼和衝擊，同時也把一部分作家捲入了政治漩渦的中心，加上這期間所發生的東歐劇變和蘇聯解體，進一步強化了這種震撼和衝擊，對作家的思想和創作都產生了很大的影響。風波過去之後，雖然文學的發展並未改變改革開放以來所確定的道路和方向，也未中斷正常的歷史進程，但由於這些事變的影響，迫使作家不能不對一些關係到文學發展的重大思想理論問題，重新做出選擇和思考，也不能不對自己的創作，重新進行規約和調整。這樣，八〇年代比較活躍的一批中青年作家，在九〇年代初一個很短暫的時間內的創作，相對而言就顯得比較沉寂。這同時也使得九〇年代初期的文學，並未直接沿襲八〇年代末的「新寫實」浪潮，而是根據新的歷史情境，重新做出新的選擇和調整。這一新的歷史情境，即是前述在這期間提出的社會主義市場經濟建設的舉措，以及因此而造成的一種新的文學生存環境。

九〇年代的文學，對於市場經濟的生存環境，並非一開始就能從積極的方面去適應，而是經歷了一個從倉卒應對到自覺回應的歷史過程。九〇年代初，當深入發展的改革開放開始把社會主義市場經濟建設推向歷史的前臺，長期以來，習慣於在舊的計劃經濟體制下的文學，一方面對新的即將到來的市場經濟的環境有一種本能的不適應；另一方面，迫於歷史發展的必然要求，又不得不做出種種順應歷史潮流的表示。雖然整個八〇年代的改革開放，已經為社會主義市場經濟建設做了一定的鋪墊，在這個過程中，文學對如何適應市場經濟的生存環境，也應該有一定的經驗和思想準備，但由於市場經濟在八〇年代畢竟仍然是一個敏感的問題，不可能像九〇年代這樣對文學發生如此巨大的現實作用力，故而當文學面對九〇年代出現的市場經濟的生存環境，仍然顯得心理準備不足，在整體上表現出了一種倉卒應對的急迫情勢。這種倉卒應對的急迫情勢，就使得九〇年代的文學從一開始就出現了一種盲目適應市場化的潮流，片面追求商品化的傾向。其主要表現有以下幾個方面：其一是文學的傳媒和載體紛紛改旗易幟、改弦更張，希圖以一個全新的面目走向市場。長期以來，當代文學的生產和消費因為在一個龐大的計劃經濟體制內運行，文學的傳媒和載體向無生存之虞，八〇年代的改革開放雖然多了一些生存競爭意識，但畢竟仍未完全失去經濟上的保證，故而仍能維持固有的運營方式。進入九〇年代以後，因為整個社會生產和經濟活動都在走向市場，文學的傳媒和載體也感到了生存的壓力。在這種情況下，一些文學報刊為了適應市場經濟的生存環境，就紛紛醞釀改版或改變刊物的「純文學」性質，即由純文學刊物改變為綜合性的文化刊物，或由「純文學」刊物向通俗類的和生活類的刊物靠攏。另一些文學刊物雖然依舊在堅守著「純文學」的陣地，但同時也在謀劃一種新的生存策略，紛紛佔山頭、樹旗號、提「倡導」，以各種「新」字號的主張和「主義」[1]包

[1] 這期間的文學刊物提出的「新」字號的主張和「主義」尤其集中見於一九九四年，主要有（以時間先後為序）：《北京文學》的「新體驗小說」、《上海文學》的「文化關懷小說」、《鍾山》的「新狀態小說」等，此外，尚有「新都市小說」、「新市民小說」、「新歷史小說」、「新表現小說」，以及以作家出生的年代為標誌推出的新作家的創作，如「六〇年代出生的作家作品」等。

裝自己，以求引起讀者的注意，儘快進入市場，在市場上佔有一席之地。文學傳媒和載體在九〇年代初為適應市場經濟所採取的這些生存策略，雖然也有其現實的合理性和文學自身發展的需要，但由於主要是受制於一種商業心理，因而在客觀上也就助長了一種商業化的文學傾向。其二是作家作品紛紛實行商品化包裝，以求迎合商品化時代讀者新的文化口味和閱讀興趣。由於在市場經濟條件下精神產品的生產和消費，常常被人們混同於物質產品的生產和消費，往往為了商業利潤和經濟效益，主動放棄對讀者的道德教化和精神引導的責任，完全交由市場選擇和「買方」支配，這樣，在文學傳媒和載體紛紛走向市場的同時，一些出版部門也開始對作家作品有意識地實行商品化包裝，以爭取更多的讀者，獲得更大的利益。這種包裝主要有如下兩種方式：一種方式是類似於將物質產品包裝成商品那樣的「硬」包裝，亦即通常所說的策劃宣傳和廣告炒作等外在包裝。另一種方式是對文學情節進行內在的「軟」包裝，這種「軟」包裝是將已經高度商品化的現代通俗文學最富感官刺激性和誘惑性的情節要素，尤其是性和暴力，融入「純文學」的情節之中，或包裹「純文學」的情節，成為「純文學」情節的一個不可分割的組成部分，使之也具有通俗文學一樣的表現形態，產生大體相近或完全相同的閱讀效果。這期間出版的許多小說創作叢書和一部分在作品的名稱中冠以「騷」、「野」、「畸」、「變」、「廢」等富於感官刺激性和誘惑性字眼的長篇作品，都是這種商品化包裝的產物。在包裝作品的同時，也通過各種方式對作家進行包裝，舉凡作家的年齡（例如六〇年代出生的作家）、性別（例如女性作家）、經歷（例如海外留學生或移民作家），乃至作家的愛情、婚姻、脾氣、性格和生活中的趣聞軼事等，都是對作家進行包裝的材料。經過這種商品化的包裝，九〇年代初確有一些作家作品在進入市場之後，滿足了相當一部分讀者追新逐奇的趣味需求，因而贏得了較好的商業效益，但與此同時也使文學這種嚴肅的精神產品沾染了濃厚的商品氣息，使作家這種高尚的職業變成了一種追逐金錢和實利的文化商品的製造者。其三是娛樂消閒和即食速食類的作品大量湧現，刺激了一種市場化的消費文學潮流的勃興。由於市場經濟本身所具有的一種消費性特徵和商品經濟所培植的一種消費觀念、消費方式和消費趣味的影響，人們對於文化產品的觀念和需求也必然要隨之發生相應的變化。加上長期以來高度政治化、道德化的社會生活和文學規範對人們的束縛，以及快節奏的現代生活給人們所帶來的精神壓抑等等，都希望通過文學閱讀得到緩解，這樣，一種適應這種觀念和需求的娛樂消閒與即食速食類的作品，在九〇年代初就開始大量湧現，這些作品與遍佈市場的速食文化和通俗文學合流，又受著復活的二〇年代、三〇年代周作人、林語堂等閒適派散文和港、澳、臺地區流行的娛樂消閒類文學的影響，很快便充斥各種報紙專欄和書刊市場，成為正在興起的商品化的文學大軍和文化大軍中的一支勁旅，這其中又以青春派的詩歌（如汪國貞的詩）和女性散文（如所謂「小女人散文」）最具代表性，在讀者中也最有影響。這些生活消閒和即食速食類的作品雖然也滿足了人民群眾日益增長的生活消閒和消遣娛樂的需要，其中也不乏一些有一定審美價值的藝術佳作，但這種潮流無疑也在不斷消蝕文學的思想深度和對藝術創新的特殊要求。它與依託市場的其他各種大眾文化類型一起，在九〇年代初商品化的文學潮流中，構成了一道特殊的文化景觀。

九〇年代初，文學對市場經濟潮流這些倉卒應對的表現，以及由此而導致的上述文學的商品化傾向，一方面固然表明文學正在努力適應新的市場經濟的生存環境，另一方面也表明文學對市場經濟的適應尚且停留在一個比較粗淺的階段。社會主義市場經濟建設固然為文學創造了一個新的生存環境，文學完全可以借助市場經濟提供的新的物質條件求得更大的發展，但是，這並不等於說，文學同時也要認同市場經濟所持有的價值觀念和行為方式，以商業化的手段去追求經濟利潤和商業價值，以至於使文學這種精神文化產品也完全地商品化，成為商業化時代的一種賺錢的手段和工具。九〇年代初出現的這種文學的商品化傾向，無疑是不利於當代文學的發展和進步的。九〇年代中期前後，由於在發展社會主義市場經濟的同時，社會主義精神文明建設不斷得到強化，思想文化界對於市場經濟建設過程中出現的許多社會文化問題，如信仰危機、價值失落、道德滑坡等，也開始了比較自覺的思考，尤其是在這期間開展的「人文精神」的討論[2]，更使得糾正這種文學的商品化傾向、重建由於盲目地追逐市場化潮流而失落的「人文精神」，成為影響此後文學發展的一股重要的思想文化潮流。與此同時，文學自身也開始對這種商品化傾向進行深入的反省，並在反撥這種傾向的過程中逐步獲得了對於市場經濟比較自覺的理性回應。尤其是八〇年代以「五七族」和「知青族」為代表的一批中青年作家，在經歷了八〇年代與九〇年代之交的一個短暫的沉寂之後，面對九〇年代初興起市場經濟的生存環境，仍然表現出了一種穩健的創作姿態，成為這期間力挽文壇頹風的一股中堅力量。在這種情況下，九〇年代中期前後的文學創作也隨之發生了深刻的變化，由盲目追逐市場化而導致的商品化傾向，轉向一個以追求人文精神、關切現實人生和高揚個體感性為主導的深入發展的新階段。

二、本期各體文學創作概況

九〇年代中後期出現的這個深入發展的文學新階段的標誌，就這期間成就最為突出因而也最有代表性的長篇小說創作而言，主要表現為如下幾種創作傾向：第一種創作傾向是從九〇年代初始露端倪到九〇年代中後期漸

2 「人文精神」的討論，是九〇年代影響廣泛的一場文學和思想文化問題的討論。這場討論最先是由發表在一九九三年第六期《上海文學》上王曉明、張巨集等人的一個對話《曠野上的廢墟——文學和人文精神的危機》引起的。此後又波及到《讀書》、《光明日報》、《文匯報》、《中華讀書報》等全國各地眾多報刊，從一九九三年到一九九五年，持續兩年之久，討論的中心是如何看待九〇年代市場經濟條件下的文學和思想文化現狀，是否存在人文精神的「失落」和「危機」，如何理解人文精神和人文精神建設問題等。主要代表作後來由王曉明編入《人文精神尋思錄》（文匯出版社，一九九六年）一書。這場討論對九〇年代的文學和思想文化發展影響甚大，是這期間的文學和思想文化發生轉折的重要標誌。

成氣候的，以張承志和張煒等作家在這期間創作的《心靈史》、《家族》（包括《柏慧》）等為代表的一種可以稱之為追求精神理想的創作傾向。這種創作傾向與思想文化界正在進行的「人文精神」的討論不謀而合，都是站在文化理想主義立場對市場經濟背景下的社會人生進行一種自覺的理性審視，以求救治社會頹風而高揚理想的旗幟。這些作家的創作雖然不一定全都是有的甚至完全不是取材於當下的生活現實，但在他們的作品中所高揚的各式各樣的精神理想，如宗教的、革命的，等等，對於重建精神信仰、價值秩序、道德傳統和警醒世道人心、匡正社會流弊，無疑都有一種重要的啟示作用，是一種理想主義色彩很重的創作傾向。這種創作傾向還應當包括鄧一光的《我是太陽》等長篇作品，這些作品所寫的雖然大都是一些「末路英雄」，但洋溢於其中的理想主義和浪漫精神在今天仍不乏一種震撼人心的藝術力量。與這種創作傾向相近，同樣也顯示了豐富的歷史、文化等人文內涵的，還有以陳忠實的《白鹿原》、阿來的《塵埃落定》和王蒙的「季節」系列長篇小說等為代表，構成了以反思民族歷史文化為特徵的第二種創作傾向。這種創作傾向繼承了八〇年代文學反思歷史的精神指向，但較之八〇年代大多取政治的視角且多受「撥亂反正」的思維方式的影響，好做「翻案」文章，九〇年代出現的這些創作對歷史文化的反思，就更具理性色彩，也更接近歷史哲學和文化哲學的高度。與這種反思民族歷史文化為特徵的創作傾向在本質上是一致的，但卻表現為不同的思維向度的，是以韓少功的《馬橋詞典》和王安憶的《紀實和虛構》為代表的，帶有文化和家族尋根色彩的第三種創作傾向。這種創作傾向的代表作家大多是八〇年代「尋根文學」的領銜人物，故而這類創作多承「尋根文學」之餘緒，而又在規模體制和深廣程度上超越了八〇年代的「尋根文學」，成為持續十餘年的「尋根文學」浪潮的一個大成式的發展。與這種帶有尋根色彩的創作傾向對文化和家族傳統的固守有關，以張煒的《九月寓言》和賈平凹的《廢都》、《白夜》、《土門》、《高老莊》等系列作品為代表，構成了一種以傳統的價值立場和文化心態應對現代文明的可以稱之為帶有文化保守主義色彩的第四種創作傾向。這種創作傾向或者固執於一種傳統的文明形式，以此來對抗現代化浪潮的衝擊；或者因為這種傳統的文明形式受到現代化浪潮的衝擊，而產生一種恐懼、惶惑、頹廢、失落乃至瀕臨末世的絕望心理。這種創作傾向類似於西方現代主義文學的「反抗現代」，卻沒有找到正確的價值立場和新的文化取向，因而雖與「尋根文學」在文化理念上相近，卻缺少「尋根文學」所應有批判審視的文化態度和文化眼光。第五種創作傾向是以史鐵生的《務虛筆記》和余華的《呼喊與細雨》、《活著》、《許三觀賣血記》等為代表涉及到人的生存狀態尤其是普通人的世俗生存狀態，以及人性和人生哲理範疇的問題，因而可以稱做是一種帶有人生本位色彩或人本主義色彩的創作傾向。這種創作傾向深切關注的是人的存在問題，直接表現的是文學作為「人學」的基本主題，因而大都接受了現代人本主義尤其是存在主義的哲學影響，是一種帶有現代主義色彩的創作傾向。這類創作還應當包括王安憶在這期間創作的《長恨歌》，這篇小說雖然與現代主義哲學和藝術無染，但所關切的卻同樣是人的命運和人生問題，是這類創作中比較傾向於傳統的現實主義創作方法的作品。

除了上述五種主要傾向的長篇創作之外，九〇年代中期前後一些性別傾向很重的女性作家的長篇創作，如林白的《一個人的戰爭》、陳染的《私人生活》和九〇年代後期鐵凝的《大浴女》等，也較為引人注目。以她們的創作為代表，構成了一種可以稱之為帶有女性主義或女權主義色彩的第六種創作傾向。這些長篇作品因為特別強調女性特徵和女性權力，又受西方女性主義和女權主義的影響，因而具有女性主義或女權主義的創作傾向。這種創作傾向還應當包括以林白、陳染、海男、徐小斌、徐坤等女性作家在這期間創作的女性主義和女權主義色彩很重的全部長、中、短篇作品，這些作品以一種獨特的女性立場、女性經驗和女性視角，切入歷史文化和社會人生，從總體上展現了在這個男權中心的社會裏為女性所擁有和主宰的一個獨特的生活世界，尤其是對女性個體生活體驗和成長體驗的傾訴，乃至個人生活隱私和身體隱秘的暴露，更使這種女性主義或女權主義寫作帶有很重的「私小說」色彩。這股女性主義或女權主義的創作潮流，也因此而加重了這期間文學創作的「個人化」或「私人化」傾向，成為這期間「個人化寫作」或「私人化寫作」的一支勁旅。

在這期間的長篇創作中，最能體現現實主義創作方法密切關注當下社會和現實人生的作品，要數在九〇年代中後期出現的一批以反映深入發展的改革開放和反腐倡廉為題材的長篇作品，如陸天明的《蒼天在上》、張平的《抉擇》、周梅森的《人間正道》、《中國製造》等，這些作品呼應了文學面向現實、反映改革的「主旋律」的提倡，敢於大膽暴露改革開放過程中各種錯綜複雜的社會矛盾，深人揭示圍繞權力和財富展開的各種衝突和搏鬥。因為表達了人民群眾的願望，傳達了人民群眾的呼聲，顯示了正義和道德的力量，因而受到讀者的廣泛歡迎，尤其是借助影視傳媒的傳播作用，在人民群眾中產生了廣泛的影響，產生了自八〇年代中期以來少有的「轟動效應」。這些作品大都恪守傳統的現實主義創作原則和創作方法，雖然在典型環境和典型性格的創造方面，在不同程度上都達到了一定的藝術高度，但較之八〇年代中期前後出現的一些反映現實變革的作品，卻只有生活內容和主題思想的變換，而缺少形式手法的創新和藝術上的進展，有些作品甚至是在影視作品產生了「轟動效應」之後，才改編成小說的，影響了這類作品的藝術質量。

在現實題材的長篇創作產生「轟動效應」的同時，歷史題材的長篇創作進入九〇年代以後，也取得了長足的進展。以唐浩明的《曾國藩》和二月河的《雍正皇帝》等為代表的歷史小說創作，在八〇年代歷史題材的長篇創作已經形成的多元的藝術格局中，又進一步拓寬了歷史觀照的視野，在對歷史事件和歷史人物的歷史評價，在歷史人物的形象塑造，尤其是對人物心理和人性的深度開掘方面，以及在處理歷史真實和藝術創造的雅、俗關係等問題上，都超越了以往的歷史小說，成為當代歷史小說發展新階段的一個突出標誌。

進入九〇年代中後期深入發展的文學新階段，文學創作的發展並不是十分平衡的。就小說這一主要文類而言，長篇小說無疑得到了長足的發展，取得了重要的收穫。由於八〇年代的文學創作特別是長篇創作的活躍積累了豐富的經驗，為這期間長篇創作的繁榮發展做好了藝術準備，奠定了藝術基礎。加上這期間提倡文學創作「三大件」[3]的推動和深入擴大的文化市場對於長篇作品的需要，長篇小說就得以脫穎而出，一枝獨秀，不但在產量上為過去年代所不可企及，而且其中的優秀之作，在質量上也達到了新的高度。從這個意義上說，認為九〇年代的長篇創作是繼八〇年代之後當代長篇小說發展的又一個新的高潮，絲毫也不為過。相對而言，由於八〇年代的中、短篇小說創作已經有一個很高的起點，在讀者中產生過很大的影響，也培養了一種相對穩定的閱讀趣味，因而很難用新的創作去取代。加上中、短篇創作的一些優秀作家進入九〇年代以後，大都傾心於長篇創作，一些新進作家在中、短篇創作方面缺少足夠的經驗，在藝術上仍不夠十分成熟，也很少有人真正潛心於中、短篇小說的藝術探索，故而這期間中、短篇創作的收穫就不如八〇年代那樣豐厚。但是，儘管如此，九〇年代的中、短篇創作仍不乏優秀之作，仍有一些新的重要作家作品，在藝術上取得了一些新的進展，有的甚至超過了同一作家在八〇年代所達到的藝術高度，或在八〇年代的基礎上又有了新的開拓。尤其是下列三種類型的作家在這期間的中、短篇小說創作，更為集中地顯示了九〇年代中、短篇小說創作的面貌和成熟。一類作家是上述女性作家群體。這個群體除了上述有較強的女性主義或女權主義傾向的創作之外，還應當包括一些性別傾向不十分明確或不十分強調性別問題的女性作家的創作，例如王安憶、鐵凝、方方、池莉、葉廣芩、遲子建、張欣等。這些女性作家或者在八〇年代已取得的成就的基礎上，又以一些新的中、短篇力作把自己的創作向前推進了一步，或者是在九〇年代的中、短篇小說創作中開闢了新的生活領域和藝術視域。她們與上述帶有很強的女性主義或女權主義傾向的女性作家的創作形成了鮮明的對比，二者相映生輝，在九〇年代中後期的文壇上，構成了一道異樣的風景。一類是

3 文學創作「三大件」是對江澤民總書記在一九九五年提出的文學創作要抓好長篇小說、兒童文學和影視文學「三大件」的簡稱。江澤民的這一要求對促進長篇小說的繁榮發展起了重要的影響作用。「據統計，一九九五年長篇小說的出版（發表）量大約為七百餘部，一九九六年突破八百部，一九九七年預計逼近一千部。」（轉引自何鎮邦，《九十年代文壇掃描》，雲南人民出版社，二〇〇〇年，頁一四。）

在這期間被稱為「現實主義衝擊波」的一個群體或派別的作家的中、短篇創作。其中有代表性的作家有劉醒龍、談歌、何申、關仁山等。這些作家的中、短篇創作如同上述第五種傾向的長篇創作一樣，帶有很強的現實主義色彩，它們集中反映的是深入發展的改革開放和市場經濟乍起的背景下社會生活和人們的價值觀念、行為道德等方面的劇烈變動，與上述長篇創作往往在一種正義和道德力量的引導下從「正面」暴露現實問題不同，這些作家的中、短篇創作更多地是執著於現實生活本身，直面經濟轉型期現實生活的矛盾和問題，揭示這些矛盾和問題及置身於這些矛盾和問題之中的人生的種種尷尬和困境，以表現他們對於變革時期的社會人生的真切的「人間關懷」。但由於作家在揭露這些現實問題、暴露這些現實矛盾的過程中，缺少應有的道德立場和道德評判的眼光，往往用容忍、姑息種種醜德、惡行代替對「社會進步」的肯定，混淆了歷史評價和道德評價的界限，因而多為讀者和評論家所詬病。加上這些作家的中、短篇創作在藝術上大多比較直露，甚少開拓和創新，故而雖有一時的「轟動效應」，卻未能為這期間的中、短篇創作留下值得回味的藝術精品。此外，還有一類是所謂「六〇年代出生的作家」[4]群體的中、短篇創作。代表作家有邱華棟、朱文、何頓等。這個群體的構成比較複雜，其中雖然也有如何頓等經歷過文革和「上山下鄉」運動，因而創作比較接近八〇年代的「知青」作家的，但絕大多數成員卻是生活和成長在文革後一個完全不同的社會歷史情境之中，他們因此沒有「知青」作家所承擔的那些歷史的重負和對於往事的沉重的記憶，能夠敞開全部身心去擁抱這個充滿金錢、物欲和各種感官誘惑的時代，他們的作品也因而更多地是表現個人在這個「物化」時代種種追求和冒險的經歷，或人在這個「物化」時代自我和本真的失落與變異，總之是與商品和市場共生的種種欲望與誘惑、挑戰與機遇所造就的人生世相和生存狀態，以及人生觀念

[4] 「六〇年代出生的作家」，也稱「晚生代」作家，在創作上比較活躍的除上述諸人外，還有韓東、鬼子、東西、李馮、刁斗、張曼、魯羊、畢飛宇、述平、劉繼明、張執浩等。有的也把林白、陳染、海男、徐小斌、徐坤、遲子建等女性作家歸入這一創作群體。

和價值觀念包括人性本身的蛻變與演化。與前述長篇作家不同，這些作家的中、短篇創作雖然對「物化」現實也有所批判，但卻主要是取一種順應的態度，他們往往以極端個人化的方式切入現實生活，而不大注重社會的普遍價值和標準，在藝術上也多取一種極端個人化的「先鋒」和「前衛」的姿態，因而他們的創作與這期間的某些女性作家的創作一起，從總體上被人們稱之為一種「個人化」的寫作傾向。這個創作群體雖然在這期間的中、短篇創作中比較活躍，但由於其「先鋒」和「前衛」的姿態主要是限於各種人生觀念和價值觀念上的，而不是藝術的實驗和探索，因而並未如八〇年代的「先鋒」和「前衛」作家那樣給中、短篇藝術帶來更多新的創造和突破。

九〇年代中後期深入發展的文學新階段，除了小說這一主要文體所取得的上述創作成就外，還應當包括這期間的散文創作所取得的重要成就。與八〇年代的散文創作成就主要見之於報告文學創作不同，九〇年代的散文創作從一開始就改變了報告文學一枝獨秀的局面，在經歷了九〇年代初期消閒娛樂的散文的一個突發的繁榮期之後，到了九〇年代中後期，濫觴於八〇年代而在九〇年代初期得到自覺提倡和實踐的一種「大散文」（或曰「文化散文」、「學者散文」）創作，已蔚為大觀，成為當代散文創作在藝術上的一個重要突破和收穫，致力於這類散文創作且取得了重要成就的余秋雨及其「文化散文」，也因此而成了這期間的散文創作最有代表性的作家和作品。

如果說進入九〇年代以後，小說和散文創作都有各自的新進展的話，那麼，相對而言，在八〇年代喧鬧一時的詩壇和格外活躍的詩歌創作，則呈現出一種比較沉寂的狀態。原因一方面固然是因為市場經濟的興起、消費文化的繁榮，不利於詩歌藝術的生長和發育；另一方面也因為詩人自身在創作上未能對新的生存環境做出及時有效的回應和調整，尤其是未能在八〇年代已有的藝術實驗的基礎上，提出新的藝術追求的目標，以致九〇年代的詩歌創作大體上是沿著八〇年代中期以後的慣性軌道滑行，加上在八〇年代中期以後比較活躍的一些詩人，到了九〇年代或因個體與藝術的生命早夭，或由詩歌轉向小說和散文創作，未能專注於詩歌藝術的實驗和探索，故而整個九〇年代的詩壇就不能不呈現出一種沉寂狀態。但是，儘管如此，這期間仍有一些詩人如于堅、西川、臧棣、王家新等，仍在堅守詩歌創作的領地，同時也發展了自己的藝術追求，新的創作在藝術上也日見成熟，一些詩人在理論和實踐上倡導「民間寫作」或「知識份子寫作」，也表明這期間的詩歌創作仍然不乏詩人對激變的現實人生的真切的「人間關懷」。

第九章　各體文學創作

第一節　本期詩歌創作

從八〇年代到九〇年代，中國詩壇發生了很大變化。「第三代」詩潮在八〇年代末消歇以後，即與整個文學一樣，遭遇一場政治風波，詩人隊伍分化，詩歌創作受挫。隨之而來的是，九〇年代初推行社會主義市場經濟體制，文學被捲入市場，商品化潮流氾濫，詩歌也深受影響。這期間有汪國真式的通俗詩歌出現，填補了詩歌創作的短暫「真空」。到九〇年代中期前後，詩壇才漸復常態，但已不復有「第三代」的派別雜陳、眾聲喧嘩，而是逐漸形成了「知識份子寫作」和「民間寫作」雙峰對峙的局面。

九〇年代末，詩歌界發生了一次重要的論爭[1]，這次論爭區分出了兩種不同的文化價值立場，以及因此而導致的兩種不同的理論和創作傾向。一種被稱之為「知識份子寫作」，另一種則被稱之為「民間寫作」。西川、王家新等，被指認是前者的代表；于堅、韓東等，被指認為後者的代表。這一分野一方面固然與這些詩人的個人身

[1] 指一九九九年四月在京郊盤峰賓館發生的一次詩歌論爭，簡稱「盤峰論爭」。

份有關，另一方面也受到學界反思知識份子和重新發現民間，以及大眾文化的影響。「持『知識份子寫作』立場的詩人與詩評家強調書面語之於詩歌寫作的藝術合理性、強調技藝的重要性、追求詩歌內容的超越性和文化含量；持『民間寫作』立場的詩人和詩評家則強調口語之於詩歌寫作的藝術長處、強調詩歌的活力原則和原創性，注重題材、內容的日常性和當下性。」[2]前者顯然與中國新詩向來的追求目標和藝術實踐的歷史有關，後者則更多地是延襲了上個世紀八〇年代中期「第三代」詩人對詩歌的原創性和日常化的藝術追求。二者本是詩學理論和創作實踐中一般原理與特殊追求的關係，並無絕對不可調和之處，但發生在九〇年代末的這場爭論，卻集中顯示了九〇年代詩歌創作兩種主要的藝術傾向。

一、「知識份子寫作」

早在一九八七年，詩人西川等在《詩刊》舉辦的「青春詩會」上，就提出了知識份子寫作的主張。當時是針對長期以來詩歌創作過於追求「大眾化」、「通俗化」的傾向的，同時也是對批評某些詩人的創作違背這一創作傾向的回應。強調的是詩歌的現代趣味、形式感，詩人獨立的立場和批判精神，是繼「朦朧詩」之後，對傳統的詩歌觀念的又一次挑戰。雖然在主張「知識份子寫作」的詩人中，具體看法不盡相同，也存在一些觀點的分歧，但以一種對藝術本身負責的態度進行寫作，在創作過程中通過對詩歌語言的精細處理，充分發揮各種寫作技巧的藝術效果，準確有效地表達思想感情，卻是他們的共同追求。進入九〇年代，這種創作傾向有了進一步的發展，逐漸形成了一個創作主張和藝術追求大致相近的群體。這一派詩人大多受西方哲學、文化和詩歌影響，在寫作

[2] 譚五昌，《世紀之交的中國新詩狀況：一九九九～二〇〇二年》，《詩探索》二〇〇三年第三～四輯。

中，既追求獨立精神，又重視知識的作用，具有比較廣闊的藝術視野，在理論上也有較多的自覺，是中國新詩現代主義詩風在這期間的一種歷史延續。

西川的創作起於八〇年代，九〇年代以來出版的詩集主要有《虛構的家譜》、《大意如此》、《西川的詩》、《個人好惡》等。這些詩集中所收的作品，雖然不僅止於九〇年代，但卻集中反映了詩人的創作從八〇年代到九〇年代發展變化的過程。這位從學生時代就熱衷詩歌活動、成長於學院環境的詩人，初期創作以《在哈爾蓋仰望星空》等詩作為代表，注重對自然事物、生活現象和生命過程的體驗，有較強的感性經驗色彩，同時又包含有某種雖可經驗卻無法把捉的神秘感，語言簡潔、明淨、清通、自然，有很強的質感，是一種接近「古典」風格的抒情詩。

進入九〇年代以後的創作發生了很大的變化，雖然仍有以《虛構的家譜》等為代表的短詩，多少還保留了初期創作的風格，但大量長詩，如《致敬》、《近景和遠景》、《厄運》、《鷹的話語》等，卻「改變了寫作路數」。這種改變，主要表現在如下幾個方面：一是與初期詩作的純粹經驗不同，這些長詩往往加入了更多的哲理和玄思，這些思考的成分，有時是強化經驗的，有時是瓦解經驗的，有時是提升經驗的，有時是貶抑經驗的，有時與經驗融為一體，有時又游離於經驗之外，因而呈現出一種感性和理性糾結纏繞的狀態。二是與初期詩作注重當下體驗不同，這些長詩往往讓思緒天馬行空無拘無束地在過去、未來、天上、人間、經驗、超驗、意識、潛意識的世界漫遊，把歷史、自然、哲學、宗教、生命、社會、欲望、本能、幽靈、精怪、實景、幻境，乃至日常生活細節，都納入想像的空間，通過「一個人在諸多方面的胡思亂想」（西川語），表現複雜多變、光怪陸離的生命感受和生存體驗。三是與這種經驗的和想像的駁雜相適應，這些長詩與初期詩作的形式和語言比，也有很大的變化。變化之一是這些詩作的語言雖然依舊比較口語化，但卻不是指向具體確定的對象，而是指向一種意義的隱喻；變化之二是這些詩作的語言雖然仍不乏經驗的色彩，但已脫離了詩人具體的感性體驗，只具有一種描述的意義。變化之三是這些詩作雖然依舊分行書寫，但已不復是嚴格意義上的自由體的新詩，而是接近新詩中的散文詩體，或者就是一種分行書寫的散文或雜感、語錄。西川認為詩歌創作是一種「煉金術」，他把這些異質的思想和情感、知識和經驗、形式和語言，都放在想像的洪爐裏冶煉，結果雖煉出了金子，也難免有渣滓。如《厄運》一節的片斷：

> 兩個人的小巷。他不曾回頭卻知道我走在他的身後。
> 他喝斥，他背誦：「必須懸崖勒馬，你脆弱的身體承擔不了憤怒。」
> 他轉過身來，一眼看到我的頭頂有紫氣在上升。他搖一搖頭，太陽快速移向樹後。
> 他說他看見了我身後的鬼影。（這樣的人，肯定目睹過巴旦杏的微笑，肯定聽得見杜鵑花的歌聲。）
> 「八月，你要躲避烏鴉。九月，你得天天起早。」
> 他預言我將有遠大前程，但眼前正為小人所詬病。
> 小巷裏出現了第三個人，我面前的陌生人隨即杳無蹤影。我忐忑不安，猜想那迎面走來的就是我的命運。
> 我和我的命運擦肩而過；在這座衰敗的迷宮中他終究會再次跟上我。
> 一隻烏鴉掠過我八月的額頭。
> 我閉眼，但聽得烏鴉說道：「別害怕，你並非你自己，使用著你身體的是眾多個生命。」

與西川的大幅度轉變不同，王家新的詩歌創作，呈現的是一種梯級提升的發展態勢。這位同樣是在學院環境中成長起來的詩人，同樣是從八○年代開始了自己的詩歌創作生涯，出版有《紀念》、《遊動懸崖》、《王家新的詩》和《未完成的詩》等詩集。初期創作歌詠青春、故鄉、遊歷和人生感悟，也觸及命運和時代，對自然山水和傳統文化，有濃厚的興趣，組詩《中國畫》初步顯示了他的創作才華和獨特風格，逐漸引起詩壇的注意，但他最終走向成熟，卻是在進入九〇年代之後，代表作有《瓦雷金諾敘事曲——給帕斯捷爾納克》、《轉變》、《帕斯捷爾納克》、《詞語》等。

以創作於八〇年代末的《瓦雷金諾敘事曲——給帕斯捷爾納克》為標誌，王家新的詩歌創作在九〇年代，進入到一個新階段。這種變化的表現之一，是他這期間的詩作取材開始告別童年記憶和青春經歷，但同時卻把這種記憶和經歷作酵母，讓它們在心靈深處沉澱、發酵，作為近期創作的原料和滋養。表現之二是他這期間的詩作不再滿足於即時即地的感受，而是注重精神的相遇和對話，尤其是對那些自認有相近的命運遭際、相似的心靈痛苦的詩人、作家和知識份子，如帕斯捷爾納克、索爾仁尼琴、納博科夫等，更是他這期間許多詩作「傾訴」和「交流」的對象。他用這種「對象化」的方式，通過這些詩人、作家和知識份子，並在他們身上，寄寓了自己對國家、民族、歷史、時代和社會人生的思考，同時也通過對他們的人格精神和思想品性的闡釋，表達了自己特立獨行、超遠高邁的心靈訴求。變化之三是他這期間的詩作，逐漸遠離本土的歷史文化語境，以在歐美遊歷的經驗，體會西方歷史穿越中世紀的「城堡」，走向現代文明的過程，以此反觀、映照本民族的歷史文化，在東西方個體之間發生精神遇合的同時，也讓東西方歷史文化「相遇」。如《帕斯捷爾納克》的開頭三節：

不能到你的墓地獻上一束花
卻註定要以一生的傾注，讀你的詩
以幾千里風雪的穿越
一個節日的破碎，和我靈魂的顫慄

終於能按照自己的內心寫作了
卻不能按一個人的內心生活
這是我們共同的悲劇
你的嘴角更加緘默，那是

命運的秘密，你不能說出
只是承受、承受，讓筆下的刻痕加深
為了獲得，而放棄
為了生，你要求自己去死，徹底地死

王家新這期間的詩作十分重視語言和「詞語」的作用，他認為：「詩歌寫作中最大的難題是語言……語言問題集中了一個詩人所有的焦慮。」當我們在使用語言時，語言卻向我們提示著它的潛在的可能性。因此，對「詞語」的進入，就是他這期間的詩作所實驗和追求的目標：「對我來說，不僅詩歌最終歸結為詞語，而且詩歌的可能性，靈魂的可能性，都只存在於對詞語的進入中。」[3]正是通過對「詞語」的進入和以他獨特的方式對「詞語」所做的處理，王家新在這期間的詩作完成了他在精神領域與世界的「相遇」。

[3] 王家新，《回答四十個問題》，《為鳳凰找尋棲所——現代詩歌論集》（北京大學出版社，二〇〇八年）。

二、「民間寫作」

「民間寫作」雖然是于堅等在「盤峰論爭」中提出的一種創作主張，但卻有很深的歷史背景和理論淵源。從發生學的意義上說，詩歌如同其他文體的創作一樣，本起於民間，民歌民謠是是其原初形態。從中外詩歌發展的歷史上看，在創作中，都不乏從民間吸取資源和營養的詩人，尤其是當文人的詩歌創作精神疲弱、風氣衰竭的時候，民間更是他們振弱起衰的重要後援。民間甚至也是詩歌藝術更新和詩歌形式革命的動力之源。近代中國發生的詩界革命和五四白話詩運動，都是從民間詩歌受到啟發，從民間歌謠吸取養分。此後，在中國現當文學史的各個時期，都有詩人或詩歌團體，致力於詩歌「大眾化」的提倡，從事「民歌體」的創作探索，同時也展開理論批評和學術研究，在實踐和理論兩方面，都收穫了豐碩的成果，乃至形成了中國新詩的一種潮流和傳統。這些，都是九〇年代詩歌「民間寫作」的重要前提條件和理論、創作資源。

與此前歷史上出現過的帶有民間性的或與民間有關聯的詩歌寫作不同，于堅等在九〇年代提倡「民間寫作」，最直接的來源，是他們在八〇年代「第三代」詩歌運動中所提倡的「日常化」和「口語化」寫作。在他們看來，現成語言，或曰書面語言和規範語言中，有太多的理性沉澱和邏輯程式，遮蔽了感覺和意識的原初形態，只有具有生命質感的日常口語，才能逼近存在的本源，揭示存在的本真狀態。基於這樣的認識，他們不滿意九〇年代的一些詩人在創作中過於講究語言和技巧，過於看重知識和書本，過於依賴西方和翻譯，連帶著也對這些詩人脫離時代、脫離群眾、脫離生活和讀者的「學院派」作風和某種「貴族化」姿態表示不滿。這已經不是一個純粹的詩歌理論問題，而是對這期間詩歌創作中存在的問題提出的批評。

作為這期間持「民間寫作」立場的最有代表性的詩人，于堅的創作起於七〇年代末、八〇年代初，出版有詩集《詩六十首》、《對一隻烏鴉的命名》、《一枚穿過天空的釘子》、《便條集》、《于堅的詩》、《在漫長的旅途中》等。他的初期創作主要取材於出生地雲南，歌詠雲南高原的人文、自然風物，詩風清新俊逸，有古山水田園詩之風。中期創作實驗「口語化」，有《尚義街六號》、《羅家生》等，以平實樸素的日常口語敘事，一反「朦朧詩」的晦澀、沉重，開「日常化」、「口語化」寫作先河。進入九〇年代以後的創作，承襲了他在八〇年代的實驗和追求，在語言、體式、方法、技巧方面，都有新的發展。代表作主要是「事件」系列短詩，和長詩《零檔案》、《飛行》等。

「事件」系列是一系列以日常生活「事件」，如鋪路（《事件・鋪路》）、停電（《事件・停電》）和挖樹（《事件・棕櫚之死》）等為題材的詩作，這些詩作用日常生活口語，靜態地、客觀描述事件發生的場景、過程和細節，以及作者在事件發生的當時當地、彼情彼境的經歷和感受，不做主觀判斷和評價，也不帶主觀感情色彩，是一種「中性」的、「零度情感」的寫作。如《事件・鋪路》中對鋪路過程中發生的「事件」的描述：「死掉了三十萬隻螞蟻　七十一隻老鼠　一條蛇／搬掉了各種硬度的石頭　填掉那些直徑不一的土洞／把石子　沙水泥和柏油一一填上／然後　壓路機像印刷一張報紙那樣　壓過去／完工了　這就是道路　黑色的　像玻璃一樣光滑」。《事件・停電》中對停電後詩人在黑暗中的感覺的描述：「沒有電　開關還在／電錶還在　工具還在電工　工程師和圖紙還在／不在的只是那頭狼　那頭站在掛曆上八月份的公狼／它在停電的一剎那遁入黑暗中我看不見它／我無法斷定它是否還在那層紙上　有幾秒鐘／我感覺到那片平面的黑暗中　這傢伙在呼吸諦聽」等。

與「事件」系列短詩偏於對事件發生的現場和感覺作特寫式描述不同，長詩《零檔案》和《飛行》，則重在描述一個漫長的人生經歷或心理經驗的過程。《零檔案》描述存放在檔案室的一個被作者命名為「零」的人的人生歷史，從他的出生史、成長史、戀愛史（青春期），到他的日常生活，諸如住址、睡眠情況、起床工作情況、思想彙報、業餘活動、日記，與之有關的表格，諸如履歷表、登記表、會員表、錄取通知書、申請表，和他所擁有的物品清單，乃至一些潛意識的和隱秘的心理活動等等，舉凡與一個人的生命過程和生活歷史有關的事物、場景、細節、過程，巨細無遺、應有盡有。這樣的人自然是被作者抽象出來的，這樣的人生也是作者根據眾多人或所有人的生命過程和生活歷史假想出來的人生，作者對這樣的人生不作任何闡釋和評價，只是純粹客觀地展示他的存在狀態，雖然難免瑣屑、堆砌之嫌，但對長期以來人事檔案所擁有的政治權力和本質化的人生，無疑是一種話語的解構。如寫「零」的「成長史」（片斷）：

一歲斷奶　二歲進托兒所　四歲上幼稚園　六歲成了文化人
一到六年級　證明人　張老師　初一初二初三　證明人
王老師　高一高二　證明人　李老師　最後他大學畢業
一篇論文　主題清楚　佈局得當　層次分明　平仄工整
對仗講究　言此意彼　空谷足音　文采飛揚　言志抒情
鑑定：尊敬老師　關心同學　反對個人主義　不遲到
遵守紀律　熱愛勞動　不早退　不講髒話　不調戲婦女
不說謊　滅四害　講衛生　不拿群眾一針一線　積極肯幹
講文明　心靈美　儀表美　修指甲　喊叔叔　叫阿姨
扶爺爺　挽奶奶　上課把手背在後面　積極要求上進
專心聽講　認真做筆記　生動活潑　謙虛謹慎　任勞任怨
不足之處：不喜歡體育課　有時上課講小話　不經常刷牙
小字條：報告老師　他在路上拾到一分錢　沒交民警叔叔

評語：這個同學思想好　只是不愛講話　不知道他想什麼
希望家長　檢查他的日記　隨時向我們彙報　配合培養

又如寫「零」的「日常生活」的「起床」：

穿短褲　穿汗衣　穿長褲　穿拖鞋　解手　擠牙膏　含水
噴水　洗臉　看鏡子　抹潤膚霜　梳頭　換皮鞋
吃早點　兩根油條一碗豆漿　一杯牛奶一個麵包　輪著來
穿羊毛外套　穿外衣　拿提包　再看一回鏡子　鎖門
用手判斷門已鎖死　下樓　看天空　看手錶　推單車　出大門

如果說《零檔案》所描述是一些物質實體，《飛行》所描述的則是一次「精神事件」。作者將作品的主人公置於萬米高空之上，所見所聞雖然十分有限，但所感所思，卻盡可以精騖八極，心遊萬仞。作品主人公的想像和聯想涉及傳統與現代、民族與國家、戰爭與和平、歷史與文化、生存與死亡、經濟與環保、公共領域與私人空間、全球化進程與日常生活等諸多方面的內容，幾乎是一部有關人類文明、人類歷史和人類生存的百科全書。作者藉一次飛行「事件」，完成的是一次超越「事件」的精神之旅。

九〇年代詩歌的「知識份子寫作」和「民間寫作」，都是詩人的一種文化立場，但這種文化立場要見之於詩歌創作，在思想和藝術上真正體現出各自的特點和之間的差異，產出一些真正的精品力作，目前還有相當距離，也會有一個相當長的過程，因而這兩種立場的詩歌寫作的實驗探索，註定任重道遠、未有窮期。

第二節　本期小說創作：中短篇小說

一、女性作家群的創作

在中國現代文學史上，女性作家的創作，五四時期曾十分活躍，形成了一種相對集中的群體。此後這種性別的群體，逐漸從文學的歷史上淡出，女性作家的創作，除偶爾有個性或風格上的區別外，幾乎與男性作家無異。上個世紀八〇年代，女性作家的創作雖然也十分活躍，但因為性別特徵不夠突出，所以時人並未以一個女性作家群體視之，更不存在今天所說的女性主義（或女權主義）文學創作潮流。

進入九〇年代以後，由於此前西方女性主義理論和女性主義作家作品的譯介，啟發了這期間女性作家在文學創作中的性別意識，尤其是九〇年代中期世界婦女大會在北京召開[4]，集中了來自世界各地的女性主義的專家、學者、作家和社會活動家，從理論到實踐，對女性主義問題進行了比較全面深入的論析和探討。加上這期間中國社會開始實行社會主義市場經濟體制，被物質消費所激發的欲望本能，和隨著現代科技、電子媒體的發展而興起的大眾文化潮流的影響，使得封閉已久的感官意識，開始覺醒，在這個過程中，受中國文化傳統禁錮甚深的女

4 一九九五年九月四日～十五日，第四次世界婦女大會在中國北京召開。會議主題為：以行動謀求平等、發展與和平；次主題為：健康、教育和就業。一百八十九個國家的政府代表團，聯合國系統各組織和專門機構，政府間組織及非政府組織的代表一萬五千多人出席了會議。

性，也開始掙脫各種觀念的束縛，由五四以後的爭取自由平等，到開始反觀自身，正視自身生理的和心理的諸多問題，有了許多新的認識和發現、感悟和體驗，由此開始了具有女性主義傾向和女性性別特徵的文學書寫，逐漸形成了一股被稱作女性主義的文學創作潮流。

在本期女性作家的中短篇小說創作中，女性主義傾向和性別特徵比較突出且具有較廣泛影響的，當首推林白和陳染。這兩位女性作家的小說創作成績，雖然主要是以長篇為代表，但她們在這期間的有些中短篇小說，與她們同期的長篇小說創作，卻有大致相同或大體相近的思想、藝術旨趣，有些情節和人物，在她們的長、中、短篇中，甚至構成了一種「互證」和「互寫」關係，是一種整體性的女性生活的文本世界。

林白在這期間的中篇代表作，主要有《迴廊之椅》、《瓶中之水》、《致命的飛翔》等。這些作品多寫女性在成長過程中生理和心理、尤其是身體意識和性別意識（包括性意識）的覺醒，同時也把成熟的女性和成長中的女性帶入男性社會，讓她們在其中經受種種生理和心理、肉體和精神、思想和情感的「磨練」，但最終卻不給她們一個美滿的結局，而是讓她們在異性或同性的戀情，包括自戀的感情中，經受一種身心的矛盾和痛苦。林白的這些作品集中反映了一個強大的男權社會對女性的壓抑，和潛伏在女性身心內部與生俱來的男權文化的陰影。因是之故，雖然林白也寫了女性對自身的性別權力的堅持，或對女性自我的堅守，但那結果不是虛無縹緲的，就是悲劇性的。她的作品描寫「那些被貶抑、被排斥的女性意識，從女性生活的盡頭，從文明的死角脫穎而出，令人驚奇而又惶惑不安」[5]。

在《迴廊之椅》中，美麗冷豔的朱涼面對政治風雨和男性欲望，從容而優雅，不願意放棄女性所特有的內在的豐富和優美，雖然嫁給了鄉紳章孟達做了三姨太，卻向世界關閉起自己的心靈之門，以一種難以想像的力量

5 陳曉明，《〈致命的飛翔〉跋：記憶與幻想的極限》（長江文藝出版社，二〇〇一年），頁三五八。

抵抗著外界卑鄙而粗暴的入侵，只向自己的使女七葉敞開一扇窗門，在同性的親近中享受生命。在《瓶中之水》中，二帕和意萍萍水相逢，二帕不得不以身體為代價追求自己的事業，而意萍為了成全二帕同樣可以付出身體的代價，她們天生就沒有愛過男人，但是在現實社會中，她們卻不得不迎合男性社會的規範。在這個過程中，意萍居高臨下的施捨姿態，又深深地傷害了二帕，二帕只好退回到封閉的自我世界。她們註定要消失在彼此的世界之外，不能相愛，只能相互懷想。在《致命的飛翔》中，北諾為了職業不得不從事性與權力的交易，逢迎那個醜陋的禿頭男人，被解聘和被拋棄使北諾有著雙重的渴求：身體的（性）和社會身份的（職業）。但是禿頭男人關心的只是自己欲望的發洩和滿足，在虐待中獲得的快感，北諾精心的梳妝成為微不足道的孤芳自賞，北諾忍無可忍殺了他，鮮血迸濺的場景壯觀而血腥，在復仇的快感中卻逃不出法律的制裁。如此等等。

林白的小說有一種異樣的南國情調，特別是她津津樂道的「亞熱帶」雨林的風格——浪漫、唯美和詩意的抒情。她筆下的女人美麗、感性、欲望強烈而又富於內心生活，但卻往往遊走於婚姻和愛情的邊緣地帶。無論是寫異性還是同性的戀情，包括隱秘的自慰體驗，林白的筆觸都非常大膽，但卻不給人以淫穢之感，而是在一種詩情畫意的氛圍中不緊不慢地娓娓道來，顯得從容而坦蕩。林白不是講故事的行家裏手，不善於講述曲折完整的生活故事，但卻善於在同一部作品中，讓幾個故事同時演進，交替穿插、切換閃回，雖無一貫到底之力，卻不乏信筆所至的自由。林白同時又是一個對色彩、線條、聲音都很敏感的作家，她通過詩一般的語言、畫一般的筆致，或濃墨重彩，或輕描淡寫，傳達出來的是一種與眾不同的女性生命和欲望的美學。

與林白相似，陳染這期間有代表性的中短篇小說，如《空心人誕生》、《與往事乾杯》、《無處告別》等，也涉及到女性在成長過程中生理和心理的諸多問題，不同的是，陳染往往喜歡把她筆下的女性，封閉在一個狹小的自我空間，甚至冥想的境界，在想像和幻想中追尋，又在想像和幻想中逃離。所追尋者，不外乎是女性心目中理想的男性，在少女時代則具體化為對父親的依戀（即所謂「戀父情結」），追尋不得後又無法選擇，受到傷害後又無力反抗，於是轉而向同性或自身，即所謂「同性戀」和「自戀」中尋求身心的慰藉，再不得後便只有再度逃離。因此，她筆下的人物最後除了一己的內心，別無出路。陳染的作品因而也帶有濃厚的主觀臆想和內心獨白的色彩，某些時候甚至帶有一種精神病理的特徵。「我是一個唯獨沒有現在的人。這是我與生俱來的殘缺。而一個沒有現在的人，無論歲月怎麼流逝，她將永遠與時事隔膜。所以，她永遠只能在渴望孤獨與逃避孤獨的狀態中煎熬。」[6]這是陳染的「夫子自道」，也是她筆下的女性所共有的精神特徵。

如果說林白和陳染的創作，都在固執地堅守某種女性立場的話，那麼，徐坤作為一位「具有自覺的女性意識的作家，同時又是一位才氣橫溢的女學者」[7]，這期間的中短篇代表作，如《遭遇愛情》、《狗日的足球》、《廚房》等，在堅守女性立場的同時，還帶有很強的自審意識。作為在九〇年代文壇崛起的一位新進的女作家，徐坤的創作初期在作品中「反串」男性角色，是為了刻意迴避女人的「小」（即所謂「小女人」文學）。而後很快意識到女人的「弱」，於是就有了《狗日的足球》等作品無力的抗爭。再後來進一步發現了女人的「弱」和「小」，皆緣於女人自身的困惑和矛盾，亦即是女人的「懦」，於是便有了《廚房》等作品的二難處境。徐坤的這些表現，與其說是張揚女性的權利和性別特徵，不如說是對張揚女性權利和性別特徵的一種自覺的反省。因而就其創作的種種表現而言，與其說是屬於女性文學的範疇，不如說是在對標榜女性主義的女性文學的一種顛覆和解構。

徐坤在這期間的中短篇創作是很豐富的，她在作為女性解構了女性主義的同時，又作為知識份子，解構了知識份子的精英意識，因而不斷地進行文化的「解構」，就成了徐坤的創作的一個基本特徵。這特徵就使得徐坤作

6 《陳染文集・與往事乾杯》（江蘇文藝出版社，一九九六年），頁六二。
7 徐小斌，《走近徐坤》，《當代作家評論》一九九六年第六期。

為一個女性作家，卻有一股男性的氣質；作為一個知識份子，卻更加接近大眾的趣味和心靈。她的創作因此而在男人和女人之間，在大眾和精英之間特立獨行。

與上述帶有女性主義傾向的中短篇創作形成鮮明對比，這期間相當多的女性作家仍舊堅持固有的「非性別」或「中性」創作立場。這些作家往往因為在上個世紀八〇年代的中短篇創作，已取得了獨到的成就，形成了獨特的個人風格，所以這期間的創作，只是此前中短篇創作的一種深化和延續，其中變化較大、影響較著的，如王安憶的《叔叔的故事》，鐵凝的《孕婦和牛》、《對面》、《午後懸崖》，池莉的《冷也好熱也好活著就好》、《來來往往》、《生活秀》，方方的《行為藝術》、《埋伏》、《桃花燦爛》等。這些中短篇作品，有的意在「解構」神化苦難、聖化苦難的「叔叔」一代人的生活，有的從詩意的抒情轉向「原罪」的發掘及懲與罰，有的在此前關注都市小人物的生存狀態的基礎上，繼續書寫他們遭遇市場經濟的生活和命運，有的則一如既往地將各色人等置於特殊境況下拷問其德行和品性。如此等等，總之是仍以反映社會、揭示人生、解剖人性為指歸，其思想和藝術雖有奇正雅俗之別，但大體上卻與她們此前的創作保持著一種本質的聯繫和內在的一貫性。

在這些「非性別」或「中性」寫作的女作家中，從上個世紀八〇年代中期就開始文學創作的女作家遲子建，在這期間的中短篇創作，尤其值得注意。遲子建在這期間發表的中短篇作品，較有代表性的主要有《逝川》、《霧月牛欄》、《清水洗塵》、《秧歌》、《香坊》、《白銀那》等，在這些作品中，遲子建以她所特有的一種「亦真亦幻」的藝術筆調，構造了一個「童話」般的藝術世界，顯示了一種獨特的意義和價值。其創作的獨特的意義和價值，主要表現在如下幾個方面：

第一，從文學地理學的角度看，遲子建出生在漠河這個被稱作北極村的中國最北端的村鎮，以她的全部童年記憶和人生體驗寫出了這個地域特有的自然景觀和生存狀態，在中國作家中，不但是獨特的，而且是唯一的；第二，在遲子建的作品，尤其是在她早期的一些中短篇作品中，東北這塊凍土地不獨是寒冷的，同時也是溫暖的，她是用一種溫暖的充滿人性的筆調去撩撥這塊被凍雪封凍的土地，讓它的每一個毛孔都發散出一種生命的熱力，因此她筆下的人生，都有一種異乎尋常的從冰雪封凍的地層深處蒸騰起來的溫暖氣息；第三，遲子建的作品是「泛神」的或「泛靈」的，萬物有神或萬物有靈，可以看作是她的作品尤其是她早期的一些作品的一種主導的文化觀念，儘管這種文化觀念對於她本人來說未必是自覺的，但卻浸潤在她的作品的字裏行間，使她的作品不獨具有北歐文學那樣因地域的獨特所帶來的幽深和神秘，更具有中國文學因文化的獨特所秉承的感悟和靈性。

二、「現實主義衝擊波」

進入九〇年代以來，中國文壇一個最為引人注目的文學事件，是一股被人們稱作「現實主義衝擊波」的中短篇小說創作潮流所引起的震盪。

一九九六年，文學評論界把這期間反映社會轉型期農村和工廠現狀的一些中短篇小說，稱之為「現實主義衝擊波」[8]。其中最有代表性的作家，是湖北的劉醒龍和河北的所謂「三駕馬車」：談歌、何申、關仁山。代表作有劉醒龍的《分享艱難》、《挑擔茶葉上北京》，談歌的《大廠》，何申的《年前年後》，和關仁山的《大雪無鄉》等。

劉醒龍作為一位來自大別山腹地的「鄉土」作家，從八〇年代初登上文壇開始，其創作就與他腳下的土地和生養他的鄉村，有著割捨不斷的天然聯繫。初期創作以鄉土經驗為資源，後來雖然經歷過一個短暫的藝術試驗，但最終還是回到了他所習慣的寫實軌道上。進入九〇年代以後的中短篇創作，則是經歷了一個否定之否定的

[8] 參見雷達，《現實主義衝擊波及其侷限》，《文學報》一九九六年五月二十四日。

行程之後，復歸於鄉土寫實。前期中篇作品，如《村支書》、《鳳凰琴》、《秋風醉了》等，雖與鄉村歷史仍有千絲萬縷的聯繫，未完全擺脫政治和政策的「糾纏」，但已切入轉型期一些普遍的社會問題和價值理念的轉變，在對歷史和人生的悲憫情懷中，隱隱透出一種無奈和悲涼。後期中篇代表作，如《分享艱難》、《挑擔茶葉上北京》、《路上有雪》等，則直面轉型期中國農村的一些觸目驚心的現實，揭示鄉村社會存在的諸多矛盾和問題，其中既有鄉村社會政治體制本身的痼疾，也有改革開放和經濟發展帶來的新的問題；既有社會發展難免付出的犧牲和代價，也有個體欲望造成的痛苦和悲劇；既有置身其中不得已而為之的無奈，也有接受內心拷問難以面對的尷尬。凡此種種，都是這些作品所描寫的轉型期的「艱難」和陣痛。這些作品往往以鄉鎮幹部（或村幹部）為中心人物，在他們身上，寄託了作者更多的理解和同情。與九〇年代前期作品相比，劉醒龍這期間的中篇創作，因為對現實問題的暴露更為直接，更少修飾，因而具有更強的藝術「衝擊」力。

在河北被列入「現實主義衝擊波」的三位作家中，何申筆下的中心人物，也大多是鄉鎮幹部，也像劉醒龍一樣，是從鄉鎮幹部的視角，切入當今農村的社會問題，但不同的是，何申在描寫這些鄉村幹部尷尬處境的同時，更注重發掘他們的「優秀品質」，因而「背負著因襲的重擔」（魯迅語）艱難前行，是他筆下人物的共同特徵。相對而言，同樣關注轉型期的農村社會，關仁山的作品雖然也寫了鄉鎮幹部，但更多地是著眼於鄉村社會普通人的「各種生存的努力，掙扎」，他要本著作家的良心和責任，「以筆替百姓訴說幸福和艱難」[9]。與此同時，關仁山的創作也十分關注轉型期鄉村社會的精神文化問題，將筆觸深入到各種社會風俗和職業行當內部，揭示其中發生的價值觀念和文化心理的衝突與變化。在上述有代表性的「現實主義衝擊波」作家中，談歌這期間的中短篇創作屬傳統的工業題材，他所關注的仍不外乎轉型期工廠的矛盾和問題，工人的生存困境和艱

9 關仁山，《我們共有一個家》，《當代作家評論》一九九七年第二期。

難，中心人物仍是工廠的各級領導幹部，所描寫的仍是他們的尷尬和無奈，但因為轉換了創作題材，也帶來了個性和風格的差異。

作為本期興起的一股引人注目的小說創作潮流，「現實主義衝擊波」曾經產生過廣泛的社會影響，但同時也很快陷入困境，難以為繼，箇中緣由，對在整個二十世紀中國文學發展中佔據主導地位的現實主義來說，有著重要的啟示意義。

我國新文學中的現實主義自「五四」以降，迄於七〇年代末、八〇年代初，基本上是屬於經典現實主義的藝術範疇。雖然這期間現實主義文學在不同時期的創作中也出現了一些越出經典規範的藝術表現，但從總體上說，經典現實主義在我國新文學中經歷了從原生形態的批判現實主義，到經過了改造的社會主義現實主義（包括不同時期的「革命現實主義」和「兩結合」的創作方法）的巨大變化之後，不但在理論上佔據了絕對的統治地位，而且，在實踐中也成了主導的潮流。經典現實主義在我國新文學史上特殊的歷史地位和在創作中所取得的巨大成就，無疑逐漸使它獲得了一種獨特的話語權力，這種話語權力不僅表現在它的一些基本的理論原則已然成了創作和批評的圭臬，以無可爭辯的權威決定著作家的創作選擇和批評的價值判斷，同時也表現在它對於讀者公眾的文學閱讀的巨大的影響力，通過不斷積累的知識和經驗，內化為讀者對現實主義作品的自覺或不自覺的閱讀期待。

從「五四」到七〇年代末、八〇年代初，我國新文學中的現實主義即是置身於經典現實主義所構造的這種話語權力的制約和影響之下。只是因為這種經典現實主義的話語權力從五、六十年代起就因為政治的原因開始發生異變，並在從六〇年代中期到七〇年代中期的十年文革期間進一步發展到極端狀態，成為不僅是反經典現實主義，同時也是反現實主義的政治權力話語，這種絕對權威的經典現實主義的話語權力才開始逐步趨於瓦解。我國新文學中現實主義也由此而開始逐步從經典向現代發生轉化。這種轉化的發生雖然有其深刻的社會歷史和文學自身的原因，但由於它一開始便置身於一個新的開放的文化環境，不得不面對紛至沓來的西方現代主義各流派的藝術挑戰，並為著改善自身的功能和結構，又不得不對這些異質的藝術因素有所借鑑和吸收，因而就其實踐形態而言，這種轉變又如整個二十世紀的現實主義在世界範圍內由經典向現代的轉變一樣，是對於現代主義的挑戰所做出的藝術回應。正因為如此，這種轉變的結果無疑也帶有如同世界範圍內的現代現實主義所具有的那些有別於經典現實主義的新的藝術特徵。

八〇年代以來，雖然經典現實主義在新時期文學的各個階段上無論是理論還是創作都代有傳入，但就其發展的趨向來說，這種具有現代特徵的現實主義畢竟是當今中國現實主義文學的一種基本的和主要的表現形態。而且，這種新的現代形態的現實主義在不斷的發展變化中也逐步擁有了自己獨特的話語世界。雖然沒有必要也不可能把這種新的現實主義話語重新推到如同經典現實主義話語那樣的霸權地位，但也不必否認它事實上正以其獨具的開放性和先鋒性對創作和批評產生巨大的影響和制約力量。這種影響和制約力量同樣也可以被看作是一種現實主義的話語權力。當今中國文學正是以這種新的現實主義的話語權力與經典現實主義的話語權力相抗衡，並以相互之間的矛盾和抵牾發生著的嬗遞和蛻變，構造了當今中國現實主義文學的雙重語境。作為一種創作潮流的發生，「現實主義衝擊波」就處在這種雙重語境的作用之中，它的種種長處和特徵、不足和局限，無一不與這種雙重語境的作用在下述問題上所造成的矛盾有關。

第一個方面也是最基本的方面，是現實主義文學與現實生活的關係問題。在這個問題上，經典現實主義在實踐中，曾經有過一個相當長的時期，尤其是在世界範圍內的無產階級和社會主義文學實踐的歷史上，比較強調反映生活的本質，而反對僅止於生活現象的客觀描寫（對自然主義的持續批評是一個重要的證明）。二十世紀以來的現代現實主義在反對經典現實主義的本質論的同時，又把作品所描寫的生活現象，由描摹客觀存在的事實轉向表現主觀孕化的對象。不能說屬於「現實主義衝擊波」的作家作品完全放棄了反映生活本質的追求，這些作家幾乎眾口一詞地表明自己的作品要反映這個變革的時代，就是追求本質地反映生活的一個有力的證明。但是，就一些有代表性的作品而言，這種「反映時代」的本質論追求，又似乎沒有完全或完全沒有貫徹到底。最典型的表現便是這些作品的取材大多停留在現實問題的層面，尚未真正深入揭示這些問題背後所隱含的生活本質。不少論者把這些作品稱之為新的「問題文學」，確實是切中肯綮。箇中原因當然是十分複雜的，除了作家自身的能力和素質之外，最主要的原因，一方面顯然與作家刻意規避本質論在現實主義文學歷史上出現的種種極端偏向有關，另一方面又顯然留有作家對前此階段的「新寫實」潮流疏遠本質、迷戀表象的創作傾向進行藝術反撥的痕跡。由於這些制約和影響因素的存在，這股小說創作潮流中的作家既不可能刻意去挖掘生活的本質，使自己的作品對生活的反映達到如經典現實主義作家那樣的思想深度，又不可能大膽地反叛經典的原則，使自己的作品真正打上如二十世紀諸多現代現實主義派別那樣先鋒或前衛的藝術印記。這就使得這些作品註定要成為經典和現代之間的中間產品。由追求經典現實主義本質地反映生活的原則出發，卻不意停留在「膚淺」地摹寫生活現象的層面，這不能不說是這股「現實主義衝擊波」的小說創作潮流普遍存在的一個創作的困境。

第二個方面也是最主要的方面，是現實主義文學的典型化問題。在這個問題上，經典現實主義在其實踐的歷史上，同樣也有過一些諸如注重典型的共性抹殺典型的個性，甚至「一個時代一個典型、一個階級一個典型」之類的極端化偏向。現代現實主義對它的反撥，不僅是這些極端化的藝術表現，同時也是現實主義文學的全部典型化原則。我國當代文學從五、六十年代到文革結束後的新時期，就經歷了一個從追求典型化（包括上述極端化的追求）到消解典型（包括反典型）的發展過程。這種轉變過程所造就的雙重的典型語境，同樣也影響到屬於「現實主義衝擊波」的作家塑造人物形象的方式。

表現在這些作家的創作中，就是在人物形象的塑造上，普遍存在著雙重的藝術矛盾。第一重的矛盾是從表面上看，這股小說創作潮流中的作家，很少或基本上不在典型化的問題上作刻意的追求，這從他們的創作談之類的創作反思文字中很少或基本上不涉及這類問題即可得到證明。但是，這並不意味著他們在創作中就真的如前此時期的某些作家那樣，完全放棄了典型形象的塑造，有意消解藝術典型。恰恰相反，由於經典現實主義的藝術原則根深蒂固的作用，和在典型問題上當代中國作家同樣懷有一個未了的經典情結，因而在這些作家的作品中，經典現實主義有關典型化的一些主要的藝術原則仍然在起著潛移默化的影響作用。由於這種作用的存在，我們才會在那些鄉鎮幹部和鄉鎮企業家的形象中讀出一點典型意義。這些具有某種極為有限的典型意義的藝術形象，同時也是經典現實主義的典型話語在這些作家的創作中所留下的一點文本的痕跡。

第二重的矛盾是，儘管如此，由於這種有限的典型化結果不是一種自覺的追求，因而，雖然這些作家在創作中也確實是運用了一些經典現實主義作家創作藝術典型的綜合手法（例如綜合眾多鄉鎮幹部和鄉鎮企業家的形象，創造一個鄉鎮幹部和鄉鎮企業家的典型等），但卻沒有也不可能實現經典現實主義對藝術典型的內在要求，即從本質或所謂「共性」的意義上對一種人物形象的思想性格做出深刻的藝術概括。由於缺乏一種內在的質的規定，因而這些人物形象在多數情況下就難免不流於平面化、類型化甚至是一種「惡劣的個性化」的藝術表演。我們在閱讀這些作品的過程中，之所以很難在那些鄉鎮幹部或鄉鎮企業家的形象身上，找到一種比較完整、比較穩定的性格特徵，或一種性格的生成和發展的歷史，原因也大半是因為這些人物性格的生長和發展不是源自一個完整的時代背景和某種穩定的社會因素的作用，而是飄浮在這個時代河床表面的一些錯綜複雜的表象（即所謂「問題」）碎片的撞擊，和在這些表象碎片構成的一些偶發性事件中重複發生的人格表演的結果。無意追求典型化卻無法掙脫典型的語境，無意消解典型卻背棄了典型化的精義，這同樣是這股「現實主義衝擊波」的小說創作潮流普遍存在的又一個創作的困境。

第三個方面也是一個較深層次的問題，是現實主義文學的理性原則問題。在這個問題上，經典現實主義作家本著各自的信仰和立場，以及各自對於社會人生的看法和理解，在不同的時代和不同的國度，對現實主義文學的理性原則均有各自不同的追求。從批判現實主義作家到社會主義現實主義作家，莫不如此。二十世紀以來的現代現實主義所受的影響則不完全是或完全不是影響經典現實主義作家的理性主義思潮，而是各種形式的非理性主義，其人文背景和哲學基礎也並非全是或全然不是經典現實主義作家所奉行的人道主義或馬克思主義，而是各種形式的現代人本主義，因而二者的精神向度並不完全相同。這種差別伴隨著現實主義文學演變的歷史，在當今中國文學中同樣也構成了兩種不同的語境。這種不同語境的因素對這股小說創作潮流無疑也產生了一定的影響作用。

在對「現實主義衝擊波」的小說創作潮流的人文背景或哲學基礎的討論中，有論者反對把這股小說創作潮流與八十年代中國文學所受到的人道主義影響聯繫起來，雖然意在反對使我們的文學再度回到「人道」的主題結構中，但同時也表明這股小說創作潮流所表現出來的道德傾向並非完全意義上的人道主義。如果我們把這股小說創作潮流中所表現出來的某些近似於人道主義的道德傾向與八〇年代中國文學中的人道主義做一對比，我們將不難看到，這種近似於人道主義的道德傾向不但缺少八〇年代中國文學中的人道主義賴以產生的歷史前提和社會基礎，而且，就其性質而言，事實上並非完全意義上的人道主義，而是在普遍的人性範疇內所發生的一種道德同情的傾向。這種道德同情的傾向不僅是以人道主義為基礎的文學中有，同時也是古今中外所有「人的文學」的題中應有之義。而且這種道德同情的傾向在這些作家筆下的主要人物身上，又常常表現為一種即時性的情感反應或情緒衝動，缺少真正具有人道主義傾向的經典現實主義作品所特有的深厚的理性內涵，也不可能達到那樣的人性深度。既表現出對經典現實主義理性原則的認同，又把這種理性原則轉換成一種即時性的情感反應或情緒衝動；這種即時性的情感反應或情緒衝動既非完全意義上的非理性主義，又顯然是屬於非理性的心理表現的範疇。由此可見，這種由雙重的現實主義文學的人文背景和哲學基礎所造成的矛盾，無疑也是這股小說創作潮流普遍存在的創作困境之一。

第三節　本期小說創作：長篇小說（一）

如前所述，九〇年代的長篇小說，承八〇年代的創作餘緒，在新的社會文化環境中得到了新的發展，逐步形成了幾種主要的創作傾向。以下，僅就這幾種創作傾向的一些有代表性的作家作品，略做分析，以顯示這些創作傾向的主要特徵和藝術成就。

一、以張承志的《心靈史》和張煒的《家族》等作品為代表的追求精神理想的創作傾向

雖然當事人未必完全同意這種說法，但在九〇年代文學中把「二張」（即張承志、張煒）的名字聯繫在一起，卻明白無誤地表明瞭他們的創作具有某種共同性。這種共同性，就是在九〇年代這個商品化潮流洶湧而來，現實的「物化」程度日益加劇的時代，他們的創作仍然高揚理想主義的旗幟，表現了對於精神家園的一種難能可貴的「固守」。正如具有這種創作傾向的眾多作家作品所固守的精神家園各有不同，所追求的精神理想也各有差別一樣，張承志和張煒在這期間的創作同樣也不能一概而論。

眾所周知，張承志在八〇年代是「知青」作家的優秀代表，他的作品是從「歌唱母親」開始的，此後，他把「母親」這一主題，在創作中逐步擴展到大地、人民、自然、民族和歷史、文化這些更大範疇的概念，開始了他在創作中對於自己所認定的一種精神文化理想的執著追尋。這種追尋不但使得他的創作在八〇年代具有比其他作家更為豐富深邃的歷史文化內涵，而且同時也把他在九〇年代的創作對精神理想的追求由上述形而下的層面，

引向了形而上的宗教層面。八〇年代中後期，張承志在六年的時間裏數次深入到中國西北最貧困的西海固（即寧夏的西吉、海原、固原）地區，體驗那裏的人民的生活的貧困與艱辛，感受那裏的人民在極度貧困與艱辛的生活環境中仍然恪守一種不變的宗教信仰的崇高精神。他為這種精神所感動，也為集中地體現了這種精神的一個回民的教派——哲合忍耶「衛教」的歷史所震撼。這不但使他的心靈得到了昇華，使他「漸漸感到了一種奇特的感情，一種戰士或男子漢的渴望皈依、渴望被征服、渴望巨大的收容的感情」，而且也使他因此而為他在前此時期的創作，尤其是在《金牧場》的創作中所追尋的精神理想，找到了一個最終的歸宿，這就是他在八〇年代末開始創作在九〇年代初出版的、被他稱之為「生命之作」和「畢生之作」的長篇小說《心靈史》。這部作品敘述的是哲合忍耶在二百年間以至少犧牲五十萬人的生命作代價，來捍衛自己的教派和教義的悲壯歷史。作者描寫哲合忍耶這部悲壯的歷史，至少有如下三個層面的意義：第一個層面也是最為顯著的層面的意義，是作者為哲合忍耶本身的歷史和精神所震撼，要歌頌這種偉大的宗教精神和民族精神。「哲合忍耶」一詞是阿拉伯語，意思是「高聲讚頌」，作者所要「高聲讚頌」的就是哲合忍耶作為回民中的一個伊斯蘭教的派別，「為了內心信仰和人道受盡了壓迫，付出了不可思議的慘重犧牲」的偉大精神。第二個層面的意義，是作者要藉這種宗教精神和民族精神燭照整個國民精神，點燃國民精神的火光。作者說：「我聽著他們的故事；聽著一個中國人怎樣為著一份心靈的純淨，居然敢在二百年時光裏犧牲至少五十萬人的動人故事。在以苟存為本色的中國人中，我居然闖進了一個犧牲集團。我感到徹骨的震驚。」「多斯達尼（哲合忍耶稱呼『朋友』的複數）就是中國底層不畏犧牲堅守心靈的人民。」第三個層面的意義，是作者認為這種精神不僅僅是一種宗教精神和民族精神，同時還是一種普遍的人文理想和人道主義精神。他說：「不應該認為我描寫的只是宗教。我一直描寫的都只是你們一直追求的理想。是的，就是理想、希望、追求——這些被世界冷落而被我們熱愛的東西。我還將正式描寫我終於找到的人道主義。」「我藉大西北一抹黃色，我靠著大西北一塊黃土，我講述著一種回族的和各種異族的故事。但是，人們，我更關心你們，我渴望與你們一塊尋找人道。」「我將告訴你們哲合忍耶的故事，其實正是你們追求理想、追求人道主義和心靈自由的一種啟示。」作品摒棄了一般長篇小說習慣於以塑造某些中心人物和以某些中心情節為主線的敘事方式，而代之以作者所讚頌的哲合忍耶的這種「精神」，作為它的這部「畢生之作的主人公」。「心情、氣質、決意、犧牲的渴望——我必須描述的這一切，都是無形的。」正因為作者所要描述的是一種「無形的」精神，而且是一個群體所擁有的精神，而不是具體的個別的人、事，所以他也就不能不去尋找一種與之相適應的新的敘述形式。這種敘述形式就是作品現在所採用的，屬於哲合忍耶內部秘密抄本作家的寫作體例，即把二百年間哲合忍耶的衛教鬥爭，分為七代，以每一代的故事為一「門」，共計七「門」，以民間傳說和歷史資料為底本，以歷時過程為主線，以眾多信徒的故事為經緯，完整地「勾勒」了哲合忍耶二百年間前赴後繼的衛教鬥爭。關於這部作品的形式，作者曾說：「一種人心的追求造成了一種凜然的人道精神。這種可以活在窮鄉僻壤、可以一貧如洗，卻堅持一個心靈世界的人道精神，造成了一種如一片岩石森林般的人民。這種人民簇擁著他們的領袖即聖徒，稱做『穆勒什德』。幾十萬民眾把自己的故事，劃分在一代一代穆勒什德的光陰裏。因此，我以他們的形式為自己的形式。」但是儘管如此，在這部別具一格的長篇小說中，還是保持了張承志一以貫之的文體氣勢和敘事風格，因為注重於一種精神，而不是具體個別的人、事，就使得這部小說較之他以前的作品，更顯得氣勢恢弘，恰如他自己所說：「成千上萬人馬呼嘯著衝下山岡，揚起漫天黃塵時，那大場面中的人——是無形的。」[10]這部作品中所描寫的人、事，幾近這種「大象無形」的境界。從這個意義上說，張承志的這部作品不僅是「全美了」他的「為人民」的創作宗旨，同時也「全美了」他對「美文」的藝術追求。

---

[10] 以上引文均見張承志，《走進大西北之前——代前言》，《張承志文學作品選集・心靈史卷》（海南出版社，一九九五年）。

與張承志通過一個教派衛教的歷史表現對於一種形而上的精神信仰的固守不同，張煒則始終執著於已經過去了的歷史和正在行進中的生活現實，通過發掘和展示「歷史、社會、人性中蘊含的固有的魅力」，表現一種為著某種人生信仰和人格理想而「犧牲」、而「殉道」的精神。他說：「人類社會在向文明演進的過程中註定了其中最優秀、最純粹的一類要付出犧牲、要殉道。這幾乎是一種無可避免的宿命。」他在這期間發表的兩部相互關聯的長篇小說《家族》和《柏慧》，就集中地表現了他為之「著迷」的這種犧牲和殉道精神，以及由此而產生的人格魅力。作為在八〇年代的社會文化語境中成長起來的小說家，張煒的前期創作就比較注重對於現實和歷史問題的思考，他的《秋天的憤怒》、《秋天的思索》等中篇作品和長篇小說《古船》，就體現了這種長於思考的創作特徵，也因此而具有一定的思想深度。進入九〇年代以後，作者有感於人們常常容易遺忘生活中一些重要的東西，而企圖以寫作來戰勝遺忘，《家族》和《柏慧》，就是這種以寫作「戰勝遺忘的一種努力」。作者在這兒所說的「遺忘」，是指人們往往因為追逐社會的發展進步（比如現代化），或因為沉溺於現實的物質生活，而「遺忘」了在歷史和現實中，為著追求這種發展和進步以及人自身的人格完善而付出的犧牲、而為之「殉道」的精神。張揚這種精神，正是人對於歷史和現實的一種心靈回應，「現實和歷史都期待回答的聲音」，《家族》和《柏慧》則是作者以心靈回應現實和歷史的一份答卷。正是基於這樣的創作初衷，所以這兩部相互關聯的長篇小說，就包含有對於歷史和現實兩個方面的敘事和由這兩方面的「故事」所激起的心靈回聲。《家族》在歷史部分寫到了寧、曲兩家人為革命所付出的犧牲，尤其是作品的主人公寧珂，由於複雜的社會關係和歷史問題的影響，在為之流血奮鬥的革命成功之後，卻遭受了不公正的待遇，致使妻兒都受其牽連。現實部分所寫的是寧珂的後代——「我」隨同〇三研究所副所長、導師朱亞參加開發半島地區勘察工作的經萬，朱亞堅持實事求是的原則，認為條件尚未成熟，不宜開發，但論證報告尚未寫成，就積勞成疾，患癌症去世，「我」堅持導師的意見，卻受到好大喜功的領導與某些政治投機份子的打擊，被迫接受審查，甚至還牽連到父親的歷史問題，等等。歷史和現實部分都寫到了寧家兩代人對人生理想（革命）和人格理想（正直）的追求，也寫到了他們在追求這種理想的過程中，所經受的曲折和艱難、困境和屈辱，但卻百折不撓、九死未悔，始終不放棄對自己所認定的人生理想和人格理想的堅守。在此基礎上，《柏慧》以一種訴說的方式，把《家族》中對理想的堅守，轉換成一種對歷史和現實的「逃離」，作品中的「我」仍然是寧珂的後代，在向前戀人柏慧和老師老胡師的傾訴中，反覆敘說了自己的生活經歷：從家庭逃離至深山流浪，大學畢業後又從工作的研究所逃離至一家雜誌社，復又從雜誌社逃離至濱海的一家葡萄園，遠離城市、遠離人群、遠離家庭和妻兒，與幾個鄉民一起，過起一種類似於隱居式的生活。「我」的逃離，或者是因為父親的歷史問題的影響，或者是因為研究所內人事關係複雜、領導作風敗壞，或者是因為雜誌社同人利欲薰心、雜誌辦得平庸俗濫……總之是有悖於「我」所信守的人生理想和做人的原則。在敘說這種逃離的感受和思考的過程中，作品也表達了「我」對於鄉村、自然、野地和純樸的人性、善良的德行以及崇高的理想的嚮往，卻對人欲膨脹的城市、勾心鬥角的人群、蠅營狗苟的生活，表示了深深的憎惡之情。作品還穿插敘述了古萊夷國的歷史和秦朝方士徐福出海尋長生不老藥的故事，暗喻了今人受現代文明的侵襲如古萊夷國在強秦的攻擊面前退守海隅，和徐福不得不向海外去尋找新的生存領地一樣的歸宿，表現了一種「反抗現代」的文化保守主義傾向。這種文化保守主義傾向在張煒這期間前於《家族》、《柏慧》創作的另一部長篇小說《九月寓言》中，表現得尤為突出。雖然《柏慧》最後以一個葡萄園的意象，表明作者對於精神家園的堅守，但把這種帶有很重的「原始主義」或「自然主義」色彩的葡萄園，置放於現代文明的對立面，以此作為人們在現代社會堅守的精神理想的歸宿，又似乎偏離了作者在《家族》包括《柏慧》的主體部分對這種精神理想的歷史的現實的具體描述，因而這種抽象的「原始主義」或「自然主義」的精神理想，相對於整個作品來說，事實上又是處於一種游離狀態。《家族》和《柏慧》在創作上有著緊密的內在關聯，這種關聯性就表現在《家族》是敘事的主體，《柏慧》則是對這個主體的回應。在談到這兩部作品的創作時，作者說：「我知道，在這個時代，在良知的催逼下，人該留下他珍貴的聲音。這就是我中斷《家族》寫作而著手完成《柏慧》的原因。今天和昨天是不可分割的兩部分。《家族》和《柏慧》可以當一部書來讀。」「《家族》只寫了歷史和現實的『故事』，而《柏慧》卻紀錄了『聲音』。現實和歷史都期待回答的聲音。《柏慧》僅是一次回答，是時代對心靈的一次考驗。簡單點說，《家族》是歷史與現實的岩壁，而《柏慧》只是它的回聲……」[11]因為是一種主體獨白型的敘述文體，所以《柏慧》的抒情和議論的成分較重，以致淹沒了對情節的敘述，或將情節裹挾於抒情和議論之中，突出了作者的主觀情志而偏廢了對情節的客觀敘述，所以其中的人物和事件都顯得較為模糊。這種過於主觀的敘事，甚至在《家族》中也有所表現，雖然在《家族》中，客觀敘事的部分和主觀抒情議論的部分在結構上做了相對的區分，但由於作者這種偏向主觀的敘事作風的影響，其中的人物、事件包括時代和環境，仍然顯得模糊不清。在九〇年代的長篇創作中，張煒的這種敘事作風在高度意象化的《九月寓言》中曾經發揮得十分精彩，但在這種要求真實地再現歷史和現實的長篇小說中，就難免有許多敗筆。

二、以陳忠實的《白鹿原》、阿來的《塵埃落定》和王蒙的「季節」系列長篇小說等為代表的反思民族歷史文化的創作傾向

如前所述，八〇年代文學是一種極富反思性的文學，這種反思性的特徵，不但集中表現在八〇年代初興起的「反思文學」的創作潮流，而且也表現在此後逐步泛化為八〇年代的一種普遍的文學精神。這種文學精神影響到九〇年代的長篇創作，就使得這期間長篇創作在對民族歷史文化的反思方面達到了一個新的高度。陳忠實的《白鹿原》、阿來的《塵埃落定》和王蒙的「季節」（《戀愛的季節》、《失態的季節》、《躊躇的季節》、《狂歡

[11] 以上引文均見，《戰勝遺忘——關於〈家族〉的對話》，載《張煒文集》第三卷（上海文藝出版社，一九九七年）。

的季節》）系列長篇小說等，是這一階段的長篇創作對民族的歷史文化和當代生活深入反思的藝術結晶。

陳忠實作為一位在六〇年代中期就開始文學創作的小說家，在喧鬧的八〇年代文壇上，是頗為寂寞的，他在這一期間發表的一些中、短篇作品，雖然也表現了一種長於思考的創作特徵，但大都是針對改革開放過程中出現的一些現實的社會或人生問題，並未深入到歷史文化的層面。八〇年代中期，在醞釀和寫作中篇小說《藍袍先生》的過程中，「一個重大的命題由開始產生到日趨激烈日趨深入，就是關於我們這個民族命運的思考」。這種思考把他的某些從未觸動過的生活庫存「觸發了、點燃了」，使它對這個問題的思考，就像「一種連續性爆炸，無法撲滅也無法終止」，由此開始了長篇小說《白鹿原》的創作醞釀和構思[12]。從八〇年代後期到九〇年代初期，經過了五年的艱苦創作，終於完成了這部具有史詩規模和氣魄、紀錄了我們這個「民族的秘史」的長篇力作。這部作品經「修訂」後於一九九七年獲得第四屆茅盾文學獎[13]，是這期間長篇小說反思民族歷史文化的重要收穫。

《白鹿原》反映的是從清末民初到中華人民共和國成立近半個多世紀中國社會的歷史變遷，作品把反映這段歷史變遷的眾多人物和矛盾衝突，集中濃縮在陝西渭河平原白鹿原上同屬一個家族的白、鹿兩個家庭之間，通過這兩個家庭之間的恩恩怨怨、愛愛仇仇，以及眾多家庭成員在其中的命運變幻和人生沉浮，表現了我們這個民族在二十世紀上半葉的五十多年間不斷與舊的腐朽的東西「剝離」，「從衰敗走向復興復壯」的歷史過程，以及在這個過程中和由這個過程演示的民族心靈和民族靈魂艱難蛻變的歷程。作者說：「一個民族的發展充滿苦難和

12 參見陳忠實，《關於〈白鹿原〉的答問》，《〈白鹿原〉評論集》（人民文學出版社，二〇〇〇年）。

13 《白鹿原》在參評茅盾文學獎的過程中，評委會認為：「作品中儒家文化的體現者朱先生這個人物關於政治鬥爭『翻鏊子』的評說，以及與此有關的若干描寫可能引出誤解，應以適當的方式予以廓清。另外，一些與表現思想主題無關的較直露的性描寫應加以刪改。」（見《文藝報》一九九七年十二月二十五日）「在作者接受修訂意見後決定授予茅盾文學獎。」（參見何啟治：《欣喜・理解・企盼》，《〈白鹿原〉評論集》，人民文學出版社，二〇〇〇年。）

艱辛，對於它腐朽的東西要不斷剝離，而剝離本身是一個劇痛過程。」作者認為，在二十世紀上半葉的近五十年間，我們這個民族的每一次剝離都是「不徹底」的，「對上層來講是不斷的權力更替，而對人民來說則是心理和精神的剝離過程，所以，民族心理所承受的痛苦就更多」。「我們這個民族就是在這樣一種不斷飽經剝離之痛的過程中走向新生的。」基於這樣的理解，作者認為：「從清末到一九四九年中華人民共和國建立，所有發生過的重大事件都是這個民族不可逃避的必須要經歷的一個歷史過程。」在這個過程中，「所有悲劇的發生都不是偶然的，都是這個民族從衰敗走向復興復壯過程中的必然，這是一個生活的演變過程，也是歷史演進的過程」[14]。這就是作者對歷史的思考和創作《白鹿原》時所把握住的民族的命運和時代的脈搏。

正是基於對民族命運和時代脈搏的這種把握，作品通過以下三個層面的藝術描寫，把我們這個民族在二十世紀上半葉所經歷的歷史蛻變和精神蛻變，充分地展示在人們面前。第一個層面的描寫是有關社會政治的層面。在這個層面上，作品的藝術描寫完整地勾勒了近現代社會從推翻清王朝的革命，到國、共兩黨分分合合、你來我往、「翻鏊子」式的政治鬥爭和軍事鬥爭的歷史，以及在這期間穿插的各種政治力量、民間勢力的活動和抗日民族戰爭的歷史。這個層面的藝術描寫雖然不是作品的情節主體，但卻是推動作品的主體情節和人物性格發展的一個重要的環境因素。正是這一部急劇變動、撲朔迷離的近現代歷史在白鹿原上所激起的時代巨瀾，把白、鹿兩家的兒女和整個白鹿家族，都捲入到一個民族同舊的「腐朽的東西」相「剝離」，走向「復興復壯」的歷史過程，才使得他們的人生道路同時也出現了許多艱難和曲折，才使得他們的心靈同時也經歷了許多痛苦和裂變。這個層面的藝術描寫也因此而為整個作品對「民族命運的思考」提供了一個真實的具體的歷史情境，正是在這個真實的

14　參見陳忠實，《關於〈白鹿原〉的答問》、《〈白鹿原〉獲茅盾文學獎後答問錄》，《〈白鹿原〉評論集》（人民文學出版社，二〇〇〇年）。

具體的歷史情境中，作品展開了有關家族生活的第二個層面的藝術描寫。在這個層面上，作品雖然也寫到了白、鹿兩個家庭力量對比的消長乃至整個白鹿家族命運的興衰起落的變化，但卻把藝術描寫的重心放在對整個白鹿家族的家族精神，乃至眾多家族成員的靈魂拷問方面，通過這種拷問，揭示我們這個民族在急劇變動的近現代歷史中所經歷的精神「剝離」和靈魂蛻變的過程。白嘉軒作為白、鹿兩姓組成的家族的族長，無論是個人立身處世，還是在對族人的教化、約束方面，都是恪守正統的儒家文化的道德倫理規範的，是正統的儒家文化在家族生活中的具體體現。與此相對應的是，身為「鄉約」的鹿子霖，他的立身處世和行事作為，卻處處有悖於儒家的道德倫理規範，更多地是屈從於一己的私利和私欲，因而不可避免地要與白嘉軒發生許多齟齬和衝突，乃至引起兩個家庭之間的矛盾和紛爭。但是儘管如此，這兩個家庭的眾多成員卻沒有因此而表現出如同白嘉軒和鹿子霖那樣明顯的忠、奸、正、邪、善、惡、美、醜之分，而是因為社會歷史變動的複雜影響，在他們身上呈現出各種道德品性錯綜雜糅和變動不居的狀態。白家固然有如白靈這樣為國盡忠的革命者似乎體現了儒家文化的精神傳統，也有如白孝文這樣不仁不義的政治投機家又似乎有悖於儒家的道德倫理規範。同樣，鹿家的後代也不盡如鹿子霖那樣唯利是圖、喪盡天良，完全蔑視儒家的精神文化傳統，也有如鹿兆鵬那樣獻身革命的熱血男兒和鹿兆海那樣具有一定的民族氣節的抗日軍人，又似乎與儒家的精神文化傳統一脈相承。更不用說介於白、鹿兩家之間，又受到多方面的文化和現實環境的複雜影響，走過了複雜的人生道路的黑娃和黑娃的妻子——既是喪盡天良的鹿子霖的泄欲的工具，又是白、鹿兩家道德衝突和權利紛爭的犧牲品的小娥，就更不能簡單地歸結為是以白嘉軒為代表的儒家文化傳統或是背離儒家文化傳統的鹿子霖的影響，抑或是二者的矛盾衝突的產物。如此等等，所有這些描寫無不表明，在白、鹿家族半個世紀「生活演變」的歷史中，無論族長白嘉軒如何言傳身教、身體力行地維護儒家文化這個家族傳統的精神支柱，都無法抵禦近現代社會歷史變動的巨大衝擊。上述人物身上所呈現出來的各種道德品性錯綜雜糅和變動不居的狀態（包括白嘉軒本人身上出現某種微妙的變化所呈現出來的複雜狀態），就是這種社會歷史變動的巨大衝擊所產生的結果。因為這種家族傳統的精神支柱聯繫到整個民族的精神文化傳統，因而這種衝擊所引起的變化，事實上也意味著整個儒家文化傳統在近現代社會的解體和在新的歷史時代所發生的精神蛻變。

如果說作品在這一層面上對作為民族的精神文化支柱的儒家文化傳統的「拷問」，還大多是停留在實踐（家族生活）的層面上的話，那麼，作品通過著力刻畫的關中大儒朱先生的形象，則把這種「拷問」進一步延伸到屬於儒家文化的精神本體的層面。在這個層面上，作品無疑是把朱先生作為儒家文化在關中地區的代表人物同時也是作為整個儒家文化傳統的化身來加以藝術刻畫的。在白鹿原上，朱先生不僅以他的力踐躬行垂範當世，同時還以他的職業身份廣施教化，以他的權威地位為鄉民立法（鄉規民約），甚至也以他所堅守的理性原則和人格節操，參與抵禦外來侵略和平衡白鹿原上的各派力量和各種勢力的政治、軍事紛爭，為白鹿原上的鄉民消災免禍，求取富足和安寧。可謂既獨善其身，又兼濟天下，既超然物外，又心憂寰宇，儒家文化尤其是關中儒學所具有的一切精神的和實踐的特徵，在朱先生的身上無一不得到鮮明的體現。但是，儘管如此，朱先生的儒學依舊無法制止白鹿原上「翻鏊子」式的政治、軍事紛爭，也無法消弭這種政治、軍事紛爭在白鹿原上所造成的各種動亂和災難，更無法保證他所教化的鄉民在這種動盪的時勢中始終恪守儒家的政治和道德倫理規範，包括直接承受朱先生的教益，受朱先生影響至深的上述白、鹿兩家的諸多子弟和一度浪子回頭「學為好人」的黑娃等，最終都不是或不完全是按照朱先生的教導走上儒家所理想的人生道路，養成儒家所理想的精神人格，而是依照自己在這個動盪的時代所遭遇的具體的歷史情境和切身利害，去選擇自己的人生道路，去塑造自己的人生歷史，他們也因此而對朱先生所堅守的傳統的儒學理想再一次提出了嚴峻的挑戰。朱先生的結局是既不能兼濟天下，也無法獨善其身，留給他的最後的出路唯有一死，即與他所信守的一種文化（儒家文化）的命運共始終。綜上所述，這三個層面的藝術描寫，構成了一個整體，既表現了我們這個民族在二十世紀上半葉的五十年間艱難的歷史蛻變過程，又表現與之相伴隨的同樣艱難的精神蛻變過程，所有這些過程都是走向一個「復興復壯」的結局，但過程本身卻充滿了悲劇性。《白鹿原》的史詩性和悲劇性就在這個過程及其結局中得到了充分的體現。

在藝術上，《白鹿原》雖然嚴格遵循現實主義的創作原則，「仍然屬於現實主義範疇」，但顯然又對現實主義小說藝術進行了大膽的革新。作者的前期創作深受當代作家柳青的影響，《白鹿原》在取材的角度、史詩性的追求和人物形象的塑造乃至地方特色和語言風格等方面，仍留有這種影響的痕跡，但這部作品的創作又顯然是作者力求掙脫這種影響，尋找屬於「自己的真正意義上的創作」所做的實驗和努力。這種努力集中表現在，基於一種畫出我們這個「民族的靈魂」、寫出我們這個「民族的秘史」的創作題旨，作者把現實主義小說對真實性的追求，由外在的歷史的真實，轉向內在的「心理真實」，把現實主義小說對人物性格的塑造，轉向對人物的文化心理的分析。作者說：「我過去遵從塑造性格說，我後來很信服心理結構說。」他認為：「解析透一個人物的文化心理結構而且抓住不放，便會較為準確真實地抓住一個人物的生命軌跡。」《白鹿原》的眾多人物形象尤其是一些主要人物形象的塑造，確實實現了作者這一新的創作追求，因而在堅持現實主義創作原則、接受柳青的藝術影響的同時又有所超越，為現實主義小說創作提供了一些寶貴的新鮮經驗。與此同時，作者也向西方現代主義小說汲取了諸如象徵、魔幻等藝術表現手法，乃至借鑑西方流行文學的一些藝術經驗，從而使《白鹿原》的創作從總體上實現了作者「開放藝術視野，博採各種流派之長，創造出色彩斑斕的現實主義」[15]的藝術主張。

與《白鹿原》同獲第四屆茅盾文學獎、同樣是基於思考民族命運的創作題旨，藏族作家阿來的《塵埃落定》卻表現了與前者完全不同的藝術取向。這部作品雖然也涉及到西藏土司制度崩潰前的一個相當長的時間的歷史，但卻主要地不是從一個縱向的過程展開這部歷史，而是選取了一個特殊的敘事角度，以麥其土司的二少爺——傻子「我」的眼光來看這部歷史，從而使這部歷史帶有一種特殊的「魔幻」色彩。傻子是麥其土司酒醉後與漢族太

[15] 參見陳忠實，《關於〈白鹿原〉的答問》，《〈白鹿原〉評論集》（人民文學出版社，二〇〇〇年）。

太所生的一個男孩，傻子雖傻，但對歷史卻有非凡的預見性：當漢人特派員帶來了鴉片，在土司們之間引發了罌粟戰爭，土司們因多種罌粟而鬧糧荒的時候，傻子卻建議麥其土司多種糧食，棋高一著，爾後又開闢邊境貿易，為麥其家族的發展打開了新的局面。傻子甚至預見到土司制度的滅亡：結果是先有梅毒蔓延，後有紅色漢人解放西藏，土司制度果然走到了末路；麥其土司死了，連同他的官寨一起被炸彈炸死了；麥其土司的漢族太太自殺了；麥其土司聰明的大兒子被仇人殺死了；傻子最後也被家族的仇人殺死了。一切都塵埃落定。「塵埃落定後，什麼都沒有了。」在這部作品中，作者選取傻子的視角，對理解作品的主題，有如下兩重意義：一重意義是以傻子作為土司制度滅亡的歷史見證：「我當了一輩子傻子，現在，我知道自己不是傻子，也不是聰明人，不過是土司制度將要完結的時候到這片奇異的土地上來走了一遭。」「我確實清清楚楚地看見了結局，互相爭雄的土司們一下子就不見了。土司官寨分崩離析，冒起了蘑菇狀的煙塵。騰空而起的塵埃散盡之後，大地上便什麼也沒有了。」這種既非「傻子」也非「聰明人」的敘述主體，無疑強化了作品敘事的客觀性，因而作品雖然是以「我」的眼光去看歷史，但「我」卻可以一個既非智者亦非愚人的身份，保持對歷史的清醒意識，成為歷史的客觀見證。而且傻子對歷史的預見不是依靠聰明人的理性，去求得對歷史的一種合乎規律的認識，而是憑藉自己的一種獨特的直覺感悟，穿透種種理性外殼的遮罩，直接去觸摸歷史的隱秘部分。這種把握歷史的方式雖然帶有一點神秘主義色彩，但卻更易於深入歷史的本真狀態，因而在某種意義上說，也更容易深入歷史的真實本質。另一重意義是以傻子傳達一種個體生命存在的哲理。作為土司麥其的兒子，傻子從出生開始，就成為覬覦土司之位的哥哥權力爭奪的對象，只是因其傻，才未過早地被哥哥所殺。與傻子相較，麥其土司的大兒子好色、好權、好鬥，結果被仇人殺死。傻子雖然最後也被家族的仇人所殺，但生前卻超然物外，事事盡如所願。從這個意義上說，傻子的傻，實則是中國古代哲學所奉行的一種避禍全身之法。「是的，上天叫我看見，叫我聽見，叫我置身其中，又叫我超然物外。上天是為了這個目的，才讓我看起來像個傻子的。」因其「置身其中」，所以才能深切感受土司制度的罪惡，預知它必然滅亡的命運，又因其「超然物外」，所以才使這種感受和預見能夠超越一己的得失利害，成為一種客觀公正的歷史判斷。在作品中，傻子每天早晨醒來的第一件事是反覆追問自己：我是誰？我在哪裏？正是因「置身其中」而唯恐失去「超然」判斷的表現，也是企圖掙脫「置身其中」的拘囿對個體存在的本真狀態的一種終極的追問。作為一種特殊的敘事角度，傻子不但以其獨特的主體身份，成為土司制度滅亡的歷史見證，同時也以其獨特的處世哲學，反證土司制度的滅亡，皆源於對於權力和財富的一種不可抑制的貪欲，以及這種貪欲所造成的種種人間的罪惡。從這個意義上說，這種特殊的敘事角度，不但使整個作品獲得了一種深厚的歷史感，而且也讓人體悟了一種悲天憫人的人道主義情懷。從八〇年代中期以來，西藏作家就以其獨特的文化風韻和敘事風格，引起了人們的廣泛注意，成為文學尋根和小說敘事革新浪潮中的一支勁旅，阿來的創作顯然承接了這一卓有成效的文學革新的成果，《塵埃落定》因而既帶有扎西達娃式的神秘主義文化色彩，又不乏馬原式的敘事圈套的痕跡，雖然由於作者所選定的這種特殊的敘事角度的影響，相對於這一題材所提供的藝術表現的可能性來說，作品對歷史的反映尚未達到應有的深度和廣度，對人性的挖掘也稍欠力度，因而在整體上尚嫌不夠深沉和厚重，但就其承接八〇年代中期的文學尋根和小說藝術革新浪潮，轉化諸如拉美魔幻現實主義和西方現代小說的敘事經驗，創造新的民族的敘事藝術來說，《塵埃落定》仍不失為一部承前啟後的優秀作品。

如果說《白鹿原》和《塵埃落定》對民族歷史文化的反思，主要是著眼於過去年代的歷史及維繫這一部分歷史的文化傳承的話，那麼，王蒙的「季節」系列長篇小說，對民族歷史文化的反思，就主要是正在行進中的當代歷史及其中所存留的民族文化的深層積澱。進入九〇年代以後，王蒙這位在八〇年代復出文壇即以反思當代歷史和當代生活著稱的作家，繼續了他在八〇年代乃至更早一個時期的創作對當代歷史和當代生活的思考，他把這些思考最終凝聚為一部以「季節」命名的連續性的長篇小說，為當代文學反思當代歷史和當代生活鍛造了一部哲理的詩篇。

王蒙的「季節」系列長篇小說共分四部，即《戀愛的季節》、《失態的季節》、《躊躇的季節》和《狂歡的季節》。這四部長篇小說從時間上說，縱貫從中華人民共和國成立前夕的四〇年代末，到文化大革命結束的七〇年代末近三十年的當代歷史和當代生活。作品以主要人物錢文的人生經歷為線索，展現了與共和國一起成長起來的一代知識份子在這段歲月中曲折坎坷的人生經歷和心路歷程，也寄寓了作者對這段歷史和一代知識份子的命運的獨特感悟和深刻思考。在談到「季節」系列長篇的創作時，王蒙說：「早在八〇年代，我希望有機會能寫一下我們這一代人，寫我們所經歷的革命和新生活，寫我們的心靈史，寫人類的這一種刻骨銘心的經驗……」「我希望我能寫出真相，我能為歷史提供一份證詞。」「我有第一手的經驗，第一手的感覺，第一手的反應，第一手的怒哀樂。把這些寫出來，是我的歷史責任，是我對於後人的交代。」[16]

基於這樣的創作題旨，在這部系列長篇中，王蒙從以下幾個層面對共和國所經歷的這一段艱難時世和知識份子在其間的坎坷命運，展開了他獨特的歷史敘述。第一個層面是社會歷史的層面。這個層面的歷史敘述，雖然主要是作為作品中的人物活動和人物經歷的一種歷史和時代的背景，但依舊不失為一份浸透了當事人的鮮活的感性經驗的真實的歷史實錄。在這個層面上，作者無意於去重複敘述影響這一段歷史和一代人的命運的，諸如「反右」鬥爭和文化大革命等一系列重大的歷史事件，也無意於去評判這些重大歷史事件的是非正誤和得失功過，而是讓這些重大的歷史事件和這一段歷史，內化為作品中眾多人物的個體經驗，通過他們的個體經驗的折光，使這些重大的歷史事件和這一段歷史得到感性的顯現。這樣，這些重大的歷史事件和這一段歷史在作品中，也就不僅僅是對一些客觀存在的史實的追述和記錄，而是因為這些個體的參與而賦予這些事件和歷史以鮮活的生命，這些事件和歷史也因此而被這些個體的經驗所啟動，成為由他們參與其間和以他們的全部人生做代價所製作的一部歷

16 王蒙，《長圖裁制血抽絲》，《文藝新觀察》二〇〇一年第一期，長江文藝出版社，二〇〇一年。

史的活劇。例如在作品中涉及最多的、也是影響作品中的一些主要人物的命運變化至巨的「反右」鬥爭，作者就是從這些經歷過這場鬥爭的當事人的經驗和感受的角度去進行「折光」式的敘述的，而不是用這些當事人的經歷去演繹這場鬥爭發展的歷史過程，這場鬥爭在這種「折光」式的敘述中，因而也就不僅僅是獨立於這些個體之外的客觀存在的歷史事件，而是同時也內化為這些個體的人生經歷的一個有機的構成部分，使這一歷史事件通過這些個體經驗並在這些個體經驗中得到真實的具體的感性顯現。這種將社會歷史事件內化為個體經驗的敘述方式，雖然不一定完全符合現實主義地再現歷史的原則，但卻消泯了歷史與個人的距離，為在此基礎上展開下一個層面的個體經驗的敘述，提供了一個充分地內在化了的社會歷史背景。

第二個層面是個體經驗的層面。對個體經驗的敘述，是這部系列長篇小說的主體內容。從某種意義上說，這部作品所敘述的，就是錢文等眾多知識份子在新中國成立以後的三十年間的個人經歷，這些個人經歷尤其是主要人物錢文的經歷，都具有不可重複的獨特性，他們雖然都從青年時代起就追求進步、嚮往革命，雖然對革命事業都表現了罕見的忠誠和熱情，雖然歷經挫折和坎坷仍然堅守革命的理想和信念，但由於各種複雜的原因，尤其是一九五七年「反右」鬥爭的影響，在這三十年間，卻走過了不同的人生道路，經歷了不同的人生磨難，因而也就有了不同的人生經驗和人生感受。敘述這些不同的人生經驗和人生感受，無疑使這部作品在展現當代知識份子的人生歷程和心靈歷程方面，顯示了無與倫比的豐富性和複雜性。從這個意義上說，這部作品堪稱中國當代知識份子的人生實錄和心靈實錄。但是，由於作品對社會歷史所做的上述個體經驗化的內在敘述，因而作品中所有人物的個體經驗，也就不再是一種純粹個人意義上的日常生活經驗，而是帶有一種特定的社會政治和歷史文化內涵的個體經歷。這種個體經歷的集合，便是一個特定的社會歷史時代的縮影和一個特定的知識份子群體的形象，或者說是一個特定的知識份子群體在一個特定的社會歷史時代的人生歷程和心路歷程的縮影。於是，在《戀愛的季節》中，我們看到的是一代知識份子在迎接革命勝利的四〇年代和五〇年代之交，追求革命的青春、理想和熱情。在《失態的季節》中，我們看到的是一代知識份子在五〇年代中期乍暖還寒的複雜政治氣候中，革命的青春、理想和熱情遭受挫折之後的失態、徬徨和苦悶。在《躊躇的季節》中，我們看到的是一代知識份子在六〇年代初期短暫的「調整」所贏得的鬥爭間歇中，徘徊歧路、左支右絀、進退失據的矛盾、尷尬和窘態。在《狂歡的季節》中，我們看到的是一代知識份子從六〇年代中期捲入文化大革命以後直到七〇年代末文革結束，在這期間所經歷的種種政治迷狂和精神蛻變的歷程。凡此種種，正是這些個體經驗的集合，使我們得以從總體上把握一個歷史時代和置身於其中的一代人的精神特徵和心理特徵，同時也使這一歷史時代和置身於其中的一代人的歷史通過這些不同個體的經驗得到感性的顯現。

第三個層面是政治反思的層面。作為一部具有很強的反思性的作品，對影響一代知識份子的命運和一個時代的歷史進程的當代政治，以及與此有關的革命和革命歷史進行深入反思，無疑是這部作品的一個重要的創作題旨。在這個層面上，如同前此時期的許多反映當代歷史的作品一樣，這部作品對當代政治生活中出現的、尤其是瀰漫於五〇、六〇年代的社會生活中的「左」的政治思潮及其在文革中的極端表現，以及因此而給一代知識份子所帶來的人生苦難和命運悲劇，都表示了明確的批判態度。在批判的同時，也深入地揭示了這種極端化的政治潮流給這期間的社會生活、人際關係和人情人性所造成的諸多扭曲和變形的表現。但是，作者對當代政治的反思又不僅僅停留在這個直接批判的層面，而是進一步在這種直接批判所揭示的反常的社會政治環境中，深入考量與這期間的社會政治密切相關的革命，在一代知識份子心目中所佔的地位和分量。在這個層面上，作者筆下的眾多人物都無一例外地堅守自己在青年時代所選定的革命理想，也都無一例外地在按照一個革命者的要求去選擇自己的人生目標和生活道路，都把做一個革命者和獻身革命看做是最高的人生境界和人格理想。從這個意義上說，作品中所寫到的整個一代知識份子都有很深的「少共」情結，都是一些堅定的和「永遠的」少年布爾什維克。但是，他們在作品中所寫到的那個年代所遭遇的人生苦難和命運悲劇，也往往是由他們所堅守的這種革命演變而來或為著這種革命的需要而開展的各種政治運動，甚至於連同他們在這些政治運動中的某些有悖於原旨的革命理想和人格操守的行為，也不能不借助這種革命的名義，或直接就是以這種革命的名義開展的政治運動的一個必不可少的環節和構成部分，這就難免常常要使他們陷入一種十分尷尬和無奈的境地，他們也因此而不能不在自己所堅守的浪漫的革命理想，和在那個年代置身其中的嚴峻的生活現實所造成的矛盾和困境中不能自拔。作品忠實地描寫了一代知識份子所遭遇的這種尷尬和無奈、矛盾和困境，並由此而再一次觸及到他在八〇年代初的一些同樣帶有很強的反思性的中、短篇小說中所觸及過的「異化」主題。不同的是，這一主題在這部長篇作品中的展開，不僅僅是以一個造成「異化」的文革為前提，而是以世界範圍內的社會主義運動，尤其是蘇聯的革命和社會主義為藝術的參照系（作品中有大量的與蘇聯的革命和社會主義包括蘇聯文學比較的描寫）。這表明作者對這一問題的反思在這部長篇作品中較之八〇年代得到了進一步的擴大和深化，他也因此而在九〇年代的長篇創作中把這兩主題的表現提到了一個更新更高的藝術層次。第四個層面是人生感悟的層面。如前所述，這部作品中的人物因為人生道路的曲折和命運的坎坷，作者往往對之生發出較多的人生感慨，這些人生感慨一部分附著於上一個層面的政治反思，表現為作者對這些人物的政治命運的同情和關注，更多的內容則表現為作者結合這些人物的遭遇，對人生問題的感悟和思索（包括對知識份子自身的弱點和在他們身上所體現出來的某些國民的劣根性的分析和批判）。這種感悟和思索雖然在總體上依舊沒有脫離作者所堅持的革命的世界觀和人生觀的範疇，但也滲透了中國傳統文化乃至西方現代哲學的某些世界觀和人生觀的因素，尤其是中國傳統士人對待人生「窮」、「達」的處世態度和西方現代哲學對世界的荒誕性問題的思考，更貫穿和體現在作品所表達的人生感悟之中，這表明作者在擴大和深化反思的社會歷史和政治視野的同時，也擴大和深化了人生哲學的視野，因而使這部作品在表現當代知識者的人生問題上，獲得了一種特殊的文化意義。

王蒙在藝術上是一個多能善變的作家，他的創作雖然總體上是屬於現實主義藝術範疇，但從五〇年代「干預生活」的創作到八〇年代復出文壇後的種種藝術革新和實驗之作，都表明這位作家所堅持的現實主義具有一個廣闊開放的、能夠容納多種藝術因素，包括某些與現實主義異質的藝術因素的發展空間。這部「季節」系列長篇集中體現了他的這一創作特徵。如前所述，由於這部作品對歷史的反映不是遵循一般現實主義作品所普遍遵循的客觀再現的原則，而是將歷史內化為眾多人物的個體經驗，通過個體經驗的折光，使歷史得到感性的顯現，因而這部作品所表現的，就不是通常意義上的客觀存在的歷史事實，而是一代知識人對他們所經歷的這一段歷史的感受和思考，是被他們感受著和思考著的歷史，同時也是他們的感受和思考的歷史，亦即他們的心靈史和思想史。

正因為如此，所以在這部作品中，歷史就不是由一系列相互關聯的事件所構成的一個整體，而是在作品人物的感受和思考中閃爍跳動著的事件的碎片，只是借助這些人物的感受和思考的粘合作用，並在這些人物的感受和思考中，歷史才被顯現為一個有機的整體。這樣，整個作品的敘述重心，就不是通常意義上的事件、細節和場面，而是作品中人物的感受和思想，那些影響人物命運，引發人物的感受和思想的事件、細節和場面，只是作品的思想之流中的懸浮物，真正構成作品的敘述主體的則是由無處不在的議論構成的感受和思想本身，是這種感受和思想發生、發展的邏輯與過程。王蒙把這種文體稱之為一種「夾敘夾議的宏大文體」[17]，說的就是這種敘述特徵。因為是以思想的敘述而不是以事件的敘述為重心，所以，這部作品中的人物就不是活動在一個統一的事件（情節）之中，而是被裹挾在一個浩瀚的思想之流中，這些人物因而也就不可能通過他在某一事件中的表現（語言和行動），顯示自己獨特的個性特徵，只能通過自己在這個思想之流中的獨白和對話，表現自己獨特的人生態度和生活態度，因而這些人物在不同程度上又大都帶有一種思想者的特徵，由這些不同的思想者的「微型對話」，也就

17 王蒙在《狂歡的季節》第八章中說：「他再也忍受不了他自己的夾敘夾議的宏大文體。」「他」是作者自指，這兒借用這一說法特指「季節」系列的文體。見《狂歡的季節》（人民文學出版社，二〇〇〇年），頁一六〇。

構成了整個作品的「大型對話」關係。從這個意義上說，這部作品又可以稱之為存在著一種多聲部的對話關係的「複調小說」[18]。從《青春萬歲》到「季節」系列，王蒙的長篇創作經歷了一個從「激情敘述」到「思想敘述」的發展變化過程，這同時也使他的長篇創作在藝術風格上由《青春萬歲》的詩化激情，轉向「季節」系列對詩化敘事的逐漸解構。這種解構詩化的敘事策略的主要表現是在「季節」系列中，大量採用反諷、荒誕和象徵、隱喻等現代主義小說的敘事方法和技巧，同時小說的語言也雜糅了古文、方言、口語和歐化句式（包括詞彙），行文詭譎多變，風格鋪張揚厲，通過這種「狂歡化」的語言操作，既表達了作者對歷史文化和社會人生的複雜感受，也創造了一種帶有極強的「後現代」特色的敘述文體。

第四節　本期小說創作：長篇小說（二）

一、以韓少功的《馬橋詞典》和王安憶的《紀實和虛構》等作品為代表的帶有文化與家族尋根色彩的創作傾向

如前所述，韓少功是八〇年代中期倡導文學「尋根」的始作俑者和「尋根文學」的領軍人物。這位知青出身的作家不但對農村生活極為熟悉，而且也深得民間文化的精髓，這使得他的帶有「尋根」色彩的作品，不但獲

18 巴赫金把存在於整個作品之中的主人公之間的對話關係稱之為「大型對話」，而把在主人公的「內心獨白」中潛在的對話關係稱之為「微型對話」，由這些對話構成了陀思妥耶夫斯基小說的「複調」或「複調小說」。參見巴赫金著，《陀思妥耶夫斯基詩學問題》（三聯書店，一九八八年）。

得了一個以鄉村為依託的極為豐富的想像空間，而且也使得他的這類作品因為對民間文化的開掘而獲得了深厚的文化底蘊。他在九〇年代中期出版的長篇新作《馬橋詞典》就集中體現了上述兩個方面的創作優勢。《馬橋詞典》以一個名叫馬橋弓的南方鄉村為背景，從馬橋人的口頭語言中，選取了一百一十五個常用語詞[19]，依詞典的體例，逐一加以解釋。但這種解釋又不是像一般意義上作為工具書的詞典那樣，僅僅滿足於科學地、準確地解釋詞義，而是在以一種獨特的方式釋義的同時，更注重挖掘隱含在這些語詞背後的日常生活、民情風俗和歷史文化的積澱。在談到本書的創作時，韓少功說：「詞是有生命的東西。它們密密繁殖，頻頻蛻變，聚散無常，沉浮不定，有遷移和婚合，有疾病和遺傳，有性格和情感，有興旺有衰竭還有死亡。它們在特定的事實情境裏度過或長或短的生命。」正因為如此，所以作者對語言的「普通化」（包括「普通話化」）所造成的「個人對社會的妥協」、「生命感受對文化傳統的妥協」以及語言本身的感性生命的萎縮，都深感憂慮，故而就決定用一本書來「發現隱藏在這些詞後面的故事」，同時也還原語言本身所具有的一種感性生命。「在這本書裏，作者力圖把目光投向詞語後面的人，清理一些詞在實際生活中的地位和性能，更願意強調語言與事實存在的密切關係，感受語言中的生命內蘊。」[20]就作者的這一創作初衷而言，我們不難發現，《馬橋詞典》的創作旨在反撥一種日漸「普通化」的語言規範，以便在還原語言的感性生命的同時，也通過這種有生命的語言，推進人們對自身的認識和文化反省。如果說韓少功在八〇年代創作的「尋根」小說，是通過對一種古老文化的想像性還原去發掘現實的文化積澱，那麼，他的《馬橋詞典》就是從這種文化的載體——現實的言語行為中去開掘一種生命（也是文化）存在的狀態。從文化「尋根」到語言「尋根」，《馬橋詞典》無疑是「尋根文學」的一種深化和延續。

---

[19] 「《馬橋詞典》條目首字筆劃索引」所列舉的詞條為一百一十五條，有些詞條又附有別的詞條或在解釋中牽出相關、相近的詞條，實際詞條不止這個數目。一說「計一百五十個詞彙」。

[20] 以上引文參見《馬橋詞典》「後記」和「編撰者序」（作家出版社，一九九六年）。

《馬橋詞典》的一百多個詞條，大體上可分為指人和指物（包括一些生活事象和文化事象）兩大類型：指人的詞條所選取的往往是馬橋的一些有特殊經歷或特異言行的人物，這些詞條或通過一些情節片斷概述人物的生平事蹟，或以一些生活細節和具體言行展現人物的個性特徵，類似於人物傳略和人物行狀，主要是通過這些有特殊經歷和特異言行的人物的生平行狀，折射社會歷史的變遷和民情風習的變化，同時也藉以發掘人物的思想性格和言語行為背後所隱含的歷史文化積澱。指物的詞條主要包括馬橋地區所特有的一些具體事物和最能體現馬橋弓的地方特色和文化特色的生活事象與民俗事象。這些詞條或通過描述一些具體的事物，述說馬橋弓的歷史沿革和社會變遷，或通過介紹一種特殊的生活事象和民俗事象，透視馬橋人所特有的一種生活方式、思維方式和風俗習慣。上述有些詞條還兼有交代馬橋弓的歷史文化背景和現實生活環境的功能。無論是指人還是指物的詞條，其綜合的敘述意指，都在於通過對這些詞條的獨特闡釋，揭示在這個神秘的語言世界中所隱含的歷史文化和生存活動的秘密。就這一敘述意指在作品中的具體表現來看，主要有以下三個層面：第一個層面是馬橋弓獨特的歷史文化對馬橋人的現實生存的影響。如同《爸爸爸》中的雞頭寨一樣，《馬橋詞典》中的馬橋弓，也是作者想像中的一個楚文化的歷史空間，因此，在馬橋人的性格中，也就有了楚文化的歷史遺傳。馬橋人的蠻勇、倔強，就是這種遺傳因子的表現。與此同時，楚地盛行的巫風，對馬橋人的文化觀念、人生觀念和心理行為，也有很深的影響，這種影響又使得馬橋人篤信天命鬼神，有著濃厚的宿命觀念和神秘主義色彩。如果說，這些影響主要來自於作者想像中的那個楚文化的歷史空間的話，那麼，第二個層面的影響就是來自於更大範圍內的文化傳統。楚文化作為一種地域文化，如同所有地域文化一樣，也要受制於一個總體的文化系統，是這個文化系統在具體的地域文化環境中孕育和派生出來的一個文化的子系統。因此，馬橋弓人在深受楚文化影響的同時，又不能不接受滲透於楚文化系統中的整體的儒家文化傳統的影響。這就使得馬橋人在一種封閉的環境中所形成的自足的天性日趨保守，同時也使得馬橋人在艱難的生存條件下所形成的蠻勇和倔強的性格日趨鈍化。馬橋人於是在畏天命鬼神的同時，還畏聖賢、畏大人、畏一切有形的和無形的權威與偶像。馬橋人的性格中於是也便增加了許多迷信和怯懦、愚昧和麻木的成分。因為有這些歷史文化因素的滲透和影響，所以馬橋人在現實的生存活動中，就有了許多矛盾而又複雜的表現。這種表現同時也是來自第三個層面的影響，即現實的生存環境的影響的結果。就這一個層面的影響而言，馬橋人在當代社會既要承載貧窮與落後這些生存條件的艱難，又要把通過一種獨特方式（集體生產）改變這種貧窮與落後，看做是實現一個偉大目標的必經過程和必由之路，因而在忍受這種生存條件的艱難的同時，還要接受改變這種生存條件的獨特方式。在頻繁的政治運動中，馬橋人既無心也無法真正與聞政治，但又不得不「關心政治」，身不由己地被捲入政治運動的漩渦，參與政治運動中各種似是而非的角鬥。對馬橋人來說，那些古老的文化傳統、生活觀念和風俗習慣，是他們賴以生存的根基，長期以來已經成了他們的生命的一個構成部分，但為了一種文化的新生、社會的發展和文明的進步，又不得不接受一種痛苦的改造和革命，以適應一種新的文化和時代風尚。凡此種種，因為置身於這種矛盾和張力場中，所以在馬橋人的思想性格中也就少了幾分莊嚴，多了幾許滑稽；少了幾分自憐，多了幾許自諷。馬橋人由是也便成了一個歷史和現實、傳統和現代矛盾衝突的文化載體。正是通過這種複雜的文化載體的一套獨特的表達系統——馬橋人所特有的一種語詞系統，韓少功深入地揭示了隱含在這一套語詞系統背後的文化變遷和文化衝突的奧秘，在對這種文化變遷和文化衝突進行一種批判性的審視的同時，也對受一種本質和規範制約的日漸「普通化」了的文化符號實行了一次突圍的嘗試。

《馬橋詞典》是一部以詞典的方式寫作的長篇小說。這種長篇小說的體例雖然並非韓少功所獨創，但在當代中國作家中，也確無先例可援，因而就長篇小說的文體而言，仍不失為一種大膽的實驗[21]。這部以對單個詞

21 一九九四年第二期《外國文藝》雜誌上刊載了塞爾維亞作家米洛拉德・帕維奇的長篇小說《哈扎爾辭典》（戴驄、石枕川譯）。這是我國作者讀到的第一部詞典體的小說。嗣後，作家出版社，於一九九六年出版了韓少功的長篇小說《馬橋詞典》，兩書的創作和出版時間雖有先後之別，但都是一種獨立的藝術創造。此前，我國作家尚未見以詞典體為小說者。

條的闡釋性敘述構成的小說，給讀者留下了一個巨大的閱讀空間，需要讀者通過閱讀想像來填補它的無數「空白」和「未定點」。這些單個詞條雖看似各自獨立、互不相干，但卻存在著一個整體的內在關聯。它們分則承擔各自的藝術功能：或描摹人物言行，或勾畫人物性情，或以細節精微取勝，或以場面生動見長，乃至交代背景、描述環境、烘托氣氛，等等。它們合則構成了一個有關馬橋弓的整體的歷史文化場景和社會生活場景。就這種由分立的詞條構成的文體而言，《馬橋詞典》類似於古代筆記小說，不過是一些「掇拾舊聞」、「記述近事」的「叢殘小語」[22]。但因為在這些「叢殘小語」之後，存在著馬橋弓這個作者想像中的楚文化的整體的歷史空間，因而它又通過一種內在的邏輯力量和事實上的關聯，將由這些「叢殘小語」所描述的人、事，在讀者的閱讀想像中，整合成一個完整的藝術世界，從這個意義上說，《馬橋詞典》又是一種極具張力、極具開放性的現代小說文體。

如果說作為一部帶有「尋根」傾向的小說，《馬橋詞典》承接的是八〇年代小說文化「尋根」的餘緒的話，那麼，這期間同樣帶有「尋根」傾向的另一部長篇作品——王安憶的《紀實和虛構》，則是從八〇年代「尋根」小說中衍生出來的一種帶有家族「尋根」傾向的小說。在八〇年代的「尋根」文學中，王安憶對建立在血緣宗親的基礎上的儒家文化的家族倫理，是取認同態度的，因而她的「尋根」文學的代表作《小鮑莊》，也就表現對於傳統的家族文化的強烈的認同感和歸宿感。但是，到了九〇年代，這位女作家在經歷了這種想像性的認同感和歸宿感之後，卻現實地感到了一種無根的漂泊和孤獨。這種漂泊和孤獨的感受，也許是來自於現代都市生活的真實體驗，也許是來自於對人的生存境況和存在困境的終極關注，總之是這種漂泊感和孤獨感促使王安憶創作了這部小說。小說以現實時空與歷史時空交錯穿插、平行推進的兩條線索，把「我」的家庭在革命勝利後以「革命同

---

[22] 參見魯迅，《中國小說史略》，《魯迅全集》第九卷（人民文學出版社，一九八一年），頁六〇。

志」的身份進入上海這個大都市的生活歷史和「我」個人在這座城市的成長史，與「我」對母系家族歷史的追溯組合在一起，以後者為經，以前者為緯，以後者為虛，以前者為實，共同營造了一個經緯交織、虛實相生的藝術世界。整個小說共分十章。在前八章中，單數章以寫實的手法描寫「我」和「我」的家庭進入這個城市和在這個城市生活的歷史，著重表現在「我」的成長史中所經歷的無根的浮萍一樣的漂泊感和「我」的家庭企圖融入這個城市而不得的孤獨感。雙數章則純用虛構的手法，從「我」母親的姓氏（「茹」）入手，在想像中完成了對母系家族歷史的追尋。小說的結局是，「我」和「我」的家庭既無法現實地擺脫無根的漂泊和孤獨，虛構的家族尋根也成了一場破滅的幻夢。「我」不但最終沒有擺脫這種無根的漂泊感和孤獨感，相反卻因為在現實和想像中所經歷的雙重失落而愈益加深。

如前所述，八〇年代中期的文學「尋根」，是源於一種現實力量的推動，即諸多的現實問題，需要從歷史文化深處去尋求最終的解答，但是，在「尋根」文學興起之後，人們發現，我們所刻意尋找的歷史文化的「根」，不但是理解現實問題的一把鑰匙，而且是人的精神和人的心靈的一種棲息之所和皈依之所。於是，「尋根」文學終極的價值目標便由現實轉向歷史，即由尋求現實問題的答案轉向在歷史文化深處尋找最後的精神歸宿。王安憶的《紀實和虛構》就是「尋根」文學的這種價值轉向的結果。在這部作品中，主人公及其家庭所經歷的現實的「無根」狀態，不但是因為作為一個「外來戶」，他們在上海這座城市既無家族，又無親友，因而在血緣親情方面處於一種漂泊和無所依歸的孤獨狀態，而且也因為他們由一個金戈鐵馬、威武雄壯的革命戰爭年代，進入這座城市後所經歷的和平時期的市民生活所形成的強烈對比，使他們產生了嚴重的精神失落。這是又一種意義上的漂泊和無所依歸的孤獨狀態。因為有這樣雙重的漂泊感和孤獨感，故而成為一個崛起於北方大漠的馬上民族（北魏時期的蠕蠕族）的後裔，既可以滿足主人公及其家庭對家族血緣的歸宿感的渴望，又可以實現主人公及其家庭對失落了的革命年代的雄強精神（英雄主義和理想主義）的追尋。於是，一個子虛烏有的茹姓家族千餘年間的興衰歷史就被作者在一個虛構的歷史時空中有聲有色地搬演開來。這種「尋根」的努力無疑具有很強的現實性，是作者企圖超越現實的漂泊感和孤獨感的表現。但是，因為這種「尋根」的努力畢竟是借助一部虛幻的家族歷史，它事實上是無法讓人產生現實的認同感和親和感的，因而實際上也是無法現實地滿足對家族血緣的歸宿感的渴望的。而且，一個古代民族的充滿原始野性的英雄主義與現代革命基於一種理想精神的英雄主義，在價值取向上，也不可同日而語，故而在這部家族的英雄歷史中，同樣不能滿足對於失落了的現代革命精神的追尋。這種事實的邏輯，又使得作者不能不親手拆除她所精心建構的這部家族的歷史，「尋根」的努力復歸於徒然。這種矛盾和悖論一方面表明了作者對於自身的現實生存困境的清醒意識，另一方面同時也是對人類存在的終極困境的深刻隱喻。從這個意義上說，這部帶有「尋根」傾向的作品同時又兼有一種現代主義傾向。

誠如書名所示，《紀實和虛構》是一部以「紀實」和「虛構」相結合的手法創作的小說，這種結合不僅止於上述以「紀實」的手法描寫主人公的現實生活和以「虛構」的手法想像主人公的家族（母系）歷史的結合，更重要的還在於，整個小說是「用最具體最寫實的材料去表現一種完全虛構性的東西」[23]。這就意味著無論是描寫現實還是想像歷史，都包含有「紀實」和「虛構」兩種成分，整個小說就是由這兩種基本手法相互依存共同建構的一個藝術世界。「我以交叉的形式輪番敘述這兩個虛構世界。我虛構我家族的歷史，將此視做我的縱向關係，這是一種生命性質的關係，是一個浩瀚的工程。」「我還虛構我的社會，將此視做我的橫向關係，這則是一種人生性質的關係，也是個傷腦筋的工程。」王安憶把這種方法稱之為「創世」的方法，即「創造這紙上世界的方法」，換言之，亦即是小說的創作方法。這種以「紀實」（寫實）的手法去營造「虛構」的世界的創作觀念，是

[23] 參見齊紅、林舟，《王安憶訪談》，《作家》一九九五年第十期。

王安憶的創作告別八〇年代的觀念化追求的一個重要轉變，表明作者的創作由對觀念的倚重，轉向重新回到事實與經驗。就作品對上述「紀實」和「虛構」的關係的處理來看，雖然作者「在虛構這縱橫兩個世界時」，努力尋找「現實的依據」：「我一頭扎進故紙堆裏翻看二十五史，從中尋找蛛絲馬跡。我還留心於現實的細節，將此細節一絲不苟地寫在我的虛構中。我甚至以推理和考古的方式去進行虛構，懸念迭起，連自己都被吸引住了。」[24] 但因為作者所虛構的「家族的歷史」和「我的社會」，畢竟是兩種不同性質的社會生活，因而當作品以豐富的生活細節真實地再現「我的社會」的同時，對「家族的歷史」的想像卻無法達到同樣的真實，二者在藝術效果上是並不完全一致的，因而在「家族的歷史」和「我的社會」之間，依然沒有完全擺脫以觀念縫合歷史和現實的痕跡。

二、以張煒的《九月寓言》和賈平凹的《廢都》等作品為代表的帶有文化保守主義色彩的創作傾向

文化保守主義或泛言文化守成主義，就現代中國的社會文化語境而言，是指由現代化進程激起的一種文化反彈。這種文化反彈主要針對現代化進程所帶來的一些負面效應，其具體表現是站在與現代化進程相對的民族文化或人類終極的文化價值立場，以這種文化價值觀念反撥現代化所帶來的一些負面效應，表明對現代化的一種文化批判態度，或在傳統與現代的衝突中基於這種文化立場所產生的一些複雜的文化心理效應。進入九〇年代以後，由於改革開放的深入發展，社會轉型和現代化進程日益加速，由此所激起的一些文化反彈和心理反應，在文學中也有所表現，張煒的《九月寓言》和賈平凹的《廢都》及他在這期間創作的其他一些長篇作品，就是這方面的代表。

---

24 參見《紀實和虛構・跋》，王安憶自選集之五《米尼》（作家出版社，一九九六年）。

如前所述，張煒在九〇年代的創作，不僅以前述《家族》和《柏慧》等作品高揚失落已久的一種精神理想，以此來抵抗市場化帶來的物欲化傾向，同時也以《九月寓言》這樣的作品表明作者在現代化進程中所選擇並堅守的一種終極的文化價值立場。這部創作於八〇年代末、出版於九〇年代初的以「寓言」命名的長篇小說，是張煒在《古船》以後思想和藝術發生重大轉變的一部重要作品。與《古船》以幾個家族的興衰和力量的消長為中心表現窪狸鎮的歷史不同，《九月寓言》是以一種「散點透視」的手法，表現一個沿海漁村的一群被稱為「魚鯅鮁」的村民的自然生態和文化生態。這群被稱為「魚鯅鮁」的村民為了尋找生存的領地，漫無目標地來到一片荒漠的海灘上，在他們停下來的地方（「魚鯅鮁」便因「停吧，停吧」而得名）組成了一個自然村落，然後在這裏繁衍生息，在一種與世隔絕的狀態下，過著一種日出而作、日落而息近乎原始狀態的生活。與這種近乎原始的生存狀態相適應，「魚鯅鮁」們在這種封閉的狀態下也逐漸形成了一種近乎原始的生活方式和文化習俗。直到在當地發現了煤田，煤礦開採逐漸威脅到「魚鯅鮁」們的生存，才最後結束了小村的生活歷史。

與八〇年代的「尋根」小說對某些原始的生存狀態的批判性審視和一些改革小說對現代化進程的禮讚不同，在這篇作品中，張煒是以一種無限惋惜和深情眷顧的情懷來描寫這一群「魚鯅鮁」和他們的生活的，是對這種已經逝去的生活方式和生存狀態所唱的一曲深情的輓歌。不僅如此，作者還以此來重建他的人文精神和生活理想（包括藝術理想），抵抗現代化進程對人的自然本性和一種自在自為的生存狀態的侵蝕和剝奪。作者把他所嚮往的「魚鯅鮁」們的生活，歸結為一種「融入野地」的狀態，這種「融入野地」的狀態。在作品的藝術描寫中，有如下幾個層面的意義：第一個層面的意義，是以這種「融入野地」的狀態為一種理想的生存狀態，以此來表明作者的一種回歸自然的生活理想和藝術理想。第二個層面的意義，是以這種「融入野地」的狀態抵禦城市化和現代文明的進程日益物化的現實，還原生命的本真和存在的本原狀態。第三個層面的意義，是以這種「融入野地」的狀態為一種理想的精神家園，以此來擺脫現代人在現代社會所感受的焦慮和孤獨，為人的存在尋找一個最終的精神歸宿。在談到這一「融入野地」的狀態時，作者說：「城市是一片被肆意修飾過的野地，我最終將告別它。我想尋找一個原來，一個真實。」「當我還一時無法表述『野地』這個概念時，我就想到了融入。因為我單憑直覺就知道，只有在真正的野地裏，人可以漠視平凡，發現舞蹈的仙鶴。泥土滋生一切。在那兒，人將得到所需的全部，特別是百求不得的那個安慰。野地是萬物的生母，她子孫滿堂卻不會衰老。她乳汁匯流成河，湧人海洋，滋潤了萬千生靈。」[25]以回歸自然來規避社會的變化和文明的演進所帶來的存在的壓力，本來是古今中外一切文化保守主義者應對現實的基本價值取向，張煒以同樣的價值立場來回應現代化進程所帶來的身心焦慮，雖然其中也包含有對於現代化的負面效應的某種文化批判因素，但以這種極端的文化立場來對待現代化進程所帶來的文化後果，畢竟不是一種辯證的態度，也有悖於社會發展和文明進步的終極價值目標。從這個意義上說，《九月寓言》所堅守的這種保守主義的文化立場，又顯得過於的抽象化和理想化。

如前所述，《九月寓言》不是憑藉中心情節而是以一種「散點透視」的手法，集中表現一個為書名所示的「九月寓言」這個中心意象。作品的「每一章實際上是一部中篇，由它們合而為一，一部從結構上、氣質上看也很完整的長篇」。這種寫法類似於中國散文理論所說的「形散神聚」，所有的藝術描寫都指向「九月寓言」這一中心意象。對於這一中心意象的涵義，雖然作者也「講不太清」，但無疑是「九月」這個成熟的季節所隱喻的一種人與自然（「野地」）的和諧（「融入」）狀態。「它是我最先捕捉到的一個意象。也只有在這種意象的籠罩、指導和牽引下，我才能夠興味盎然地寫到底。」[26]這一中心意象也因此而具有一種整體的象徵意義。與這種整體的象徵相適應，作品的每一個細部，也不用寫實的手法追求故事情節和人物形象的「真實」、完整，而是以

[25] 張煒，《九月寓言・融入野地（代後記）》，《張煒文集》「長中篇小說卷二」（上海文藝出版社，一九九七年）。

[26] 參見張煒，《關於〈九月寓言〉答記者問》，《張煒論文集》「長中篇小說卷二」（上海文藝出版社，一九九七年）。

一種散文化的敘述和詩化的筆調，把一些具體的生活細節、生活場面、人物言行和情節片斷，塗抹成一種渾茫無際、汪洋恣肆的生活畫面，造就成一種極富主觀色彩的藝術意象，以此來表達上述整體的象徵意義。從這個意義上說，這部作品同時又具有一種詩化敘事的特徵。從《古船》到《九月寓言》，在保持整體象徵和意象化追求的同時，張煒在九〇年代的長篇創作，也強化了敘事的主觀化傾向。

如果說張煒的文化保守主義傾向主要表現在他的創作中的某種「反抗現代性」的文化立場和文化理想的話，那麼，賈平凹的文化保守主義傾向就主要表現在他的創作以傳統回應現代所激起的文化心理效應。這位在八〇年代的小說創作中，始終以極大的熱情關注他所熟悉的中國農村的改革開放和現代化進程所引起的社會文化變遷的作家，進入九〇年代後，則把關注的目光投向他一向比較陌生的城市，在一個複雜的城市文化環境中，經驗現代化衝擊所引起的複雜的文化心理振盪。他在九〇年代初創做出版的二部爭議很大的長篇小說《廢都》，就是這一創作轉換的結果。他的這一創作轉換同時也表現在嗣後創作的《白夜》、《土門》、《高老莊》等系列長篇小說之中。這些作品或別開生面、續寫西京，或由城及鄉、另闢蹊徑，都離不開以傳統應對現代所引起的複雜的心理效應。

作為一部有爭議的小說，《廢都》所寫的「都」城，是十二朝故都「西京」。因為建都的歷史悠久，所以傳統文化的積澱深厚。這種深厚的文化積澱，「既是資本也是負擔」。作為「資本」，它不但足以炫耀世人，而且在強大的現代化潮流的衝擊面前，也有免遭淹沒、賴以固本的雄厚資源。作為「負擔」，它不但要承受歷史的重壓，而且也難以擺脫代有傳承，以致深入到下意識深處的思想觀念、行為方式、思維定勢和心理習慣等諸多方面的束縛，故而又顯得封閉保守、麻木落後，在現代化的進程中躑躅不前、舉步維艱。加上長期以來政治經濟體制的影響，就使得西京社會的這一負擔日益加深。西京的改革開放和現代化進程，就是在這樣的社會歷史文化環境中揭幕的。因此傳統和現代、封閉和開放、保守和改革、計劃經濟和商品體制，以及因襲的舊習和崛起的新潮之間，必然要發生劇烈的矛盾和衝突。雖然《廢都》的某些重要的情節線索，也正面地反映了這些矛盾和衝突在政治、經濟領域的表現，但就其主體情節而言，卻是致力於表現這些矛盾衝突所引起的文化心理效應，尤其是作為傳統文化和西京社會文化積澱的主要承載者的文化人在這些矛盾衝突中所經歷的巨大的心理裂變和精神裂變。這部作品的主體情節，是圍繞汪（希眠）、龔（靖元）、阮（知非）、莊（之蝶）西京四大文化名人編織起來的一幅錯綜複雜的社會生活畫面。尤其是作為主要人物的作家莊之蝶，更是處在這幅畫面和矛盾糾葛的中心地帶。作為西京城內首屈一指的文化名人，莊之蝶曾經「奮鬥過」、「追求過」，而且這種奮鬥和追求還取得了相當的實績，使他暴得大名。但是，不幸的是，他很快就發現，在這個日益世俗化、日益商品化的西京社會，他已為他所取得的聲名所累。為了求得解脫，他一如古代落魄才子、失意文人，轉而沉溺於醇酒美人，從婚外的愛情和肉欲的滿足中去尋求精神的安撫和慰藉。作品的情節主線，就是描寫莊之蝶與妻子牛月清、情人唐婉兒、保姆柳月、女工阿燦，以及他初戀的女友景雪蔭和他的朋友汪希眠的老婆等女性之間的肉體和情感關係。通過這條情節主線，作品把敘述的筆觸伸向西京社會的政治、經濟、文化和日常生活的各個方面，全方位地展現了一幅《清明上河圖》式的社會生活畫面。這幅斑斕駁雜、光怪陸離的社會生活畫面所展現的，既不是繁華錦繡的盛世景象，也不是熱氣騰騰的改革洪流，而是在改革開放和現代化潮流衝擊下故都文化的一幅「落日」圖景。這幅「落日」景象同時也是故都文化的一種「末世」景象。通過這種「末世」景象，作者不但淋漓盡致地表現了西京社會在現代化潮流的衝擊下所出現的那種人欲橫流、精神失落和文化衰頹的「廢都」狀態，而且也深入地揭示了由西京四大文化名人尤其是作為主人公的莊之蝶所代表的那種「自卑性的自尊」、「無奈性的放達」和「尷尬性的焦慮」的「廢都」文化心態。在談到《廢都》的創作構思時，賈平凹說：「我並不認為我僅是來寫寫西安，覺得擴而大之，西安在中國來說是廢都，中國在地球上來說是廢都，地球在宇宙來說是廢都。從某種意義上講，西安人的心態也恰是中國人的心態。這樣，我才在寫作中定這個廢都為西京城，旨在突破某一局限而大而化之，來寫中國人，來寫一個世紀末的人。」[27]雖然作者以寓言的手法，通過穿插於作品中的一頭終南山的老牛的「思考」和「獨白」，也表達了以老莊哲學的「回歸自然」拯救「廢都」的文化理想，但作品的整體的藝術描寫和它最終所提供情節結局，卻明白地昭示了這個十二朝故都文化在改革開放和現代化潮流的衝擊下的一個不可挽回的衰頹趨勢。「廢都」所顯示的終究是一個象徵著一種文化「落日」的「荒原」意象，莊之蝶與西京文化名人不過是躑躅於這一片世紀末的文化「荒原」上的身心破碎的文化畸零人的形象。

賈平凹說：「對我而言，《廢都》不僅是生命體驗，幾近於是生命的另一種形式，《廢都》是生命之輪運轉時出現的破缺得以修復的過程」，「是『安妥我靈魂的一本書』，是我『止心慌之作』」[28]。從這個意義上說，《廢都》是一部非常「私人化」的作品，是作者在特定時期的一種特定心境的表現。《廢都》在整體上表現出來的一種自我宣洩和自我麻醉的藝術旨趣，就源於這種個人化的特殊心境。這種自我宣洩和自我麻醉的藝術旨趣，尤其是其中某些露骨的性描寫和對古代作品如《金瓶梅》的性描寫的直接模仿，也因此而頗招物議。但是，儘管如此，《廢都》在藝術上仍不失為一部有特色的作品。這部作品在藝術上的主要特點，是將古代「人情小說」（或稱「世情書」）如《金瓶梅》等作品描摹世態人情的「刻露」、「盡相」、「幽伏」、「含譏」[29]，與現代寫實小說對社會生活的真實反映和典型化原則結合起來，因而既有古代「人情小說」通俗娛情的特徵，又兼具現代寫實小說反映現實的功能。二者雖然不能截然劃分，但在作品中相依相存、相克相生，構成了一個富有張力的敘事空間。在這一表層的敘事空間之下，還隱含有一個深層的敘事結構。這個深層的敘事結構是由作品中的那些怪異的、虛幻的、荒誕的等諸多變形的和反常的藝術因素構成的。這種深層的敘事結構，在作品中構造了一個整體的

27 賈平凹，《〈廢都〉創作問答》，《文學報》一九九三年八月五日。
28 賈平凹，《〈廢都〉創作問答》，《文學報》一九九三年八月五日。
29 參見魯迅，《中國小說史略・第十九篇 明之人情小說（上）》，《魯迅全集》第九卷（人民文學出版社，一九八一年）。

象徵和隱喻系統。通過這一象徵和隱喻系統，把這部通俗的寫實作品的藝術題旨引向一個更為深入的和更具普遍性的哲理層次。

在《廢都》之後，賈平凹連續創做出版了《白夜》、《土門》、《高老莊》三部帶有上述文化保守主義色彩的長篇小說。如果說《廢都》中的莊之蝶，是以一種傳統士人所特有的文化積澱來應對現代化潮流的衝擊，因而產生了一種可以稱之為「世紀末情緒」的文化心理效應的話，那麼，在《白夜》中的主人公夜郎身上，這種回應現代化潮流衝擊的文化積澱，就是來自中國社會悠久的民間傳統。與莊之蝶耽於醇酒美人，在無奈的人生面前，以一種退守的態度獨「善」其身，沉溺於感官的享樂不同，夜郎則率性任真、豪俠仗義，在紛亂的時世中，以一種野性的方式，尋求個人的自由與社會的公正和道義。如果說莊之蝶的方式有比較濃厚的士大夫文化色彩的話，那麼，夜郎的方式就有著十分濃厚的流氓無產者的文化氣息。他就是以這種為民間社會所特有的人生態度和行為方式，在西京社會的五行八作、三教九流之間做人生的「逍遙遊」的。這也就使得作者在藝術上能夠如同《廢都》那樣，以夜郎這個人物為中心經緯西京社會，以「散點透視」的手法，全方位地展現西京社會的世俗生活畫面。作品在對世俗生活的精細描寫中，也用民間文化所特有的一種真真幻幻、虛虛實實的手法，營構了一個帶有象徵和隱喻意味的深層敘事結構，寄寓了「白夜」陰陽不分、人鬼不分、晝夜不分的寓意。從這些方面看，《白夜》堪稱《廢都》的姊妹篇，是賈平凹的文化保守主義立場在民間向度上的一個集中的反映。

如果說在《廢都》和《白夜》中，賈平凹的文化觀照目光主要是對準西京這樣的現代都市的話，那麼，《土門》和《高老莊》就把這種文化觀照的目光，從都市轉向了城市與鄉村的結合部，或由城及鄉的文化對比和文化反差。在以城市化為鮮明標誌的現代化進程中，城鄉結合部往往是一個敏感的地帶，因而也吸引了眾多作家關注的目光。與最早關注城鄉結合部的人生問題（中篇小說《人生》）的路遙不同，賈平凹雖然也寫了城市化進程不可逆轉的歷史趨勢，但卻沒有像《人生》那樣通過高加林的人生奮鬥歷程，表現鄉村社會對於現代化的熱切嚮往。恰恰相反，作品中所寫的仁厚村村民對城市化進程，是持一種抵制態度的，而且還將這種抵制的態度訴諸於諸多合法的與不合法的、正當的與非正當的反抗和鬥爭。雖然這種「逆歷史潮流而動」的反抗和鬥爭最終必然要歸於失敗，但作者卻是「站在仁厚村的角度來寫這一進程的，寫行為上的抗拒，心理上的抗拒，在深深的同情裏寫他們的迷惘和無奈，寫他們的悲壯和悲涼，寫一個時代的消亡」[30]。這種文化保守主義立場，也就決定了《土門》必然是為一個逝去的時代和即將消失的文明所唱的一曲悲壯的輓歌。從《廢都》到《土門》，賈平凹在以文化保守主義立場應對現代化潮流衝擊的過程中，也由被動退守到主動抵抗，逐步進入到一種「雙重意義的批判」的階段，即「既批判了農民的落後與愚昧，同時也批判了城市文明中不文明的成分，發展的不擇手段，人情冷漠，偏執的熱情（足球騷亂）等等。」[31]《土門》的這種「雙重意義的批判」態度，再進一步發展到《高老莊》中，就是在繼續這種「雙重意義的批判」的同時，也表現了一種雙重意義上的文化互補。這部作品以主人公子路和西夏由城返鄉的經歷為情節主線，通過出生於鄉村的子路與出生於城市的西夏在由城返鄉的過程中，被兩種反差極大的生活環境和社會文化環境激發出來的不同的文化態度，表明城市與鄉村、現代與傳統之間既存在著相互對立也存在著一種雙向互補關係。作為農民的兒子，子路返鄉固然如魚得水，但在與鄉村生活和鄉村文化的這種天然的親和狀態中，也逐漸蛻去了子路在接受城市文化和現代文明薰陶過程中所獲得的新的文化習性，從這個意義上說，鄉村文化無疑對城市文化有一種消蝕作用。與子路不同的是，出生於城市、在城市文明和現代文化環境中成長起來的西夏，雖然對鄉村生活和鄉村文化感到陌生，也有

30 賈平凹，《關於長篇小說〈土門〉的通信》，《土門》（評點本）（長江文藝出版社，一九九九年）。

31 賈平凹，《關於長篇小說〈土門〉的通信》，《土門》（評點本）（長江文藝出版社，一九九九年）。

諸多的不習慣和不適應，但最終卻在鄉村生活和鄉村文化中蛻去了城市文化和現代文明的諸多偽飾，在充滿著野性的自然狀態的鄉村生活與鄉村文化中，獲得了一種返璞歸真的感受。在這個意義上，鄉村文化對城市文化又有一種補充作用。子路的由鄉入城，接受現代文明的薰陶，是城市文化對鄉村文化的一種現代提升。他由城返鄉的經歷，又表明鄉村文化對城市文化有一種天然的消蝕作用。西夏的由城入鄉，雖然在城市文化與鄉村文化的對比中，處處表現出鄉村文化的原始與落後，但她最後融入鄉村文化甚至樂而不返，則表明鄉村文化對城市文化也有一種補充作用。在《高老莊》中，賈平凹就是通過這種複雜的對比關係，把他的文化保守主義立場由對傳統的固守，逐步轉化到在上述雙重批判和雙向互補關係中的文化建構的。在這種文化立場發生微妙變化的同時，《土門》和《高老莊》在藝術上也有一些新的變化。這兩部作品在保持自《廢都》以來從古代小說承襲下來的平實如話的敘事傳統的同時，又特別注重事實上從早期的商州系列小說就已經開始了的對於帶有象徵意味的意象化的藝術追求。在談到《土門》的創作時，他說：「我不想使這部小說故事性太強，更喜歡運用象徵和營造一種意象世界來寓言。」[32]在談到《高老莊》的創作時，他又說：「我的初衷裏是要求我儘量原生態地寫出生活的流動，行文愈實愈好，但整體上卻極力去張揚我的意象。」[33]雖然象徵和意象就一種嚴格意義上的文學流派和藝術表現手法而言，是與西方文學藝術發展的歷史緊密相連的，但就賈平凹在創作中所追求的象徵和意象而言，在接受西方影響的同時，似乎更注重開發中國古代文學傳統中的象徵和意象的藝術資源。從這個意義上說，賈平凹在藝術上也不失為一個開放的文化保守主義者。

[32] 賈平凹，《關於長篇小說〈土門〉的通信》，《土門》（評點本）（長江文藝出版社，一九九九年）。

[33] 賈平凹，《高老莊．後記》（評點本）（長江文藝出版社，一九九九年）。

第五節　本期小說創作：長篇小說（三）

一、以史鐵生的《務虛筆記》和余華的《在細雨中呼喊》[34]、《活著》、《許三觀賣血記》以及王安憶的《長恨歌》等作品為代表的帶有人生本位或人本主義色彩的創作傾向

在八〇年代的「知青」作家中，史鐵生曾經以一篇《我的遙遠的清平灣》，率先擺脫了對「知青」生活的苦難化和神聖化敘事，轉而以一種審美靜觀的態度，在被回憶所淨化（詩化）了的一種田園牧歌式的鄉村生活中，尋找心靈的棲居地。與這種對人生苦難的詩化想像的創作相對應的是，這位因身體殘疾而不得不忍受一些異常的人生痛苦的「知青」作家，在他的早期創作中，同時也有許多作品著力表現殘疾人在殘酷的生存現實中的掙扎和奮鬥。正是因為這種想像性的滿足和虛擬的掙扎與奮鬥，不能從根本上回答這位既經歷過歷史的苦難又承受著現實的痛苦的「知青」作家的諸多人生難題，所以，他的創作從八〇年代中期開始，就由直面現實人生，從對現實人生的超越中尋求精神的解脫，轉向直接逼近這些人生問題的本質，從形而上的層面去探索解決這些問題的可能性。史鐵生的創作於是也就由詩的空靈轉向思的玄奧，由對形的執著轉向對神的崇尚，開始進入到一個思入空冥、神遊太虛的「幻境」。與此同時，在藝術上也開始由詩化和寫實，轉向寓言和抽象，日益疏離現實世界，日

34 該作最初發表於《收穫》雜誌一九九一年第六期，原名《呼喊與細雨》，後改為現名。

漸沉迷於一種思想的空間。他最終也就由一個執著於現實人生的現實主義作家，成了一個熱衷於探究人生終極問題的帶有現代主義傾向的「先鋒」作家。他在九〇年代創作的長篇小說《務虛筆記》，就是經由上述轉變之後的一部在思想和藝術上的集成之作。

作為一部「務虛」的人生「筆記」，《務虛筆記》顯然不是一般意義上的反映現實人生的寫實（「務實」）小說，而是一部以寓言的手法探究人的命運和存在問題的哲理小說。這部作品雖然也如一般現實主義小說那樣，寫了諸多人物的命運和種種人生現實，而且也是將這些人物和他們的命運變幻置放於一定的歷史時代和社會文化環境之中，因而也有一定的現實性和時代特徵。但整個作品從總體上看，卻不是像一般現實主義小說那樣，旨在反映現實的社會人生問題，而是將它的寫作題旨指向探究這些現實的人生形態存在的種種可能性。作品實際上是作者在「寫作之夜」通過這些現實的人生故事，對這種可能性的種種設想。這些人生故事，主要是如下幾對戀人、夫妻的愛情和婚姻關係的聚散離合：殘疾人C與女「知青」X、醫生F與女導演N、畫家Z與女教師O（包括青年WR與O的戀愛關係）、詩人L與女青年T、畫家Z的叔叔（老革命）與其戀人、Z的父母，等等。雖然作者也寫了這些戀人、夫妻之間的情與愛，有些情愛也寫得刻骨銘心、催人淚下，但卻不止於這些情愛描寫本身，而是通過這些男女之間錯綜複雜的遇合、離散和相互尋找，表達人生的種種偶然性和對永恆的追尋。C與X相愛、結婚，最後卻又分離。分離的原因不為別的，是因為雙方都懷疑自己對對方的愛會連累對方，自己也就不是「好人」而是「壞人」了。O小時候與Z兩小無猜，只因O的父母瞧不起Z的出身，使Z受到侮辱，產生仇恨，疏離了彼此之間的關係。其間O愛過WR，WR因出身和言論被送到遠方勞改，回來後決心從政，與O分手，O又嫁過一個她不愛的男人，離異後與Z結合，但卻因為忍受不了Z的莫名仇恨和高貴感而自殺，Z在O死後不知所終。F與N從小相愛，N出身不好，N家不願影響F的美好前程，致使二人分離。後來F另外結婚，N做導演，又到海外，F後來死於心臟病，N趕回國內終未得一見。Z父解放前為報人，解放初逃往海外，Z母一直等待，直至Z父死在海外。Z叔的戀人因為掩護Z叔而成為「叛徒」，一直含冤蒙垢等待Z叔，直到晚年才與Z叔相聚。L與戀人相愛又分手，分手後，又到處尋找，等等。這些情愛故事因為不僅是著眼於道德情感而是同時也指向對存在問題的探究，因而有如下幾個方面的特點：第一是所有這些情愛故事及其婚姻結局都是殘缺不全的或悲劇性的；第二是所有這些殘缺或悲劇都是由一些無法抗拒的社會或個人身心方面的原因造成的；第三是這些因社會或個人的原因而離散的戀人或夫妻又在終身相互尋找（或在內心深處尋找）。通過這些殘缺的或悲劇性的情愛故事，作品集中表達了如下幾個層面的哲學思考：第一個層面是人的存在本身是悲劇性的（故而這些情愛故事都是殘缺不全的或悲劇性的）；第二個層面是這種悲劇性是由各種隨機的偶然的因素造成的（這些情愛故事的發生和發展演變及其結局充滿了太多的隨機和偶然）；第三個層面是對這種殘缺的補救和悲劇性的抗爭都是徒勞的（故而這些男女的相互尋找都是沒有結果的或結果極其悲慘）。從這個意義上說，這部作品無疑帶有很重的存在主義的哲學意味。

與這種從具象（具體的情愛故事）直接逼近抽象（抽象的人生命題）的創作題旨相適應，《務虛筆記》中的人物形象和故事情節，也被作者做了抽象化或符號化的藝術處理。如上所述，作品中的人物雖然也有一定的個性，但他們的名稱卻是用抽象的稱號來代替。而且眾多人物的身份和經歷常常互相重疊、替代、交叉、分合，作者也常常把自己代入其中。整個作品中的人物彷彿代數符號，人物關係則是代數方程式。在任何一個人物符號中，可以代入許多其他人物，在任何一種人物關係中，也可以代入其他人物關係，這些已有的人物和人物關係也可以互相代入，甚至還可以把一個人物分解成人物一、人物二，又可以將幾個人物合併為一個人物。通過這種「代數」關係，作者打破了一般小說所追求的個別性，轉而尋找一種普遍性的寓意：這種身份可以是現實中的某一個人，但也完全可能是另一個人；這種經歷雖然可能發生在現實中的某一個人身上，但其他人身上也完全有可能發生此類遭遇。故而這種符號化的人物和人物關係背後所隱含的是人的命運普遍存在著的可能性，作品中的人物因而也就由通常意義上的個性化的人物，成了一種對普遍性的寓言和象徵。當然，因為對作品中的人物和人物關係的這種符號化的抽象處理，也給讀者的閱讀帶來了一定的困難，同時也使作品中的人物和人物關係本身變得撲朔迷離，影響了作品藝術效果的發揮。

與史鐵生的《務虛筆記》通過一種抽象化的寓言方式，在普遍性的意義上探究人生的終極問題不同，作為一位在八〇年代的創作中熱衷於現代主義實驗的「先鋒」作家，到了九〇年代，余華卻傾向於通過某些個體的生存事實，觀照人的存在的一種普遍狀況。這位作家在八〇年代所做的那些激進的「先鋒」文學實驗，最為引人注目的特點，是對人的殘酷的生存事實和存在狀況的揭示。這種殘酷的生存事實和存在狀況，就其性質而言，不是一般現實主義作家所揭示的種種社會罪惡和人生病苦，而是在人的本能深處潛藏著的暴力和欲望。這種暴力和欲望不但以個別的方式出現在人們的日常生活場景之中，讓人們經受種種「欲」的侵蝕和「力」的傷害，乃至靈肉的創痛和死亡的恐懼，而且還以一種普遍性的形式，建構了各種文化的規範和一部理性的歷史，以此制約著人們的思想和行為，讓人們永久地置身於這種特殊的權力控制之下。余華在八〇年代的創作，就旨在通過某種有關欲望和暴力的敘事，來顛覆這種歷史理性，來解構這種文化語碼，從而使個體的生命和存在得以從這種權力的重壓下解放出來。余華在這期間的創作因而帶有很重的啟蒙敘事的色彩。與此相對應的是，余華這期間的小說敘事，也帶有很強的「暴力化」傾向：「八〇年代，我在寫作那些『先鋒派』的作品時，我是一個暴君似的敘述者，那時候我認為小說中的人物不應該有自己的聲音，他們都是敘述中的符號，都是我的奴隸，他們的命運掌握在我的手裏。因此那時的作品都沒有具體的時間和空間描述，因為這些人物並沒有特定的生活環境。」這種雙重的「暴力化」敘事傾向，也就構成了余華在八〇年代的小說創作的總體特徵。進入九〇年代以後，余華的創作全面放棄了這種「暴力化」敘事，轉而從某些個體的生命過程和這些個體的日常生活歷史本身，去體驗人類普遍存在的生存困境和存在狀況。與此同時，他這期間的小說敘事，也不再充當「暴君」的角色，而是變成了一個「民主的敘述者」。「到了九〇年代，我在寫作自己的第一部長篇小說《在細雨中呼喊》時，我發現筆下的人物開始反抗我敘述的壓迫了，他們強烈地要求發出自己的聲音，我屈服了，然後我的文學世界出現了轉變，我成為了一個民主的敘述者。我此後的寫作就是不斷地去聆聽人物自己的聲音；我不再去安排敘述中的人物，而是去理解。理解福貴或者許三觀的一言一行，讓他們走自己的道路，而不是我指定的人生道路。這時候我才發現自己寫下了一個活生生的中國人。」[35]他在九〇年代的三部長篇作品，就是這一轉變的產物。

《在細雨中呼喊》是余華進入九〇年代以後，也是他的全部創作生涯中的第一部長篇小說。這部作品以一個名叫孫光林的少年的成長經歷為主要線索，敘述了他在成長過程中的種種生理和心理的變化、所經歷的種種生存的艱難和人性的險惡、所體驗的種種生命的歡樂和死亡的恐懼，以及孫光林的同齡人和孫光林的眾多家庭成員乃至與之有關的其他社會成員，在這個少年的成長過程中投射在他身上的種種影響和烙印。整個作品集中表現的就是這個少年的生理、心理、情感、理智在成長過程中所發出的朦朧的「呼喊」（所謂「細雨」應是這種「朦朧」狀態的象徵）。這種朦朧的呼喊既是生命本能在一個少年的成長過程中，對種種漠視、壓抑和扭曲這種本能（如作品中寫到的孫光林及其同齡人的性心理問題等）的社會勢力和文化規範的抗爭所發出的無聲的呼號，也是一種未經社會污染和文明雕琢的人類天性在一個少年的成長過程中，與成人社會的種種虛偽、卑鄙、骯髒、醜惡的行徑（如作品中寫到的棄子、通姦、施虐等）之間的衝突所發出的幽渺的回聲，以及與這一切相伴隨的一個少年在成長過程中，對生理的壓抑、心靈的孤獨、情感的破碎、理智的衝突和生之憂患、愛之虛無、死之恐懼等種種人生的尷尬和存在困境的體驗所發出的生命的顫音。如此等等，這些藝術描寫既使這部作品具有一般「成長小說」所具備的時代感和社會性，同時也賦予了這種注重社會歷史內涵的「成長」主題以一種哲學的意味，使之成為

35 以上引文均見葉立文、余華：《訪談：敘述的力量——余華訪談錄》，《小說評論》二〇〇二年第四期。

個體生命和存在狀況的一個普遍的象徵。與余華八〇年代中期以前涉及到「成長」題材（如《十八歲出門遠行》等）的作品旨在反抗成規、揭示暴力的邏輯和存在的荒誕不同，《在細雨中呼喊》則把這種成規、暴力和荒誕的存在本身都轉化為主人公的一種內在的生命體驗，這部作品因而也就捨棄了他的早期作品的那種強烈的動作性，而具有較強的內省特徵。與這種內省的視角相適應，作品雖然也有一些敘事視角上的變化，但卻主要是採取第一人稱的敘事角度，以主人公的一種內心獨白的方式，通過對成長過程中上述種種人生體驗的敘述，構成了對生命與存在的一種總體追問。余華的創作的這一轉變，同時也為他的下一部長篇《活著》定下了一個基本的敘述格調。

同樣是對生命與存在的一種追問，《活著》則因為有一個「遊手好閒」的「蒐集民間歌謠」的採風者「我」作為聽眾，因而減少了一些獨白的意味，而增加了一種訴說的色彩。這部作品以現實主義小說常見的一種線性時間關係，通過主人公徐福貴的自述，講述了他在一生中所經歷過的命運的起落和生存的苦難。作為一個普通人，徐福貴不但由於社會歷史的變遷和命運的捉弄，逐漸失去了屬於他的土地、財產、所有的親人和全部的尊嚴，而且也因此逐漸由一個地主家的少爺變成了一個貧苦的農民、一個被脅迫的壯丁和一個最終只能與一頭老牛為伴的孤苦伶仃的鰥夫。但是，儘管如此，福貴卻沒有被殘酷的命運所擊垮，相反，卻默默地忍受著這些難以忍受的人生苦難無怨無悔、無怒無爭地「活著」。余華在解釋這種福貴式的「活著」的人生哲學時說：「活著」在我們中國的語言裏充滿了力量，它的力量不是來自於喊叫，也不是來自於進攻，而是忍受，去忍受生命賦予我們的責任，去忍受現實給予我們的幸福和苦難、無聊和平庸。」因此，「《活著》講述了一個人和他的命運之間的友情」，「講述了絕望的不存在；講述了人是為了活著本身而活著，而不是為了活著之外的任何事物而活著。當然，《活著》也講述了我們中國人這幾十年是如何熬過來的」[36]，如此等等。余華對《活著》的這番自我闡釋，

36　余華，《活著・韓文版自序》（南海出版公司，一九九八年）。

表明這部作品通過徐福貴的平凡的人生傳奇和生活傳奇，不但反映了在一個特定的歷史階段上，一個普通的中國人的艱難的生活歷程，因而具有一定的社會歷史意義，而且，也藉以在一個更深入的層面上，揭示了一種帶有某種樂生主義色彩的生存哲學的奧秘。這種生存哲學雖然在應對生存的尷尬和困境方面有類似於西緒弗斯式的力量，但卻帶有中國文化所特有的一種柔性色彩，表明余華在對人的生命與存在問題的觀照方面，也開始轉向民族文化本位的立場。余華在談到《活著》的敘述方式時說：「剛開始我仍然使用過去的敘述方式，那種保持距離的冷漠的敘述，結果我怎麼寫都不舒服，怎麼寫都覺得隔了一層。後來，我改用第一人稱，讓人物自己出來發言，於是我突然發現自己的敘述裏充滿了親切之感，這是第一人稱敘述的關鍵，我知道可以這樣寫下去了。」為此，他甚至把人物的敘述語言嚴格地限制在福貴這個「唯讀過幾年私塾的農民」可能有的語言表達能力的範圍之內，讓「所有的語詞和句式都為它而生」，因而用「最樸素的語言」，寫出了一個「活生生的中國人」的人生和命運[37]。

同樣是寫小人物的人生和命運，《許三觀賣血記》的主人公許三觀的人生經歷，就沒有福貴那麼大的起伏和「傳奇」色彩。這部作品以一種頗帶漫畫化的誇張手法和一種略帶喜劇性的敘述筆調，講述了主人公許三觀從五〇、六〇年代之交到七〇、八〇年代之交，二十多年間的一段平凡的人生經歷。作品以許三觀在這期間的十二次賣血經歷為情節的主線，集中展現了這個小人物的生存困境和命運的尷尬。許三觀雖然是因為好奇心的驅使偶然賣了一次血，用賣血的錢解決了婚姻「大事」，但此後賣血卻成了他應對生活困難和人生窘境的一個重要手段：為解決兒子與他人的糾紛賣血；為招待兒子下放地的生產隊長賣血；為給「下鄉」回家的兒子一點零用錢賣血；為兒子治肝炎病賣血；為慰問受傷住院的暗戀「情人」賣血，甚至在「三年災害」期間，為全家人能吃一頓麵賣血，等等。最後，自己老了，生活變好了，無需以賣血「謀生」，卻想為自己賣一次血，重新體驗一次賣血後

37 參見余華、楊紹斌，《「我只要寫作，就是回家」》，《當代作家評論》一九九九年一期。

吃炒豬肝、喝黃酒的滋味，但卻因為年老血「衰」而遭拒絕，為此當街痛哭，深感一種無名的失落和恐懼。如同《活著》中的福貴在經歷了無數的人生苦難之後，最後仍然被歷史和命運殘酷地奪去了所有屬於他的東西一樣，許三觀在以自己的鮮血應對種種生活的困難和人生的窘境之後，最終也被生活剝奪了他賴以維生的手段和對生存的信心與希望。雖然人生和命運在讓他們經受了種種的尷尬和困境之後，最終都把他們推向了絕望的境地，但作者卻沒有讓他們身陷絕境而不能自拔，相反，卻竭力表現他們「對苦難的承受能力」和「對世界的樂觀態度」。所不同的是，福貴式的「活著」更多地是傾向於對生活苦難和命運打擊的被動忍受，許三觀式的「活著」則傾向於對生存困境和人生尷尬的主動消解，二者都具有中國式的人生哲學所特有的樂天知命、堅忍達觀的文化特徵。這種樂天知命、堅忍達觀的人生態度同時也是帶有特定的文化色彩的人的本質力量的一種現實的顯現。余華在談到福貴和許三觀時說：「一個人內心的力量就是所有人積聚起來的力量，內心就像籠罩我們的天空那樣無邊無際，它屬於我們所有的人。這就是為什麼我認為只要寫出一個真正的人，就是寫出了廣闊的人群。」[38]如同《活著》對福貴的描寫一樣，這部作品對許三觀的藝術描寫因而也就具有了一種普遍性的意義。與《在細雨中呼喊》的獨白式敘事和《活著》的訴說式敘事不同，《許三觀賣血記》所採用的是一種獨特的對話體的敘述方式。這種對話體的敘述方式，在作品中「承擔了雙重的責任」：「一方面是人物的發言，另一方面又是敘述前進時的旋律和節奏。」整個作品就是在這種對話中和由這種對話的互動關係推動情節的發展的。這種對話體的敘述方式同時也使這部作品充溢著一種特殊的敘述的語感（余華稱這種語感為「越劇的腔調」，即「讓那些標準的漢語詞彙在越劇的唱腔裏跳躍」）和因此而帶來的一種「單純的力量」[39]。余華在他的創作《自述》中談到他從巴赫的《馬

[38] 葉立文、余華，《訪談：敘述的力量——余華訪談錄》，《小說評論》二○○二年第四期。

[39] 以上引文參見余華、楊紹斌：《「我只要寫作，就是回家」》，《當代作家評論》一九九九年第一期。

太受難曲》中所得的感受時曾說：「我明白了敘述的豐富在走向極致以後其實無比單純。」[40]這也是中國文學所講究的「燦爛之極歸於平淡」的一種境界。他在九〇年代的長篇創作就是逐步從八〇年代的先鋒文學實驗的「豐富」和「燦爛」的「極致」，在一個更高的層次上，開始復歸於「單純」和「平實」的一種藝術實踐。余華的這一創作轉變的歷程，對於從八〇年代中期開始的整個先鋒主義的文學實驗來說，也有它的獨特的代表性。

無論是《務虛筆記》式的寓言，還是《在細雨中呼喊》式的獨白，抑或是《活著》式的訴說，還是《許三觀賣血記》式的對話，上述作品對人生問題的探究，最終都被作者引向了對生命和存在問題的終極追問，因而就其藝術思維的邏輯理路而言，是因下而上，在終極的意義或哲學的層面上體現其價值。與這些作品不同的是，王安憶的《長恨歌》對人生問題的探究，卻是專注於生活本身的形態，在對浸透了生活液汁的人生形相的咀嚼涵泳中，顯示出「存在」所特有的一種文化意味。這部作品的藝術思維理路因而是沉潛乎下，即在對一種生存狀態的逼真描寫中，把「存在」還原成一種實在的生存本相。作品雖然是以一個女人（王琦瑤）從四〇年代中期到八〇年代中期近四十年的人生經歷為主要的情節線索，但卻不同於一般以人物為中心的現實主義小說，主要致力於刻畫一種典型性格或塑造一個典型形象，而是通過這個人物的人生經歷和生活變遷，著力表現其生於斯、長於斯、死於斯的上海這座極富世俗色彩又極具現代意味的都市所特有的一種生活形態和精神特徵。王安憶說：「在那裏面我寫了一個女人的命運，但事實上這個女人只不過是這個城市的代言人，我要寫的其實是一個城市的故事。」「我是在直接寫城市的故事，但這個女人是這個城市的影子。」[41]王安憶在這裏所說的「城市」，當然不單是指行政意義、地域意義或物質意義上的城市，而是世俗生活和文化精神意義上的城市。因為城市之為城市，不僅僅

40 余華，《自述》，《小說評論》二〇〇二年第四期。
41 齊紅、林舟，《王安憶訪談》，《作家》一九九五年第十期。

是因為行政區劃、地緣位置有別於鄉村，也不僅僅是因為街道、房屋、車輛和其他種種物質的設施與鄉村不同，而是因為一座城市正如一個人，不僅僅有名號、籍貫和肉體的外殼（物質的外殼），更重要的是還有屬於它的生命的歷史和生活的歷史，以及在生命的成長和生活的演進過程中，逐漸發育形成的一種人生態度和生活理念。這種屬於一個城市的文化精神的人生態度和生活理念，是這個城市的心魄和靈魂。王安憶通過一個女人在四十年間的命運變幻，所要表現的正是這個女人生存其中的上海這座城市的心魄和靈魂。作者筆下的上海，既有一般市民社會所共有的那種平庸、瑣屑、空虛、無聊、隨波逐流、得過且過的生活特徵，又有一個華洋雜處、中西合璧、傳統與現代並存的商業都會所特有的新鮮、刺激、淫靡、勢利、喜好浮華、追逐時尚的文化色彩。作者傾盡筆力，描寫上海市民生活的種種細節，寫由這些「最具體最瑣碎的細節」組成的上海市民所特有的生活方式，以及這種生活方式賴以生長和展開的上海市民聚居的弄堂的獨特生活環境。這些有關上海市民生活細節、生活方式和生活環境的精細入微的藝術描寫，決不僅僅是像一般意義上的現實主義小說那樣，為人物的活動創造一個逼真的生活環境，而是同時也要寫出上海這座城市的經絡、骨骼和鮮活的血肉。作為作品的主人公，王琦瑤才是這座有血有肉的城市的產兒，她的生活和人生才凝聚了這座城市的心魄和靈魂。作品的主體情節以四〇年代至五〇、六〇年代和文革結束後的七〇、八〇年代三個大的時間段落，集中展現了王琦瑤在這期間的命運變幻，以及通過王琦瑤的命運變幻所體現出來的上海這座城市在不同歷史時代的精神特徵和心路歷程。四〇年代的王琦瑤因喜好新奇、追逐時尚而在一個偶然獲得的機遇中成為滬上名媛，爾後則身價百倍。在經歷過一番似愛非愛的感情的纏綿之後，很快便成為他人的金屋嬌娃。但好景不長，一半是時勢變遷，一半是命運不濟，不久就由藏嬌金屋而落入市井陋巷。五〇、六〇年代的王琦瑤因為是一個被生活和時代遺忘已久的舊人，也就不得不褪盡鉛華學了一門謀生的本領，心甘情願地在上海的弄堂裏過起了一個普通市民的生活。雖然這期間也起過一點情感的漣漪，但畢竟是在年復一年、日復一日的三餐一宿和與街坊鄰居、熟人朋友吃喝、聊天、圍爐、打牌中打發時光，這樣的時日固然瑣屑無聊，但也使得王琦瑤這樣的一個過時的人物能在這個風雲多變的時代，得以苟全性命、避禍偷生。文革結束後的七〇、八〇年代，彷彿一夜春風，一切過去年代的雜樹繁花又開始甦生，王琦瑤也得以舊夢重溫，再度成為一個新的開放年代的時尚和新的一代追逐時尚的市民注目的中心。雖然她的復活的愛情再度被現實擊碎且無端招致殺身之禍，但在她的生活和人生的最後階段，在她身上畢竟短暫地重現了上海這座城市被歷史湮沒已久的繁華和時尚。王琦瑤的人生似乎是一個悲劇的怪圈，起於偶然，終於偶然，成於浮華，死於浮華，但她畢竟實實在在地活過，在她身上畢竟實實在在地體現出了上海這座獨特的城市崇尚機遇和時尚的活力，同時也體現出了當這種現代生活的活力被一種異己的力量所抑制的時候，它又是如何以一種驚人的實在和瑣碎，頑強地維護著它的生存的根基。這是這座獨特的城市的文化精神的兩面，作為這個城市的「代言人」和「影子」，作者通過王琦瑤的人生和命運的變幻，在她身上，確實把這種看似矛盾實則同一的文化精神渲染得淋漓盡致。

與《紀實和虛構》用冷靜客觀的「寫實」和虛擬「寫實」的敘述手法追溯家族的歷史、追憶個人成長史和家庭的生活史不同，《長恨歌》中所有看似客觀精細的藝術描寫，無論是有關王琦瑤的身材相貌、言談舉止、衣著打扮、飲食起居、交朋結友、戀愛婚姻以及其他方面的生活做派，還是伴隨著王琦瑤的生平經歷的、作為王琦瑤的生命歷程和生活歷史的一個有機構成部分的不同年代、不同境遇下的上海市民社會的生活環境、不同階級、不同層次的上海市民的生活方式，以及不同場合、不同情境下的一些具體的生活事象和生活細節等等，無不帶著一種品評鑑賞的態度，彷彿整個上海市民社會和王琦瑤的整個人生歷程和生活歷史，都是一種年代久遠而又歷久彌新的藝術品。作者敘述的責任不僅在於巨細無遺、毫髮不爽地描述其狀貌和特徵，而且同時也要說出在品評鑑賞的過程中所得的滋味和感受。這種帶有很強的主觀鑑賞特徵的敘事，使這部作品無論是狀物擬人還是描情敘事，都顯得生機盎然、意趣橫生。這種敘事效果表明王安憶的創作在經歷了前期的主觀化敘事，經過中期種種客觀化敘事的實驗後，轉而將主觀情志融入客觀描寫所達到的一種水乳交融的藝術境界。因為把藝術描寫專注於市民社會的日常生活，而有意疏離這期間事實上對市民社會的日常生活產生重大影響的歷史事件和時代變遷，因而作品通過王琦瑤的人生歷程和生活歷史，在深入地揭示上海這座城市獨特的文化精神的同時，卻又少了一點社會歷史和文化習俗的變遷所帶給我們的那一份無奈和蒼涼，這就使得整個作品的藝術描寫顯得繁冗、瑣碎，缺少應有的一種歷史的厚重感和滄桑感。

二、以林白的《一個人的戰爭》和陳染的《私人生活》為代表的帶有女性主義或女權主義色彩的創作傾向

在九〇年代崛起的女性作家中，林白是一位具有極強的女性性別意識，且對女性的性別經驗（包括生理的和心理的）的敘事最為大膽徹底也最為深入持久的作家。這位在八〇年代中期就開始了小說創作生涯的女作家，在她的早期創作中，就十分關心女性的人生和命運。雖然她這期間對女性問題的關注基本上還是局限在傳統意義上的男女關係的範疇，但卻已經超越了對女性遭遇的簡單的道德同情和寄希望於男女關係的道德拯救，以一種獨特的性別眼光看待問題，對整個男性社會和男女關係表示了根本上的失望和不信任。由這種失望和不信任，林白在九〇年代中期前後的創作，就開始疏離男性社會，全面轉向女性自身。在她這期間的創作中，不但女性的身體脫離了男性的目光，成了女性自我反身觀照的對象，而且女性的心理也脫離了男性的影響，開始以女性自我為中心獨立建構各自的性別經驗。與此同時，林白這期間的創作也發展了女性對自我的依戀意識和同性之間的互戀意識，把女性對男權和男性社會的依賴轉變為女性對自我和同性的依賴，在男人的權力和男性社會之外，擁有了一個屬於女人自己的天地和女性自己的世界。所有這一切，林白都是通過她的作品對女性的生理和心理的真實而大膽的袒露實現的，她這期間的創作因而也就以暴露女性的身體隱私和生活隱私而格外引人注目，林白也因此被人

們看做是對其後的創作產生深遠影響的「個人化寫作」或「私人化寫作」[42]的代表作家。她在九〇年代中期發表的第一部長篇小說《一個人的戰爭》，就是這種具有極強的女性性別意識和性別特徵的「個人化寫作」或「私人化寫作」的代表作品。

如同一般意義上的成長小說一樣，《一個人的戰爭》也是以主人公林多米的成長經歷和生活歷程為主要情節線索展開敘事的。只是作者的敘述意指不是如一般意義上的成長小說那樣，主要是指向主人公的人格成長，或藉以顯示一定的社會意義，而是專注於主人公的一種性別意識的覺醒，以及這種覺醒了的女性意識在其成長經歷和生活歷程中所遭遇的身心內外的矛盾和衝突。就整個作品的情節構成而言，林多米的成長經歷和生活歷程可以分為兩個大的段落：一個段落是她的童年和少年時代。在這一階段，作品的藝術描寫側重於主人公的性別意識的覺醒和成長。這種性別意識的覺醒和成長，主要表現在如下兩個方面：第一個方面，是女性的身體意識和性別意識的覺醒。由於幼年喪父，母代父嚴，林多米從小就生長在一個缺少慈愛的殘缺的家庭環境之中，因而養成了一種封閉孤獨的性格，加上經常接觸母親醫院裏的男女生殖器模型和親眼目睹女性的生殖活動、耳濡目染生殖宣傳和男女性關係方面的知識，就由最初的好奇到後來通過窺視他人的身體和對自己的身體的「凝視和撫摸」，以及誘惑同齡女孩開展性遊戲來滿足這種好奇心，由此，她的這種封閉、孤獨的性格也就得到了有效的轉移。在這個過程中，多米作為一個女性，逐漸開始了對於一個女性的身體的自我意識，這同時也是她的性別意識開始覺醒的

42 「個人化寫作」或「私人化寫作」，就其廣義而言，是指那種疏離了統一的思想規範和藝術規範，以個人的自由選擇和自主創作為特徵的一種寫作方式。這種寫作方式是對長期以來遵從一種統一規範的「集體化寫作」或「群體化寫作」方式的反動。就其狹義而言，是特指九〇年代興起的以表現女性的身體隱私和生活隱私為特徵的女性文學創作，是對這一創作現象的命名。這一命名源於對林白的《一個人的戰爭》及其他女作家類似作品的討論。但林白本人表示「很不喜歡『私小說』這個提法」，而「傾向於個人化寫作的說法」，認為「個人化寫作是一種更為純粹的藝術創造」。（參見王雪瑛，《眾說紛紜女作家》，《海上文壇》一九九六年十一期。）

標誌。第二個方面是在女性的身體意識和性別意識覺醒的過程中所經驗的壓抑和禁忌。因為身體意識和性別意識的覺醒，多米愈來愈感到有一種發自身體內部和潛意識深處的本能的衝動，使她愈來愈迷戀於這種自我撫慰式的滿足和對遊戲中的性經驗的渴望。但是，與此同時，多米又常常處在一種莫名的恐懼之中。這種恐懼不是來自外部世界的直接打擊，而是發自多米內心深處對這種自慰行為和性遊戲活動的一種道德敬畏。這種道德敬畏是男性社會在漫長的歷史過程中，運用它的特殊權力所製造的種種文化規範和道德禁忌對女性所造成的巨大心理壓力。多米的身體意識和性別意識的覺醒和成長，就是處在這種由男性社會所製造的文化規範和道德禁忌的有形的和無形的壓抑之中。她的童年和少年時代也因此而充滿了生命的成長和本能的衝動與文化的規範和道德的禁忌之間的矛盾和衝突。這種矛盾和衝突甚至常常侵入多米的夢境，使她置身於一種死亡的恐懼之中。多米也因此而愈益疏離社會人群，用一種更加自我封閉的病態方式來抵禦外界的壓力，維護一個女性的生命成長和自我意識。與對多米的童年和少年時代的藝術描寫側重於主人公的性別意識的覺醒和成長不同，另一個段落藝術描寫的側重點，是多米作為一個女性在其生活歷程中所經驗的身心內外的矛盾和衝突。這種身心內外的矛盾和衝突，主要表現在如下三個方面：第一個方面是多米對自我的性別意識和這種性別意識在現實地確證過程中的矛盾和衝突。作為一個具有自覺的性別意識的女性，多米一方面繼續頑強地以一種病態的方式，通過自慰自戀和對同性的依戀，來躲避男性社會的攻擊和侵犯；同時，她又在這種自慰自戀和對同性的依戀中，寄託了對於男性的渴望和幻想。一個女性的成長和成熟，只要不是純粹生物學意義上的，就不能不通過男性這個社會化的對象並在男性身上才能得到現實的確證。多米因而同時又渴望進入社會，「投入人群」，以便最終脫離這種自慰自戀和對同性的依戀狀態，在男性的撫慰和征服中，確證自己作為一個女性的生命存在。第二個方面是多米試圖在男性身上確證自我的生命與存在，與男性的話語霸權之間的矛盾和衝突。這一方面的藝術描寫主要集中在多米在與幾個男性的接觸中，所遭遇的誘惑、欺騙和暴力的經歷。不論多米對這些男性是否真正產生過愛情，這些男性都無一例外地基於自己的本能和需要，利用了多米確證自我的生命與存在的渴求，以男性社會編織的種種有關女性的「謊言」，以及對女性的種種美麗的誓言與承諾，誘騙多米進入一種由男性的話語霸權所設置的陷阱，迫使多米「心甘情願地」交出了從一個少女的初夜到一個成熟的女人所有的感情生活乃至做母親的權利。多米就這樣由對確證自我的生命與存在的幻想，到陷入人生困境而不能自拔，被男性社會的權力徹底地剝奪了作為一個女性的全部存在和自我。第三個方面是多米在經歷了與自我和整個男性社會的種種「戰爭」之後，企圖逃離自我和整個男性社會，與這種逃離的實際上不可能實現之間的矛盾和衝突。「出逃」本來是多米的人生中的一個重要主題，在過去經歷中，多米曾經有過多次出逃的經驗，但每一次出逃，不論是出於逃避還是尋求新奇刺激的目的，最後都不免要使自己面臨一道「深淵」：「出逃是一道深淵，在路上是一道深淵。女人是一道深淵，男人是一道深淵。故鄉是一道深淵，異地是一道深淵。路的盡頭是一道永遠的深淵。」雖然多米承認自己最終成了一個「逃跑主義者」，但「逃跑」的結果還是不得不接受男性社會的「收容」：「後來有一個老人收留了她。這個老人就是她的丈夫。」多米的人生註定無法走出男性社會的陰影，因而也就無法反抗作為一個女性與生俱來的宿命。

林白曾說，我的寫作是「將包括被集體敘事視為禁忌的個人性經歷從受到壓抑的記憶中釋放出來」，使之成為「一種真正的生命湧動」、「個人的感性與智性、記憶與想像、心靈與身體的飛翔與跳躍，在這種飛翔中真正的、本質的人獲得前所未有的解放」[43]。與這種釋放個人的經驗與記憶、追求靈肉的飛翔與跳躍的創作題旨相適應，《一個人的戰爭》力求用一種富於感性色彩和官能刺激的敘述語言，將想像和經驗的碎片組合成一道道的人生風景，以此來展現一個女性的性別意識的覺醒和在成長的過程中所經歷的身心內外的矛盾與衝突。這部作品因而也就有別於一般成長小說在嚴格的物理時空中展開敘事，而專注於在一種心理的時空中重組記憶和經驗。雖然

[43] 林白，《記憶與個人化寫作》，《一個人的戰爭》「附錄一」（內蒙古人民出版社，一九九六年）。

作品的結構因此難免給人以雜亂之感，但較之依託嚴格的物理時空的敘事，卻顯得格外的靈動和自由。

無獨有偶，陳染的長篇小說《私人生活》中的主人公倪拗拗，也是一個因為父親粗暴、專橫，從小就失去了父愛的女孩。但與多米不同的是，在缺少父愛的環境中生活的倪拗拗，雖然也有如多米一樣的「戀父情結」，以致在她後來的生活中，也在尋找一個「擁有足夠的思想和能力『覆蓋』我的男人」作為父親的替代物。但因為父親的粗暴、專橫從小就在她的心靈刻下了很深的烙印，以至於這種「戀父情結」尚未完全發育成熟，就對父親產生了一種失望、規避和抗拒的心理。這種心理的進一步發展，就是在倪拗拗身上發生的「弒父」的衝動，這種「弒父」的衝動甚至被付之於一種虛擬的「弒父」行為（如用剪刀剪父親的毛料褲等），由此，也就在倪拗拗的心中種下了一顆仇視男權的種子。在對父親的失望、規避和抗拒的同時，倪拗拗也從母親的溺愛和呵護中，領略到了一份女性所特有的甜蜜和溫馨，於是也就在母親所築的愛巢中逐漸疏離了社會人群，成了一個早衰的幽閉症患者。倪拗拗的這種幽閉狀態，一方面是抗拒父權（男性社會的象徵）的結果，另一方面同時也是她的女性意識萌發的溫床。這種女性意識的萌芽，開始雖然也像多米那樣在尋找一個男性的對象，期望通過這個對象並在這個對象身上，使自己的女性本質得到現實的確證，但卻因為對父親的仇恨和對母親的特殊依戀，尤其是以男權為中心的社會日漸擴大和加深的圍剿與打擊（如在學校的遭遇和T老師的性侵犯等），就使得她最終不能像多米那樣向男性社會敞開，只能將自己完全幽閉於自己的身體，或轉而從同性（如禾寡婦）身上去尋求一個女人的生理和心理欲望的滿足。倪拗拗的同性戀傾向也便由此發生。她甚至把對同性的感情，也轉移到某個異性（如尹楠）身上，在看似一種正常的男女關係中，從異性身上去尋找和發現同性的替代物。倪拗拗的這種根深蒂固的同性戀傾向，不但使她成了一個極端仇視男權的女性主義者，而且也使她把同性關係視為一個女性的生命和存在的全部內容。故而當倪拗拗所賴以存在的這一切發生變故之後，她的整個人生也成了一堆碎片。這種碎片式的結局和倪拗拗的整個碎片式的生活和思維特徵，無疑也是她置身其中的某種「後現代」的生存狀況和精神狀態的象徵。陳染的《私人生活》也因此而從一個女性的存在問題出發，直逼人類的一種生存困境和精神困境，她的這部小說也因此有別於林白的《一個人的戰爭》，帶有一種形而上的思辨色彩。與《一個人的戰爭》注重語言的感性特徵，從而使整個作品充滿著一種流動的詩意不同，《私人生活》則把感覺、夢幻、思辨、臆想等各種不同的語言風格融為一體，共同營造了一種「雜語」式的敘事語境，在這種敘事語境中，展示人物的幽閉的精神狀態和這種精神狀態下的一種紛繁雜亂的思維特徵。如同作品人物碎片式的人生一樣，這部作品也是一種比較典型的碎片式的「後現代」文本。

第六節　本期小說創作：長篇小說（四）

本期歷史題材長篇小說重要作家作品

在九〇年代的長篇小說創作中，歷史題材的長篇小說是一支勁旅。文革結束後新時期歷史題材的長篇小說創作，自姚雪垠的《李自成》（第二卷）肇其端，從八〇年代以降，就一直久盛不衰。由於社會歷史、思想文化和文學觀念的變化，歷史題材的長篇小說創作，如同其他方面的文學創作一樣，在這期間也發生了深刻的變化。這個變化的一個主要表現，就是歷史題材的長篇小說創作逐步擺脫了長期以來在題材的選擇和主題的確立方面的思想政治束縛，以及藝術上現實主義一元獨尊的局面，在歷史人物的選擇、歷史事件的處理和對歷史的認知、判斷與評價，以及藝術表現的方法與技巧諸方面，都獲得了較大的自由度。因而八〇年代的長篇歷史小說創作，也就取得了令人矚目的重大成就，出現了如姚雪垠、徐興業、凌力、劉斯奮等一批重要的歷史題材的長篇小說作家和《李自成》、《金甌缺》、《少年天子》、《白門柳》[44]第一批取得了重要成就的歷史題材的長篇小說作品。在這個過程中，同時也孕育了九〇年代歷史題材的長篇小說創作的新的藝術萌芽。醞釀和開始創作或完成於八〇年代中後期至九〇年代中期、在九〇年代先後出版的一批歷史題材的長篇小說創作，在八〇年代已取得重要突破的基礎上，把文革結束後新時期歷史題材的長篇小說創作進一步推向了一個繁榮發展的新階段。這個新階段的標誌，就是以唐浩明的《曾國藩》、二月河的《雍正皇帝》和劉斯奮的《白門柳》為代表所構成的歷史題材的長篇小說創作三足鼎立的藝術格局。

作為一位湖南籍作家，唐浩明對曾國藩這位因為歷史的原因長期以來被加諸各種惡諡的鄉先賢的人生和事業、學問和人品，本來就懷有濃厚的深入探究的興趣，加之工作的關係，在整理、修訂和編輯、出版《曾文正公全集》的過程中，得以接觸了有關曾國藩的生平事蹟的大量第一手資料，對這位有爭議的歷史人物有了更深入切近的瞭解，由此也便萌發了「準備將他作為主人公構思長篇歷史小說《曾國藩》」的創作動機，希望通過藝術的創造活動，剝去「外人給他的包裝」，顯露「他的本來面目」，使他筆下的曾國藩真正成為「一百多年前那個真實生活過的歷史人物」[45]。去搬演他的起落沉浮，有聲有色的人生壯劇和人生悲劇。

曾國藩生活的時代，是中國最後一個封建王朝在經歷過西方強國堅船利炮的重創、割地賠款之後，內憂外患交併、國運日漸走向衰落的時代。在這樣的一個時代，對外，清王朝一方面要對付西方列強的蠶食鯨吞，另一方面又不得不採納洋務派人士的意見，向西方列強學習，用西方列強的方式使自己也強大起來；對內，卻又不思

44 劉斯奮的《白門柳》包括《夕陽芳草》、《秋露危城》、《雞鳴風雨》三部，第一部創做出版於八〇年代初，第二、三部出版於九〇年代。第一、二部於一九九五年獲第四屆茅盾文學獎。

45 唐浩明，《〈曾國藩〉中的曾國藩》，《文藝新觀察》第三輯（長江文藝出版社，二〇〇三年）。

革故圖新，造就「師夷長技」、富國強兵的社會基礎，相反卻依舊致力於維護自己的封建統治。這就使得生活在這個時代的像曾國藩這樣的希圖有所做為的志士仁人，不能不處在身內身外的一種極度複雜的矛盾之中。曾國藩的人生壯劇，就起於這個複雜的時代；他的人生悲劇，也是由這處複雜時代的諸多矛盾因素造成的。作為清王朝在這個日漸走向衰落的時代的一位中興之臣，曾國藩為他所效命的王朝建功立業，成就一生功名的起點，是從丁憂守制期間，受命在家鄉操辦團練，訓練一支有別於已經失去了戰鬥力的八旗和綠營的特殊軍隊，即「湘勇」和「湘軍」，以對付日益強大的太平天國農民起義軍的武裝勢力。爾後，曾國藩就率領這支特殊的「曾家軍」，從湖南到湖北、從湖北到江西，又從江西到安徽，在長江中下游一線，與太平軍展開了殊死的搏鬥，直到最後攻克太平天國的首都天京，為清王朝立下了不世的功勳。作品沿著這一情節主線，在忠實地再現曾國藩這個歷史人物的生平事蹟的同時，也深入地刻畫了這個複雜的歷史人物身心內外的各種矛盾。通過這種矛盾的刻畫，深入地揭示了中國封建社會末期所面臨的深刻的歷史困境和文化困境。在攻陷天京之後，作品還寫到了曾國藩對捻軍的作戰、平息天津教案、創辦新式工業、派幼童出國留學和培養新式人才等幾件大事。雖然這幾件大事對於曾國藩的整個人生和事業來說，已是達到輝煌頂點之後日漸走向滑坡的結局和尾聲，但對於表現作品主人公的人生和命運的轉折及其思想性格的變化來說，仍然是有重要意義的。

小說的作者曾經明確表示，他是「將文學人物曾國藩定在中國傳統文化的繼承者的基調上」的，認為「小說中的曾國藩的一切表現——無論成敗得失、優劣短長，都可以看出中國傳統文化這個龐然大物對他的影響。他的一生生活在這個文化氛圍中，他的一生也在努力按這個文化傳統規範自己，陶鑄自己……若要找一個嚴謹地，盡可能一絲不苟地遵循中國傳統禮義行事的人，曾國藩可算一個典型；若要在中國近代史上找出一個新舊文化分界線上的代表者，曾國藩可算是全面體現舊文化的最後一個大人物；如果要為二千年中國封建文化尋找一位化身的話，曾國藩可算是一個理想人選」[46]。整個作品就是按照這樣的一個「文化認知」的基調來塑造曾國藩這個歷史人物的。因此，從曾國藩的文化人格及其內在矛盾入手，透視封建社會末期所面臨的深刻的歷史困境和文化困境，應當是理解這部長篇歷史小說的一把鑰匙。就這一歷史困境和文化困境在曾國藩的人生歷程和思想性格中的表現而言，主要有以下幾個方面：第一個方面的表現，是曾國藩希望成就功名事業，實現儒家濟蒼生、扶社稷的政治理想，與這種理想的實際上不可能實現之間的矛盾所造成的困境。造成這種矛盾的主要原因，既有一種不可挽回的歷史趨勢（封建制度的滅亡）和不可逆轉的世界潮流（現代化的進程）的力量，也有正在走向滅亡的封建制度（尤其是清王朝）內部一些無法醫治的頑疾和西方文明發展進步的壓力。這些問題和壓力，諸如滿、漢之間的猜忌、朝廷內部的爭鬥、大小官吏的腐敗、地方勢力的掣肘，以及軍無鬥志、府庫空虛和對西方勢力（包括先進科技）的隱憂等，從曾國藩在湖南練勇，直到他出省作戰，乃至取得最後的勝利，無時無刻不像魔影一樣伴隨著他，成為他成就一生功名事業的最大障礙。雖然曾國藩在他的政治和軍事生涯中曾經多次成功地解決過一些具體的困難和問題，但這種屬於一個即將終結的制度和即將覆滅的王朝所面臨的終極困境，絕非某一個人的能力所能掙脫的。因而曾國藩這個中興之臣註定不能使他所效忠的王朝真正得到中興，他因此也就註定只能接受一個「了卻君王事，未得身後名」的悲劇宿命，後人的毀謗也因此而生。第二個方面的表現，是曾國藩一生按照儒家的思想傳統和道德規範修身養性、行事作為，與這種思想傳統和道德規範的踐行之間的矛盾所造成的困境。在儒家所認定的修身、齊家、治國、平天下這四個幾乎囊括了全部人生活動的實踐領域，曾國藩可謂克盡所能，嚴格遵循儒家的思想傳統和道德規範，力踐躬行。他墨絰出山，臨危受命，可謂盡忠王事；殫精竭慮，創建湘軍，可謂為國分憂；出生入死，馳騁疆場，可謂為民用命；嚴以律己，誠以待人，可謂心存仁厚；沉浮起落，寵辱不

[46] 唐浩明，《〈曾國藩〉中的曾國藩》，《文藝新觀察》（長江文藝出版社，二〇〇三年）。

驚，可謂志在公忠，如此等等，曾國藩都堪稱儒家修、齊、治、平的楷模。但是，儘管如此，作為一個處在各種複雜的現實關係中的人，他在踐行儒家修、齊、治、平的原則的過程中，仍然存在著許多無法克服的知行之間的矛盾和悖論。他受命練勇，創建湘軍，雖然是盡忠王事，但也未嘗不包藏私心；他雖然多次拒絕過世外高人和部屬親信攛掇自立的誘惑，但也更多地是考慮一己的身家性命、利害得失，並非完全為了忠於朝廷；他雖然對部屬親信廣施誠信，尤其是對那些頗有文韜武略的人才，珍愛有加，但在處理兵敗求助的湖北巡撫青麟和誅殺太平天國降將韋俊叔侄等問題上，卻又難免背信棄義之嫌；他雖然治軍有方，處事公道，但為了家族的利益，也時常有意無意地偏袒執掌重兵的九弟曾國荃，藉以培植私人勢力，尤其是有意無意地縱容曾國荃將安慶和天京破城後的大量金銀財寶運回家鄉，據為私有等等，都不能說是公忠之舉，更不用說他在平息饑民之變、處理天津教案和對太平天國的戰爭中濫殺無辜等，就顯得過於兇殘暴戾，有失仁者用兵之道。上述這些「行」的方面的問題，有些固然可以歸結為為人處事心不可少的權謀之計，有些則是「克己」修身必破心中之賊，但相對於「知」的一方面而言，畢竟有悖於曾國藩所遵奉的儒家的思想和道德原則，因而這種知行矛盾也就註定了曾國藩如同一切儒家思想的信徒一樣，不可能是一個儒家思想的真正徹底的實踐者。這既是知與行的終極矛盾使然，也與曾國藩置身其中的複雜現實有關，因而在曾國藩這個中國歷史上的最後一個大儒身上所存在的這種知行的矛盾和悖論，依舊是一個時代和一個王朝的歷史困境和文化困境的曲折表現。第三個方面的表現，是曾國藩作為一位三軍統帥和封疆大吏的雄才大略、殺伐決斷的膽識與氣魄，與曾國藩作為一個普通人的「膽氣薄弱」、憂讒畏譏、謹小慎微、敏感多疑的性格之間的矛盾所造成的困境。作者認為曾國藩是一個「性格常常相悖而又和諧統一的人物形象」：「既魄力宏大又膽氣薄弱，既冷酷殘忍又富有感情，既老謀深算又輕信人言，既敢於鬥爭又憂讒畏譏，既自強自立又相信命運，既嚴肅端謹又詼諧風趣」。這種既「常常相悖而又和諧統一」的矛盾性格，一方面是固然是來自家族的遺傳和後天養成的獨特個性，另一方面則與他置身其中的險惡的政治和軍事環境有關。曾國藩除了早年在京城做了十來年的太平京官，一生都是在這種險惡的政治和軍事環境中度過的。這種險惡的政治和軍事環境，迫使他不能不用極其殘忍的手段平息騷亂、制服強敵，不能不用極其狡詐的權謀化解危難、全身避禍，在這些方面曾國藩都堪稱一代梟雄。但是，與此同時，曾國藩對他的這種極端的殘忍的手段和權謀心術所產生的後果（尤其是傷及無辜），又常常「於心有戚戚焉」，尤其是害怕上天的懲罰和冥冥之中的報應，甚者以至於夜不安寢、魂不守舍，惶惶不可終日。這種矛盾的表現，不能完全歸結為曾國藩的個人道德上的虛偽，而是現實的政治、軍事環境，與儒家所固有的「仁者之心」和天命、鬼神觀念之間的衝突所產生的矛盾心態。這同時也說明對於曾國藩這樣的一個挽狂瀾於既倒、擔匡扶之重任，且置身於各種複雜的矛盾漩渦之中的朝廷柱石之臣來說，要想真正保持一個儒者的仁愛之心和不慚不疚的澄明心境，何其難哉。發生在曾國藩身上的這種性格和心理上的矛盾，同樣也是一個儒者的人格理想在實現中所遭遇的終極困境，曾國藩也因此而不能做一個儒家文化的完人，他「也不是光環耀眼的楷模」，而是「一個與常人無異的普通人」[47]。

作為一部以曾國藩這樣有爭議的歷史人物為主角的長篇歷史小說，作者避開了常見的做「翻案」文章的創作路數，而是致力於復原「一百多年前那個真實生活過的歷史人物」。因此，作品也就少了一份先在的政治或文化理念，而多了一種嚴謹的現實主義的創作態度。這種嚴謹的現實主義創作態度首先表現在，作者力求穿越歲月的迷霧，將曾國藩還原到一百多年前的那個真實的歷史情境中去。為此，作者依據那樣的時代格局，在曾國藩周圍設置了一系列錯綜複雜的矛盾糾葛。這些矛盾糾葛的對象，大而言之，有足智多謀、英勇善戰的正面之敵太平天國將士，有對他時時、處處、事事掣肘的地方勢力和勾心鬥角的官吏朝臣，以及既用又疑、且縱且收、恩威並施、寵辱交加，掌握了對他的生殺予奪大權的君主皇室。小而言之，有他統率下的難以駕馭的驕兵悍將和追隨左

[47] 以上引文參見唐浩明，《〈曾國藩〉中的曾國藩》，《文藝新觀察》第三輯（長江文藝出版社，二〇〇三年）。

右、無法隨意措置的骨肉兄弟，以及忠實於他卻又各懷異志的部屬親信，等等。正是曾國藩所面對的這些錯綜複雜的矛盾對象，在他的周圍編織了一個巨大的社會關係和個人關係的網絡，作者才能將他「置於那個動盪的、混亂的、新舊交替的時代中，置於驚天動地的大事件、錯綜複雜的矛盾交織中，讓曾國藩在這樣的場所中去活動、去周旋」[48]，去搬演他的起落沉浮、有聲有色的人生壯劇和人生悲劇，在這種人生壯劇和人生悲劇中，對曾國藩的心路歷程進行文化的透視和分析。這也就保證了作者對曾國藩的思想性格的塑造和文化心理的分析，是置放於一個為現實主義的創作原則所要求的真實的歷史情境和典型的社會環境之中，是依據一定的現實關係並在這種現實關係中，如實地描寫他的思想性格的複雜性和文化心理的矛盾，而不是主觀臆想或某些在政治、文化理念的產物。這是這部長篇歷史小說最重要的現實主義品質之一。其次，作為一部嚴格遵循現實主義創作原則的長篇歷史小說，而且是以類似於中國古代紀傳體史書記述「傳主」生平事蹟的方式為主人公「立傳」為特徵的作品，無疑要把人物形象的塑造放在重要地位。作者曾說：「百餘年來，各種各樣的歷史文本保存了曾國藩在這個世界上曾留下的痕跡。這些歷史文本自然是小說創作的重要依據。但是，我時常想，歷史文本上的曾國藩，好比殘缺的古畫，小說中的曾國藩應是完整的雕塑。為此，我需要做大量的蒐集挖掘工作，同時也需要自己來彌漏補缺。歷史文本上的曾國藩，又好比僵臥的木乃伊，小說中的曾國藩應是一個有血有肉、喜怒哀樂、愛恨情欲一樣不少的活生生的人物。為此，我不但要寫他外在的事功，更要深入到他的內心世界，寫他作為一個『人』的與人不同的個性。也就是說，寫他的精、氣、神。有了這三個要素，人才是活的。歷史文本上的曾國藩，也好比受時代影響而成為別人手中化了妝的道具，小說中的曾國藩應該去掉人為的包裝恢復其本來面目。」[49]在對曾國藩的藝術形象

48 唐浩明，《〈曾國藩〉中的曾國藩》，《文藝新觀察》第三輯（長江文藝出版社，二〇〇三年）。
49 唐浩明，《〈曾國藩〉中的曾國藩》，《文藝新觀察》第三輯（長江文藝出版社，二〇〇三年）。

的塑造和思想性格的刻畫方面，作者確實實現了他預期的這一創作目標。作品中的曾國藩，既有作為一個普通人在倫常關係和日常生活中表現出來的那些豐富複雜卻又可親可近的個性特徵，也有作為一個「大人物」在政治謀略和軍事行動中表現出來的那種令人敬而遠之、望而生畏的不同凡響的思想性格，而且這兩個方面在作品中的曾國藩身上，又不是分裂的、游離的和平行展開的，而是統一和相互滲透於曾國藩對儒家修、齊、治、平的人格理想的追求和實踐之中，都是這種以儒家的人格理想為核心的性格特徵的一個有機的組成部分。這樣的性格描寫，因為突出了其中的文化成份而有別於一般意義上以人的自然屬性（人類本性或普通人性）或社會屬性為基礎的性格描寫，因而也就具有巨大的文化含量和深厚的文化意蘊。這種具有巨大文化含量和深厚文化意蘊的人物性格，同時也使得作者筆下的曾國藩有別於以普遍人性為基礎或以社會政治為基礎在文學中創造的性格典型，而是在這些性格典型之外，別創了一種以文化人格為基礎的性格典型。這同時也是這部長篇小說的現實主義特質的一個重要表現。再次是，作為一部以人物為中心深入透視一個歷史時代種種矛盾和困境的長篇歷史小說，《曾國藩》也如一般現實主義小說那樣，致力於再現那些歷史人物的活動有關的重要歷史事件和歷史場景，尤其是與曾國藩的人生和事業密切相關的練勇和與太平軍的大小戰爭，以及與此有關的朝野上下和官場內外的活動，更是貫穿於全書的始終，成為支撐這部小說的主導性的情節線索。在對這一主導性情節展開的敘述中，作者不但通過與曾國藩的人生和事業有關的眾多人物的活動，從多層次、多側面集中地再現了曾國藩所處的時代各種複雜的內外矛盾和險惡的政治、軍事形勢，而且在精心塑造曾國藩的藝術形象的同時，或靈活穿插，或略加點染，或刻意對比，或巧設陪襯，或疏枝斜出，或比幹而立，或如影隨形、相伴始終，或草蛇灰線、忽隱忽顯，如此等等，總之是運用各種表現手段，塑造了一批如左宗棠、胡林翼、李鴻章、彭玉麟、曾國荃、康福、陳敷，包括太平軍的一些將領等眾多各具個性、各有特色的人物形象。這些人物形象不但對曾國藩的形象塑造起了一個烘雲托月的作用，而且也是作者對曾國藩的思想性格進行文化心理分析的一個重要參照系統。在這個參照系統中，所有這些人物身上那些為曾國藩所欣賞器重的思想性格和精神品質，在不同程度上都是曾國藩所遵奉的儒家人格理想的對象化，相反，那些為他所憎惡和鄙棄的，同時也是他踐行儒家的人格理想所極力克服的對象。因而作品中寫到的曾國藩看人看事的眼光和愛才識才的標準，也都是以儒家的人格理想為中心的。這種以主要人物的人格理想為中心的輻射式敘事，一方面固然因為所有的人事都經過了主要人物的人格理想的折光，因而有助於主要人物的思想性格和藝術形象的塑造，有助於豐富與深化主要人物的思想性格的文化內涵；另一方面這些人物形象也因為受主要人物從其人格理想出發的觀照角色的局限，而不能從多層次多側面展開充分的性格刻畫，以至於有些人物形象也因此而難免流於浮光掠影和趨於扁平化，這不能不說是這部以人物為中心的長篇歷史小說的一個重要的藝術缺憾。

在九〇年代的長篇歷史小說創作中，二月河是一個不見經傳、「橫空出世」的作家，這位大器晚成的作家年屆不惑才開始從一個「紅學」愛好者，轉向歷史小說創作，從八〇年代中期到九〇年代末期，在近十五年間，創做出版了近五百萬字的長篇歷史小說[50]，是當代歷史小說創作中，作品數量最豐、影響最大的一位小說家。與九〇年代眾多清宮題材的作品主要取材於清代末朝的宮廷生活不同，二月河的這些作品集中關注的是從康熙經雍正到乾隆一百三十多年間所謂「康乾盛世」的一段歷史。這段歷史在史學界和人們的口碑中歷史眾說紛紜，頌之者取其疆域廣大、社會安定、物阜民豐、國力強盛，貶之者則斥其文網遍佈、冤獄屢興、人心危危、弊端叢生。正是因為這個原因，所以，對這三代帝王功過是非的評價，也就存在著許多不同的甚至是完全對立的意見。尤其是在野史和民間傳說中被描繪為「謀父、逼母、弑兄、屠弟」、私改遺詔、搶奪皇位的雍正皇帝，更引發了許多不同的看法和爭論。作為一位熟諳中國歷史尤其是清代歷史的小說家，二月河通過精研大量的歷史資料，對這些

[50] 這些小說依次為《康熙大帝》四卷：「歷宮初政」、「驚風密雨」、「玉宇呈祥」、「亂起蕭牆」，《雍正皇帝》三卷：「九王歷嫡」、「雕弓天狼」、「恨水東逝」，《乾隆皇帝》六卷：「風華初露」、「夕照空山」、「日落長河」、「天步維艱」、「雲暗鳳闕」、「秋聲紫苑」。

帝王尤其是爭論最大的雍正，形成了自己的一些獨到的看法。二月河眼裏，雍正是一個既勤於政事又富有政績的君主。就勤政而言，從「康熙、唐太宗上溯到秦始皇這些勤政的君主，沒一個比得上他的」。他因此而留下的政績，「不但給乾隆的『十全武功』、『極盛之世』墊下了家底子，也留下了一個不錯的吏治環境」。「他確實是整人了，文字獄整平民也整官吏，『推丁入畝』整地主，『官紳一體當差』整了特權讀書人，『火耗歸公』整了遍天下的貪官污吏。連他整弟弟、整哥哥、殺兒子細查過去，若明若暗也似有不得已的苦衷。」「他得罪的官僚、縉紳、地主、讀書人太多了，因此，活著的時候就沒什麼好口碑。」他雖然「性格有缺憾」，但「個性極為鮮明」，「當阿哥時是孤臣，當了皇帝又成了保護孤臣的『孤家寡人』」。凡此種種，由於這些複雜的原因，就使得雍正這位「在歷史和現實中」「疑團重重、爭議紛紜」的皇帝，「活著是個悲劇人物」，死了後的二百多年間依舊「是個悲劇的歷史人物」。作者說：「從康熙初政、虎虎靈動的生氣、勃然崛起到乾隆晚期江河日下窮途末路，時光流淌了近一百四十年，是中國封建社會的迴光返照，即所謂『最後的輝煌』……雍正這十三年是這段長河中的『沖波逆折』流域。宏觀地看它，是嵌在大悲劇中的一幕衝突激烈的悲劇。」[51]

正是基於這樣的認識，作者雖然在《雍正皇帝》的創作中，對他筆下的雍正王朝的歷史和主宰這段歷史的雍正皇帝做了藝術的加工和處理，但依舊保持了他在研討這段歷史和這一歷史人物時所認定的悲劇的基調。這一悲劇基調見之於作品的情節，主要表現在如下幾個方面：

第一個方面是雍正希圖在政事上有所做為，這種願望和整個官僚制度及皇族的利益之間的矛盾衝突所造成的悲劇性。無論是在登基之前作為一個「辦差」阿哥，還是在登基之後作為一個勤政的皇帝，雍正對他執政前後這個正處於上升時期的王朝所面臨的矛盾和問題，如國庫空虛、官場腐敗、政務不興、民生多艱等，是十分清楚

---

51 以上引文參見二月河，《新年雜想》，《匣劍帷燈——二月河作品選》（長江文藝出版社，一九九八年）。

的，也是深懷憂慮。正因為如此，無論是為著積累政治資本還是為著王朝的整體利益，他都期望通過自己的勤勉「辦差」和宵旰圖治，充盈國庫、澄清吏治，使民有所養，皇基永固。但無奈的是，這些影響到王朝的生存和發展的矛盾和問題，一方面雖然有他作為一個歷史人物所認識不到的諸如整個官僚制度所存在的根本性癥結，另一方面也有他作為一個皇子和「兒臣」所不敢也不願深究的，因為「父皇」晚年的疏於政事而造成的惡果。這樣，無論是作為一個阿哥「辦差」還是作為一位皇帝勤政，他都不能不有所顧忌，即既要消除這些隱患和流弊，又不可否認包括「父皇」的晚年在內的功業和政績，尤其是不可能從根本上改變造成這些隱患和流弊的整個官僚制度，觸動那些不法官紳和整個皇族的根本利益，這就難免要讓這位能幹的阿哥和有所做為的皇帝，不能不常常陷於左支右絀、捉襟見肘的尷尬境地。他一輩子為清除上述隱患和流弊而開罪於一些有權勢的王公大臣、官吏縉紳，乃至眾多的王室成員，也全是因為他們所依仗的是整個官僚制度和至高無上的君主所賦予他們的地位和特權。在這種不可動搖的力量面前，他雖然竭盡全力，憑藉自己的特殊地位和非凡才能，也成就了若干功業，但最終仍然只能面對兄弟反目、皇子謀位、妖孽惑宮、孤臣遽死、新政凝行、軍事失利，發出天違人願、壯志未酬的哀歎。這是雍正個人的悲劇，也是整個封建時代一切有作為的明君賢相、志士仁人的悲劇。

第二方面是雍正為著王朝的利益所做的一切「辦差」和勤政的努力，與這種努力背後所隱含的個人私欲之間的矛盾衝突所造成的悲劇性。如同一切歷史人物一樣，雍正無論是作為一位「辦差」阿哥還是作為一位勤政的皇帝，也在他的行為動機中，都不可能不藏有一種或隱或顯的「貪欲」和「權勢欲」。這種被恩格斯稱之為「歷史發展的槓桿」的個人私欲（即「惡劣的情欲」）[52]，一方面促使這些歷史人物參與歷史活動，成功為驅使他們行動的一種激情的力量，在這一方面他們是「為私」的。另一方面，他們的行動所造成的一些客觀後果，又往往

52 參見恩格斯，《路德維希・費爾巴哈和德國古典哲學的終結》，《馬克思恩格斯選集》第四卷（人民出版社，一九七二年）。

對歷史的發展起了一種推動或促進的作用，在這一方面，這些歷史人物的行動又表現出了一種「利公」的性質。但是，這二者之間又常常會發生一種矛盾和衝突，即這種「為私」的動機未必總能造成一種「利公」的結果，或者為著達到「為私」的目的而以「利公」的名義做掩飾。當這種動機與效果發生悖謬的時候，一種悲劇就會隨之發生。作為「辦差」阿哥，雍正覬覦王位雖然經歷了一個由不自覺到自覺的過程，但一旦產生了這種自覺意識之後，一切為皇室「辦差」所做的努力及其所取得的成果，都成為與其他王子「奪嫡」的資本。與此同時他也暗中拉幫結派、培植私人勢力，或行韜光養晦之計，以取得父皇的垂顧和信任。當雍正運用自己的權謀心智奪取王位之後，為著鞏固自己既得的地位和權力，又不惜任用私人、剪除異己、殘害親信、計殺重臣。而這一切，又都是在整頓吏治、肅清朋黨、革除舊弊、推行新政，為著整個王朝的利益和天下百姓的安危的名義進行的。這種動機與效果的悖謬，便造就了他的一種表裏不一、內外相悖的分裂人格。即在一個能「辦差」的阿哥和有作為的明主背後，還隱含著一個心狠手辣、冷酷無情、睚眥必報、刻薄寡恩的暴君的性情。這種分裂的人格，不僅僅是某種帝王心術和政治謀略的表現，同時也是基於一種「惡劣的情欲」參與歷史活動，在歷史活動中追逐個人的「貪欲」和「權勢欲」所造所的結果。這是權力對人性的「異化」，它所造成的悲劇因而也是人性的悲劇。

第三個方面是雍正作為一個有血有肉的普通個體，與他作為一個參與「奪嫡」的王子和為著鞏固自己的帝位的皇帝，在道德和情感方面的矛盾衝突所造成的悲劇性。如上所述，在為皇室「辦差」和殘酷的權力鬥爭中，雍正雖然以沉默寡言、性情乖張、行事悖謬的「冷面王」著稱，但並不等於他就沒有普通人所應具有的一種道德天性和人倫之情。恰恰相反，作為一個普通個體，雍正又是一個心地善良、性格和順、尊老愛幼、憐貧惜弱、極富同情心又一心向佛的父兄和長者。這不僅僅表現在他呵護從小就失去母愛的十三弟、搭救要飯的狗兒、坎兒，對外放的李衛（狗兒）及其一家關懷備至，對布衣謀士鄔先生禮敬有加，對轉寄舊情的引娣隆眷優渥等方面，同時也表現在他的「奪嫡」鬥爭中尤其是在登上帝位之後，在處理與兄弟子息和親信近臣的關係中的矛盾態度上。這種矛盾態度不能完全看做是雍正的虛情假意，其中也確實包含有對兄弟和親信近臣的倫常之情，如他對待桀驁不馴且一再參與叛逆活動的十四弟的寬容和在處理「八爺黨」問題上的猶豫態度等。但是，儘管如此，在涉及到天命攸歸和權力之爭的問題上，他仍然只能選擇犧牲這種倫常之情而斷然採取毫不留情的處置手段。他在登基前活埋背叛他與八爺勾結的管家高福兒，在登基之夜又處死了深知他許多隱秘的坎兒和十幾個專一為他辦差的心腹，疏離為他謀奪帝位運籌帷幄的鄔先生，登基後又囚禁擁立有功但卻暗中結交「八爺黨」的親舅隆科多，賜死忠心耿耿辦差、為鞏固皇位立下大功的年羹堯，對「八爺黨」的主要成員和與自己離心離德的眾多兄弟，則或威逼、或罷黜、或軟禁，無一輕饒，甚至當自己的兒子威脅到帝位傳承時，也毫不留情地以死相逼。凡此種種，這都不是雍正的天性殘忍和缺少應有的人倫之情，而是殘酷的權力鬥爭的情勢使然。這就使得雍正雖然在權力鬥爭中始終是一個勝利者，在推行他所設想的新政中也施展了他的政治抱負，但在作為一個普通人的個人情感方面，卻始終是一個孤獨者，在為人的道德上，始終處在一種矛盾的狀態，雍正的人生也因此而陷入了一種難以掙脫的困境之中。這種困境既是一個身居高位的帝王的困境，也是人類的一種普遍的生存困境的表現。這種人生的困境最終也就把雍正這位「豺身狼顧」、「鷹視猿聽」、「一世陰鷙梟雄之主」，推向了一個亂倫的悲劇結局，由此整個作品也便完成了對這個「悲劇的歷史人物」的藝術形象的塑造。

作為一部以一個主要歷史人物為中心透視一個歷史時代的長篇歷史小說，《雍正皇帝》圍繞雍正的事業悲劇和人生悲劇，集中展現了從康熙晚年到整個雍正時代的王朝歷史和活動在這一歷史舞臺上的眾多人物形象。就這一段王朝的歷史而言，由於康熙晚年一心想做一個千古完人，以寬仁為政，疏於政事，結果導致政務廢弛、國庫空虛、貪污肆行、弊端叢生，在這種情勢下，雍正無論是登基前作為一個「辦差」阿哥還是登基後作為一位勤政的皇帝，對於根除積弊，振弱起衰，為一個王朝的百年盛世承前啟後、奠定宏基，無疑起到了一個決定性的歷史作用。正是圍繞雍正的登基前後的歷史活動，作品從政治、經濟、軍事、文化和吏治、官風、民情、習俗等各個方面，全方位地展現了「康乾盛世」處於轉折階段的這一段「沖波逆折」的重要歷史時期的各種錯綜複雜的社會矛盾和這一時期社會歷史發展的主要趨勢。與此同時，圍繞雍正這一主要人物的歷史活動，作品也塑造了眾多處於不同矛盾方面或作為環境構成因素的形形色色的人物形象。這些人物形象從宮廷內外、朝堂上下到官場幕帳、軍旅行伍乃至商賈細民、江湖術士等，無不個性獨具，栩栩如生，尤其是作為雍正「奪嫡」的主要對手和助手，以及在他登基後圍繞鞏固權力和推行新政而進行的鬥爭中，作為他的主要對手和股肱之臣的形象。如允禩的虛偽奸詐、允禵的勇武倔強、年羹堯的兇殘驕悍、鄔思道的足智多謀、允祥的仁義忠勇、李衛的狡黠機智、田文鏡的勤勉盡忠、孫嘉淦的孤忠耿直、劉墨林的逞才使氣、李紱的善用心機，以及允礽的庸懦、允禔的愚妄、允祉的淡泊、允䄉的詭譎、允禟的魯莽、隆科多的昏聵、弘時的陰毒、弘晝的荒唐、弘曆的幹練、張廷玉的忠謹、方苞的儒雅、馬齊的沉穩等，都具有一定的典型性，有的還達到了相當的典型深度。正是對一定的歷史時代的真實的本質的再現和眾多人物形象的成功塑造，使得這部匠心獨運的長篇歷史小說在思想和藝術上都達到了相當的現實主義深度。

二月河曾說：「在讀者與專家中，我盡可能兼顧兩者，真的要開罪一方，我則寧可對專家不起。」[53]這表明二月河的藝術旨趣是盡可能地溝通雅俗而偏向於俗。基於這種藝術旨趣，他的長篇歷史小說創作就必然要從具有悠久歷史的中國古代小說傳統中去吸取藝術滋養。見之於《雍正皇帝》的創作，這種「吸取」，主要表現在如下幾個方面：第一個方面是對作品情節主幹的敘述，基本上秉承的是帶有史傳色彩的歷史演義小說的傳統，因而整個作品的敘述重心，是從康熙晚年「九王奪嫡」到雍正登基、推行新政直至雍正王朝結束的一段歷史。對這段歷史的敘述，作者突出的是權力鬥爭的主線，圍繞權力鬥爭展開主要情節，在權力鬥爭中塑造各色人物形象。這條

53 二月河，《〈康熙大帝〉自序》，《匣劍帷燈——二月河作品選》（長江文藝出版社，一九九八年）。

主線的敘述因而充滿了激烈而複雜的矛盾衝突，在這種矛盾衝突中人物性格也顯得格外鮮明突出。第二個方面是圍繞作品的情節主線對一些情節副線即次要情節的敘述，則秉承的是中國古代尤其是明清以降社會人情小說的傳統。這些情節副線，或通過胤禛、弘曆作為阿哥的「辦差」經歷，或通過一些封疆大吏「為政」和「親民」的作為，以及帝王「巡幸」或王子「親征」的行跡，串演起朝野上下、宮廷內外、內地邊陲、市井鄉村、帝王后妃、皇親國戚、王公大臣、商賈行幫、士子官紳以及三教九流、五行八作的人生世相和生活百態。在圍繞主線展開權力鬥爭的矛盾衝突的同時，也全方位地展現了這期間極為廣闊的社會生活面貌。眾所周知，二月河受中國古代社會人情小說的巨製——《紅樓夢》影響至深，在長篇歷史小說創作中，他把他作為一個「紅學」迷對《紅樓夢》的長期研習所得，也運用於作品的謀篇佈局、人物刻畫和環境描寫，就使得這部作品雖然就其情節主線而言，帶有歷史演義的性質，但支撐整個作品的，卻不僅僅是一架孤立的權力鬥爭的骨骼，而是還有附著其上、填充其間的，由眾多豐富的日常生活畫面或世俗生活圖景凝聚而成的血肉。這些日常生活畫面與世俗生活圖景因為細節描寫的鮮活和人物情態的逼真，隨著作品情節主線的發展演進，同時也向人們徐徐展開了一幅《清明上河圖》式的社會生活畫卷。第三個方面是作品在直接秉承中國古代通俗的話本或白話小說傳統的同時，也接受了滲透於這一傳統之中的正統詩文和民間文化的影響，在敘述中融入了大量詩詞歌賦、曲文聯語乃至童謠民諺等亦雅亦俗的藝術因素，這些因素的融入，不但改善了作品的修辭，豐富了作品的修辭效果，而且也增加了作品的藝術情趣，使作品在雅俗之間獲得了一種適度的張力。與此同時，作品的敘述語言也力求融合雅俗，在現代白話口語的基本敘述語式中，也適當地吸收了一些古代白話小說乃至古典詩文的字、詞和句法，作品的敘事話語也因為這種「間離」現代的擬古追求而收到了一種「陌生化」的審美效果。也許是因為作者有意「開罪」於雅而取悅於俗，作品的某些情節設置和藝術描寫，如番僧作祟、道士鬥法等，因近於「神魔」而失其實，另有一些情節設置和藝術描寫，如兄弟奪愛、父女亂倫等，因偏向「奇珍異寶」而失於巧，都有悖於作品整體的真實性追求，在一定程度上，也影響了作品的藝術效果。

在九〇年代長篇歷史小說中，《白門柳》是一部創作時間跨度最長、所獲得的榮譽最高的小說。這部多卷本的長篇歷史小說以明清之際的一段「天崩地解」的歷史為背景，將筆力專注於「明末清初活躍於江南地區的一群著名的文化人」，從「當時的知識份子，也就是所謂『士』的階層來楔入，試圖通過他們在這一時期所走過的坎坷曲折的道路，從一個側面紀錄歷史的一些足印，揭示某種發展線索」。作者認為：「就十七世紀中葉那一場使中國社會付出了慘重代價的巨變而論，如果說，也曾產生過某種質的意義上的歷史進步的話，那麼恐怕既不是愛新覺羅氏的入主中原，也不是功敗垂成的農民起義，而是在『士』的這一階層中，催生出了以黃宗羲、顧炎武、王夫之為代表的我國早期的民主思想。」基於這樣的理解，作者「決定把《白門柳》的創作立意規定為：通過描寫明末清初著名思想家黃宗羲以及其他具有變革的色彩的士大夫知識份子，在『天崩地解』式的社會巨變中所走過的坎坷曲折的道路，來揭示我國十七世紀早期民主思想產生的社會歷史根源」，以實現作者通過文學創作「尋找和表現那些代表積極方面的、能夠體現人類理想和社會進步的事物」的文學理想[54]。圍繞這樣的「創作立意」，作品把這一群文化人的生活和活動，集中置放於明清易代的三年時間內[55]，通過這期間明末復社的活動和社內社外矛盾，明亡後圍繞擁立新君、建立南明弘光政權各派力量之間所展開的矛盾和鬥爭，以及弘光政權崩潰後，以南明魯王政權為中心浙東各派力量的抗清鬥爭等中心情節和「貫串全書始終的核心人物」——錢謙益和柳如是、冒襄和董小宛，以及黃宗羲等人的活動，集中展現了這個特殊年代的一代知識份子的人生道路和歷史命運，以及在這個過程中一種新的思想萌芽和產生的歷史過程。

54 以上引文參見劉斯奮：《白門柳·跋》（中國青年出版社，一九九八年）；《〈白門柳〉的追述及其他》，《文學評論》一九九四年第六期。

55 即明朝覆亡前夕的崇禎十五年三月到當年的十二月；李自成農民軍攻入北京之後，南明弘光政權在南京建立及其崩潰的崇禎十七年四月到次年的五月；以及同年六月到次年的五月，南明魯王政權在浙東建立到全線潰敗。

因為作者把作品的「創作立意」定位於「揭示我國十七世紀早期民主思想產生的社會歷史根源，即把新思想的產生作為最終的表現目的」[56]，所以，它的全部藝術描寫也就在於尋找這種正在萌芽中的「新思想」（即早期民主思想）與當時的社會歷史之間的內在聯繫，以及在這個「天崩地解」的時代催生這種「新思想」的各種複雜的社會歷史因素。這種藝術描寫主要表現在如下幾個方面：

第一個方面也是最主要的方面，是通過明末清初復社的活動，表明這一代知識份子所堅守的政治理想實際上的不可為，必須重新尋找新政治的出路，由此催生了一種新思想的萌芽。在明末東林黨人的影響下，復社的一群青年知識份子，以天下國家為己任，關心朝政，領導清議，在國事蜩螗之際，以致力於振弱起衰、革故鼎新而著稱士林。他們奉行儒家的政治理想和立身處世的原則，以「君子」自命，以別於閹黨餘孽和奸佞「小人」。他們憑藉江南這塊物產豐富、經濟發達、傳統思想文化根基比較深厚、新興的市層階層相對活躍的地區的政治經濟和思想文化環境，呼朋引伴、同聲相應、同氣相求，希望通過他們的活動，於國事、家事和個人仕途都有一番作為。作品以大量篇幅寫到他們議論朝政、抨擊閹黨、疏離群小、痛詆奸佞，抒發肅清吏治、革除弊政、收拾民心、復興大明的政治理想。他們在危難時刻，挺身而出，抵禦外侮、光復河山、報效國家的作為，表明他們確實是一批品行端方、思想激進、奮發有為、敢作敢當的政治文化精英。如果不是遭遇明清之交的歷史巨變，這些青年知識份子無疑都可能成為支撐朱明王朝的柱石和棟樑。但是，明清之交急劇變動的社會政治形勢，要求於這些青年知識份子的，卻不是或不完全是頭上的星空和心中的道德，或紙上的理想和口頭的清議，而是切切實實革新政治的措施和行動。而這一點又恰恰是這些恪守道統、空懷理想的青年知識份子所最為缺乏的。這不僅從他們治社無方，致使社友離心、社局日下的情勢可以看得出來，同時也可以從他們在閹黨餘孽阮大鋮、馬士英的鬥爭

56 劉斯奮：《〈白門柳〉的追述及其他》，《文學評論》一九九四年第六期。

中，一味逞才賈勇、缺少謀略，致使奸人得志、權臣當道的結局得到證明。更有甚者，是在國家處於危難之際，他們仍一味滿足於清議、奔走於社局，既不知審時度勢、共赴危難，更遑論救亡圖存、戮力回天，終致時局日下，國破家亡，一代英才，竟成覆巢之卵。凡此種種，這些致命的弱點和缺陷，最終就使得這些青年知識份子在經受了明末清初的各種歷史巨變之後，不能不深自反省、改弦更張，由此便催生了一種新的思想因素在其中的一些新銳之士和黃宗羲等人身上開始萌芽滋長。黃宗羲的始而失望於社局，繼而絕望於朝政，終而寄望於民眾，正是他在明清之際的這場歷史巨變中所經歷的一段重要的思想蛻變的歷程。

第二個方面是晚明社會政治窳敗、朋黨之爭劇烈，統治者為政失聰，致使閹黨餘焰復熾，國勢日漸頹唐的情勢對一種新思想的產生所起的激發作用。以復社為中心的這群青年知識份子，經歷了個人的科舉或仕途上的挫折之後，對這種忠而見背、賢才棄用的現實深感失望。開始由對權奸的痛恨到對整個政局都產生疑問。例如黃宗羲在得知朝廷置復社同仁對閹黨餘孽的抵制與鬥爭於不顧，決定起用阮大鋮的同黨馬士英，以及他進京會試因科場黑暗而名落孫山後的感受，就是如此。尤其是在經歷弘光小朝廷從建立到潰敗的過程中的種種「窩裏鬥」和在抗清鬥爭中的種種猜疑與歧視之後，像黃宗羲這樣的思想大膽、行為激進的復社成員，更對是否應當忠於一家一姓之天下產生了深重的懷疑。這種懷疑也就從根本上動搖了封建統治的思想根基，同時也是一種新民主思想萌芽的標誌。

第三個方面是明清之際複雜的社會政治和經濟文化因素，對一種新思想的產生所起的孕育和催生的作用。作為人物活動的環境，作品對明末江南地區的社會生活、經濟活動和民情風習，都有許多精細的描寫。這些藝術描寫同時也表明在這期間的江南地區，一種新的屬於資本主義性質的經濟因素已在開始萌芽滋長。這種新的經濟因素的萌芽滋長同時也在動搖傳統的「義」、「利」觀念和人們的生產與生活方式，成為孕育新思想產生的一種社會溫床。與此同時，作品也通過復社成員包括黃宗羲與西方來華傳教佈道的一些飽學之士直接或間接的交往，得以窺見西方先進的科學技術和新的知識領域，開闊了眼界，增長了見識，對一種新思想的形成，也起了發酵和催生的作用。這是問題的一個方面。另一方面，明末李自成的農民軍攻入北京和清兵入關、明朝覆亡，對這群愛國忠君的青年知識份子來說，既使他們經歷了一場國破家亡的巨痛，也使他們在痛定思痛之後，思考了一些從未遭遇過的一些極為敏感也極具叛逆性的現實問題。例如黃宗羲對李自成的「造反」雖然依舊站在正統立場，視其為大逆不道，但卻又清醒地意識到，即使沒有李自成「造反」，國事終不可為，遲早要生變故。對清兵入關，他雖然仍嚴守夷夏之別，奮起禦侮，但也不能不正視這種力量的對比所提出的問題，不能不承認關外這個馬背上的民族的強大和活動。倘承襲漢人文化，以漢人之法治理漢人，他們也未嘗不能久據中原。正因為黃宗羲在這些關乎王朝大統和綱常名教的重大問題上產生了許多「叛逆」的想法，所以無論是在擁立新君、建立弘光朝廷的過程中，還是在組織義軍、武裝抗清的鬥爭中，他都處在一種極為複雜的矛盾狀態：一方面作為大明王朝的臣民，他不能不竭盡孤忠，靖難殉節；另一方面，他又不能不承認，這些非常變故，對於根除王朝積弊、醫治政治頑疾，又未嘗不是一件好事。正是這種看似矛盾的心理，無形中便成了一種新的帶有民主色彩的反抗封建正統思想的催化劑。

如果說作者所要表達的一種新思想，在他筆下的黃宗羲這個「核心人物」身上得到了集中的體現，因而這個人物也就成了他筆下的一種思想的典型的話，那麼，他筆下的另外兩組「核心人物」，即錢謙益和柳如是、冒襄和董小宛，則分別是這一代知識份子（包括與這些知識份子的命運休戚相關的一些女性）在這個「天崩地解」的時代所遭遇的歷史命運的不同縮影。作為一位被作者稱之為「思想型」的人物，誠如作者所說，黃宗羲往往「是從天下萬民的宏觀角度去拷問現實」的，「視發現和堅持真理為人生意義的最高體現」，因而作品對這個人物性格的塑造，雖然也寫到了他與生俱來的「單純」的天性和執拗的脾氣，即他的性格的「固執而且時帶偏激」（這種性格特徵也就決定了他容易成為一種激進思想的凝聚者和代言人），但卻主要是著眼於他在遭遇社局和時局的種種激烈的動盪和複雜變化的過程中，對關乎綱常名教、國家社稷和個人安身立命的一些重大問題的反省與思考。這種注重反省和思考的特徵，就使得這個人物更接近一個思想者而較少普通人身上所特有的那種日常生活氣息。相對而言，作為東林前輩的錢謙益和復社同仁的冒襄，則都具有作者所說的那種「生活型」人物的性格特徵。與黃宗羲的注重思想不同，他們更注重個人的身家性命、利害得失和成敗安危，作為東林黨人和復社成員，他們雖然以天下國家為己任，為維護綱常名教和個人名節，也敢於挺身而出，與閹黨及其餘孽和奸佞小人做堅決的鬥爭，在國家危難之際，甚至也能奔走呼號，或策劃擁立新君，或意在軍前效命，總之是都有過一番作為或意欲有所做為的。但當這一切危及個人的身家性命和切身利害時，他們卻不能像黃宗羲那樣，義無反顧，成仁取義，殉節靖難，以不失「君子」和「士人」本色。這樣，作者筆下的錢謙益和冒襄，就不復是黃宗羲式的「單純」的思想型的人物，而是帶有生活本身所特有的複雜性的歷史角色。正因為如此，所以，無論是錢謙益的謀求復出而向閹黨餘孽妥協，以致為保住自己的官位而對政敵馬士英搖尾乞憐，甚至在兵臨城下之際參與獻城投降，還是冒襄在復社同閹黨餘孽的鬥爭和明朝覆亡後擁立新君、武裝抗清的鬥爭中，始終都在為自己的父親遷官和家人的避難奔走等，都有其作為一個普通人所承擔的生活角色的不得已和無可奈何之處。正是因為這種不得已和無可奈何，又常常使他們在這個過程中不能不陷於一種矛盾和痛苦的狀態。即使是錢謙益的一度歸順新朝，也沒有逃脫這種矛盾和痛苦的煎熬。恰恰相反，他最後的離京南歸，重返反清復明鬥爭的營壘，正是經歷這種痛苦的矛盾鬥爭所做出的選擇的結果。冒襄雖然一直遠離鬥爭的中心，一心為家事奔走，但即使最後使自己和家人得以保全，卻終於無法消除內心深處的無時不在的「義」與「利」、「忠」與「孝」之間的劇烈矛盾和衝突。他最後選擇了一條苟全性命於亂世，「拒不與征服者合作」、「苦持節志」、「獨善其身」的道路，與其說是對大明王朝的忠貞，不如說是作為一個複雜的生活角色而不是作為一個「單純」的思想者的無可奈何的選擇。如同黃宗羲一樣，作者是把這兩個人物與之共同作為明清之交三種不同類型的知識份子的典型加以刻畫的。他們「由於處境不同、性格不同、價值取向不同，因而所走的道路也不相同。而這種不同在他們那個階層當中，又有其各自的代表性。通過集中地描寫他們，可以比較完整地揭示這一階層的歷史面貌，同時也多側面地展現當時的社會世變。」[57]

作者說：「在眾多的『主義』和品類中，我更傾心於現實主義的創作樣式」，「我始終相信現實主義方法的特殊功能，它能夠引導我對人物的發掘達到意想不到的深度和廣度」。事實上，這部作品所體現的現實主義的創作原則和作者對現實主義創作方法的追求，與其說是作者創作中「始終遵循嚴格的考證，大至主要的歷史責任，小至人物性格言行，都力求必有據」，不如說主要是作者在創作中，「專全力去表現特定的歷史條件下，在各不相同的社會地位、文化修養、生活處境、利益關係之中活動著的人性」[58]。正因為如此，這部作品在藝術上的主要收穫，也就在於它以嚴謹的現實主義手法，在精心構造的典型的社會歷史環境中，成功地塑造了一大批具有不同程度、不同方面的典型意義的人物形象。這些人物形象除了上述貫穿作品始終的「核心人物」黃宗羲、錢謙益和冒襄，堪稱三種不同類型的知識份子典型之外，還有構成這一知識份子群體的其他具有不同程度的典型意義的人物形象，如陳貞慧、周鑣、侯文域、方以智、劉宗周、史可法等。他們或精明強幹、或刻板固執、或風流倜儻、或通脫曠達、或恪守道統、或盡忠國事，都以他們各自的性格稟賦，在他們所遭遇的具體歷史情境和生存遇中，共同搬演著一個「天崩地解」的時代的一幕幕人生悲喜劇。作為這一幕幕人生悲喜劇的串演者或對立面和配角，作品中所寫到的另兩類人物，如阮大鋮、馬士英和柳如是、董小宛等，也有各自的典型性：前者雖然與復社諸公同屬「士」的階層，但卻有「君子」、「小人」之別；後者雖然與復社公子有尊卑貴賤之分，但卻是一樣多情重義的人中之英。正是因為他們的存在，才使得這個「天崩地解」、混沌一團的亂世得以有忠奸正邪、善惡美醜，他們也因此而成為人生的複雜多變和深奧微妙的一個歷史的證明。

57 以上引文參見劉斯奮：《〈白門柳〉的追述及其他》，《文學評論》一九九四年第六期。

58 以上引文參見劉斯奮：《白門柳・跋》（中國青年出版社，一九九八年）；《〈白門柳〉的追述及其他》，《文學評論》一九九四年第六期。

第七節　本期散文創作

一、文化散文創作發展概況

如前所述，中國當代散文在六〇年代初期曾經出現過一個抒情散文的高峰，到了八〇年代，又因報告文學這種廣義的散文文體的崛起而使這期間其他類型的散文創作相形見絀。進入九〇年代以後，散文創作雖然出現了一個觀念多元、手法多樣、文體雜陳、風格迥異的繁盛局面，但相對而言，其中也有發展得比較成熟的散文品種，足以代表這期間散文創作的特色和成就。人們習慣稱作「大散文」、「學者散文」或「文化散文」，「文化散文」的卓爾不群、一枝獨秀，就是這期間散文創作新的特色和成就的標誌。

一般說來，「文化散文」（「大散文」、「學者散文」）是指那種在創作中注重作品的文化含量，往往取材於具有一定歷史文化內涵的自然事物和人文景觀，或通過一些景物人事探究一種歷史文化精神的散文。這種散文的作者多為一些學者或具有較深文化修養的學者型作家。因為上述原因，這類散文往往顯得視野開闊、氣魄宏大，且具有較強的學術性。追溯這類散文創作的藝術源頭，其遠因自然出自中國散文悠久的歷史傳統。中國古代散文，既有精巧的山水遊記、輕鬆的性靈小品、質樸的書簡筆記，也有以《莊子》為代表的天馬行空、汪洋恣肆，以豐富的想像和深邃的理性著稱的哲學散文，以《左傳》、《史記》等為代表的時空廓大、氣勢恢宏，以歷史的滄桑感和記人的生動傳神、敘事的縱橫捭闔為特徵的史傳散文，以及以孟（《孟子》）、荀（《荀子》）、韓（《韓非子》）、賈（《賈誼》）為代表的富於雄辯的論辯散文、以漢賦為代表的鋪張揚厲的詩體散文等。這後一方面的傳統，就孕育了我們今天所說的「文化散文」的藝術精神。其近因，則是直接肇自近二十年來的文化變遷和文學變遷。中國古代散文在經歷了「五四」新文化運動和文學革命的轉變之後，雖然「又來了一個展開」，其「成功」，「幾乎在小說戲曲和詩歌之上」[59]，但那主要是指一種隨筆「小品」（包括雜文）式的散文品種，後來雖然有所發展和變化，但除新興的報告文學這種廣義的散文文體以外，其規模體制和藝術格局，從總體上看，依舊比較狹窄。近二十年來，由於社會歷史的變遷，思想解放和文學革新的推動，散文作家如同其他文體的作家一樣，文學觀念也在發生變化，不但文化視野在逐步擴大，而且藝術表現的形式、方法與技巧，也在日趨多樣化。在這樣的情勢下，近二十年來的散文創作，一方面致力於恢復和重建中國散文悠久的歷史傳統，另一方面也注重吸收外國以及臺、港地區散文創作的藝術經驗。在這個過程中，近二十年來的文學發展，從八〇年代初的歷史反思轉向八〇年代中期前後的文化尋根，是觸發「文化散文」創作的主要藝術契機。

從八〇年代初期到八〇年代中期，由於對歷史的反思和對傳統的回歸的影響，一些作家的散文創作就比較注重發掘其表現對象中的文化內涵，或有意識地開掘一些有較深歷史文化積澱的創作題材，如王英琦的「文化遺址散文」系列作品《我的行包，你在哪裏？》、《「木乃伊」旁的奇思異想》、《烽火臺抒懷》、《古城牆斷想》、《南疆界碑》、《大唐的太陽，你沉淪了嗎？》、《青山有幸埋詩骨》、《不該遺忘的廢墟》、《塔克拉瑪干之謎》等，通過憑弔從半坡到圓明園、從古長城到永樂宮、從南疆界碑到青山古塚等一系列歷史文化遺址和作者自己深入蠻荒的冒險經歷，告誡人們「千萬不要忘記了在你們的身旁有一片不該遺忘的廢墟」。這既是針對文革及其前的一個較長的歷史時期，極左的政治思潮輕慢、蔑視以至於全盤否定民族的歷史文化傳統的現象，有

[59] 魯迅，《小品文的危機》，《魯迅全集》第四卷（人民文學出版社，一九八一年），頁五七六。

感而發，也是為人們思考現實問題、掙脫現實困境、振奮民族精神、推進改革開放提供一個重要的歷史參照。從這個意義上說，王英琦的這些看似發思古之幽情的散文創作，實則集中地反映了這期間的散文創作撥亂反正、反思歷史、重建傳統的一種精神取向。這種精神取向因為與這期間文學發展的整體趨向同步，因而也是這期間正在蓬勃發展的「傷痕—反思」文學的一個重要的組成部分。王英琦的散文因為取材的特別，思慮的深入，且具有極強的反省意識、憂患意識和濃郁的文化色彩，而有別於當時頗為盛行的傷悼散文和憶舊散文，一掃這類散文的感傷氣息和落寞情懷，而具有一種渾厚凝重的氣魄和雄強豪放的風格。因為上述特徵，王英琦的散文創作事實上已經奠定了「文化散文」的一些基本的藝術雛形。與此同時，這期間，受中國現代鄉土地域文學傳統和臺港地區的鄉土散文和地域散文的影響。一些作家也把這種注重文化內涵的發掘的創作旨趣，具體到對一些鄉土和地域題材的開掘之中，由此便產生了最初的一些帶有鄉土和地域特色的散文創作，如汪曾祺的寫老北京、賈平凹的寫商州等。這些散文雖然也具有「文化散文」的一些基本特徵，但因為格局較小，或與同一作家創作的筆記小說相類似，因而又缺乏「文化散文」作為一種「大散文」所應有的藝術氣魄和文體特徵。但這類散文的出現，對「文化散文」的形成和發展，無疑起了一種推波助瀾的作用。尤其是當它作為早期「尋根文學」的一些代表作，更對嗣後受「尋根文學」思潮影響得以發展壯大的「文化散文」創作，產生了重要的藝術影響。

八〇年代中期前後，由於文革結束後的一個時期文學在反思歷史的過程中對民族文化傳統的重新體認，同時也由於撥亂反正和改革開放以後，思想解放和文學解禁，擴大了藝術表現的領域（包括地域），這期間通過開拓文學的題材和主題，發掘文學中的文化因素，已經受到了各體文學創作的普遍重視。尤其是以「西部詩歌」為先導的「西部文學」的崛起和某些新潮詩人從倡導民族史詩向重構民族文化方向的創作深化，更進一步加劇了文學創作中的這種文化傾向。在這個過程中，對後來的「文化散文」創作產生重要影響，同時也標誌著「文化散文」創作在早期所取得的重要成就的，是一些從詩歌創作轉向散文創作的「西部詩人」，其中又以周濤和馬麗華的創作轉變最具代表性。作為「西部詩人」，周濤和馬麗華的詩歌創作都以表現西部的自然風光、人文景觀、民情習俗和歷史文化著稱，他們的詩歌創作不但向人們展示了長期以來為文學所忽視的豐富多彩的西部題材，而且也為文學注入了一種以雄強豪放著稱的西部風格和以開拓創業為特徵的西部精神。他們在八〇年代中期前後先後轉向散文創作，正是以這種獨特的西部題材、西部風格和西部精神為特徵的。與王英琦的創作素材主要來源於她在祖國各地遊歷的經驗不同，周濤和馬麗華的創作之源主要是出自他們長期在新疆、西藏的生活和工作經歷，當然也包括在整個西部地區的遊歷乃至冒險的經歷。他們的創作也因此而較王英琦多一些刻骨銘心的切身體驗，少一些旁觀者客觀、冷峻地審視的色彩。這同時也是「文化散文」創作由寄寓於歷史反思到轉向注重自身的文化體驗的結果。周濤和馬麗華的散文創作因而也是「文化散文」由早期的粗具規模到逐漸壯大成形和不斷走向深入發展的一個重要標誌。

就這兩位作家從八〇年代中期迄今的散文創作而言，雖然他們都是來自內地，但由此進入西部有時間的先後長短和進入的方式上的差異，以及各自的人生經歷、創作經歷乃至文學和文化觀念上的不同，因而在藝術上也各具特色，形成了一個自然的分野。如果說馬麗華的散文創作注重在自己的親身經歷中體驗西部的文化特色和文化精神的話，那麼，周濤的散文創作就似乎更偏向於由西部的自然風光、民情習俗、人文景觀和歷史文化所引發的想像和思考。他的散文創作因而依舊保留了他作為一個「西部詩人」所特有的詩性和神性的特徵。這位作家的散文代表作品主要有散文集《稀世之鳥》、《遊牧長城》、《兀立荒原》和《周濤散文》（三卷本）等。在這些散文作品中，作者雖然也紀錄具有西部特徵的景物人事，但他的筆觸卻不流連於這些景物人事本身，更不去精細地刻畫這些景物人事最能體現西部特徵的那些精確的細節，而是轉向抒寫對這些景物人事的獨特感悟和由這些景物人事所引發的獨特思考。而且這種感悟和思考又不停留在這些景物人事本身所顯示的具體確定的社會意義和人生價值的層面，而是指向一些帶有普遍性的或終極性的生命和存在的哲學問題。通過對西部的景物人事的這些獨特的感悟和思考，周濤的散文不但在西部完成了一次精神的漫遊，而且作者也把這種借助散文創作所進行的精神漫遊，作為自己融入西部，與西部的歷史文化、自然人文融為一體的一種獨特的精神生活方式和生存方式。周濤的散文創作因而在進入九〇年代以後，又以其獨具的詩性特徵和理想主義格外引人注目，成為這期間的文學所倡導的人文精神的一個獨特的標誌，在藝術上，周濤視散文創作為「表達思想的工具，而不是描摹生活的畫筆」[60]，因而他在創作中也就格外喜好議論和抒情，而疏於敘述和描寫。而且他所主張的這種「表達思想」的散文，又必須是絕對自由的，不受章法和規範的約束，要能「讓思想和感情自由奔放地表達」。正因為如此，他的散文就如天馬行空，獨往獨來，帶有極強的自我表現的性質。這種天馬行空、獨往獨來式的精神漫遊，既使得周濤的散文創作較之那種拘泥於敘事和細節描寫的散文，顯得格外生氣勃勃、自由靈動，另一方面也因為疏於對文化事象的完整記敘而難免要削弱作品的文化含量。

相對於周濤從五〇年代作為一個不諳世事的少年就隨父輩進入新疆，以後又長期生活、學習和工作在新疆的經歷而言，在七〇年代中期結束大學生活後進入西藏的馬麗華，此後雖然也一直生活和工作在西部這塊神秘的土地上，但畢竟只是一個羈留於西部的人生之旅的過客和外來的文化闖入者。因此她的散文創作也就不可能像周濤那樣，與西部的山川風物和歷史文化天然地融為一體，而是經歷了一個由表及裏、由淺深的感受、體驗和認識的發展過程。在這個過程中，這位帶有一種傳奇色彩的充滿了遊俠式的浪漫冒險經歷的女作家，在進藏後的二十餘年的時間內，足跡差不多踏遍了西藏大地，尤其是最能體現藏文化特色的藏北地區，創作和出版了大量散文作品。其中，長篇紀實散文《藏北遊歷》、《西行阿里》、《靈魂像風》和它們的合集《走過西藏》，更是她的西藏文化散文的代表作。作為一位詩人，馬麗華最初的散文創作如同周濤一樣，對西藏的山川風物、人文景觀，也充滿了一種詩化的想像，但與周濤不同的是，這種詩化的想像，不是源於作者對西藏文化深刻的內心體驗中所生

---

[60] 周濤，《散文的前景：萬類霜天競自由》，《周濤散文》第二卷（東方出版中心，一九九八年）。

發出來的詩意，而是作為一個外來文化的闖入者，在對西藏的自然人文的審美靜觀中所獲得的感性經驗。她的這些創作因而更多地是表現為對西藏的山川風物和人文景觀的深情禮讚，在這種深情禮讚中，同時也寄寓了一個理想主義者的浪漫情懷和對於人生理想的詩意追尋。隨著作者對西藏自然人文和歷史文化的瞭解的進一步深入和感受與體驗的進一步加深，對西藏的這種由詩化想像而生發出來的深情的禮讚，就開始轉化為一種建立在對西藏文化的深刻理解的基礎上的深度文化體認。這種文化體認不僅表現在作者在無盡的遊歷中，用自己的身心去追尋藏文化的足跡，去體驗藏文化的悠久神秘和博大精深，從而將自己的身心融入到這種文化的歷史中去，實現文化的融合、靈魂的淨化和個體的精神昇華，同時也表現在作者在這個過程中，始終在設身處地地企圖通過自己的想像，重新經驗藏文化在西部這塊高寒缺氧的山地上孕育發生和成長、成熟的奧秘，通過這種想像性的經驗，重建藏文化的歷史闡釋，在這種新的歷史闡釋中，使這種古老的文化煥發出新的光彩和生機。這是作者對西藏的經驗和感受、理解和認識的凝聚，也是她的散文創作的詩意的提升。在馬麗華的散文創作中，天然地貫串著漢、藏兩種文化的比較和碰撞，這種比較和碰撞的結果，是通過作者對藏文化的融入實現兩種文化的親和。與此同時，作者在對藏文化的理性審視中，也引入了一個現代的維度，即從現代歷史和現代生活的進程中，審視西藏這一古老文化的發展演變和存在狀態，為這一古老文化在歷盡滄桑後走向現代，提供一種理想的參照，馬麗華的散文又因此而對藏文化多了一層從現代文明的高度進行批判性審視的色彩。與周濤視散文為「表達思想的工具」不同，馬麗華的散文雖然也不乏對藏語文化深刻獨到的感受和思考，但她一般不脫離具體的描寫對象去做天馬行空式的冥思玄想，而是把她的思想感情融注到具體的物象之中，從對西藏的歷史文化和民情風俗的考古式的發掘與探險式的遊歷中，去深入地感受、體驗、領悟和思索藏文化的精神奧秘。她的散文因而既展示了藏文化豐富多彩的歷史畫卷、絢麗多姿的山川風物、詭奇幻異的民情習俗，同時又無處不浸透著濃郁的詩意和深沉的哲理。她的散文也因此既是歷史的、遊記的，又是詩的、哲學的，兼有文化學和人類學的雙重意義。

八〇年代中期，當周濤和馬麗華以一個「西部詩人」的身份，先後轉向這種帶有深厚的文化色彩的「西部散文」創作的時候，在小說界掀起的「文學尋根」的熱潮，進一步加劇了這種注重文化的散文創作追求。這期間的散文創作事實上已經完成了由傷悼逝者、反思歷史向追求文化的創作轉換，「文化散文」已然露出了一種新的創作苗頭。如前所述，九〇年代初，在市場經濟的格局初開、商品大潮湧起之際，散文如同其他文類的創作一樣，也出現了一種盲目追隨市場潮流，日益沉迷於一種「消閒」和「消費」性的「小散文」的商品化創作傾向。為挽救散文創作的這股頹風，創刊於九〇年代初的《美文》雜誌，開始倡導一種「大散文」的寫作：「鼓呼大散文的概念，鼓呼掃除浮豔之風，鼓呼棄除陳言舊套，鼓呼散文的現實感、史詩感、真情感，鼓呼真正的散文大家，鼓呼真正屬於我們身外的這個時代的散文！」[61]按照倡導者的理解，這種「大散文」，要實現如下幾個方面的創作目標：「(1)張揚散文的清正之氣，寫大的境界，追求雄沉，追求博大感情。(2)拓寬寫作範圍，讓社會生活進來，讓歷史進來。繼承古典散文大而化之的傳統，吸收域外散文的哲理和思辨。(3)發動和擴大寫作隊伍，視散文是一切文章，以不包專寫散文的人和不從事寫作的人來寫，以野莽生動力，來衝擊散語言的籬笆，影響其日漸靡弱之風。」[62]一些關於「大散文」問題的討論，被人視為此後的「文化散文」寫作的始作俑者，但究其實，它的真正意義卻在於，推動了八〇年代中後期已日漸露出苗頭的「文化散文」創作的進一步發展，擴大了「文化散文」創作的規模和聲勢，使「文化散文」的創作由前此階段的分散、自發的狀態，發展到一種較為集中的、自覺的藝術追求。「文化散文」因此在九〇年代呼應文學中的人文精神的提倡，在反撥市場化、商品的潮流中，逐漸發展的一種相對成熟的新的散文藝術品種。

61　《美文》雜誌創刊於一九九二年九月，由作家賈平凹主編，引文見該雜誌創刊號由賈平凹撰寫的《發刊詞》。

62　賈平凹，《走向大散文》，《賈平凹文集》第十四卷（陝西人民出版社，一九九八年）。

二、文化散文重要的作家作品

進入九〇年代以後，從事「文化散文」創作的作家，就其廣義而言，大致有如下幾種類型：其一是上述周濤、馬麗華等作家自八〇年代後期以來創作的自然延續。這類創作因其前緣而帶有較強的地域色彩和較濃的鄉土氣息，是「文化散文」中的一支「地域文化」和「鄉土文化」散文的創作勁旅。其二是以張中行、季羨林、金克木等為代表的「學者散文」的勃興。這類散文或回憶故人往事，或述說人生經歷，或漫論舊學新知，或記敘，或描述，或抒情，或議論，形同古代筆記，又如現代隨筆，既有深厚的學養，又見嫻熟的文筆，是一種學藝雙佳、文質彬彬的新古典主義的散文文體。其三是以張承志、史鐵生、韓少功等代表的跨文體或兼文體作家散文創作的繁盛。如果說從八〇年代中期前後，相繼有作家從一種文體如詩歌創作轉向散文創作，爾後成為專事散文寫作的散文作家的話，那麼，到了九〇年代，這種創作轉換就更多地是表現為一種跨文體或兼文體的寫作，即在專擅一種文體（主要是小說）寫作的同時，又兼司散文創作。尤其是在文學倡導人文精神、高揚人文理想的過程中，一些作家在把這種創作題旨貫注自己專擅的小說或詩歌文體的形象描寫的同時，也借助散文這種更直接的表達形式，表達自己對歷史文化和社會人生的思考。這類散文創作雖然也如「學者散文」一樣講究思想和學問，但由於作者的擅長形象描寫而兼有形象的實感，更具感性特徵。除此而外，這期間的一些報告文學、人物傳記、山水遊記、生活小品和哲學隨筆等，也都在不同程度上帶有「文化散文」的一些藝術特徵。追求散文中的文化意味，已然成了九〇年代散文創作的一種普遍流行的藝術風氣。

作為九〇年代「文化散文」創作產量最豐、影響最大因而也最為引人注目的散文作家，余秋雨的散文創作無疑具有其不可替代的獨特性。這位學者型的散文作家在專事散文創作之前，曾有一個相當長的時間，從事戲劇藝術理論的教學和研究工作，出版了一些頗有影響的藝術理論和文化史論論著。在從事教學和研究的過程中，對一個學者的生命形式和存在方式，他也進行了深入的反省和拷問：「我們這些人，為什麼稍稍做點學問就變得如此單調窘迫了呢？如果每宗學問的弘揚都要以生命的枯萎為代價，那麼世間學問的最終目的是為了什麼呢？如果輝煌的知識文明總是給人們帶來如此沉重的身心負擔，那麼再過千百年，人類不就要被自己創造的精神成果壓得喘不過氣來？如果精神和體魄總是矛盾、深邃，和青春總是無緣，學識和遊戲總是對立，那麼何時才能問津人類自古至今一直苦苦企盼的自身健全？」因為這種反省和拷問，所以他才「在這種困惑中遲遲疑疑地站起身來，離開案頭，換上一身遠行的裝束，推開了書房的門」，在古老中國的歷史長河中，在遍佈華夏的文明遺址上，同時也在大江南北、黃河上下的山山水水間，開始了無盡的精神漫遊和文化追尋。從八〇年代中後期起，他在《收穫》雜誌為他開闢的「文化苦旅」和「山居筆記」兩個專欄上，發表了他走出書齋後創作的大量散文作品，這些散文作品分別結集為《文化苦旅》和《山居筆記》，此後又有選本《文明的碎片》、《秋雨散文》和散文新作《霜冷長河》等作品出版，在「文化散文」創作中一時蔚為大觀，成為廣大讀者爭相傳閱的對象。進入新世紀以後，余秋雨又藉香港鳳凰衛視組織的「千禧之旅」和「歐洲之旅」，將自己的精神漫遊和文化探尋的足跡，拓展到中東、南亞和歐洲各地，陸續出版了《千年一歎》和《行者無疆》等新的散文作品集，在探索了中華文明之後，又相繼對伊斯蘭文明和基督教文明進行了深入的文化探尋，表現了這位作家在「文化散文」創作方面的最新成就和持久不衰的旺盛的創作生命力。

在談到自己的散文創作時，余秋雨說：「我站在古人一定站過的那些方位上，用與先輩差不多的黑眼睛打量著很少會有變化的自然景觀，靜聽著與千百年前沒有絲毫差異的風聲鳥聲，心想，在我居留的大城市裏有很多儲存古籍的圖書館，講授古文化的大學，而中國文化的步履卻落在這山重水復、莽莽蒼蒼的大地上。大地默默無言，只要來一二個有悟性的文人一站立，它封存久遠的文化內涵也就能嘩的一聲奔湧而出。」中國古代山水，正是因為有無數「有悟性」的文人，先先後後在同一個地方站立過，所以才把他們的經歷、學問、思想、情感乃至整個人生和命運，都留在了這平平常常的山水間，形成了一代又一代層累地堆積的歷史和文化的沉澱，所以才引發了作者的興趣。作者「發現自己特別想去的地方，總是古代文化和文人留下較深腳印的所在」，是一種「人文山水」而不完全是「自然山水」[63]，無疑正是要從這些歷史文化蘊含極為豐富的山山水水間，追尋古代文人的足跡，發掘古代文化的沉澱，通過這種追尋和發掘，既寄託自己的文化關懷，又給讀者以文化啟迪。他的散文創作的文化價值取向也主要體現在這些散文之中。在談到這些自然和人文景觀召喚自己的「文化指令」和自己的散文創作觀照這些自然和人文景觀的「精神標準」時，余秋雨說：「至少有一個最原始的主題：什麼是蒙昧和野蠻，什麼是它們的對手──文明？每一次搏鬥，文明都未必戰勝，因此我們要遠遠近近的它呼喊幾聲。」[64]

圍繞這樣的主題，余秋雨的散文創作主要從如下幾個精神向度，展開了他的文化尋覓。

其一是追索一種文化生成的奧秘。文化是人類的物質生活和精神生活的積澱，大到一個民族的文化，小到一個地域的文化或一個行業的文化，都與該民族、該地域和該行業的物質和精神活動的一定歷史和現實環境有關，是這些歷史的和現實的因素共同作用的結果。這種結果體現為一種文化事象，往往不是已經消逝了人們的物質和精神活動本身，而是這些活動所留下的一些歷史的遺留物。這些歷史的遺留物雖然不能系統地呈現一種文化形成的歷史和完整的形態，但卻保留了該種文化的深厚的精神積澱。余秋雨的這類作品正是通過這些歷史的遺留物，去追尋一種文化孕育、萌芽、生長和發展、演變的奧秘的。如《莫高窟》寫敦煌佛教文化、《抱愧山西》寫山西晉商文化等。前者通過審視敦煌洞窟開鑿興建的歷史和洞窟壁畫形成的歷史，深入地揭示了佛教在中國傳播的過

63 以上引文均見余秋雨，《文化苦旅．自序》，《文化苦旅》（東方出版中心，一九九二年）。

64 余秋雨，《文明的碎片．題敘》，《秋雨散文》（浙江文藝出版社，一九九四年）。

程中，由歷史眾多信徒虔誠的心靈所孕育創造的輝煌的佛教藝術文化，是一個民族心底的「一種彩色的夢幻，一種聖潔的沉澱，一種永久的嚮往」的產物。後者則通過考察山西境內現存的一些商號的遺址和它們的興衰的歷史，深入地揭示了山西獨特的地理環境、民情風習和歷史變遷對獨特的晉商文化所起的孕育和催生的作用。這類作品更多地表達的是作者對一種文化的讚歎和神往，同時也帶有一種文化尋根的意味。

其二是感歎一種文化的歷史興衰。文化作為人類物質生活和精神生活的一種歷史沉澱，在它的發生和發展的過程中，本身就會經歷許多興衰際遇，就會經歷歷史風雨的沖刷淘洗。今人所面對的，只能是在這種歷史的興衰際遇中，經過歷史風雨的沖刷淘洗所留下的文化的殘存物。這種文化的殘存物，在今人眼裏既是一種文化的特殊標誌，同時也紀錄了該種文化在歷史的興衰際遇中所留下的沖刷淘洗的擦痕。深入這種文化殘存物的裏面，細緻地辨認這種文化殘存物所存物留的歷史風雨的擦痕，不但可以捕捉到該種文化從無到有、由盛而衰的歷史軌跡，同時也可以深切地感受到該種文化的命運變遷所昭示的歷史宿命。如《道士塔》寫敦煌佛教藝術寶庫的盜賣和流失，《風雨天一閣》寫一個藏書家族的興盛和衰落等。前者通過一個道士的無知，揭露的是一種腐朽的制度和一段屈辱的歷史導致敦煌藝術的毀棄，後者通過一個藏書樓的歷史，揭示的是一種歷史的變遷和文明的發展導致一種藏書文化的興衰。前者所寫的是「一個巨大的民族悲劇」，後者所寫的則是「一種極端艱難、又極端悲愴的文化奇蹟」，二者都隱含了作者對中國文化的滄桑際遇的一種深切的歷史感歎。在表達這種感歎的同時，這類作品也表現了作者的一種強烈的文化批判意識和對一種文化歷史的理性審視的態度。

其三是對一種文化的締造者的由衷的禮讚。文化既然是一種群體的歷史創造的產物，因而文化總是與一定的人群和一定的歷史相聯繫。但是，在文化的創造中，那些起著舉足輕重或決定性作用的始作俑者或核心人物，如某些明君賢相、聖哲先賢、仁人志士、騷人墨客等，他們的歷史活動和文化活動所留下的行跡，又往往會成為一種文化的歷史表徵。這種文化的歷史表徵不但忠實地紀錄了該種文化艱難締造的歷程，同時也生動地顯示了該種文化締造者的思想性格和精神品質。穿越這種歷史的表徵，我們不但得以窺見該種文化的締造者所創造的豐功偉績，而且還得以領受這些文化的締造者的獨特的人格魅力。如《一個王朝的背影》通過承德山莊寫康熙皇帝，《都江堰》通過江堰水利工程寫蜀郡太守李冰等。前者寫的是奠定了一個王朝基業的康熙皇帝的文治武功，後者寫的是開創了「天府之國」的富饒的歷史的李冰澤被後世的無量德政。這類作品在表達作者對這些文化締造者的由衷禮讚的同時，也重塑了這些文化締造者的精神氣質和人格形象。

其四是對一種文化人的命運的深切關注。在中國文化的歷史長河中，文化人因其是文化的締造者、守護者和傳承者而成為在社會人群中身份地位都比較特殊的一群，他們的命運也因此而與一個時代的文化興衰枯榮、發展變異緊密相連。通過這些文化人的命運，往往可以捕捉一個時代精神發展的脈絡，折射一個時代風俗時尚的變化。尤其是在漫長的中國古代社會，有諸多文化人因為堅守一種文化立場和道德操守，或與統治者意見不合，或遭受奸佞之徒的陷害，或因派別鬥爭而罹禍，或因直言諫諍而見疏，如此等等。這些文化人的命運自然是擺脫不了貶謫流放，甚至因此而妻離子散、客死他鄉。但是，與此同時，這些文化人遭受貶謫流放的足跡，也構成了一種獨特的流徙文化，他們遭受貶謫流放的人生歷程和心路歷程，也構成了一部獨特的文化歷史。追尋這些流放者的足跡，不但可以通過他們的坎坷命運和尷尬人生，深入探究一代文化人苦難的精神歷程，而且也可以藉此觸摸這些文化人歷盡磨難卻依舊不乏高貴的心靈。如《流放者的土地》寫清代流放寧古塔的官吏文人，《蘇東坡突圍》寫蘇東坡流放黃州的經歷等。前者寫流放者的坎坷命運和在流放地艱難竭蹶的生存狀態，後者寫蘇東坡因流放而有幸獲得個體精神的「突圍」，都寄託了作者對中國古代文化人的人生和命運的無窮感慨。在感慨這些文化人的人生和命運的同時，也對造成他們這些不公正的人生和命運遭際的社會文化乃至心理性格的原因，進行了深入的反省和思考。

其五是發掘一城一地的文化蘊含。任何一種文化，都有保存於書本之中的文人的文化，也有存留於生活之中的民間的文化。尤其是有眾多人群聚居的村墟鄉鎮和現代都市，更是一種文化最易呈現自己獨特形態的處所。發掘這種人群聚居地的文化蘊含，無異於開掘一種蘊藏豐富的歷史地層，從那些存留於歷史遺址中的世俗生活場景、保存於歷史化石中的民俗風情，乃至歷史在今人的思想性格中的一種文化投影，都易於把握該種文化的一種歷史發展和現實形態。如《白髮蘇州》寫蘇州的歷史，《貴池儺》寫貴池的民俗，《上海人》寫上海人的性格，《江南小鎮》寫江南的民居園林，《西湖夢》寫西湖的文化和傳說等。這些作品或通過一段歷史寫一座城市的古老，或通過一種民俗寫一地人民的性情，或借助一種市民性格寫現代都市文化的複雜，或借助一類建築寫舊式鄉鎮生活的恬靜，抑或用亦真亦幻的傳說來勾畫一片湖水的文化夢境，如此等等，都意在通過這種考古式的發掘，為現代生活提供一種精神文化資源。

除上述幾個主要方面外，余秋雨的「文化散文」還涉及到回憶故人往事、臧否歷史人物、評說文壇掌故、賞玩自然山水，乃至獨抒一己性靈等諸多方面。這些方面的創作無一不貫穿著余秋雨對他的描寫對象獨特的文化發現和文化闡釋。

作為一位有代表性的「文化散文」作家，余秋雨的散文創作也有他自己獨特的藝術追求。這種藝術追求主要表現在如下幾個方面：第一個方面是重文化的感悟而不重過程和細節的描敘。余秋雨的散文創作涉及到的描寫對象，相對而言，主要有遊歷性的和觀賞性的兩個類型。前者多見於一種遊歷的過程，後者則見於一種觀賞的細節。但無論是突出過程的遊歷對象，還是凸顯細節的觀賞對象，余秋雨散文創作一般都不把他的筆力主要放在對這些遊歷過程和觀賞細節的描敘上面，而是特別注重在遊歷過程和觀賞細節的同時所得到的文化啟示和文化感悟。他的作品因而為表達這種文化啟示和文化感悟而生發的議論和抒情，要遠遠大於敘述和描寫性的因素。夾敘夾議、夾抒夾議因而也成了他的「文化散文」創作的一個主要的藝術特色。第二個方面是重文化的聯想而不重事實的考據。余秋雨的散文創作涉及到的許多對象，都是過去年代的歷史，有些還是爭議頗多或懸而未決的問題，因此需要對歷史事實做大量的考訂工作。余秋雨的散文創作雖然在事實的考訂方面為人所詬病，也確有一些知識性的失誤，但在保證一些基本事實和主要細節相對準的前提下，他在創作中注重的是由這些事實和細節所引起的文化聯想和文化想像，而不是這些事實和細節本身。這樣，他的散文創作反而因注重文化想像而顯得自由靈動，因注重文化聯想而顯得搖曳多姿，與某些頭巾氣重的膠柱鼓瑟的所謂「學者散文」判然有別，這是他的「文化散文」的又一個主要的藝術特色。第三個方面是重理性的闡發而不重資料的引證。與上一個方面相聯繫的是，余秋雨的散文創作既不重事實的考據，也就無意於論證某種文化事象的確鑿無誤，評判某種文化歷史和文化人物的正謬曲直、是非功過，而是追求對對象的文化蘊含的深入挖掘和獨到闡發。而且這種理性闡發也不是依靠邏輯的推演和實證的分析，而是依靠豐富的文化想像和文化聯想完成的。這就使得余秋雨的散文創作避免了過繁過甚的「掉書袋」式的資料引證，而具有一種因此而帶來的獨特性的理趣。這是余秋雨的散文創作第三個主要的藝術特色。

與上述三個方面的藝術特色相關聯的是，余秋雨的散文創作因重想像和聯想，而融合了虛擬性很強的戲劇和小說一些藝術表現手法，他的某些散文作品因而具有很強的情節性，甚至出現帶有一定衝突性的戲劇場面。同樣是因為上述在豐富的文化想像和文化聯想中完成對表現對象的理性闡發的創作特色，余秋雨的散文創作也融合了莊子的哲學散文天馬行空、汪洋恣肆的思維理路和兩漢賦體散文鋪敘誇飾、華美凝重的修辭方式，他的散文因而又呈現出浸潤了一種理性精神和內在理趣的詩化特徵。余秋雨的散文創作因為是處於一種遊動和行走狀態之中，是一種所謂「行者散文」，因而就難免留下許多行色急急匆匆、行程斷斷續續的痕跡。這種痕跡一方面表現在他的某些散文作品思慮不深、了無新意，往往流於一些即興的觀感和泛泛的議論。另一方面則表現在另有某些散文作品缺乏必要的剪裁構思，行文隨意、篇章散漫，都影響了他的散文創作的整體的藝術質量。

第十章　二〇〇〇年以來的文學

第一節　概況

中國當代文學在進入上個世紀九〇年代以後，發生了很大的變化。引起這種變化的主要原因，是九〇年代初開始的社會主義市場經濟建設。社會主義市場經濟，是結束文化大革命，實行改革開放政策二十多年來，中國社會發展的必然結果，它影響於文學的，既有管理體制方面的適應市場經濟條件的改革，也有作家自身和文學創作必須接受的市場經濟的挑戰和選擇。社會主義市場經濟同時也造就了一種有別於以往的人文社會環境和文學的生產、流通與消費機制，這些，也都對文學發展產生了重要影響。

文學自身的發展，並不受世紀轉換的影響。進入新世紀以來的文學，是上個世紀九〇年代文學的一個自然的發展和延續。其中有持續穩定的因素，也有與世推移的變化。如果要把新世紀以來的文學作為一個正在行進中一個並不完整的文學時段來看的話，那麼，它也有一些特徵和發展趨勢，值得引起我們的注意。

相對於上個世紀九〇年代而言，進入新世紀以來，由於市場經濟的環境，已逐漸為人們所適應，與文學相關的管理體制、市場運作，經過不斷的調整、改革，也日趨健全、日漸規範，作家的創作心態因而也漸趨平穩。雖然這期間仍不免某些文學「炒作」現象，但那大多屬於文化市場運作過程中必不可免的一些極端表現，與上個世紀九〇年代初盲目追逐市場化潮流所導致的商品化的創作傾向，應有一定的區別。這期間的文學因而就不像九〇年代初期那樣主要甚至完全由市場操縱，也因此沒有九〇年代那樣的起落沉浮、躁動喧嘩。

由於作家大多有一個比較平穩的創作心態，所以雖然在寫什麼和怎麼寫的問題上，仍不免要受讀者市場乃至大眾傳媒的影響，但較之上個世紀九〇年代初一窩蜂地湧向市場，卻少了許多盲目性，而增加了許多自覺和自主的意識。在題材的選擇、主題的確立和藝術表達方式乃至文體和風格的追求方面，作家的自我定位一般都比較明確，大多是本著自主的選擇而不是追隨市場的潮流，因而像九〇年代出現的那種一浪接著一浪的創作「熱」潮現象，不復再現，表明作家的創作主觀能動性已大為增強。

與此同時，由於作家對市場經濟條件下的社會發展和人的生存狀態，也有了比較明確、清醒的認識，因而看待社會人生問題和生活現象，也不像上個世紀九〇年代市場經濟興起之初那樣簡單和抽象。那種將物質與精神、科技與人文、原欲與道德、現實與理想、功利與審美截然區分的二元對立的創作思維，逐漸有所改變，對因深入發展的改革開放和市場經濟建設所引起的諸多現實問題，一般都能採取「理解之同情」的態度，充分注意到它的複雜性和多面性，且視點下沉，在關注上層「官場」鬥爭的同時，也關注下層普通人尤其是一些「弱勢群體」的生存狀態。對社會問題的暴露，也不僅僅停留在問題本身，而是深入到解剖人性的層面，或在暴露問題的同時深入地解剖人性，在這個過程中，較好地協調歷史評價和道德評價之間的矛盾與衝突，因此，那些反映急劇變動的現實生活的作品，較之上個世紀九〇年代同類作品偏激的價值立場（歷史的或道德的），更加切近當下中國的生活實際，也更顯現實主義的藝術深度。

在關注現實生活的同時，新世紀以來的文學創作依舊保持了對歷史的個人化書寫、對人性的深入探究和對文化、生態等諸多與人的現實生存和社會發展密切相關的問題的濃厚的關注興趣，這些方面的創作，大體上都沿襲了上個世紀九○年代的創作旨趣，而在深度和廣度上都有所開拓。從這些創作與九○年代文學的持續性的聯繫和關係中，也可以窺見新世紀以來中國文學的一種相對平穩的發展態勢。

文化大革命結束以後的中國文學，是極富創新精神的。上個世紀八○年代的文學創新，主要是圍繞傳統的現實主義和浪漫主義創作方法的新變，和新的現代主義的藝術實驗兩個方面展開的。九○年代文學承續了這一藝術創新的格局，但因為經過了八○年代文學自身的多次「反撥」，已不再表現為一種「反傳統」的激進的先鋒和前衛姿態，而是與傳統的創作方法達成「和解」，並逐漸與傳統的創作方法相互融合、滲透，創造一種新的文學的基本表現方法和技巧。有些作家甚至因此而表現出一種向傳統「回歸」的姿態，在用現代觀念刷新傳統的同時，也促使傳統的創作方法向現代發生創造性的轉化。凡此種種，表明九○年代的文學已經結束了對西方現代派文學簡單的學習和模仿，開始進入到一個融會貫通、另擇新機、別開生面的全新境界。

上個世紀九○年代文學這種融匯中西、獨出機杼的創新精神和藝術取向，直接影響了新世紀以來的文學創作。在這期間的創作中，作家對思想和藝術新意的追求，不是像上個世紀八○年代中期激進的先鋒文學實驗那樣，主要依靠演繹西方現代哲學的某些思想文化理念，和模仿西方現代派文學的某些創作方法與技巧，而是憑藉多方面的思想文化和藝術資源，對歷史和現實進行獨立的思考與獨特的表現。雖然這期間也有的作家表示，在「向西方文學的借鑑壓倒了對民間文學的繼承的今天」，要反其道而行之，向民間「有意識地大踏步撤退」[1]。但這種「撤退」，事實上已是經歷了一個「燦爛之極」之後的「平淡」，其中已包含有近二十年來「向西方文學借鑑」所吸收的諸多現代因素，因而與上個世紀四○年代以後文學的民族化和民間化傾向，就不是同一個意義。這種在一個更高的層面上、通過一個否定之否定的藝術行程，再度回歸民族傳統和本土經驗的創作傾向，正是新

1 莫言，《檀香刑後記》（作家出版社，二○○一年）。

世紀以來的文學穩健發展的總體態勢的一個藝術的縮影。

新世紀以來，各體文學創作的發展是不平衡的。這種不平衡狀況，與上個世紀九〇年代基本相似，但又略有區別。其中，長篇小說的發展勢頭稍有減弱，但仍有力作問世；中短篇小說則保持了一向比較平緩的發展態勢，有特色而乏精品；詩歌創作，因為創作主張的分野，而呈現出在雙峰對峙（「知識份子寫作」與「民間寫作」）中多向分流的格局；散文創作相對於上個世紀九〇年代而言，「大散文」的潮頭漸歇，一般散文的質、量相對穩定；一向敏感於現實的報告文學，在關注重大事件，緊扣時代主旋律的同時，也關注百姓生活，尤其是農民和社會弱勢群體的生存狀態和命運變化。

第二節　詩歌創作

上個世紀九〇年代詩歌經歷了一個市場萎縮、領地消失的過程。進入新世紀的一個新動向是詩歌市場危機暫告結束，詩歌報刊的市場份額在縮減中已趨於穩定，且產生了相應的讀者群。詩歌報刊的擴版、新報刊的加入、民間詩歌報刊的活躍，為詩人們提供了更多展示作品的平臺，為詩歌的發展開拓了更大的生存空間。

在傳統的紙質媒體之外，新世紀以來，給詩歌提供更廣闊、更自由的展示平臺的，是作為新的電子媒體的網路。網路這個神奇的數位英雄給詩歌的發展打開了新的視窗，傳統的文學文本在網路空間被啟動，電子文學文本在網路空間肆意狂歡，網路幾乎成了新世紀的一個新的詩歌王國。雖然現在還不能肯定網路將來究竟會在多大程度上影響詩歌的發展，但它確實為詩歌發展提供了新的機遇，對詩歌發展是一種巨大的推動，卻是一個不爭的事實。「網路詩歌」的出現，對現行的詩歌觀念，也是一個強有力的衝擊，由此也可能給現代中國詩學帶來一些新的理論元素。

在這個由傳統的紙質媒體和現代的電子媒體構成的詩歌舞臺上，詩人的身影十分活躍。從上個世紀八〇年代開始，詩壇就山頭林立、流派眾多、旗幟變幻，尤以八〇年代中期為最。新世紀以來，雖然不像上個世紀八〇年代中期那樣集中突現、數量眾多、規模巨大，但仍保持有極端的斷裂姿態和追求片面的深刻等基本的行為特徵。所謂極端的斷裂姿態，是指與別的詩歌派別尤其是與前此有影響的詩歌派別的斷裂，以標榜自己的創新性和獨特性。所謂追求片面的深刻，是指其理論主張，往往有意突出和強調詩學理論的某一個片面，將之推向極點，以追求其絕對的深刻性。

這期間先後出現的主要有「七〇後」、「下半身」和「中間代」等幾個主要的詩歌派別。在這幾個主要的詩歌派別中，作為「七〇後」詩人的一個組成部分的「下半身」群體，刻意強調「身體寫作」的本體論意義，竭力否定一切既有的詩歌觀念，力圖表現形而下的生命體驗。「七〇後」和「中間代」詩人群體，則基於一種代際「影響的焦慮」，力求掙脫前代詩人的影響，獨立創造自己的歷史，同時，在這個詩歌備受冷落的時代，也藉此引起人們的廣泛注意。這些詩歌群體的出現，雖然也集合了新的創作隊伍，為近期詩壇貢獻了一些新人、新作。但終究因為缺少一種文學流派產生所應有的歷史根基和詩學根基，加之缺少足夠的創作實績的支撐，有的派別的某些詩歌創作，又因為越過了道德的或藝術的底線，赤裸裸地表現肉體的欲望，缺少應有的藝術審美價值而為讀者所詬病，因而難有持久的藝術生命力。

新世紀以來，詩壇的這種群體性活動較有影響的有「甲申風暴•二十一世紀中國詩歌大展」。這次大展是繼一九八六年《詩歌報》和《深圳青年報》聯合舉辦的「中國詩壇一九八六年現代詩群體大展」之後，最大規模的一次現代詩的群體展示。這是一次經過較長時間醞釀，由《星星》詩刊、《南方都市報》和新浪網聯合舉辦的一次詩歌大展。於二〇〇三年八月開始徵稿，二〇〇四年三月正式推出。這次大展的主要目的是：大規模展示當代漢語詩人的優秀創作，真實反映中國詩壇現狀，呈現國內各詩歌網站、社團和個人的最佳詩歌創作成果，強檔推出當代實力詩人，為積蓄已久的中國詩歌風暴搭建舞臺，搖旗吶喊，同時，也讓小眾的詩歌和大眾的讀者發生聯繫。此次大展共集中展示了近三百位詩人的近千首詩歌作品。參展的詩人既有「朦朧詩」及其前的「知青詩人」，也有「朦朧詩後」諸派以及其後的「七〇後」和「中間代」詩人，幾乎囊括了當下詩壇的主要創作力量和代表性的詩歌作品，是當下詩壇的一次實力展示和力量整合。大展因為吸收了民間社團、刊物和網路詩人群體參加，因而也溝通了不同詩群間的交流，並使詩歌與讀者大眾的接觸獲得了一個立體交叉的渠道。

繼上個世紀九〇年代末發生的詩歌論爭之後，新世紀以來的詩歌論爭更加活躍。這些論爭，大都是上個世紀九〇年代末「盤峰論爭」的餘波，基本上仍以「知識份子寫作」和「民間寫作」為分界，不過有些論爭已延伸到某個派別的內部，雖然更加複雜、多變，卻無多少新的詩學含量。與之相對應的是，創作上的雙峰對峙的格局依然存在，但在雙峰對峙中，又呈現出多向分流的趨勢。就其較為引人注目的一些詩歌創作現象和詩人詩作看，如下一些方面頗能代表這種多向分流的大致取向。

其一是對現實問題的關注。近年來，國內外發生的一些大大小小的政治、軍事和一般社會生活事件，如伊拉克戰爭、非典疫情、孫志剛事件[2]、汶川地震以及一些社會弱勢群體的生活和生存問題等，不僅引起了報告文學作家和小說家的普遍關注，同時也觸動了詩人的心靈。如以山東民工「自焚」討薪事件為題材，就有過一次向各派詩人徵稿並因此而釀就的一次詩歌創作行動。汶川地震發生後，不少詩人奔赴災區，充當志願者，不僅以自己的詩作，同時也以自己的實際行動，關心災區人民，關注這次重大的災害事件。這些詩歌行動，不僅體現了各派詩人關注現實的創作熱情，也反映了近年來詩歌創作的「及物」傾向。

---

2 二〇〇三年三月二十日原籍湖北黄岡的孫志剛被廣州市政府執法機關以「三無人員」的理由收押，拘禁期間被毆打致死。

其二是對生存體驗的關注。文化大革命結束以後的中國詩歌，在擺脫了長期極端的政治化影響之後，十分重視個體的生命經歷和生存體驗。近年來的詩歌創作承續了這一內在化的創作追求。無論是標榜「知識份子寫作」還是標榜「民間寫作」的詩人，抑或是在二者之間，主張走第三條道路的詩人，一無例外地都把個體的生命經歷和生存體驗，看作是詩歌創作的主要精神資源，以引發生命的顫慄和心靈的震撼為詩歌創作的最高目標，不同的只在於表現的角度各有側重：有的側重於表現原始的本能的生命欲求，視身體的物質存在為詩歌創作的本原，或側重於表現這種原始的本能的生命欲求被禁錮、被壓抑所產生的精神和情感的變異。有的側重於表現日常的世俗化的生活狀態和生存體驗，從這種世俗的日常生活狀態和生存體驗（包括日常化的語言即口語）中去感悟生命和存在的本真狀態。也有的側重於表現一種超凡脫俗的宗教情感或神性體驗，從中去體味生命和存在的神聖與崇高的境界。總之，與文化大革命結束後的十來年的詩歌不同，近年來的詩歌創作，主要地不是以歷史、民族、文化為主題，而是以個體、生命、存在為軸心。

其三是對本土經驗的關注。這種關注包括本土的生存經驗、文化體驗和話語資源。文化大革命結束之後的中國詩歌，在相當長的一段時間內，以追逐西方現代主義詩歌為時尚，對西方人的生存體驗、文化思想和話語方式，不加分析地生吞活剝、照搬照套。近年來，經過了詩歌界的自我反省，詩人們把關注的目光逐漸由西方轉向東方，開始從本民族的歷史文化和文學傳統中，去發掘和起用一些淹沒已久的精神資源和話語資源，通過一種創造性的轉化，使之成為今天詩歌創作的一種不可或缺的思想和藝術要素。二○○三年十一月《詩刊》在深圳舉辦了第十九屆青春詩會，研討的主題就是「在古典詩歌長河中傳承」，得到了與會眾多詩人的認同。詩人于堅在創作了頗帶古典色彩的長詩《長安行》後說：「我終於把『先鋒』這頂歐洲禮帽從我頭上甩掉了。我再次像三十年前那樣，一個人，一意孤行。不同的是，那時候我是某個先鋒派向日葵上的一粒瓜子，如今我只是一個漢語詩人而已，漢語的一個叫做于堅的容器。」[3]于堅的話，集中表現了新世紀詩歌創作與本土文化、本土精神和本土文學傳統銜接的強烈渴望。

第三節　中短篇小說創作

在經歷世紀末的焦躁之後，進入新世紀的小說創作，與上個世紀八、九十年代的繁華、喧鬧相比，雖然數量上仍蔚為壯觀，但整體上卻有些沉默，尤其是中短篇小說創作，沒有出現人們所期望的那種具備所謂「跨世紀」風格的作品，也沒有出現像上個世紀那樣能吸引文學界甚至全社會的目光，引起「共鳴」乃至「轟動」的篇什。這種平靜的狀態是文學從社會「中心」逐漸退居邊緣的必然結果，同時在某種意義上，小說褪去浮華，增添一分沉穩和平靜，或許正是它走向成熟的標誌。

褪去浮華，首先表現在技巧層面。經過「五四」與八〇年代兩次歐風美雨的沐浴以及一個世紀的發展，中國現代小說的技術含量達到了一個較高水準，尤其是八、九十年代先鋒作家的文本實驗，和新生代作家的「炫技」遊戲，將小說的各種可能性都做了充分的發揮。評論界曾經為這種形式和「技術」的進步而興奮，更有甚者將其視為中國小說走向現代化的標誌。

技術含量的增加雖然給當代小說的發展帶來了積極的影響，但技術終究是技術，它不可能完全取代小說的內質，當它達到一定程度，或者一種極致時，作家就會發現技術並非小說的唯一要素，它終究無法取代小說之為小

[3] 參見《作家》二〇〇二年第十期。

說的一些根本性的東西。

進入新世紀以來的中短篇小說創作，一個顯著特點是作家的技術熱情相對冷卻，此前所張揚的文本實驗悄然退場，技巧隱身於質樸而嫻熟的敘述之中，運用諸多敘事手法而不著痕跡，小說的外表不再乖張，而顯得沉穩平實。如王安憶的《小說二題》、史鐵生的《兩個故事》、莫言的《冰雪美人》、劉慶邦的《信》、畢飛宇的《地球上的王家莊》、尤鳳偉的《原始卷宗》、紅柯的《過年》、遲子建的《花瓣飯》等。

在技術隱退的同時，新世紀的中短篇小說，也在逐漸對各種意義的重負做「瘦身」處理。小說家不再熱衷於精心編織細密的故事情節，去表達或暗示某種隱秘、深奧的涵義。而是讓故事像生活本身那樣，按照自身的存在形態和發展邏輯，自然而然地呈現出來。如遲子建的《芳草在沼澤中》、阿來的《遙遠的溫泉》等，完整的故事被分割在不同的敘事時空之中，整體的情節由豐富的細節所取代，通過看似散漫、零亂的敘述，呈現的是生活本身的狀態和事實的邏輯，而不是對某種外加的意義的暗示和闡釋。

與此同時，也更注重故事本身的可讀性，而不追求這種可讀性之下的深度意義。如方方的《奔跑的火光》、池莉的《懷念聲名狼藉的日子》等。有的因為具有較強的視覺效果，如畢飛宇的《青衣》，主人公筱燕秋在生命的最後時刻穿著戲服在風雪中獨唱，不僅好「讀」，而且好「看」，因而被搬上螢屏，成為可視性的「影像」，這期間被改編成影視劇的中短篇小說因而也逐漸增多。

從文本實驗和「炫技」遊戲中抽身出來，這期間的作家渴望貼近生活現實，有意識地拉近與當代生活的距離。當代生活的豐富多姿與變化多端，在作家們的筆下得到真實而迅捷的抒寫，池莉的《看麥娘》、張者的《唱歌》、許春樵的《一網無魚》、劉心武的《京漂女》、申維的《第六代》、唐穎的《告訴蘿拉我愛她》、東西的《我為什麼沒有小蜜》、程青的《愛琳訪談錄》等都再現了生活的鮮活感，能使人感受到當代生活的清新氣息和可觸摸的實感。

此外，如池莉的《生活秀》、東西的《不要問我》、畢飛宇的《青衣》、陳忠實的《日子》、鬼子的《瓦城上空的麥田》、趙本夫的《鞋匠與市長》、須一瓜的《淡綠色的月亮》等，也分別從不同的角度，展示了當下的生存狀態。

這期間中短篇小說關注現實的主要表現，是將目光投向普通人的底層生活，對底層民眾傾注了更多的人間關懷。如鐵凝的《逃跑》反映平民面對貧窮而求生存的艱難和無奈。其他還有北北的《尋找妻子古菜花》、劉慶邦的《到城裏去》、李洱的《龍鳳呈祥》、熊正良的《我們卑微的靈魂》、陳應松的《望糧山》、楊爭光的《符馱村的故事》等，這些小說不同程度地表現了底層人民對現代生活的嚮往，和現代生活給他們帶來的始料未及的後果。

因為對底層生活的關注，這期間的中短篇創作，又大多聚焦於傳統的農村題材，如畢飛宇的「三玉」（《玉米》、《玉秀》、《玉秧》）系列、魏微的《鄉村、窮親戚和愛情》、劉亮程的《榆樹的影子》、姜貽斌的《槐樹的秘密》等。農村在改革開放以來所發生的諸多變化，尤其是農民的生活觀念和行為方式的變化，以及農民的生存狀態、遭遇和命運，是這些作品集中關注的焦點問題。

在傳統的農村題材中，以進城打工的「民工」生活為題材，是這期間中短篇小說創作的一個新的藝術生長點。如荊永鳴的《北京候鳥》、張抗抗的《芝麻》、熊正良的《我們卑微的靈魂》、孫春平《包工頭要像鳥一樣飛翔》等。尤其是孫春平的《包工頭要像鳥一樣飛翔》，寫一個包工頭為了替民工爭回工錢，爬上了高聳的煙塔的無奈之舉，最為貼切地表達出了民工這個弱勢群體的生存困境。

與之相應的是，傳統的現實主義的表現手法和技巧再度「復活」，它與現代小說敘事方法和技巧的結合，成為這期間的作家切入現實人生、揭示生存本相的有效途徑。

這期間，中短篇小說創作中的「寫實」傾向，在某種意義上可以視為八〇年代後期新寫實小說的延伸。但與新寫實小說相比，面對現實的「無奈」情緒，更多地轉變為對生活本身冷靜的認知。所以，這期間中短篇小說的

「寫實」，沒有停留在無奈認同的層面，而增添了思考的力度和開掘的深度。如東西的《不要問我》、畢飛宇的《青衣》、嚴歌苓的《誰家有女初養成》、蔣韻的《上世紀的愛情》、莫言的《冰雪美人》、鄧一光的《懷念一個沒有去過的地方》等都有不同程度的表現。其中，又以畢飛宇和陳應松的創作，表現最為突出。

畢飛宇在這期間創作的《青衣》和「三玉」系列，詳盡地描述了當代女性各不相同的人生歷程。筱燕秋、玉米的命運不僅揭示了造成女性苦難的社會根源，更凝聚著對女性自身的文化心理及人性弱點的深入發掘。在她們身上，不僅表現了權力與文化對中國女性的壓抑與桎梏，更令人震撼的是，在漫長的歷史進程中，女性已經把這些外在的種種壓抑和規範，內化為一種與生俱來的心理習慣，表現為一種麻木的順從和無奈的認同。

陳應松在這期間創作的「神農架系列」小說，從人與自然的關係入手，表達了作家對人類生存環境和生存狀態的強烈憂患。《豹子最後的舞蹈》中豹子在獵手追殺中走向死亡的悲壯絕望，《松鴉為什麼鳴叫》裏松鴉鳴叫後出現的死亡徵兆，《狂犬事件》中見到亂咬一氣的瘋狗所到之處災禍連連……大自然向人類呈現的不祥之兆正是現代人生存危機的寓言，由此引發人們對人與自然如何和諧共存於世的思考。他筆下的神農架雖然是一個實在的地域，實際上是刻意營造的一個藝術的空間，通過這個空間，作家追尋生命的極致狀態，探尋生命的意義本源。

無論是畢飛宇的《青衣》、《玉米》，還是陳應松的《豹子最後的舞蹈》，都讓人感受到一種深沉的悲劇力量。近幾年的中短篇小說少見喧鬧的遊戲文字，悲涼和沉重似乎是藝術風格的主調。尤其是關注底層生活的作品更為突出。有的作家的藝術表現達到了相當冷峻的程度，如閻連科的《黑豬毛白豬毛》，通過村民們搶著替撞死人的鎮長坐牢，揭示出權力在農村日常生活中的滲透，和農民在權力重壓下的愚昧與麻木。

就連以寧靜、平和見長的遲子建，這期間的創作，也透出一股冰冷的寒意，籠罩著一種無法釋懷的傷感。如《一匹馬兩個人》、《酒鬼的魚鷹》、《微風入林》等，都是與仇恨和復仇有關的故事，與遲子建此前的創作追求和諧與友愛，大相徑庭。但她這期間的另外一些作品，如《瘋人院裏的小磨盤》，仍在追尋一絲人類天性中不應該喪失的東西，仍不失一貫的單純和率真。

此外，如北北的《尋找妻子古菜花》、陳希我的《我們的骨》等，仍執著於愛的堅貞和靈的堅守，寫盡「煩惱人生」的池莉也在《看麥娘》中流露出對美好人性的嚮往。凡此種種，說明這期間的中短篇小說創作在波瀾不驚、平穩踏實的外表下，仍不乏豐富多樣的追求和藝術表現。

第四節　長篇小說創作

從上個世紀九〇年代中期開始，長篇小說的年生產量就達到了七百多部，是文化大革命前十七年中國當代長篇小說生產總量的一倍。此後，又逐年遞增，到上個世紀九〇年代末，年產量已突破千部大關，是前十年（即八〇年代）長篇小說生產量的總和。新世紀以來，這種逐年遞增的勢頭雖稍有緩和，但仍然穩定在年產千部左右的數目。

在這個龐大的長篇家族中，創作成就較為突出，較能代表這期間長篇小說新的特點和新的水平的，是一批上個世紀八〇至九〇年代在中短篇創作或長篇創作中，就已經取得重要成就或有較高知名度的中老年作家。由於這些作家的生活積累和文學積累比較深厚，文化底蘊和創作經驗比較豐富，且有比較穩定的文學觀念和持續性的藝術追求，因而他們的創作一般不大受社會的、文化的或文學的時潮所左右，他們特別注重的，往往是自己刻骨銘心的個體經驗，以及與這種個體經驗相聯繫的一樣刻骨銘心的歷史記憶。

例如王蒙在這期間出版的長篇小說《狂歡的季節》和《青狐》，就是這種個體經驗和歷史記憶的綜合產物。前者是他從上個世紀九〇年代開始的「季節」長篇系列的最後一部，後者則是接續這最後一部，更向當下延伸的「後季節」系列的首篇。包括「後季節」在內的整個「季節」系列長篇小說，構成了一部全面展現當代中國知識份子心路歷程的「長河小說」。這個系列長篇承續了文化大革命以後的中國文學反思歷史的創作題旨，是對歷史和人生的理性思考的結晶。

與王蒙專注於當代歷史不同，同樣經歷過上個世紀五〇年代那場「干預生活」的創作潮流的老作家宗璞，卻把眼光從當代轉向了與她的父輩的生活和個人的記憶相聯繫的抗戰期間的歷史。在上個世紀九〇年代，這位老作家就不顧病弱之身和喪父之痛，以《野葫蘆引》為總題，定下了一個四卷本系列長篇的創作計畫，以反映抗日戰爭期間中國知識份子的人生和命運。繼上個世紀八〇年代《南渡記》出版之後，她在近年出版了《東藏記》，以南遷昆明以後的明崙大學為背景，展現了在戰時物質生活極為艱苦的條件下，中國知識份子的人格操守和精神面貌。如果說王蒙的系列長篇，是通過人的命運反思歷史的話，那麼，宗璞的系列長篇，就是藉歷史的天平，稱量人的風骨和靈魂；兩位老作家對人生和歷史的關係所做的藝術處理，確有異曲同工之妙。

此外，老作家張潔在這期間出版的長篇巨著《無字》，堪稱一部集個體經驗與歷史記憶之大成的力作，雖然寫的是一個家族幾代女性的經歷，但一個世紀的歷史風雲與這些女性的人生和命運相激相蕩所捲起的波瀾，卻真個是無法用語言文字來描述和形容。

中年作家是新世紀以來長篇創作的中堅力量，其創作可謂「各師其心，其異如面」，他們一般是本著自己一以貫之的旨趣進行創作，在這期間又有了進一步的深化和拓展。

張煒在上個世紀九〇年代就形成了人文理想重建和精神家園堅守的創作主旨，新世紀以來相繼出版的長篇小說《外省書》和《能不憶蜀葵》、《醜行與浪漫》等，則轉向對追逐愛與美的過程中個體命運的關注和失落了的精神理想的反省與批判。

韓少功的近作《暗示》把《馬橋詞典》發掘隱藏在詞語後面的故事的創作追求，發展到發掘包藏在具象之中的「隱秘的資訊」和言與象之間的關係，說到底，仍然是他在八〇年代倡導「尋根」的延續。

王安憶在九〇年代一方面熱衷於家族尋根的衝動，另一方面則關注上海普通市民的人生和命運，新世紀以來的長篇創作，一方面把她的尋根衝動由家族範圍，瀰散到整個上海人的根鬚上面，用一部《富萍》描述了上海這個移民城市由散而聚的浮萍一樣的人生圖景；又以一部《桃之夭夭》在笑明明和郁曉秋母女身上移植了王琦瑤的骨血和靈魂。當然，王安憶這期間也寫了像《上種紅菱下種藕》這樣的長篇，給人的感覺彷彿是反映當下農村正在發生的生活變革，但在那個小女孩秧寶寶周圍，編織的又分明是一幅微縮的城市生活圖景。

賈平凹在上個世紀九〇年代創作了一系列反映這個急劇變動的時代，人的心態和生態的不平衡的長篇作品，有的還引起過很多非議和爭論，新世紀以來，賈平凹的長篇創作一方面繼續像《廢都》那樣，寫社會的「病相」和人生的「病相」，如《病相報告》，只不過這「病相」已不是《廢都》那樣的歷史轉型時期的世紀病，而是漫長的歷史所釀就的社會病態和人生病態。另一方面他也寫了《懷念狼》這樣聽起來很另類的小說，小說雖然講的是人和自然的生態平衡問題，其實仍然是他在上個世紀的長篇創作中關注的城市生態和鄉村生態的平衡問題的一個自然的延伸，終歸是現代化進程所引起的現實問題。從這個意義上說，賈平凹雖酷愛歷史文化，卻是一個現實感很強的作家。他的近作《秦腔》就是這種現實感的明證。這部獲得第七屆茅盾文學獎的作品，以作者的故鄉（棣花街）為背景，將中國農村近二三十年來的變化，置放於城市化（現代化）進程之中，寫出了這期間的中國農村「一切都充滿了生氣，一切又都混亂著，人攪著事，事攪著人」，「撲騰騰往前擁著走」的艱難行進的歷史，讓作者「不知道該讚歌現實還是詛咒現實，是為棣花街（作品中是清風街——筆者）的父老鄉親慶幸還是為他們悲哀」。就是在這種「矛盾和痛苦」中，作者「以這本書為故鄉豎起（了）一塊碑子」[4]。

4 賈平凹，《秦腔・後記》（作家出版社，二〇〇五年）。

莫言和劉震雲繼續了他們在九〇年代的藝術實驗。這種實驗包括所謂「狂歡化」敘事和對歷史的解構與對生活的反諷式觀照。如果說莫言在這期間創作的《檀香刑》是寫歷史的話，那他就是用民間的歷史解構了官修的正史，如果說他在這期間創作的另一部長篇小說《四十一炮》是寫現實的話，那他就是用一個精神侏儒的傾訴解構了活生生的現實。

同樣，擅長反諷的劉震雲在他的長篇近作《一腔廢話》和《手機》中，一如既往地以各種悖謬的方式揭示人的生存的尷尬和困境。尤其值得注意的是，這兩位作家在這期間的長篇創作，除了共有一種話語「狂歡」的傾向外，莫言還特別強調向民間的「大踏步地撤退」，他的《檀香刑》因而成了這期間的長篇小說取用和轉化民間資源的一次成功的嘗試。

與莫言、劉震雲的這種「狂歡化」的創作傾向相近，一向「躬耕壟畝」，埋頭於他的「耙耬山區」尋找創作資源的閻連科，近些年來也開始了自己的藝術實驗，如《日光流年》的「倒記時」、《堅硬如水》的「語言的狂歡」和《受話》的「狂想現實主義」等。這位創新精神極強的中年作家近年來的長篇創作，雖形式詭譎多變，語言荒誕怪異，但仍不失其一以貫之的鄉土精神和批判意識，表明中國作家已逐漸將更多的注意力轉移到藝術創新上來，在追求藝術創新的過程中日漸走向成熟。

近年來還有更多積累了豐富創作經驗的作家將重心移向長篇創作，大大增添了長篇小說成果的分量，這裏有三個現象較為顯眼。

其一是歷史題材的長篇創作。如熊召政的四卷本長篇小說《張居正》，以嚴謹的現實主義筆法，精心塑造了中國封建王朝內部最後一位身居高位的政治改革家張居正的形象，深入反映了明代萬曆年間詭譎多變的政治歷史，是近年來現實主義長篇歷史小說的扛鼎之作。

相對於《張居正》這種謹嚴的歷史小說而言，張一弓的《遠去的驛站》，就有點「新」歷史的意味，歷史不過是作者的一個想像的空間，其目的不是要再現歷史的真實或歷史的本質，而是要藉歷史這個時空舞臺，搬演一段知識份子的人生故事，藉他們的人生軌跡和命運變幻，來演繹形形色色的知識份子精神。這類長篇還有李銳的《銀城故事》，說的是辛亥年間的一段故事，實則是講歷史的偶然和與人情、人性的關聯。

與上述作家不同，在中短篇創作中成就卓著的劉醒龍，在嘗試了多部長篇創作之後，這期間以六年時間三易其稿，完成了一部三卷本（修訂本為兩卷本）的長篇小說《聖天門口》。這部作品雖取材於中國現代革命歷史，但卻不拘泥於再現史實，也不滿足於對歷史的想像，而是介於兩者之間，即以真實的歷史為依託，致力於從暴力革命的歷史中打撈失落的人性，在「絕對正確的革命」之上，重建「絕對正確的人道主義」（雨果語）。

其二是女作家的創作。被稱之為「女性主義」或「女權主義」的文學創作潮流，興起於上個世紀九〇年代，近年來，雖潮頭暫歇，但女作家的創作勢頭不減。除前述的宗璞、張潔、王安憶外，新世紀以來，在長篇創作方面較為活躍的還有鐵凝、方方、池莉、張抗抗、徐坤、畢淑敏、林白、虹影等，以及後面還要提到的一些更為新銳的女作家們。

其中鐵凝的《大浴女》和張抗抗的《作女》，分別從內外兩個方面，展現了女性心靈成長和人生奮鬥的艱難歷程，前者重在對靈魂的自我拷問，後者重在對女性身份的挑戰，面對的都是女性的宿命。

同樣帶有自傳色彩，徐坤的《春天的二十二個夜晚》和虹影的《饑餓的女兒》，一者從個體生存的角度進入，一者從社會歷史的角度進入，女性的經歷折射的都是特定的社會人群。

在創作中一向不大看重性別特徵的方方，這期間從成長的角度，依年敘事，用一部「年譜體」的小說《烏泥湖年譜》，寫出了一段鮮為人知的歷史和一個知識群體的命運。

相反，在創作中性別特徵很重的林白，也一反向來的作風，在《萬物花開》中，同樣以一個古怪孩子的眼光，攝取了一種「花開花落兩由之」的自然狀態的存在。

較之上述女作家，池莉走的依舊是一條雅俗共賞的路子，她在這期間創作的《口紅》、《有了快感你就喊》和《水與火的纏綿》等長篇小說，既反映光怪陸離的現實，也表現纏綿悱惻的情愛，既有引人入勝的故事，又不乏對人生問題的探討，所以依舊擁有眾多的讀者和觀眾。

因為《拯救乳房》的書名而引出紛爭的畢淑敏，在這部長篇中探討的其實是一個十分嚴肅的心理學問題和人生觀問題，如同徐坤的另一部長篇《愛你兩周半》，把人性和人情放在一個特殊的情境中予以考量一樣，畢淑敏的這部作品也藉癌症治療這個非常事件療救人的意志和精神，二者有異曲同工之妙。

與東北地區的少數民族有著地緣上的親近關係的遲子建，在這期間，以她慣有的寧靜而溫婉的筆調，寫出一部長篇新作《額爾古納河右岸》，這部獲得第七屆茅盾文學獎的作品，通過最後一個鄂溫克酋長女人之口，述說了一個民族近百年間遊獵遷徙、飽經憂患、日漸式微的滄桑歷史，是一首激越、蒼涼的民族史詩。

其三是以「反腐倡廉」為主題及與之相關的長篇創作。從九〇年代以來這個題材領域的創作就格外引人注目，被人們稱為「官場小說」或「反腐小說」，多有作品進入暢銷書的排行榜。進入新世紀以來，其創作勢頭有增無減，且由暴露官場黑幕、官員陰私轉向政治剖析，因此張平、周梅森等代表作家都傾向於把自己創作的這類小說稱為「政治小說」。其代表作有張平的《抉擇》、《國家幹部》，陸天明的《大雪無痕》，周梅森的《國家公訴》、《天下大勢》和張宏森的《大法官》等。

較之九〇年代的同類長篇作品，這些新的長篇創作雖然依舊意在反映現實和弘揚主旋律，在藝術上也依舊沒有脫離傳統的現實主義軌道，但在觀照社會問題的視野、切入社會問題的角度和思考社會問題的深廣程度上，較之此前的創作，都有所拓展和深化，在揭示問題的同時，也注意解剖人性；在針砭時弊的同時，也注意探求病根，因而在讀者中都有較大影響。尤其是借助影視等大眾傳媒的作用，產生了自上個世紀七、八十年代之交以來少有的普遍而持久的「轟動效應」。

在近年來的長篇創作中，湧現出的新生力量，值得引起我們的特別注意。這支長篇創作的生力軍，雖然不一定都有長期的創作經歷和豐富的藝術經驗，有的甚至是一些初登文壇的新手，但他們卻大多出手不凡，表現出鮮明的藝術個性，有的還達到了相當的思想和藝術高度。

孫惠芬這位東北籍的女作家起先是以一部《歇馬山莊》，寫活了在這個大變革的時代的鄉村女性受著城鄉雙重「牽掛」的生存狀態和情感狀態，而後又以一部獨創的「方志體」的長篇小說《上塘書》引起了人們的廣泛注意，進一步由人及「物」，娓娓敘說鄉村的歷史。

閻真是有過留學經歷的學者型作家，在九〇年代出版了反映他的留學生涯的長篇《曾在天涯》之後，近年來突然轉向由學入官的知識份子的命運沉浮和人格變異，他的長篇新作《滄浪之水》，對知識人的人格和靈魂的剖析，有相當的穿透力。

與閻真對現實的知識份子的人生敘事相近，楊顯惠的《夾邊溝紀事》，卻把關注的目光投向歷史。這部由系列中篇組成的長篇小說，忠實地紀錄了發生在近半個世紀前的「反右派鬥爭」和「三年自然災害」那段歷史悲劇，可以看作是尤鳳偉的《中國：一九五七》的姊妹篇。

韓東的《扎根》，可謂「後文革文學」一部長篇力作。說它「後」，是因為這部作品擺脫了有關文革敘述的「傷痕」情感模式，以平淡的口吻敘述了一個下放家庭包括它的知青子女在農村的「扎根」生活，沒有苦難意識，沒有悲劇意識，也沒有「無悔」和懺悔意識，有的只是平平常常、瑣瑣碎碎、庸庸碌碌的日常生活，一如他們周圍的各色人等。

張懿翎的《把綿羊和山羊分開》採用的也是日常化敘事，講述了一個「小侉子」與她的數學老師之間的愛情，但其敘事語言把方言、土語、民謠、俗諺、知識份子的書面語和普通話的規範語言等各種表達方式混雜在一起，通過一個女孩子的自由無羈的生命，照亮了知青年代黯淡的生活歲月。

生長在西部邊疆的董立勃用殘酷而美麗的筆調書寫的兵團生活令人震顫，在《白豆》及其姊妹篇《米香》中，敘說的是生產建設兵團的幾個女人的人生故事。白豆對美與善的決絕選擇，米香和宋蘭的命運鬼使神差的逆轉，讀來都令人不禁扼腕歎息。

同樣與「知青」有關，姜戎的《狼圖騰》通過一個在草原上插隊的「知青」的耳聞目睹，向人們敘說了一個充滿傳奇色彩的狼族的歷史，以牠們在與人類共處的過程中相互展開生存競爭的慘烈圖景，來呼喚一種狼性精神的復活。

如果說《狼圖騰》所寫的是一種自然生態，那麼范穩的《水乳大地》表現的則是一種文化生態。這部作品以瀾滄江大峽谷的百年滄桑為背景，表現了不同民族、不同宗教水乳交融、和諧共處的主題，在藝術上雖對魔幻現實主義有所借鑑，但卻是植根於西南邊地的生活現實和歷史文化經驗，具有鮮明的地方特色和民族特性。

與《水乳大地》的魔幻不同，雪漠的《大漠祭》如同他的書名，以對西部農民的一腔虔誠，用質樸的敘事，在貧瘠而奇幻的西部大沙漠上，描畫了西部農民的一幅原生態的生活圖景。

同樣是寫西部，紅柯的《西去的騎手》寫的是一段亦虛亦實的歷史故事。這部作品以一個頗帶傳奇色彩的「尕司令」的人生歷程張揚了西部人的生命和血性、人格和精神。西部題材在近期長篇創作中的集中湧現，表明對西部的開發將給西部文學帶來一個新的崛起的前景。

第五節　散文創作

同諸多文學體裁所承受的市場擠壓相比，以「雜」著稱，以「散」見長的散文卻佔有不小的地盤，進入新世紀以來，仍然是頗受廣大讀者歡迎的文類。各種報刊為求生存，捨得闢出相應版面為散文提供發表園地。有人粗略估算，全國各報刊每天能發表散文作品二十餘萬字，一年約計發表一千多萬字[5]，近些年來更有增無減。

與此同時，散文創作隊伍也在不斷擴大，表現為作者數量的增多和作者身份的駁雜。就作家隊伍而言，已經形成了代際較為清晰作家群，出現了「四世同堂」的繁盛景象。季羨林、施蟄存、楊絳等一批「跨代」的老作家，在人生的暮年煥發出了蓬勃旺盛的創作活力；李國文、宗璞、邵燕祥、林斤瀾等一批也已年過花甲的作家，先後涉足散文領域，這期間陸續有新作發表；張承志、韓少功、史鐵生等「知青」一代作家，是這期間散文創作的中堅力量；胡曉夢、鮑吉爾・原野、素素等「後知青」一代或稱「新生代」作家，不但人數眾多，作品的數量也相當可觀。

由於創作隊伍的擴大，也打破了專業作家一統天下的局面。學者、專家、編輯、記者、社會名流、影視明星、白領麗人，乃至離退休幹部職工等，也加盟散文創作，擴大了這期間散文創作的題材和主題，打破了散文創作固有的章法，使這期間的散文更顯自由靈動，更具生機和活力。

這期間的散文創作，雖然也不乏噱頭和炒作，但畢竟有許多作家摒棄浮躁，潛心思考。他們的散文，或追尋歷史文化奧秘，或探索社會人生問題，或書寫當下生活百態，或探究天人之際玄妙哲理，既充滿理性色彩又兼達個人性情，是這期間散文創作的主要潮流和主導傾向。其中又以接續上個世紀九〇年代的「文化散文」和憶舊懷人類的散文創作，最為引人注目，所取得的成績最大。

世紀之交，此前以「文化散文」名世的余秋雨，參加了由鳳凰衛視發起組織的考察活動，考察了人類幾個重要的文明發祥地。余秋雨以他獨特的文化眼光和觀察視角，以日記體的形式，寫下了《千年一歎》，承上個世紀九〇年代「文化散文」創作的餘緒，成為新世紀散文創作較早出現的一個亮點。

[5] 參見《九十年代散文回眸——散文創作研討會紀要》，《光明日報》一九九七年九月十三日。

繼余秋雨之後，上個世紀八〇年代以小說《高山下的花環》等名世的李存葆，是新世紀「文化散文」創作的又一重要作家。在《大河遺夢》、《祖槐》、《鯨殤》等篇章中，作者面對五光十色的現代社會，表現出了對自然生態環境惡化的憂慮；在《飄逝的絕唱》、《東方之神》中，直面人欲、物欲無節制的膨脹，世俗的平庸以及人格的低賤，發出「何處才是人性解放的底線」的感慨。在作者筆下，老百姓世代供奉、文人墨客竭力頌揚的關公，既是高懸在人們頭上的一柄光芒四射的良心的寶劍，又是華夏民族澆鑄的一座巍然屹立的人格的長城。由於對社會人生有一種宏觀的透視和把握，又融入了作者所特有的一種軍人氣質和學術品格，因而他這期間的「文化散文」作品，不但激越軒昂、氣勢豪放，顯示了一種陽剛之美，而且旁徵博引、議論風生，兼有中國傳統散文所特有的「政論」風格。

這期間，上個世紀九〇年代執著地「守護精神家園」的張承志，在此前的《清潔的精神》之後，又寫出了散文《高貴的精神》，繼續在他所神往的精神王國裏高視闊步、率性漫遊。

袁鷹的《沈園柳老不飛綿》，對無數文人墨客留下足跡和感歎的沈園，吟詠出新的人生感懷，是一篇不同於一般抒情寫意，而有著深厚文化內涵的作品。

梁衡的《把欄杆拍遍》描述了文武雙全的愛國詞人辛棄疾胸懷大志卻報國無門、鬱鬱不得志的一生，寫得迴腸盪氣又富有情致。《亂世中的美神》寫宋代女詞人李清照的特立獨行。文章側重描繪李清照的命運和內心波瀾，透過李清照坎坷動盪的一生，展示了她不同凡響的才華和超凡脫俗的品格。《最後一位戴罪的功臣》寫林則徐虎門銷煙之後戴罪發配新疆，在當地為老百姓做實事、謀福利的事蹟，把林則徐胸懷天下、正直清廉、勤謹務實的形象刻畫得淋漓盡致。

唐浩明是一位傑出的歷史小說家，他的《晚清政壇上的一對傑出師生》的主角曾國藩和李鴻章，曾是他的歷史小說的主人公。這篇散文用另一種筆調，深刻而詳盡地解讀了這對不同尋常的師生之間的交往，其間既充斥晚清政壇的激蕩風雲，又透著中國傳統士人的獨特品性，寫得從容大度，耐人尋味。

在半封建半殖民地的中國，民族工業鉅子寥若晨星，以他們的生活為題材的散文更是少見，商人兼作家薛爾康的《百年榮公館》彌補了這方面的不足。文章對實業鉅子榮崇敬的公館以及榮氏家族的命運的描寫，從一個側面反映了中國民族工業的百年風雨和人世滄桑。

憶舊懷人的散文，既是中國散文創作的傳統，又是上個世紀八〇年代以來散文創作的新寵。進入新世紀以來，這類散文創作更為作家情有獨鍾，出現了一大批雋永深厚的名篇力作。

史鐵生在從事小說創作的同時，始終不輟散文創作。他的《有關廟的回憶》抒寫心靈中的廟宇，廟宇伴隨著他的人生，扮演著或慈祥或寬容或冷酷或森嚴的角色，對他的心靈成長起過很大的作用。《病隙碎筆》由一大組短文構成，作品從人性的角度解剖了殘疾人的思想和愛情，內涵深刻，說理犀利，令人感動。《記憶與印象》是作者回憶母親的作品，母親的家鄉、母親的早年生活、母親對自己深摯的愛、母親的離世，都成為了他永遠的記憶。

張隆溪的《懷念錢鍾書先生》是一篇內容豐富、情文並茂的作品。作者在一個偶然的機會結識了錢鍾書先生，以知識和學問為橋樑，與錢先生結成了忘年交。作品於娓娓敘述中，深入解讀錢鍾書的個性和為人，在他的淵博的學識和孤傲的性格的另一面，展示了他提攜後學、平易近人的儒者風範。

畫家黃永玉與作家沈從文都是湘西人，又有親戚關係，他的《平常的沈從文》，通過大量生活細節，在對日常生活中的沈從文的描述中，再現了他的這位才華橫溢的「表叔」命運坎坷而又傲骨錚錚的生平。一位是畫壇巨匠，一位是文壇泰斗，不僅是親情的紐帶使他們緊密相連，更因藝術、心靈上的默契，使黃永玉如此透徹地讀解了沈從文。

二〇〇二年七月，作家孫犁去世，很多報刊都發表了紀念文章。鐵凝和叢維熙都親聆過孫犁的教誨，在創作上都受到過他的影響，與孫犁有著特殊的感情，鐵凝的《懷念孫犁先生》、叢維熙的《荷香深處祭文魂》寫得充實豐富而又情真意切，耐人品味，令人感動。

竹林的《懷念江流》細膩地描述了當年地位卑微的她從一位正直的編輯那裏所得到的幫助和影響，勾勒出了一位富有藝術氣質而又充滿男性魅力的普通編輯的形象。看似沖淡、平和，卻寫得用心用情，細細品味，蘊含無窮。

閻綱的《三十八朵荷花》以三十八朵清潔無暇的荷花，幻化出一個令人感、令人思、令人痛的生命，白髮人送黑髮人的悲苦，讀來讓人感到一種難以抑制的心靈的創痛。

進入新世紀以來的散文創作，有兩個熱點，值得特別引起關注：

其一是二〇〇〇年新疆人民出版社推出的青年作家劉亮程的散文集《一個人的村莊》。作品描繪了人畜共居的村莊裏一種特有的自然生存狀態，展示了人類久違的樸素和寧靜，被視為後工業社會的「鄉村哲學」。

在劉亮程筆下，所有的動物都是人的朋友，所有的動物都通人性，所有的動物都是「哲學家」。動物和人的交融，讓人感受到人活著的意義和「人」的存在的悲劇內涵。他用他所特有的散發著泥土氣息的語言，描繪鄉村的樸素曠遠和寧靜美麗，引發人遙遠而真切的記憶，喚起人綿綿不絕的思緒。在散文界和廣大讀者中引起了很大的反響，有評論者甚至稱劉亮程為中國「九〇年代的最後一位散文家」。

其二是楊絳的《我們仨》。該書自二〇〇三年七月出版以來一直穩居暢銷書排行榜首。無數讀者為書中表達的深邃厚重的人情和正直清朗的操持所感動，在新浪網二〇〇三年評選的「好書獎」中名列第一。

該書分三部：第一部「我們倆老了」，第二部「我們仨失散了」，第三部「我一個人思念我們仨」。開篇敘述一個老人失去親人的夢，用夢境的形式講述了一家三口相依為命的情感，整個敘述沒有想像中的大喜大悲，它們是含蓄而有節制的，難以言表的親情和憂傷瀰漫在字裏行間：「我們這個家，很樸素；我們三個人，很單純。」

作者用平靜的筆觸、溫婉的語調，細緻入微地記下了「我們仨」的相守相助、相聚相失。楊絳女士作為一個九十二歲高齡的老人，無比清晰地紀錄著她所經歷的一點一滴：跨過半個地球的足跡，穿越半個世紀的時光，經歷過的戰火、疾病、政治風暴，生離死別……風雨襲來的時候，在「家」這個最安全的庇護所裏，他們相濡以沫、相依相伴、相扶相攜，即便是最後命運讓他們天上人間，陰陽殊途，依然難斷眷眷之情。對於每天忙碌於生存競爭以至於忽略了親情的人們，如何向生命要質量、要快樂，以何種方式面對衰老，家的意義在哪裏，什麼是真的人的生活，什麼是親情和愛情，正是《我們仨》帶給讀者們重新思考的問題，或者這也是這本散文如此暢銷的重要原因之一。

參考資料

著作類：

丁景唐主編，《中國新文學大系（一九四九—一九七六）史料卷》，上海文藝出版社，一九九七年。
王又平，《新時期文學轉型中的小說創作潮流》，華中師範大學出版社，二〇〇一年。
王若水，《為人道主義辯護》，北京三聯書店，一九八六年。
王家平，《文化大革命時期詩歌研究》，河南大學出版社，二〇〇四年。
王曉明編，《人文精神尋思錄》，文彙出版社，一九九六年。
王春榮、吳玉傑主編，《文學史話語權威的確立與發展——〈中國當代文學史〉史學研究》，遼寧人民出版社，二〇〇七年。
王澤龍、李遇春主編，《中國當代文學經典作品選講》（上、下），華中師範大學出版社，二〇〇九年。
王慶生主編，《中國當代文學》（上、下），華中師範大學出版社，一九九九年。
王慶生主編，《中國當代文學史》，高等教育出版社，二〇〇三年。
王慶生主編，《中國當代文學作品選》（四卷本），華中師範大學出版社，一九九九年。
尹昌龍，《一九八五，延伸與轉折》，山東教育出版社，一九九八年。
白燁，《文學論爭二〇年》，華中師範大學出版社，一九九八年。
仲呈祥，《新中國文學紀事和重要著作年表》，四川省社會科學院出版社，一九八四年。

朱寨主編，《中國當代文學思潮史》，人民文學出版社，一九八七年。
朱寨、張炯主編，《當代文學新潮》，人民文學出版社，一九九七年。
於可訓，《中國當代文學概論》（第三版），武漢大學出版社，二〇〇九年。
於可訓，《當代詩學》，湖南人民出版社，二〇〇〇年。
於可訓，《當代文學，建構與闡釋》，武漢大學出版社，二〇〇五年。
於可訓主編，《小說家檔案》，鄭州大學出版社，二〇〇五年。
於可訓、李遇春主編，《中國文學編年史・當代卷》，湖南人民出版社，二〇〇六年。
李楊，《抗爭宿命之路——社會主義現實主義（一九四二—一九七六）研究》，時代文藝出版社，一九九三年。
李遇春，《權力・主體・話語——二〇世紀四〇－七〇年代中國文學研究》，華中師範大學出版社，二〇〇七年。
吳重陽，《中國當代民族文學概觀》，中央民族學院出版社，一九八六年。
周揚，《周揚文集》第二卷，人民文學出版社，一九八五年。
周揚，《周揚近作》，作家出版社，一九八五年。
昌切，《世紀橋頭凝思》，湖北人民出版社，二〇〇〇年。
孟繁華，《一九七八，激情歲月》，山東教育出版社，一九九八年。
孟繁華、程光煒，《中國當代文學發展史》，人民文學出版社，二〇〇四年。
洪子誠，《一九五六，百花時代》，山東教育出版社，一九九八年。
洪子誠，《中國當代文學史》，北京大學出版社，一九九九年。
洪子誠，《問題與方法，中國當代文學史研究講稿》，北京三聯書店，二〇〇二年。
洪子誠，《當代中國文學的藝術問題》，北京大學出版社，一九八六年。
洪子誠、劉登翰，《中國當代新詩史》（修訂版），北京大學出版社，二〇〇五年。
洪子誠主編，《中國當代文學史史料選》（上、下），長江文藝出版社，二〇〇二年。
洪子誠主編，《中國當代文學史・作品選》（兩卷本），長江文藝出版社，二〇〇二年。

洪子誠主編，《當代文學研究》，北京出版社，二〇〇一年。

洪子誠、孟繁華主編，《當代文學關鍵字》，廣西師範大學出版社，二〇〇二年。

胡風，《胡風全集》，湖北人民出版社，一九九九年。

夏中義，《新潮學案》，上海三聯書店，一九九六年。

夏冠洲等主編，《新疆當代多民族文學史》（四卷本），新疆人民出版社，二〇〇六年。

陳思和，《中國新文學整體觀》，上海文藝出版社，一九八七年。

陳思和主編，《中國當代文學史教程》，復旦大學出版社，一九九九年。

陳美蘭，《中國當代長篇小說創作論》，上海文藝出版社，一九九一年。

陳美蘭，《文學思潮與當代小說》，武漢大學出版社，一九九四年。

陳順馨，《一九六二，夾縫中的生存》，山東教育出版社，二〇〇二年。

許子東，《為了忘卻的集體記憶》，北京三聯書店，二〇〇〇年。

許志英、丁帆主編，《中國新時期小說主潮》，人民文學出版社，二〇〇二年。

張志忠，《一九九三，世紀末的喧嘩》，山東教育出版社，一九九八年。

張學正、丁茂遠等主編，《文學爭鳴檔案——中國當代文學爭鳴實錄》，南開大學出版社，二〇〇二年。

曹文軒，《中國八十年代文學現象研究》，北京大學出版社，一九八八年。

陸梅林、盛同主編，《新時期文藝論爭輯要》（上、下），重慶出版社，一九九一年。

葉立文，《啟蒙視野中的先鋒小說》，湖北人民出版社，二〇〇七年。

馮牧主編，《中國新文學大系（一九四九—一九七六）文學理論卷》，上海文藝出版社，一九九七年。

董之林，《舊夢新知——「十七年」小說論稿》，廣西師範大學出版社，二〇〇四年。

楊鼎川，《一九六七，狂亂的文學年代》，山東教育出版社，一九九八年。

楊健，《文化大革命中的地下文學》，朝華出版社，一九九三年。

楊匡漢、孟繁華主編，《共和國文學五十年》，中國社會科學出版社，一九九九年。

楊匡漢、楊早主編，《六十年與六十部》，三聯書店，二〇〇九年。
照春、高洪波主編，《中國作家大辭典》，中國文聯出版社，一九九九年。
郭志剛、董健、陳美蘭等主編，《中國當代文學史初稿》（上、下），人民文學出版社，一九八一年。
樊星，《當代文學與地域文化》，華中師範大學出版社，一九九七年。
樊星，《當代文學新視野講演錄》，廣西師範大學出版社，二〇〇七年。
潘旭瀾主編，《新中國文學詞典》，江蘇文藝出版社，一九九三年。
中國社會科學院哲學研究所編，《人性、人道主義問題討論集》，人民出版社，一九八三年三月。
中國社會科學院文學研究所當代文學研究室編，《新時期文學六年》，中國社會科學出版社，一九八五年。
第四次文代會籌備組起草組、文化部文學藝術研究院理論政策研究室，《六十年文藝大事記》（未定稿），一九七九年十月。
《中華全國文學藝術工作者代表大會紀念文集》，新華書店，一九五〇年。
《中國作協協會第二次理事會會議（擴大）報告、發言集》，人民文學出版社，一九五六年。
《中國文學藝術工作者第四次代表大會文集》，四川人民出版社，一九八〇年。
《中國當代文學研究資料》叢書（多家出版社，在不同年度出版）。

報刊類：

《人民文學》
《人民日報》（理論評論版）
《十月》
《小說選刊》
《小說月報》

《小說評論》
《上海文學》
《文學報》
《文藝報》
《文藝研究》
《文匯報》（理論評論版）
《文學評論》（《文學研究》）
《中國作家》
《中篇小說選刊》
《世界文學》（《譯文》）
《民間文學》
《光明日報》（理論評論版）
《作品與爭鳴》
《收穫》
《花城》
《星星》
《萌芽》
《詩刊》
《電影文學》
《當代》
《當代作家評論》
《解放軍文藝》

《解放軍報》（理論評論版）
《劇本》
《鍾山》

現當代華文文學研究叢書4　AG0145

中國大陸當代文學史

作　　者／於可訓
主　　編／宋如珊
責任編輯／王奕文
圖文排版／王思敏
封面設計／陳佩蓉

發 行 人／宋政坤
法律顧問／毛國樑　律師
出版發行／秀威資訊科技股份有限公司
114台北市內湖區瑞光路76巷65號1樓
電話：+886-2-2796-3638　傳真：+886-2-2796-1377
http://www.showwe.com.tw
劃撥帳號／19563868　戶名：秀威資訊科技股份有限公司
讀者服務信箱：service@showwe.com.tw
展售門市／國家書店（松江門市）
104台北市中山區松江路209號1樓
電話：+886-2-2518-0207　傳真：+886-2-2518-0778
網路訂購／秀威網路書店：http://www.bodbooks.com.tw
國家網路書店：http://www.govbooks.com.tw

2013年1月BOD一版
定價：550元

國家圖書館出版品預行編目

中國大陸當代文學史 / 於可訓著. -- 一版. -- 臺北市 : 秀威資訊科技, 2013.01
面； 公分. -- (現當代華文文學研究叢書)
ISBN 978-986-326-006-6(平裝)

1. 中國當代文學 2. 中國文學史

820.908 101019690

讀者回函卡

感謝您購買本書，為提升服務品質，請填妥以下資料，將讀者回函卡直接寄回或傳真本公司，收到您的寶貴意見後，我們會收藏記錄及檢討，謝謝！如您需要了解本公司最新出版書目、購書優惠或企劃活動，歡迎您上網查詢或下載相關資料：http:// www.showwe.com.tw

您購買的書名：________________________________

出生日期：________年________月________日

學歷：□高中（含）以下　□大專　□研究所（含）以上

職業：□製造業　□金融業　□資訊業　□軍警　□傳播業　□自由業

　　　□服務業　□公務員　□教職　□學生　□家管　□其它____

購書地點：□網路書店　□實體書店　□書展　□郵購　□贈閱　□其他

您從何得知本書的消息？

□網路書店　□實體書店　□網路搜尋　□電子報　□書訊　□雜誌

□傳播媒體　□親友推薦　□網站推薦　□部落格　□其他________

您對本書的評價：（請填代號　1.非常滿意　2.滿意　3.尚可　4.再改進）

封面設計____　版面編排____　內容____　文／譯筆____　價格____

讀完書後您覺得：

□很有收穫　□有收穫　□收穫不多　□沒收穫

對我們的建議：________________________________

____

____

____

請貼
郵票

11466
台北市內湖區瑞光路 76 巷 65 號 1 樓
秀威資訊科技股份有限公司　　　收
BOD 數位出版事業部

....

（請沿線對折寄回，謝謝！）

姓　　名：＿＿＿＿＿＿＿＿＿＿＿　年齡：＿＿＿＿　性別：□女　□男

郵遞區號：□□□□□

地　　址：＿＿＿＿＿＿＿＿＿＿＿＿＿＿＿＿＿＿＿＿＿＿＿＿＿＿＿＿＿

聯絡電話：(日)＿＿＿＿＿＿＿＿＿＿＿＿(夜)＿＿＿＿＿＿＿＿＿＿＿＿

E-mail：＿＿＿＿＿＿＿＿＿＿＿＿＿＿＿＿＿＿＿＿＿＿＿＿＿＿＿＿＿＿